Sarra Manning
Bis es für immer ist

PIPER

Sarra Manning

Bis es für immer ist

Roman

Aus dem Englischen von
Sonja Rebernik-Heidegger

PIPER

Mehr über unsere Autorinnen, Autoren und Bücher:
www.piper.de

Wenn Ihnen dieser Roman gefallen hat, schreiben Sie uns unter Nennung des Titels »Bis es für immer ist« an *empfehlungen@piper.de*, und wir empfehlen Ihnen gerne vergleichbare Bücher.

Von Sarra Manning liegen im Piper Verlag vor:
Zusammen sind wir einmalig
Bis es für immer ist

Das Zitat von Virginia Woolf auf S. 7 stammt aus: *Jacobs Raum*, aus dem Englischen von Gustav K. Kemperdick, S. Fischer Verlag 1981, S. 124.

Deutsche Erstausgabe
ISBN 978-3-492-31742-9
Februar 2023
© Sarra Manning 2022
Titel der englischen Originalausgabe:
»London, With Love«, Hodder & Stoughton, London 2022
© der deutschsprachigen Ausgabe:
Piper Verlag GmbH, München 2023
Redaktion: Michelle Stöger
Satz: Satz für Satz, Wangen im Allgäu
Gesetzt aus der Calluna
Druck und Bindung: CPI books GmbH, Leck
Printed in the EU

*Für die großartige Sarah Hughes,
die so einiges darüber wusste, wie es ist,
in der Vorstadt aufzuwachsen
und vom Hexenkessel der Innenstadt
zu träumen. Wir vermissen dich sehr.*

Die Straßen von London sind auf einer Karte festgelegt; aber unsere Leidenschaften sind auf keiner Landkarte verzeichnet. Was begegnet einem, wenn man um diese Ecke hier biegt?

Virginia Woolf

TEIL 1
1986

9. September 1986
U-Bahn-Station High Barnet

1 High Barnet war das Ende. Das Ende der Northern Line. Obwohl es sich eigentlich anfühlte wie der Beginn. Der Beginn des Nirgendwo. Es befand sich im Grunde nicht einmal mehr in London.

Jen, die gerade den steilen Hügel von der U-Bahn-Station nach oben stapfte, war eine stolze Londonerin. Die Stadt definierte, wer sie war – genau wie ihre blauen Augen und die Tatsache, dass sie, abgesehen von Tomaten und Gurken, kein Gemüse aß. Wobei ihr Dad meinte, Tomaten wären Obst, und ihre Mutter ihr erklärt hatte, dass Gurken größtenteils aus Wasser bestanden und so gut wie keine Nährstoffe enthielten, weshalb sie lieber einmal eine Zucchini probieren sollte, die reich war an Vitamin C und Kalium. Worauf Jen erwidert hatte, dass sie genauso gut eine Orange essen konnte, wenn sie Vitamin C brauchte (ihre streitlustige Art definierte sie ebenfalls.)

Jen stellte sich gerne vor, dem Hexenkessel der Londoner Innenstadt und den schmierigen Gassen Sohos entstiegen zu sein. Die traurige Wahrheit war jedoch, dass sie in der Vorstadt aufgewachsen war. Mill Hill hatte zwar eine Londoner Postleitzahl, doch die Doppelhaushälfte, in der sie mit ihrer Mutter, ihrem Vater und ihren nervtötenden Zwillingsbrüdern wohnte, befand sich praktisch in der allerletzten Straße Londons, bevor Hertfordshire begann.

Und obwohl sie in London aufs College hätte gehen können, hatte sie beschlossen, das Abi am Barnet College zu machen. In Hertfordshire. Wobei diese Kleinigkeit sie *nicht* definieren würde.

Jen hatte während der Sommerferien so einiges beschlossen, und es hatte alles mit dem Vorsatz zu tun, zu einem neuen Menschen zu werden.

Zum Beispiel nannte sie sich nicht mehr Jennifer, sondern Jen.

Jen.

Es klang kompromisslos und gleichzeitig geheimnisvoll. Drei Buchstaben, die die Welt versprachen (zumindest hoffte Jen, dass es vielleicht so sein könnte).

In ihrem Jahrgang hatte es sieben Jennifers gegeben, und sie wurden alle *Jenny* genannt, ob es ihnen nun gefiel oder nicht. Für ihre Klassenkameraden war sie *Jenny R* gewesen, und die Zicken, die ihr die Schulzeit – die allgemein doch als die schönste Zeit des Lebens galt – zur Hölle gemacht hatten, hatten sie *Jenny Rotschopf* gerufen. Dabei waren ihre Haare nicht einmal rot. Die Farbe nannte sich Kastanienbraun. Dunkles Kastanienbraun. Es war allerdings nicht einfach gewesen, die fünf Zicken auf derart feine Unterschiede hinzuweisen, während sie Jen durch die nach Desinfektionsmittel und gekochtem Fleisch stinkenden Flure jagten. Während Jen zitternd und nur mit einem Handtuch bekleidet nach dem Sportunterricht in der Umkleide stand und sie ihren Namen skandierten. Oder während sie Jen an der Bushaltestelle in die Ecke trieben.

Kein Wunder, dass Jen sich alles Wissenswerte zum Thema »rheumatoide Arthritis« angeeignet hatte, um anschließend ihre Sportlehrerin davon zu überzeugen, dass ihre Knie langsam zerbröselten und sie ihre Zeit anstatt beim Ballspielen besser in der Schulbibliothek mit einem Buch verbrachte.

Aber das gehörte der Vergangenheit an. Die Schulzeit war nur noch eine entfernte Erinnerung. Eine Ansammlung unangenehmer Zwischenfälle, die Jen in eine Handvoll Anekdoten verwandeln würde, die nichts von dem Schmerz und der Einsamkeit in den ersten Jahren ihrer Teenagerzeit erahnen ließen.

Jetzt konnte Jen die Person sein, die sie bereits versuchsweise an den Wochenenden oder innerhalb der vier Wände ihres winzigen Zimmers in dem kleinen Pseudo-Tudor-Haus gewesen war, wo ihr Leben von dem ständigen Rauschen des Verkehrs auf der Autobahn am anderen Ende des Gartens begleitet wurde, hinter der sich schließlich auch noch die Bahngleise erstreckten.

Jen hatte ihr neues Ich nach den Büchern geformt, die sie so sehr liebte – angefangen bei *Ballettschuhe* bis zu *Die Glasglocke* –, und nach all den Songs, die sie unter der Bettdecke auf ihrem blechernen Transistorradio in der *John Peel Show* gehört hatte. Doch so richtig das Licht der Welt erblickt, hatte die neue Jen erst vor ein paar Tagen auf einer Shoppingtour, die sie sich von ihrem Ersparten geleistet hatte, das sie beim Babysitten und während des Sommerjobs in einem Copyshop in Edgware verdient hatte. Und von dem einmaligen Klamottenzuschuss ihrer Eltern, die genau wussten, dass sie mit ihrem ältesten Kind und einzigen Tochter den genetischen Jackpot geknackt hatten. Klar war Jen streitlustig und hatte schon in einem bedenklich jungen Alter begonnen, aus dem Zimmer zu stürzen, die Treppe hochzustapfen und die Tür hinter sich zuzuknallen, aber mehr gab es nicht zu beklagen. Sie tolerierte Martin und Tim, ihre jüngeren Brüder, sie kam direkt nach der Schule nach Hause, begann nach den Hausaufgaben mit der Zubereitung des (gemüsefreien) Abendessens, und nachdem sie bisher ohnehin keine echten, bedeutsamen Freundschaften geschlossen hatte, ging sie selten aus. Gruppenzwang war ihr fremd, und so hatte Jen noch nie Alkohol getrunken oder eine Zigarette geraucht, hing nicht mit Jungs im Park oder am Bahnhof ab und ließ sich auch nicht von besagten Jungs schwängern.

Aus all diesen Gründen hatte ihre Mutter nur kaum hörbaren Widerspruch eingelegt, als Jen ihr die – ihrer Meinung nach – essenzielle College-Grundausstattung präsentierte: eine Levi's 501, die sie zwei Mal aufschlug, damit ihre neuen schwarzen Dr.-Martens-Stiefel mit den berühmten acht Löchern besser zur Geltung kamen; zwei gestreifte T-Shirts und mehrere wild gemusterte Röcke und Kleider aus dem Secondhand-Laden, die ihre Großmutter gekürzt hatte, sodass sie an der magischen Stelle zwischen dem Knie und der Mitte des Oberschenkels endeten; eine ausgeleierte, viel zu große Strickjacke aus irischer Schafswolle, die sie aus Dads Kleiderschrank gemopst hatte; und einen klassischen Crombie-Mantel aus Dads Teenagertagen. Abgerundet wurde ihre Verwandlung von einer umfassenden Auswahl an Make-up aus der Drogerie (die Schminkköfferchen aus dem Kaufhaus, die sie jedes Jahr zu Weihnachten bekam, hatten ausgedient) und den üblichen Notwendigkeiten, wie Stiften, Notizbüchern und Heftmappen.

Jen stapfte an einem Fish-&-Chips-Laden, dem Gerichtsgebäude und einem Zeitschriftenshop vorbei. Sie trug ihre neuen Dr. Martens, die Levis, ein *Smiths*-T-Shirt und die Strickjacke und begann langsam zu schwitzen. Die dicke, schwere Wolle war zu warm für Anfang September, doch Jen wollte einen aufsehenerregenden ersten Eindruck hinterlassen. Immerhin war heute der erste Tag ihres restlichen Lebens. Sie hatte die Schule hinter sich gelassen, und vor ihr lag das freie, ungezwungene Collegeleben. Keine Stundenpläne, kein Klassenbuch und niemand, der zu brüllen begann, wenn jemand den Flur entlanglief.

Es war ein vollkommener Neuanfang. Zumindest sollte es das sein, denn als sich eine Stunde später die Studentinnen und Studenten des Abi-Vorbereitungskurses zum Thema *Englische Literatur* in einem Zimmer im Erdgeschoss des Hauptgebäudes einfanden, hatte Jen das Gefühl, unsichtbar zu sein. Niemand schien sie zu bemerken, dabei hatte sie absichtlich eine französische Ausgabe von *Bonjour Tristesse* vor sich platziert. Sie hatte das Buch in einem Secondhand-Laden in Paddington entdeckt, und obwohl sie bei der Mittleren Reife in Französisch eine Zwei bekommen hatte, tat sie sich schwer damit. Außerdem hatte es wenig Sinn, *Bonjour Tristesse* auf Französisch zu lesen, wenn niemand Jen dabei beobachtete und sich dachte: *O Gott, was für eine mysteriöse, faszinierende und coole junge Frau. Ich muss mich sofort mit ihr anfreunden!*

Im Gegensatz zur Schule, wo altmodische Tische mit Aussparungen für Tintenfässchen und aufklappbaren Tischplatten in geschlossenen Reihen standen, waren die Tische und Stühle hier hufeisenförmig angeordnet, und ihre Dozentin (es gab jetzt keine Lehrer mehr) stand in der Mitte. Es gab zwanzig Studentinnen und Studenten, zwei an jedem Tisch, und Jen saß neben Miguel, einem muskulösen Jungen mit brauner Haut und lässigem, amerikanischem Akzent, der sich von ihr weggedreht hatte, damit er und seine Freunde am Nachbartisch besser aufeinander herumhacken konnten.

15

Jen hielt den Blick gesenkt und konzentrierte sich auf das zweite Buch, das sie mitgebracht hatte. Eine Sammlung englischer Lyrik von 1900 bis 1975. In den Einführungsunterlagen, die alle Studenten zugeschickt bekommen hatten, hatten sie die Aufgabe bekommen, sich ein Gedicht aus der Sammlung auszusuchen, das sie persönlich ansprach.

Jen stützte das Kinn auf die Hand und lauschte ihren Kommilitonen, von denen sich viele für die rhythmischen Reime von John Betjemens *A Subaltern's Love Song* entschieden hatten, das offenbar gerade besonders populär war. Rob, ein knochiger Junge mit wulstigen Lippen und Haartolle, rezitierte *This Be The Verse* von Philip Larkin, obwohl es nicht zur Sammlung gehörte, weil es ihn daran erinnerte, »dass meine Mum und mein Dad es ebenfalls mit mir verkackt haben«.

Jen knetete unter der Tischplatte nervös ihre Hände, während ein hübsches Mädchen auf der anderen Seite des Zimmers mit atemloser, fesselnder Stimme *Die Brandparole* aus T. S. Eliots *Das wüste Land* vortrug. Vermutlich hatte sie auch den Theaterkurs belegt, eine Richtung, zu der sich Jen ungemein hingezogen fühlte, auch wenn sie lieber aus dem Fenster gesprungen wäre, als auf der Bühne ein Gedicht vorzutragen.

»Jen, was hast du für uns?«

Nun war Jen an der Reihe. Sie schob ihren Stuhl zurück und erhob sich vor neunzehn desinteressierten Kommilitonen und unter dem leidgeprüften Blick ihrer Dozentin Mary. Mary war Mitte zwanzig, trug ein fließendes Blumenkleid und hatte ihnen bereits ausführlich von ihrem Freund erzählt, womit sie die Art von Semi-Autoritätsperson darstellte, der Jen echten Respekt entgegenbringen konnte.

»*Lady Lazarus* von Sylvia Plath.« In ihren Gedanken rezitierte Jen das Gedicht voller Inbrunst, nüchtern betrachtet wollte sie es nur so schnell wie möglich hinter sich bringen, ohne Aufsehen zu erregen. Vor allem, als Mary die Lippen aufeinanderpresste, als wollte sie ein Grinsen unterdrücken, das gut zu dem Funkeln in ihren Augen gepasst hätte. Als gäbe es jedes Jahr ein auf Bücher versessenes Mädchen, das sich nicht integrieren konnte und dachte, Sylvia Plath hätte mit dem Gedicht zu ihr – und zwar ausschließlich zu ihr – gesprochen. Als wäre Jen nichts Besonderes.

Trotzdem war *Lady Lazarus* Jens Lieblingsgedicht und Sylvia Plath ihre Lieblingsschriftstellerin, und während sie las, wurde ihre Stimme lauter und klarer und bebte vor Gefühl. Nicht nur wegen der Geschichte der Verfasserin, der so viel Unrecht widerfahren war, dass sie sich wenige Monate nach der Fertigstellung das Leben genommen hatte, sondern auch, weil es so emotionsgeladen und anstrengend war, ein sechzehnjähriges Mädchen zu sein. Außerdem hatte Jen rotes Haar und gab wie Sylvia Plath eine tragische Figur ab.

Nachdem sie geendet hatte, herrschte sieben Sekunden lang Stille (Jen zählte in Gedanken mit), dann meinte Mary: »Sehr schön«, und spitzte die Lippen, als müsste sie ein weiteres Grinsen unterdrücken. Jen ließ sich auf den Stuhl fallen, und nachdem sich der Boden nicht auftat, um sie zu verschlucken, legte sie die Ellbogen auf den Tisch und beugte sich darüber, bis der Großteil ihres Gesichts hinter ihren Händen verborgen war.

Jen aß keineswegs Männer, wie es in dem Gedicht hieß – nicht einmal ansatzweise. Sie sah keinen Sinn darin. Stattdessen griff sie nach einer Haarsträhne, um darauf herumzukauen. Es war eine nervöse Angewohnheit, die sie nie ganz losgeworden war.

Es blieb nur noch ein Student übrig, der sein Gedicht vortragen sollte, und er hieß ...

»Nick?«, fragte Mary. »Du warst letzte Woche nicht bei der Orientierungsveranstaltung.«

»Nein«, stimmte Nick ihr zu.

Jen war so mit den Gedanken an ihren bevorstehenden Vortrag, dem anschließenden Zusammenbruch über der Tischplatte und der Haarsträhne in ihrem Mund beschäftigt gewesen, dass der Junge ihr nicht aufgefallen war. Doch jetzt sah sie nichts anderes mehr. Es war, als hätten alle anderen Anwesenden aufgehört zu existieren. Sie waren bloß Füllmasse. Unbedeutende Hintergrundgeräusche.

Nick war groß und dürr, hatte die schlaksigen Arme vor der Brust verschränkt und die langen Beine von sich gestreckt. Er trug eine Lederjacke – eine richtige Lederjacke wie James Dean auf der Postkarte, die in Jens Zimmer hing –, enge Jeans und spitz zulaufende Stiefel. Seine dunklen Haare waren lang genug, dass er sie mit den Fingern aus dem Gesicht streichen konnte, und die darunterliegenden Wangenknochen waren so geometrisch, wie Lloyd Cole es in *Perfect Skin* besang. Er hatte einen kleinen Leberfleck rechts über dem Mund, und nur ein kurzer, aber alles umfassender Blick genügte Jen, um zu wissen, dass sie ihre Lippen für alle Ewigkeit auf seine pressen wollte.

Sie wandte sich mit glühenden Wangen ab, obwohl ohnehin niemand auf sie achtete. Alle hatten nur Augen für Nick. Weil er Schönheit und Gefahr in sich vereinte. Und weil er mit Mary debattierte, obwohl sie eine Semi-Autoritätsperson war.

»Was, wenn mich kein Gedicht direkt angesprochen hat?«, wollte er wissen und hielt sich das Buch ans Ohr, als wäre es eine Muschel und er wollte das Meer rauschen hören.

»Dann würde ich sagen, dass du dir nicht genügend Mühe gegeben hast«, erwiderte Mary, und Jen fühlte sich in ihrer Vermutung bestätigt, denn sie spitzte erneut die Lippen, als wäre das – ein hübscher, vorlauter Junge, der mit ihr über die vorgegebenen Texte stritt – ebenfalls etwas, womit sie sich jedes Jahr herumschlagen musste.

Vielleicht spielte sie Studenten-Bingo mit den anderen Dozenten: *Ja, ich hatte eine Sylvia Plath. Fünf Punkte für mich.* »Wie wäre es mit Louis MacNeice? In einigen Jahren wirst du womöglich zu schätzen wissen, was er ...«

»Aber jetzt ist nicht in einigen Jahren.« Nick legte das Buch nieder und griff unter den Tisch, um seinen Gettoblaster hervorzuholen. »Es gibt noch andere Arten von Poesie. Ich mache den Mal an, ja?«

Er wartete nicht auf Marys Antwort – ein amüsiertes »tu, was du nicht lassen kannst« –, sondern stand auf und sah sich nach der nächsten Steckdose um. Sie befand sich direkt hinter Jen, die sich zwang, sich nicht umzudrehen, auch wenn der Rest der Klasse kein Problem damit hatte, Nick ungeniert zu beobachten, während er sein Gerät an den Strom anschloss.

Jen fragte sich, was diesem Jungen aus der Seele sprach. Allen Ginsberg, vielleicht? Nein! Er war eher ein Rimbaud-Typ. Oder vielleicht Baudelaire. Aber warum las er dann nicht einfach ein Gedicht vor, wie alle anderen auch?

Es klickte laut, als er den Wiedergabeknopf nach unten drückte, dann folgten ein Knistern und Zischen, und ein Tambourin gab den Takt vor, bis vertraute, sanfte Akkorde erklangen, die Jen nur allzu gut kannte, und eine Frau mit starkem deutschen Akzent zu singen begann.

Es war *I'll Be Your Mirror*, der dritte Song auf der zweiten Seite des Albums von *The Velvet Underground & Nico*. Ein

Liebeslied, das von einem Menschen handelte, der alles sieht, was du vor der Welt verbirgst, und genau das liebt. Der dich liebt …

Jen wandte sich auf ihrem Stuhl herum und sah zu Nick, der immer noch neben dem Gettoblaster hockte, den Takt auf dem Knie mitklopfte, und dessen Haare den Großteil seines Gesichts verdeckten. Sie seufzte leise, und er sah auf, als hätte der sanfte Windstoß ihres ausgestoßenen Atems ihn erreicht. Sein Blick blieb an Jens Gesicht hängen, und sie konnte sich nicht von ihm lösen, bis Miguel sich zur Seite drehte und sich den Ellbogen an der Tischplatte stieß.

Miguel fluchte, und der Song war zu Ende. Nick sah Jen mit hochgezogenen Augenbrauen herausfordernd an, und der Moment war vorüber.

Jen wünschte, er hätte nie stattgefunden.

»Das war's für heute. Bis Montag will ich zwei Seiten über das von euch gewählte Gedicht«, verkündete Mary, während die Studenten ihre Unterlagen und Stifte zusammensuchten und die Bücher in die Taschen stopften. »Rob, Nick – von euch bekomme ich zwei Seiten über ein Gedicht aus dem vorgegebenen Buch.«

Jen huschte zur Tür hinaus und zog sich in die Sicherheit der Mädchentoilette zurück. Zwischen den Kursen war hier einiges los, doch sie leerte sich schnell, sodass sie einen Blick in den Spiegel werfen konnte. Sie experimentierte gerade mit einem grünen Korrekturstift, um die rote Haut im Gesicht zu kaschieren, doch sie bekam es nie richtig hin, sodass sie immer ein wenig grün um die Nase war. Was ein wenig Puder allerdings schnell beheben konnte. Jen betupfte ihre Wangen mit dem hellsten Puder, den sie in der Drogerie auftreiben hatte können, doch ihr starrte immer noch ein rotes Mondgesicht entgegen. Sie nahm noch mehr Eyeliner und mehr Mascara und war sich nicht sicher, welchen Effekt sie erzielen wollte. Sie wusste nur, dass sie ihn noch nicht erreicht hatte.

Sie trug gerade etwas von ihrem matten, fliederfarbenen Lippenstift auf, als die Tür aufging und das Mädchen eintrat, das *Das wüste Land* vorgetragen hatte. Ihr Blick fiel auf Jen, und sie hielt inne, als hätte sie nicht erwartet, Jen hier auf der Toilette und vor dem Spiegel anzutreffen. Sie nickte ihr kurz zu, und Jen wartete, bis sie in der Kabine verschwunden war, dann drehte sie den Wasserhahn auf, damit es für sie beide nicht zu peinlich wurde.

Jen wollte so schnell wie möglich verschwinden, doch sie wurde von einem Klecks verschmierter Mascara und einer Stimme aufgehalten, die aus der Kabine drang: »Also … was hältst du von der Sache?«

Es kam Jen falsch vor, ein Gespräch zu beginnen, während man auf der Toilette saß. Wenn Jen mit ihrer Großmutter in der Innenstadt war und sie eine Kaufhaustoilette aufsuchten, unterhielt sie sich jedes Mal schreiend mit Jen, und Jen war es jedes Mal schrecklich peinlich.

»Von welcher Sache?«, fragte Jen, während die Toilettenspülung rauschte.

»Von diesem Kerl. Nick.« Die Kabinentür öffnete sich, und die Blicke der beiden Mädchen trafen sich im Spiegel. »Er ist so überheblich. Und was war das überhaupt für ein Song?«

»*I'll Be Your Mirror* von *The Velvet Underground*. Er ist auf dem Album mit der Banane auf dem Cover«, erklärte Jen.

Das Mädchen schüttelte den Kopf, als könnte sie es nicht glauben. Sie trug ein schwarz-weiß gestreiftes Oberteil, schwarze Levi's 501 und niedrige schwarze Dr. Martens. Die glänzend schwarzen Haare waren zu einem wippenden

Pferdeschwanz gebunden, und ihre riesigen, dunkelbraunen Rehaugen brauchten keine Unmengen an Mascara und Eyeliner.

»Noch nie von denen gehört«, meinte sie herablassend über die Band, auf die andere Bands in Interviews regelmäßig Bezug nahmen. Jen hatte anfangs erwartet, dass die Songs laut, überladen und ohne richtige Melodie sein würden, doch dann hatte sie fünf Pfund riskiert, die sie bekommen hatte, um sich zum Geburtstag eine Schallplatte zu kaufen, und hatte erkannt, dass alle elf Songs auf dem Album mit der Banane auf dem Cover tief in ihre Seele drangen. Oder vielleicht auch nur zehn, nachdem ein Song den Titel *Heroin* trug und sie damit absolut nichts zu tun haben wollte. »Ich werde Rob fragen. Er kennt sich mit Musik aus. Anscheinend verpasst er keine Ausgabe der *John Peel Show*.«

Ich höre auch die John Peel Show!, schrie Jens Unterbewusstsein, doch sie nickte nur.

»Also, du hast mir noch nicht verraten, was du von ihm hältst. Von Nick, meine ich?«, fuhr das Mädchen herausfordernd fort und sah Jen erwartungsvoll an, als würde ihre Meinung Licht ins Dunkel bringen.

Jen dachte daran, wie Nick sich die Haare aus dem Gesicht gewischt hatte. An die kaum merkliche Spannung in der Luft. Und dass sie ihn nicht ansehen konnte, sich seiner aber trotzdem schmerzhaft bewusst gewesen war. Die Form des winzigen, verheerenden Leberflecks über seiner Oberlippe und die Linie seiner Wangenknochen hatten sich schon jetzt in ihr Herz gebrannt, und sie hatte noch immer den Anblick vor sich, wie die Stirnfransen seine Augen verdeckten, in deren Tiefen sie gerne versunken wäre.

»Er ist nichts für mich«, platzte sie heraus, denn es war die Wahrheit. Er sah älter aus als die anderen, und während

Jen den Grund für Robs absichtlich abgefucktes, aber dennoch gutes Aussehen verstand und die Bedeutung hinter seiner Tolle und dem *Smiths*-T-Shirt kannte, versetzte Nick sie in Angst und Schrecken. »Solche Jungen sind … ich glaube …«

»Schrecklich überheblich?«, schlug das andere Mädchen erneut vor, aber das traf es nicht wirklich – auch wenn es der Inbegriff von Überheblichkeit war, einen Song von *The Velvet Underground* in einem Literaturkurs zu spielen, anstatt ein Sonett von Siegfried Sassoon vorzutragen.

Der Grund war auch nicht, dass Nick nicht in ihrer Liga spielte.

Es waren vielmehr seine Sorglosigkeit, seine Selbstverständlichkeit, seine Abgebrühtheit. Jungen wie er brachen Mädchen das Herz, und Jen hatte keine Erfahrung mit solchen Jungen. Sie hatte *überhaupt* keine Erfahrung mit Jungen.

Allerdings hatte sie reichlich Erfahrung mit Leuten, die sich nicht darum scherten, was andere über sie dachten. Mit den Mädchen aus der Schule, die ihr die letzten fünf Jahre ihres Lebens zur Hölle gemacht hatten. Mit ihrer Nachbarin Sue, die gegenüber wohnte und immer laut aussprach, was ihr in den Sinn kam, auch wenn es meist nur unbedeutender Tratsch über andere Leute war, die in ihrer Straße wohnten. Mit ihrem Großvater Stan, der schreckliche, vernichtende Dinge sagte, ohne jemals darüber nachzudenken, welchen Schaden sie anrichteten. Als Jen fünf war und am Strand stolz ihren ersten Bikini vorgeführt hatte, hatte Stan gemeint, sie sähe aus wie ein kleines Mastschwein, und er hatte es auch nicht zurückgenommen, als sie zu weinen begonnen und seine Frau und seine Tochter sich ausnahmsweise einmal gegen ihn aufgelehnt hatten. Kaum jemand lehnte sich jemals gegen Stan auf. So war das Leben viel einfacher. Trotzdem fragte sich Jen seit diesem Tag jedes Mal, wenn sie in einem neuen Outfit vor dem Spiegel stand, ob sie wie ein Mastschwein aussah. Und traurigerweise lautete die Antwort meistens Ja.

Jen wusste also einiges über unbedachte Menschen und wie tief sie andere verletzen konnten, weshalb sie beschlossen hatte, Nick lieber aus dem Weg zu gehen.

»Er ist einfach niemand, mit dem ich gerne befreundet wäre«, erklärte sie entschieden.

»Ich auch nicht!« Das Mädchen musterte Jen einen Moment lang eindringlich und runzelte kaum merklich die Stirn, als ihr Blick auf den matten, fliederfarbigen Lippenstift fiel. Dann nickte sie. »Ich bin Priya. Du kannst mit uns abhängen. Komm mit!«

Jen warf sich ihre schwarze, mit Ansteckern übersäte Baumwollumhängetasche über die Schulter, während Priya ihr die Tür aufhielt und dabei so ungeduldig und genervt wirkte, als würde normalerweise *ihr* die Tür aufgehalten werden.

»Wen meinst du mit *uns?*«, fragte Jen.

Uns – das waren Priya, Rob und George, eine etwas weniger auffällige Version von Rob mit derselben Tolle und demselben *Smiths*-T-Shirt, aber plumper und trotzdem schmächtiger, der sie mit einem breiten Grinsen bedachte, als sie in der Collegekantine den Stuhl neben ihm herauszog.

»Was sind deine drei liebsten *Smiths*-Songs?«, fragte er begierig mit Blick auf die Anstecker auf Jens Tasche.

Es begann eine Diskussion über ihre Lieblingssongs und warum das Album *The Queen is Dead* besser war als *Meat is Murder*, und es war genau so, wie Jen sich das Collegeleben immer erträumt hatte. Rob hatte Jen lediglich knapp und nicht wirklich freundlich zugelächelt, als sie sich gesetzt hatte, doch kurz darauf beteiligte er sich ebenfalls an der angeregten Unterhaltung. Nur Priya sagte kaum etwas, auch wenn Jen immer wieder versuchte, sie ins Gespräch miteinzubeziehen.

»Also, neue Freundin, wie ist dein Name?«, fragte Rob, als Jen langsam zu ihrem Französischkurs aufbrechen musste, während die anderen drei noch ein wenig Zeit in der Kantine vertrödeln konnten.

»Ich bin Jen«, erklärte sie bestimmt, als hätte es nie eine andere Version ihrer selbst gegeben.

Und einfach so hatte Jen Freunde gefunden. Was sie in fünf Jahren Unterstufe nicht zustande gebracht hatte, schaffte sie am College an einem Vormittag.

In den Freistunden gingen Priya und sie in die nahe gelegene Drogerie, um auf dem Handrücken neue Lidschattenfarben auszuprobieren, oder in den winzigen Topshop, obwohl es dort wochenlang immer nur dasselbe gab. Wenn sie nicht unterwegs waren, saßen sie in der Kantine, und Priya kommentierte alles und jeden, der ihr unter die Augen kam. Sie zählte auf, wen sie mochte – es war eine sehr kurze Liste, auf der vor allem die Leute aus ihrem Kunstkurs und ein paar ausgewählte, ebenso extrovertierte Kommilitonen aus dem Theaterkurs standen –, um schließlich zu denen überzugehen, die sie nicht mochte. Wobei *diese* Liste wesentlich länger ausfiel, denn auf ihr standen alle Mitstudenten, die Priyas Meinung nach zu beschränkt waren, um den Abschluss zu schaffen. Darunter etwa sämtliche Mädchen mit hellen Strähnchen und stonewashed Jeans, die Tourismuskurse belegt hatten oder sich für Styling und Kosmetik interessierten, und sämtliche Jungs, die ihr Wissen in Elektrotechnik vertieften oder Klempner werden wollten, sich aufführten wie Sau und ständig lautstark miteinander in Streit gerieten.

Am häufigsten wollte Priya aber über Rob reden. Was er an diesem Tag anhatte. Was er zu ihr gesagt hatte. Wie er ausgesehen hatte, als er es gesagt hatte. Was er damit gemeint haben könnte, was er gesagt hatte. »Nicht, dass du glaubst, dass ich auf ihn stehe. Seine Lippen sind wie Gummiwürste.«

Robs Lippen hatten keinerlei Ähnlichkeit mit Gummiwürsten. Sie waren vollkommen normal. Was Jen allerdings lieber für sich behielt, denn auch wenn sie noch nie von einem Jungen geküsst worden war, war es selbst für sie offensichtlich, dass Priya sehr wohl auf Rob abfuhr.

Wenn Jen nicht mit Priya abhing, war sie mit George unterwegs. In der High Street gab es acht oder neu Secondhand-Läden, und sie statteten jedem mindestens einmal alle zwei Tage einen Besuch ab. Sie begannen mit dem Laden an der Ecke, wo sich die Verkäufer kaum dazu herabließen, mit ihnen zu sprechen, und gingen dann weiter in den Plattenladen am anderen Ende der High Street. Hier waren die Verkäufer freundlicher, und es gab einen Karton mit alten Single-Schallplatten im Sonderangebot zu sechzig Pence.

Am Ende setzten sie sich mit einem Scone und einem Becher Kaffee in den ersten Stock des Cafés auf der gegenüberliegenden Straßenseite des Colleges. Jen konnte Kaffee nicht ausstehen, aber sie war mittlerweile sechzehn, und es war unerlässlich, dass sie sich daran gewöhnte, nicht nur heiße Schokolade zu trinken.

»Du siehst bei jedem Schluck so aus, als würdest du gleich zu heulen beginnen«, erklärte George immer. Doch sie war fest entschlossen, einen erwachseneren, anspruchsvolleren Geschmack zu entwickeln, und das war die fünfundsechzig

Pence für den Becher bitteres Spülwasser wert, den sie jedes Mal hinunterzwang. Außerdem lenkte es Jen von George ab, der ihre Abstecher ins Café als Vorwand nutzte, um über Priya zu sprechen. Darüber, wie schön sie war und wie schimmernd und glänzend ihre Haare waren, und ob ihre Eltern sehr streng waren – denn er war zwar kein Rassist, aber indische Eltern waren angeblich konservativ, und vielleicht erlaubten sie Priya keinen Freund. Aber falls doch, glaubte Jen dann, dass George eine Chance bei Priya hatte?

»Hat sie irgendetwas zu dir gesagt?«, fragte er jedes Mal hoffnungsvoll.

Woraufhin Jen einen weiteren Schluck Kaffee nahm, aufgrund des Geschmacks das Gesicht verzog und den Kopf schüttelte. »Wir sprechen kaum über Jungs. Außer, wenn wir über die Elektrotechnikstudenten ablästern.«

Rob erwähnte sie dabei nicht, aber irgendwie musste George doch ahnen, dass er nicht derjenige war, den Priya wollte. Das *musste* er.

Manchmal schloss Rob sich ihnen auf ihrer Tour durch die Platten- und Secondhand-Läden an. »Hast du das etwa noch nicht gelesen?«, fragte er jedes Mal ungläubig, wenn Jen triumphierend ein Buch aus dem Drehständer im Buchladen zog, das sie gerade entdeckt hatte, ganz egal, ob es sich um *Zärtlich ist die Nacht* oder *Das Tal der Puppen* handelte. »Wow!«

»Okay, aber mir gefielen ihre alten Sachen irgendwie besser«, erklärte er immer, wenn George das schwer verdiente Geld aus seinem Wochenendjob (er arbeitete in der Krankenhauskantine und verbrachte die meiste Zeit damit, sich von seinen älteren Kolleginnen veräppeln zu lassen) für eine Single ausgab, die er am Abend zuvor in der *John Peel Show* gehört hatte. »Der Song ist nicht schlecht, aber irgendwie auch ... du weißt schon ... langweilig.«

Die vier hatten sogar ihren eigenen Lieblingstisch in der Collegekantine, direkt an der Wand in der Nähe der Kunststudenten, aber nicht so nahe, dass es aussah, als wären sie an ihnen interessiert. Obwohl sie das in gewisser Hinsicht durchaus waren. Immerhin waren die Kunststudenten älter und cooler, und falls es uncoole Kunststudenten gab, waren sie Jen noch nicht aufgefallen. Sie sah nur die Mädchen in mit Farbflecken übersäten Overalls, die Haare mit bunten Tüchern aus dem Gesicht gebunden, und die Jungs in ihren Lederjacken und den Zigaretten zwischen den langen Fingern.

Die Kunststudenten sahen alle so aus wie Nick – weshalb es Jen nicht überraschte, dass er mit ihnen abhing. Priya hatte einige wenig diskrete Nachforschungen angestellt und herausgefunden, dass Nick das erste Oberstufenjahr an einer Privatschule absolviert hatte, aber haushoch an den Zwischenprüfungen gescheitert war. Nun musste er das Jahr wiederholen, und das auch noch mit jüngeren Kommilitonen, die ihm nicht einmal die kleinste Gefühlsregung auf sein teilnahmsloses Gesicht zaubern konnten.

An den meisten Tagen fuhr Jen mit dem Rad zum College und brauchte dafür genau vierundzwanzig Minuten. Sie stellte es in den Ständer neben dem Eingang zum Kunstcollege, der sich auf der Hinterseite des Campus befand. Zwischen dem Kunstgebäude und dem Hauptgebäude lag eine kleine quadratische Rasenfläche, auf der immer weniger Studenten anzutreffen waren, je weiter der Herbst fortschritt und je kälter es wurde. Nur Nick und ein paar andere Jungs saßen fast jeden Tag auf der Steinmauer am Rand des Rasens und rauchten eine letzte Zigarette, bevor die Kurse begannen. Nick hielt seine Zigarette zwischen Daumen und Zeigefinger, als wäre er es gewöhnt, sie schnell zu verstecken, wenn ihn jemand erwischte. Selbst, wenn es hier niemanden kümmerte. Man durfte sogar in der Kantine rauchen.

Jen tat ebenfalls so, als würde es sie nicht kümmern. Als ihr klar geworden war, dass sie die nächsten zwei Jahre im selben Englischkurs verbringen würde wie Nick Levene, war sie erleichtert gewesen, dass sie bereits beschlossen hatte, dass Nick genauso wenig ihr Fall war wie Erbsen und Pastellfarben. Sie würde nie auch nur ein Wort mit ihm wechseln, sondern ihn lediglich aus der Ferne bewundern. Es machte ihr nichts aus, in jemanden verschossen zu sein, dem sie niemals nahekommen würde. Es ging ihr im Gegenteil sehr gut mit dem bittersüßen Herzschmerz unerwiderter Liebe zu Jungen, mit denen sie noch nie gesprochen hatte. Wenn sie also morgens an ihm und seinen Kunst-Kumpeln vorbeihetzte, war der Grund für ihr hochrotes Gesicht lediglich, dass sie sieben Kilometer mit dem Rad gefahren war und noch keine Zeit gehabt hatte, ihren grünen Korrekturstift aufzutragen. Mehr nicht.

12. Dezember 1986
U-Bahn-Station Brixton

2 Das Collegeleben verlief auf angenehme Weise ereignislos. Jen mochte die Fächer, die sie für die Abi-Vorbereitung ausgewählt hatte, und es gefiel ihr, dass sie Freunde hatte, mit denen sie auch nach dem Unterricht und sogar am Wochenende Zeit verbrachte, wenn sie nicht gerade beim Babysitten war. Sie mochte ihr Leben, und sie genoss, dass sie nicht mehr jeden Tag mit einer Angst im Bauch aufwachte, wie in den Jahren, als sie noch zur Schule gegangen war.

Ja, alles war super – bis *The Smiths* ankündigten, dass sie ein Konzert in der *Brixton Academy* geben würden.

Feldzüge erforderten sicherlich weniger Planung als der Abend mit *The Smiths* in der Brixton Academy. Nach hitzigen Diskussionen wurden George und Rob mit der Aufgabe betraut, am ersten Tag des Vorverkaufs nach Brixton zu fahren und Karten zu besorgen. Danach verbrachten Jen und Priya Ewigkeiten damit, ihre Outfits zusammenzustellen, wobei sie sich am Ende für eine etwas ausgefallenere Version dessen entschieden, was sie auch sonst trugen: ein Kleid im Blumenmuster, schwarze Strumpfhosen und Dr. Martens. Feiner ging es nicht – und feiner würde dort niemand aussehen.

Am Tag des Konzerts – dem 12. Dezember im Jahre des Herren 1986, der sich für immer in ihr Herz brennen würde – wollten Jen und George so früh wie möglich zur Brixton Academy, um in den Saal zu rauschen, sobald die Türen sich öffneten, bis vor die Bühne zu sprinten (wo sie einen Platz für Priya und Rob freihalten würden, die zu versessen auf ihren Theaterdozenten waren, um früher abzuhauen) und dort Wurzeln zu schlagen, ganz egal, was passierte. »Vielleicht schaffen wir es nach dem Gig sogar auf die Bühne«, überlegte George, als sie das College um die Mittagszeit verließen. Sie hatten noch nie einen Kurs geschwänzt, aber eine versäumte Geschichtsstunde würde ihnen kaum nennenswerte Nachteile einbringen, wenn sie in achtzehn Monaten ihre Prüfungen ablegten.

Während der U-Bahn-Fahrt unterhielten sie sich über das Konzert. Welche Songs sie spielen würden. Ob vielleicht sogar ein neuer Song vorgestellt werden würde. Ob es stimmte, dass Johnny Marr seine wundervollen, von Gott gegebenen und genialen Hände bei einem Autounfall verletzt hatte und vielleicht nicht Gitarre spielen konnte. George versuchte, das Gespräch auf Priya zu lenken, doch Jen unterbrach ihn eilig. Erst am Vortag hatte ihr Priya bei der Übergabe des Übernachtungsrucksackes (Priyas Dad würde sie nach dem Gig abholen, und Jen durfte bei ihr übernachten) in Form eines langen Monologes erklärt, dass George ihr »langsam wirklich auf die Nerven« ging. »Er starrt mich andauernd an. Ich bin nicht eingebildet, Jen, aber er spielt auf keinen Fall in meiner Liga.«

»Ja, schon klar«, hatte Jen unverbindlich geantwortet, denn falls Priya tatsächlich so dachte, war es ihre Aufgabe, es George zu verklickern. Jen würde nicht den Boten für sie spielen. Für den Boten gingen solche Geschichten nie gut aus.

Als George also mit seiner Schwärmerei begann, boxte Jen ihn in die Seite und deutete auf das andere Ende des U-Bahn-Waggons. »Ist das nicht einer von *Jesus & Mary Chain?*«

Georges Kopf fuhr herum, und seine Augen begannen zu leuchten. Doch dann stieß er ein enttäuschtes Seufzen aus. »Nein. Das ist nur jemand, der *Jesus & Mary Chain* echt sehr, sehr gerne mag.«

Als sie kurz vor zwei Uhr mittags in Brixton ankamen, waren sie beide in höchster Alarmbereitschaft. Erstens, weil sie sich in Südlondon befanden und sich hier beinahe genauso fremd fühlten wie im Ausland, und zweitens, weil es im Vorjahr Krawalle gegeben hatte und sie Angst hatten, dass einige Leute an einem kalten Winternachmittag um zwei Uhr nichts Besseres zu tun hatten, als Molotowcocktails auf die Straße zu werfen. Doch die gab es nicht. Sie sahen nur die üblichen Passanten, die in jedem Londoner Stadtteil die High Street bevölkerten. Alte Frauen, die mit Einkaufstrolleys den Bürgersteig entlangschlurften, zwei Männer, die lautstark ihre Obst- und Gemüsestände bewarben – »*Sechs Orangen für ein Pfund! Herrliche Äpfel! Holt euch eure Tomaten fürs Abendessen!*« –, und eine Schar rangelnder Jungen in Schuluniformen.

George hatte nicht nur Angst vor Krawallen gehabt, sondern auch befürchtet, dass er die Brixton Academy nicht wiederfinden würde, dabei befand sie sich direkt vor ihrer Nase. Er wollte sich schon mal in die Schlange vor dem Eingang stellen, doch Jen erklärte ihm, dass sie noch nicht wirklich lang war und die Türen sich erst in einer Ewigkeit öffnen würden, was bedeutete, dass sie viel zu lange warten mussten. Er ließ sich überreden, noch eine Kleinigkeit zu essen, wobei er Jen warnte, nichts zu trinken, damit sie nachher nicht auf die Toilette musste.

»Jungs sind da anders«, erklärte er ihr, während er mit schmalen Augen beobachtete, wie sie an ihrem Orangensaft nippte, den sie zu ihrem Hamburger (kein Ketchup, keine Gurke, kein Salat) und den Fritten bekommen hatte. »Wir sind wie Kamele. Wir können es ewig aushalten.«

Für jemanden, der rumgezickt hatte, weil Jen vor dem Konzert noch etwas essen wollte, haute George ordentlich rein, nahm sogar noch eine Nachspeise und schwemmte alles mit literweise Cola hinunter.

Als sie fertig waren, ging Jen auf die Toilette, obwohl sie nicht musste, während George ungeduldig das Gesicht verzog und auf die Uhr schaute. Offenbar hatte er keine Großmutter, die ihm die Vorteile eines vorsorglichen Toilettenbesuchs erklärt hatte.

Schließlich reihten sie sich in die Schlange ein, die sich mittlerweile um das Gebäude herum gebildet hatte. George versuchte abzuschätzen, wie viele Leute vor ihnen waren und ihre Pläne, direkt vor der Bühne zu stehen, zunichtemachen würden, und Jen zitterte, weil sie keinen Mantel dabeihatte (ihre Mutter würde sie umbringen), sondern nur ihr hübschestes Blumenkleid und eine schwarze Strickweste trug, die gegen den eisigen Dezemberwind nichts ausrichten konnte. George unterhielt sich mit zwei Jungen aus Newcastle, wobei das Gespräch hauptsächlich darin bestand, dass sie abwechselnd irgendwelche unbekannten Bandnamen brüllten und die Reaktionen des anderen abwarteten. Nachdem niemand riskieren wollte, eine uncoole Band zu mögen, kamen sie zu dem Schluss, dass mehr oder weniger alle schrecklich waren. Abgesehen von *The Smiths.*

»Ich wette, du bist nur hier, weil du auf Morrissey abfährst«, höhnte einer der Jungen aus Newcastle mit Blick auf Jen, die darauf wartete, dass George einsprang und sie ver-

33

teidigte, doch er sagte nichts, und die Jungen setzten ihre endlose Diskussion über das Cover von *What Difference Does It Make?* fort. Jen konnte es kaum erwarten, dass sich die Türen öffneten und George und sie die beiden endlich loswurden. Und beinahe wünschte sie sich, sie könnte auch George loswerden.

Über eine Stunde später erklang wilder Jubel, und die Schlange setzte sich in Bewegung. Sie rückten dem Eingang näher und immer näher, zeigten hastig ihre Karten vor, wurden von einem Sicherheitsbeamten nach Aufnahmegeräten abgetastet (Bäh!), und als George schließlich nach Jens Hand griff, vergaß sie ihre Wut auf ihn. Sie rannten durch die Eingangshalle in das immer noch fast leere Auditorium, dann begann ein halsbrecherischer Fünfzig-Meter-Sprint zur Bühne. Sie standen zwar nicht direkt davor, aber zumindest in der zweiten Reihe, und Jen klatschte in die Hände und sprang auf und ab, denn sie war so nahe, dass Morrissey ihr vielleicht direkt in die Augen blicken würde, und wenn sie die Hand ausstreckte, dann griff er womöglich danach und zog sie auf die Bühne ...

Innerhalb einer Stunde war das Auditorium so voll, dass sie hinter sich nur noch eine verschwommene Masse an Körpern erkennen konnte. Sie sah sich nach Priya und Rob um und erkannte, dass sich auch an der Bar im hinteren Teil und an den Türen Menschenmassen gebildet hatten, und auf dem Balkon über ihnen Leute Platz nahmen.

»Warum besucht man ein Konzert, wenn man sich dann erst hinsetzt? Da könnte man seine Karte doch jemanden überlassen, der die Musik wirklich zu schätzen weiß«, erklärte sie mürrisch.

»Die sind sicher alle uralt«, erwiderte Georg ätzend, und Jen vergaß, dass sie immer noch ein wenig wütend auf ihn war, als sie sich darüber ausließen, wie traurig es war, dass Leute über dreißig noch zu Konzerten gingen, obwohl sie offensichtlich schon zu altersschwach waren, um es zu genießen.

»Sie klammern sich verzweifelt an den letzten Rest ihrer Jugend«, schnaubte Jen, als die Musik vom Band verstummte und die Lichter ausgingen. Ihr Herz sprang beinahe aus ihrer Brust, und George drückte ihre Hand, ließ sie jedoch wieder los, als eine Band auf die Bühne trat, bei der es sich definitiv nicht um *The Smiths* handelte.

»Das ist Pete Shelley. Er war bei den *Buzzcocks*«, erklärte George Jen, als hätte sie das nicht selbst gewusst, und ihre Wut war wieder da.

Die Menge drängte nach vorne, und Jen hatte Mühe, sich auf den Beinen zu halten. Sie hatte noch nie bei einem so großen Konzert ganz vorne gestanden. Tatsächlich war sie erst bei einem anderen Konzert gewesen – sie hatte sich mit ihrer Mum von der letzten Reihe unter dem Dach *Duran Duran* im Wembley-Stadion angesehen, und dieses Geheimnis würde sie mit ins Grab nehmen.

Schon bald fand sie jedoch heraus, wie sie sich am besten mit der Menge bewegte, und als die Band *Ever Fallen in Love* spielte, sang sie aus Leibeskräften mit. Es war befreiend, ein kleiner Teil eines gigantischen Ganzen zu sein. Es gab etwas, das sie verband, einen gemeinsamen Daseinszweck, und sie hatte zum ersten Mal in ihrem Leben das Gefühl, dazuzugehören. Es waren zwar noch nicht *The Smiths*, aber es war trotzdem fast perfekt. Bis George ihr ins Ohr brüllte: »O Gott, ich muss dringend pinkeln!«

Jen blieb ungerührt. »Da musst du jetzt durch.«

George schaffte es für den Rest des Sets, doch als Pete Shelley und seine Band die Bühne verließen und sich ein ungeduldiges Brüllen erhob, schüttelte er unglücklich den Kopf. »Ich verschwinde. Halte mir den Platz frei!«

»Wie soll denn das gehen? Und wo sind überhaupt Priya und Rob?«, schrie Jen ihm nach, doch die Menge hatte George bereits verschluckt.

Trotzdem war Jen nicht allein, denn sie waren alle zusammen ein großes Ganzes. Sie liebten alle dieselben vier Leute und deren Musik.

Die Menge wartete. Jen war zwischen den Leuten in der ersten Reihe und der Menschenwand hinter sich eingeklemmt. Sie spürte, wie die Aufregung von den Sohlen ihrer Dr. Martens auf dem klebrigen Boden langsam bis in ihren Kopf stieg, und ihre Haare waren bereits schweißnass.

Das Publikum schrie vor Vorfreude, als die Roadies Instrumente auf die Bühne trugen, die Setlists am Boden festklebten und das Mikrofon einrichteten.

Gerade, als Jen dachte, es würde nie passieren, ging das Licht erneut aus, und die ersten Töne von *Take Me Back to Dear Old Mighty*, dem bekannten Lied aus dem Ersten Weltkrieg, das für das Intro von *The Queen Is Dead* neu aufgenommen wurde, hallten durch das Auditorium. Jens Herz stockte, denn plötzlich waren *sie* da.

Mike Joyce ließ die Sticks auf sein Schlagzeug niederfahren, und sie begannen zu spielen. Das Rauschen in Jens Ohren und der Jubel der Menge waren so laut, dass Jen nicht einmal den Song hörte, bis Morrissey, eingewickelt in eine schwarze Strickjacke, zu singen begann.

Die Menge geriet in Bewegung und teilte sich, und Jen wurde von einem Jungen nach dem anderen beiseitegestoßen und zurückgedrängt, die sich ihren wertvollen Platz schnappten. Nein, das waren keine Jungen. Es waren *Männer*. Stämmige Männer, die mit den Armen ruderten und mit den Füßen stampften, auf der Stelle sprangen, von einer Seite zur anderen schwankten und den Platz vor der Bühne in einen Hexenkessel verwandelten. Ein Ellbogen knallte an Jens Kopf, und ein Mann, der doppelt so groß war wie sie, krachte gegen ihren Brustkorb. Sie wollte nichts wie weg.

Erst jetzt erkannte sie, dass in der ersten Reihe kaum Frauen zu sehen waren. Es war bloß eine pulsierende Menge Testosteron und XY-Chromosomen. Während sie hektisch versuchte, sich durch die winzigen Lücken zu schieben, die sich in der brodelnden Masse auftaten, wurde ihr mit einem Mal deutlich bewusst, dass sie ein Mädchen war. Und nicht nur deutlich, sondern auch schmerzhaft, als sich plötzlich eine Hand so fest um ihre Brust schloss, dass sie nach Luft schnappte. So fest, dass die Spuren morgen noch zu sehen sein würden, und sie sich nur befreien konnte, indem sie ihre Fingernägel in die körperlose Hand bohrte, bis diese endlich losließ.

Jen schaffte ein paar Schritte nach hinten, bevor das Chaos erneut über sie hereinbrach. Jemand schüttete ihr den Drink über die Schulter, und eine Hand fuhr zwischen ihre Beine. Als sie aufsah, blickte sie in ein anzüglich grinsendes Gesicht. Sie stieg dem Kerl mit voller Wucht auf den Fuß, damit er sie losließ, und er schubste sie von sich, sodass sie nach hinten taumelte.

Sie bemühte sich verzweifelt, nicht das Gleichgewicht zu verlieren. Wenn sie jetzt zu Boden ging, würde sie nie wieder aufstehen. Zumindest nicht ohne erhebliche Knochenbrüche. Sie verstand nicht, wie sich die noch vor Kurzem so eingeschworene Gemeinschaft in einen brutalen Moloch verwandeln konnte. Sie rutschte auf dem glitschigen Boden aus und klammerte sich an beliebige Arme, um nicht doch noch zu fallen, als sie erneut eine Hand auf sich spürte.

»Willst du weiter nach hinten?«, schrie ihr jemand ins Ohr.

»Ja!«, brüllte sie, und der Jemand packte ihre Hand, beugte sich wie ein menschlicher Schutzschild über sie und wies ihr den Weg nach hinten, wo die Leute sich nicht wie Barbaren verhielten, sondern der Band zusahen, im Takt wippten und sangen. Sie amüsierten sich prächtig – und Jen hasste sie dafür.

»Ist alles okay?«, fragte ihr Retter. Schweiß brannte in ihren Augen, und Jen versuchte vergeblich, ihn mit der feuchten Hand abzuwischen. Und der Schweiß floss noch stärker, als sie erkannte, *wer* sie vor einem blutigen Tod gerettet hatte.

Es war Nick Levene.

»Ich kenne dich.« Sie war so heiser, dass sie kaum ein Wort herausbrachte. »Vom College.«

»Oh, du bist das«, sagte er und wischte sich die Haare aus der Stirn, um ihr nasses, rotes Gesicht zu mustern. »Also, jetzt ehrlich. Ist alles okay?«

»Mir geht es gut«, versicherte Jen ihm nickend, und die feuchten Haare klatschten ihr an die Wangen. Wenigstens konnte sie nicht noch röter werden. »Danke. Es tut mir leid. Jetzt verpasst du alles.«

Genau wie Jen. Sie hatte einen ganzen Monat von den eineinhalb Stunden geträumt, wenn sie endlich im selben Raum wie ihre Idole sein und dieselbe Luft atmen würde. Es war absolut nicht so, wie sie es sich vorgestellt hatte.

Sie war davon ausgegangen, dass Nick weiterziehen würde, nachdem sie sich nun nicht mehr in tödlicher Gefahr befand, doch er blieb neben Jen stehen, während die Band weiterspielte.

Der nächste Song war *There Is a Light That Never Goes*

Out, und trotz der schrecklichen Erlebnisse wurde Jen derart von dem Gefühl des Liedes, das im Grunde eine Aufforderung zum gemeinsamen Selbstmord war, gefangen genommen, dass sie es kaum aushielt.

Sie warf einen Blick auf Nick, und er erwiderte ihn, sodass sie einen Moment lang etwas Echtes, Bedeutungsvolles und Makelloses miteinander teilten. Er nickte zustimmend, denn offenbar hatte er es ebenfalls gespürt, dann wandte er sich wieder der Bühne zu, und für den Rest des Konzerts waren sie nicht zwei Fremde, die zwei Mal die Woche im selben Englischkurs saßen. Sie waren eins.

The Smiths verließen die Bühne nach einer fulminanten Darbietung von *Panic,* und Nick wandte sich erneut an Jen. »Fährst du mit der U-Bahn nach Hause?«, schrie er ihr über den frenetischen Applaus hinweg zu.

Jen war so von dem Zauber gefangen, dass sie eine Weile brauchte, um sich an den Gedanken zu gewöhnen, dass es auch noch eine echte Welt mit U-Bahn-Stationen, langen Heimwegen und Freunden gab, die sie aus den Augen verloren hatte.

»Ich kann mit jemandem mitfahren«, brüllte sie zurück und sah sich um, als würde Priya jeden Moment aus der Menge treten. Das tat sie natürlich nicht, und bevor sich Jen fragen konnte, wo sie steckte, kamen *The Smiths* für eine Zugabe auf die Bühne. Sie spielten eine mitreißende Version von *The Queen Is Dead,* und die Gitarre dröhnte, während Morrissey ein Schild mit der Aufschrift »*Two Light Ales Please*« in die Höhe hielt.

Nick sah Jen an, und Jen sah Nick an, während er Jen ansah. »Sollen wir?«, fragte er und streckte ihr die Hand entgegen, und obwohl sie mit blauen Flecken übersät war, ihre Knöchel pochten und sie am nächsten Morgen vermutlich mit einem Veilchen aufwachen würde, ließ sie sich von ihm zurück in die Menge ziehen, damit sie tanzen konnten. Es war wie im Fernsehen. Er wirbelt sie herum, sie ließ ihn sich drehen, und am Ende tanzten sie Wange an Wange und sangen lautstark und mit brennenden Kehlen mit, bis die Musik plötzlich endete, Morrissey sich das T-Shirt vom Leib riss und Jen in Nicks Armen erstarrte. Er ließ sie hastig los, und plötzlich war es seltsam.

»Du solltest deine Mitfahrgelegenheit suchen«, erklärte er, doch es war immer noch nicht vorbei.

Die Band kam noch einmal auf die Bühne, und Jen und Nick standen bei *William It Was Really Nothing* dicht beieinander, und ihre Arme berührten sich beim letzten – beim allerletzten – Song *Hand In Glove*.

Johnny Marr beugte sich über die Gitarre und presste die letzten Akkorde heraus, während Morrissey den Mikrofonständer hob, als wollte er ihn in die Menge schleudern. Doch er tat nichts dergleichen, und dann war er fort. *The Smiths* waren fort. Und dieses Mal würden sie nicht wiederkommen.

Die Lichter gingen an.

Jen blinzelte wie ein Maulwurf, der zum ersten Mal das Tageslicht erblickt. Die ersten Besucher schoben sich an ihnen vorbei in Richtung Ausgang, doch Nick und Jen standen noch eine Weile da, gefangen in der Musik und der seltsamen halben Stunde, die sie zusammengebracht hatten …

»Okay, ich muss meine Sachen aus der Garderobe holen«, erklärte Nick plötzlich und wandte sich ohne ein weiteres Wort – sogar ohne ein Nicken – ab und verschwand.

… und plötzlich war wieder jeder für sich.

Jens Füße schienen wie festgetackert, doch sie riss sich los und schob sich in Richtung Eingangshalle. Ihre Haut war von einem Schweißfilm überzogen, und ihr dünnes Kleid klebte feucht an ihr. Die Strickjacke, die sie um die Mitte gebunden hatte, war längst verschwunden, und ihr ganzer Körper schmerzte. Es war wie damals, als ihr Großvater Stan beschlossen hatte, das Mindesthaltbarkeitsdatum eines Pfirsichjoghurts zu ignorieren, das schon seit Beginn der Menschheitsgeschichte im Kühlschrank stand, und Jen aufforderte, kein Korinthenkacker zu sein. Sie hatte die nächsten vierundzwanzig Stunden kotzend über der Toilettenschüssel verbracht, und ihre Rippen hatten sich angefühlt, als hätte sie jemand mit Schleifpapier bearbeitet. In etwa so, wie sie sich auch jetzt anfühlten.

Jen humpelte in die Eingangshalle und sah sich um, doch sie konnte Priya, Rob und George nirgendwo entdecken, und auch wenn sie sämtliches Wasser in ihrem Körper ausgeschwitzt hatte, musste sie pinkeln, was bedeutete, dass sie sich in die ewig lange Schlange vor der Damentoilette einreihen musste.

Immer wieder packte eine kaum merkliche Panik ihre schmerzenden Muskeln, denn Priya war ihre Fahrkarte aus dem Chaos. Sie konnte es kaum erwarten, in ihr riesiges Haus in Winchmore Hill zu kommen, wo warme Klamotten, eine Zentralheizung und all die anderen Dinge warteten, die Jen für die Pyjamaparty zusammengepackt hatte. Bloß, dass es keine Pyjamaparty werden würde, sondern eine einfache Übernachtung. Pyjamapartys waren etwas für kleine Kinder.

Jen hatte lediglich ihre U-Bahn-Karte, eine kleine Geldbörse mit kaum nennenswertem Bargeld und ihren Haustürschlüssel dabei, alles sorgsam verstaut in der Bauchtasche ihrer alten Schuluniform, die sie unter dem Kleid trug. Ihre Mutter hatte darauf bestanden, und zu Hause hatte Jen

41

protestiert und angemerkt, dass sie doch auch eine kleine Tasche mitnehmen konnte – die wahrscheinlich genauso verloren gegangen wäre wie ihre Strickjacke. Sie hätte ihre Mum am liebsten angerufen, um ihr zu sagen, dass sie recht gehabt hatte. Und um ihre Stimme zu hören. Woraufhin sie vermutlich zu weinen begonnen und ihr gestanden hätte, dass sie ihre Freunde verloren hatte und in Südlondon festsaß, wo es im Vorjahr sogar zu gewaltsamen Krawallen gekommen war.

Es war ein verlockender Gedanke, auch wenn es schon nach zehn war und ihre Mutter um halb zehn zu Bett ging und das Licht ausmachte. Jen sah sich in der Eingangshalle nach einem Münztelefon um, und in diesem Moment entdeckte sie ihre drei Freunde am Rand der Halle. Sie schienen wie erstarrt, und ihre Körperhaltung machte eine weitere Erklärung überflüssig. Priya hatte die Arme verschränkt und biss sich auf die Lippe, Rob hatte triumphierend und vollkommen ungeniert den Arm um ihre Hüfte gelegt, und George ließ den Kopf hängen, nahm die Brille ab und wischte sich über die Augen.

Jen machte einen Schritt auf sie zu, und die Worte »Ich habe überall nach euch gesucht!«, lagen ihr bereits auf den Lippen, doch plötzlich schlossen sich Finger um ihr Handgelenk, und sie wurde zurückgehalten.

»Ich würde mich da an deiner Stelle lieber raushalten«, erklang Nicks leise, eindringliche Stimme. Doch dieses Mal musste Jen nicht gerettet werden.

»Das sind meine Freunde.«

»Mittlerweile vielleicht nicht mehr.« Er grinste schief. »Es geht nichts über eine verzwickte Dreiecksgeschichte, um eine alte Gang auseinanderzubringen.«

Jen wandte sich ab und stolperte auf George zu. Er

brauchte sie jetzt. Er wirkte verwirrt, und beinahe drehten sich kleine Zeichentricksternchen um seinen Kopf. »Was ist los?«, fragte Jen, obwohl es ziemlich offensichtlich war.

»Du hast versprochen, es George zu sagen«, erklärte Priya, deren Rehaugen so riesig schienen wie nie zuvor. »Du hast es versprochen.«

»Ich habe überhaupt nichts versprochen«, erwiderte Jen, und Priya schnappte ungläubig nach Luft.

»Warum lügst du?«, mischte Rob sich ein, und für jemanden, der ständig seine Meinung dazu kundtat, was andere hören oder lesen sollten, schien er dieses Mal äußerst zurückhaltend. »Priya hat mir erzählt, dass du es George schonend beibringen wolltest.«

Als er seinen Namen hörte, warf George Jen einen Blick zu wie ein verwundeter Babyvogel, der gerade aus dem Nest gefallen und sich nicht sicher war, ob sie ihn hochheben oder unter dem Stiefel zermalmen würde. »Es gab Hunderte Gelegenheiten, es mir zu sagen«, murmelte er, und das stimmte, denn es hatte Hunderte Gelegenheiten gegeben, in denen er Jen mit seinen Schwärmereien genervt hatte.

»Das hier hat doch überhaupt nichts mit mir zu tun«, beharrte Jen und stemmte trotzig die Hände in die Hüften.

»Niemand hat mich gebeten, mit George zu reden, und deshalb habe ich auch nichts gesagt.«

»Aber ich habe dich offen gefragt, ob du glaubst, dass Priya Interesse an mir hat ...«, erinnerte George sie. Das stimmte ebenfalls – aber es war einfach so, dass Jen in einem solchen Fall jedes Mal eilig das Thema gewechselt hatte, weil sie nicht hineingezogen werden wollte und die Angelegenheit außerdem langweilig fand.

»Du dachtest wahrscheinlich, du hättest selbst Chancen

bei Rob.« Priya schniefte, als würde sie bald in Tränen ausbrechen. »Das wäre natürlich praktisch gewesen. Ich und George, du und Rob ...«

»Blöd nur, dass ich absolut nicht auf dich stehe«, erklärte Rob, und jedes Wort war eine weitere Ohrfeige für Jens Selbstwertgefühl, obwohl Rob ihr absolut nichts bedeutete. »Und mir ist nie etwas aufgefallen.«

»Dabei war es offensichtlich«, fuhr Priya fort, auch wenn das einzig Offensichtliche an der Angelegenheit war, dass sie ein Miststück war. Wie war noch gleich das Wort, das Mary für Leute benutzte, die so skrupellos, gerissen und unehrlich waren wie Iago in *Othello? Machiavellistisch.* Priya war ein machiavellistisches Miststück. Ein machiavellistisches Miststück, bei dem Jen allerdings leider die Nacht verbringen wollte.

»Hört mal, ich glaube, es gibt eine Menge ... ich meine, wir sind alle verwirrt, und vielleicht sollten wir morgen darüber reden. Oder noch besser am Montag.« Jen gab die Stimme der Vernunft, auch wenn sie fast an der Ungerechtigkeit erstickte. »Außerdem stehe ich nicht auf dich, Rob. Wir sind bloß Freunde. Genau wie George und ich, nicht wahr, George?«

Jen stieß George freundschaftlich in den Arm, doch er fuhr zurück, als hätte sie ihn geschlagen. »Verpiss dich, Jen!«, zischte er. George wirkte immer so tollpatschig und war stets so höflich, dass Jen ihn noch nie fluchen gehört hatte, und es war schrecklich, dass er solche Worte jetzt ausgerechnet gegen sie richtete.

George torkelte davon und schob sich schwankend durch die sich auflösende Menge. Er sah aus, als wäre er betrunken, obwohl er Jen einmal erzählt hatte, dass er schon nach einem halben Liter Bier mit Limo den restlichen Tag im Bett verbringen musste, weil er schreckliche Kopfschmerzen davon bekam.

»Ja! Verpiss dich, Jen«, zischte nun auch Priya, und endlich verstand Jen. Es war einfacher, Jen die Schurkenrolle zuzuschreiben, anstatt zuzugeben, dass sie mit Georges Gefühlen gespielt hatte und in Wahrheit immer nur hinter Rob her gewesen war.

»Ich glaube, wir sollten uns beide verpissen«, meinte eine Stimme hinter Jen, denn offensichtlich hatte Nick Levene die ganze Zeit hinter ihr gestanden und Jens Demütigung sowie die verleumderischen Anschuldigungen hautnah miterlebt. »Wenn Priya dich nicht mitnimmt ...«

»Ich würde lieber sterben«, rief Priya. Rob warf ihr einen argwöhnischen Blick zu, und Jen dachte bei sich, dass er alles verdient hatte, was in dieser Beziehung noch auf ihn zukommen würde.

»Wenn wir uns nicht beeilen, verpassen wir die letzte U-Bahn«, fuhr Nick fort und winkte Jen mit sich zur Tür.

»Dann sollten wir am besten gleich los«, erwiderte Jen, als wäre es nichts Ungewöhnliches, mit der letzten U-Bahn nach Hause zu fahren, obwohl sie in Wahrheit noch nie so lange unterwegs gewesen war. Sie trat an Nick vorbei und ging zur Tür, ohne nachzusehen, ob er ihr folgte. Eine eisige Windböe schlug ihr entgegen, und sie zog die Schultern hoch. Zumindest musste sie montags nicht aufs College, wenn sie jetzt eine Lungenentzündung bekam.

12. Dezember 1986
U-Bahn-Station Edgware

3 »Ich hab immer noch nicht kapiert, auf wen du eigentlich abfährst. Ist es Rob, Priya oder doch der verzweifelte Kerl mit der Brille?«, fragte Nick, nachdem er zu Jen aufgeschlossen hatte.

Sie wischte sich die feuchten, zerzausten Haare aus dem Gesicht, damit er eine unzensierte Version ihres bösesten Blickes zu sehen bekam. »Ich fahre auf niemanden ab. Sie sind meine Freunde.«

»In diesem Fall musst du dir wohl neue Freunde suchen.« Nick war um einiges netter, wenn er Jen vor einer wilden Meute rettete. Kaum zu glauben, dass das hier derselbe Junge war, mit dem sie noch vor einer Stunde getanzt hatte. Jetzt benahm er sich genauso beschissen wie die anderen, und Jen erlaubte sich, ihn zu hassen. Schweigend. Innerlich vor Wut kochend.

Sie hasste ihn den ganzen Weg bis zur U-Bahn-Station, die Rolltreppe nach unten und auf den Bahnsteig. Doch er checkte es nicht, sondern setzte sich in der U-Bahn lediglich neben sie und streckte die langen Beine von sich, während Jen ihr Spiegelbild in der dunklen Scheibe des Waggons fixierte.

Sie sah grauenvoll aus. Ihre Haare hingen feucht, schlaff

und krisselig herunter wie bei einem nassen Pudel. Der einzige Trost war, dass sie zur Abwechslung blass im Gesicht war und nicht rot wie eine Tomate.

So viel zur neuen Jen. Und zu ihrem neuen Leben und den neuen Freunden. Die neue Jen war nur eine miese Tarnung, die sich *Jenny Rotschopf* übergeworfen hatte.

»Ist dir kalt?« Nick stieß sie mit dem Ellbogen an, denn er hatte offenbar nicht erkannt, dass sie kein Frösteln durchfahren hatte, sondern ein verzweifeltes Schaudern. Obwohl ihr schon auch kalt war. Tatsächlich war sie kurz vor dem Erfrieren. Er legte ein weißes Stoffknäuel in ihren Schoß. »Zieh das an. Aber pass auf, dass nicht zu viel Schweiß darauf landet.«

Das war ein *Smiths*-T-Shirt mit dem dunkelgrünen Cover von *The Queen ist Dead*. Jen zog es dankbar über den Kopf und stieß ein Grunzen aus, das so viel bedeutete wie: *Danke, aber ich hasse dich trotzdem.*

Obwohl Rauchen in der U-Bahn seit einigen Jahren verboten war, zog Nick eine zerknautschte Packung Marlboro aus der Innentasche seiner Lederjacke. »Auch eine?«

Jen schüttelte den Kopf. »Ich rauche nicht. Und du solltest es auch nicht tun.«

Er zuckte mit den Schultern. »Wie du meinst.«

Nick war ein Profi, was das Rauchen anging. Er hatte ein silbernes Zippo-Feuerzeug, anstatt mit Streichhölzern zu hantieren wie Rob. Rob behielt den Rauch im Mund und zählte dabei leise bis fünf, während Nick ihn inhalierte und anschließend zufrieden ausstieß, als wäre Rauchen das Beste auf der Welt. Er hatte anscheinend nicht den Vortrag der Dame genossen, die einmal in Jens alter Schule zu Gast gewesen war und ihnen Dias von geschwärzten Lungen gezeigt hatte, bevor sie zu den Gefahren sexueller Aktivität und Bildern von mit Gonorrhö befallenen Genitalien und einer kurzen Zusammenfassung der verschiedenen Verhütungsmöglichkeiten übergegangen war. »Wobei keine dieser Methoden zu einhundert Prozent sicher ist, weshalb Schwangerschaften und Herpesinfektionen am besten durch Enthaltsamkeit vermieden werden können.«

Vor den Gefahren sexueller Begegnungen musste Jen nun wirklich keine Angst haben. Sie seufzte unwillkürlich, und Nick stieß ihr erneut in die Seite. Langsam nervte es. Andererseits drückte sich sein Bein gegen ihres, und er war ihr so nahe, dass der Geruch nach Zigarettenrauch und Leder sie beinahe überwältigte.

»Was ist?«, knurrte Jen.

Er deutete mit der Zigarette in der Hand auf den Plan der Victoria Line über der gegenüberliegenden Sitzbank. »Wo musst du umsteigen? Musst du zur Picadilly Line?«

Jen beugte sich vor und studierte den Plan. »Euston. Zur Northern Line.«

»Richtung High Barnet?«

»Nein, Edgware. Und du?«

»Edgware.« Er schien nicht gerade begeistert, dass ihm ihre charmante Gesellschaft noch ein langes Stück der Heimreise erhalten bleiben würde. Was Jen ihm nicht verübeln konnte. »Also eigentlich Mill Hill. Aber Mill Hill East bringt nichts, wenn man in Mill Hill wohnt.«

»Stimmt. Ich wohne auch in Mill Hill«, gab sie zu. »Aber total weit weg von Mill Hill East.«

»Dann müssen wir also beide hier umsteigen«, meinte Nick, als der Zug in Euston hielt.

Es war nicht sonderlich viel los. Nur ein paar vereinzelte *Smiths*-Fans waren noch unterwegs, als Nick entschlossen den Bahnsteig entlangging und Jen ihm mit einigen Schritten Abstand wie eine gehorsame Konkubine folgte. Er schien den Weg zum Bahnsteig der Northern Line ganz genau zu kennen. Die Anzeige verkündete, dass der nächste Zug nach High Barnet fuhr, und der Zug nach Edgware erst sieben lange Minuten danach eintraf. Sie setzten sich auf eine Bank. Nick steckte eine weitere Zigarette an.

»Ich weiß nicht mal, wann der letzte Bus von Edgware abfährt.«

Nick warf ihr einen entnervten Blick zu. »Du wirst keinen Bus kriegen«, erklärte er mit vernichtender Stimme, als hätte er noch nie etwas Alberneres gehört.

»Ich fahre immer mit der Linie 113. Die hält am oberen Ende meiner Straße. Zumindest fast. Ich wohne in der Nähe der Apex Corner.« Die *Apex Corner* war einer der meistbefahrenen Kreisverkehre in Nordlondon und einer der Gründe, warum ihre Mutter keinen Führerschein hatte. Außerdem offenbarte die Adresse, dass Jen nicht gerade im schönsten Teil von Mill Hill lebte.

»Oh. Ich wohne in der Nähe des Broadway.« Er nannte eine Straße, in der es jede Menge Einfamilienhäuser gab und die gleich um die Ecke einer Arztpraxis lag, die Jen ab und zu besuchte. »Auf jeden Fall kannst du nicht mit dem Bus fahren. So spät fährt keiner mehr.«

»Du machst Witze. Das ist doch ... das ergibt keinen Sinn.« Jen wünschte dem Idioten von London Transport, der es für eine gute Idee gehalten hatte, Busse einzustellen, bevor die letzte U-Bahn an der Endstation angekommen war, einen langen, qualvollen Tod. »Ich schwöre bei Gott, wenn ich erst erwachsen bin, wohne ich direkt neben der U-Bahn-Station.«

»Hm. Okay.« Es klang nicht höhnisch, sondern zustimmend. Einen kurzen Moment lang schwammen sie erneut auf einer Wellenlänge. »Also ... Priya meinte, du hättest gesagt, ich wäre überheblich.«

»Ich habe *was* gesagt?« Jen schüttelte abwehrend, aber auch ungläubig den Kopf. Außerdem ... »Seit wann führst du derart vertraute Gespräche mit Priya?«

»Priya steht auf vertraute Gespräche«, offenbarte Nick. »Und ist sie Ravis Cousine. Du kennst doch Ravi?«

Jeder kannte Ravi. Er war eine College-Berühmtheit. Ein Kunststudent, der ständig eine moosgrüne Samtjacke trug und einen Schwarm von Zweitsemestern um sich geschart hatte, die mit ihm in der Kantine oder im Café gegenübersaßen und ihm an den Lippen hingen.

»Ja, ich kenne Ravi. Und ich habe nie gesagt, dass du überheblich bist.« Jen wollte gerade zu einer leidenschaftlichen Rede ansetzen, dass Priya diejenige gewesen war, die ihn als überheblich bezeichnet hatte, aber an diesem Abend hatte es bereits genug gegenseitige und haltlose Schuldzuweisungen gegeben. Außerdem wollte sie nicht daran denken, was sie tatsächlich über Nick gesagt hatte. Nämlich, dass er nichts für sie war. Und dass er nicht in ihrer Welt lebte. Denn jetzt, da sie gemeinsam auf die letzte U-Bahn nach Edgware warteten (deren Anblick genauso heiß ersehnt war wie der Anblick des letzten Helikopters aus Saigon), schien es, als lebten sie durchaus in derselben Welt.

»Dabei bist *du* überheblich«, erklärte Nick, und er meinte es sicher nicht als Kompliment, obwohl Jen es unwillkürlich so auffasste. »Du und deine Gedichte von Sylvia Plath.«

Er unterstellte ihr eine Tiefe und Schärfe, über die sie absolut nicht verfügte.

»Sagt der Kerl, der sich selbst so wichtig nimmt, dass er kein Gedicht vorträgt, sondern einen Song von *The Velvet Underground* spielt«, spottete Jen.

»Du kennst *The Velvet Underground*?« Er gab sich keine Mühe, seine Überraschung zu verbergen.

»Ja, klar.« Jen erwartete, dass er mit dem üblichen Mist ankam, den Kerle in einem solchen Fall zum Besten gaben. Wie Rob, zum Beispiel. Dass er die älteren Sachen lieber mochte und sie vermutlich keinen Sinn für die wirklichen Nuancen ihrer Musik hatte, doch er zuckte bloß mit den Schultern.

»Cool«, erklärte er. »Und ich bin nicht überheblich. Ich bin anspruchsvoll.«

»Und Priya ist das, was Mary ›unzuverlässige Erzählerin‹ nennt.«

»Da hast du vermutlich recht«, räumte Nick gerade in dem Moment ein, als auf der Anzeigetafel die baldige Ankunft ihres Zuges verkündet wurde. Jen lehnte sich nach vorne und blickte in den heller werdenden Tunnel, bis schließlich zwei Lichter auftauchten und die Mäuse auf den Gleisen sich eilig in Sicherheit brachten.

Der Zug war beinahe leer, und in einer schweigenden Übereinkunft setzten sie sich einander gegenüber auf einen Doppelsitz in der Mitte des Waggons, sodass Nick es sich gemütlich machen und Jen die Füße auf den Sitz legen konnte, als wäre sie tatsächlich so rebellisch, wie sie sein wollte.

Es war ihr Lieblingsteil der U-Bahn-Strecke. Die Fahrt verlief unterirdisch, bis der Zug kurz vor Golders Green ans Tageslicht kam (wenn es denn Tageslicht gab) und sie jedes Mal überrascht aufblickte. Es war zwar nicht gerade eine aufregende Szenerie – bloß Dächer und Kaminrohre und heruntergekommene Bürogebäude –, und kurz nach Hendon tauchte der Zug auch schon wieder ab, um erst wieder vor Colindale und dem Polizeicollege zurück an die Oberfläche zu gelangen. Wenn man Glück hatte, sah man vielleicht sogar einige mutige Kadetten auf dem Hindernis-parcours, doch jetzt lag alles im Dunkeln, und wenn sie aus dem Fenster blickte, sah sie lediglich ihr verzerrtes Spiegel-bild.

Sie saßen einander schweigend gegenüber, und Jen fiel nichts ein, was sie noch zu Nick sagen konnte. Außerdem machte sie sich langsam immer größere Sorgen um den letz-ten Abschnitt ihrer Heimfahrt.

Wenn sie zu Hause anrief, würde ihr Dad kommen und sie abholen. Daran bestand kein Zweifel. Aber es würde zu einem »Gespräch« führen, und Jen hatte keine Lust, ihm zu erklären, dass sie wieder die alte Jenny war. Die Jenny ohne Freunde. Ihre Mutter lud Jens Enttäuschungen immer auf ihre eigenen Schultern, als wären sie das direkte Ergebnis schlechter Elternschaft. Außerdem war es kurz vor Weih-nachten, und Jen wollte nicht, dass diese Nacht in einer Be-strafung endete und sie die neue Stereoanlage, die sie im Elektronikkatalog markiert hatte, doch nicht bekam.

Sie konnte zu Fuß nach Hause gehen. Es war nicht *so* weit, vielleicht eine halbe Stunde, und der Weg führte größ-tenteils die breite Hauptstraße entlang, die hell genug er-leuchtet war, sodass sie niemand in eine dunkle Gasse zer-ren und ihr schreckliche Dinge antun würde.

Die einzige andere Möglichkeit war, sich ein Taxi zu ru-fen. Aber das hatte Jen noch nie gemacht, und außerdem hatte sie nicht genug Geld dafür. Vielleicht nahm sich Nick ein Taxi, und sie konnte ihm den Fahrpreis kommende Wo-che zurückzahlen.

»Wir sind da«, erklärte Nick unnötigerweise, als der Zug langsam in die Station Edgware einfuhr. Jens Beine waren steif und schmerzten, als sie durch die verwaiste Station humpelte und nach draußen trat, wo kein einziger Bus zu sehen war. Nick hatte sie bereits vorgewarnt, doch nun war der letzte Rest Hoffnung dahin, die sie trotz allem gehegt hatte.

Am Randstein stand ein großer Kombi, dessen Lichter aufblinkten. Nick hob grüßend die Hand, denn offenbar handelte es sich um seine Mitfahrgelegenheit. Jen sah sich nach einem Münztelefon um.

»Okay, wir sehen uns«, meinte sie zum Abschied. »Danke für alles.«

Nick schüttelte den Kopf, als wäre ihm noch nie jemand so derart auf die Nerven gegangen, obwohl das sicher nicht der Fall war. Immerhin kannte er Priya. »Sei nicht albern«, meinte er leise. »Mein Dad bringt dich nach Hause.«

Jen dachte gar nicht daran, Protest einzulegen, sondern humpelte schweigend auf das Auto zu. Nick öffnete die hintere Tür, und ein Schwall warmer Luft schlug ihr entgegen.

»Hi. Hallo. Ich bin Jen«, stammelte sie, während sie in den Wagen kletterte, und hätte beinahe leise aufgestöhnt, als ihr Hintern in das weiche Leder sank. »Ich danke Ihnen vielmals.«

»Das ist Jen«, wiederholte Nick, nachdem er sich auf den Beifahrersitz geschoben und die Tür zugeknallt hatte. »Ich habe ihr versprochen, dass wir sie nach Hause bringen. Es liegt auf dem Weg.«

»Das Haus befindet sich in der Nähe der Apex Corner, aber Sie können mich an der Autobahnauffahrt rauslassen. Von da sind es nur fünf Minuten.«

»Sei nicht albern«, erwiderte Nicks Dad schroff. Jen konnte ihn in dem schwachen Licht nicht richtig erkennen, aber sein Gesicht wirkte ebenfalls schroff. »Ich fahre dich selbstverständlich direkt vors Haus.«

Aus dem Autoradio drang klimpernde, aber dennoch irgendwie misstönende klassische Musik. Sie war das einzige Geräusch im Auto. Wenn Jens Dad sie abgeholt hätte – in seinem marineblauen Anorak über dem Schlafanzug und wütend, weil sie ihn geweckt und aus dem Haus getrieben hatte –, hätte er sie mit Sicherheit gefragt, wie der Abend gewesen war. Hatte sie sich amüsiert? Und was hatte sie sich bloß dabei gedacht, das Haus ohne Mantel zu verlassen?

Doch Nick und sein Dad sprachen kein Wort miteinander, und so brach Jen das Schweigen, als sie sich der Apex Corner näherten und die leuchtende Tankstellentafel auftauchte, an der sie abbiegen mussten.

Sie hatte sich noch nie so gefreut, das kleine Haus ihrer Eltern zu sehen, und riss die Tür auf, noch bevor das Auto schnurrend zum Stehen kam. »Danke. Ich danke Ihnen so sehr«, flüsterte sie inbrünstig. »Ich bin Ihnen *unglaublich* dankbar.«

»Schon gut«, sagte Nicks Dad schließlich, und es klang, als wäre es überhaupt nicht gut, sondern eine gewaltige Zumutung, doch das war ihr egal, denn sie war zu Hause und nur eine Minute und ein Stockwerk von ihrem Bett entfernt.

»Bis Montag, Sylvia«, sagte Nick, ohne sich umzudrehen.

»Ich dachte, ihr Name wäre Jen«, meinte sein Dad, während Jen so leise wie möglich die Tür schloss.

Sie ging davon aus, dass der Wagen sofort losfahren würde, doch er wartete, bis sie beim Haus war, den Schlüssel aus der Bauchtasche geholt und die Tür geöffnet hatte. Erst dann hörte sie, wie er Gas gab.

TEIL 2
1988

Montag, 29. August 1988 (Bankfeiertag)
U-Bahn-Station Mill Hill East

4 »Ich möchte wissen, warum du deinen Geburtstag lieber im Haus dieses Kerls verbringen willst, anstatt ihn mit deiner Familie zu feiern«, knurrte Grandpa Stan zum hundertsten Mal an diesem Tag.

»Es ist vier Uhr nachmittags, und ich war fast den ganzen Tag mit euch zusammen. Ich verdiene doch mal eine Auszeit vom guten Benehmen, findest du nicht?«, erwiderte Jen mürrisch, denn der Tag war dank ihres Großvaters die reinste Folter gewesen. Das dachten hier alle, und deshalb fragte sie sich ernsthaft, warum ihre Mutter und ihre Großmutter ihr gequälte Blicke zuwarfen, als Stans ohnehin bereits sehr rotes Gesicht eine violette Färbung annahm.

»Du magst jetzt achtzehn sein, aber du bist nicht zu alt, um dich noch mal ordentlich übers Knie zu legen«, presste er hervor, bevor ihm endgültig die Luft wegblieb und er in der Tasche seiner Strickjacke mit Reißverschluss nach seinem Inhalator kramte. Er hatte jahrelang darauf bestanden, dass er nichts dergleichen brauchte, bis er schließlich mit irreversiblen Lungenschäden auf der Notaufnahme gelandet war. Dabei wusste Stan Hamilton immer alles besser. »Du glaubst wohl, du bist was Besseres, wie? Bloß, weil du ein

Abitur hast und zur Uni gehen wirst. Aber jetzt bekommst du mal einen kostenlosen Ratschlag von mir ...«

Er hielt inne, um einen weiteren Stoß aus dem Inhalator einzunehmen, während Jen die Augen verdrehte. Sten gab ihr in einem fort »kostenlose Ratschläge«, seit sich ihr die Möglichkeit geboten hatte, Englisch am Westfield College zu studieren – einer Außenstelle der Universität von London, die sich direkt an der Finchley Road befand und mit der Buslinie 113 zu erreichen war. Sie konnte also weiter zu Hause wohnen, weshalb sie ursprünglich lieber an der Universität von Manchester studiert hätte. Aber dort musste sie sich eine Unterkunft mieten, und das Geld war nach wie vor knapp, auch wenn ihre Mutter wieder zu arbeiten begonnen hatte, nachdem die Zwillinge in die Mittelschule gewechselt hatten.

Nachdem ihnen zu Beginn nicht klar gewesen war, dass Jen trotz der beiden Einkommen ihrer Eltern Anrecht auf ein Stipendium hatte, hatte sie das Angebot des Westfield Colleges angenommen, und Stan war seitdem außer sich vor Wut. Wobei er das auch bei jeder anderen Entscheidung gewesen wäre, denn seiner Meinung war ein Sekretariatskurs das Einzige, was für Jen infrage kam.

»Kein Mann will ein besserwisserisches Weibsbild, das sich zu gut dafür ist, seine Hemden zu bügeln«, erklärte er Jen, als er wieder Luft bekam. »Du hältst dich wohl für oberschlau.«

»Das reicht, Liebling«, erklärte Dorothy, Jens Grandma, so bestimmt, wie sie es wagte. »Es ist doch gut, wenn Jen ihren Geburtstag mit ihrem Freund feiert. Sie hat schon mehr als genug Zeit mit uns Alten verbracht.«

»Er ist nicht mein Freund ... bloß ein Junge, mit dem ich befreundet bin«, meinte Jen müde, denn es war egal, wie oft sie es ihnen erklärte, es schien nicht zu ihnen durchzudringen.

»Ich bringe dich zur Tür«, sagte ihre Mum und erhob sich vom Esstisch.

»Warum muss er immer so ein Kotzbrocken sein?«, murmelte Jen, denn Stan hörte schrecklich gut. »Es ist mein achtzehnter Geburtstag, und ich habe hervorragende Abi-Noten. Warum kann er sich nicht für mich freuen?«

Dabei wusste Jen sehr gut, warum. Ihr Großvater hatte ein beengtes Leben voller glückloser Begebenheiten und unkluger Entscheidungen hinter sich, und er gab allen anderen die Schuld daran, nur nicht sich selbst. Er ertrug es nicht, dass jemand etwas aus seinem Leben machte. Nicht einmal, wenn es sich dabei um seine einzige Enkelin handelte.

»Wem sagst du das«, seufzte Jackie, Jens Mum. »Er ließ mich nicht in die Oberstufe, obwohl ich gute Noten hatte. Ich musste mit fünfzehn von der Schule und mir einen Job suchen, weil er meinte, ich wäre bloß ein Mädchen und bräuchte keine Ausbildung.«

Jen versuchte, sich ihre Ungeduld nicht anmerken zu lassen. Sie hatte diese traurige Geschichte schon unzählige Male gehört – und noch öfter, seit sie die akademischen Erfolge eingefahren hatte, die ihrer Mutter verwehrt geblieben waren.

»Aber wenn du die Schule nicht verlassen hättest, hättest du Dad nicht im Gasamt kennengelernt und hättest mich nicht bekommen«, merkte Jen wie jedes Mal an, wenn sie diese Unterhaltung führten. »Du hättest der Welt jemanden wie mich vorenthalten! Das wäre eine Katastrophe gewesen!«

»Ja, da hast du wahrscheinlich recht«, stimmte Jackie ihr

mit dem Anflug eines Lächelns zu. »Und deine Brüder wären auch nicht hier.«

»Ach, das hätte die Welt schon verkraftet«, erwiderte Jen, und sie lauschten beide den schrillen Schreien im oberen Stockwerk, wo Martin und Tim ihre Nintendos quälten. Den dumpfen Schlägen und dem schmerzerfüllten »Aua! Wofür war das denn?« nach zu schließen, verlor einer der beiden und steckte es nicht gerade gut weg.

Jen nahm ihre Tasche von der letzten Treppenstufe – es war noch immer dieselbe Baumwolltasche, bloß ein wenig ramponiert und unter den Ansteckern kaum noch erkennbar – und warf einen schnellen Blick in den Dielenspiegel. Achtzehn sah nicht viel anders aus als siebzehn, trotz des neuen roten Chanel-Lippenstifts von ihren Großeltern, der perfekt zu der Flasche Chanel No. 5 passte, die sie von ihren Eltern bekommen hatte.

Jen mochte den Geruch zwar nicht sonderlich, aber es war Chanel, und ihre Eltern hatten sich wirklich bemüht, sich in ihre Welt zu versetzen und ihr etwas zu kaufen, das sie mochte.

Sie runzelte die Stirn, während sie sicherstellte, dass ihre Haare makellos saßen. Sie frisierte ihre Stirnfransen zurzeit zu einer Haartolle nach hinten und fixierte sie zuerst mit Haarnadeln und anschließend mit einem bunt gemusterten Tuch aus Dorothys unerschöpflicher Tüchersammlung, das immer ein wenig nach Lavendel und Mottenkugeln roch. Der flüssige Eyeliner saß perfekt, doch Jen runzelte erneut die Stirn, als sie bemerkte, dass Jackie sie beobachtete.

»Was?«, fragte sie abwehrend. »Ich weiß, das Make-up ist übertrieben, aber ...«

»Ach, Jenny, du bist so wunderschön. Es ist eine umwerfende junge Frau aus dir geworden«, meinte Jackie und holte ein Taschentuch aus ihrem BH, um sich die Augen abzutupfen. »Du bist in den letzten beiden Jahren unglaublich aufgeblüht, und du hast eine wunderbare Figur. Das muss das Radfahren sein.«

»Sei still, Mum«, zischte Jen und wandte sich von ihrem eindeutig nicht wunderschönen Spiegelbild ab. Sie würde nie an andere Mädchen heranreichen. Sie reichte nicht einmal an ihre eigene Mutter heran. Jackies Haare leuchteten in einem kräftigeren Rot, und ihre Augen waren blauer. Außerdem war Jen größer und schwerer als Jackie mit ihren hundertfünfzig Zentimetern und den fünfzig Kilogramm, und sie fühlte sich neben ihr immer wie Heffalump aus Winni Puh. »Nenn mich nicht Jenny. Und lass mich los!«

Jackie hatte die Arme um Jen geschlungen und bedeckte ihr Gesicht mit Küssen – nicht nur, weil sie aufgrund des besonderen Tages gerührt war, sondern auch, weil sie wusste, dass es Jen auf die Palme brachte. Ein Verdacht, der sich durch ihre nächsten Worte erhärtete: »Du *bist* wunderschön, aber ich bin trotzdem immer noch der Meinung, dass in diesem Kleid bereits jemand gestorben sein könnte. Und musst du immer diese klobigen Stiefel tragen? Wir haben August, um Himmels willen.«

»Nicht das schon wieder.« Jen wand sich aus Jackies Umarmung und strich ihr Kleid glatt. In Camden gab es einen Stand, der Vintage-Kleider aus den Dreißigern, Vierzigern, Fünfzigern und Sechzigern für jeweils fünf Pfund verkaufte. Jen gefielen vor allem die Kleider aus den Dreißigern mit den besonderen Mustern und Drucken – sie hatte etwa ein schwarzes Crêpe-Kleid mit tanzenden Pudeln –, aber heute trug sie ihr absolutes Lieblingskleid aus den Fünfzigern in einem fröhlichen Königsblau mit großen weißen Tupfen, kurzen Ärmeln, einem Blusenkragen und seitlichen Taschen. Und sie hoffte inständig, dass noch niemand darin gestorben war. »Ich gehe jetzt.«

»Viel Spaß.« Jackie griff erneut in ihren BH, den sie wie eine zusätzliche Jackentasche verwendete und aus dem sie Taschentücher, Einkaufslisten, ab und an ein Minzbonbon, und in diesem Fall eine Zehn-Pfund-Note zauberte. »Hier. Falls du ein Taxi brauchst.«

»Ich habe doch mein Geburtstagsgeld«, protestierte Jen, griff aber dennoch nach dem zerknitterten und warmen Schein, während sie die andere Hand auf die Türklinke legte und versuchte, einen Abgang zu machen.

»Du hast doch die Telefonwertkarte dabei? Und die Nummer der Taxigesellschaft? Aber die in der Hill Lane, hörst du? Die anderen kannst du vergessen.«

»Jaaaaaa.« Jen ließ sich durch die Tür schieben. »Ja, hab ich. Und warte nicht auf mich.«

»Komm trotzdem nicht zu spät nach Hause«, rief Jackie Jen hinterher, die über den aufgebrochenen Mosaikweg eilte. »Und trink nicht zu viel – auch wenn es dein achtzehnter Geburtstag ist.«

»Hab dich lieb«, erwiderte Jen und hob die Hand, was nicht unbedingt als Zustimmung zu verstehen war, dass sie nicht zu viel trinken würde.

Dank der *Throwing Muses* auf ihrem Walkman und der Dr. Martens an den Füßen kam sie schnell voran und stand schon bald vor der Tür eines eindrucksvollen Einfamilienhauses im Arts-&-Crafts-Stil mit den obligaten Giebeln, den verwinkelten Linien, den Buntglasscheiben in den Fenstern und den offenen, mit hübschen Kacheln verzierten Kaminen. Während bei Jens Eltern die Relieftapeten in gelblichem Cremeweiß gestrichen waren, erstrahlten die Wände hier in satten, dunklen Farben wie Senfgelb oder leuchtendem Blau, um einen Ausgleich zu den Holzvertäfelungen und dem Fischgrätenparkett zu schaffen.

In diesem Haus gab es überall etwas zu entdecken. Während bei Jens Eltern nur ein Bild (ein Druck von Canaletto) über der Kaminkonsole hing, prangten hier riesige, verwischte Gemälde an den Wänden. In der Küche, die so groß war, dass es sogar ein eigenes Sofa gab, stand ein riesiger Tisch mit stapelweise Zeitungen. Es gab die *Times* und den *Guardian*, aber niemand schien jemals darin zu lesen. Die Richards hingegen lasen den *Daily Express*, auch wenn Jen sich regelmäßig über den rechten Mist darin beschwerte. Alan las den täglichen Comic, seit er ein Kind war, und Jackie liebte Jean Rools Kolumne.

Bei Jen lag das Obst im Kühlschrank, während es hier in einer Obstschale in der Küche stand und es immer ein wenig nach überreifen Bananen roch.

Nick Levene lebte noch immer in einer anderen Welt – trotzdem stand Jen nun vor seiner Tür und klingelte.

Es gab hier wesentlich weniger elterliche Einmischung als bei ihr. Nicks Vater Jeff war selten zu Hause, weil er ständig irgendwelche Hälse, Nasen und Ohren operierte, und falls er hier war, nahm er kaum Notiz von Jen. Nicks Mutter Susan hatte Jen angeboten, sie Susie zu nennen, doch als sie es getan hatte, hatte »Susie« ausgesehen, als hätte sie Jen am liebsten erwürgt. Außerdem fiel ihr Gesicht jedes Mal in sich zusammen, wenn sie die Tür öffnete und Jen auf der Schwelle stand.

»Oh, es ist Jennifer. Mal wieder«, sagte Susan mit einem verkniffenen Lächeln, auch wenn ihr schon sehr, sehr oft gesagt worden war, dass es *Jen* hieß. Danach stand sie einfach da – zwar nicht zwangsläufig, um Jen den Weg abzuschneiden, aber auch nicht gerade begierig darauf, sie in ihr sorgsam eingerichtetes Zuhause zu bitten.

»Hatten Sie einen schönen Urlaub?«, fragte Jen. Susan und Jeff waren gerade von einer vierzehntägigen Reise nach Griechenland zurückgekehrt, während Nick allein zu Hause geblieben war und seine älteren Zwillingsgeschwister (das einsame Geschwisterkind eines Zwillingspärchens zu sein, war etwas, das Jen und Nick miteinander verband) die Zeit mit ein paar alten Schulfreunden in einer Villa in der Toskana verbracht hatten, die irgendjemandes Tante gehörte. Die Levenes gehörten zu den Leuten, die ständig jemanden im Ausland kannten, bei dem sie unterkommen konnten.

Jedenfalls waren sie Jen zu Dank verpflichtet, dass ihr Haus nach der spontanen Party, zu der Nick natürlich eingeladen hatte, nicht in Trümmern lag. Es waren zwar einige Gläser zu Bruch gegangen, und jemand hatte sich in Susans Blumenrabatte übergeben, aber es wäre noch sehr viel schlimmer gekommen, hätte Jen nicht eine aufgekratzte Gruppe nicht eingeladener Rowdys abgewiesen, indem sie ihnen vorspielte, kein Wort Englisch zu verstehen, und die Tür blockierte.

In etwa so, wie Susan Jen nach wie vor den Zutritt ins Haus verwehrte. »Ja, es war sehr schön, danke«, antwortete sie widerwillig. »Paxos ist noch so unberührt von Touristen.«

Dabei waren Susan und Jeff doch auch Touristen, oder nicht? Jen machte einen Schritt nach vorne. »Also ... ist Nick da?«

Susan trat seufzend zur Seite. »Er modert in seinem Zimmer vor sich hin«, erklärte sie, als wäre das eine Überraschung.

Jen stieg die Treppe hoch und ließ die Hand über das glatte Geländer gleiten. Nicks Reich befand sich im zweiten

Stock (denn natürlich waren ein Erdgeschoss und ein erster Stock den Levenes nicht genug). Musik drang unter der Tür am Ende des Flurs hindurch. Er wartete immer auf die Türklingel, wenn Jen sich angekündigt hatte, auch wenn er sich nie aufraffen konnte und tatsächlich nach unten zur Eingangstür kam. Dafür spielte jedes Mal *Jennifer She Said* von *Lloyd Cole and The Commotions*, wenn Jen die Zimmertür aufdrückte.

»Ich habe dich bereits erwartet.« Auch das sagte er jedes Mal. Er lag ausgestreckt auf dem Bett und blätterte durch die neueste Ausgabe des *New Musical Express*, von dessen Cover Jen *The Primitives* entgegenstarrten.

Jen ließ sich auf das ausgeleierte Chesterfield-Sofa fallen. Das Leder war an einigen Stellen gerissen, und sie wusste, dass sie nicht zu weit nach links rutschen durfte, wo sie sich schon mehr als ein Kleid an einer herausgesprungenen Feder aufgerissen hatte. »Schön, zu sehen, dass du das Beste aus diesem herrlich sonnigen Augusttag machst«, erklärte sie trocken, denn die Vorhänge waren zugezogen, obwohl die Sonne tapfer versuchte, durch die Ritzen zu dringen. »Du leidest sicher unter einem ernsthaften Vitamin-D-Mangel.«

»Ich werd's überleben«, erwiderte Nick, auch wenn er tatsächlich ziemlich krank aussah und sie an eine moderne Version von Henry Wallis' Gemälde *Der Tod Chattertons* erinnerte, wie er so dalag und Jen dabei beobachtete, wie sie in ihrer Tasche nach ihren Menthol-Zigaretten und dem Feuerzeug kramte. Das war ein weiterer Grund, warum sie lieber Nick besuchte, als ihn nach Hause einzuladen. Ihre Eltern hatten keine Ahnung, dass sie rauchte, denn sie hatte immer eine Packung extrastarke Minzbonbons und eine Flasche Deodorant dabei (wobei ein paar Spritzer Chanel No. 5 sicher denselben Zweck erfüllten). Und wenn Jackie sich beschwerte, dass Jen nach Kippen stank, erklärte sie ihr ausführlich, dass sie doch nichts dafürkonnte, wenn alle um sie herum rauchten. »Auch eine?«

Nick verzog das Gesicht. »Das sind doch keine richtigen Zigaretten.«

Jen zuckte mit den Schultern. »Ich mag die minzige Frische.«

Und es gab noch mehr triftige Gründe, warum Jen sich bereitwillig Susans kritischen Blicken stellte, um Nick in seiner Dachkammer zu besuchen (wie er sein Zimmer gerne nannte, weil er immer noch schrecklich überheblich war).

Jens Zimmer war winzig. Es war eher eine Abstellkammer – in der allerdings nur sehr wenige Kartons Platz gefunden hätten. Es gab bloß ein Bett, das die ganze Wand einnahm und an dessen Ende gerade genug Platz war, um auf der Matratze zu sitzen und das Fensterbrett als Schreibtisch zu benutzen. An der anderen Wand standen ein Kleiderschrank und eine Kommode mit der Stereoanlage, und im Flur gab es ein Regal für ihre Bücher und Schallplatten.

Klarerweise waren Jackie und Alan nicht begeistert, wenn Nick es sich auf dem Bett ihrer Tochter bequem machte, aber es gab nun mal keine andere Sitzmöglichkeit. Also musste Jen die Tür offen lassen, woraufhin sich ihre Eltern wieder über die laute Musik beschwerten, obwohl sie Jen immer wieder erklärten, dass sie lernen musste, Kompromisse einzugehen. Und dann waren da auch noch Martin und Tim, die ständig vor der Tür auftauchten und schmatzende Kussgeräusche zum Besten gaben.

Nicks Zimmer war hingegen riesig und verfügte über ein Doppelbett und ein eigenes Bad. Ein Zimmer mit Bad! Selbst bei den Hotelzimmern, in denen Jen bis jetzt übernachtet hatte, befand sich das Bad im Flur.

Die Wände waren schwarz gestrichen, aber ohnehin fast vollständig von Postern bedeckt: *The Smiths. The Velvet Underground. The Rolling Stones. The Jesus and Mary Chain.* Jen erinnerte sich voller Freude an die vielen glücklichen Stunden, die sie in den letzten zwei Jahren gemütlich auf dem Ledersofa verbracht hatte, während Nick ihr die neuen Platten vorspielte, die er sich in dieser Woche gekauft hatte. *Surfer Rosa, Strangeways Here We Come, Rattlesnakes, Sound of Confusion, Darklands* und älteres Zeug wie *Forever Changes, Kick Out The Jams, The White Album* ...

Und das Beste war, dass es keine nervtötenden kleinen Brüder, kein Gebrüll aus dem Erdgeschoss, doch endlich den »Lärm« leiser zu machen, und kein Hickhack darüber gab, warum die Tür offen bleiben musste.

Denn selbst wenn die Tür abgeschlossen gewesen wäre, hätten Jen und Nick nichts Verbotenes angestellt. Abgesehen vom Rauchen – aber dafür war sie mittlerweile alt genug, auch wenn ihre Eltern es nicht guthießen. Sie steckte die Zigarette an, nahm einen Zug, behielt den Rauch im Mund, bis sie bis drei gezählt hatte, und stieß ihn wieder aus. Es mochte ungesund sein (obwohl Menthol-Zigaretten sicher nicht *so* schlimm waren), aber es war cool, und mehr gab es dazu nicht zu sagen.

Nick wandte sich wieder seinem Magazin zu, und Jen bekam die Gelegenheit, ihn zu mustern. Seine Haare waren so lang, dass er kaum noch unter seinen Stirnfransen hervorsah. Er wäre ohne Weiteres als ein Mitglied der Bands durchgegangen, die sie so sehr liebte. Sogar zu Hause trug er ein T-Shirt von *The Stooges*, enge Jeans und seine spitzen Stiefel ...

»Okay, auf geht's!« Jens heimliche und leise Bestandsaufnahme wurde davon unterbrochen, dass Nick sich abrupt aufrichtete, unter das Kissen griff und ihr etwas zuwarf, das sie natürlich nicht fangen konnte. »Alles Gute zum Geburtstag!«

»Das ist doch nicht nötig«, murmelte Jen und griff nach unten, um das Geschoss aufzuheben. »Es ist keine große Sache.«

»Und ob es eine große Sache ist«, beharrte Nick und schwang die Beine vom Bett, um in dem Chaos auf seinem Nachttisch zu kramen. »Jackies und Alans kleines Mädchen ist nun offiziell eine junge Frau.«

»Halt die Klappe«, zischte Jen, und ihre Finger schlossen sich endlich um das Geschenk, das unter dem abgehalfterten Couchtisch gelandet war. Alle alten Möbel im Haus fanden irgendwann den Weg in Nicks Zimmer. »Oh, du hast mir eine Kassette aufgenommen.«

Nick nahm die allerbesten Kassetten auf. Songs von Alben, die Jen sich nicht leisten konnte. Songs, die sie einmal bei John Peele gehört hatte. Und Songs, die sie nicht kannte, die aber schnell zu ihren absoluten Lieblingsliedern wurden. Zum Soundtrack ihres Lebens. Jede von Nicks Kassetten hatte einen Titel. Diese nannte sich »Jennifer in Blue« (aus dem Song *Jennifer She Said*), und auf dem Cover war das Schwarz-Weiß-Foto einer unglaublich schönen Frau aus den Dreißigern oder Vierzigern zu sehen.

»Jennifer Jones, Schauspielerin«, erklärte Nick, ohne dass Jen nachfragen musste. »Du weißt ja, wie sehr ich konzeptuelle Zusammenstellungen liebe.«

Mein Gott, seine Überheblichkeit war grenzenlos.

»Ich habe dir auch noch ein paar andere Kleinigkeiten besorgt«, fuhr er nonchalant fort, und Jen lächelte unverbindlich, als wäre es keine große Sache.

Zu den »Kleinigkeiten« gehörte ein Exemplar von *Die*

Glasglocke, das um einiges älter war als die Ausgabe, die sich Jen vor ein paar Jahren gekauft hatte, die Schrift gebrochen, aber dennoch nüchtern mit einer zerdrückten Rose auf dem Cover. »Das sieht ja toll aus«, erklärte sie strahlend. Außerdem bekam sie ein angenehm schweres Zippo-Feuerzeug (»Damit du dir nicht immer meines leihen musst«) und drei teure Notizhefte. »Für die Aufzeichnungen, die du dir als Studentin der Englischen Literatur sicher machen musst«, erklärte er und sah Jen über die Gläser einer imaginären Brille hinweg an.

»Die sind toll«, schwärmte sie und drückte die Notizbücher an die Brust. »Es ist alles toll.«

Er hatte keine Unsummen für sie ausgegeben. Es gab nicht einmal eine Karte, und auch kein Chanel-Logo, aber diese Geschenke zeigten, dass Nick sie so gut verstand wie niemand sonst. Er wusste, was tief in ihr verborgen war.

»Hör auf zu schleimen, Jen«, meinte er sanft, während er das Chaos auf seiner Kommode durchwühlte, um schließlich seinen Schlüssel, das Geld und die Zigaretten einzupacken. »Komm, wir sollten langsam los.«

Nick machte sich nicht einmal die Mühe, sich von Susan zu verabschieden oder ihr in etwa zu sagen, wann er wieder zu Hause sein würde. »Wir reden nicht miteinander«, zischte er Jen aus dem Mundwinkel zu, nachdem sie sich auf den Weg gemacht hatten, und es war offensichtlich, dass er nicht weiter darauf eingehen wollte.

»Wegen deiner Abi-Noten?«, meinte Jen so neutral, wie die Schweiz im Zweiten Weltkrieg, doch Nick verzog dennoch das Gesicht.

»Ich wollte ohnehin nicht auf die Uni«, sagte er – und das tat er bereits, seit Jen ihn kannte. »Ich bin jetzt schon ein Jahr hinterher.«

Jen wies ihn nicht darauf hin, dass sich mittlerweile viele Leute ein Jahr Auszeit zwischen dem Abi und der Uni nahmen (Alan und Jackie waren fassungslos und bestürzt gewesen, als sie ihnen davon erzählt hatte). Und sie erwähnte auch nicht, dass Nick nicht das Geringste für sein Abi getan hatte. Hätte er sich wenigstens ein bisschen angestrengt, hätte er mit Sicherheit zumindest durchschnittliche Noten geschafft, aber er hatte nicht einmal das getan.

»Was willst du denn stattdessen tun?«, fragte sie.

»Ich habe ein Gespräch mit *Tower Records*.«

Sie waren an der Bushaltestelle angekommen, und Jen reckte den Kopf, um nach dem nächsten Bus Ausschau zu halten, dann wandte sie sich wieder an Nick. »Ein Job bei *Tower Records* wäre cool«, sagte sie, denn sie versuchte immer, Begeisterung für Nicks Pläne zu zeigen, auch wenn sie nicht damit einverstanden war. Die Uni war das Höchste, was man erreichen konnte, und eine gute Ausbildung war der Grundstein eines erfolgreichen Lebens. Es war diese eine Chance, mehr aus dem Leben zu machen, die jeder bekam, ganz egal, woher er kam. Und Nick hatte wesentlich mehr Möglichkeiten gehabt als Jen. Eine Privatschule. Nachhilfelehrer. Eine zweite Chance an einer öffentlichen Schule. Das Ärgerliche daran war vor allem, dass er wirklich klug war, ohne sich anstrengen zu müssen, während Jen zuerst die kleine Grundschule am Ende der Straße und anschließend eine Mittelschule in der Nähe besucht hatte und immer hart arbeiten musste. Sie hatte endlose Stunden gebüffelt und unzählige Bücher gelesen, damit am Ende drei Einsen im Abi-Zeugnis standen, und dann war da Nick, der fest entschlossen war, alles wegzuwerfen. »Wie viel Nachlass bekommst du als Angestellter?«

»Das spielt keine Rolle. Jeff und Susan schicken mich

nach Essex«, erwiderte er, während der Bus 240 unter der Brücke hindurch auf sie zukam und Jen in ihrer Tasche nach der Geldbörse kramte.

»Essex? Was für eine grausame und ungewöhnliche Bestrafung! Was ist in Essex?«

Nick reckte den Kopf, als der Bus näher kam. »Abgesehen von unzähligen Mädchen in weißen Stilettos und Kerlen in Jogginganzügen und mit Fußballerfrisuren?«

»Ja, abgesehen davon?«

Der Bus hielt, und sie stiegen ein. Es lohnte sich eigentlich nicht, für die kurze Fahrt zur U-Bahn-Station nach oben zu gehen, aber Nick meinte immer, dass das untere Deck nur etwas für Rentner und Kinder wäre, also stieg Jen die Treppe hoch und hielt dabei mit einer Hand ihren Rock fest. Nicht, dass Nick ihr unter den Rock geschaut hätte, aber trotzdem ...

»Sie zahlen mir eine Journalistenausbildung in Harlow.« Nick ließ sich quer über den Doppelsitz vor Jen fallen. »Offenbar glauben sie, dass ich einmal für eine Lokalzeitung schreiben werde.«

Das Wort *Lokalzeitung* klang aus seinem Mund, wie wenn Jen von Kläranlagen oder Kinderschändern sprach. »Das ist echt hart. Ich kann mir nicht vorstellen, dass du für einen Nachruf zum Klinkenputzen musst oder über Abschlussbälle schreibst.«

Es hatte sicher viele erbitterte Diskussionen darüber gegeben, und vermutlich war man zu der vorliegenden Lösung erst nach unzähligen zugeknallten Türen auf Susans Seite und jeder Menge bebender Nasenflügel bei Jeff gekommen. Trotzdem stieg unwillkürlich erneut eine kaum merkliche Wut in ihr hoch, denn Nick bekam – schon wieder – alles auf dem Silbertablett serviert. Seine Eltern *zahlten* für seine

Ausbildung. Hätte Jens Familie für die Unigebühren selbst aufkommen müssen, hätte sie auf keinen Fall studieren dürfen.

»Gibt es denn kein Modul für zukünftige Musikjournalisten?«, fragte sie. Nick schüttelte den Kopf und sank noch weiter in sich zusammen.

Jen starrte aus dem Fenster. Normalerweise fuhr sie lieber mit der Linie 240 als mit der 221, weil die Route durch den hübschesten Teil von Mill Hill führte, doch heute konnten sie selbst die putzigen Häuschen und der Ententeich nicht von der Tatsache ablenken, dass Nick schlecht drauf war und den einzigen Tag im Jahr ruinierte, an dem es ausschließlich um sie ging.

»Oder du wirst einfach so Musikjournalist«, fuhr sie fort, obwohl sie nicht genau wusste, warum es sie überhaupt kümmerte. »Julie Burchill war sechzehn, als sie für den *NME* zu schreiben begann, und Tony Parsons war auch nicht viel älter. Sieh dir einen Gig an, schreib eine Kritik, und schick sie an ein paar Magazine.«

Nick fand zumindest die Kraft, seinen Arm über die Lehne zu legen. »So einfach ist das nicht.«

»Klar ist es das.« Jen langweilte das Gespräch zu Tode – aber es wurde ihr nie langweilig, Nick anzusehen, vor allem, wenn er einen Schmollmund machte, wie jetzt gerade. Hätte sie bloß eine Sonnenbrille getragen, dann hätte sie ihn ungeniert anstarren können, ohne dass er es bemerkte.

»Glaubst du wirklich, dass ich das könnte?« Er legte das Kinn auf den Arm und sah von unten zu ihr hoch. »Ich weiß, du bist der Meinung, dass ich gut schreibe, aber das musst du ja sagen.«

»Ich muss so etwas überhaupt nicht sagen«, widersprach Jen, denn sie tat gerne so, als wären ihre Gefühle für Nick streng geheim. Immerhin war er nicht ihr Freund. Er war bloß ein Junge, mit dem sie befreundet war. »Du weißt doch, dass ich immer sage, was ich denke. Zum Beispiel habe ich heute Geburtstag, und du benimmst dich wie ein Arschloch.«

Nicks Schmollmund wurde noch größer, dann richtete er sich auf. »Du hast recht, ich bin ein Arschloch. Es *ist* dein Geburtstag, und ab jetzt werde ich nur noch dich feiern.«

Jen winkte ab – einerseits, um ihm zu sagen, dass er sich lächerlich benahm, und andererseits, um ihrem glühenden Gesicht Luft zuzufächeln. »War das jetzt ernst gemeint? Das ist nämlich manchmal schwer zu sagen.«

»Aufrichtigkeit fällt mir nicht leicht. Außerdem habe ich dir noch nicht einmal zu deinen hervorragenden Abi-Noten gratuliert, die du nicht einmal gebraucht hättest, weil du das Angebot der Uni schon vorher in der Tasche hattest.« Nick griff nach Jens Hand, um sie siegreich hochzureißen, doch sie zog sie zurück und warf ihm einen misstrauischen Blick zu. »Hey, ich meine es ernst. Selbst Susan war beeindruckt – und wütend. ›Jennifer geht also zur Uni? Was macht ihr Vater noch gleich? Ach ja, er ist Beamter, nicht wahr? Während dein Vater ein Top-Chirurg ist und du bloß Vieren und Fünfen hattest.‹«

Nicks sauertöpfisches Gesicht und die Stimme kamen seiner Mutter sehr nahe. Mein Gott, Susan war wirklich ein Miststück. Und nachdem Nick ihr ein Kompliment gemacht hatte, zeigte Jen sich großherzig und spielte ihre Verdienste herunter. »Ich gehe vielleicht zur Uni, aber ich werde trotzdem noch zu Hause wohnen, weißt du noch? Es wird keine wilden Nächte in Studentenbars geben.«

»Das Nachtleben in Harlow ist auch nicht gerade der Hit. Es gibt zwar einige annehmbare Musikclubs, aber ich werde jedes Wochenende nach Hause fahren, damit wir abhängen können«, erklärte Nick ganz nebenbei, und Jens Herz machte einen Sprung. »Es sei denn, du bist zu beschäftigt mit deinen neuen Uni-Freunden.«

»Wohl kaum«, schnaubte Jen, während der Bus den Hügel hinab in Richtung U-Bahn-Station Mill Hill East rollte. »Und jetzt komm! Vielleicht ist gerade eine U-Bahn da.«

Nick löste sich, so schnell es ihm möglich war, von der Sitzbank, und sie sprinteten den Mittelgang entlang und die Treppe hinunter, wo sie bis zur U-Bahn-Station sahen.

»O ja, es ist gerade eine da!« Vor Aufregung drückte Jen ganze drei Mal den Halteknopf, was ihr den Unmut des gesamten unteren Abteils und des Fahrers einbrachte, der wütend rief: »Schon gut, schon gut. Immer langsam mit den jungen Pferden!«

Endlich hielt der Bus, doch die Türen öffneten sich so langsam wie noch nie. Jen und Nick sprangen aus dem Bus und wollten gerade über die Straße laufen, als sich ein Bus der Linie 221 hinter dem 240er einreihte, und in diesem Moment setzte sich die U-Bahn langsam und höhnisch ohne sie in Bewegung.

»Scheiße!«

»Das gibt's doch nicht!« Jen verzog böse das Gesicht. In Mill Hill East gab es nichts zu tun – außer in eine U-Bahn zu steigen und schnellstens zu verschwinden.

Die Station lag auf der in High Barnet endenden Route der Northern Line. In der Station Finchley Central gab es eine Abzweigung, von der etwa alle fünfzehn bis zwanzig Minuten eine U-Bahn ausschließlich nach Mill Hill East fuhr und dort wieder kehrtmachte. Es war seltsam, und wenn man eine U-Bahn versäumte, musste man mindestens fünfzehn Minuten auf die nächste warten, weshalb Jen ...

»Sag es nicht!«, zischte Nick, während sie die Straße überquerten.

»Deshalb fahre ich lieber mit dem 113er nach Hendon und steige dort in die U-Bahn um«, sagte Jen unbeeindruckt.

»Aber das dauert eine Ewigkeit.«

»Ach, und das hier ist schneller?«

Sie traten in die verwaiste Station und starrten einander wütend an. Nick konnte einen Schmollmund ziehen, aber wenn Jen eingeschnappt war, dann gab es keine Menschenseele auf Gottes Erde, die etwas dagegen ausrichten konnte.

Nick versuchte es erst gar nicht. Stattdessen setzte er auf Ablenkung. »Heute ist dein Geburtstag, und da ist niemand schlecht drauf«, erklärte er ungewohnt munter. »Heute gibt es nur glückliche Gesichter.«

»In Mill Hill East gibt es keine glücklichen Gesichter«, erwiderte Jen, doch Nick hatte die Hand in die Hosentasche seiner ohnehin schon hautengen Jeans gesteckt, und sie wandte mit glühenden Wangen den Kopf ab, bis er sie mit ein paar Münzen wieder herauszog.

»Komm! Es wird Zeit für ein paar Geburtstagsfotos«, meinte er, griff nach Jens Hand und zog sie zu einer der Fotoboxen, die in jeder U-Bahn-Station zu finden waren.

»Ich bin total unfotogen«, beschwerte sich Jen, doch Nick schob bereits den Vorhang beiseite, stellte den Stuhl ein und zog sie auf seinen Schoß. Ihr Herz klopfte um einiges schneller, als gut für sie war. »Ich werde dich zerquetschen.«

»Wörtlich oder im übertragenen Sinn?«, fragte Nick grinsend und schlang den Arm um Jens Taille. Ihr Herz legte noch einmal an Tempo zu, als er sich nach vorne lehnte, um die Münzen einzuwerfen.

»Beides«, krächzte sie, weil ihr keine Gelegenheit einfiel, in der sie Nick körperlich so nahe gewesen war. Nahe genug, dass sein berauschender Geruch – Leder, Zigaretten und Elnett-Haarspray – bei jedem Atemzug ihre Lungen füllte. Nahe genug, dass sie das winzige Muttermal sehen konnte, das sich hinter seinem Ohrläppchen versteckte, und von dem Nick vielleicht nicht einmal etwas wusste, das sie in ihren Träumen allerdings schon Hunderte Male geküsst hatte. Wenn auch nicht so oft wie das Muttermal über seinen herrlich geformten Lippen, das deren Perfektion relativierte und gleichzeitig betonte. Nahe genug, dass sie seine Hitze durch ihr dünnes Kleid spürte, als er sich an sie drückte.

»Schau so doof du kannst!«, rief Nick, lehnte sich zurück und streckte die Zunge heraus. Jen hatte gerade noch genug Zeit, eine Grimasse zu schneiden, als der erste Blitz ausgelöst wurde. Dann öffnete sie den Mund zu einem stummen, aber von Herzen kommenden Schrei für Foto Nummer zwei, und für das dritte Bild formte sie die Finger zu Krallen und hob sie bedrohlich. Bevor es zum vierten Mal blitzte, hob sie verzückt den Blick in den Himmel, denn Nick hatte sie noch näher herangezogen und die Lippen auf ihre Wange gedrückt. Es brauchte nur den Bruchteil einer Sekunde, bis der Blitz ausgelöst wurde, doch es schien eine Ewigkeit anzudauern, während es im selben Moment auch schon wieder vorbei war.

»Alles Gute zum Geburtstag«, hauchte Nick sanft und machte keine Anstalten, sie loszulassen. Seine Lippen waren ihr immer noch so nahe, dass sein Atem über ihr Ohr strich, und seine Arme hielten sie umfangen.

Jen blinzelte und drehte den Kopf, sodass sich ihre Nasen beinahe berührten. Sie konnte nichts sagen. Sie bekam kaum noch Luft. Sie musste sich nur ein kleines Stück nach vorne beugen und die Lippen spitzen, dann hätten sie sich geküsst.

Sie starrte Nick an, und er starrte zurück. Seine dunklen Augen schienen nur aus Pupillen zu bestehen.

Sie konnte es tun. Sie konnte so mutig sein wie nie zuvor und die drei Zentimeter überwinden, um den Jungen zu küssen, mit dem sie befreundet war.

»Jen?«, flüsterte Nick.

Sie blinzelte erneut. »Ja?«, fragte sie mit kratziger Stimme, die klang, als würde sie den Zigarettenrauch tatsächlich inhalieren.

»Es ist ... es ist nur ...« Er schloss die Augen, was ganz normal war, bevor man jemanden küsste, doch dann öffnete er sie wieder und ließ Jen los, sodass sie plötzlich ins Schwanken geriet. »Ich glaube, der Zug ist gerade eingefahren. Außerdem will ich nicht sagen, dass du schwer bist, aber ... ich spüre meine Beine nicht mehr.«

»O mein Gott!« Jen sprang so schnell von Nicks Schoß, dass sie beinahe über ihre eigenen Füße gestolpert wäre. Sie riss den Vorhang zurück und erkannte, dass sich die Welt davor weitergedreht hatte und offensichtlich tatsächlich ein Zug eingefahren war, denn es kamen erste Leute vom Bahnsteig in die Halle.

Sie hätte sich am liebsten zwischen ihnen hindurchgedrängt wie ein Footballspieler im Ballbesitz, doch Nick rief: »Die Fotos!«

Sie hatten einander so lange angestarrt, dass es nur noch wenige Sekunden dauerte, bis die Maschine aufhörte, zu zischen und zu rattern, und ein Streifen mit vier Fotos zum Vorschein kam. Jen griff danach und hätte sie am liebsten in der immer noch schweißnassen Hand zerknüllt, damit sie das letzte Foto nicht sehen musste, auf dem sie vermutlich so verträumt und gefühlsduselig dreinschaute, dass jeder sofort wusste, was Sache war. Doch sie brachte es nicht über sich.

Sie wollte einen Beweis, dass sie es sich nicht eingebildet hatte. Dass Nick sie tatsächlich geküsst hatte. An ihrem Geburtstag und auf die Wange – aber trotzdem.

»Lass sehen!« Nick versuchte, ihr die Fotos aus der Hand zu nehmen, doch Jen wandte sich ab.

»Ich verpasse sicher nicht noch eine U-Bahn«, sagte sie und sprintete die Treppe hoch. Sie waren gerade auf ihre Sitze gefallen, als sich bereits die Türen schlossen.

Danach reichte eine Zusammenfassung von Grandpa Stans besten Sprüchen des Tages – unter anderem hatte er die Spaghetti Bolognese, die Jen sich als Geburtstagsessen gewünscht hatte, als »ausländischen Fraß« verteufelt –, um Nick so weit abzulenken, dass er die Fotos vergaß und Jen sie unbemerkt in ihre Geldbörse stecken konnte, wo sie zumindest im Moment aus den Augen, wenn auch nicht aus dem Sinn waren.

Montag, 29. August 1988 (Bankfeiertag)
U-Bahn-Station Camden Town

5 Die Sonne schien noch immer, als sie aus der U-Bahn-Station Camden Town traten, und ihr Licht war sanft und diffus, wie es an einem Abend Ende August üblich war.

»Wir müssen noch einkaufen«, erinnerte Nick Jen, nachdem sie sich den Parkway entlang auf den Weg gemacht hatten.

Obwohl Jen nach den drei Minuten in der Fotobox immer noch durcheinander war, freute sie sich darauf, zum ersten Mal legal Alkohol kaufen zu können. Selbst, wenn sie ihn, schon seit sie sechzehn war, regelmäßig kaufte und noch nie etwas passiert war.

Auch heute schenkte der Mann hinter der Theke Jen keinerlei Beachtung, als sie nach dem Drink ihrer Wahl griff: eine Flasche *MD 20/20* mit Erdbeergeschmack, ekelhaft süß, aber dennoch geschmackvoll und eine wirkungsvolle Mischung aus Sherry, Port und Likörwein. Nachdem heute ihr Geburtstag war, dachte sie sich »Scheiß drauf!«, und schnappte sich auch noch eine zweite Flasche, bevor sie zu Nick ging, der den Rotwein beäugte wie ein wahrhaftiger Connaisseur.

»Das wird keine Dinnerparty, und du bist nicht Keith

Floyd«, protestierte Jen. »Außerdem haben wir keinen Korkenzieher, oder?«

»Es gibt da so einen Trick mit dem Schuh«, erwiderte Nick, ohne ins Detail zu gehen, und warf einen Blick auf seine Stiefel und anschließend auf Jens. »Egal. Wie kannst du nur diese Tussipisse trinken?«

»Das war jetzt sexistisch *und* beleidigend.« Jen umklammerte die beiden Flaschen fester.

»Holen wir eine Flasche Wodka«, schlug Nick vor und steuerte in Richtung Spirituosen.

»Ich kann Wodka nicht pur trinken, außerdem haben wir keine Gläser.« Sie führten diese Diskussion jedes Mal, wenn sie Alkohol einkauften.

»Whisky?« Nick gab nicht auf.

Jen würgte.

»Okay, dann hole ich mir ein paar Flaschen Bier«, beschloss er wie immer an dieser Stelle und griff nach einem Sechserpack Lager. »Chips?«

»Salz und Essig, bitte.«

»Ich lade dich ein, weil heute dein Geburtstag ist, aber ich finde deinen Alkoholgeschmack nach wie vor abartig«, erklärte Nick und deutete mit dem Kopf auf die Theke, damit Jen ihre Flaschen darauf abstellte. »Vielleicht entwickelt sich dein Gaumen endlich weiter, nachdem du jetzt achtzehn bist.«

»Hoffentlich«, erwiderte Jen, denn ihr Geschmack war tatsächlich sehr unreif. Sie aß nur Edamer, Emmentaler, Gouda und Streichkäse, also im Grunde Käse, der nicht nach Käse schmeckte. Und der einzige Fisch, der auf ihren Teller kam, waren Fischstäbchen. Susan hatte bereits mehrmals Hummus und Pita-Brot serviert, und jedes Mal war Jen bei dem Gedanken übel geworden, der Pampe aus Kichererbsen auch nur nahe zu kommen. »Vielleicht lerne ich dieses Jahr, Oliven zu schätzen, und trinke nur noch Gin Tonic.«

Es war ganz gut, dass es sich bei der Party, zu der sie unterwegs waren, um keine elegante Soiree handelte, wo Kellner mit Gin Tonics und Schälchen voller Oliven durch die Gästeschar stolzierten. Nick hatte ihr einmal erzählt, dass es Lokale gab, in denen Oliven *in* Martinis serviert wurden, aber damit wollte er sie sicher verarschen. Jedenfalls stellten sich ihnen keine derartigen kulinarischen Gefahren, als sie endlich ihr Ziel erreichten: eine Grasfläche im Regent's Park, ganz in der Nähe des Eingangs am Ende des Parkways mit wunderbarem Ausblick auf das Giraffengehege im Londoner Zoo.

Wobei Jen nicht wegen der Giraffen hier war, sondern wegen der Leute, die es sich mit Dosen und Flaschen in den Händen und Chips- und Plätzchenpackungen auf dem Rasen gemütlich gemacht hatten und in begeisterten Applaus ausbrachen, als Jen und Nick sich ihnen näherten.

Jen zählte auf die Schnelle mindestens dreißig Personen, die zusammengekommen waren, um ihren Geburtstag zu feiern, obwohl er auf den Montag eines verlängerten Wochenendes im August fiel. Schon in der Grundschule, als Jen noch Freunde gehabt hatte, war es immer schwierig gewesen, genügend Gäste für eine Party zusammenzubekommen. Es war ein weiterer Nachteil, wenn man Ende August geboren wurde – abgesehen davon, dass man immer die Jüngste im Jahrgang war und jeder glaubte, als Jungfrau sei man eine überspannte Perfektionistin.

»Alles Gute, Jen! Hattest du bereits den ersten legalen Drink deines Lebens?«

Es hatte Sprudelwein zum Mittagessen gegeben. Asti Spumante, keinen Champagner. Jen hatte ein halbes Glas geschafft, bevor Stan sich beschwert hatte, dass sie ihm mit ihrem säuerlichen Gesicht das Essen verdarb und Alan den Rest mit Limonade gemischt hatte. Aber das würde sie niemandem erzählen.

»In einer Minute«, erklärte sie stattdessen und hob die dünne Einkaufstüte, sodass die beiden Flaschen klirrten.

»Komm, setz dich zu uns«, rief Harry, die mit vollem Namen Harriet hieß und mittlerweile Jens beste Freundin war. Abgesehen von Nick, der aber nun mal ein Junge war.

In den zwei Wochen nach dem schicksalhaften Smiths-Konzert vor zwei Jahren hatte Jen in ständiger Unsicherheit gelebt, weil sie nicht gewusst hatte, was Priya auf dem College über sie erzählt hatte – wobei es sicher nichts Gutes war. Doch dann war eines Tages Harry mit Linzi und Lucy auf sie zugekommen. Linzi und Lucy waren wie Harry Schauspielstudentinnen und der allgemeinen Meinung nach die beiden hübschesten Mädchen am College, und Harry hatte sich die Haare platinblond gebleicht, weshalb die drei wie Nick aus einer anderen Welt stammten.

»Wir glauben kein Wort davon, was Priya über dich erzählt«, hatte Harry Jen zur Eröffnung erklärt, nachdem sie sie in dem winzigen Topshop aufgespürt hatten.

Jen hielt sich sicherheitshalber an einem Ständer mit pastellfarbenen Stricksachen fest. »Was erzählt sie denn?«, fragte sie ängstlich.

»Dass du alles getan hast, um dich zwischen Rob und sie zu drängen …«

»Hab ich nicht … und selbst wenn …«

»Dabei ist es offensichtlich, dass du nicht auf Rob stehst. Er ist ein Arsch«, meinte Linzi mit überaus selbstbewusster und vornehmer Stimme. »Er kann unmöglich die ganzen Bücher gelesen haben und sämtliche Alben kennen.«

82

»Vielleicht, wenn er hundert wäre«, fügte Lucy hinzu.
»Aber er ist erst sechzehn und glaubt, er wüsste alles. Und
Priya fällt anderen Mädchen ständig in den Rücken, obwohl
wir doch füreinander da sein sollten.«

»Du kannst also mit uns abhängen, wenn du willst«,
schloss Harriet und musterte Jen einen Moment lang von
oben bis unten. Sie trug Alans alten Mantel über einem Tup-
fenkleid aus dem Wohltätigkeitsladen und dazu die obligaten Dr. Martens. »Ich meine, du bist cool.«

Du bist cool. Es klang so selbstverständlich und nüchtern,
als wäre Jens Coolness eine Tatsache und würde nicht nur
Jens Outfit – die Secondhand-Klamotten, die Dr. Martens,
den Eyeliner – betreffen, sondern auch ihre Persönlichkeit.
Ihre Schüchternheit wurde oft als Hochnäsigkeit interpre-
tiert, doch für dieses Mädchen war Distanziertheit ein Zeichen, dass es sie nicht kümmerte, was andere von ihr hielten.

Jedenfalls waren sie mittlerweile seit beinahe zwei Jahren befreundet, denn die drei hatten sich auch nicht von
Jens mangelnder Coolness abhalten lassen, die offensichtlich geworden war, nachdem sie sie besser kennengelernt
hatten. Priya hatte Rob kurz vor Ostern abserviert – oder
Rob hatte Priya abserviert, es war schwer zu beurteilen, wer
die Wahrheit sagte –, und nach den Sommerferien hatte sie
begonnen, mit einer kleinen Gruppe neu hinzugekomme-
ner Kunststudentinnen Zeit zu verbringen, die alle von Pri-
vatschulen kamen, lange, sorgfältig geföhnte Haare hatten
und in den Frühlingsferien zum Skifahren flogen. Rob ging
inzwischen mit einer Studienanfängerin, einer zierlichen
Kleinen, die ihn ansah, als wäre er ein Schlangendompteur
und sie die Schlange.

Und George? Jen winkte George zu, der auf der anderen

Seite der zu einem Geburtstagspicknick verteilten Chips- und Plätzchenpackungen saß. Er hatte sie gleich am Tag nach dem Smiths-Konzert angerufen und sich entschuldigt, und sie hatten beschlossen, nicht mehr darüber zu sprechen, dass er sie beschimpft hatte. Außerdem hatte er Jen gestanden, dass er mit ziemlicher Sicherheit schwul war, es aber erst öffentlich machen wollte, wenn er zur Uni ging, und Jen hatte ihm geschworen, niemandem etwas zu sagen.

Jen beschloss, Nägel mit Köpfen zu machen, öffnete die erste Flasche *20/20,* und jemand rief: »So ist es gut, sie hat es geschafft!«, während sie unter lautem Jubel den ersten Schluck trank.

Danach folgten die Geschenke: unzählige orangefarbene Penguin-Classics, noch mehr selbst gemischte Musikkassetten, eine Compilation-Schallplatte von *Creation Records*, ein Vintage-Kleid, das Jen sich schon lange wünschte, kleine Tiegel und Dosen mit Make-up, Cremes und anderen Tinkturen.

George hatte eine richtige Torte gebacken und unter Schokoladen-Buttercreme begraben, und er hatte sich sogar die Mühe gemacht, achtzehn Kerzen mitzunehmen. Jens Freunde – die sich sonst als der Inbegriff der Coolness in Nordlondon verstanden – sangen zusammen *Happy Birthday*, während die Torte feierlich vor Jen auf einer großen Einkaufstüte abgestellt wurde (weil George überzeugt war, dass jeder Quadratzentimeter des Parks von Hundepipi durchweicht war).

»Wünsch dir was«, rief George, und Jen ließ eine Sekunde von ihrer Zigarette ab, um die Kerzen auszublasen.

Dann schickte sie denselben tief empfundenen, wenn auch sinnlosen Wunsch in den Himmel, der ihr in den letzten zwei Jahren bei jeder sich bietenden Gelegenheit in den Sinn gekommen war.

Sie lehnte sich zurück, und einen Moment stieg Traurigkeit in ihr hoch, doch dann wurde ihnen klar, dass George zwar an die Kerzen, aber nicht an Teller, Servietten oder ein Messer gedacht hatte. »Ihr könnt doch nicht erwarten, dass er an alles denkt«, erklärte Jen freundschaftlich.

Jemand hatte ein Schweizermesser dabei, das sie mit Wodka sterilisierten, und jeder, der ein zerfleddertes Stück Torte wollte, bekam auch eines.

Sie passte zwar nicht zu Jens Erdbeerdrink, doch Jen versuchte, nicht das Gesicht zu verziehen, als sie ein sehr großes Stück mit dem letzten Rest der ersten Flasche hinunterspülte.

Langsam wurde es Abend. Es war noch nicht einmal acht, aber es war Ende August, und eine kalte Brise zog durch den Park. Der strahlend blaue Himmel verblasste, aber es blieb noch genug Zeit, um mit der zweiten Flasche zu beginnen, bevor der Park um neun Uhr schloss. Zuerst eilte Jen allerdings mit Harry und Linzi zum Toilettenhäuschen, das bereits um acht geschlossen wurde.

»Ich liege alkoholtechnisch gut im Rennen«, erklärte Jen, während sich Harry und Linzi ihr Chanel No. 5 liehen. »Ich bin jetzt erwachsen und werde nicht mehr so schnell betrunken.«

»Apropos erwachsen. Mir fällt noch etwas ein, was eine Erwachsene an ihrem Geburtstag unbedingt tun muss«, rief Linzi lallend. »Knuuutschen.«

Es war, als hätte ihr jemand kaltes Wasser ins Gesicht geschüttet. »Was? Warum? Warum muss ich heute knutschen?«

»Weil es dein Geburtstag ist«, erklärte Harry geduldig, als stünden derlei Dinge im Gesetz und jeder wüsste Bescheid. »Du hast doch sicher ein Auge auf jemanden.«

»Ja, ganz sicher!«, beharrte Linzi und hakte sich bei Jen unter, um sie zurück zu ihrer kleinen *Geburtstagsparty im Grünen* zu führen. »Auch wenn wir dich noch nie von einem Jungen haben schwärmen hören.«

»Weil ich für niemanden schwärme«, erwiderte Jen. Es gab viele Jungs, die sie körperlich ansprechend fand, aber sie wollte sie genauso wenig küssen, wie die Jungs Jen küssen wollten. Es gab nur einen Jungen, für den sie schwärmte und den sie lieber als alles andere auf der Welt küssen wollte, und das war Nick.

»Jetzt mal ehrlich, Jen. Du brauchst Übung, bevor du zur Uni gehst«, erklärte Harry stirnrunzelnd.

Jen bezweifelte, dass sie auf der Uni viele Gelegenheiten zum Knutschen bekommen würde. Das Westfield College war winzig und konnte kaum als Campus bezeichnet werden, außerdem war es erst seit fünfundzwanzig Jahren für beide Geschlechter geöffnet. Sie dachte an ihr wunderbares Erstgespräch mit einer Professorin, die sie an Miss Marple erinnert hatte. Sie hatten sich über Jane Austen und Jilly Cooper unterhalten, und als Jen ihr winziges Zimmer mit dem zum Schreibtisch umfunktionierten Fensterbrett beschrieb, hatte die Professorin ihr Virginia Woolfs *Ein Zimmer für sich allein* empfohlen.

»Offiziell bekommen Sie einen Brief mit unserem Angebot, falls wir uns für sie entscheiden«, erklärte die nette Professorin ihr. »Aber inoffiziell freue ich mich bereits, dieses Gespräch fortzusetzen, wenn wir uns im Herbst wiedersehen.«

Es war ein unglaublicher Moment gewesen – und vielleicht das erste Mal, dass ihre Klugheit gerühmt und anerkannt wurde. Ihre Eltern waren zwar stolz auf sie, aber ihre Begeisterung wurde immer von Gedanken daran gedämpft, was aus ihnen hätte werden können, wenn die Umstände anders gewesen wären.

Nur Nick sah in Jens Klugheit etwas, das untrennbar mit ihr verbunden war. Er wollte immer wissen, was sie gerade las, was sie davon hielt und was *er* ihrer Meinung nach als Nächstes lesen sollte. Und solange es Nick in ihrem Leben gab, konnte Jen sich nicht vorstellen, einen anderen Jungen zu küssen. Nicht einmal, wenn es in der Kidderpore Avenue, in der sich das Westfield College befand, unzählige heiße Jungs mit zerzausten Haaren und einem teuflischen Grinsen geben sollte, die sie alle küssen wollten.

Beim bloßen Gedanken daran musste sie lächeln, und Harry stieß sie so fest in die Seite, dass sie beinahe beide umkippten. »Dieses Grinsen kenne ich. Du denkst definitiv darüber nach, heute Abend rumzuknutschen. Wie wäre es mit Ollie?«

Ollie würde in ein paar Wochen auf die *Glasgow School of Arts* wechseln. Er hatte straßenköterblonde Haare und den dazu passenden schmutzigen Blick und wäre perfekt gewesen, bloß, dass ihn bei der letzten Party – während der Harry mit ihren Eltern in der Provence gewesen war – ein Mädchen wütend beschimpft hatte, weil er ihrer Freundin Filzläuse angedreht hatte.

»Nein, bitte nicht Ollie.« Jen hielt inne.

Der Himmel wurde immer dunkler, was Lucys weißblonde Haare noch mehr erstrahlen ließ. Sie saß im Gras, hatte die gazellenartigen Beine unter sich gezogen und lehnte sich an Nick. Er hatte sich auf die Ellbogen zurückgelegt, die langen Beine ausgestreckt und am Knöchel überkreuzt. Ihre Köpfe – einer dunkel, einer silbern – steckten zusammen, und Jen hörte Lucy lachen. Auch ihr Lachen klang silbern. Wie kleine Glöckchen. Dann lehnte Lucy ihren Kopf an Nicks Schulter, und er drückte ihr einen Kuss auf den Scheitel, denn Lucy war Nicks *Freundin*. Nicht bloß ein Mädchen, mit dem er befreundet war.

Sie gingen miteinander aus. Seit sieben langen Monaten. Sie steckten ständig die Köpfe zusammen, damit Nick ihr leise mit rauchiger Stimme etwas zuflüstern und Lucys ihr verdammtes, glockenhelles Lachen von sich geben konnte. Und jetzt küssten sie sich.

Jedes Mal, wenn Jen sah, wie Nick und Lucy sich küssten – und sie hatte es in den letzten sieben Monaten *sehr oft* gesehen –, war sie erleichtert, dass niemand von ihren wahren Gefühlen für Nick wusste.

Schon vor Lucy war klar gewesen, dass Nick einen Typ hatte. Und dieser Typ war nicht Jen. Er stand auf träge, ätherische Geschöpfe (*lahmarschig*, wie Jen sie in weniger netten Momenten heimlich nannte), die sich stilvoll treiben ließen, ständig seufzten und niemals ein Kleid abschätzend musterten, bevor sie es probierten, weil an ihren spindeldürren Körpern einfach alles gut aussah.

Jen war nicht mehr das stämmige, formlose kleine »Mastschwein« wie zum Beginn des Colleges. Sie war größer und schlanker geworden und hatte Brüste und Hüften bekommen, auch wenn sie nichts damit anzufangen wusste, außer einigermaßen betreten anzuerkennen, dass sie da waren. Sie trug keine engen Sachen, und auch heute war das Oberteil ihres Kleides weit geschnitten, denn sie würde nie auch nur ansatzweise spindeldürr sein. Das war nur einer der vielen Gründe, warum es besser war, bloß mit Nick befreundet zu sein und diese Freundschaft wie einen Schatz zu ehren, als enttäuscht und gedemütigt zu werden, wenn er sie abwies, und Nick danach ganz zu verlieren.

Jen hielt sich gerne über jeden Verdacht erhaben. Sie hatte

nie auch nur den kleinsten Fehler gemacht. Es gab keine sehnsüchtigen Blicke, wenn sie dachte, niemand würde zusehen. Und sie war keine Spur eifersüchtig gewesen, als Nick und Lucy zu Beginn des Jahres offiziell zum Paar geworden waren. Sie hatte die beiden im Gegenteil immer hundertprozentig unterstützt, auch wenn sie dadurch in etwa dreiundsiebzig Prozent weniger Zeit mit Nick verbrachte als früher.

»Wurde auch langsam Zeit, dass ihr zusammenkommt«, hatte sie mit einem sorgfältig einstudierten ironischen Grinsen gesagt, als Nick ihr an einem düsteren Dienstagmorgen die Nachricht überbracht hatte, die ihre Welt aus den Angeln gehoben hatte. »Warum habt ihr so lange gebraucht, bis euch klar wurde, dass ihr das perfekte Paar seid?«

Natürlich hatte Jen es bereits geahnt. Sie hatte Nick stets am Radar, wusste, wo er war, und konnte seinen Standort selbst in einem Raum voller Menschen genau bestimmen. Und letzten Dezember war Lucy ständig im selben Zimmer gewesen, entweder direkt an seiner Seite oder zumindest in seiner Nähe. Im Gegensatz zu Jen musste Lucy ihre sehnsüchtigen Blicke nicht verstecken, sondern klimperte dazu auch noch mit ihren langen Wimpern und streckte ihre unglaublich volle Unterlippe nach vorne. Der Rest war Geschichte. Eine besonders blutige, unangenehme Geschichte, wie die Schlacht bei Culloden oder die spanische Inquisition.

Lucy hatte die Aufgabe erhalten, auf ihre Sachen aufzupassen, doch sie hatte nur Augen für Nick, weshalb Jen erleichtert war, dass ihre Tasche noch da war. Und noch erleichterter, dass niemand die zweite Flasche *20/20* geklaut hatte. Sie griff danach, murmelte etwas von »unter die Leute mischen«, schloss sich einer anderen Gruppe an und trank die 75 cl (was auch immer cl bedeutete) in Rekordgeschwindigkeit leer.

Weshalb Jen, als es Zeit für einen Standortwechsel wurde, weil der Park um neun dichtmachte, sichtlich betrunken war. Nicht beschwipst. Nicht angeheitert. »Stockbesoffen«, lallte sie stolz. »Sturzbetrunken. Voll wie 'ne Eule. Komplett hinüber.«

»Was deine Ausdrucksfähigkeit nicht beeinträchtigt«, meinte Nick und legte einen Arm um Jen, um ihr über die Straße zu helfen. Es wäre perfekt gewesen, hätte sein anderer Arm nicht auf Lucys Schulter gelegen, die Jen besorgt beäugte.

»Vielleicht solltest du etwas essen, um den Alkohol zu neutralisieren?«, schlug sie vor.

»Ich will den Alkohol nicht neutralisieren«, verkündete Jen, und die Kunst-Jungs johlten. »Ich bin gerne betrunken.«

Sie mochte es tatsächlich irgendwie. Zur Abwechslung war sie einmal nicht damit beschäftigt, ständig an ihren Klamotten herumzuziehen, damit sie nicht zu eng am Körper lagen. Sie war nicht damit beschäftigt, alles genau abzuwägen, bevor sie etwas sagte. Und auch nicht damit, ihre Schwärmerei für Nick zu verbergen. Obwohl es keine Schwärmerei war. Es war eine tiefe, unerwiderte Liebe und so qualvoll wie alles, worüber sie in ihren Gedichtbänden jemals gelesen hatte.

Sie steuerten das nächstgelegene Pub an, verteilten sich im riesigen Biergarten und blieben überall hängen, wo ein Tisch oder ein paar Stühle frei waren. Jen wurde auf eine Holzbank verfrachtet, weil sie beim Gehen immer weiter nach rechts kippte und sonst wohl bald das Gleichgewicht verloren hätte. Sie bekam einen Malibu-Ananas nach dem anderen in die Hand gedrückt, den sie im Pub am liebsten trank, weil er so süß war, dass man den Alkohol nicht schmeckte.

Schon bald war ihre Zunge nur noch ein schwerer, unförmiger Klumpen in ihrem Mund, was sie allerdings nicht davon abhielt, wie ein Wasserfall zu plappern.

»Nicht so laut, Jen«, sagte George immer wieder, dabei schrie sie doch gar nicht. Sie beteiligte sich nur rege an der Diskussion, wo sie hinwollten, wenn das Pub schloss. Vielleicht ins *Dublin Castle*, wo sicher irgendeine Band spielte, oder in das Pub in der Chalk Farm Road, wo der Wirt auch nach Sperrstunde weiter ausschenkte.

Niemand hörte Jen zu, und sie hatte im Prinzip keine richtige Meinung zu dem Thema. Außerdem war ihr mit einem Mal kotzübel.

»Ich brauche frische Luft«, brüllte sie Harry zu.

»Wir sind in einem Biergarten, verdammt. Hier gibt es genug frische Luft«, gab Harry zurück.

»Ich brauche noch frischere Luft«, beharrte Jen, und als sie sich wacklig erhob, hielt sie niemand zurück.

Auf halbem Weg durch den Biergarten vollführte sie eine torkelnde, strauchelnde Wendung und machte sich auf den Weg Richtung Toilette, wobei sie ständig mit jemandem zusammenstieß und Drinks verschüttet.

»Entschuldigung! Entschuldigung!«, rief sie in einer Singsang-Stimme, die genauso nervtötend war wie die verschütteten Drinks.

Vor der Damentoilette wartete eine Schlange anderer Mädchen und Frauen, doch ein schnelles: »Ich habe heute Geburtstag und muss gleich kotzen!«, machte ihr den Weg frei, sodass sie sich an den Anfang drängen und in die erste freie Kabine stürzen konnte.

Es stellte sich heraus, dass ihr zwar kotzübel war, sie sich aber dennoch nicht übergeben konnte. Sie überlegte, sich den Finger in den Hals zu stecken – Linzi schwor drauf –, beschloss aber, dass es sehr viel angenehmer war, sich auf den Boden sinken zu lassen und das heiße Gesicht auf die kalten Fliesen zu drücken.

In der passenden Umgebung darauf zu warten, bis man sich übergeben konnte, war ein sicheres Zeichen für Jens neue Reife. Sie blieb noch eine Weile liegen, dann sagte jemand: »Geht es ihr auch gut da drin?«

Wer auch immer es gefragt hatte, beschloss offenbar, dass alles in Ordnung war, denn die Stimme verstummte und verschwand, und noch mehr Frauen und Mädchen kamen und gingen. Jen hob die Beine und stützte sie auf der gegenüberliegenden Seite der Kabine ab. Aus dieser Perspektive wirkten sie sehr schlank. Die Toiletten rechts und links wurden gespült, und die Türen gingen auf.

Wasser lief – vielleicht sollte sie pinkeln, wenn sie schon mal hier war –, dann hörte sie eine vertraute Stimme.

»Hat jemand Jen gesehen?«, fragte Linzi mit ihrem lauten, tiefen Organ, das besser auf einen Exerzierplatz als in eine Pub-Toilette in Camden gepasst hätte.

»Ach, Jen kommt schon klar. Jen ist cool«, erklang Lucys belegte Stimme.

»*Jen ist cool*«, wiederholte Jen leise und verdrehte die Augen, was sie jedoch sofort bereute, weil ihr davon noch übler wurde.

»Ja, Jen ist cool«, bestätigte Linzi. »Aber weißt du, ich habe manchmal das Gefühl, nicht recht zu wissen, wer sie ist.«

»Jaaa, man kommt kaum mit ihr ins Gespräch, weil sie ziemlich … nicht gerade arrogant, aber zumindest verschlossen ist. Sie will niemandem zu nahe kommen.«

»Manchmal frage ich mich, ob sie mich überhaupt mag«,

meinte Linzi. Jen mochte Linzi sehr wohl, auch wenn sie nicht gedacht hätte, dass Linzi zu einer so tief greifenden Wahrnehmung fähig war. »Nick scheint der Einzige zu sein, den sie wirklich leiden kann.«

Es folgte eine solche Totenstille, dass Jen einen Moment lang dachte, sie wäre gestorben, aber sie lag immer noch auf dem Boden der Pub-Toilette und war plötzlich so nüchtern, als hätte sie den ganzen Abend nur Wasser getrunken.

»Die beiden sind bloß Freunde«, erklärte Lucy milde. »Das sagt Nick zumindest, und ich glaube ihm, obwohl sie ihn manchmal so ansieht, wenn sie glaubt, es würde sie niemand beachten. Man weiß sofort, dass sie auf ihn abfährt.«

Es folgten eine weitere Pause und ein Geklapper, als würden die beiden in ihren Make-up-Taschen kramen. Jen wäre gerne aus der Kabine gestürzt und hätte alles abgestritten, doch sie blieb und fragte sich, ob es möglich war, an einer Überdosis Demütigung zu sterben.

»Aber es stört dich nicht, wenn sie mit Nick abhängt?«, fragte Linzi, und Jen hörte, wie eine Tür geöffnet wurde.

»Nein, weil er nicht auf sie steht. Das hat er mir gesagt. Er meinte, warum er auf sie stehen sollte, immerhin sei sie nicht einmal hübsch. Er hat nur angefangen, mit ihr abzuhängen, weil er Mitleid mit ihr hatte, und da meinte ich …«

Was auch immer Lucy in ihrer dämlichen rauchigen Stimme gesagt oder nicht gesagt hatte, blieb ein Geheimnis, denn in diesem Moment schloss sich die Tür hinter den beiden.

Jen rollte sich zu einem festen, kleinen Ball zusammen und brach in Tränen aus.

93

Montag, 29. August 1988 (Bankfeiertag)
U-Bahn-Station Camden Town

6 Es gab nichts, was einen achtzehnten Geburtstag unwiederbringlicher ruinierte, als ein fünfzehnminütiger Weinkrampf, nachdem man die bittere Wahrheit erfahren musste. Jen starrte in denselben Spiegel, vor dem Linzi und Lucy ihr Make-up aufgefrischt und ganz nebenbei ihr Leben zerstört hatten.

Sie sah sogar *zerstört* aus. Ihre Augen waren blutunterlaufen und geschwollen, sodass sie kaum etwas sah. Ihr roter Chanel-Lippenstift, auf den sie so stolz gewesen war, weil er so kultiviert aussah, war nur noch eine verschmierte, zu grelle Erinnerung. Der Eyeliner und die Mascara rannen in schwarzen Rinnsalen über ihre Wangen. Und sie weinte noch immer.

Sie stand da und beobachtete leidenschaftslos ihr Spiegelbild, während sie weinte. Jackie sagte immer, dass Jen kein hübsches Weingesicht hatte (offenbar war nichts an ihr hübsch), und Jen musste zugeben, dass sie recht hatte. Ihr Mund war ein klaffender, feuchter Schlund, ihr Gesicht verzerrt und rot. Sie sah genauso aus, wie sie sich fühlte.

Hässlich. Unerwünscht. Nicht wert, geliebt zu werden.

Die Freundschaft mit Nick, die für Jen so unerwartet und unbezahlbar gewesen war, war lediglich entstanden, weil sie ihm leidgetan hatte. Weil er *Mitleid* mit ihr gehabt hatte. Und obwohl sie gedacht hatte, ihr Geheimnis wäre sicher in ihrem Herzen verwahrt, wussten alle Bescheid und lachten hinter ihrem Rücken über sie.

O Gott.

Nick wusste es.

Er hatte mit Lucy darüber gesprochen. Er hatte mit Lucy darüber gesprochen, dass er Jen nicht hübsch fand. Aber es war nicht das, was sie am meisten schmerzte – auch wenn es höllisch wehtat. Es waren die vielen kostbaren Stunden, die sie mit Nick verbracht hatte. Die Nachmittage in seinem Zimmer, wenn sie Musik gehört und sich unterhalten hatten. Es war alles eine Lüge gewesen. Sie hatte ihm Dinge über ihre Familie erzählt, über ihre Vergangenheit und über ihre Zukunftsträume, die sie noch nie jemandem verraten hatte, und es hatte ihm nichts bedeutet.

Sie hatte ihm nichts bedeutet.

Jen schluchzte und hickste immer noch, als sie schließlich aus der Toilette trat. George war der Erste, mit dem sie zusammenstieß.

»Jen! Wir suchen alle nach dir ...« Er brach ab und musterte ihr zerstörtes Gesicht. »Ist alles okay? Hast du gekotzt?«

»Nein.« Sie schüttelte den Kopf und schloss die feuchten Augen. »Aber es ist nicht alles okay. Ich muss nach Hause.« Sie umklammerte Georges Handgelenk. »Kannst du meine Tasche holen, bitte?«

»Ach, Jen.« Georges rundes Gesicht verzog sich besorgt. »Aber was ist mit deinen Geschenken?«

Warum hatten diese Leute sich die Mühe gemacht, und ihr etwas besorgt, wenn sie hinter ihrem Rücken über sie lachten? Es war eine riesige Verschwörung. »Ich will sie nicht mehr. Ich will nur nach Hause.«

»Willst du dich nicht noch von den anderen verabschieden?«

»Nein!« Jen ließ George los, der sie seinerseits packte, als sie unsicher schwankte. »Bitte, George. Ich brauche meine Tasche. Ich warte vor dem Pub. Sag es niemandem. Bitte.«

»Wenn du dir sicher bist …« George verstummte, als ein lautes Schluchzen Jen davon abhielt, ihm zu erklären, dass sie sich in ihrem Leben noch nie so sicher gewesen war.

Sie wartete vor dem Pub, direkt am Randstein, damit sie sofort abhauen konnte, sobald George ihr die Tasche gebracht hatte.

Mittlerweile war es dunkel geworden, und auf den Straßen war es ruhig. Jen hörte bloß das Klopfen ihres Herzens und ihren zitternden Atem. Sie wollte nur weg. Nach Hause, wo sich die Tür hinter ihr schließen und die Wände auf sie niederdrücken würden. Aber dieses Mal auf tröstliche Art.

Die Pubtür öffnete sich, und Jen sah George mit ihrer Tasche und Nick, der ihm folgte.

»Jen? Was ist denn los?«, fragte er, die Stimme und das Gesicht sanft, als würde sie ihm tatsächlich etwas bedeuten. »Hast du dich übergeben?«

»Mir geht es gut«, erklärte sie knapp und unterdrückte ein Schluchzen. Sie konnte ihn nicht ansehen, also wandte sie sich an George. »Danke für die Tasche.«

Er reichte sie ihr und versuchte ihr auch ein paar Tüten zu übergeben. »Deine Geschenke.«

Sie schob sie von sich. »Ich will sie nicht.«

George und Nick wechselten einen Blick, als hätten sie sich bereits darüber unterhalten, wie sie mit dem Problem namens Jen umgehen wollten. Wer weiß, worüber sie im Laufe der Monate noch gesprochen hatten. Steckte George auch mit den anderen unter einer Decke?

»Komm schon, Jen. Komm wieder rein«, sagte Nick und streckte eine Hand aus, die Jens Arm kurz berührte, bevor sie zurückzuckte.

»Fass mich nicht an!«, zischte sie und hielt es nicht mehr aus. Sie wollte nicht länger der Kumpel an seiner Seite sein, der ihn anschmachtete, während er nur mit ihr spielte, sie bedauerte und Lucy alles erzählte. »Ich fahre nach Hause.«

»Sei kein Frosch«, meinte Nick lächelnd, als könnte er Jen mit einer kleinen Neckerei aus ihrer düsteren Laune befreien. »Willst du Chips? Oder etwas zu trinken? Wasser, vielleicht?«

»Ich will bloß nie wieder dein Gesicht sehen!« Jen sprang auf die Straße und wäre beinahe von einem schwarzen Taxi niedergefahren worden. Der Fahrer kurbelte die Scheibe herunter. »Bist du blind, verdammt? Dann brauchst du einen Stock und einen verfluchten Blindenhund, Schätzchen!«

»Jen! Was tust du da?« Das war George.

»Warum führst du dich auf wie eine Irre?« Und das war Nick, der ihre Welt in Schutt und Asche gelegt hatte.

Jen hob die Hand und zeigte allen dreien den Mittelfinger, dann verschwand sie um die Ecke auf den Parkway. Sie weinte wieder. Zumindest liefen Tränen über ihre Wangen, ganz egal, wie oft sie verzweifelt versuchte, sie mit dem Handrücken fortzuwischen.

Plötzlich spürte sie eine Hand auf der Schulter. »Was ist los?«

Sie schüttelte Nick ab. »Lass mich allein.«

»Wir sind in Camden, und es ist mitten in der Nacht. Ich lasse dich sicher nicht allein«, erklärte Nick und hielt mit kränkender Leichtigkeit mit Jen Schritt. »Was hat dich derart aus der Fassung gebracht?«

Jen blieb abrupt stehen und machte sich bereit, ihm alles

zu sagen. Mithilfe diverser Handzeichen und Flüche würde sie ihm wortgewaltig und detailgetreu erklären, was Lucy gesagt hatte. Aber es war zu schmerzhaft, die Worte auszusprechen, die ihrer Freundschaft den Todesstoß versetzt hatten. Einer Freundschaft, die sie für echt gehalten hatte, und die von ihrer Seite so viel mehr gewesen war.

Also gab sie sich mit einem einzigen, banalen Satz zufrieden. »Wir sind keine Freunde mehr.«

Nick fuhr zurück. »Wovon redest du?«

»Wir waren nie Freunde. Und diese Leute ...« Sie deutete in die Richtung, aus der sie gekommen waren. »Sie sind auch nicht meine Freunde. Ihr fandet das alles saukomisch, nicht wahr? Für euch war ich nie ein echter Mensch. Nur ein bemitleidenswerter Versager.«

»Wovon redest du da, verdammt noch mal?«, fragte Nick zunehmend frustriert. »Mach hier nicht einen auf Sylvia Plath.«

Es war einer ihrer Scherze gewesen – wenn man denn Scherze über eine Frau machen konnte, die so versessen auf ihre Depressionen und ihren Schmerz wegen eines wertlosen, betrügerischen Mannes gewesen war, dass sie sich das Leben nahm, indem sie den Kopf in einen Gasofen steckte.

Wenn Jen verdrossen und launisch war, nannte Nick sie Sylvia, und wenn Nick ein überheblicher Arsch war (beides geschah regelmäßig), dann nannte Jen ihn scherzhaft Lou Reed.

Aber der einzig wahre Scherz war der zwischen Nick und Lucy gewesen. Mit Jen als Pointe.

»Ich fahre nach Hause«, wiederholte sie und ignorierte Nick, der neben ihr herging. Ihr Gesicht blieb ungerührt, während er sie weiter mit Fragen löcherte, was denn los war, und seine Verwirrung verwandelte sich in Zorn.

»Das ist doch albern, Jen. Du bist lächerlich«, fauchte er, als sie sich der U-Bahn-Station näherten. Sie holte ihre Geldbörse hervor und nahm ihre Fahrkarte heraus. »Was, zum Teufel, ist los? Hat jemand etwas gesagt, das dich so wütend gemacht hat? Es muss eine richtige Bombe gewesen sein.«

»O ja, das war es«, versicherte ihm Jen und nickte wie der Wackeldackel in der Heckscheibe des Ford Escort ihrer Eltern.

»Es war wirklich eine Bombe.«

Sie steckte ihre Karte in den Schlitz, schob sich brutal durch das Drehkreuz und nahm die Karte am anderen Ende wieder in Empfang. Trotz allem konnte sie einem letzten, sehnsüchtigen Blick zurück nicht widerstehen, danach konnten Lucy und Harlow ihn für immer haben.

Nick stand da, und sie starrten einander an wie in der Fotobox in Mill Hill East, die Ewigkeiten entfernt schien.

Die Welt drehte sich langsamer und verschwand, und da waren nur Jen und Nick und die Anziehung zwischen ihnen, die sie sich sicher bloß einbildete, obwohl sie sie auch jetzt spürte.

Er hauchte ihren Namen »Jen«, dann stolperte er nach vorne, als sich ein stämmiger Grufti an ihm vorbeidrängte.

Der Augenblick war vorüber. Wahrscheinlich hatte er nie existiert.

Jen wandte sich ab und eilte die Rolltreppe nach unten.

»Jen!« Sie hörte ihn hinter sich. »Jen! Was, zum Teufel, soll das?«

Sie legte an Tempo zu und stieß einen Idioten beiseite, der die linke Seite der Rolltreppe blockierte, doch Nicks Schreie wurden trotzdem lauter, und sie war sich sicher, dass der Wind, der immer durch die U-Bahn-Station pfiff, eigentlich sein Atem in ihrem Nacken war.

Unten angekommen, sprang Jen mit einem wackeligen Satz von der Rolltreppe, doch Nick war direkt hinter ihr, umfasste ihren Arm mit starker Hand und zog sie von der Rolltreppe fort. Er hielt sie so fest, dass sie ihn nicht abschütteln konnte, und drängte sie nach links zu einer schmalen Wand, die die Korridore nach Edgware und zu den anderen Bahnsteigen in Richtung Süden trennte.

»Jetzt bleib stehen und hör auf damit«, zischte er. »Ich werde nicht gehen, und du auch nicht. Nicht, solange du mir nicht gesagt hast, was los ist.«

Es war unvorstellbar, es laut auszusprechen. Aber ... Was, wenn sie sich irrte? Wenn sie Lucy nicht richtig verstanden hatte? Obwohl sie – trotz des Alkohols – sehr genau wusste, was Lucy gesagt hatte.

»Komm schon, Jen, sag es mir«, drängte Nick mit jener tiefen, schmeichelnden Stimme, die Jen dazu gebracht hatte, mit dem Rauchen und Trinken zu beginnen und Jackie und Alan anzulügen, wenn es darum ging, wo sie hinwollte und wann sie nach Hause kommen würde. Wenn Nick auf diese Weise mit Jen sprach und sie mit seinen dunklen Augen unter dem Schopf dunkler Haare heraus ansah, konnte sie ihm nichts abschlagen.

»Sie ... Lucy hat gesagt ... ich habe sie gehört ... sie hat gesagt, dass du nicht wirklich mein Freund bist. Dass du bloß Mitleid mit mir hast«, murmelte Jen, sodass Nick sich näher heranlehnen musste, um sie zu verstehen. Dieses Mal versetzte sie sein Geruch nach Leder und Zigaretten und Haarspray nicht in Hochstimmung, und sie wollte die Lippen nicht auf das kleine Muttermal drücken, das ...

»Ich bin mit dir befreundet, weil ich dich mag«, erklärte Nick mit genügend Überzeugungskraft, dass Jen ihm gerne

100

geglaubt hätte. »Das Smith-Konzert und alles danach hat uns richtig zusammengeschweißt, nicht wahr?«

»Ja«, stimmte Jen unsicher zu.

»Und klar war es am Montag danach am College offensichtlich, dass du keine Freunde mehr hattest, also bin ich zu dir...«

»Weil du Mitleid mit mir hattest.« Jens Magen zog sich unheilvoll zusammen.

»Vielleicht hatte ich ein klein wenig Mitleid mit dir, aber ich wollte vor allem mit dir abhängen, weil ich dich cool fand«, fuhr Nick fort. Er lehnte sich immer noch zu ihr, und seine Augen drangen in ihre, als wollte er sie davor warnen, ihm zu misstrauen. »Jen, du kennst mich gut genug, um zu wissen, dass ich nichts tue, was ich nicht tun will. Ich mache nichts, bloß weil ich ein gutes Herz habe. Ich bin ein ikonoklastischer Rebell in einer Lederjacke.«

»Du meinst, du bist überheblich«, erwiderte Jen, wie jedes Mal in dieser Situation, doch dieses Mal fühlte es sich nicht wie ein Scherz an, sondern eher wie etwas, das sie auswendig gelernt hatte und vorbetete, wenn Nick ihr das Stichwort lieferte.

»Es ist albern, sich jetzt darüber aufzuregen«, fuhr er fort und lehnte sich zur Seite, sodass er ihr nicht mehr so nahe war. »Keine Ahnung, warum Lucy das gesagt hat.«

»Das war nicht alles.« Das ganze Gespräch stürzte erneut auf sie ein, nachdem Nick ihr wieder Platz zum Atmen gegeben hatte. »Sie hat gesagt...«

»Was hat sie gesagt?« Nick sah sie erwartungsvoll und neugierig an und schien nicht im Geringsten besorgt, dass Jen etwas gesagt haben könnte, das ihn genauso aus der Bahn werfen würde, wie es Jen aus der Bahn geworfen hatte. »Sag es mir!«

101

Er hatte praktisch zugegeben, dass er Mitleid mit Jen gehabt hatte, und vermutlich hatte er die anderen Dinge auch gesagt.

»Sie meinte, dass du sicher nicht auf mich stehst, weil du mich nicht einmal hübsch findest.«

»Ah ...« Sein Seufzen klang, als würde er bedauern, dass er seine Worte über Jens mangelnde Schönheit nun aus ihrem Mund hörte. »Wir sind Freunde. Du bist vermutlich sogar meine beste Freundin, und du weißt, dass du mir etwas bedeutest.«

Es war eine Qual, ihm zuzuhören, und sie ertrug es kaum noch. »Das ist jetzt alles hinüber.«

»Sei kein Frosch, Jen«, sagte Nick, wie er es oft mehrere Male am Tag tat. »Nichts ist hinüber. Lucy ist manchmal etwas eifersüchtig, und vielleicht habe ich ihr gesagt, was sie hören wollte, damit sie aufhört. Damit wir weiter abhängen konnten, ohne dass sie wutentbrannt davonstürmt. Zwischen dir und mir ist immer noch alles cool.«

Es war alles andere als cool. Genauso, wie Jen nie wirklich cool gewesen war. Man konnte die Leute nur eine gewisse Zeit lang hinters Licht führen. »Sie hat gesagt ...«

»Also ehrlich, langsam kann ich nicht mehr hören, was sie gesagt hat ...« Nick schüttelte den Kopf und grinste auf die listige Art, für die Jen früher alles stehen gelassen hätte. »Das hast du doch nicht nötig.«

Seine Hand lag noch auf ihrem Arm, und seine Berührung war warm, obwohl Jen kalt vom Weinen und vom Schock war. Doch sie ließ sich nicht beirren. Sie war so weit gekommen, sie konnte genauso gut auch die letzten Meter hinter sich bringen. »Du findest mich nicht hübsch.«

Nick senkte zum ersten Mal den Blick. »Ich sehe dich nicht auf diese Art. Wir sind Kumpel.«

»Aber objektiv betrachtet findest du mich nicht hübsch«, beharrte Jen wie ein Hund, der sich in einen Knochen verbissen hatte.

»Es spielt doch keine Rolle, ob ich dich hübsch finde oder nicht«, sagte Nick, und nun war seine Stimme so leise, dass Jen sich näher heranlehnen musste, um jedes niederschmetternde Wort zu verstehen.

»Weil du nicht auf mich stehst!«

»Weil ich mit Lucy gehe! Ich stehe auf Lucy! Das weißt du doch.« Nick ließ Jen los und verschränkte die Arme. »Das ist total lächerlich. Warum bist du so?«

Jen verdrehte die brennenden Augen. »Warum glaubst du, dass ich so bin?«

»Das macht Susan auch immer. Sie beantwortet eine Frage mit einer Gegenfrage. Es nervt gewaltig.«

»Aber du *weißt*, warum ich so bin«, beharrte Jen und versuchte, nicht an Boden zu verlieren, während sich die anderen Fahrgäste an ihnen vorbeischoben. »Du hast Mitleid mit mir. Du findest mich nicht hübsch. Du stehst nicht auf mich. Und um alles noch schlimmer zu machen, hast du über all diese Dinge mit Lucy geredet. Auch darüber, dass ...«

»Nein, wir haben über nichts anderes geredet«, unterbrach Nick sie rasch. Zu rasch. »Mehr war da nicht, und ich weiß, dass ich vielleicht nicht ...«

»Ihr habt auch darüber geredet, dass ich ... du weißt schon.« Sie brachte die Worte nicht über die Lippen. Es war ihr bestgehütetes Geheimnis. Zumindest hatte Jen das gedacht.

»Was weiß ich?«, fragte Nick, und an der Art, wie er die Stimme erneut senkte und näher trat, erkannte Jen, dass er es tatsächlich wusste.

»Du weißt, dass ich in dich verliebt bin.« Es laut auszusprechen, war weder kathartisch noch befreiend. Es war schrecklich. Jen schlug sich die Hände vors Gesicht. Ihre Wangen waren nicht mehr kalt und feucht, sondern brannten unter der Hitze Tausender Sonnen. Doch Nick löste ihre Hände und führte sie nach unten, dann schob er seine Finger durch ihre. »Das hat Lucy gesagt?«

Jen starrte auf einen Punkt an der gegenüberliegenden Wand. Links davon befand sich der Bahnsteig Richtung Edgware, der sie endlich von hier fortbringen würde.

»Sieh mich an, Jen.«

Sie schüttelte den Kopf. »Nein.«

»Stimmt es denn? Bist du in mich verliebt?«, fragte er und trat noch näher. Näher, als er ihr jemals gewesen war. Und obwohl der Wind durch das Niemandsland zwischen den Rolltreppen und den Bahnsteigen zischte, spürte sie die Wärme seines Körpers. »Bist du schon von Anfang an in mich verliebt?«

»Tu mir das nicht an«, krächzte sie, denn sie war vielleicht in ihn verliebt – und vielleicht sogar von Anfang an –, aber sie hatte es für sich behalten, weil sie immer gewusst hatte, dass Nick es gegen sie verwenden würde. Sie hatte gedacht, er würde sie abweisen, aber wie sich herausstellte, gab es Schlimmeres als Zurückweisung. Sehr viel Schlimmeres.

Er spielte mit ihr. Er neckte sie. Er berührte sie, als wäre sie tatsächlich hübsch und er wäre auch in sie verliebt. Als gäbe es keine Lucy ... »Ich fühle mich bereits wie ein Stück Scheiße, und du machst es nur noch schlimmer.«

Jen riss ihre Hände los und duckte sich unter seinem Arm hindurch, mit dem er sie praktisch an der Wand gefangen hielt.

»Sei nicht so, Jen«, sagte er, und sie hielt inne, denn da

war immer noch die winzige Hoffnung in ihr, dass er alles wiedergutmachte. »Unsere Freundschaft bedeutet mir mehr als alles andere.«

Sie fuhr zurück, als hätte er ihr ins Gesicht gespuckt. »Aber wir *sind* keine Freunde. Wir können nie wieder Freunde sein. Nicht nach heute Abend.«

»Schon gut! Okay! Ja, ich wusste, dass du in mich verliebt bist«, presste Nick hervor, als hätte Jen ihn dazu gezwungen, und in gewisser Weise hatte sie das auch. »Aber ich gehe mit Mädchen wie Lucy aus, weil ... du bist einfach ... einfach ...«

Nun zögerte er, und Jen war diejenige, die ihn ungeduldig ansah. »Ich bin einfach was?«

»Du bist viel zu sehr wie jetzt gerade!« Nick warf die Hände in die Höhe, um zu zeigen, wie Jen war. »Mit dir ist nichts einfach. Du bist zu erbittert in allem, was du tust. Du interpretierst zu viel in Dinge hinein. Und es wäre ein Leichtes gewesen, dir etwas vorzumachen, aber das habe ich nie getan, Jen. Dafür mag ich dich viel zu gerne.«

»Nein, du hast bloß mit Lucy über mich geredet, die danach mit Linzi und vermutlich auch Harry und allen anderen geredet hat«, zischte Jen. Ihr Gesicht brannte. »Ich wette, sie zerreißen sich jetzt gerade die Mäuler darüber, was für eine verdammte Versagerin ich bin!«

»Du bist keine Versagerin«, beharrte Nick, und Jen fragte sich, warum er immer noch hier war. Das war untypisch für ihn. Normalerweise haute er ab, wenn es schwierig wurde.

»Doch, das bin ich. Ich bin eine vollkommene Versagerin, und ich fahre jetzt nach Hause.« Jen erkannte, dass sie diesen schrecklichen Abend und diese schreckliche Szene beenden konnte, indem sie sich in Bewegung setzte und ihn stehen ließ. »Ich wünsch dir ein schönes Leben.«

»Du verhältst dich wie ein Arschloch«, rief Nick ihr hinterher, und vielleicht stimmte das auch, aber es war ihr egal. Darüber würde sie sich morgen genug Gedanken machen. Im Moment musste sie die nächsten fünfzig Meter hinter sich bringen, damit sie endlich verschwinden konnte.

Sie hatte beinahe den Bahnsteig erreicht, als sich erneut eine Hand um ihren Arm schloss. Sie wollte sich bereits losreißen, doch seine Worte ließen sie erstarren.

»Nur fürs Protokoll: Ich finde dich hübsch. Wenn ich es nicht täte, würde ich das hier nicht tun«, hauchte Nick atemlos, als wäre er hinter ihr hergerannt.

Er drehte sie herum. Und dann küsste er sie.

Nick küsste sie.

Seine Lippen drückten sich auf ihre. Seine Zunge war in ihrem Mund. Es war forsch. Und sehr nass. Ganz und gar nicht so, wie sie es sich vorgestellt hatte.

Ihr erster Kuss. Es sollte nicht so ablaufen.

Über das Dröhnen in ihren Ohren hinweg hörte Jen das leise Rumpeln des Zuges, der in die Station einfuhr. Sie drehte den Kopf zur Seite, damit es endlich aufhörte, und stieß Nick fest genug von sich, dass er nach hinten stolperte.

»Jen! Warte! Verdammt noch mal! Warte …«

Doch Jen wartete nicht. Sie drängte sich mit gesenktem Kopf durch die Fahrgäste, die aus der U-Bahn strömten.

»Jen!«

Sie sprang gerade noch rechtzeitig in den Waggon.

»Zurücktreten, bitte. Türen schließen.«

Nick stand einige Meter zu weit entfernt, aber es war nahe genug, um Jens brüllende Stimme zu hören. »Ich hasse dich, und ich will dich nie wiedersehen!«

Zur Abwechslung war das Timing perfekt. Die Türen

schlossen sich nach dem letzten Wort, und Nick konnte dem fortfahrenden Zug nur noch hinterhersehen.

Sein starres Gesicht verschwamm. Dann war er verschwunden.

TEIL 3

1992

Donnerstag, 20. Februar 1992
U-Bahn-Station Mile End

7

Jennifer wurde von einem sanften, aber beharrlichen Ziehen an ihrem Fuß aus dem Schlaf gerissen, das von einem nervtötenden Sprechgesang begleitet wurde. »Aufstehen! Aufstehen! Aufstehen, du faules Flittchen.«

Sie öffnete zögernd ein Auge, verklebt von dem Make-up, das sie letzte Nacht nicht abgeschminkt hatte. »Nenn mich nicht faul«, jammerte sie. »Ich bin erst nach drei ins Bett. Ich musste ewig auf einen Nachtbus warten.«

»Schon klar. Weniger klar ist allerdings, warum ich dich nicht faul nennen darf, du aber kein Problem mit *Flittchen* hast.« Kirsty sah grinsend auf sie hinab, dann zog sie noch etwas fester an Jennifers Fuß.

Jennifer riss sich los, drehte sich um und versuchte es sich wieder auf dem unebenen Kissen und zwischen den kratzigen Laken bequem zu machen, die ihre Eltern ihr bei ihrem Auszug vor drei Jahren in einem Billigladen gekauft hatten. Ihre Großmutter Dorothy hatte vorgeschlagen, mehr auszugeben und auf eine bessere Qualität zu achten, und Jennifer dachte jedes Mal daran, wenn sie ihr hauchdünnes Kissen mit den Fäusten bearbeitete, um ihm ein wenig Form zu geben. Wie jetzt zum Beispiel. »Geh weg. Es ist noch zu früh.«

»Ich musste dir versprechen, dich zu wecken und dafür zu sorgen, dass du auch aufstehst, bevor ich zu meiner Seminargruppe aufbreche. Es ist bereits zehn«, erklärte Kirsty, und das waren die magischen Worte, die Jennifer dazu brachten, ihre gleichermaßen dünne Decke beiseitezuschlagen und die Beine aus dem Bett zu schwingen.

»Warum sagst du das nicht gleich?«, murrte sie und verzog das Gesicht, als ihre Füße das klebrige Linoleum berührten, das den Großteil ihrer Wohnung über einem Metzger in der Mile End Road bedeckte. Man musste durch die Küche, um ins Badezimmer zu gelangen, und das war nur *eine* Unannehmlichkeit in einem Zuhause voller Unannehmlichkeiten. Da war zum Beispiel das Isolierband, um im Winter die Fenster abzudichten, weil es weder eine Doppelverglasung noch eine Zentralheizung gab. Oder das Telefon, das nur eingehende Anrufe entgegennehmen konnte. Oder der Gasherd, der keine ringförmigen Kochplatten, sondern Gasschlitze hatte, die sich derart heftig entzündeten, dass man sich die Wimpern versengte, wenn man nicht vorsichtig war. Oder die Tatsache, dass der Vermieter Gary Andrews, dem Metzger aus dem Erdgeschoss (oder »Kindskopf Andrews, der Killermetzger aus dem Keller«, wie Jennifer und Kristy ihn heimlich nannten), einen Schlüssel für ihre Wohnung gegeben hatte, um die Umschläge mit dem Bargeld abzuholen, mit dem sie an jedem ersten Montag des Monats ihre Miete bezahlten. Gary konnte ihre Wohnung also jederzeit betreten, und das war Grund genug, sorgfältig darauf zu achten, nie zu lange nackt zu sein.

Andererseits kostete die Wohnung lediglich sechzig Pfund die Woche, und man brauchte zu Fuß nur fünf Minuten zum Campus und noch weniger zur U-Bahn-Station. Jennifer hatte ihr ganzes Leben davon geträumt, in der Nähe einer U-Bahn-Station zu wohnen, und nun war dieser Traum in Erfüllung gegangen (der Oxford Circus war nur zwanzig Minuten entfernt!), weshalb sie recht zufrieden war. Auch wenn Jackie geweint hatte, als sie zum ersten Mal in der Wohnung gewesen war. Stan hatte wiederum angemerkt, dass er sich nicht aus eigener Kraft aus dem East End herausgekämpft hatte, damit sich seine Enkelin kampflos in einem rattenversuchten Drecksloch niederließ. (Es gab tatsächlich Ratten, aber sie kamen nie in den ersten Stock, sondern versammelten sich lieber nachts auf den Bürgersteigen, wenn die Läden und Fast-Food-Ketten auf der Mile End Road ihren Müll hinausstellten.)

Als Jennifer so glänzend sauber aus dem Badezimmer trat, wie es die notdürftige Ausstattung erlaubte, war Kirsty bereits auf dem Weg zur Tür. »Arbeitest du heute Abend?«

»Nein«, antwortete Jennifer erleichtert.

»Sollen wir einen Film ausleihen und ihn uns gar nicht richtig ansehen, weil wir uns inzwischen abartig betrinken?«

»Immer gerne.«

»Immer gerne!« Kirsty grinste, dann war sie verschwunden. Die Tür fiel krachend hinter ihr ins Schloss, und man hörte ihre trampelnden Schritte auf der Treppe.

Es war halb elf, und Jennifer musste in einer Stunde bei der Arbeit sein. Sie hatte keine Zeit für die Wäsche gehabt, aber sie hatte eine saubere Unterhose, ihr BH war erst wenige Tage in Gebrauch, und sie hatte gestern Abend Voraussicht bewiesen und ihr weißes Oberteil über die Stuhllehne gehängt, damit es keine Falten bekam. Sie durchwühlte den Haufen mit Schmutzwäsche und schnüffelte hier und dort, bis sie eine annehmbare Strumpfhose gefunden hatte, danach zwängte sie sich mit wackelnden Hüften in einen sehr engen, sehr dehnbaren, sehr kurzen schwarzen Rock.

Jennifer mühte sich gerade in ihre Motorradstiefel – wofür sie zuerst eine Einkaufstüte in die Schuhe legte, um leichter hineinzukommen, und diese dann hervorzog wie ein Zauberer ein Kaninchen aus dem Zylinder –, als das Telefon klingelte.

Sie wollte nicht rangehen, denn es war bestimmt entweder Dominic, ihr Freund, oder Mina, ihre wissenschaftliche Betreuerin. Jennifer meldete sich mit einem zaghaften »Hallo?«, und war froh, dass es Mina war. Sie war derzeit das geringere Übel.

»Tut mir leid, dass ich das Treffen letzte Woche absagen musste. Ich war schrecklich beschäftigt.« Jennifer versuchte wie eine schwer beschäftigte Frau zu klingen. »Und ich bin auch jetzt schon fast zur Tür hinaus. Meine Schicht beginnt in exakt dreiundvierzig Minuten.«

»Ich halte dich nicht lange auf«, erklärte Mina fröhlich, was nicht stimmte. Mina quatschte gerne. »Ich habe mich nur gefragt, ob du dir schon Gedanken darüber gemacht hast, deinen Master in einen Doktor umzuwandeln?«

»Nicht wirklich.« Jennifer hatte sich den Hörer zwischen Ohr und Schulter geklemmt und versuchte, in den zweiten Stiefel zu schlüpfen. Das war gelogen. Jennifer dachte an nichts anderes als an ihre Doktorarbeit. Die Gedanken daran hielten sie nachts wach, wenn sie nicht gerade in einen alkoholbedingten Tiefschlaf gefallen war. »Ich habe keine Ahnung, warum ich beschlossen habe, meine Dissertation über *Middlemarch* zu schreiben und den Roman als feministischen Text zu klassifizieren. Und ich frage mich, ob ich wirklich weiß Gott wie viele Jahre damit verbringen will, viktorianische Romane und Abhandlungen zu viktorianischen Romanen zu lesen, die absolut nichts mit Feminismus zu tun haben.«

»Aber darüber lässt sich doch reden«, erklärte Mina. »Wir könnten die Themenstellung ein wenig justieren ...«

»Es ist nicht nur das«, beharrte Jennifer und warf einen Blick auf die Uhr an der Küchenwand. »Hör mal, ich darf wirklich nicht zu spät zur Arbeit kommen.«

»Wenn es ums Geld geht, gibt es sicher noch einige Möglichkeiten, zusätzliche Förderungen zu bekommen.« Mina klang flehend. Normalerweise war ihre Stimme so luftig und leicht, dass man sie durchs Telefon lächeln hörte, doch jetzt wirkte sie beinahe verzweifelt. »Und als Doktorandin kannst du auch erste Lehraufträge übernehmen.«

Jennifer verzog angewidert das Gesicht bei dem Gedanken, Studienanfänger zu unterrichten. »Das ist sehr nett, Mina. Aber ich muss jetzt los.«

»Komm doch morgen zu mir. Ich bin ab vier im Büro.«

Jennifer stimmte zu, obwohl sie am nächsten Tag für die Abendschicht eingeteilt war und um fünf anfangen musste, dann legte sie auf, griff nach ihrer Tasche und der Jeansjacke und machte sich auf den Weg.

Sie hastete die baufällige Treppe hinunter, öffnete die Haustür mit dem Schlüssel, obwohl ein gezielter Tritt dieselbe Wirkung erzielt hätte, und schlüpfte in ihre Jacke, während sie zur U-Bahn lief. Es war ein feuchtkalter Februartag. Ein Tag, an dem man das Gefühl hatte, dass nie wieder etwas Gutes passieren würde. Weihnachten war längst vorbei, und der Frühling schien in weiter Ferne. Obwohl Jennifer ohnehin nichts mitbekommen hätte, denn auf dem Weg an dem zwielichtigen Kebab-Kiosk vorbei – der nie geöffnet hatte und vermutlich bloß der Geldwäsche diente –, war kaum Natur zu sehen. Es gab auch im Frühling nirgendwo fröhliche Narzissen oder freundliche Krokusse, die aus den Rissen im Bürgersteig sprossen.

Trotzdem war Mile End keinesfalls das innerstädtische Ödland, als das Stan es bezeichnete. »Du wirst erstochen, ehe du bis drei zählen kannst«, erklärte er jedes Mal, und obwohl Jennifer dem gerne mit einer schwärmerischen Lobeshymne auf den Regent's Canal und das weitläufige Grün des Mile End Parks widersprochen hätte, konnte sie genauso gut den Mond anheulen, und es hätte ebenfalls nichts genützt.

Als sie auf den Bahnsteig trat, fuhr gerade die nächste U-Bahn ein, als wäre sie Jennifers persönlicher Shuttledienst. Sie fand es toll, wenn so etwas passierte. Es war kurz nach elf (sie musste wirklich einen Zahn zulegen, sobald sie in der Bond Street ausgestiegen war), und es gab jede Menge freie Sitzplätze. Jen ließ sich am Ende einer Reihe nieder, stellte ihre Tasche auf den leeren Sitz neben sich, damit sich niemand neben sie setzte, und gab sich eine Minute, um zu sich zu kommen, bevor sie ihr Make-up-Täschchen hervorzog.

Nur echte Londoner konnten sich in einer fahrenden U-Bahn schminken. Wobei es Jennifer einfacher hatte als die meisten anderen, denn trotz der Dusche trug sie immer noch die Make-up-Reste des Vortages im Gesicht, die sie als Grundierung verwenden konnte. Jackie ermahnte sie immer, sich vor dem Schlafengehen abzuschminken, da sie sonst Pickel bekäme. Sie warnte sie auch davor, zu viel zu trinken und kein Gemüse zu essen, aber Jennifer trank wie eine Verrückte und aß niemals wissentlich Grünzeug, und ihre Haut war immer noch glatt wie ein Pfirsich.

Sie klatschte sich etwas Foundation ins Gesicht und machte sich erst gar nicht die Mühe, einen Blick in den Taschenspiegel zu werfen und nachzusehen, ob sie gut verteilt war, dann war der farblose Puder an der Reihe. Der grüne Korrekturstift war Geschichte – mein Gott, als Teenager hatte sie echt keine Ahnung gehabt! –, mittlerweile schwor sie auf eine Kombination aus Foundation und Puder, um die Röte im Gesicht in den Griff zu bekommen. Als Nächstes zeichnete sie mit einem Stift die nach heftigem Zupfen kaum noch existenten Augenbrauen nach und hielt lediglich inne, als die U-Bahn in der Liverpool Street hielt. Ein Fahrgast schob sich an ihr vorbei und ließ sich gegenüber nieder. Nachdem sich die Türen geschlossen hatten und der Zug wieder angefahren war, griff Jennifer nach dem flüssigen Eyeliner. Es war nebensächlich, dass sie ihr Studium der Englischen Literatur mit Auszeichnung abgeschlossen hatte und dass ihr die British Academy ein umfassendes Stipendium für ihre Masterarbeit gewährt hatte, Jennifer hielt es immer noch für ihre größte Errungenschaft, dass sie flüssigen Eyeliner auftragen konnte, während die U-Bahn sich schwankend und ruckelnd auf dem Weg zur nächsten Station befand.

Sie öffnete den Eyeliner, wischte die überschüssige Farbe ab und zeichnete mit ruhiger Hand eine Linie entlang des Augenlides, die sie am Ende mit einem professionellen Schwung nach oben zog, um den gewünschten Katzenaugeneffekt zu erzielen. Das rechte Auge war einfach. Als Rechtshänderin war das linke Auge das Problem, doch Jennifer wiederholte die Handbewegung genauso selbstbewusst und senkte schließlich den Blick, um das Ergebnis im Spiegel zu überprüfen. Beide Augen sahen gleich aus. Mein Gott, sie war *gut*.

Jetzt kam die Mascara. Sie zog die Bürste aus dem schmuddeligen Fläschchen und hielt sie gerade an ihr rechtes Auge, als jemand sanft ihr Knie berührte, was beinahe katastrophale Auswirkungen gehabt hätte. Wenn die Bürste nur zwei Millimeter näher bei ihrem Auge gewesen wäre ...

»Hey, Sie hätten mir beinahe ein Auge ausgestochen!«

Sie ließ den Spiegel zuschnappen und wünschte im nächsten Moment, sie hätte es nicht getan, denn ihr gegenüber saß jemand, von dem sie nie gedacht hätte, ihn jemals wiederzusehen.

Zumindest hatte sie ihm das bei ihrer letzten Begegnung deutlich zu verstehen gegeben.

Nick lehnte sich mit fragendem Blick nach vorne. »Jen? Ich war mir nicht sicher, ob du es wirklich bist.«

Einen Moment lang war Jen sich auch nicht sicher, ob sie es wirklich war. Inzwischen nannte sie niemand mehr Jen. Als sie vor vier Jahren am Westfield College begonnen hatte, war es wie ein weiterer Neuanfang gewesen. Sie war zu einem neuen Menschen geworden. *Jennifer*. Jennifers liebten Bücher. Jennifers bekamen überall Einsen. Jennifers tolerierten keine Dummköpfe in ihrer Nähe.

Sie war eine großartige Jennifer gewesen. Zumindest drei Tage lang. Dann hatte sie Kirsty kennengelernt, und die beiden hatten auf der Erstsemester-Party der Studentenvereinigung in der Malet Street Bekanntschaft mit den billigsten *Jelly-Shots* der Stadt geschlossen.

Der Name Jennifer war ihr trotzdem geblieben, und sie hätte gerne behauptet, keine Jen zu kennen, wäre da nicht seine Hand auf ihrem Knie gewesen.

»Ich habe oft an dich gedacht und mich gefragt, wann wir uns wieder über den Weg laufen würden.« Er lächelte reumütig, aber er wirkte irgendwie unaufrichtig, als hätte er das Lächeln und den betretenen Blick Ewigkeiten vor dem Spiegel geübt. »Kaum zu glauben, dass es so lange gedauert hat. Wie lange ist es jetzt her? Vier Jahre?«

»So in etwa, ja«, stimmte sie zu und rückte zur Seite, um ihm zu zeigen, dass es ihr gut – *wirklich gut* – ging und er die Hand von ihrem Knie nehmen konnte. Sie trug weiter

Mascara auf, auch wenn ihre Hand nicht mehr ganz so ruhig war wie vorhin.

Er starrte sie immer noch an. »Du bist kaum wiederzuerkennen«, bemerkte er, und es klang anerkennend, fast so, als wollte er mit ihr flirten. Oder projizierte sie nur etwas auf ihn, das ihr sechzehnjähriges oder vielleicht sogar ihr achtzehnjähriges Ich gerne gehört hätte?

Jennifer war jetzt ein anderer Mensch. Und sie sah auch anders aus. Sie war dünner – sehr viel dünner, denn mittlerweile nahm sie ihre Kalorien am liebsten flüssig zu sich und schwitzte sie danach auf der Tanzfläche wieder aus. Sie hatte ihre Haare am selben Tag pechschwarz gefärbt, an dem Kirsty ihre weißblond gebleicht hatte, und sie trugen beide extra kurze Stirnfransen. Aber das waren nur Äußerlichkeiten. Auch ihr Charakter hatte sich verändert.

So sehr, dass sie ihm nun ein kühles Lächeln schenken konnte. »Also, wie ist das Leben bei der Lokalzeitung?«

Ein weiteres reumütiges Lächeln (jap, er hatte auf jeden Fall vor dem Spiegel geübt). »Daraus wurde dann doch nichts. Wofür ich im Grund *dir* danken muss.«

Sie war fasziniert. Sie wollte es nicht, aber sie war es. Allerdings hatte sie auch so einiges vor dem Spiegel geübt. Wie etwa die hochgezogene, bleistiftdünne Augenbraue. »Ach ja?«

Die U-Bahn hielt in der Station St. Paul's. Die Türen gingen auf, doch niemand stieg aus und niemand stieg ein. Es waren nur sie beide in dem Waggon. Wie in alten Zeiten. Aber Jennifer war jetzt ein anderer Mensch. Das wiederholte sie immer wieder in Gedanken, während Nick ein wenig zur Seite rutschte und die langen Beine übereinanderschlug.

»Ich habe mir deinen Rat zu Herzen genommen, ein paar Konzertkritiken geschrieben und an den *New Musical*

Express geschickt. Nachdem ich nie etwas bekam, schickte ich sie an den *Melody Maker* und begann kurz darauf als freier Mitarbeiter«, erzählte er, während Jennifer ihre Lippen zuerst mit einem Konturenstift und dann mit Lippenstift schminkte. Sie hielt sich den Spiegel vors Gesicht, doch sie konnte ihn immer noch sehen. Sie sah, wie sehr er sich verändert hatte.

Die unanständig engen Jeans, die spitzen Stiefel, die engen T-Shirts und die Lederjacke, die er bei jedem Wetter getragen hatte, wie Jennifer den alten Mantel ihres Vaters, waren verschwunden.

Nick trug Jeans, Desert Boots, ein kariertes Hemd über einem T-Shirt und eine rehbraune Wildlederjacke. Die unglaublich langen Stirnfransen, die er ständig ungeduldig aus dem Gesicht gewischt hatte, waren verschwunden, obwohl seine Haare immer noch lang genug waren, um ihm in die Augen zu fallen, während er berichtete, wie die unbedeutenden, ein paar Zeilen langen Konzertkritiken immer länger geworden waren, bis er schließlich griesgrämige Indie-Bands interviewen durfte, von denen Jennifer noch nie gehört hatte. Am Ende hatte er den Kurs in Harlow abgebrochen, weil »es einfach nichts für mich war, den ganzen Tag im Gerichtssaal zu hocken und Verfahren zu stenografieren, und ich eine Festanstellung als Journalist bekam«. Mittlerweile war er leitender Redakteur bei einem neuen Musikmagazin. »Wir setzen auf respektlosen Humor und musikalischen Intellekt, ohne uns selbst zu wichtig zu nehmen. Dann hast du also noch nie meinen Namen im *Melody Maker* gelesen?«, fragte er ein wenig gereizt.

Jennifer schüttelte den Kopf. »Ich habe in den letzten Jahren kaum an dich gedacht«, erklärte sie, und das war eine so himmelschreiende Lüge, dass es sie wunderte, warum sie nicht auf der Stelle vom Blitz getroffen wurde. »Und ich hatte schon seit Jahren keine Musikzeitschrift mehr in der Hand. Das ist doch eher etwas für Teenager.«

»Bist du nach all der Zeit denn immer noch wütend auf mich, Jen?« Er lächelte erneut, und dieses Mal war es so vertraut, dass es die letzten Jahre mit einem Schlag auslöschte. Sie waren fort. Er war immer noch der hübsche Junge von damals. Wobei *Junge* nicht mehr ganz zutreffend war. Während Jennifer weniger geworden war, hatte er an Masse zugelegt. Er hatte immer noch gestochen scharfe Wangenknochen. Augen so dunkel wie der Ozean. Lippen, die sie in ihren Träumen geküsst hatte, obwohl er sie ständig zu einem höhnischen, nervtötenden Grinsen verzogen hatte, bis sie die Augen verdreht und ihm in den Arm geboxt hatte. Doch wenn sie an den abstoßenden, schlabbernden Kuss bei ihrer letzten Begegnung dachte, der nur aus Zunge und Zähnen bestanden hatte, war der rosige Glanz der Nostalgie dahin.

»Das ist lange vorbei«, sagte sie stolz, denn das war es tatsächlich. Was nicht bedeutete, dass es nicht Nächte gegeben hatte – Nächte, die *monatelang* wiedergekehrt waren –, in denen sie sich an sein Lächeln erinnert hatte. An sein Gesicht und all die süßen Dinge, die er zu ihr gesagt und die sie alle in sich bewahrt hatte. Die Minuten in der Fotobox in Mill Hill East waren wie Brotkrumen, dank derer ein Verhungernder tagelang überleben kann. Sie hatte den Streifen mit den Fotos immer noch in ihrer Geldbörse, obwohl sie es nur selten ertragen konnte, einen Blick darauf zu werfen, weil die Erinnerung daran, wie sie auf dem schmutzigen Boden in der Pub-Toilette in Camden auf dem Boden gelegen hatte, während Lucy und Linzi über sie herzogen, alles zerstört hatte. Die Erinnerung an den beschämenden, Seelen zerfressenden Streit in der Station Camden Town und an Nick, der zugab, dass er sie hübsch fand und ihr die Zunge in den Hals steckte. Sie hatte sich beides so sehr gewünscht, doch es hatte sich nicht wie ein Sieg angefühlt, eher wie der Trostpreis einer Verlosung. Eine Packung billige Schokolade, die das Ablaufdatum längst überschritten hatte.

»Ich habe damals alles vermasselt«, erklärte Nick, obwohl es doch *schon lange vorbei* war. Zumindest hatte sich Jennifer monatelang gequält, um den herzzerreißenden, Charakter verändernden Vorfall schließlich in den hintersten Winkel ihres Bewusstseins zu verbannen, wo er am wenigsten Schaden anrichten konnte. »Zwischen dir und Lucy gab es nie einen wirklichen Wettstreit.«

»Das weiß ich doch, und ich habe keine Ahnung, warum ich damals so ein Drama daraus gemacht habe.« Jennifer presste die Lippen aufeinander und machte sich daran, eine letzte Schicht Puder aufzutragen. Jetzt, da das Make-up fertig war, hatte sie die Situation sehr viel besser unter Kontrolle. »Natürlich hättest du dich für Lucy entschieden.«

»Nein, so *natürlich* ist das nicht. Ich hätte mich für dich entschieden.« Nicks Stimme klang kehlig, und er hatte noch immer diesen tiefen, seelenvollen Blick drauf, bei dem Jennifer das Gefühl bekam, sie wäre die wichtigste Person der Welt für ihn. Aber das stimmte jetzt genauso wenig wie damals.

»Ach, komm schon, wir wissen beide, dass das Schwachsinn ist«, erklärte sie mit süßlicher Stimme und schloss ihre Puderdose mit einem entschlossenen Klicken.

Nick zuckte mit den Schultern, als wäre es einen Versuch wert gewesen. »George sagte mir schon, dass du immer noch wütend bist«, murmelte er. »Wir haben uns letzten Monat unten in Brighton getroffen, als ich dort war, um eine Band zu interviewen – von der du sicher noch nie etwas gehört hast. Jedenfalls haben wir über dich gesprochen. Aber nur Positives. Wir haben uns an die guten alten Zeiten erinnert.«

»Schön zu hören«, erklärte Jennifer und war überrascht, dass er mit George in Kontakt geblieben war. Im Gegensatz zu ihr. Sie wollte damals sämtliche Erinnerungen an das College beiseiteschieben und alles und jeden hinter sich lassen. Auch George.

Bis Kirsty und sie im vergangenen Jahr zusammen mit vier weiteren Studienkolleginnen ein Wochenende in Brighton verbracht hatten, um Kirstys einundzwanzigsten Geburtstag zu feiern. George hatte sie entdeckt, als sie vor einem protzigen Nachtclub am Strand in der Schlange standen. Was George nicht zulassen konnte.

Er führte die sechs hochgebildeten jungen Frauen mit den klobigen Stiefeln und dem roten Lippenstift in den *Zap Club*, wo gerade eine Schwulenparty stattfand. Seit er in Brighton die Universität besuchte, war George ein anderer Mensch. Er hatte sich geoutet und war stolz darauf, und er hatte an jenem Samstagabend einen schauderhaften Einfluss auf Jennifer. Er versorgte sie mit Drogen und brachte sie dazu, auf Podesten zu tanzen. Wobei es dazu nicht viel gebraucht hatte. Jennifer hatte bereitwillig mitgemacht – sowohl was die Drogen als auch was das Tanzen betraf. Es war eine der besten Nächte ihres Lebens gewesen.

Es war interessant, dass George ihr von Ecstasy umnebeltes Wiedersehen Nick gegenüber offenbar nicht erwähnt hatte. Vielleicht konnte er sich nicht mehr erinnern. Er war vollkommen hinüber gewesen.

Die U-Bahn hatte gerade die Station Holborn verlassen, und Jennifer musste in der Bond Street aussteigen. Jetzt, da ihr Make-up fertig war, blieb ihr nichts anderes übrig, als die Hände im Schoß zu verschränken und sich zu bemühen, Nick nicht anzustarren.

»Und wie ist es dir ergangen?«, fragte Nick und nickte einmal kurz mit dem Kopf, als wollte er Jennifer die Erlaubnis erteilen, nun ihrerseits die Highlights der letzten vier Jahre zu präsentieren. »Ich schätze, du hast die Uni nicht nach der Hälfte hingeworfen?«

»Nein, ich habe den Abschluss mit Auszeichnung bestanden«, erwiderte sie, und er nickte erneut. Er war Redakteur bei einem Musikmagazin, das sich selbst nicht zu wichtig nahm, weshalb er sich nicht offensichtlich beeindruckt davon zeigen durfte, dass sie eine von nur zwei Studenten mit Auszeichnung gewesen war. »Ich wohne in Mile End und ...«

»Was macht ein nettes Mädchen wie du in Mile End?«

»Mile End ist eine sehr nette Gegend, es gibt den Regent's Canal und ... ähm.« Sie rutschte in die Defensive, wie jedes Mal, wenn Stan davon anfing, dass er sich aus eigener Kraft aus dem East End befreit hatte. »Ein Jahr nachdem ich am Westfield College angefangen habe – ich habe immer noch zu Hause gewohnt und bin von der Apex Corner mit der Linie 113 zur Uni gefahren –, gab es einen Zusammenschluss mit dem Queen Mary College und ... na ja ...«

»Das war das Ende der Linie 113?«, fragte Nick mit einem Grinsen, und es war unmöglich, es nicht zu erwidern.

»Mum hat sich sehr beherzt dafür eingesetzt, dass ich zu Hause wohnen bleibe, auch wenn sie es in Wahrheit satthatte, dass ich ständig irgendwann nach Hause kam, aber mich hat es in den Osten gezogen. Offenbar hat sie mich enterbt, aber ich hoffe immer noch, dass ich zumindest ihre Capodimonte-Figuren bekomme.«

»Ja, es wäre schlimm, wenn deine Brüder sie bekämen. Wie geht es Martin und Tim?«, fragte er beiläufig.

»Kaum zu glauben, dass du dich an ihre Namen erinnerst.«

Nick zuckte mit den Schultern. »Warum nicht? Sie haben mich oft genug gequält. Diese schmatzenden Kussgeräusche, wenn ich bei dir war ...«

»Sie sind jetzt viel reifer. Zumindest Tim. Er bereitet sich auf das Abi vor und will auf die Uni, um Biomechanik zu studieren – was laut Stan um einiges nützlicher ist, als Bücher zu lesen.«

»Was ist Biomechanik?«

»Keine Ahnung.« Sie grinsten erneut, während die U-Bahn in die Station Oxford Circus einfuhr. Der Waggon hatte sich bereits an den letzten Stationen gefüllt, während sie in Erinnerungen geschwelgt hatten, und nun stiegen noch mehr Fahrgäste zu, und Nick verschwand aus Jennifers Blickfeld, sodass sie sich einen Moment fragte, ob sie ihn sich bloß eingebildet hatte.

»Und Martin?«

Nein, es war kein Traum gewesen. Er beugte sich nach links und blickte an einem Anzugträger mittleren Alters vorbei, der sich zwischen sie gestellt hatte.

Jennifer lehnte sich nach rechts. »Er hat sich als das schwarze Schaf der Familie entpuppt. Er hängt lieber in den Unterführungen an der Apex Corner herum, trinkt und raucht, anstatt fürs Abi zu lernen. Er geht aufs Barnet College, wiederholt gerade das erste Jahr und absolviert eine berufsspezifische Grundausbildung.«

Sie wusste, dass sie ihn nach seinen Geschwistern fragen sollte. Den Zwillingen. Francesca mit ihrem präraffaelitischen Lockenkopf, die immer durch Jennifer hindurchgeschaut hatte, und Nicks Bruder mit der Adlernase, der ihr wie ein römischer Kaiser begegnet war, wenn sie sich selten, aber doch über den Weg gelaufen waren. Aber sie konnte sich nicht mehr an den Namen des Bruders erinnern, und außerdem ...

»Ich muss hier raus.« Sie versuchte aufzustehen, doch der Anzugträger war so scharf auf ihren Sitzplatz, dass er keinen Zentimeter beiseitetrat. Jennifer musste sich unter seinem Arm hindurchducken und mit Ellbogeneinsatz vorbeidrängen und stieg ihm dabei genussvoll auf den Fuß.

Sie war sich nicht sicher, wie sie sich von Nick verabschieden sollte. Es war nicht »schön gewesen, ihn zu sehen«, sondern zutiefst verstörend, und es spielte ohnehin keine Rolle, denn er stand direkt hinter ihr und stieg ebenfalls aus.

»Ich muss zu EMI zu einer Albumpräsentation«, erklärte er etwas zu laut, als müsste Jennifer beeindruckt sein.

Das war sie nicht. »Können die dir nicht einfach ein Band schicken?«

Offenbar nicht, denn es ging um das neue Album einer äußerst bekannten Band, und Nick würde am Eingang nach Aufnahmegeräten gefilzt werden, um sich anschließend das Album anzuhören, und sich unter den wachsamen Augen des Pressesprechers Notizen machen.

Sie warf einen Blick auf die Uhr, während sie mit der Rolltreppe nach oben fuhren. »Okay, dann verabschiede ich mich jetzt. Ich muss in die entgegengesetzte Richtung.«

»Willst du mich loswerden?«, fragte Nick, der Jennifer noch immer an den Fersen klebte, als sie ihre Fahrkarte in den Automaten am Ausgang steckte. »Vier Jahre sind eine lange Zeit, um jemandem etwas nachzutragen, Jen.«

»Ich trage dir nichts nach«, behauptete sie beharrlich, denn ihr war bis vor zehn Minuten nicht klar gewesen, dass sie tatsächlich noch einen Groll gegen ihn hegte. »Aber du musst zum Manchester Square, oder? Und ich muss hier raus, weil ich nach Mayfair unterwegs bin. Und ich bin spät dran.«

Nick griff nach ihrem Ellbogen, denn sie waren gerade jene nervtötenden zwei Leute, die allen anderen vor dem Ausgang im Weg standen.

»Es war seltsam, dich wiederzusehen, aber auf eine gute Art«, erklärte Nick. Er roch nicht mehr wie früher nach Leder und Elnett, und es machte Jennifer traurig. Sie konnte seinen Geruch immer noch heraufbeschwören, wenn sie wollte, und manchmal stand sie bei einem Konzert hinter einem Kerl in Lederjacke, der eine Marlboro rauchte, und nahm ein paar tiefe, verbotene Atemzüge. »Was machst du in Mayfair? Etwas Nobles? Hast du dich nach oben gearbeitet?«

»Nicht wirklich.« Jennifer stieß einen Laut aus, der wie ein spöttisches, gleichzeitig aber auch erschöpftes Kichern klang. »Ich bin Kellnerin der Bourgeoise und Neureichen. Und die Mittagsschicht beginnt in zehn Minuten.«

»Oh, dann halte ich dich nicht länger auf«, erklärte Nick mit der Ruhe eines Mannes, der noch nie nach Stunden bezahlt worden war. »Tauschen wir doch unsere Nummern aus.«

Jennifer hätte ihn gerne gefragt, weshalb. Sie hatte auch ohne ihn genug Probleme. Seit er vorhin ihr Knie berührt hatte und auch während des gesamten Gesprächs hatte sie ständig das Gefühl gehabt, dass etwas nicht stimmte. Dass sie sich nicht mehr wohl in ihrer eigenen Haut fühlte.

Doch plötzlich war die Erinnerung wieder da, und ihr wurde klar, dass sie sich in seiner Gegenwart immer schon so gefühlt hatte. Als wäre sie nicht genug. Als könnte sie niemals genug sein. Als würde sie bereits ihr ganzes Leben lang Liebe für jemanden empfinden, der keine Verwendung dafür hatte.

Es war schon schlimm genug, sich mit Dominic herumzuschlagen, der sie bei ihrer letzten Begegnung zum Weinen gebracht hatte, und sie wollte Nick auf keinen Fall wieder in ihrem Leben haben. Und genau das musste sie ihm sagen. Ohne Umschweife. Direkt ins Gesicht.

»Ich kann dich nicht anrufen. Unser Telefon ... es kann nur Anrufe entgegennehmen«, erklärte sie. »Das wollte der Vermieter so.«

»Ein bisschen wie Alan und Jackie, bei denen du mich erst nach sechs anrufen durftest, weil es da billiger war«, meinte Nick grinsend.

»Jetzt übertreib mal nicht. Ich durfte schon nach ein Uhr Mittag telefonieren – wenn es sich um einen absoluten *Notfall* handelte«, erinnerte Jennifer ihn, und dann lachten sie beide, und sie gab ihm ihre Nummer. Natürlich tat sie das, denn er war der erste Junge gewesen, den sie wirklich geliebt hatte, und die Gefühle hallten immer noch in ihr nach, als sie zusah, wie er die Nummer in sein Notizbuch schrieb, das eines echten Reporters würdig war. Sie erinnerte sich noch gut an sein geschwungenes Linkshändergekritzel, mit dem er die für sie zusammengestellten Musikkassetten beschriftet hatte.

»Wir müssen uns unbedingt noch einmal ausführlich unterhalten«, sagte er, während der Rest der Welt an den beiden Personen vorbeieilte, die immer noch den Ausgang blockierten. »Wow. Jen Richards.«

»Ich heiße jetzt Jennifer.«

Er schüttelte den Kopf. »Ich weiß nicht, wer diese Jennifer ist. Du bist Jen.«

»Ich bin vor allem spät dran«, erwiderte Jennifer, und nachdem sie immer noch nicht wusste, wie sie sich verabschieden sollte, stieß sie ihn sanft in den Arm und ging, ohne sich umzudrehen.

Und das war's. Sie lebten beide in London. Es war klar gewesen, dass sie sich eines Tages über den Weg laufen würden, und das war jetzt geschehen. Es war reiner Zufall gewesen, und sie würden sich wohl erst in vier Jahren wiedersehen, wenn sie sich zufällig auf der Jubilee Line oder in der Schlange vor der Fahrkartenkontrolle in irgendeiner U-Bahn-Station begegneten.

Vielleicht – aber nur vielleicht – würde Jennifer Nick aber auch nie wiedersehen.

Freitag, 7. März 1992
U-Bahn-Station Goodge Street

8 Zwei weitere Wochen vergingen, ohne dass sich etwas Besonderes ereignete. Mr Chalmers, ihr Vermieter, war auf dem Kriegspfad, nachdem Jennifer und Kirsty die Frechheit besessen hatten, sich darüber zu beschweren, dass ihr altersschwacher Ofen nun endgültig den Geist aufgegeben hatte.

Und Dominic, der andere Mann in Jennifers Leben, zeigte ihr immer noch die kalte Schulter, weil sie sich nach wie vor nicht dazu entschlossen hatte, als Doktorandin weiterzumachen.

»Du unterrichtest Studienanfänger – das ist nicht schwer, sie sind überaus schlichte Gemüter –, und du bekommst ein Stipendium, damit du endlich nicht mehr als Tellerwäscherin in diesem Restaurant arbeiten musst und mehr Zeit hast, um dich auf deine akademische Laufbahn zu konzentrieren«, hatte er bei seiner letzten Motivationsrede getönt.

»Ach wirklich? Du hattest offenbar nichts gegen mein schlichtes Gemüt einzuwenden, als ich noch eine Studienanfängerin war und du mir an die Wäsche wolltest«, hatte Jennifer erwidert. »Und ich wasche keine Teller, wie du sehr wohl weißt. Ich kann allein von dem Trinkgeld leben, das ich an einem guten Wochenende bekomme.«

Sie saßen in ihrem Lieblingspub, dem *Palm Tree*, das Jennifer mochte, weil der Wirt oft auch nach Sperrstunde weiter ausschenkte, und Dominic, weil es »ein herrliches Beispiel für das funktionale und gleichzeitig dekorative Design der 1930er« war. Als Jennifer die Tatsache anführte, dass sie keine weiteren drei oder vier Jahre in einer beschissenen Mietwohnung und ohne ein Vollzeitgehalt verbringen konnte, hatte Dominic das makellose, adelige Gesicht auf eine Art verzogen, die Jennifer nur zu gut kannte. Dann hatte er ihr den Rücken zugedreht, und sich mit seinem Freund Jason darüber unterhalten, dass Liverpool Southampton bei dem Match am Wochenende gegen die Wand spielen würde. Das war jetzt eine Woche her, und Dominic hatte seither kein Wort mit ihr gewechselt.

Es war nicht das erste Mal, dass eine derartige Funkstille herrschte. Die ersten Dominic-freien Tage waren jedes Mal herrlich. Jennifer konnte tun und lassen, was sie wollte, ohne sich vor Dominic rechtfertigen zu müssen, der eine Meinung zu allem hatte, was sie tat. Angefangen bei den Büchern, die sie las (was nicht nur die vorgegebene Lektüre betraf), über ihre Kleidung bis hin zu ihrer Wahl des Abendessens. Zu Beginn ihrer Beziehung – die nicht so genannt wurde, weil Dominic keinen Sinn dahinter sah und es locker angehen wollte – war es schön gewesen, jemanden – einen Mann – zu haben, der sich so für ihr Leben interessierte.

Dominic war eine wesentliche Steigerung gegenüber Jennifers ersten beiden Freunden. Da war einmal Bob gewesen, ein Mathe-Student, der als weißer Kerl Dreadlocks trug und seinen Körpergeruch dem synthetischen, chemischen Geruch massenproduzierter Deodorants vorzog, Jennifer ihre Jungfräulichkeit genommen hatte und danach noch ein paar Monate geblieben war. Im zweiten Jahr hatte sie schließlich

131

Adrian kennengelernt, einen rotgesichtigen Kommunisten, der auf dieselbe Art Liebe machte, mit der er Jennifer über die Übel des Kapitalismus aufklärte: voller Elan, aber ohne Feingefühl oder Interesse daran, was Jennifer vom Kapitalismus und seinen Fähigkeiten als Liebhaber hielt.

Im Vergleich zu den beiden war Dominic ein guter Fang, und zu Beginn hatte er getan, als hätte er noch keine so wahrhaft fantastische Frau wie Jennifer kennengelernt. Rückblickend konnte er es wohl schlichtweg nicht fassen, dass Jennifer einundzwanzig, ja, sogar fast zweiundzwanzig Jahre ihres Lebens ohne seine professionelle Begleitung hinter sich gebracht hatte.

Eine Auszeit von Dominics ständigem Verlangen, sie zu einem besseren Menschen zu machen, war also durchaus eine Erleichterung. Doch nach ein paar Tagen gab Jennifer jedes Mal nach und schrieb eine untertänige, entschuldigende Nachricht, die sie in seinem Fakultätspostfach hinterlegte und auf die er üblicherweise nicht reagierte. Das war der Zeitpunkt, an dem sie unruhig wurde. Geradeso, als würde ihr etwas Unangenehmes – eine Operation etwa, oder eine schwierige Prüfung – bevorstehen.

»Das unangenehme Ereignis ist Demonics Standpauke im Stil eines strengen *Pater familias*, bevor er dich zwingt, dich bei ihm zu entschuldigen«, merkte Kirsty an. »Kein Wunder, dass er derart auf diese trostlosen viktorianischen Romane abfährt.«

Zumindest verhielt sich Dominic nach der unumgänglichen Standpauke meistens eine Zeit lang ganz normal und konnte durchaus süß sein. Und wenn sie seinem Drängen nachgab und tatsächlich ein Doktoratsstudium anhing, brauchte sie auf jeden Fall seine Hilfe. Also erwiderte Jennifer bloß müde: »Ich habe dir doch schon tausend Mal gesagt, dass du ihn nicht *Demonic* nennen sollst. Eines Tages sprichst du ihn irrtümlich wirklich so an.«

»O nein, das ist dann ganz sicher nicht *irrtümlich*«, erwiderte Kirsty mit einem widerlich süßen Lächeln, und als das Telefon am fünfzehnten Tag der Funkstille um zehn Uhr abends klingelte, stürzte Jennifer sich sofort darauf.

»Hi!«, hauchte sie etwas atemlos, und ihr Magen drehte sich in Erwartung der Predigt, die Dominic sicher schon vorbereitet hatte und in der es darum gehen würde, wie schwierig und aufsässig sie war und dass er doch nur das Beste für sie wollte.

»Hi. Jen? Hier spricht Nick.«

Nun drehte sich ihr Magen aus einem vollkommen anderen Grund.

»Hi«, wiederholte Jennifer langsam, während ihre Gedanken rasten. Warum rief er sie an? Er sollte sie doch nicht anrufen! Er hatte ihre Nummer nur aus Höflichkeit notiert. Sie hatte das seltsame Wiedersehen sorgfältig verdrängt, was ihr aufgrund der anderen unangenehmen Dinge in ihrem Leben nicht schwergefallen war. Außerdem war sie eine Meisterin darin, Gedanken an Nick beiseitezuschieben.

»Hi«, wiederholte er mit einem leisen Lachen, das irgendwie nervös klang, aber das bildete sich Jennifer sicher bloß ein, denn Nick war nie nervös. Er war es früher nicht gewesen, und er war es auch jetzt nicht, immerhin war er Redakteur bei einem Musikmagazin, das sich selbst nicht zu wichtig nahm. Obwohl sie in den letzten Wochen nicht an Nick gedacht hatte – absolut nicht –, war sie zu dem Zeitungsladen gegenüber gegangen und hatte die Musikmagazine durchstöbert, bis sie seinen Namen im Impressum und unter einem Interview mit *Mudhoney* entdeckt hatte. Sie hatte gerade die Hälfte gelesen, als die Frau hinter dem Ladentisch auf sie aufmerksam geworden war. »Das ist keine Bibliothek. Wenn Sie's lesen wollen, dann kaufen Sie's!«

»Wie geht es dir?«, fragte Nick, um dem sich wiederholenden *Hi!* ein Ende zu setzen. Das Telefon stand in der Küche, und Jennifer setzte sich an den kleinen Tisch und überschlug die Beine. Der rote Nagellack an ihren Zehennägeln war abgesplittert. »Ich hätte nicht gedacht, dass du anrufst.«

Selbst damals, als sie noch geglaubt hatte, heimlich und unheimlich in Nick verliebt zu sein, konnte sie auf eine Art ehrlich zu ihm sein, die ihr bei Dominic völlig fremd war. Hätte sie Dominic gesagt, dass sie nicht mit seinem Anruf gerechnet hatte, hätte es Schuldzuweisungen gehagelt und er wäre sofort wieder eingeschnappt gewesen. Nick hingegen lachte bloß.

»Ich musste erst Mut sammeln. Außerdem war ich beruflich in den Staaten. In Austin, bei der *SXSW*«, fügte er hinzu, falls Jennifer ihm nicht glaubte, dass er zu viel Angst gehabt hatte, sie anzurufen.

Jennifer hatte keine Ahnung, wo Austin lag und was die *SXSW* war, also stieß sie lediglich ein nichtssagendes Brummen aus und ignorierte ihren Magen, der flatterte wie ein Vogel in einem zu kleinen Käfig. Das waren sicher nicht die Nerven. Sie hatte den ganzen Tag nichts gegessen, außer einem Teller Suppe, den sie eilig vor dem Beginn ihrer Mittagsschicht hinuntergeschlungen hatte.

»Jaaaa ... die Bands waren nichts Besonderes. Willie Nelson war natürlich ein Publikumsmagnet, aber es gab ein paar gute Redner und einige coole Partys ...«

»Okay«, murmelte Jennifer und fragte sich, warum er angerufen hatte. Sollte sie etwa beeindruckt sein, dass er nun zu den Leuten gehörte, die auf dic andere Seite der Welt flogen, um ein offenbar ziemlich ödes Musikfestival zu besuchen? »Also, gibt es einen bestimmten Grund, warum ...?«

»Du fragst dich sicher, warum ich anrufe ...«

»Tut mir leid ...«

»Nein, mir tut es leid, ich habe dich unterbrochen«, beharrte Nick. »Was wolltest du sagen?«

Jennifer betrachtete die Teller, die zum Trocknen aufgestellt waren, und verzog das Gesicht. »Warum rufst du an?«

»Na ja, ich will mehr darüber wissen, wie es dir so ergangen ist«, sagte Nick, als wäre das offensichtlich. Als wären sie vor all den Jahren in bestem Einvernehmen auseinandergegangen. »Bei ein paar Drinks, vielleicht? Ich bekomme immer zwei Karten für die Gigs. Wir könnten uns eine Band ansehen, du weißt schon ...«

»Nein, eigentlich nicht«, erwiderte Jennifer und fragte sich, wie sie Nick gegenüber so geradeheraus und mürrisch sein konnte, während sie dem Mann, mit dem sie schlief, nicht den kleinsten Widerstand entgegenbringen konnte. »Meinst du nicht, dass einige Dinge besser in der Vergangenheit bleiben sollten?«

Es folgte unangenehmes Schweigen. Jennifer blätterte in der Zwischenzeit die Werbeflyer durch, die mit der Post gekommen waren. Indische Take-aways, Pizzaläden, Taxiunternehmen, Maler und Innenausstatter, eine kleine Karte eines Spiritisten in ihrer Nähe, der »allen Kunden eine positive, heilende Lebenskraft« versprach ... bis Nick schließlich laut seufzte, als hätte er den Atem angehalten.

»Weißt du, Jen, vor vier Jahren war ich gerade mal neunzehn. Und ich war ein Arschloch. Vermutlich bin ich auch jetzt noch eines – nur auf neue, andere Art, aber ich habe immer bedauert, was zwischen uns passiert ist.«

»Es gab kein uns. Nicht wirklich«, erklärte Jennifer, und

135

der Schmerz, den sie bisher verdrängt hatte, wurde immer größer.

»Ich habe Lucy damals bloß erzählt, was sie meiner Meinung nach hören wollte.« Nick hatte ihr mal wieder nicht zugehört, dabei wollte sich Jennifer die zehn schmachvollsten Minuten ihres Lebens auf keinen Fall erneut in Erinnerung rufen. »Du warst meine Freundin, Jen. Meine *beste* Freundin.«

»Das ist ewig her«, erklärte Jennifer bestimmt. »Es ist vergeben und vergessen. Du bist von aller Schuld freigesprochen.«

»Dann geh mit mir auf einen Drink. Um der alten Zeiten willen.« Nicks Stimme hatte wieder diesen schmeichelnden, rauchigen Klang, an den Jennifer sich noch gut erinnern konnte. Diese Stimme hatte Tausende Teenagerfantasien befeuert. Aber mittlerweile war sie doch sicher immun dagegen?

»Na gut, dann treffen wir uns eben. Aber ich bringe jemanden mit«, erwiderte Jennifer und war wütend auf sich selbst, denn das, was sie von dem gegenwärtigen Nick gesehen hatte, hatte ihr nicht wirklich gefallen. Trotzdem war das sechzehnjährige Mädchen, das sie einmal gewesen war, hin und weg, weil Nick Levene sie gerade angefleht hatte, sich mit ihm zu treffen.

»Klar, bring deine Freundin mit.« Er hielt inne. »Wie ist sie so?«

Jennifer hätte gerne: »*Sie ist ein Er, und er ist Bodybuilder*«, geantwortet, doch sie blieb lieber bei der Wahrheit. »Kirsty kommt aus Sheffield. Sie ist unheimlich hübsch und kann Rassisten, Sexisten und Arschlöcher nicht ausstehen.«

»Bloß gut, dass ich nichts davon bin«, sagte Nick und wusste selbst, dass es absoluter Schwachsinn war, denn er lachte und es war seltsam, jemanden zu vermissen und sich auf ein Wiedersehen zu freuen, obwohl man ihn immer noch ein wenig hasste.

Kirsty war mehr als bereit, mit Nick, dem Herzensbrecher aus Teenagerzeiten, auf einen Gig zu gehen.

»Du fragst, ob ich den Kerl kennenlernen will, der deinem verwundbaren achtzehnjährigen Ich so schreckliches Unrecht angetan hat? Natürlich will ich das!«, hatte sie genießerisch geantwortet. »Ich werde dafür sorgen, dass er den Tag verflucht, an dem er dich verletzt hat.«

»Das musst du doch nicht …«

»Nein, ich muss nicht, aber ich weiß, dass du dasselbe für mich tun würdest, falls ich jemals wieder Ian Wallis über den Weg laufe, der mich auf einem Konzert von *The Wedding Present* küssen wollte und danach überall herumerzählt hat, dass ich wie eine Waschmaschine schlabbere und meinen BH ausgestopft habe.«

»Es wäre so viel einfacher, wenn wir lesbisch wären«, jammerte Jennifer nicht zum ersten Mal. Sie hatten sich sogar einmal probeweise geküsst, nachdem sie von einem Jelly-Shot-Abend in einer nahe gelegenen Bar zurückgekehrt waren. Es hatte drei unerträgliche Minuten gedauert, bis Kirsty abgebrochen und Jennifer dankbar ihre Zunge aus Kirstys Mund und ihre Hand von Kirstys Brust genommen hatte.

»Dafür mögen wir beide Schwänze viel zu sehr«, hatte Kirsty damals traurig gemeint, und Jennifer hatte ihr zugestimmt. Objektiv betrachtet, mochte sie Schwänze – auch wenn ihre subjektiven Erfahrungen bisher sehr enttäuschend verlaufen waren.

Das war jetzt mehr als drei Jahre her, und im Moment

machten sie das, was sie am besten konnten: Sie bereiteten sich darauf vor, auszugehen und auszuflippen. Es war Freitagabend, und sie hatten beide ihre Stereoanlagen auf voller Lautstärke, während sie zwischen ihren Zimmern und Kleiderschränken hin und her flitzten und ab und an in der Küche haltmachten, um einen Schluck billigen Supermarkt-Wodka mit billiger Supermarkt-Diät-Cola zu trinken.

Sie waren fast fertig. Jennifer hatte bereits zahlreiche wild gemusterte Kleider aus knitterfreiem Trevira anprobiert, die sie in verschiedenen Wohltätigkeitsläden in East London gekauft hatte, und die Dorothy immer noch für sie kürzte – und sie waren wesentlich kürzer als damals, als Jennifer das Abi gemacht hatte. »So kurz, dass jeder sieht, was du zum Frühstück hattest«, meinte Grandma jedes Mal betrübt, aber sie konnte nie jemandem etwas abschlagen, schon gar nicht ihrem ältesten Enkelkind, und außerdem trug Jennifer stets eine blickdichte schwarze Strumpfhose darunter.

Am Ende entschied sie sich für ein Kleid, dessen schwarzer Stoff die perfekte Leinwand für die grafischen Schnörkel und Striche in leuchtendem Pink, Grün, Orange, Blau und Gelb bildete, wodurch es aussah wie ein Testbild auf LSD. Dazu kamen die allgegenwärtige schwarze Strumpfhose und die Motorradstiefel, dann kämmte sie die Haare aus dem Gesicht, band sie zu einem lässigen Knoten und schnitt die Stirnfransen über dem Waschtisch im Badezimmer. Der Eyeliner und der rote Lippenstift waren noch ausdrucksstärker als sonst – denn das hier war kein Make-up, es war eine Kriegsbemalung, und als es schließlich klingelte, war Jennifer bereit für den Kampf.

Wobei es nicht einfach klingelte. Vielmehr lehnte sich jemand an die Klingel, um sich über die Kakofonie aus *Screamedelica* und *Nevermind* hinweg Gehör zu verschaffen.

»Wer ist das?«, fragte Jennifer, die im Schneidersitz vor dem mannshohen Spiegel saß, den sie mit Klebeknete und Klebeband auf ihrer Schranktür fixiert hatte, und noch mehr Mascara auftrug. Sie machte keine Anstalten, die Tür zu öffnen. Kirsty lehnte sich weiter zu ihr, um ebenfalls einen Blick in den Spiegel zu werfen, und zuckte mit den Schultern. »Vielleicht Kindskopf Andrews, der Killermetzger aus dem Keller.«

»Der soll sich besser verpissen«, beschloss Jennifer, doch wer auch immer es war, verpisste sich nicht, und als sie sich endlich dazu aufraffte, das Fenster zu öffnen, sah Dominic mit gequältem Gesicht zu ihr hoch.

»Ich klingle seit einer Ewigkeit«, beschwerte er sich. »Komm runter und lass mich rein.«

»Wir gehen aus«, rief Jennifer. Der billige Wodka und die Vorfreude auf einen Abend auf der Piste hatten sie mutig gemacht. »Es dauert noch.«

Das gequälte Gesicht verzog sich zu einem mürrischen Stirnrunzeln. »Du warst doch diejenige, die verzweifelt versucht hat, mich zu erreichen.«

»Während du verzweifelt versucht hast, mir aus dem Weg zu gehen«, erwiderte Jennifer lautstark, obwohl sie bereits spürte, wie ihre gute Laune erste Risse bekam.

Glücklicherweise war Kirsty da und schob sie unsanft zur Seite. »Sie hat dich unzählige Male angerufen. Sie hat dir sogar eine Nachricht in dein Fakultätspostfach gelegt. Du hast auf nichts davon reagiert, also erwarte nicht, dass du hier auftauchen kannst und Jennifer alles stehen und liegen lässt.«

»Nachricht? Ich habe keine Nachricht bekommen«, beharrte Dominic.

»Ich habe gesehen, wie sie sie in das Fach gelegt hat. Und

die Nachrichten am Anrufbeantworter hast du wohl auch nicht gehört, was?«, fragte Kirsty mit ätzender Stimme. Sie war echt gut darin, Dominic die Leviten zu lesen, und Jennifer versteckte sich lieber – wortwörtlich – hinter ihrer besten Freundin, anstatt ihrem Freund selbst gegenüberzutreten. Was vollkommen inakzeptabel war. Sie war Feministin. Sie hatte eine eigene Stimme. Und die konnte durchaus durchdringend sein, wenn es um andere Personen ging.

Es reichte!

Nun schubste Jennifer Kirsty weg, damit sie zu Dominic nach unten sehen konnte. »Ich habe diese Spielchen so satt, Dom ...«

»Ich war sehr beschäftigt.«

»Ich bezweifle, dass es einen plötzlichen Notfall auf dem Gebiet der viktorianischen Literatur gab«, fauchte sie, und Kirsty schnaubte zustimmend. »Wir fahren gleich ins *ULU* und betrinken uns, und wenn du über diesem ganzen Schwachsinn stehst, können wir uns am Sonntag treffen. Du schuldest mir Kuchen.«

»Samstag ist mir lieber«, antwortete Dominic wie aus der Pistole geschossen, obwohl er ganz genau wusste, dass ...

»Ich arbeite morgen. Sonntag, drei Uhr. Wenn du mit einem Kuchen vor der Tür stehst, lasse ich dich rein«, erklärte sie, und nachdem ihr kein schlagfertiger Abschluss einfiel und Dominic aussah, als wollte er noch nicht klein beigeben, schloss sie eilig das Fenster.

Als sie fünf Minuten später die Treppe nach unten trampelten, war Jennifer dank eines riesigen Schlucks Wodka, der ihr die Tränen in die Augen getrieben und ihr beinahe den Atem geraubt hatte, wieder in Partystimmung, und Dominic war verschwunden. »Und ich kann mir am Sonntag immer noch Gedanken über ihn machen«, beschloss Jennifer, während Kirsty und sie zur U-Bahn schwankten und dabei eine Plastikflasche Wodka-Cola hin- und herreichten.

Jennifer war einigermaßen aufgedreht, als sie eine halbe Stunde später in der U-Bahn-Station Goodge Street aus dem Aufzug traten. Der Wodka war bereits ausgetrunken, hatte jedoch einen angenehmen Schwips hinterlassen.

»Also, dieser Nick ... wie stehst du zu ihm? Ist er Freund oder Feind?«, fragte Kirsty.

»Keine Ahnung. Vielleicht ein wenig von beidem«, erklärte Jennifer, und sie traten auf die Tottenham Court Road. Sie waren fünf Minuten zu spät, doch Nick war noch nicht da, und sie hatte sofort das Gefühl, als hätte sie jemand verarscht. Vielleicht hatte sie sich das Wiedersehen in der U-Bahn und den Anruf nur eingebildet.

Obwohl er früher auch immer zu spät gekommen war – wenn sie ihn nicht gerade besucht und sich Susans vernichtenden Blicken gestellt hatte. Einmal hatte sie sonntags eine halbe Stunde vor dem *Dingwalls* in Camden gewartet, und er hatte bloß gelacht, als sie ausgeflippt war, und ihr gesagt, dass sie nicht eine solche Prinzessin sein sollte. Als hätte sie nichts Besseres zu tun gehabt, als auf ihn zu warten. »Vielleicht war das hier doch keine so gute Idee.«

Sie hatte den Satz gerade ausgesprochen, da erschien Nick wie aus dem Nichts – besser gesagt, trat er aus einem dunklen Hauseingang. Er hob grüßend die Hand.

»Da seid ihr ja«, meinte er fröhlich, als hätten Jennifer und er sich nicht vier Jahre lang nicht gesehen.

Sein Blick fiel auf Kirsty, die auch noch einen zweiten Blick wert war. Und einen dritten und vierten. Sie trug ihre Ausgehuniform – einen schwarzen Body und Hotpants aus rotem Samt über einer dicken schwarzen Strumpfhose und ein Paar niedrige Dr. Martens, weil Stilettos ein Symbol des

Patriarchats waren und lediglich dem Zweck dienten, dass Frauen kaum alleine laufen konnten. Außerdem hatte Kirsty schwache Knöchel. Um ihren Hals hatte sie einen silbernen Lurex-Schal drapiert, der zu ihrem silbernen Lidschatten passte, und die Augen in ihrem hübschen Gesicht waren riesig. Sie war wie Twiggy, nur aus Sheffield, und ihre winzige, knochige Gestalt stand im Widerspruch zu ihrer streitlustigen Persönlichkeit und ihrem breiten Yorkshire-Akzent.

»Mach ein Foto, Schätzchen, dann hast du länger was davon«, erklärte sie Nick. Er blinzelte, dann schenkte er ihr sein träges Lächeln, das Jennifer immer um den Verstand gebracht hatte. Kirsty war allerdings aus härterem Holz geschnitzt. »Du bist also Nick.«

»Und du bist Kirsty. Schön, dich kennenzulernen«, erwiderte Nick. Er hatte Jennifer noch keines Blickes gewürdigt, sodass sie sich in ihrem albernen Neon-Clownskostüm plötzlich lächerlich vorkam. Doch dann schenkte er auch ihr ein Lächeln. »Ich habe dafür gesorgt, dass ihr beide auf der Gästeliste steht. Dankt mir später.«

Kirsty verdrehte die Augen. »Mein Gott, was ist denn das für einer?«

Woraufhin Jennifer sofort Angst hatte, dass ihre beste Freundin und ihr ehemals bester Freund sich nicht verstehen würden. Warum konnte sie die Vergangenheit nicht einfach ruhen lassen?

Nick streckte ihr den Arm entgegen, damit sie sich bei ihm unterhaken konnte, und sie war entsetzt, als erneut Teenagerfantasien in ihr hochstiegen. Aber es war auch schön, sich an ihn zu drücken, während sie die Tottenham Court Road überquerten und ein bitterkalter Wind sie umfing, der Schreckliches mit Jennifers Haaren anstellte. Es störte sie nicht einmal sonderlich, dass Kirsty sich auf der anderen Seite untergehakt hatte, und Nick gerade erklärte, dass sie nur Musik von weiblichen Bands hörte. »Obwohl das Musikbusiness an sich zutiefst frauenfeindlich ist«, schrie sie gegen den pfeifenden Wind an. »Wir sind alle bloß Schachfiguren des Patriarchats.«

»Ja, da ist was dran. Aber ich lebe ganz gut vom Patriarchat«, erklärte Nick fröhlich. »Vielleicht kann ich es von innen heraus untergraben.«

»Wir wissen doch alle, dass du so etwas niemals tun würdest«, schnaubte Jennifer, aber vielleicht würde der Abend doch nicht so entsetzlich werden, wie sie gedacht hatte.

Erst einmal war es ein aufregendes Gefühl, auf der Gästeliste zu stehen, und sie ersparten sich die Ehre, fünf Pfund Eintritt zu bezahlen, um einen Haufen jammernder Rocker spielen zu hören. »Wir müssen uns nur die ersten drei Lieder anhören und darauf achten, dass uns der Pressesprecher sieht«, erklärte Nick, der sie auf einen weiteren Wodka mit Diät-Cola eingeladen hatte, und als die vorgegebenen drei Songs vorbei waren, setzten sie sich in die abgetrennte Bar, und anstatt unaufhörlich über sich selbst zu reden, stellte dieses Mal Nick die Fragen.

»Also, wie habt ihr euch kennengelernt?«, wollte er wissen. Jen hatte natürlich erwartet, dass er erneut die Vergangenheit aufwärmen oder sie zu ihren Zukunftsplänen befragen würde. Beides Dinge, auf die sie am liebsten verzichtet hätte, doch diese Frage war einfach zu beantworten, und sie musste grinsen.

»Gleich in der ersten Woche an der Uni«, erzählte sie. »Ich war bereits von einem Mädchen namens Pru in Beschlag genommen worden, das beschlossen hatte, dass wir die besten Freundinnen waren, weil wir bei der Orientierungsveranstaltung nebeneinandergesessen hatten.«

»Aber dann habe ich Jennifer bei einer überlaufenen Infoveranstaltung der verschiedenen Studentenverbindungen entdeckt. Sie trug ein Patti-Smith-T-Shirt und starrte die Ekelpakete der *Jungen Konservativen* in Grund und Boden, und mein Herz setzte einen Moment lang aus«, ergänzte Kirsty und legte sich die Hand auf besagtes Herz.

»Ich stehe also neben Pru, die mir gerade erklärt, dass sie sich einer Hexen-Verbindung anschließen möchte, als mich plötzlich dieses Mädchen am Arm packt und meint: ›Ich habe echt gehofft, dass ich auf der Uni endlich die richtigen Leute für mich finde …‹«

»›Und genau das habe ich. Du bist genau richtig für mich‹, habe ich zu Jennifer gesagt, und anstatt eine einstweilige Verfügung zu erwirken, fragte sie mich, ob ich sie auf einen Kaffee begleiten will, und seitdem sind wir unzertrennlich.«

Kirstys Lächeln war so liebevoll, wie es nur jemand vermochte, der endlich seinesgleichen gefunden hatte und wusste, dass er immer jemanden an seiner Seite haben würde, ganz egal, wie nervtötend oder falsch er sich verhielt.

Jennifer hatte achtzehn Jahre gebraucht, um zu erkennen, wie einfach und bedingungslos Freundschaften sein konnten. Es war ein himmelschreiender Unterschied zu der Freundschaft, die sie mit Nick verbunden hatte. Nick, der gerade stirnrunzelnd ihre ineinander verschränkten Hände betrachtete.

»Und Pru?«, fragte er.

Jennifer zuckte mit den Schultern. »Sie ist tatsächlich der Hexen-Verbindung beigetreten und lebt mittlerweile in einer Kommune in der Nähe von Glastonbury, direkt auf einer Ley-Linie.«

»Und was macht ihr jetzt, wo ihr eure Studien abgeschlossen habt?«

Die beiden Frauen wechselten einen Blick. »Willst du es ihm sagen, oder soll ich?«

»Nein, ich mache das schon«, erklärte Jennifer mit einem Seufzen.

»Was wollt ihr mir sagen? Was treibt ihr beide?« Nick lehnte sich mit funkelnden Augen nach vorn. »Ist es etwas Zwielichtiges? Vertickt ihr Drogen? Seid ihr auf die schiefe Bahn geraten? Jen! Was würde Stan dazu sagen?«

»Ich schätze, Stan wäre es lieber, ich wäre auf die schiefe Bahn geraten und würde nicht *noch immer* studieren. Seiner Meinung nach habe ich keine Ahnung, was harte Arbeit ist. Dabei müsste er mal am Freitag die Mittagsschicht in einem Restaurant in Mayfair übernehmen. Das ist echt brutal.«

»Wir stellen gerade unsere Masterarbeiten fertig«, erklärte Kirsty. »In meiner geht es um Einkaufslisten.«

»Weil sie Sozialhistorikerin ist«, erklärte Jennifer ein wenig abwehrend, als Nick ein hustendes Lachen ausstieß. »Und ich habe *Middlemarch* als Thema gewählt, weil ich eine Idiotin bin.«

»Das klingt aber nicht nach einer Idiotin«, meinte Nick, doch Jennifer merkte, dass das Gespräch – und Kirsty und sie – nicht mehr so amüsant für ihn waren wie noch vor ein paar Minuten. Sie saß mit dem Rücken zur Bar, und Nicks Augen waren stets auf etwas hinter ihr gerichtet, als wartete er auf jemanden, der interessanter war. Dann weiteten sich seine Augen, und Jennifer spürte einen Luftzug, als jemand neben sie trat und eine Hand auf ihre Schulter legte.

»Ich habe beschlossen, mich zu euch zu gesellen«, sagte eine vertraute Stimme.

Dominic.

Kirsty schnaubte derart laut, dass selbst die Flyer auf dem Tisch in dem Luftzug flatterten. »Ich kann mich nicht erinnern, dass wir dich eingeladen haben.« Im Gegensatz zu Jennifer hatte sie kein Problem, klare Grenzen zu setzen und sie mit aller Macht durchzusetzen.

»Hatten wir uns nicht auf Sonntag geeinigt?« Jennifers Stimme klang selbst in ihren eigenen Ohren schwach. Sie war nicht einmal mehr auf »gute Art« betrunken, und die laute, fiese, kompromisslose Phase war vorbei. Ihre Zähne waren stumpf, eine erste Übelkeit kündigte sich an, die mit der Zeit immer schlimmer werden würde, und ihr Blick war verschwommen, sodass sie das Gefühl hatte, auf einem Schiff in Seenot festzusitzen.

Ihr Blick war allerdings nicht so verschwommen, dass sie Dominic nicht wiedererkannt hätte, der mit dem wohlbekannten, missbilligenden Blick auf sie hinunter starrte. »Ich wollte dich aber *jetzt* sehen«, erklärte er. Zu Beginn ihrer gemeinsamen Zeit – Jennifer, die leicht zu beeindruckende Literaturstudentin im zweiten Jahr, und Dominic, der gut aussehende Doktorand und unumstrittene Mädchenschwarm der Englisch-Fakultät – fand sie solche mutigen und entschlossenen Forderungen aufregend, aber jetzt?

Jetzt war es bloß das fünfhundertsiebenundvierzigste Mal, dass Dominic Jennifer nicht zugehört hatte, weil ihre Wünsche sich nicht mit seinen unmittelbaren Plänen vereinbaren ließen.

»Was willst du trinken, oder hattest du schon genug?«, fragte er, weil er sie ohne eine abwertende Bemerkung nicht einmal auf einen Drink einladen konnte.

Es lag ihr bereits auf der pelzigen Zunge, wohin er sich seinen Drink stecken konnte, doch Kirsty hatte noch nie etwas gegen kostenlosen Alkohol einzuwenden gehabt. »Zwei Wodka mit Diätcola. Und du, Nick? Noch ein Pils?«

Nick nickte, und Dominic nickte ebenfalls. Vermutlich

hielt er Nick für Kirstys Freund. Sie hatte einen relativ hohen Männerverschleiß, weshalb er sich nicht weiter um ihn kümmerte.

Was nicht auf Gegenseitigkeit beruhte. Sobald Dominic zur Bar aufgebrochen war, rieb sich Nick scheinbar entzückt die Hände. »Ist das dein Freund, Jen?« Obwohl Dominic mit dem Rücken zu ihnen stand, musterte Nick ihn von oben bis unten, und Jennifer sank in sich zusammen, denn Dominic zog sich gerne an, als wäre es 1935 und er wäre ein junger Vikar in einer kleinen Dorfkirche. Er trug ein Tweedjackett, altmodische Hosen mit Stulpen und war Jennifers Wissen nach der Einzige, der den offiziellen blau-gelb gestreiften Schal der *Queen Mary University* tatsächlich trug. Selbst von hinten war seine am Hinterkopf und an den Seiten sorgsam geschnittene Kurzhaarfrisur gut erkennbar, und als er sich mit einem Tablett voller Gläser umdrehte, wirkte er wie ein Earl, der zum Nachmittagstee lud.

»Für dich nur eine Diätcola, Jennifer. Du hattest genug Alkohol«, erklärte Dominic tadelnd, als er das Tablett auf dem Tisch abstellte. Kirsty trat Jennifer gegen das Schienbein, aber jetzt war nicht der richtige Zeitpunkt, um sich gegen Dominic aufzulehnen. Ganz egal, was er dachte, Jennifer hatte nicht annähernd genug getrunken, um eine leidenschaftliche Hassrede darüber zum Besten zu geben, wie Dominic ihre Seele zertrümmerte.

Nick stellte sich inzwischen selbst vor. »Danke fürs Pils«, sagte er höflich und streckte die Hand aus. »Ich bin Nick. Jen hat dir sicher schon einiges von mir erzählt.«

Dominic schüttelte Nicks Hand, als hätte er sie vorher in Hundedreck getaucht. »Nein, das hat *Jennifer* nicht.«

Nun musterte Dominic Nick schnell und abschätzend. Die Chelsea Boots, die enge Jeans, das offene blau karierte

Hemd über dem engen, schwarzen T-Shirt, die langen, dichten Stirnfransen, die Nick sich mit den Fingern voller Silberringe aus der Stirn strich. Und dazu Nicks sorgloses Lächeln, das sich nur unwesentlich von einem höhnischen Grinsen unterschied.

Die Auswirkungen waren unausweichlich und sofort erkennbar. Jennifer seufzte innerlich, als Dominics Schultern an Spannung verloren und er sich eilig den Schal vom Hals zog. »Aber egal, freut mich, dich kennenzulernen, Kumpel«, erklärte er in einer Stimme, die nun eher nach Hafenarbeiter als nach altem Adel klang.

Kirsty trat Jennifer erneut und murmelte ein leises »unglaublich«, dabei war es das ganz und gar nicht. Wenn Dominic sich nicht gerade unerträglich überlegen fühlte, gab er sich gerne als einfacher Mann.

Die erste Einladung zu einem Drink war einem zweistündigen Privattutorium gefolgt, in dem er Jennifers Aufsatz über *Mary Barton* präzise zerlegt, teils hochgelobt und teils vernichtend geschlagen hatte, was Jennifer atemlos – und, ehrlich gesagt, auch einigermaßen angetörnt – zurückgelassen hatte. Also gingen sie aus, und sein Akzent wurde immer deutlicher und klarer, bis sie meinte: »Oh, mir war nicht klar, dass du aus Liverpool kommst.«

Wozu es auch keinen Grund gegeben hatte, denn normalerweise klang Dominic wie eine Lernkassette für Standardenglisch. »Ja, ich bin wohl ein Paradoxon«, hatte er zugegeben und scheinbar peinlich berührt den Kopf gesenkt. »Der Gelehrte aus Liverpool.«

O ja, in jenen Anfangstagen hatte Dominic alle möglichen Andeutungen platziert. Etwa, dass er zwar eine Doktorarbeit über John Ruskin schrieb, aber tief im Herzen immer noch ein Gauner aus dem Norden war, der heimliche Betrügereien mit den Kopiergeräten in der Bibliothek am Laufen hatte und noch einige andere, weitaus verruchtere Dinge, die seine hübsche Wohnung mit Blick auf den Park erklärten. Außerdem wies er gerne darauf hin, dass seine Familie aus Hafenarbeitern bestand, und dass Jennifer aus dem protzigen Süden im Vergleich zu seinen bescheidenen Wurzeln mehr oder weniger vom Hochadel abstammte.

Was alles vollkommener Blödsinn gewesen war. Es gab keinen Betrug. Dominic durfte für sein Studienanfängerseminar kostenlos kopieren. Der Rest hatte sich an einem Sonntagmorgen offenbart. Jennifer war in Dominics Armen in seinem großen bequemen Doppelbett (in Doms Reich gab es weder unebene Kissen noch hauchdünne Decken) aufgewacht und widerstand seinen Versuchen, ihren Kopf nach unten zu drücken, weil er einen Blowjob wollte, als sich plötzlich der Schlüssel in der Eingangstür drehte und diese aufschwang.

Waren das die rechtmäßigen Besitzer der Wohnung? Ein Gangsterboss aus Liverpool, vielleicht, der wegen guter Führung zu früh aus dem Gefängnis gekommen war?

Doch ein Gangsterboss hätte wohl kaum gerufen: »Dommy, Schätzchen? Überraschung! Mummy und Daddy sind hier und wollen dich zum Mittagessen einladen!«

Es wurde schnell klar, dass Dominics Dad kein Hafenarbeiter war, sondern Richter am High Court, genau wie sein Vater vor ihm. »Aber auf Mummys Seite gab es definitiv Schiffsbauer«, zischte Dominic Jennifer zu, als sie wenig später Mummy gegenüber auf dem Lieblingstisch der Familie bei *Simpson's in the Strand* saß. Es klang, als hätte sein Ur-Ur-Großvater lange und mühselige Tage damit verbracht, Nägel in Großstage zu hämmern, oder was auch immer Schiffsbauer taten. Bis Dominics Mutter fünf Minuten spä-

149

ter klarstellte, dass er in Wahrheit eine ganze Werft besessen hatte.

»Er kommt nicht einmal aus Liverpool«, hatte sie Kirsty später erzählt, und ihre Freundin weinte vor Lachen über die Geschichte, wie Dominic enttarnt worden war. »Er kommt von der Wirral-Halbinsel. Und mir hat er vorgeworfen, vor Privilegien zu strotzen, dabei bekomme ich ein volles Stipendium und bin die Erste in meiner Familie, die das Abi geschafft hat.«

Doch zu diesem Zeitpunkt steckte Jennifer bereits zu tief drin. Sie war auf dem besten Weg zu einem Abschluss mit Auszeichnung, und Dominics Betreuerin Mina umwarb sie, damit sie sich zuerst dem Masterprogramm anschloss und schließlich als Doktorandin weitermachte. »Du und Dominic seid ein so tolles Team«, hatte sie bei Tee und Kuchen im Gesellschaftsraum der Fakultät erklärt. »Mir ist klar, dass es beängstigend sein kann, nachdem es in deiner Familie keine akademische Vorgeschichte gibt, aber du hast Glück, dass Dominic dich unter seine Fittiche genommen hat.«

In letzter Zeit empfand Jennifer es immer mehr als Unglück, dass Dominic derart in ihr Leben verstrickt war, vor allem jetzt, da er sich mit Nick über Fußball unterhielt, weil es nun mal das war, was echte Männer taten. Wobei sein Akzent immer gutturaler und nasaler wurde.

Nick spielte mit, obwohl er während ihrer zweijährigen Freundschaft nicht das geringste Interesse an Fußball gezeigt hatte. Er betrachtete Dominic starr und mit leicht schräg gestelltem Kopf, amüsiert und ...

O Gott, es war so offensichtlich!

Das hier war nicht das erste Mal, dass sie unter die Herrschaft eines charismatischen, gut aussehenden Mannes geraten war, der sie zur Nebendarstellerin degradierte, wäh-

rend er auf der großen Bühne die Hauptrolle spielte. Diese
Sache mit Dominic, die ihr keinerlei Vergnügen mehr bereitete, war bloß ein leidenschaftsloser Abklatsch der komplizierten Gefühle, die sie früher für Nick gehegt hatte. Die Erkenntnis, dass sie erneut die Juniorpartnerin war, die nichts
zu bieten hatte und im Gegenteil froh – und sogar *dankbar* –
für die ihr geschenkte Aufmerksamkeit sein sollte, machte
Jennifer mit einem Mal stocknüchtern.

»Ist alles okay, Jennifer?«, fragte Kirsty und musterte
ihre Freundin. »Du siehst seltsam aus. Musst du dich übergeben?«

Nein, das nicht, aber übel war ihr trotzdem. »Ich werde
kein Doktorratsstudium beginnen«, platzte es aus ihr heraus, und es brachte eine herrliche, wohltuende Erleichterung mit sich, die Worte laut auszusprechen, obwohl Dominic das Thema Fußball sofort fallen ließ und ihr einen
strengen Blick zuwarf. »Ich will keinen Doktortitel. Ich will
bei einem Verlag arbeiten. Das wollte ich schon immer, und
ganz ehrlich ...«

»Nicht das schon wieder ...« Dominic hatte die Dreistig-
keit, Nick einen leidgeprüften Blick zuzuwerfen – »*siehst
du, womit ich mich herumschlagen muss?*« –, bevor er fortfuhr.
»Es ist dreist und selbstsüchtig, meine ganze Zeit und Energie zu verschwenden, um dann erst zu beschließen, dass du
lieber in einem trostlosen Büro hocken und die Pressemel-
dungen zu den neuesten Liebesromanen ordnen willst.«

»Mehr habe ich deiner Meinung nach nicht drauf? Du
solltest dich entscheiden, Dom. Bin ich klug genug für ein
Doktorratsstudium oder nicht klug genug, um etwas anderes als niedrige Büroarbeiten zu leisten? Vielleicht bin ich
hier das *Paradoxon*«, fügte sie hinzu und malte mit bitterem
Blick Anführungszeichen in die Luft.

»Jennifer, wir wissen beide, dass du keine praktisch veranlagte Person bist. Du würdest in der echten Welt keine zehn Minuten überleben. In der akademischen Welt kannst du wenigstens davor geschützt werden.«

»Genauso geschützt, wie wenn ich eine Doppelschicht als Kellnerin einschiebe und die Tagesangebote herunterbete, während irgendein Arsch die Hand unter meinen Rock schiebt?« Jennifer deutete mit einem steifen, unnachgiebigen Finger auf Dominic.

»Als wir uns kennenlernten, hast du Jilly-Cooper-Romane gelesen«, erinnerte er sich mit einem leisen Lachen, das ihr einen kalten Schauer über den Rücken jagte.

Jennifer holte wütend Luft. »An Jilly Cooper gibt es absolut *nichts* auszusetzen.«

»Außerdem ist das nicht sehr feministisch, Dom«, meldete sich Kirsty endlich auch zu Wort. Jennifer war überrascht, dass sie ihre üblichen beißenden Kommentare so lange für sich behalten hatte. »Du bist wirklich bloß ein weiteres Werkzeug des Patriarchats, was?«

Dominic beschloss, die Kommentare von den billigen Plätzen zu ignorieren. »Ich weiß nicht, was in dich gefahren ist ...«

»Lass uns das nicht hier besprechen«, meinte Jennifer, der bewusst war, dass Kirsty gerade in Fahrt kam und eifrig auf die nächste Möglichkeit zum Gegenschlag wartete. Und dann war da auch noch Nick, der sich gespannt vorbeugte und seine Belustigung gar nicht erst zu verbergen versuchte. Es war so erniedrigend.

»Du verhältst dich äußerst unreif, Jennifer ...«

»Ich habe gerade gesagt, nicht hier. Warum hörst du mir nie ...«

»Jennifer! Lässt du mich bitte ausreden?«, verlangte Dominic mit erhobener Hand, als würde er eine Seminargruppe leiten. »Du verhältst dich lächerlich und bringst nicht nur dich in Verlegenheit, sondern auch mich.«

»Oh, mein Gott, du hast recht. Ich schäme mich. Ich schäme mich dafür, dass ich zugelassen habe, dass du mir mit deiner Pracht und deinen verflucht langweiligen viktorianischen Romanen, in denen ohnehin immer alle sterben, jegliche Lebensfreude geraubt hast.«

»Ich danke dir für diesen Befund, Jennifer«, erklärte Dominic bleiern. »Und ich werde dir auch morgen danken, wenn du dein abstoßendes Verhalten mit zu viel Alkohol und dem Bedürfnis entschuldigst, dich vor deinem Ex-Freund zu profilieren.«

»Ich bin nicht ihr Ex«, erklärte Nick. Seltsamerweise schien er nicht beschämt, dass er gerade Zeuge zweier Bücherwürmer geworden war, die sich in die Haare gerieten. Er sah vielmehr so aus, als amüsierte er sich prächtig. »Wir waren beste Freunde.«

Die Tage am College, als Nick das Zentrum ihres Universums gewesen war, schienen eine Ewigkeit her. Jennifer war nicht mehr sechzehn, siebzehn oder achtzehn. Sie war einundzwanzig, beinahe zweiundzwanzig. Sie war von zu Hause ausgezogen. Sie hatte einen herausfordernden Job und bereitete sich auf den nächsten akademischen Abschluss vor. Sie kannte den Unterschied zwischen der ersten und der zweiten Welle des Feminismus, und sie war froh, eine Feministin der dritten Welle zu sein, denn es bedeutete, dass sie Netzstrumpfhosen und roten Lippenstift tragen durfte.

Sie hatte *Verteidigung der Rechte der Frau* von Mary Wollstonecraft gelesen und auch Luce Irigarays *Speculum: Spiegel des anderen Geschlechts.* Sie war für die Zerschlagung des Patriarchats auf die Straße gegangen, und nun wurde es Zeit, sich die beiden Jahre zurückzuholen, die sie an Dominic verschwendet hatte.

»Ich muss mich für nichts entschuldigen, was ich gerade gesagt habe«, erklärte Jennifer langsam. »Aber ich muss mit dir Schluss machen, weil ich niemals die Person werden kann, die ich werden will, solange wir zusammen sind.«

»Ehrlich, Jennifer, das klingt, als wäre ich ein häuslicher Despot.« Der Liverpool-Akzent war gänzlich verschwunden, und jede Silbe klang gestochen scharf. »Ich habe dich wohl kaum unterdrückt. Im Gegenteil, ich habe dich aufgebaut.«

»Wow. Das klingt ziemlich herablassend«, meinte Nick mit jenem trägen Lächeln, das früher Jennifers Untergang gewesen war, und der Umstand, dass es wieder in ihr Leben getreten war, hatte mit Sicherheit ihren Befreiungsschlag aus dieser schrecklichen Beziehung beschleunigt und sie als Folge auch vor weiteren drei oder vier Jahren harter Arbeit an ihrer Dissertation bewahrt. Trotzdem kam sie sehr gut alleine klar.

Und sie würde einen Weg finden, Dominic zu sagen, dass es vorbei war, der auch tatsächlich in seinen Dickschädel ging.

»Weißt du was, verpiss dich, Dom«, erklärte Jennifer leise und genoss jedes einzelne Wort. »Verpiss dich von hier, und wenn du bei der Tür draußen bist, dann verpiss dich aus meinem Leben!«

Dominic erhob sich, um von oben herab mit bitter enttäuschtem Blick auf Jennifer hinunterzustarren, als hätte sie ihre Fußnoten durcheinandergebracht. Er öffnete den Mund, um etwas – zweifellos Langweiliges und Langatmiges – zu sagen, doch Jennifer ließ sich in ihrem Stuhl zurücksinken, stöhnte übertrieben und verdrehte dramatisch die Augen.

»Was machst du immer noch hier?«, fragte sie, und endlich griff Dominic nach seinem Schal, drückte ihn wie ein verwaistes Kind an die Brust und trollte sich so langsam durch die Tische und Stühle, dass er mit Sicherheit hörte, wie Kirsty ihm nachrief: »Bye, bye, *Demonic* – endlich sind wir dich los!«

Dann wandte sie sich an Jennifer, die mittlerweile schlaff in ihrem Stuhl zusammengesunken war. Entsetzt darüber, was sie gerade getan hatte.

»Nein, Jennifer! Jetzt bloß kein schlechtes Gewissen«, erklärte Kirsty stolz. »Du warst *grandios*.«

»Glaubst du, ich bin zu weit gegangen?«, fragte Jennifer Kirsty, doch sie sah dabei Nick an, der sie auf eine Art betrachtete, wie er sie noch nie zuvor betrachtet hatte.

Nicht nachsichtig. Nicht amüsiert. Nicht einmal entnervt. Sondern mit Respekt. Als wäre sie seiner ebenbürtig. Jemand, mit dem man sich nicht anlegte.

Vielleicht hob er deshalb seine fast leere Bierflasche, um ihr zuzuprosten. »Ich kann mich nicht erinnern, dich jemals so gemein erlebt zu haben, Jen.« Er lächelte. »Das gefällt mir.«

TEIL 4
1994

3. November 1994
U-Bahn-Station Hammersmith

9 Die Tage in der Literaturagentur Phillip Gill waren lang. Jedes Mal, wenn Jennifer um neun Uhr dreißig die Treppe zu dem Büro über einer Putzerei in Shepherd's Bush hochstieg, kam es ihr vor, als würden sich die Uhren langsamer drehen.

Nachdem sie den ganzen Vormittag kopiert, Phillip Gills lange, gewichtige und oft unverständliche Anmerkungen an seine Autoren abgetippt und unaufgefordert eingesandte Manuskripte zusammen mit einem knappen Formbrief zurückgeschickt hatte, der nur dazu da war, die Hoffnungen und Träume des Adressaten zu zerschmettern, konnte sie es kaum erwarten, dass es endlich ein Uhr schlug.

Jennifer hatte eine halbe Stunde Mittagspause, in der sie sich mit ihrem Lunchpaket in den nahe gelegenen Park aufmachte und auf eine freie Bank und etwas frische Luft hoffte, während an drei Seiten Lkws, Busse und Autos an ihr vorbeidonnerten.

An einem kalten Donnerstag im November – der Himmel war grau, und die Luft war feucht, aber trotz der Abgase eine willkommene Abwechslung zu dem stickigen Zweizimmerbüro – aß Jennifer ihr Käsesandwich aus billigem Weißbrot, das nicht für eine Füllung gedacht war, und holte ihr Notiz-

159

buch hervor, um weiter an dem Brief an Kirsty zu schreiben.

Kirstys Masterarbeit zum Thema Einkaufslisten hatte sich als Glücksgriff erwiesen und ihr einen Platz in einem Forschungsprojekt über Kundengewohnheiten an der Universität von Stockholm gesichert, bei dem sie sich auf keinen Fall überarbeitete. »Schick mir doch noch ein paar dieser schwedischen Fischfruchtgummis, nachdem du ja mehr oder weniger fürs Shoppen bezahlt wirst. Und nein! Natürlich bin ich *nicht* eifersüchtig. Immerhin rackere ich mich hier für die Englische Literatur ab, während ich die Avancen von Phil Gill abwehre.«

Phil Gill – den Jennifer laut offizieller Anweisung ausschließlich mit *Mr Gill* oder *Sir* ansprechen durfte – war das Schlimmste an ihrem Job. Obwohl angesichts der Tatsache, dass die Agentur lediglich aus ihm bestand, im Grunde der ganze Job beschissen war.

Wobei es gar kein richtiger Job war, wie sich Jennifer in Erinnerung rief, als sie sich wieder an ihren Schreibtisch im Vorzimmer setzte, das in Phils Allerheiligstes führte. Für einen richtigen Job wurde man bezahlt, während sie hier nur ein Volontariat absolvierte, wie es in der Verlagsbranche genannt wurde. Jennifer bezeichnete es lieber als Sklavenarbeit. Sie bekam lediglich die Reisekosten rückerstattet, wobei es jedes Mal ein Martyrium war, das Geld zwischen Phils Wurstfingern hervorzuziehen, nachdem er es seiner kleinen Blechschatulle mit dem Bargeld entnommen hatte.

Es war ein böses Erwachen gewesen, als sie erkannt hatte, dass die großen Verlage in der Hauptstadt sie nicht allesamt vom Fleck weg engagieren wollten, obwohl sie ihr Studium mit Auszeichnung abgeschlossen und eine Masterar-

160

beit über den Zusammenhang von Sex und Tod in *Middlemarch* geschrieben hatte.

Jeden Montagmorgen hatte Jennifer die Medienrubrik des *Guardian* durchgeackert. Zu Beginn war sie einigermaßen anspruchsvoll gewesen und hatte sich als Lektoratsassistentin und als Juniorlektorin beworben, doch nachdem sie wochenlang auf eine Mauer des Schweigens gestoßen war und in den seltensten Fällen überhaupt eine Antwort erhalten hatte, wurde sie weniger wählerisch. Sie würde auch im Marketing, in der Presseabteilung oder in der Rechtsabteilung beginnen, um schließlich ins Lektorat zu wechseln, wo alle hin und weg von ihren Fähigkeiten als »selbstständige Expertin mit Eigeninitiative« sein würden, die auch »sehr gut im Team arbeiten« konnte.

Trotzdem wurde sie lediglich zu vierzehntägigen Berufspraktika eingeladen, in denen sie Umschläge befüllte, tonnenweise Kopien anfertigte und die ständig vom Papier zerschnittenen Finger mit einem sonnigen, einnehmenden Lächeln hinnahm. Sie würde sich als so unersetzlich erweisen, dass sie die nächste freie Junior-Stelle bekam. Vielleicht schufen sie sogar eine eigene Stelle nur für sie. Jennifers Praktikumskolleginnen trugen Namen wie Arabella oder Araminta, waren in Oxford oder Cambridge gewesen und schienen nicht übermäßig besorgt, dass sie nichts verdienten. Vielleicht waren es diese Sorglosigkeit und das unbekümmerte Selbstbewusstsein, das man auf dem Internat genauso erwarb wie die Fähigkeit, Lacrosse zu spielen und sich gestochen scharf auszudrücken, jedenfalls bekamen am Ende die Arabellas und die Aramintas die Jobs, während Jennifer bloß gesagt bekam, dass sie mehr Erfahrung benötigte. Aber wie sollte sie Erfahrung sammeln, wenn sie keinen Job bekam?

Aus diesem Grund hatte Jennifer schließlich ein sechsmonatiges Volontariat bei der Literaturagentur von Phillip Gill begonnen, dem sie gleich zu Beginn sehr entschieden begegnet war und ihm klargemacht hatte, dass sie abends nur bis sechs und freitags gar nicht arbeiten würde.

»Sie scheinen Arbeit mit Urlaub zu verwechseln«, hatte er auf seine dröhnende, überhebliche Art gepoltert. »Dabei sollten Sie *mich* dafür bezahlen, dass ich Ihnen alles beibringe, Mädchen.«

Allerdings standen die Volontärinnen nicht gerade Schlange, um Phils Stapel an unverlangt eingesandten Manuskripten zu bearbeiten und seine Ablage in Ordnung zu bringen. Er ließ sie sogar Post-its in der Mitte durchschneiden, um Geld zu sparen, und in der ersten Woche hatte Jennifer in einer Schublade ein auseinandergeschnittenes Post-it mit der Aufschrift »O Gott, ich sterbe gleich vor Langeweile!«, gefunden. Eine Nachricht aus dem Jenseits – oder vielleicht doch von ihrer Vorgängerin, die Phillip lediglich mit düsterer Stimme »das Mädchen« nannte.

Jennifer hatte sich mittlerweile damit abgefunden, die besten Tage ihres Lebens als Gefangene zwischen nikotingelben Bürowänden zu verbringen. Auf allen Seiten umgeben von Aktenschränken und Bücherregalen, die sie anfangs schwer beeindruckt hatten, bis sie entdeckte, dass es sich hauptsächlich um militärgeschichtliche Sachbücher handelte. Ziegelsteinschwere Biografien verschiedenster Brigadiers, riesige Bände über obskure Militäraktionen und besorgniserregend viele Bücher über die Nazis.

Die Männer, die diese Bücher schrieben (und es waren ausschließlich Männer), waren stets mürrisch, wenn sie anriefen, um Phil zu sprechen, der allerdings darauf bestand, dass Jennifer eine Anrufnotiz schrieb, und meistens nicht zurückrief, weshalb die Autoren noch einmal anriefen und noch schlechtere Laune hatten. Kurz nachdem sie angefangen hatte, hatte sie der Autor von *Der unbekannte Kampf Großbritanniens: Memoiren eines Oberstleutnants* als »nutzloses kleines Flittchen« beschimpft, und sie war in die winzige, nach Urinstein stinkende Toilette gerannt, die sie sich mit dem Inkassobüro im zweiten Stock teilten, und hatte ein paar Tränen vergossen.

Und auch jetzt hätte sie am liebsten losgeheult, als sie Phillips langsame, schwere Schritte auf der Treppe hörte. Es war gerade vier Uhr vorbei. Er war kurz vor zwölf verschwunden, um mit einem Lektor in Soho zu Mittag zu essen. Ein vierstündiges Mittagessen war nichts Ungewöhnliches für Phillip. Jennifer konnte den Alkohol bereits riechen, bevor er die Tür mit der Schulter aufdrückte. Sein fleischiges Gesicht und die Knollennase waren sogar noch röter als sonst.

Er schnippte mit den dicken Fingern. »Kaffee. Wer hat angerufen?«

Jennifer griff nach einem kleinen Stapel halbierter Postits, damit er sie ihr aus der Hand reißen konnte. »Selwyn, Ihr Steuerberater. Er meinte, es wäre wichtig.«

»Wichtig.« Phillip schnaubte missbilligend. »Ich habe auf der Herfahrt einige Briefe auf Band gesprochen. Sie müssen heute noch raus. Es sind sehr wichtige Briefe.«

Das bezweifelte Jennifer stark. Sie nahm das Diktiergerät entgegen. Er hatte es mit der Hand umklammert, und es war heiß und feucht. Sie versuchte, nicht das Gesicht zu verziehen.

»Gut, dann mache ich mich an die Arbeit«, sagte sie und ignorierte seinen Blick, der an ihren Brüsten hängen geblieben war. Sie bemerkte ihn kaum noch.

Er stand einige Sekunden leicht schwankend vor ihr,

dann riss er sich am Riemen, schüttelte den Kopf und blinzelte. »Gut. Ja. Selwyn. Und ich brauche Henry Cormacks Vertrag zur Durchsicht.«

Er schnippte erneut mit den Fingern als Zeichen, dass Henry Cormacks Vertrag wichtiger war als die Briefe, dann schlurfte er in sein Büro und ließ die Tür offen. Was bedeutete, dass Jennifer seine wichtigen Briefe abtippen musste, während Phillip bellend, stotternd und keuchend seine Anrufe erledigte. Außerdem schnitt er bereits die dicke, fette Zigarre an, an der er den Rest des Nachmittages nuckeln würde, und steckte sie sich zwischen die wulstigen Lippen. Der Mief war ekelerregend und setzte sich überall fest – in Jennifers Haaren, in ihren Klamotten und sogar im Inhalt ihrer Handtasche.

»Ich mache die Tür zu, in Ordnung?«, fragte sie hoffnungsvoll.

Phillip saugte schmatzend an seiner Zigarre, dann zog er sie aus dem klaffenden Mund. »Lassen Sie das verdammte Ding ruhig offen, Mädchen, dann kann ich Sie besser im Auge behalten.«

Niemand glaubte ihr, wie abscheulich (und erbärmlich stinkend) Phil tatsächlich war. Jennifer hatte keine Freunde in der Verlagsbranche, die ihm vielleicht bei einem protzigen Verlagsmittagessen über den Weg liefen und ihr recht gaben. Sie hatte überhaupt keine Freunde in der Verlagsbranche. Und ihre anderen Freunde dachten, sie würde übertreiben, um Lacher abzustauben.

Trotzdem war der Klang der uralten elektronischen Schreibmaschine (in Phillip Gills Agentur gab es keine protzigen Computer und schon gar kein Textverarbeitungsprogramm) befriedigend und beinahe beruhigend, nachdem Jennifer ihren Rhythmus gefunden hatte. Sie hatte sich das

Schreiben auf der Schreibmaschine eines Sommers mithilfe eines alten Lehrbuches und der Schreibmaschine ihrer Mutter selbst beigebracht, und es hatte sich als profitabler herausgestellt als alles, was sie an der Uni gelernt hatte.

Ihre Finger donnerten auf die Tasten wie die Schweine von Gadara, bis Phillip in der Tür auftauchte, die buschigen Augenbrauen hob und die Tür schloss. Jennifer streckte der schwerfälligen Gestalt hinter dem matten Glas die Zunge heraus, während er zu seinem Tisch zurückschlurfte.

Um Viertel vor sechs war alles erledigt, und Jennifer stieß ein tiefes, unglückliches und vorausahnendes Seufzen aus, bevor sie an Phillips Tür klopfte. Sie wartete nicht auf sein zustimmendes Grunzen, sondern öffnete sie und trat unter seinem missmutigen Blick an den Tisch.

Er nahm den Telefonhörer vom Ohr und legte die fleischige Hand auf die Sprechmuschel. »Was ist?«

»Sie müssen die Briefe unterzeichnen, wenn sie heute noch raussollen«, erklärte Jennifer und hielt ihm die Briefe und einen Stift entgegen, weil er sonst wieder Ewigkeiten brauchen würde, um in dem Chaos auf seinem Tisch ein funktionierendes Schreibwerkzeug zu fingen.

Es war durchaus möglich, dass die Briefe voller haarsträubender Fehler waren, aber die Zeit war auf Jennifers Seite. Phillip setzte murrend seine schwungvolle Unterschrift darunter. Jennifer hatte es beinahe geschafft und wollte gerade die Tür schließen, als er sich räusperte.

»Morgen früh brauche ich Sie sofort in meinem Büro.« Sie spielten dieses Spiel jeden Donnerstag um fünf Minuten vor sechs.

»Sie wissen doch, dass ich freitags nicht arbeite«, erwiderte Jennifer, ohne mit der Wimper zu zucken, obwohl sie in den ersten Wochen in der Agentur an dieser Stelle immer beinahe im Erdboden versunken wäre. »Haben Sie einen schönen Abend«, fügte sie fröhlich hinzu, dann floh sie eilig, schnappte sich ihren Mantel und die Tasche und stopfte die Briefe in die jeweiligen Umschläge, während sie die Treppe nach unten hastete.

Ihr Multitasking war unschlagbar. Jennifer sah, wie das Postauto vor dem Briefkasten hielt, der im Licht der Straßenlaternen in einem matten Rot leuchtete, und legte an Tempo zu.

»Nach Ihnen kann man tatsächlich die Uhr stellen«, meinte der freundliche Fahrer und hielt den Sack auf, damit Jennifer die Briefe einwerfen konnte.

Sie nutzte den Schwung, den sie aufgebaut hatte, und eilte durch die Menschenmassen der Rushhour zur U-Bahn-Station. Es waren nur zwei Stationen, und es wäre billiger gewesen, den Bus zu nehmen, aber Jennifer hatte keine Zeit, um durch die verstopften Straßen zu kriechen. Sie hing lieber schwitzend und aufgeregt am Haltegriff der U-Bahn, und die Schmetterlinge in ihrem Bauch wurden langsam mehr, wenn sie daran dachte, was der Abend noch für sie bereithielt.

Sie war viel zu früh in Hammersmith, denn von der U-Bahn-Station war es nur ein kurzer Spaziergang an hübschen viktorianischen Häusern vorbei, bis sie vor dem ehemaligen Schulgebäude stand, das mittlerweile ein Zentrum für Erwachsenenbildung war.

Sie drängte sich durch die Tür, und ein Schaudern lief über ihren Rücken, als ihr der vertraute Geruch nach Desinfektionsmittel und Hackfleisch in die Nase stieg. Sie nahm die Treppe in den zweiten Stock und ging den Flur mit den Klassenzimmern entlang, bis sie beim letzten Raum angelangt war. Obwohl sie zu früh war, bereiteten bereits mehrere Kursteilnehmer ihre Arbeitsplätze vor.

Es ist gar nicht so schlimm, wenn man sich erst einmal in die richtige Stimmung versetzt hat, sagte sie sich und betrat mit einem verkniffenen Lächeln den Raum. Niemand nahm Notiz von ihr, als sie mit gesenktem Kopf zu der Tür an der gegenüberliegenden Wand huschte. Vermutlich hatte sich dahinter einmal eine kleine Abstellkammer befunden, denn ihre Kehle zog sich zusammen, als sie von dem immer noch vorhandenen Kreidegeruch umfangen wurde. Sie schloss die Tür hinter sich und warf ihre Tasche auf den winzigen Stuhl, der eher zu einem kleinen Kind als zu einer erwachsenen Frau passte.

Fünf Minuten später hockte sie immer noch missmutig in der Kammer. Von draußen drang Gemurmel zu ihr. Offenbar hatte sich das Klassenzimmer gefüllt. Missmutig herumzuhocken brachte sie nicht weiter. Also schlüpfte sie aus ihren restlichen, herrlich warmen Klamotten, faltete den Pullover und legte ihn auf den Stuhl, wo kurz darauf auch ihre Strumpfhose, der BH und die Unterhose landeten. Dann griff sie nach dem dicken, flauschigen Morgenmantel, den sie bereits den ganzen Tag mit sich herumschleppte.

Er war ihr Lieblingskleidungsstück, denn seit sie von zu Hause ausgezogen war, hatte sie nie mehr in einer Wohnung mit Zentralheizung gewohnt. Und im Moment bedeckte er alles, was Jennifer bedecken wollte. Sie fasste die Haare zu einem Pferdeschwanz zusammen. Die Stirnfransen waren ausgewachsen, und ihre Haare waren nicht mehr schwarz gefärbt, sondern irgendwie lockig und wieder eine Mischung aus Rot und Braun. Außerdem ließ sie tagsüber das Make-up weg, um sich der Welt als perfekte Verlagsmitarbeiterin zu präsentieren. Sie warf einen Blick in den fleckigen Spiegel, den jemand mit Klebeband an der Wand befestigt hatte, und musterte ihr Gesicht.

Wenn man bedachte, wie ungesund sie sich ernährte und dass sie ständig zu wenig Schlaf abbekam, war ihre Haut in recht guter Verfassung. Mal abgesehen von den Ringen unter den Augen und den verkniffenen Lippen, die ihr hoffentlich nicht für immer bleiben würden. Und hier erwartete ohnehin niemand großartige Schönheit. Sie war bloß ein Gesicht, ein Körper, eine Ansammlung von Kurven und Linien. Wenn sie es so betrachtete, fiel es ihr leichter, die Tür zu öffnen und aus ihrem Kämmerchen zu treten.

»Wie willst du mich haben?«, fragte sie Russell, während sie auf das kleine Podium stieg, auf dem früher wohl der Lehrertisch gestanden hatte, denn an der Wand hing immer noch die Tafel, während der Tisch einem einzelnen Stuhl weichen musste. Einem ziemlich unbequemen Stuhl.

Russell war ein großer, weißhaariger, gebückt gehender Mann mit einem freundlichen Gesicht und einem Faible für Cordsamt. Auch heute Abend trug er eine rötlich braune Cordhose und eine beigefarbene Cordjacke über einem dicken Pullover.

»Wir machen ein paar Posen im Stehen, denke ich. Der Hausmeister versucht, einen Heizstrahler aufzutreiben, dann können wir nach der Pause vielleicht eine längere sitzende Pose versuchen«, erklärte er und rieb sich die Hände. Nicht vor Vorfreude – dazu war er nicht der Typ –, sondern weil es in dem umfunktionierten Klassenzimmer eisig kalt war. »Also, ähm ... wenn es dir nichts ausmachen würde, den Mantel auszuziehen ...«

Es war, wie in einen kalten Swimmingpool zu springen oder ein Pflaster abzureißen. Am besten, man brachte es so schnell wie möglich hinter sich. Jennifer löste den Gürtel des dicken, flauschigen Morgenmantels, schloss die Augen und atmete tief ein, bevor sie ihn von den Schultern gleiten ließ und ihn Russell überreichte. Ihre armen Brustwarzen zogen sich angesichts der Kälte sofort zu schmerzhaften Knöpfen zusammen, und es war nicht auszumachen, wo die Haut endete und die Gänsehaut begann.

»Er hat wirklich versprochen, einen Heizstrahler zu besorgen«, versicherte ihr Russell entschuldigend, während Jennifer sämtliche Muskeln anspannte, um nicht unkontrolliert zu zittern.

»Du hast vorhin von einigen schnellen Posen gesprochen«, erinnerte sie ihn, und er nickte und wandte sich an die zwölf Schüler, die Gott sei Dank zur Hälfte hinter den Staffeleien verschwanden.

»Leute! Fangen wir an«, rief er. »Wir machen ein paar schnelle Skizzen, damit die arme Jennifer sich nicht den Tod holt.«

Russell führte sie durch ein Repertoire an Posen. Hände hinter den Kopf. Hände in die Hüften. Das ganze Gewicht auf ein Bein, die Hüfte seitlich nach außen gedreht. Den Rücken durchgedrückt, eine Hand hinter dem Kopf. Und so weiter. Etwa bei der Hälfte klopfte es an der Tür. Es war der Hausmeister, und er hatte nicht bloß einen, sondern zwei Heizstrahler dabei, wollte aber nicht ins Klassenzimmer kommen, »wegen der nackten jungen Frau, Chef«.

Jennifer war so kalt, dass es sie wunderte, warum sich noch keine Eiskristalle an ihren Schamhaaren gebildet hatten, und es hätte ihr nichts ausgemacht, wenn eine Busladung Hausmeister ins Zimmer eingefallen wäre. Außerdem machte sie das hier – sich nackt vor den Augen Fremder zu zeigen – mittlerweile seit acht Wochen, und obwohl sie strikt gegen die Objektivierung von Frauen war, hatte sie schnell erkannt, dass *diese* Art der Objektivierung ihr nichts ausmachte.

Ihr Körper in seiner ganzen Pracht und mit all seinen vielen Fehlern wurde geprüft, studiert und anschließend skizziert, und wenn jemand sich Gedanken über die sanften Dellen an der Hinterseite ihrer Oberschenkel, die leichten Dehnungsstreifen an ihren Hüften oder die Tatsache machte, dass ihre linke Brust größer war als die rechte (eine halbe Körbchengröße, wie ihr die Frau bei *John Lewis* beim letzten Mal erklärt hatte), dann ging es nur darum, wie diese Makel am besten mit Kohlestift zu Papier gebracht werden konnten.

Es war um einiges angenehmer als letzten Samstag, als ein Mann ihr ohne Umschweife die Hand unter den Rock geschoben und sie besitzergreifend auf ihren Oberschenkel gelegt hatte, während er sein Abendessen bestellte. Und auch angenehmer als der Kerl, der sie vor der Männertoilette abgefangen und gemeint hatte: »Der Kontrast zwischen deiner weißen Schürze und dem kurzen Rock ist unglaublich geil. Ich würde dich gerne ficken, und ich werde dafür sorgen, dass du es nicht bereust.« Ganz zu schweigen von den Männern – es waren immer Männer, aber derzeit vor allem Phillip Gill –, die scheinbar nur mit Jennifers Brüsten sprachen und nicht mit ihrem Gesicht. Im Vergleich dazu war das hier so unschuldig wie ein Teekränzchen im Pfarrhaus.

Die Heizstrahler wurden feierlich ins Klassenzimmer geschleppt, und nach einem kurzen Hickhack, weil Fiona – eine Frau mittleren Alters, die sich für eine große Künstlerin hielt, wie ihre indischen Tücher, die Armreifen und die Batik-Klamotten erkennen ließen – versuchte, sich einen Strahler zu sichern, war Jennifer einerseits immer noch kalt, während sie andererseits befürchtete, Verbrennungen dritten Grades an jenen Stellen ihres Körpers davonzutragen, die direkt in der Strahlungsrichtung lagen.

Sie war erleichtert, als es endlich Zeit für eine Pause wurde und sie sich in ihren Morgenmantel kuscheln konnte, während Russell ihr eine heiße Schokolade aus dem Automaten holte.

»Wenn es dir nichts ausmacht, würde ich dich bitten, die Pose von letzter Woche noch einmal einzunehmen, damit die Leute an den bereits begonnenen Zeichnungen weiterarbeiten können«, meinte er, nachdem er wieder da war.

Sie umklammerte ihre heiße Schokolade und wanderte durchs Klassenzimmer, um ihren Kreislauf in Schwung zu bringen und sich die Zeichnungen anzusehen. Viele hatten sich nicht einmal die Mühe gegeben, ihr Gesicht zu zeichnen, was Jennifer allerdings nicht weiter störte. Es war faszinierend, ihren Körper durch ihre Augen zu sehen. Doch dann kam sie zu Fionas Staffelei, und es war eher entsetzlich als faszinierend.

»Was hältst du davon?«, fragte Fiona Jennifer herausfordernd. Sie hielt sich nicht nur für eine Künstlerin, sondern auch für abgrundtief ehrlich. »Ich sage immer, was ich denke«, wurde sie nicht müde zu erwähnen, was einer der Gründe war, warum sie Jennifer halbherzig hasste. Jennifer war sich ziemlich sicher, dass Fiona hinter der Kampagne steckte, die Jennifer dazu bringen sollte, sich die Achselhaare nicht mehr zu rasieren. Der arme Russell war mit dem Anliegen an sie herangetreten und hatte etwas von »Textur« gefaselt, doch Jennifer hatte sich entschieden geweigert, und Russell hatte nur die Hände hochgeworfen und sich geschlagen gegeben.

Nun betrachtete sie mit starrem Blick Fionas Werk, die Jennifer ähnlich einer TV-Kamera mindestens zehn Pfund mehr auf die Rippen gezeichnet hatte. Jennifer saß nach vorne gebeugt auf einem Stuhl, damit die Schüler die Wölbung ihrer Wirbelsäule herausarbeiten konnten (Rücken-wirbel wurden besonders gerne zu Papier gebracht), und Fiona hatte ihre Brüste wie zwei nach unten hängende Fünf-Pfund-Kartoffelsäcke gezeichnet. Jennifers Gesicht sah aus, als litte sie unter einem schweren Fall von Mumps, und au-ßerdem ... »Ähm ... ich bin irgendwie *grün*«, meinte Jennifer vorsichtig, denn Fiona hatte ihre Haut in einem satten Hell-grün schattiert, das Jennifer an den grünen Korrekturstift erinnerte, den sie in ihrer Jugend verwendet hatte.

»Es gefällt dir nicht.« Fiona klang beinahe triumphie-rend. »Das ist, weil ich die wahre Essenz der Menschen ein-fange. Das kann sehr verstörend sein, wenn jemand kaum Arbeit in sich selbst investiert.«

»Genau. Interessant ...« Jennifer hätte Fiona gerne er-klärt, dass sie hier die Einzige war, die an sich arbeiten musste, doch Russell zahlte ihr unglaubliche fünfzig Pfund pro Abend. Üblicherweise bekam das Modell nur zehn Pfund die Stunde, und die fünfzig Pfund pro Woche machten ei-nen Großteil von Jennifers Miete aus, weshalb sie sich mit einem hoffentlich einigermaßen verhaltenen Lächeln ab-wandte.

Die anderen Zeichnungen waren viel netter – sogar die Bemühungen eines Mannes mittleren Alters, der Jennifer nicht in die Augen sehen konnte, aber offensichtlich dem Kubismus zugetan war, nachdem er ihrem Hintern rechte Winkel verpasst hatte. In der hintersten Ecke stand die Staf-felei eines jungen Mannes, der laut Russell ein Absolvent der Slade University oder der Chelsea-Kunsthochschule war, Jennifer konnte sich nicht mehr genau erinnern. Er wirkte nicht wirklich unfreundlich, aber auch nicht gerade offen, und er nutzte die Pause, um eine Zigarette zu rauchen (Jen-nifer beneidete ihn darum, aber sie war nicht scharf darauf, sich eine Lungenentzündung zu holen), weshalb sie einen Blick auf seine Zeichnung riskierte.

Sie war gut zu erkennen, aber es war eine Version ihrer selbst, die der Grazie und der Geschmeidigkeit eines Aktes von Manet in nichts nachstand. Ihre Züge waren erlesen und beinahe herzzerreißend schön.

»Was hältst du davon?«, fragte eine Stimme mit klangvollem walisischen Akzent. Jennifer sah nach hinten. Es war der ehemalige Kunststudent, ein großer Mann, nicht viel älter als sie selbst, mit hellbrauner Haut, kurz geschorenen Haaren, starken, kompromisslosen Gesichtszügen und einer ruhigen, sanften Stimme.

»Ist das deines?«, fragte sie, obwohl sie es natürlich bereits wusste.

Er nickte. Sein Blick war nicht auf seine Zeichnung, sondern auf Jennifer mit den zurückgebundenen Haaren und dem vom Heizstrahler geröteten Gesicht gerichtet, als wäre sie ein zutiefst faszinierendes Wesen. Sie nahm an, dass Künstler alle Menschen auf ihre Art faszinierend fanden.

»Es ist toll, aber ich sehe nicht so aus«, sagte sie betreten, aber mit einem Lächeln, damit er nicht dachte, er hätte sie beleidigt. »Du hast mich viel zu hübsch gezeichnet.«

»Weißt du, ich bin wie Fiona. Ich fange die wahre Essenz der Menschen ein, was sehr verstörend sein kann, wenn jemand kaum Arbeit in sich selbst investiert«, erklärte er mit todernster Miene, sodass Jennifer nicht wusste, ob er einen Witz machte, es ernst meinte oder sie anmachen wollte.

Sie bekam nicht die Gelegenheit, es herauszufinden, denn in diesem Moment trafen die letzten Nachzügler ein, der herrliche Geruch frisch gerauchter Zigaretten erfüllte den Raum, und der Augenblick war vorüber.

Sein Name war Gethin. Mit *th*, nicht mit *f*. Er kam aus Barry im Vale of Glamorgan, und wenn er hörte, wie Londoner seinen Namen aussprachen, hätte er am liebsten geweint. Was er Jennifer allerdings erst eine Woche später erzählte, nachdem er nicht nach draußen zum Rauchen gegangen war, sondern geduldig auf Jennifer wartete, bis diese betont sorgfältig sämtliche Bilder studiert und endlich seine Ecke des Klassenzimmers erreicht hatte.

Und als Jennifer nach Ende des Kurses mit steifen Gliedern und ordnungsgemäß gekleidet aus ihrem kleinen Kämmerchen trat, war Gethin immer noch da.

Genau wie Russell, der darauf wartete, Jennifer ihr Geld zu geben. »Es tut mir wirklich sehr leid, aber es gab eine weitere Anfrage, was deine Achseln betrifft«, erklärte er nervös.

»Russell, bitte. Mein Körper, meine Entscheidung«, erwiderte Jennifer, denn das war die effizienteste Art, einem eingefleischten Linken den Wind aus den Segeln zu nehmen, und tatsächlich fuhr Russell zurück, sodass die Anstecker für nukleare Abrüstung auf seinem Revers im Licht der Neonröhren aufblitzten.

»Ja! Natürlich. Da hast du absolut recht. Ich werde dich nicht mehr damit belästigen«, erklärte er, während Gethin in seiner Ecke gemächlich seine Farben, die Stifte und die Pinsel in seine Tasche packte und schließlich direkt hinter Jennifer das Zimmer verließ.

»Die letzte Pose wirkte unbequem«, sagte er ein wenig zu laut, als hätte er die Worte immer wieder in Gedanken geprobt.

»Dieser Stuhl ist mein Erzfeind.«

»Ich dachte, das wäre Fiona.« Auch dieses Mal blieb sein Gesicht regungslos.

»Ich habe viele Erzfeinde«, erklärte Jennifer, während sie Gethin die Treppe nach unten folgte.

»Man kann mehr als einen Erzfeind haben?«

»Also ich schon«, versicherte Jennifer ihm. »Ich passe die Liste regelmäßig an. Wöchentlich. Manchmal sogar täglich.«

Er hielt ihr die Tür auf, und die kalte Nachtluft schlug ihnen entgegen. Die Autoscheiben und die Ligusterhecken waren bereits von einer dünnen Frostschicht überzogen.

»Auf dieser Liste möchte ich lieber nicht landen«, meinte Gethin, der natürlich noch nichts getan hatte, um einen Platz unter den schändlichen, unmöglichen oder einfach verdammt rüpelhaften Menschen in Jennifers Leben zu verdienen.

Sie hielten vor der Schule inne, und ihr Atem bildete Wölkchen. Jennifer dachte ohne die geringste Sehnsucht an ihre kleine Einzimmerwohnung in Shepherd's Bush, in der es beinahe genauso kalt war wie im Freien.

»Dann sehen wir uns nächste Woche, oder?«, fragte sie, denn es war zu kalt, um einfach rumzustehen und von einem Fuß auf den anderen zu steigen. »Wo wohnst du? Musst du zur U-Bahn?«

»Ähm ... Brixton«, antwortete Gethin, als wäre es ihm gerade wieder eingefallen. »Und ich muss zur U-Bahn, ja. Und du ...?«

Der Bus hielt praktisch vor ihrem Haus, während es von der U-Bahn-Station ein langer, kalter Fußmarsch war. Jennifer hatte vorgehabt, sich in dem Fast-Food-Laden gegenüber der Bushaltestelle eine Bratwurst mit Fritten zu gönnen, und wenn sie mit der U-Bahn fuhr, war es dafür zu spät, doch der hoffnungsvolle Blick in Gethins dunklen Augen war zu verlockend.

Gethin sagte nicht viel, was schade war, denn Jennifer hätte seinem melodiösen walisischen Akzent am liebsten die ganze Nacht zugehört. Vor langer Zeit hatte Mary in dem Abi-Vorbereitungskurs einmal eine Aufnahme des Walisers Dylan Thomas vorgespielt, der aus *Unter dem Milchwald* las, und während Nick vor Langeweile geseufzt hatte, war Jennifer hingerissen gewesen und hatte sich wie in einer anderen Welt gefühlt.

Sie standen zitternd am Ende der Rolltreppe, von wo aus sie in unterschiedliche Richtungen mussten – Jennifer zur pinkfarbenen Hammersmith und City Line, Gethin zur grünen District Line.

»Ich kann mit dir warten, bis deine U-Bahn kommt«, schlug Gethin vor, und das war nett von ihm. Zu nett. Jennifers Erfahrung nach verhielten sich Männer niemals derart selbstlos, weshalb sie sofort misstrauisch wurde. Dachte er, sie würde ihn zu sich nach Hause einladen? Begleitete er leicht zu beeindruckende Modelle oft nach Hause? Wenn es so war, musste sie ihn enttäuschen.

»Nein, das ist nicht nötig«, erklärte Jennifer einigermaßen bestimmt, obwohl ein kleiner Teil von ihr versucht war, sein Angebot anzunehmen. »Wir sehen uns nächste Woche.«

Gethin rührte sich nicht vom Fleck, sondern steckte die Hände tief in die Taschen seiner alten RAF-Fliegerjacke, deren Lammfell sich am Kragen bereits löste und deren Leder an den Handgelenken und Ellbogen erste Risse zeigte.

»Also ... ähm ... willst du morgen Abend ausgehen? Zum Abendessen, oder so?«

»Wie bitte?«, grunzte sie unhöflich, denn sie hätte nicht erwartet, dass er sie um ein *Date* bat, sondern eher, dass er auf eine schnelle Nummer mit einem Mädchen aus war, das sich dafür bezahlen ließ, jeden Donnerstagabend vor Fremden die Hüllen fallen zu lassen. Aber offensichtlich waren seine Absichten ehrbar, was alles änderte. Doch dann fiel ihr etwas Wichtiges ein. »Ich kann nicht. Ich muss arbeiten.«

»Dann Samstagabend?«, fragte er zögernd.

»Tut mir leid, da arbeite ich auch«, antwortete sie mit einem Seufzen.

Sie sah, wie er schluckte. »Du hast einen Freund, oder? Ich hätte wissen müssen, dass du nicht Single bist.«

Er klang niedergeschlagen. Entmutigt. Es war Balsam für ihre Seele. »Nein! Kein Freund. Ich muss wirklich arbeiten.« Er wusste nicht, dass sie unter der Woche umsonst arbeitete. Das wusste niemand. Weder ihre Familie noch ihre Freunde. Sie schämte sich zu sehr, dass sie nach achtzehn Monaten Jobsuche immer noch keine Vollzeitstelle bei einem Verlag gefunden hatte, und es war einfacher, abends zu arbeiten, als von allen Seiten, »ich hab's dir ja gleich gesagt«, zu hören. »Weißt du, die Literaturagentur, die ich mal erwähnt habe, zahlt nicht sonderlich gut.«

»Okay.« Jetzt klang er skeptisch. Doch es war eine solche Abwechslung, um ein Date – zum Abendessen – gebeten zu werden, und da war etwas an der Art, wie Gethin aussah und wie er sie ansah, das in Jennifer den Wunsch weckte, mit ihm auszugehen. »Na gut.«

»Aber am Sonntag hätte ich Zeit«, erklärte sie schnell. »Sogar Gott hat sich am Sonntag freigenommen, richtig? Oder bist du religiös?«

Sie wusste kaum etwas über Wales, aber gab es dort nicht viele Kirchen und Männerchöre, die Kirchenlieder sangen?

»Sag es ja nicht meiner Mam, aber manchmal stelle ich die Existenz Gottes infrage«, erwiderte Gethin lächelnd, nachdem er sich nun wieder auf sichererem Terrain befand. »Dann also am Sonntag zum Mittagessen?«

»Ja, das klingt gut«, stimmte Jennifer freudig zu.

»Wie wäre es mit Dim Sum in Chinatown?«

»Perfekt.« Jennifer wartete immer noch darauf, dass sie einen differenzierten Geschmack entwickelte. Sie konnte chinesisches Essen nicht ausstehen – dieses nicht erkennbare Gemüse, das in klebrigen, zu würzigen Soßen trieb –, doch sie liebte gebratenen Reis, und sie konnte ihm nicht schon wieder eine Abfuhr erteilen. »Treffen wir uns am Leicester Square beim Eingang neben dem Hippodrome?«

»Klingt gut. Um eins?«

Ein Uhr an einem Sonntag war wie acht Uhr an einem Wochentag, doch sie nickte eifrig. »Dann haben wir also ein Date.«

»Ja, das haben wir«, erwiderte Gethin mit einem sanften, süßen Lächeln, und sie hätte ihn am liebsten mit Haut und Haaren verschlungen. »Dann bis Sonntag.«

5. November 1994
U-Bahn-Station Oxford Station

10 Vor der Verabredung am Sonntag arbeitete sie freitags eine Doppelschicht im Restaurant, und schließlich eine weitere Doppelschicht am Samstag. Die Mittagsschicht am Freitag glich einem Gemetzel, denn die Gäste waren vorwiegend Geschäftsmänner, die lange, alkoholgeschwängerte Mittagessen genossen und absolut keine Eile hatten, in ihre Büros zurückzukehren. Wenigstens sparten sie nicht beim Trinkgeld – und das war auch gut so, nachdem sie ihre Hände einfach nicht bei sich behalten konnten. Die Mittagsschicht ging nahtlos in die Abendschicht über, lediglich unterbrochen von einem Mitarbeiteressen um halb fünf, bei dem Jennifer besser aß als die ganze restliche Woche. Sie lud mit Trüffelöl beträufelte Pasta auf ihren Teller und teilte Geschichten von der Fron mit ihren Kolleginnen, bevor sie erneut in ihre Motorradstiefel schlüpfte, sich eine frische, blendend weiße Schürze umband und zurück ins Restaurant eilte, wo zwischen sechs Uhr und Mitternacht alles noch einmal von vorne begann.

Und auch der Samstag brachte keine Veränderung, bloß, dass die grapschenden Geschäftsmänner zu Mittag fehlten.

Jennifer arbeitete mittlerweile seit vier Jahren im *Cic-*

cone's. Seit vier Jahren! So lange hatte sie es bisher nirgendwo ausgehalten.

Sie hatte ihre Karriere als Kellnerin in einer kleinen, familiär geführten Trattoria im hübscheren Teil von Mile End begonnen, nachdem sie von zu Hause ausgezogen war und erkannt hatte, dass ihre Unterhaltsbeihilfe nicht ausreichte, um ihren Unterhalt zu bestreiten. Nach einigen Monaten im *Il Positano* war ihr klar geworden, dass sie mit fünf Pfund die Stunde und dem Trinkgeld der aufrechten Bürger Mile Ends ihren gewohnten Lebensstandard nicht beibehalten konnte. Also tauschte sie Mile End gegen Mayfair, wo die ständig mit Koks zugedröhnten Werbeleute und Mediengurus mit ihren riesigen Spesenkonten an einem guten Wochenende hundert Pfund Trinkgeld lockermachten.

Inzwischen war das Team im *Ciccone's* wie eine Familie. Die Mitarbeiter waren jung, arbeiteten hart und feierten das Leben, und Jennifer war keine Ausnahme. Bloß, dass sie sich in letzter Zeit immer mehr wie eine Veteranin fühlte. Es gab ein ständiges Kommen und Gehen. Hilfskräfte, die genug gespart hatten, um sich die Welt anzusehen. Sous Chefs, die zu Commis Chefs aufstiegen. Kellnerkolleginnen, die ihren Abschluss machten und gut bezahlte Jobs annahmen, nach denen sie am Freitagabend kein heißes Fußbad benötigten.

Vier Jahre fühlten sich an, als hätte Jennifer die Gastfreundschaft des Restaurants überstrapaziert, und sie hatte Angst, wie Oberkellner Luis zu enden, der seit über zwanzig Jahren im *Ciccone's* arbeitete. Er hatte einmal einem berühmten Popstar der 8oer nach dem samstäglichen Mittagessen im Weinkeller einen geblasen und lebte noch immer von der Story. Und obwohl Jennifer noch nie Sex mit einem Kunden gehabt und sämtliche Avancen stets höflich, aber bestimmt zurückgewiesen hatte, hatte sie Angst, dass sie

ebenfalls zu einem abschreckenden Beispiel für alle blau-
äugigen Studentinnen wurde, die ihrem Studentendarlehen
mit einem kleinen Job als Kellnerinnen zu Leibe rücken wollten, bis sie eine richtige Stelle gefunden hatten.

Während ihrer achtzehnmonatigen Jobsuche hatte Gas-
ton, der Geschäftsführer, ihr angeboten, sie zu seiner Nach-
folgerin auszubilden, doch auch dieses Angebot hatte Jennifer höflich, aber bestimmt zurückgewiesen.

Im Gegensatz zu dem Speed, das Darran – einer der
Commis Chefs – samstags in der Pause zwischen der Mit-
tags- und der Abendschicht verteilte. Tatsächlich wartete sie
jedes Mal bereits darauf, denn ihre Kraft ging langsam zur
Neige und sie hätte sich am liebsten in eine ruhige Ecke des
Lagers zurückgezogen, um dort mit einem Sack Grieß als
Kopfkissen ein Nickerchen zu machen. Die Drogen nahmen
Jennifers Erschöpfung die Härte, sodass sie um acht Uhr
wieder in Bestform war.

Das *Ciccone's* hatte sich herausgeputzt, als wären es nach
wie vor die wilden 20er und hübsche Mädchen in Seiden-
kleidern würden jeden Moment einen Charleston auf die
schwarz-weißen Fliesen legen. Es gab sechs Bereiche mit jeweils acht Tischen und schicken Clubsesseln in aquamarin-
blauem Samt, die sich um die riesige, reich verzierte Bar in
der Mitte des Hauptspeisesaals drängten, und dazu noch die
begehrten Nischen an der dem Eingang gegenüberliegenden Wand.

Nach vier Jahren hatte sich Jennifer den zweitbesten
Bereich im Restaurant gesichert, zu dem eine Mischung aus
Nischen und Tischen gehörte, die sich etwas abseits vom
Eingang, aber nicht zu nahe an der Küche und den Toilet-
ten befanden. Der Bereich war für wohlhabende Stamm-
gäste reserviert, die üblicherweise gerne Trinkgeld gaben,

und Jennifer verdiente es sich mit einem fröhlichen Lächeln und damit, dass sie sich an Namen, Geburtstage und ernährungstechnische Vorlieben ihrer Gäste erinnerte. Sie schmeichelte den Damen und flirtete dezent mit den Herren, während sie mit dem Geschick einer Virtuosin stapelweise Teller balancierte.

Um Mitternacht begleitete sie endlich die letzten Gäste, die sich die Zeit mit Kaffee und Zigaretten vertrieben hatten, zur Tür, wo sie ihr Zwanzig-Pfund-Noten in die Hand drückten, die sie pflichtschuldig in die alte Zigarrenkiste hinter der Bar steckte, die anschließend feierlich in Gastons Büro getragen wurde, bevor die Belegschaft alles zusammenpackte und Tische und Böden sauber wischte.

Danach eilten die ersten Kollegen und Kolleginnen nach Hause, während die anderen sich auf einen schnellen Drink im Belegschaftsraum trafen, um sich für die bevorstehende Nacht in Stimmung zu bringen. Jennifer verschwand in der Personaltoilette, schlüpfte aus dem Rock und der Bluse, spritze sich Deo unter die Achseln und zwängte sich in ein hellrosa Nylonunterkleid mit synthetischer Spitze, das sie in einem Wohltätigkeitsladen entdeckt hatte. Es war toll, wie das einfache Kleid ihr Aussehen sofort veränderte, obwohl sie sich immer wieder Kommentare darüber anhören musste, dass sie »im Nachthemd« ausging. Offenbar hatten diese Leute noch nie etwas von Courtney Love gehört.

Sie kämmte sich die Haare aus dem Gesicht, besprühte sie mit Haarspray (hoffentlich kam ihr nie jemand mit einer offenen Flamme zu nahe, denn dank Elnett und des Nylonkleides wäre sie in Sekundenschnelle in Flammen aufgegangen) und legte Make-up auf. Flüssiger Eyeliner, den sie sogar im Dunkeln hinbekam, Mascara und noch etwas mehr Mascara, und gerade, als sie beschlossen hatte, dass es genug

Mascara war, nahm sie doch noch etwas dazu. Danach folgte eine Schicht Puder, um die hektische Röte auf ihren Wangen in den Griff zu bekommen, obwohl die Nacht noch sehr viel hektischer werden und ihre Wangen erneut zum Glühen bringen würde. Zuletzt kam der rote Lippenstift, ohne den sie nicht mehr leben konnte: *Clinique 100 % Red* – ein Blaurot, durch das ihre Zähne unglaublich weiß wirkten und ihre Lippen aussahen, als wäre ein Bienenschwarm über sie hergefallen.

Jennifer warf einen Blick in den Spiegel und beschloss, dass sie, objektiv betrachtet, wirklich gut aussah. So dünn und sexy und mysteriös, wie sie immer aussehen wollte, wenn sie sich als Teenager im Spiegel betrachtet und sich unpassendes Make-up ins Gesicht gespachtelt hatte, um zu der Frau zu werden, die sie sich erträumte.

Mittlerweile wusste Jennifer nicht einmal mehr, wer diese Person war. Vor zwei oder drei Jahren war die Jennifer, die sich mit toupierten Haaren, schwarz geschminkten Augen und aufreizenden Lippen zum Ausgehen bereit gemacht hatte, ihrer Persönlichkeit am nächsten gekommen, doch inzwischen sah sie ihr damaliges Auftreten genauso als Karnevalskostüm wie den bescheidenen Rock, die Bluse und die Schuhe, die sie jeden Tag im Büro trug. Vermutlich lag die Wahrheit – die wahre Jennifer – irgendwo dazwischen, aber sie würde auf keinen Fall jetzt nach ihr suchen. Sie hatte Besseres zu tun.

»Kommt schon! Los geht's! Lasst uns keine Zeit verschwenden! Gehen wir!«, rief sie, als sie eine Minute später in den Belegschaftsraum krachte, den schäbigen Mantel im Leopardenprint über dem Arm und die Tasche mit ihren Klamotten über der Schulter. »Setzt eure Ärsche in Bewegung!«

Es war die übliche bunte Truppe, die samstagnachts durch die dunklen Gassen von Mayfair zog und dabei eine Flasche Wodka kreisen ließ, die sie nach Hinterlegung eines Schuldscheins aus dem Restaurant mitgenommen hatten. Kurz darauf waren sie am Ziel angekommen. Eine nichtssagende Gasse auf halber Höhe der Regent's Street, in der ein nichtssagender todlangweiliger Bürokomplex stand. Jennifer führte die anderen durch die Tür und die Treppe hinunter in den im Keller liegenden Nachtclub, der in seinen Glanzzeiten Gäste wie Judy Garland und Errol Flynn empfangen hatte. Jetzt, in den frechen 1990ern hatte er einen Umbau hinter sich, der ihm unter anderem eine beleuchtete Tanzfläche (»Ja! Genau wie im Video zu Billie Jean!«) eingebracht hatte, und wurde von klapperdürren jungen Männern und den dazugehörigen klapperdürren jungen Frauen bevölkert, die besagte junge Männer vergötterten. Dazu kamen unzählige glitzernde Nebendarsteller mit Federboas und Polyesterklamotten aus Wohltätigkeitsläden, zu denen die Samstagnacht-Jennifer perfekt passte. Nachdem sie sich ihren Handstempel am Eingang abgeholt hatte, verabschiedete sie sich ohne viel Aufhebens von ihren Arbeitskollegen und schob sich durch die Menge zu ihrem üblichen Tisch und den üblichen Leuten, mit denen sie abhing.

»Da ist sie ja!« Nick saß zwischen zwei jungen, spindeldürren Blondinen – er hatte immer noch seinen Typ –, doch er hielt Jennifer die Hand entgegen, sodass das Mädchen zu seiner Rechten mit einem missbilligenden Blick zur Seite rutschen und Platz machen musste. »Du hast dir mal wieder ordentlich Zeit gelassen.«

»Aber ich bin das Warten wert.« Jennifer setzte sich und ließ zu, dass Nick einen Arm um sie legte und ihr einen feuchten Schmatz auf die Wange drückte. »Du bist ja bester Laune.«

»Chemisch bedingt«, erklärte Nick und hob die dunkle Sonnenbrille, hinter der seine riesigen Pupillen zum Vorschein kamen. Er trug einen silbergrauen italienischen Anzug im Stil der 6oer und ein weißes Fred-Perry-T-Shirt. Die Haare waren an den Seiten und am Hinterkopf kurz geschnitten, doch er war seinen labberigen Stirnfransen treu geblieben, die er sich nun aus dem Gesicht wischte, sodass der spindeldürren Blondine auf seiner anderen Seite ein leises Seufzen entfuhr.

Jennifer konnte sich noch zu gut erinnern, wie sie selbst jedes Mal entzückt geseufzt hatte, wenn Nick sich mit den langen Fingern die Haare aus dem Gesicht gestrichen hatte und wie sie eine Euphorie überkommen war, wenn sich ihre Oberschenkel zufällig berührt hatten.

Doch Nick war immer noch auf nervtötende Weise ... Nick. Genauso überheblich und irritierend wie mit siebzehn. Oder sogar noch schlimmer, nachdem er mittlerweile im zarten Alter von fünfundzwanzig zum Chefredakteur eines verdammten Musikmagazins aufgestiegen war und ihm der Erfolg und die Schleimereien der Bands, Manager und Pressesprecher deutlich zu Kopf gestiegen waren. Hätte Nick wenigstens nicht so gut ausgesehen, wäre Jennifers Leben viel einfacher gewesen. Und hätte er vor zwei Jahren nicht beschlossen, ihre Freundschaft wiederaufzunehmen, wäre alles ganz anders gekommen.

Jennifer war sich zu Beginn nicht sicher gewesen. Sie hatte den Abend ihres achtzehnten Geburtstags und Nicks Rolle in ihrer persönlichen Tragödie noch immer nicht vergessen, doch am Ende hatte sie beschlossen, Nick lieber in ihrem Leben zu behalten, als ihn als schlechte Erinnerung mit sich zu schleppen. Außerdem hatten beide aus der Vergangenheit gelernt. Jennifer war nicht mehr das Schoßhündchen, das Nick anbetete, und hatte sich seinen Respekt erarbeitet. Und wenn eine der spindeldürren Blondinen auf falsche Gedanken kam und versuchte, Jennifer auszubooten, gab Nick ihr sofort den Laufpass.

Im vergangenen Jahr war eine seiner abgelegten Blondinen – Nancy – an genau diesen Tisch getreten und hatte Nick und Jennifer einen Drink ins Gesicht geschüttet – wobei sie vor allem die Ersatzblondine an Nicks Seite getroffen hatte. »Da habt ihr's, ihr falschen, kaltherzigen Schlangen«, hatte Nancy gezischt. »Warum tut ihr uns nicht allen einen Gefallen und springt endlich in die Kiste? Es ist offensichtlich, dass ihr es wollt.«

Dabei war es alles andere als offensichtlich. Es gab keine geheimen sehnsüchtigen Blicke, weil es keine geheime Sehnsucht mehr gab. Jennifer gab gerne zu Protokoll, dass sie nicht mehr in Nick verliebt war. Sie fand ihn auf ästhetischer Ebene anziehend, und er brachte sie zum Lachen, sodass ihr manchmal der Wodka mit Diätcola aus der Nase lief, aber je älter und erfolgreicher er wurde, desto arroganter wurde er, und Arroganz war absolut nicht attraktiv. Jennifer war überzeugt, dass Nick sich in zehn, fünfzehn Jahren in einen der Kerle verwandeln würde, die sie jeden Freitag und Samstag im *Ciccone's* begrapschten, während ihre Frauen sich auf der Toilette die Nase puderten.

Nick war ein arrogantes Arschloch, aber sie mochte ihn. Sie hing gerne mit ihm ab. Sie war gerne mit ihm befreundet.

Und Nick? Es war klar, dass Jennifer absolut nicht sein Typ war, denn sie war weder spindeldürr noch blond, und wenn sie wollte, konnte sie ihn und sein Ego mit einem einzigen markigen Satz zerschmettern. Seine beiden aktuellen

Blondinen sahen nicht einmal so aus, als hätten sie den Mumm, ihm oder Jennifer einen Drink ins Gesicht zu schütten.

Jennifer kramte in ihrer Tasche nach den Zigaretten.

»Und, wie war die Abendschicht?«, fragte Nick, obwohl es ihn vermutlich nicht interessierte.

»Eine betrunkene Frau hat mir auf der Toilette weinend zwanzig Pfund zugesteckt, weil ich ihr einen Tampon geschenkt habe«, antwortete Jennifer, denn ein harter Arbeitstag als Kellnerin hielt kaum lustige Anekdoten bereit. »Und ein Kerl hat mir in den Hintern gekniffen, also habe ich den heißen Teller absichtlich so hingestellt, dass er sich verbrannt hat, als er sich darüber beugte.«

»Leg dich lieber nicht mit Jen Richards an.«

»Das steht mal auf meinem Grabstein«, erwiderte Jennifer. »Jedenfalls brauche ich langsam eine zweite Ladung.«

»Da kann ich behilflich sein.« Nick kramte in der Brusttasche seines Anzugs und wandte sich eine Sekunde lang ab. Dann drehte er sich wieder zu ihr, legte ihr eine Hand in den Nacken und zog ihr Gesicht näher heran. »Mach den Mund auf«, flüsterte er, schob seine Zunge zwischen Jennifers Lippen, platzierte eine kleine Pille auf ihrer Zunge und zog sich wieder zurück. Sie schluckte sie ohne Flüssigkeit.

»Du hättest sie mir auch in die Hand legen können«, erklärte sie sanft, obwohl das Prickeln, als sich ihre Zungen berührt hatten, alles andere als sanft gewesen war. Alte Gewohnheiten legte man nur schwer ab.

Er zuckte mit den Schultern. »Wo bliebe da der Spaß?«

Das kokette Geplänkel war einer der Grundsteine ihrer Freundschaft und verwirrte alle in ihrer Nähe – außer George, der sich gerade in diesem Moment auf Jennifer stürzte.

»Darling!«, kreischte er fröhlich. »Ich hatte dich schon abgeschrieben!«

Wenn Nicks gute Laune chemisch bedingt war, dann hatte George das gesamte Lager eines Chemielabors eingeworfen. Er legte sich über den Tisch, und die Getränke flogen in alle Richtungen. Er trug eine silberne PVC-Hose und eine Brokatjacke über dem nackten Oberkörper, und seine weißblonden Haare waren wie bei Tim und Struppi zu einer Tolle frisiert. Außerdem trug er beinahe so viel Augen-Make-up wie Jennifer.

Der pummelige Indie-Junge, den sie am College kennengelernt hatte, war mehrere Zentimeter gewachsen und hatte einige Pfund verloren. Seit seiner Rückkehr nach London arbeitete er Tag und Nacht in einer Werbeagentur, nahm sämtliche Drogen, die er in die Finger bekam, und hatte dieselbe Vorliebe für dürre Blondinen wie Nick. Bloß, dass Georges dürre Blondinen standardmäßig mit Penis ausgestattet waren.

»Runter vom Tisch, Schätzchen«, säuselte Jennifer und tätschelte seinen Kopf. »Das Bier tut deiner Jean-Paul-Gaultier-Jacke nicht gut.«

»O Gott, die Jacke!«, rief George ehrlich entsetzt und rutschte vom Tisch. »Was ist mit deiner zweiten Ladung, Jen?«

»Sie arbeitet daran«, erklärte Nick, und Jennifer hob ergeben die Hände, denn den zweiten Flash konnte man nicht erzwingen, und wenn sie in Panik geriet, weil er sich nicht einstellte, würde er zwangsläufig ausbleiben.

»Hier, nimm eine Zigarette und stell dir vor, du würdest einem Kerl einen blasen, das hilft«, erklärte George. »Ich hole dir einen Drink, und dann gehen wir tanzen. Wenn das nichts bringt, ist alles verloren.«

Nach zwei Zigaretten, zwei Gläsern Wodka mit Diätcola und einem wilden Tanz mit George zu *Babys* von Pulp war es endlich so weit, und der zweite, dritte und vierte Flash setzten ein.

Jennifer stand auf der beleuchteten Tanzfläche, verlor sich in der Musik, hob die Hände, wiegte die Hüften und tanzte, bis die Musik verklang und die Lichter angingen.

Es machte sie jedes Mal traurig, dass alle um sie herum so wunderschön und strahlend wirkten, bis die brutalen Neonröhren zum Leben erwachten und sie nur noch blasse, versiffte Gesichter mit zusammengebissenen Zähnen und toten Augen sah.

Es wurde Zeit, nach Hause zu gehen.

Sonntag, 6. November 1994
U-Bahn-Station Mornington Crescent

11 Und das war das Letzte, woran sie sich erinnern konnte, als sie kaum sechs Stunden danach von jemandem oder etwas aus dem Schlaf gerissen wurde, der oder das sich an ihre Hüfte drückte, während heißer Atem über ihren Nacken strich und eine Hand nach ihrer Brust tastete, die immer noch in glattem, leicht entflammbaren Nylon steckte.

Nick.

Jennifer lag mit Nick im Bett, was bedeutete, dass er letzte Nacht keine spindeldürre Blondine abgeschleppt hatte.

»Hör auf, mich zu begrapschen«, murmelte sie, doch er zog sie noch näher und schnupperte wie ein Trüffelschwein an ihrem Hals. »Du schläfst und wirst dich nach dem Aufwachen an nichts mehr erinnern«, fügte sie ein wenig traurig hinzu.

Sie bekam ein Grunzen als Antwort, verpasste Nick einen festen Stoß mit dem Ellbogen und drehte sich mit einem Seufzen herum, sodass sie ihn ansah, sich seine Erektion nicht mehr an sie drückte und er aufhören musste, ihre Brust wie einen Anti-Stress-Ball zu kneten.

Die Vereinbarung war in Stein gemeißelt: Nachdem sie Samstagnacht im Club gefeiert, sich Pillen eingeworfen und bis zum Abwinken getrunken und getanzt hatten, machte sich Jennifer nicht mit einem unzuverlässigen Nachtbus oder einem Taxi auf den langen Rückweg nach Shepherd's Bush, sondern begleitete Nick und George in ihre Wohnung in einer bogenförmigen georgianischen Häuserzeile im hübschesten Teil Camdens, direkt zwischen der High Street und dem Regent's Park. Sie schlief im Bett des einen oder anderen – je nachdem, wer an diesem Abend niemanden abgeschleppt hatte –, und wenn sie beide Glück gehabt hatten, nahm sie das Sofa, das trotzdem hundertmal bequemer war als ihr eigenes schmales Bett, das ihr Vermieter wohl bei einem Abverkauf alter Einrichtungsgegenstände im benachbarten Wormwood-Scrubs-Gefängnis erstanden hatte. Natürlich schleppte sie auch ab und an jemanden ab, aber das kam selten vor, denn Nick hatte die nervtötende Angewohnheit, sämtliche Kerle zu vergraulen. »Nein, Jen«, meinte er jedes Mal bestimmt, wenn sie unbedingt mit einem Kerl nach Hause wollte, mit dem sie auf der Tanzfläche herumgemacht hatte, und griff genauso bestimmt nach ihrem Arm. »Wir wissen beide, dass ich dich gerade vor einem reumütigen Sonntag und einer Vielzahl sexuell übertragbarer Krankheiten bewahre.«

Nick selbst verzichtete ebenfalls lieber darauf, eine seiner spindeldürren Blondinen mitzunehmen, weshalb Jennifer am Ende häufig in seinem Bett landete. Und genauso häufig wachte sie am Morgen als kleines Löffelchen auf, während Nick als großes Löffelchen hinter ihr lag, die Beine mit ihren verschlungen, den Arm um ihre Hüfte und mit einer Erektion, die sich beharrlich an ihren Hintern drückte. Sie waren ein Junge und ein Mädchen, die sich ein Bett teilten, und solche Dinge passierten nun mal. Es hatte nichts zu bedeuten. Es war bloß Biologie. Es war der Preis, den Jennifer dafür zahlte, eine Nacht pro Woche im Luxus zu schwelgen.

Düsteres Licht fiel durch die nicht ganz zugezogenen Vorhänge, sodass Jennifer die Gelegenheit hatte, Nicks schlafendes Gesicht zu betrachten. Es war eine Grenzübertretung, ihn so ungeschützt und verletzlich zu sehen. Seine Gesichtszüge waren entspannt, und er wirkte jünger, als sie ihn je gesehen hatte. Sie kannte sein Gesicht besser als ihr eigenes, und jedes Lächeln, jede einzelne seiner beneidenswert langen Wimpern, jeder Fleck und jeder Makel hatten sich in ihr Gedächtnis gebrannt. Genau wie das kleine Muttermal über seiner Oberlippe.

Dinge, die in der Zwischenwelt zwischen Samstagnacht und Sonntagmorgen zwischen Schlafen und Wachen passierten, zählten nicht. Jennifer legte den Zeigefinger auf das Muttermal und nahm ihn auch nicht fort, als Nick die Augen öffnete und sie so starr und aufmerksam ansah, dass sie sich fragte, ob er nur so getan hatte, als würde er schlafen.

»Hi«, flüsterte er.

»Hi«, flüsterte Jennifer zurück.

Seine Hand schob sich in ihren Nacken – wie am Abend zuvor, als er die Pille in ihren Mund gelegt hatte –, seine Finger verfingen sich in ihren Haaren, ihre Beine umklammerten sich, und seine Zunge war wieder in ihrem Mund.

Jennifer überwand den restlichen Abstand und rückte näher, sodass sie sich beim Küssen aneinanderdrückten. Es war klebrig und verschwitzt, aber das war ihr egal, und sie war froh, als Nick den Oberschenkel zwischen ihre Beine schob, denn nun hatte sie etwas, woran sie sich reiben konnte.

Jennifer spürte, wie ihr Inneres schmolz. Sie wollte, dass er die Hand auf ihrer Hüfte nur ein wenig zur Seite bewegte, sie berührte und ihre Nervenenden zum Beben brachte.

Nicks Erektion drückte sich eifrig gegen ihren Bauch, und sie wollte sie in sich spüren – mehr noch als seine Finger auf oder in ihr.

»Moment«, hauchte sie mit dem Mund an seinem und griff nach unten, um die Unterhose abzustreifen ...

»Nein, warte ...«, murmelte Nick.

»Heute wird nicht gewartet!« Jen drückte die Lippen erneut auf seinen Mund, doch er wandte den Kopf ab, und schreckliches Grauen breitete sich in ihr aus, als sie merkte, wie die Hand auf ihrer Hüfte sie nach hinten drückte, sodass sich mit einem Mal eine abgrundtiefe Schlucht zwischen ihnen auftat.

»Das ist keine gute Idee«, erklärte er sanft, aber so bestimmt, wie Jennifer ihn noch nie gehört hatte.

Sie war wieder achtzehn, und der Schmerz der Zurückweisung brannte lichterloh. »Du willst mich nicht«, erklärte sie rundheraus, und es war keine Frage, sondern eine Feststellung.

»Das ist es nicht.« Nicks Stimme klang gedämpft, denn er presste das Gesicht mehr oder weniger ins Kissen, um sie nicht ansehen zu müssen. »Solcherart Komplikationen kann keiner von uns beiden gebrauchen.«

»Ja, okay. Schon gut«, brabbelte Jennifer, um kein Schweigen aufkommen zu lassen. »Ich bin wahrscheinlich immer noch betrunken. Oder was auch immer.«

»Okay.«

»Okay.«

Aber es war nicht okay. Es war vollkommen falsch. Sie legte sich wieder zurück. Mittlerweile war ein Meter Platz zwischen ihnen beiden, und die letzten Minuten glichen einem Fiebertraum.

Der Kuss, die Hände, das *Reiben*.

O Gott ...

Sie riskierte einen Blick auf Nick, aber es sah so aus, als wäre er wieder eingeschlafen, denn das, was gerade passiert war, war keine große Sache, es sei denn, Jennifer machte es dazu. Und was dann? Würden sie einander wieder Jahre lang nicht sehen und nicht miteinander reden, bis sie über den Schmerz und die Demütigung hinweg war? Darüber, was für eine verdammte Idiotin sie war und ...

BRRRRRIIIIINNNNGGGGG!

BRRRRRIIIIINNNNGGGGG!

BRRRRRIIIIINNNNGGGGG!

Das beharrliche, durchdringende Klingeln des altmodischen Weckers auf der anderen Seite des Zimmers ließ Jennifer wild um sich schlagen.

»Mach, dass das aufhört«, jammerte sie und versuchte vergeblich, sich aufzurichten.

»Mach du doch«, murmelte Nick und berührte sie erneut, dieses Mal jedoch nur, um sie an der Schulter vorzuschubsen. »Ehrlich. Mach, dass das aufhört, verdammt. Du hast mir gesagt, dass ich den Wecker dort hinstellen soll, damit du aufstehen musst, um ihn auszumachen.« Er stöhnte übertrieben. »Also warum stehst du nicht endlich auf und machst ihn aus?«

Beim dritten Versuch gelang es Jennifer, sich aufzurichten, doch sie wünschte sich sofort, sie hätte es nicht getan, denn der ganze Raum drehte sich. Sie schlug langsam die Decke zurück und tappte mit wackeligen Beinen durchs Zimmer zu dem schrillenden Wecker.

Es war ein Wunder, dass George, der einen bekanntermaßen leichten Schlaf hatte, noch nicht schreiend ins Zimmer geplatzt war.

Normalerweise genoss Jennifer die Sonntage mit Nick

und George. Sie nahm eine lange, heiße Dusche – und fühlte sich das einzige Mal in der Woche wirklich sauber –, und nachdem die One-Night-Stands nach Hause geschickt worden waren, machten sie sich auf zu Sainsbury's, um sich mit ungesundem Essen und Brause einzudecken – oder Alkohol, je nachdem, wie hart die Nacht gewesen war. Danach diskutierten sie bis zu einer Stunde darüber, welche DVD sie sich ausleihen würden. Nick mochte ausländische Filme mit Untertiteln, George wollte *Frühstück bei Tiffany* oder *Mein wunderbarer Waschsalon*, und Jennifer hatte lieber etwas Einfaches, Unkompliziertes mit hübschen Menschen und einem Happy End.

Den Rest des Tages verbrachten sie unter Decken eingekuschelt auf dem riesigen Sofa in dem riesigen Wohnzimmer und aßen bloß Mist. Manchmal, wenn Jennifer ihre Übernachtungstasche sorgfältig genug gepackt hatte, blieb sie eine zweite Nacht, doch normalerweise schälte sie sich gegen acht Uhr abends vom Sofa und kehrte in ihre kalte, unwirtliche Einzimmerwohnung zurück.

Aber heute nicht. Heute fummelte sie am Wecker herum, bis er verstummte. Einen Moment lang war Jennifer drauf und dran, trotz allem, was gerade passiert war, wieder ins Bett zu kriechen, doch es war bereits nach elf.

»Scheiße!«

Das Mittagessen mit Gethin. Deshalb hatte sie Nick dazu gezwungen, den Wecker zu stellen. Damit sie so tun konnte, als möge sie Dim Sum und ungelenke Gespräche, obwohl sie auf keinen Fall ein Date mit ihm haben wollte. Nicht jetzt. Nicht nach allem, was gerade passiert war.

Jennifer überlegte, Gethin anzurufen und wegen einer plötzlich aufgetretenen Krankheit abzusagen, aber sie hatten keine Nummern ausgetauscht. Sie konnte ihn natürlich auch versetzen, aber der nächste Donnerstag kam bestimmt, und dann stand sie wieder nackt vor ihm, und der Gedanke daran, wie verletzlich, bloßgestellt und ekelig sie sich fühlen würde, gefiel ihr absolut nicht.

Sie fühlte sich auch so ekelig genug. Das tat sie immer, nachdem sie Samstagnacht unterwegs gewesen war. Als wären der Schmutz und der Discosiff tief in ihre Poren gedrungen. Selbst ihre Seele fühlte sich schmuddelig an. Jennifer hatte in ihrem Secondhand-Kleid geschlafen, und es roch abscheulich. Sie roch abscheulich. Kein Wunder, dass Nick sich von ihr abgestoßen fühlte.

»Ich muss duschen«, erklärte sie, doch Nick grunzte lediglich und zog sich die Decke über den Kopf.

Zumindest körperlich ging es Jennifer nach der Dusche wesentlich besser, denn hier war das Wasser heiß und blieb es auch. Dabei hatte sie sich sogar zwei Mal die Haare gewaschen, um den abgestandenen Zigarettenrauch loszuwerden. In ihrer Einzimmerwohnung musste sie unzählige Töpfe mit heißem Wasser in das Gemeinschaftsbad schleppen, was wiederum Unmengen an Strom verbrauchte. Eines Tages würde sie in einer Wohnung mit funktionierender Dusche wohnen.

Jennifer machte sich lieber keine Gedanken darüber, wie viel Nick und George verdienen mussten, um sich eine so hübsche, funktionstüchtige Wohnung leisten zu können, in der es keine gesprungenen Fenster, keine durchgebrochenen Schubladen und keine stecken gebliebenen Türklinken gab. Sie hatten sogar eine richtige Dusche und nicht nur eine Handdusche über der Badewanne, und zwei Mal die Woche kam jemand zum Putzen.

Frisch und sauber machte sich Jennifer an die Klamottenauswahl. Sie hatte am Vortag genügend Verstand bewiesen und frische Unterwäsche und eine Strumpfhose eingepackt, aber sie hatte nichts dabei, was als Date-Outfit durchgegangen wäre. Gethin hatte sie nackt und in ihren zugeknöpften Büroklamotten gesehen, aber er war noch nicht bereit für stinkende Synthetikkleider aus dem Secondhand-Laden, und außerdem ertrug es Jennifer nicht, sich das Kleid noch einmal über den Kopf zu ziehen. Die Bluse, die sie im Restaurant getragen hatte, war voller Rotwein, nachdem ein Kunde mit dem Glas in der Hand wild gestikuliert und ihr den Merlot entgegengekippt hatte.

Mit BH und einem hautengen schwarzen Rock kehrte sie schließlich in Nicks Zimmer zurück. »Kann ich mir ein T-Shirt leihen?«

Es kam keine Antwort, vermutlich tat er so, als würde er schlafen, um nicht mit ihr reden zu müssen, aber theoretisch hatte sie ihn um Erlaubnis gebeten, also ging sie vor der Kommode in die Knie und sah nach, was er im Angebot hatte.

Die T-Shirts befanden sich in der untersten Schublade. Sorgsam gestapelt, zweifellos von der Putzfrau gebügelt und gefaltet. Die ältesten, ausgebleichtesten weckten lange verborgene Erinnerungen. *The Smiths. Pixies. Jesus and Mary Chain*. Sie war dabei gewesen, als er sich diese T-Shirts gekauft hatte, verpackt wie Schallplatten bei *HMV* oder im *Virgin Megastore*. Es war so viel passiert, seit Nick diese Shirts getragen hatte. Die Gigs, die sie zusammen besucht hatten, die langen Nachmittage am College, die Stunden, die sie kettenrauchend in der Collegekantine oder im Park im Gras verbracht hatten, jeder mit einem Kopfhörer im Ohr, während sie *Substance* oder *Surfer Rosa* hörten. Die Abende in den kleinen Hinterzimmern der Pubs in Camden, die kaum einen Kilometer, aber ein halbes Leben entfernt waren. Die Köpfe im Takt der Musik wippend, hatten sie ein Lächeln geteilt, weil sie einander verstanden, bevor sie zur letzten U-Bahn in Richtung Edgware gelaufen waren oder Nicks Dad angerufen hatten, damit er sie nach Hause brachte. Nicht einmal seine kurz angebundene, beinahe grobe Art hatte es vermocht, den Zauber zu brechen.

Sie hatten so viel zusammen erlebt, weshalb Nick vorhin vielleicht nicht gemein, sondern vielmehr umsichtig gewesen war, indem er verhindert hatte, dass sie eine – vermutlich – unbefriedigende, katerumnebelte Nummer schoben, von der sie sich nie wieder erholt hätten. Trotzdem tat es weh.

Jennifer sah vorsichtig die gefalteten T-Shirts durch, bis sie auf ein weißes T-Shirt mit dem Logo der *New York Herald Tribune* stieß, wie es Jean Seberg in *Außer Atem* getragen hatte. Nick war wirklich unheimlich überheblich. Es war ihr zu groß, aber sie konnte es hochziehen und verknoten, und obwohl ein weißes T-Shirt unerbittlich war, wenn man sich derart verwundbar fühlte, war es besser ...

»Was machst du da? Zieh das aus!«

Nick saß aufrecht im Bett, und seine Haare standen in alle Richtungen, während er Jennifer böse funkelnde Blicke zuwarf.

»Ich habe dich vorher gefragt«, erklärte sie und drehte sich, damit sie sich in dem großen Spiegel betrachten konnte. Sie sah annehmbar aus. Und mit Make-up würde es sogar noch besser sein.

»Das zählt nicht, ich habe geschlafen. Ehrlich, Jen, deine Titten beulen es aus.« Er war ein schrecklicher Morgenmuffel, obwohl es schon fast Nachmittag war. Außerdem wollte er offenbar so tun, als sei vorhin nichts passiert.

»Schlaf weiter«, fauchte sie.

»Nein, jetzt bin ich wach.« Nick klang den Tränen nahe.

»Warum bist du überhaupt so früh schon auf den Beinen? Warum musste ich den Wecker stellen?«

Sie holte ihr Make-up-Täschchen hervor. »Hab ich dir das gestern Abend nicht gesagt? Ich glaube schon.«

»Nein, hast du nicht.« Nick verschränkte die Arme vor der nackten, schmächtigen Brust. Angezogen sah er besser aus. »Wir verbringen doch immer den Sonntag miteinander. Das ist unser Ding.«

»Nein, nicht immer«, erwiderte Jennifer und verteilte Foundation auf ihrem Gesicht. Es war zwar kein großes Geheimnis, dass sie ein Date hatte, aber wenn sie es zugab, kamen auch die anderen Geheimnisse ans Licht, die sie vor Nick und George hatte. Und vor allen anderen. Selbst vor Kirsty in Stockholm, obwohl sie Kirsty früher immer alles erzählt hatte. Außerdem konnte sie Nick nicht sagen, dass sie zu einem Date ging, da sie doch vor nicht einmal einer Stunde aus ihrer Unterhose schlüpfen wollte, um ihn in sich zu spüren. Das war unmöglich. »Manchmal essen wir sonntags zu Hause in Mill Hill.«

»Wir waren schon Ewigkeiten nicht mehr zu Hause«, merkte Nick an, und Jennifer überlegte, ihm vorzulügen, dass sie tatsächlich zu ihren Eltern wollte, aber dann wollte er vielleicht mitkommen. Er war spontan und nervtötend genug, um so etwas zu tun. »Also, was hast du vor?«

»Ich treffe mich mit jemandem zum Mittagessen«, gestand Jennifer, während sie jede Menge Concealer unter den Augen verteilte. »Es ist niemand, den du kennst.«

»Ich kenne alle, die du kennst«, erwiderte Nick großspurig – und wahrheitsgemäß, denn er kannte ihre Freunde von der Uni und die Kollegen aus dem *Ciccone's*, und mehr Leute gab es nicht in ihrem Leben. Zumindest hatte es die bis vor wenigen Tagen nicht gegeben.

»Es ist jemand von der Arbeit.« Jennifer suchte nach ihrem Augenbrauenstift.

»Doch nicht etwa dein ekelerregender Chef? Wie war noch mal sein Name? Hast du jetzt einen Sugar Daddy? Oder ist es ein aufstrebender Autor einer Militärbiografie? Wird er dich mit Geschichten über Churchill in den Schlaf singen, in der Hoffnung, dass du mit ihm schläfst?« Nick klang um einiges munterer. Ihre Blicke trafen sich im Spiegel (Jennifer machte sich lieber keine Gedanken darüber, warum der Spiegel in Richtung Bett gedreht war). Er grinste selbstgefällig. Warum endete es jedes Mal auf diese Weise? Einen Moment lang wollte sie ihn, und ihm nächsten Moment hätte sie ihm am liebsten ins Gesicht geschlagen.

»Ja, Nick. Ich stehe auf beleibte Männer mittleren Alters in Tweed, die mich mit alten Kriegsgeschichten beglücken«, erklärte sie mit ausdruckslosem Gesicht und verdrehte die Augen, was nicht leicht war, während man Mascara auftrug. »Wer sagt überhaupt, dass es ein Er ist?«

»Aber es ist ein Er?« Manchmal fragte sich Jennifer, womit genau Nick sein reichlich vorhandenes Geld verdiente, denn normale Bürozeiten schienen ihm fremd, doch wenn er so hartnäckig und unermüdlich nachbohrte wie jetzt, musste sie zugeben, dass er vermutlich echt gut darin war, Prominenten ihre tiefsten Geheimnisse zu entlocken.

Sie hoffte, dass sie aus härterem Holz geschnitzt war. Sie wollte Nick nicht erzählen, dass sie Gethin in einem Kunstkurs kennengelernt hatte, wo sie nackt in einem ehemaligen Klassenzimmer stand, während er sie malte.

Warum, um alles in der Welt, ziehst du dich für Geld aus, Jen?
   Bist du pleite?
   Aber was ist mit dem Job in der Literaturagentur?

Du hast doch achtzehn Monate danach gesucht?

Ach, du bekommst dort kein Geld? Okay. Gut. Das ist scheiße, oder? Du hast doch gesagt, dass du immer noch im Ciccone's arbeitest, weil du den Rummel magst. Ich hatte ja keine Ahnung, dass du das Geld für die Miete brauchst.

Eine ziemliche Verschwendung der hochtrabenden Titel, die du dir erarbeitet hast, findest du nicht?

Nein, dieses Gespräch wollte sie auf keinen Fall führen. Glücklicherweise hatte Nick ohnehin das Interesse verloren. Er stand auf. Kratzte sich an der Brust. Jeden Moment würde er sich die Hand in die Hose stecken und sich an den Eiern kratzen. So etwas machte man eben vor dem besten Kumpel. Selbst, wenn dieser eine Frau war.

»Und wo triffst du diese geheimnisvolle, vielleicht männliche Bekanntschaft zum Mittagessen?«, fragte er und griff an ihr vorbei nach einem T-Shirt und einer frischen Hose. Er roch genauso erbärmlich wie Jennifer vor der Dusche.

»Um eins am Leicester Square.« So viel konnte sie Nick ruhig verraten. Und es fühlte sich gut an, einmal keine Lügen oder Ausflüchte von sich zu geben.

Als Jennifer mit dem Make-up fertig war, war es erst zwölf Uhr. Sie musste zu Fuß zur Station Camden Town, und auf den Straßen war einiges los. Die Station Mornington Crescent war vor zwei Jahren wegen Reparaturarbeiten geschlossen worden und hatte seitdem nicht wieder aufgemacht. Jedes Mal, wenn die U-Bahn langsamer wurde und durch die leere Station fuhr, wurde Jennifer mulmig zumute, als würde jeden Moment ein Geist auf den Bahnsteig treten und versuchen, den Zug anzuhalten. Aber trotz des ständig übervollen Camden Markets und der geschlossenen U-Bahn-Station würde sie bloß eine halbe Stunde zum Leicester Square brauchen, und mittlerweile war sie nervös. Ihr Magen zog sich zusammen, was vielleicht auch daran lag, dass seit den Nudeln zwischen der gestrigen Mittags- und der Abendschicht schon einige Zeit vergangen war.

Hätten sie sich bloß nicht zum Dim Sum verabredet. Sie konnte sich nicht einmal mehr erinnern, wie Gethin aussah. Oder worüber sie geredet hatten. Und warum sie ihn mochte.

Aber ein normaler, gemütlicher und tröstlicher Sonntag mit Nick – einschließlich der nie enden wollenden, wohlwollenden Kabbeleien – stand heute nicht zur Debatte. In einer Woche konnte sie vielleicht auch so tun, als wäre nichts passiert, aber heute ertrug sie die brennend heiße Scham nicht, wenn sie daran dachte, wie sie sich an ihm gerieben hatte. Mein Gott, sie musste sofort aufhören, daran zu denken.

Sie würde spätestens nach einer Schüssel gebratenem Reis nach Hause gehen, das hatte Jennifer bereits beschlossen, als Nick schließlich in einer Jeans und einem alten Creation-Records-T-Shirt zurück ins Zimmer schlenderte.

Jennifer kniete immer noch auf dem Boden vor dem Spiegel und zupfte an ihren Haaren herum, und er klopfte ihr mit einer zusammengerollten Ausgabe von *Time Out* auf den Kopf, worauf Jennifer zischte und ihm einen bösen Blick zuwarf.

»Ich habe ganz vergessen, dass George jemanden abgeschleppt hat, während wir aufs Taxi gewartet haben«, erklärte er.

»Das ist mir neu«, murmelte Jennifer, aber es kam nicht überraschend, denn sie fuhren immer mit dem Taxi in die Wohnung, und die Taxis um diese Zeit waren voller junger attraktiver Männer, die aus den Bars und Clubs strömten.

Außerdem sah George echt gut aus, vor allem in der silbernen PVC-Hose. Die einzige Überraschung war, dass Jennifer es für eine gute Idee gehalten hatte, erneut in Nicks Bett zu kriechen. »Tut mir leid, dass wir dich alle beide im Stich lassen.«

Nick ließ sich auf der Bettkante nieder. »Im Gegensatz zu dir mag ich Dim Sum. Ich könnte also einfach mitkommen«, erklärte er eine Spur zu lässig, als hätte er die kleine Ansprache in der Dusche geübt.

»Nein, auf keinen Fall«, erwiderte Jen in einem Tonfall, von dem sie hoffte, dass er keinen Widerspruch duldete.

»Ich wusste, dass du das sagen würdest.« Nick schnaubte, als wäre Jennifers Vorhersehbarkeit schrecklich nervtötend. »Dann begleite ich dich eben nur zum Leicester Square.« Er hob die *Time-Out*-Ausgabe, während Jennifer hektisch nach Gründen suchte, warum Nick sie nicht in die Stadt begleiten konnte. »Im *Metro* spielen sie einen französischen Film, den ich mir sowieso ansehen wollte.«

Sonntag, 6. November 1994
U-Bahn-Station Leicester Square

12

Eine Stunde später – sie war fünfzehn Minuten zu spät und immer noch nicht da – stieg Jennifer die Treppe zum Ausgang am Leicester Square hoch, und Nick blieb ihr dicht auf den Fersen. Kurz darauf entdeckte sie Gethin, der nervös die Straße entlang blickte.

Sie hatte vergessen, wie groß und breit er war. Er sah über die Schulter, sein Blick fiel auf Jennifer, und ein Lächeln breitete sich auf seinem Gesicht aus. Es war ein schöner Anblick, und ihr Magen zog sich erneut zusammen – aber nicht auf gute Art, denn sie hatte immer noch Nick im Schlepptau.

»Triffst du dich etwa mit dem alten Sack in der orangefarbenen Regenjacke? Oder mit einem der schnatternden japanischen Touristen dort drüben?«

»Jennifer!«, rief Gethin, als sie am Ende der Treppe angekommen war. Nervös nach Luft schnappend und mit roten Wangen.

»Hi! Hey! Ähm ... hallo. Tut mir leid, wir ... ich meine, *ich* bin zu spät.« Sie lächelte übertrieben. »Tut mir wirklich leid.«

»Es reicht, wenn du dich einmal entschuldigst, Jen.«

Jeder andere hätte sich diskret verzogen und sich durch die Straßen Sohos auf den Weg gemacht, um sich einen von

Kritikern gefeierten französischen Film anzusehen. Doch Nick dachte nicht daran, sondern musterte Gethin grinsend von oben bis unten.

Gethins Blick sprang von Nick zu Jennifer und wieder zurück, während er kaum merklich die Stirn runzelte.

»Wir stehen hier bloß im Weg rum«, erklärte Jennifer, griff nach Nicks Arm und zog ihn unsanft vom Ausgang fort, sodass sie zu dritt vor einer Gasse hinter dem Leicester Square zu stehen kamen.

Schweigen senkte sich über sie, während Nick und Gethin einander immer noch wenig begeistert beäugten.

»Tut mir leid, dass ich zu spät bin«, wiederholte Jennifer und wand sich innerlich. Dann versuchte sie es noch einmal: »Gethin, das ist Nick, ein alter Freund. Wir haben zusammen das Abi gemacht, und er wollte von hier aus weiter, um sich einen Film anzusehen.« Es klang unverfänglich und unschuldig und war auch nicht wirklich gelogen. »Nick, das ist Gethin, ein neuer Freund und wundervoller Künstler.«

Sie schüttelten sich ohne allzu offensichtliches Kräftemessen die Hände. Jennifer seufzte erleichtert, denn sie wusste, dass Nick ein durchtriebener Mistkerl sein konnte, und sie kannte Gethin noch nicht gut genug, um ihn einschätzen zu können.

»Ihr wollt Dim Sum essen, stimmt's?«, wollte Nick wissen, und Gethin nickte.

»Ja, es gibt da einen kleinen Laden in der Leicester Street mit riesiger Auswahl«, sagte Gethin, und Jennifer fragte sich, wie sie vergessen haben konnte, wie er sprach. Wie er jedes Wort im Mund rollte, als schmeckte es unglaublich lecker. Unter anderen Umständen hätten sich bereits erste Schmetterlinge im Bauch bemerkbar gemacht, heute schaffte sie es gerade noch, lächelnd zu Gethin hochzusehen, der daraufhin zurücklächelte. Es war beinahe so, als wären sie allein.

»Das ist keine gute Idee, Kumpel. Die Kleine hier hasst chinesisches Essen«, erklärte Nick und machte alles kaputt. Er legte einen Arm um Jennifer, die stocksteif und vor Wut kochend dastand. »Ihr Geschmackssinn ist vollkommen unterentwickelt. Sie isst keinen Fisch, der zu sehr nach Fisch schmeckt. Keinen käsigen Käse. Und wenn sie etwas Scharfes erwischt, glaubt sie, ihr Mund stünde in Flammen. Es ist ein Albtraum.«

»Ich hasse nicht alles chinesische Essen«, beharrte Jennifer, duckte sich unter Nicks Arm hindurch und wandte ihm den Rücken zu, um sich voll auf Gethin zu konzentrieren, der nicht mehr ganz so begeistert schien, sie zu sehen. »Aber egal. Können wir los?«

»Wir müssen kein Dim Sum essen«, erklärte Gethin.

»Nein, wirklich, Dim Sum ist toll. Dim Sum ist lecker!«

»Na gut, dann lasse ich euch Kinder mal euer Ding machen«, erklärte Nick und machte sich endlich auf den Weg, wobei er lässig die Hand zum Gruß hob.

Jennifer konnte sich nicht erinnern, wann sie zum letzten Mal so wütend auf ihn gewesen war. Oder war es einfacher, auf Nick wütend zu sein, als auf sich selbst?

»Dieses verdammte Arschloch«, zischte sie zornerfüllt.

Woraufhin Gethin erneut die Stirn runzelte. »Du hättest Donnerstagabend sagen sollen, dass Dim Sum keine gute Idee ist. Du hättest sagen sollen, dass du es nicht ausstehen kannst«, meinte er sanft tadelnd. Jennifer hatte ihn als reserviert oder sogar schüchtern erlebt, aber er hatte offenbar kein Problem damit, sie verantwortlich zu machen.

»Ich war bereits pingelig, was den Tag anging, und wollte nicht, dass du glaubst, ich wäre nicht interessiert ...« Sie brach ab. Sie wusste nicht einmal, ob das hier ein richtiges Date war. Sie hatten sich noch nicht geküsst. Mein Gott, er hatte sie noch nicht einmal beiläufig angefasst. Und sie war ein Monster, denn vor nicht allzu langer Zeit hatte sie mit Nick im Bett gelegen, und nun brachte der Gedanke, dass Gethin sie anfasste, ihr Inneres erneut zum Schmelzen. Wobei sein süßes Lächeln und die funkelnden Augen keine große Hilfe waren.

»Dann bist du also interessiert?«, fragte er. »Ich war mir nicht ganz sicher.«

Jennifer nickte. »Sehr.« Sie blinzelte einmal. Dann noch einmal. Mein Gott, klimperte sie etwa mit den Wimpern?

»Wir müssen kein Dim Sum essen«, versicherte ihr Gethin, und das war Jennifer nur recht. Vielleicht konnten sie gleich zu dem Teil übergehen, in dem sie nackt war, aber dieses Mal durfte er sie anfassen. Sie wusste nicht mehr, in welchem Teil ihres Zyklus sie sich gerade befand, aber vielleicht war das der Grund, warum sie unbedingt mit jemandem ins Bett wollte. Sie würde einfach *alles* auf die Hormone schieben. »Gehen wir doch ins *Stockpot*.«

Das *Stockpot* befand sich in der Old Compton Street und damit ganz in der Nähe des Clubs, in dem Jennifer erst vor wenigen Stunden gefeiert hatte. Es war eine Londoner Institution für kleine Geldbörsen, und es gab riesige Portionen und billigen Wein, mit dem man sich beinahe die Zunge verätzte. Jennifer war schon unzählige Male kaum noch fähig gewesen, den Stuhl zu verlassen, nachdem sie eine gewaltige Portion klebriger Spaghetti Bolognese in sich hineingeschaufelt hatte. Am *Stockpot* hatten nicht einmal mäkelige Gäste wie Jennifer etwas auszusetzen, aber es war nicht gerade romantisch und kein Laden, in dem man exotisches Essen genoss und sich gegenseitig mit Stäbchen fütterte.

Wobei Jennifer bereits die Augen-Hand-Koordination fehlte, um *sich selbst* mit Stäbchen zu füttern, ganz zu schweigen von einer anderen Person.

»Das klingt gut!«, sagte sie, auch wenn es eine weitere Verdrehung der Tatsachen war, denn im Grunde hätte sie ihm gerne gesagt, dass sie bald sterben würde, wenn er sie nicht endlich anfasste.

Sie musste sich damit zufriedengeben, sich bei Gethin unterzuhaken, während dieser sie auf dem Weg zum *Stockpot* vor rempelnden Touristen, Kinobesuchern und ersten Weihnachtseinkäufern schützte, die sich selbst von einem eiskalten Novembernachmittag nicht von ihren Plänen abhalten ließen. Er ließ sie sogar auf der Innenseite des Bürgersteigs gehen, wo sie vor plötzlich ausscherenden Fahrzeugen sicher war, was noch kein anderer Mann getan hatte.

Das *Stockpot* war gerammelt voll, sodass sie nicht oben im Hauptteil des Restaurants saßen, wo das Soho vergangener Zeiten immer noch spürbar war, sondern im Kellergeschoss, wo sich die Gäste wie Hennen in der Legebatterie aneinanderdrängten. Gethins Beine passten nicht einmal unter den Tisch, weshalb er seitlich verdreht auf dem Stuhl saß und sich jedes Mal entschuldigte, wenn jemand über seine Füße stolperte.

Aber abgesehen davon, war es tatsächlich – und ein wenig überraschend – perfekt. Gethin aß Penne Carbonara und trank ein Glas Rotwein, wobei er jedes Mal zusammenzuckte, wenn er daran nippte, und Jennifer nahm die gegrillte Hühnerbrust mit Speck und Fritten und eine Diätcola. Es war Ewigkeiten her, dass sie auf einem ersten Date gewesen war – vermutlich war das letzte mit Dominic –, und sie war immer viel zu nervös gewesen, um viel zu essen. Doch heute spürte sie immer noch die chemischen Nachwirkungen der letzten Nacht, und Gethin sah sie an, als wäre sie keine Frau aus Fleisch und Blut, sondern etwas Jenseitiges, Göttliches, weshalb sie sich sogar noch einen Nachtisch bestellte. »Einen Apfelstreuselkuchen mit Eiscreme, aber *ohne* Vanillesoße, bitte. Könnten Sie das bitte aufschreiben? Ohne Vanillesoße.«

»Du magst keine Vanillesoße, was?« Gethin schüttelte den Kopf, doch er lachte mit ihr und nicht über sie, als sie das Gesicht verzog.

»Viel zu klebrig und feucht.«

»Aber Eiscreme ist doch auch feucht.«

»Ja, aber ganz anders.«

Während sie auf die Nachspeise warteten, fragte Jennifer ihn vorsichtig aus.

Sie wusste bereits, dass er aus Barry, einer kleinen Küstenstadt in Wales, kam. »Wir nennen es Barrybados«, erklärte er mit einem Lächeln. Sein Vater Henry stammte aus Nigeria und hatte früher im Hafen gearbeitet, seine Mutter Primrose war Hebamme, und die beiden hatten keine Ahnung, woher Gethin sein künstlerisches Talent hatte. »Es ist wie ein Makel, den mir irgendjemand aus der Familie heimlich hinterlassen hat.«

Gethin war nach London gekommen, um Kunst an der Slade University zu studieren, als Jennifer gerade mit der Buslinie 113 in Westfield College gefahren war, um dort Englische Literatur zu studieren, dennoch waren sie sich nie bei einer Studentenparty über den Weg gelaufen. »Denn daran könnte ich mich sicher erinnern«, meinte Gethin, wobei er sich an eine Jennifer mit anderer Haarfarbe und anderen Klamotten vielleicht doch nicht erinnern konnte, und nachdem sie sich auf solchen Partys immer hemmungslos betrunken hatte, beschloss sie, das Thema nicht weiter zu verfolgen.

Er hatte das Studium mit Auszeichnung und einer von den Kritikern hochgelobten Ausstellung abgeschlossen, und dann ... »Nichts. Ich fühle mich nicht wie ich selbst, wenn ich nicht jeden Tag male, aber mit der Zeit erkennt man, dass es kaum Leute gibt, die einen dafür bezahlen, den ganzen Tag zu malen.«

Mittlerweile arbeitete Gethin vier Tage die Woche in einem großen Laden für Künstlerbedarf in Covent Garden und malte an den restlichen Tagen.

»Mehr gibt es nicht zu erzählen«, schloss er und senkte den Kopf, als würde er sich schämen, und vielleicht konnte Jennifer deshalb nicht aufhören, ihn anzustarren. Er hatte etwas an sich. Das hübsche Gesicht, der feste Blick und seine Ruhe zogen sie in den Bann. Und diese Stimme! Sie hätte ihm stundenlang zugehört, wie er ihr Einkaufslisten vorlas, und es hätte sich angehört wie die schönsten Sonette.

Nach dem Essen saßen sie in einer kleinen, abgeschlossenen Nische im *Coach & Horses Pub*, und obwohl Gethin sie immer noch nicht geküsst hatte, erzählte Jennifer ihm alles. Und sobald sie angefangen hatte, konnte sie nicht mehr aufhören.

Sie gestand, dass sie immer schon in einem Verlag arbeiten wollte. Sie wollte das Verbindungsstück sein, das Autoren half, Leser zu finden, aber mittlerweile konnte sie sich nicht einmal mehr erinnern, wann sie zum letzten Mal ein Buch gelesen hatte. Sie erzählte ihm von dem Job in der Literaturagentur, der gar kein richtiger Job war, obwohl sie Monate gebraucht hatte, um ihn zu finden. Was auch der Grund war, warum sie sich Donnerstagabend vor Fremden auszog und freitags und samstags im *Ciccone's* Doppelschichten schob, die sie nur mit einer Ladung Speed überstand.

Sie erzählte, wie sie Samstagnacht mit Nick und George um die Häuser zog und noch mehr Drogen nahm, und obwohl die beiden ihre Freunde waren, konnte sie bereits vor sich sehen, wie sie alle drei zu harten, spröden Leuten wurden, und sie wollte nicht so werden, doch sie hatte keine Ahnung, wie sie aus dem Kreislauf ausbrechen sollte.

Das Einzige, was sie ihm nicht erzählte, war, dass sie – ganz egal, was sie den Leuten und sich selbst weismachte – immer noch in den Jungen verliebt war, mit dem sie nichts als eine Freundschaft verband und der ihr mit achtzehn das Herz gebrochen hatte. Und dass sie sich niemals mit Gethin zum Mittagessen getroffen hätte, hätte Nick sie am Morgen nicht zurückgewiesen.

Und weil sie diese schreckliche Wahrheit nicht offenbarte, sah Gethin sie immer noch an, als wäre sie seine Zeit und den beständigen, zärtlichen Blick wert, mit dem er sie bedachte.

»Da waren all diese Träume, wie mein Leben einmal aussehen würde, aber sie haben sich in Luft aufgelöst, und jetzt sitze ich fest und habe keine Ahnung, wie ich wieder rauskomme«, erklärte sie schließlich, angetrieben von einem weiteren Wodka mit Diätcola und den letzten Resten der Ecstasy-Tablette, die langsam aus ihrem Blut wichen. »Nein, festsitzen trifft es nicht. Ich sitze nicht fest. Ich bin verloren. Vollkommen verloren.«

Als sie endlich nichts mehr zu sagen hatte, schaffte sie es nicht, Gethin anzusehen. Sie hatte das hier komplett vermasselt.

Sie hätte letzte Nacht nicht ausgehen sollen. Nicht in Nicks Bett schlafen. Nicht ihren Finger auf das kleine Muttermal legen, das sie so anbetete.

Sie hätte Nick nicht küssen sollen. Nicht mit Nick im

Schlepptau zu dem Date mit Gethin kommen. Nicht ihr Innerstes nach außen kehren.

Ihr ganzes Leben bestand aus Dingen, die sie nicht hätte tun sollen.

Gethin sagte nichts, sondern griff bloß nach Jennifers Hand, die schlaff auf dem Tisch lag, und verschränkte die langen Finger mit ihren, bevor er sie sanft drückte, als wollte er ihr etwas von seiner Beständigkeit und seiner Ruhe schenken.

»Es tut mir leid«, murmelte Jennifer. »Es tut mir so leid.«

»Dir muss gar nichts leidtun«, erwiderte er sanft. »Und du musst dich auch nicht verloren fühlen. Denn wie kannst du verloren sein, wenn ich dich gerade gefunden habe?«

TEIL 5
Juli 1995

Samstag, 22. Juli 1995
U-Bahn-Station Paddington

13

Samstags hatte Jenny eigentlich um halb sieben Dienstschluss. Doch um sechs rief sie Gethin an, um ihm zu sagen, dass sie noch etwa eine Stunde brauchen würde. »Sagen wir acht. Treffen wir uns um acht.«

Gethin seufzte leise, denn er war es gewöhnt, dass Jenny immer dann anrief und ihn vertröstete, wenn er gerade dabei war, das große, staubige Haus zu verlassen, das er sich mit einigen anderen Künstlern teilte.

Nachdem sie den Anruf erledigt hatte, kehrte Jenny zu dem kleinen Bücherstapel zurück, den sie zusammengetragen hatte, und ließ den Finger über die Buchrücken gleiten. Sie hatte den Auftrag bekommen, zum sechzehnten Geburtstag der Patentochter einer Kundin eine Sammlung wichtiger Werke zusammenzustellen. Besagte Kundin fand nichts dabei, zwanzig Exemplare einer Neuerscheinung zu kaufen, damit das Buch in jedem Gästezimmer ihres riesigen Anwesens an der Grenze zwischen Gloucester und Somerset und in ihrem Haus am Cheyne Walk in London auflag.

Jenny wollte sich mit der Zusammenstellung der Bücher selbst übertreffen – allerdings nicht, weil die ehrenwerte Lydia Featherstonehaugh (sprich: »Fenschou«, weil derart vornehme Namen immer anders ausgesprochen wurden, um das niedrige Volk in Verlegenheit zu bringen) in einem Jahr mehr Geld bei Cavanagh Morton ausgab, als Jenny in einem Jahr bei Cavanagh Morton verdiente.

Sie wollte sich selbst übertreffen, weil mit diesem Auftrag einer ihrer größten Träume in Erfüllung ging. Jenny hätte alles gegeben, wenn sie zum sechzehnten Geburtstag eine Sammlung der fünfzig wichtigsten Bücher für Mädchen dieses Alters bekommen hätte.

»Ich würde es Ihnen nicht verübeln, wenn Sie damit bis Montagfrüh warten. Haben Sie denn nichts Besseres vor?«, fragte Hetty, die gerade aus dem Büro im hinteren Teil des Ladens trat.

Hetty hieß eigentlich Henrietta Cavanagh und war die Tochter von Henry Cavanagh (eine weitere Eigenart vornehmer Leute war, dass sie ihre Kinder gerne nach sich selbst benannten), der die Buchhandlung in Mayfair 1929 zusammen mit seinem Partner und Eton-Kommilitonen Percy Morton gegründet hatte. »Zwei Tage vor dem Börsenkrach. Daddy hatte kein gutes Händchen für den richtigen Zeitpunkt«, hatte Hetty bei Jennys Einstellungsgespräch gemeint.

»Das hier fühlt sich gar nicht wie Arbeit an«, erwiderte Jenny, und dieses Gefühl überkam sie im Buchhandel sehr oft. Außer, wenn sie Kartons mit Neuerscheinungen die schmale Kellertreppe hochschleppte. Oder wenn eine riesige Sammlung unsortierter Bücher aus einer Hinterlassenschaft geliefert wurde und Jenny die verschimmelten Exemplare aussortieren und die brauchbaren in das Verzeichnis seltener und sammelwürdiger Bücher aufnehmen musste. »Und ich gehe später noch aus. Geth und ich sind zu einer Party in der Circle Line eingeladen.«

Hetty klatschte aufgeregt in die Hände, wie jedes Mal,

wenn Jenny ein kleines Detail aus ihrem Leben außerhalb der Buchhandlung offenbarte. »In der *Circle Line?* Ist das ein neuer Nachtclub?«

Jennys Blick fiel auf St John (sprich Sintschn), der ihr altersmäßig am nächsten kam, obwohl er zu Beginn der Woche Save-the-Date-Karten eines Nobeljuweliers verteilt hatte, um an seinen vierzigsten Geburtstag zu erinnern. Er lächelte mitfühlend, als Jenny den Kopf schüttelte.

»Nein, Hetty. Die Party findet *in* der Circle Line statt.« Es ähnelte dem Wortwechsel bei Jennys Einstellungsgespräch, als Nancy, die Tochter von Percy Morton, Jenny gefragt hatte, welche drei Neuerscheinungen sie dem Präsidenten von Island empfehlen würde.

Jenny hatte sie verständnislos angesehen, denn sie hatte in der Aufregung nicht Island, sondern *Iceland* verstanden. »Wie bitte, Sie meinen den Präsidenten der Supermarktkette?«

Nancy hatte sie entsetzt angesehen. »Aber nein, ich meinte *Island*. Das Land.«

Vielleicht waren es die Nerven gewesen. Oder der verzweifelte Wunsch, einen Job zu bekommen, der etwas mit Büchern zu tun hatte und für den sie tatsächlich bezahlt wurde. Vielleicht waren es aber auch die beiden vornehmen, älteren und ein wenig Furcht einflößenden Damen gewesen, die so ganz anders waren als Jennys Großmutter Dorothy und die gerade versuchten, aus ihrem schmuddeligen Mittelklasselebenslauf schlau zu werden.

Jedenfalls hatte Jenny zu kichern begonnen. Sie hatte noch versucht, es mit einem Räuspern zu überdecken, doch je mehr sie es unterdrücken wollte, desto schwieriger wurde es, bis sie mit tränenüberströmtem Gesicht dasaß und ihre Rippen vor Lachen schmerzten.

Es hatte eine Weile gedauert, bis ihr klar geworden war, dass Hetty und Nancy ebenfalls lachten. »Nun, Sie sind vielleicht nicht die Art Angestellte, auf die wir normalerweise zurückgreifen, aber Sie verfügen tatsächlich über ein enzyklopädisches Wissen über militärhistorische Bücher.«

Irgendwie – vielleicht durch Osmose – hatte Jenny es geschafft, sich unglaublich viele langweilige Bücher über den Zweiten Weltkrieg zu merken, was bei Cavanagh Morton durchaus nützlich war, denn es gab gewisse Gentlemen der Oberschicht, die absolut besessen von Büchern über Winston Churchill waren.

Und so hatte Jenny in der legendären Londoner Buchhandlung begonnen, obwohl sie nicht die Art Angestellte war, auf die normalerweise zurückgegriffen wurde, und obwohl sowohl Mitarbeiter als auch Kunden absolut keine Gemeinsamkeiten mit Jennys Privatleben aufwiesen. Sie war aufgeblüht wie eine Blume, und nach sieben Monaten hatte sie immer noch nicht das Gefühl, sich bereits zur vollen Pracht entwickelt zu haben.

»Wie schön!«, rief Hetty. »Es ist toll, wenn ihr jungen Leute noch Abenteuer erlebt.«

Wobei das Abenteuer noch ein paar Stunden warten musste. Während St John und Hetty sich um die letzten Kunden des Tages kümmerten, die meistens nur ewig in der Buchhandlung herumschlenderten, ohne etwas zu kaufen, kehrte Jenny zu ihrer Büchersammlung zurück.

Spiel im Sommer von Dodie Smith. *Bonjour Tristesse*, aber nicht in der französischen Originalausgabe, weil die Patentochter der ehrenwerten Lydia Featherstonehaugh mit Sicherheit kein solcher Möchtegern war wie Jenny in diesem Alter. *Emma* von Jane Austen, weil *Stolz und Vorurteil* zu vorhersehbar war. *Eine Amerikanerin in Paris* von Elaine Dundy.

Harriet, weil ein Buch von Jilly Cooper einfach dazugehörte. *Englische Liebschaften* von Nancy Mitford. Und natürlich die beiden Bücher, die Jennys eigene Jugend geprägt hatten: *Die Glasglocke* von Sylvia Plath und *Der Fänger im Roggen* von J. D. Salinger. Außerdem kam die Büchersammlung einer anspruchsvollen jungen Frau nicht ohne einen Sammelband der wichtigsten Werke von Dorothy Parker aus.

Jenny sah gerade nach, ob sie eine hübsche Ausgabe von Louis MacNeices *Autumn Journal* vorrätig hatten, als Nancy mit zwei Flaschen die Kellertreppe hochkam, wo sich neben dem Lager auch die Küche befand. Ihr folgte Patrick, der das Antiquariat wie seinen Augapfel hütete, mit einem Tablett Champagnerschalen. Jenny hatte seit ihrem ersten Arbeitstag bei Cavanagh Morton einiges fürs Leben gelernt – und dazu gehörte die richtige Art, eine Marquise anzusprechen, genauso wie das Wissen, dass Champagner nicht aus Flöten, sondern aus Schalen getrunken wurde. »Angeblich ist ihre Form Marie Antoinettes linker Brust nachempfunden, was ich allerdings stark bezweifle«, hatte Hetty gemeint, als sie Jenny zum ersten Mal die angemessenen Behältnisse edler Tropfen nähergebracht hatte.

Nancy öffnete fachmännisch und ohne Probleme die erste Flasche, und das triumphierende Ploppen des Champagnerkorkens erklang.

»Was feiern wir diese Woche?«, fragte Patrick, denn es gab immer einen guten – wenn auch manchmal fadenscheinigen – Grund für ihr samstägliches Glas Champagner. Ein Geburtstag, ein Jahrestag, eine besonders gewinnbringende Woche, fünfzig Jahre Kriegsende. Es war jede Ausrede recht.

Diese Woche bat Hetty Jenny nach vorne. »Heute feiern wir die erste Veröffentlichung unserer lieben Jenny«, erklärte sie und reichte Jenny ein Glas mit der blubbernden goldenen Flüssigkeit, die in Jennys Wahrnehmung wie Katzenpisse roch und auch danach schmeckte. Was sie den anderen natürlich nicht auf die Nase band. Und im Moment war sie ohnehin damit beschäftigt, mit glühenden Wangen beschämt den Kopf einzuziehen.

»Es sind bloß dreihundert Wörter. Und ich habe den Platz nur bekommen, weil jemand ausgefallen ist«, beharrte sie, obwohl ihr gedruckter Name über besagten dreihundert Wörtern ihr riesige Freude bereitete. Sie hatte sich immerhin lange genug darüber den Kopf zerbrochen.

»Trinken wir darauf, dass es die erste Veröffentlichung von vielen ist«, meinte Nancy, und ihr nüchternes Gesicht wurde weich, als sie Jenny mit einem Lächeln bedachte. »Wir hatten einmal einen jungen Mann als Mitarbeiter. Irgendwann Mitte der 1960er. Er hatte Haare wie die Beatles, und wenn er von der Mittagspause wiederkam, stank er nach Marihuana ...«

»Sein Vater war Erzbischof, weshalb er wohl gegen das Establishment rebellierte«, vermutete Hetty. »Jedenfalls wurde er Chefredakteur der Literaturbeilage der *Times*. Das heißt, selbst aus winzigen, dreihundert Wörtern langen Samenkörnern können große literarische Eichen wachsen. Das dürfen Sie nie vergessen, Jenny.«

Jennys Weg zu literarischen Ehren war bisher bei Weitem nicht so geradlinig verlaufen, wie sie es sich vorgestellt hatte. Sie wollte immer noch für einen Verlag arbeiten und eines Tages selbst Verlegerin werden, aber die Stelle bei Cavanagh Morton hatte ihre Liebe zu Büchern wiedererweckt.

Trotz der gehobenen Kundschaft, die keine Bücherregale besaß, sondern *Bibliotheken*, waren Hetty und Nancy überzeugt, dass die Liebe zu Büchern die Leute zusammenbrachte. Aus diesem Grund standen am Eingang auch mehrere Regale mit gebrauchten Penguin-Classics um fünfzig Pence, die an der Kasse mit derselben Sorgfalt und Ehrfurcht behandelt wurden, als hätte der Kunde eine signierte Erstausgabe gekauft.

Mittlerweile hatte Jenny also die erste Wahl bei den Penguin-Classics, die sie als Teenager gesammelt hatte. Und dank der umfassenden Sammlung bei Cavanagh Morton hatte sie erst kürzlich Autorinnen wie Angela Thirkell, Monica Dickens, Dorothy L. Sayers und viele mehr entdeckt, was zu einem angeregten Gespräch mit einer Redakteurin der Literaturzeitschrift *London Review of Books* über Dorothy L. Sayers titelgebenden Detektiv Lord Peter Wimsey geführt hatte, den sie beide verehrten.

Nachdem die Redakteurin ins Büro zurückgekehrt war, hatte sie noch einmal in der Buchhandlung angerufen und Jenny gefragt, ob sie »mal schnell dreihundert Wörter« darüber schreiben wollte, warum Lord Peter der Prototyp des metrosexuellen Mannes war. »Es ist jemand ausgefallen, und wir müssen morgen früh in den Druck. Ich kann Ihnen fünfzig Pfund anbieten.«

Und so war es zu Jennys erster Veröffentlichung gekommen. Vielleicht würde sie ihre Karriere in mehreren Jahrzehnten doch noch als hochgeschätzte Literatin beenden, wie sie heimlich bei sich dachte, als sie an ihrem Champagner nippte und versuchte, nicht das Gesicht zu verziehen.

Als Gethin schließlich an die Tür klopfte, waren nur noch Nancy, Jenny und ein Tropfen in der zweiten Champagnerflasche übrig. Jenny freute sich, ihn zu sehen, und sie freute sich auch, als sie das Klimpern in der Einkaufstüte hörte, die er hinter seinem Rücken verbarg, obwohl der Inhalt kaum mit dem erlesenen Champagner zu vergleichen war.

Er drückte Jenny einen Kuss auf die Wange. »Willst du zuerst nach Hause, oder können wir gleich los?«

Jennys Auffassung nach wohnte sie in Kilburn, denn Kilburn Park war die nächstgelegene U-Bahn-Station. Ihre Großmutter Dorothy, die mittlerweile auch ihre Vermieterin/siebzigjährige Mitbewohnerin war, nannte es beharrlich Maida Vale, weil die Maida Avenue etwa fünf Sekunden lang parallel zu ihrer Straße verlief, bevor sie in die Kilburn High Road überging. Jackie zählte es zu Paddington, weil der Paddington Park gleich um die Ecke war, und Gethin bestand darauf, dass es zu St John's Wood gehörte, weil die Abbey Road Studios, in der die Beatles *Abbey Road* aufgenommen hatten, nur etwas mehr als einen Kilometer entfernt waren.

Jedenfalls war Jenny heilfroh gewesen, als sie ihre wenig charmante Einzimmerwohnung in Shepherd's Bush verlassen konnte, vor allem, nachdem der Vermieter sie plötzlich als Studio bezeichnet hatte und die Miete erhöhen wollte. Dots Maisonettewohnung in einem breiten, niedrigen Sozialbau hatte eine Zentralheizung, mehr als genug heißes Wasser und einen Balkon, sodass Jenny an warmen Sommertagen ihren Morgenkaffee im Freien mit Blick auf den kleinen Park gegenüber genießen konnte.

Vom Surren des Kühlschranks, der älter war als Jenny, bis hin zu dem leuchtend roten, geblümten Teppich in dem großen Wohn-Ess-Zimmer, der sich schrecklich mit der braunorangefarbenen dreiteiligen Couch biss – war alles unheimlich vertraut, und Jennifer hätte nie gedacht, dass sie dieses Gefühl haben wollte oder gar brauchte.

Die Wohnung in Kilburn war in ihrer Kindheit wie ein zweites Zuhause gewesen. Hier hatte sie drei Stunden lang am Esstisch gesessen, weil Stan sie nicht aufstehen ließ, bevor sie alles aufgegessen hatte. Es hatte Räucherheringe gegeben. Eklige, kalte Räucherheringe, weshalb sie sitzen geblieben war, bis ihre Eltern sie abgeholt hatten. Sie waren unheimlich wütend gewesen – auf Stan, nicht auf sie. Soweit sich Jennifer erinnern konnte, hatten sie sie mit einem KitKat getröstet.

Hier hatte sie mit Martin und Tim ganze Nachmittage auf dem Spielplatz am Dach des Wohnhauses verbracht. Es war in der heutigen Zeit, in der alle besessen von Gesundheit und Sicherheit waren, kaum zu glauben, dass es damals in Ordnung war, kleine Kinder alleine auf lebensgefährlichen, klapprigen Schaukeln und einem verrosteten Karussell spielen zu lassen, und das auch noch in schwindelerregender Höhe. Doch Jenny hatte sich nur ein einziges Mal verletzt – damals, als sie beim Turnen von dem Schranken am Eingang von Sainsbury's in der Kilburn High Road gefallen und sich den Kopf aufgeschlagen hatte.

»Alles war voller Blut«, erinnerte sie sich einigermaßen genüsslich, als Gethin und sie wenig später durch den Hyde Park in Richtung Paddington spazierten. Es war ein halbstündiger Marsch, doch es war ein lauer Sommerabend, und obwohl die verstopfte Oxford Street bloß fünf Minuten entfernt war, waren das Brummen der Motoren und das gestresste Hupen nicht mehr zu hören, und es roch auch nicht nach Abgasen. Alles war herrlich grün und duftete, und nur ab und an waren Leute zu sehen, die auf dem Rasen picknickten. »Die kleine Delle an der Schläfe ist immer noch zu sehen.«

»Die ist mir natürlich schon aufgefallen.« Gethin legte sanft den Finger darauf. »Es ist eine meiner Lieblingsnarben.«

Sie waren mittlerweile seit zehn Monaten zusammen. Gethin war der irrwitzigen Meinung gewesen, ihr den Hof machen zu müssen, obwohl Jenny nichts dergleichen verlangt hatte. Jedenfalls hatten sie drei qualvolle Monate lang keinen Sex gehabt. Er war offenbar der schwachsinnigen Auffassung, er würde sie zu sehr respektieren, um über sie herzufallen.

Gethin hatte sich damit zufriedengegeben, sie nackt in seinem großen, verstaubten Zimmer in dem großen, verstaubten Haus in Brixton Hill zu malen, das er sich mit einigen anderen Künstlern teilte, und Jenny hatte sich mit der Zeit gefragt, ob er einer Perversion frönte, bei der er nur guckte, aber nicht anfasste. Nach dreizehn Wochen und vier Tagen hatte sie es schließlich nicht mehr ausgehalten. Sie hatte sich von seinem Bett erhoben, wo sie auf den zerwühlten Laken posiert hatte, war zu dem Stuhl gegangen, auf dem er saß, und hatte sich rittlings auf ihn gesetzt. Sie hatte sich an ihm gerieben wie eine rollige Katze und wäre vielleicht sogar gekommen, doch es hatte sich herausgestellt, dass Gethin doch nicht aus Alabaster war wie die Klippen in Penarth in der Nähe von Barry, die er ihr gezeigt hatte, als sie vor einiger Zeit seine Eltern besucht hatten.

Nein, Gethin war aus Fleisch und Blut wie jeder andere auch, und er hatte zwei Minuten lang durchgehalten, bevor er schließlich nachgegeben und Jenny endlich angefasst hatte.

Sie hatte zum ersten Mal erlebt, wie er seine talentierten Finger und die noch talentiertere Zunge einsetzte, um sie in einen Zustand brennender Hitze und reinsten Glücksgefühls zu versetzen. Es war die Art von Vorspiel, von der sie schon so oft gehört, die sie aber noch nie selbst erlebt hatte.

Mehrere Stunden später hatte er Jenny in die Badewanne gesetzt und sorgfältig die Kohlespuren abgewaschen, denn es hatte keinen Millimeter Haut gegeben, der seiner Aufmerksamkeit entgangen wäre.

Jenny bekam immer noch Herzklopfen, wenn sie daran dachte. Selbst jetzt, als sie wieder der nächtliche Verkehr und die Abgase der Praed Street umfingen, reichte allein der Gedanke daran aus, um ein träges, aber gleichzeitig dringliches Ziehen zwischen ihren Beinen zu entfachen.

Sie wohnte liebend gerne mit ihrer Grandma zusammen, aber es bedeutete, dass sie Gethin unter der Woche kaum zu Gesicht bekam. Er wollte nicht über Nacht bleiben, und sie konnte auf keinen Fall bei ihm übernachten. Dot hatte in ihrem ganzen Leben keine einzige Nacht alleine verbracht, und sie war zu alt, um jetzt noch damit anzufangen.

Glücklicherweise fuhr Dot jeden Freitag zu Jackie und Alan, um das Wochenende bei ihnen zu verbringen, sonst hätten Jenny und Gethin nie miteinander Sex haben können. Beim Gedanken daran, was der Abend noch bereithielt, griff sie nach Gethins Hand und drückte sie.

»Ich würde sagen, wir fahren eine Runde mit. Wie lange wird das in etwa dauern?«

Gethin dachte einen Moment lang nach. »Eine Stunde, vielleicht? Länger sicher nicht.« Er warf Jenny einen hoffnungsvollen Blick zu. »Wir könnten am Bahnhof Victoria raus, von dort sind es nur ein paar Stationen bis Brixton.«

Jenny runzelte die Stirn, als das klobige Gebäude des Bahnhofs Paddington in Sicht kam. »Das kommt darauf an, in welche Richtung wir fahren.« Sie hielt an und nahm erklärend die Hände zur Hilfe. »Wenn wir linksherum fahren, ist Victoria nicht allzu weit entfernt, aber wenn wir rechtsherum fahren, ist es der längere Teil der Strecke, und es wäre sicher okay, wenn wir uns dort aus dem Staub machen.«

»Aber auf der Circle Line gibt es kein Rechts und Links. Bloß Osten oder Westen. Was ist bei dir was?«

»Keine Ahnung.« Sie drückte den Knopf an der Ampel und wartete darauf, dass es Grün wurde. »Aber George muss solche Dinge wissen. In New York geht es auch Richtung Osten und Westen, nicht wahr? Und es gibt die Upper West Side und die Lower West Side. Es ist echt verwirrend.«

Das grüne Männchen leuchtete auf, und sie wurden von einem Piepen über die Straße begleitet.

»Wenigstens ist New York im Schachbrettmuster aufgebaut, während London ... ich weiß auch nicht ... einem Teller Spaghetti gleicht? Es ist jedenfalls extrem verwirrend für einen jungen Kerl vom Land, der das erste Mal einen Fuß in die große Stadt setzt«, erklärte Gethin und sprach mit absichtlich übertriebenem Akzent. Jenny schnaubte, und er grinste.

»Ich finde London absolut logisch aufgebaut«, erklärte Jenny mit der Selbstsicherheit einer eingefleischten Londonerin, die kein Problem hatte, sich in dem Spinnennetz aus Straßen, Gassen, Plätzen und Sackgassen zurechtzufinden. Außerdem war Stan Taxifahrer gewesen, weshalb es vermutlich fest in ihrer DNA verankert war.

Paddington wurde zwar nicht von so vielen herumeilenden und vorbeihuschenden Leuten bevölkert wie unter der Woche, aber es war dennoch einiges los. Sie machten sich auf den Weg zur U-Bahn und ließen die Zugpassagiere links liegen, die nach Westen in Richtung Somerset und Gloucester und schließlich weiter nach Devon und Cornwall reisten.

Während Gethin sich vor dem Fahrkartenautomaten einreihte, zog Jenny den Flyer hervor, den George in die Buchhandlung gefaxt hatte.

Ganz oben prangte das Zeichen der Londoner U-Bahn

mit dem Titel *Rave auf der Circle Line* anstelle des Namens
der U-Bahn-Station.

Start spreading the news. I'm leaving today ...

Die Einladung begann mit den berühmten Zeilen aus
Frank Sinatras *New York, New York*, bevor George selbst das
Wort ergriff:

Ja, ihr habt richtig gehört! Schon in einer Woche zieht
es mich nach New York, wo ich der Madison Avenue ein
wenig englische Street Credibility einhauchen werde,
also lasst uns ein letztes Mal abfeiern, bevor ich gehe.
Wir schnappen uns die Circle Line und machen es wie
Prince:

   We're gonna party like it's 1999.

   Wann: Samstag, 22. Juli, 21:30

   Wo: Paddington Station, Eastbound Circle Line

        (Richtung Baker Street).

   Dresscode: LEGENDÄR, meine Lieben. LEGENDÄR. Achtet
darauf, dass ihr tanzen und abhauen könnt, falls die Bullen
hinter uns her sind.

   Der Plan: Packt Alkohol, Pillen, Pulver und eure besten
Dance Moves ein, und wir versuchen, eine Runde auf der
Circle Line zu drehen, bevor wir die Party an die Oberfläche
verlagern.

   Seid mittendrin, oder ihr bleibt draußen.

   Alles Liebe, George

Jenny faltete das Fax und steckte es zurück in ihre Tasche.
Sie hatte keine Ahnung, wie George herausgefunden hatte,
wo sie arbeitete.

Ihre Beziehung war in letzter Zeit etwas angespannt gewesen. Nein, das stimmte nicht. *Distanziert* beschrieb es besser. *Sehr* distanziert. Im Grunde war George völlig aus ihrem Leben verschwunden, und nun machte er sich auf nach New York, um den Schildbürgern mit seiner Großartigkeit das Fürchten zu lehren, und sie hätte es nicht einmal mitbekommen, wenn es dieses Fax nicht gegeben hätte. Und dabei hatte sie George noch vor einem Jahr zu ihren besten Freunden gezählt. Neben Nick, von dem sie sich auch immer weiter distanziert hatte. Es war so viel in ihrem Leben passiert. Es hatte sich in jeder Hinsicht verändert, und sie selbst hatte sich ebenfalls verändert. Sie war jetzt ein anderer Mensch. Ein sehr viel glücklicherer Mensch.

Dann war das Fax eingetroffen, und Jennys Magen hatte sich jedes Mal gedreht, wenn sie sich vorstellte, Nick wiederzusehen. Es waren allerdings keine angenehmen Schmetterlinge gewesen, sondern eher eine Übelkeit, die sich in ihr breitmachte.

»Ist alles okay?« Gethin hatte die Tickets und wirkte wie ein Mann auf dem Weg zum elektrischen Stuhl.

Er wollte nicht zu der Party. Er war kein Partylöwe. Er tanzte nicht. Und er hatte ganz sicher nichts mit Pillen und Pulver am Hut, worüber Jenny sehr froh war, denn sie hatte beidem ebenfalls abgeschworen.

»Wir müssen wirklich nicht die ganze Runde drehen«, versicherte Jenny Gethin, aber auch sich selbst. »Wenn es grauenhaft ist oder die Gefahr besteht, dass wir verhaftet werden, können wir jederzeit aussteigen.«

»Wir könnten gar nicht erst einsteigen«, schlug Gethin mit hoffnungsvollem Blick vor, und Jenny geriet in Versuchung. Aber bloß, weil man sich auf etwas nicht freute, durfte man nicht gleich den Schwanz einziehen. »Ich will George noch einmal sehen, bevor er abreist. Vielleicht bleibt er in New York, und dann sehe ich ihn nie wieder!«

Gethin seufzte ergeben, und sie traten vor den Eingang. »Vielleicht gehst du auch eines Tages nach New York.«

»Unwahrscheinlich.«

Sie waren über Ostern in Paris gewesen, ohne sich im Klaren zu sein, dass in Paris über Ostern praktisch *alles* geschlossen hatte. Gethin war zwar in einer kleinen walisischen Stadt aufgewachsen, doch er war schon viele Male im Ausland gewesen. Er hatte nach dem Abschluss als Rucksacktourist mit einem Interrailticket Spanien erkundet, und einmal hatte er zum Spaß ein Wochenende in Prag verbracht.

Er konnte nicht glauben, dass Jenny noch nie im Ausland gewesen war. Vor Paris musste sie sich einen einjährigen Übergangspass besorgen, denn ihr war nie in den Sinn gekommen, dass sie einmal einen Pass brauchen würde. Als Kind und Jugendliche war nie genug Geld da gewesen, um den Urlaub im Ausland zu verbringen. Nicht einmal als Rucksacktouristen. Stattdessen hatte Alan das Auto und Jackie die Kühlbox gepackt, und sie waren zu dem Häuschen von Alans Eltern in einem Ferienpark in Cromer gefahren.

Weshalb Jenny bei der Aussicht auf fünf Tage Paris vollkommen aus dem Häuschen geraten war. Sie waren am Bahnhof Waterloo in den Eurostar gestiegen, und zwei Stunden später – in etwa dieselbe Zeit, die man nach Manchester brauchte – waren sie in Paris gewesen. In Frankreich. Wo alle bloß Französisch sprachen. Wo es hübsche blaue Straßenschilder mit grünem Rand, Metro-Stationen im Art-nouveau-Stil und morgens Tartines statt Toast gab. An einem Ort, der sich vollkommen von England unterschied.

Und nun sprach Gethin von New York. Jenny schüttelte den Kopf, während sie mit der Rolltreppe nach unten fuhren.

»Vielleicht bekomme ich einen Weihnachtsbonus, dann könnten wir nach New York fliegen«, meinte sie wagemutig und überkreuzte die Finger hinterm Rücken. Sie hatte das Gefühl, das Schicksal herauszufordern, wenn sie davon ausging, dass sie am Ende des Jahres immer noch einen Job, einen Platz zum Wohnen und einen Mann hatte, den sie liebte.

Okay, Gethin hatte ihr seine Liebe noch nicht erklärt, aber das musste er nicht. So etwas taten die Leute nur in Büchern. Liebe bedeutete, dass es Gethin nichts ausmachte, wenn sie länger in der Buchhandlung blieb, oder dass sie lieber mit ihrer Großmutter als mit ihm zusammengezogen war.

Liebe war das langsame, beständige Schlagen seines Herzens, wenn er mit ihr in den Armen einschlief. Das süße Lächeln, das nicht viele Menschen zu sehen bekamen, das Jenny allerdings ständig begleitete. Das anrüchige Funkeln in den Augen, von dem sie hoffte, dass sie die Einzige war, die er damit bedachte.

Liebe war das tröstliche Gewicht seiner Hand auf ihrem unteren Rücken, als sie die Rolltreppe verließen. Er tat es nicht, um sie zu leiten, sondern um ihr zu sagen, dass er bei ihr war, während sie den Schildern zum richtigen Bahnsteig folgten.

Unter der Erde war um einiges mehr los. Es war Samstagabend, und die Leute kehrten nach einem Abendessen oder einem Film zurück nach Hause in die entferntesten Ecken des U-Bahn-Netzes, während andere in ihren schicksten Kleidern aus den Zügen strömten und die Rolltreppen nach

oben eilten, um keine Minute ihres kostbaren Samstag-
abends zu verpassen.

Bereits von Weitem hörte Jenny Gekreische und wum-
mernde House-Musik. Am Bahnsteig angekommen, waren
die glitzernden, aufgedrehten Partypeople nicht zu überse-
hen. Junge Frauen in funkelnden Klamotten und Federboas,
eitel herausgeputzte Männer, die aussahen wie stolze Pfaue.

»Jesus, Maria und Josef«, murmelte Gethin schwach.

Jenny und Gethin waren alles andere als herausgeputzt.
Jenny hatte den ganzen Tag gearbeitet, und auch wenn es in
der Buchhandlung keinen Dresscode gab, erwarteten Nancy
und Hetty ein schickes, anständiges Auftreten. Die unvor-
teilhaften Blusen und Röcke, die sie bei Phil Gill getragen
hatte, hatten ebenso ausgedient wie die kurzen Röcke ihrer
Kellnerinnenzeit, die nichts der Vorstellung überlassen hatten. In letzter Zeit orientierte sich Jenny an Audrey Hepburn, die in *Ein süßer Fratz* ebenfalls eine Buchhändlerin
gespielt hatte, und trug enge schwarze Hosen und Dunlop-
Green-Flash-Sportschuhe, mit denen sie im Winter Pullover
und im Sommer eine Auswahl an Vintage-Tops kombinierte.
Heute hatte sie sich für ein ärmelloses, seidiges Top aus
den 6oern mit einem sanft glänzenden Schuppenmuster in
verschiedenen Grüntönen entschieden. Als sie näher traten
und Jenny einen Blick auf eine Frau in einem Strampelan-
zug aus Lurex erhaschte, kam sie zu der traurigen Erkenntnis, dass Sportschuhe und ein gediegenes Secondhand-Top
nicht hierher passten. Sie waren sogar vollkommen fehl am
Platz.

Gethin hatte ebenfalls den ganzen Tag in dem Laden für
Künstlerbedarf gearbeitet. Er trug Jeans und hatte das rote
T-Shirt mit dem Logo des Ladens gegen ein marineblaues
T-Shirt getauscht. Gethin hatte nichts für Mode übrig. Seine

Klamotten waren funktional und am Ende immer irgendwo mit Farbe bekleckert.

Trotzdem waren sie nun mal hier, und Jenny entdeckte George in der Mitte der Truppe. Er trug einen roten Zirkusdirektorfrack und einen Zylinder auf dem Kopf.

»Wir nehmen den nächsten Zug!«, schrie er, und Jenny hob die Hand zum Gruß, doch er hatte sich bereits abgewandt und umarmte zwei junge Männer in identischen, hautengen Anzügen, die aussahen wie Mitglieder einer Britpop-Band.

Sie spürte einen sanften Luftzug, und als sie in die Dunkelheit des U-Bahn-Tunnels blickte, sah sie einen sanften Schimmer, der sich zu zwei hellen Lichtern verdichtete. Der Wind wurde stärker, und der Zug fuhr ein. Normalerweise spürte Jenny in diesem Moment selbst nach so langer Zeit immer noch eine kaum merkliche Aufregung, doch heute Abend blieb sie aus.

»Vielleicht steigen wir wirklich schon am Bahnhof Victoria aus«, meinte sie zu Gethin, während sie von den Partypeople in den Zug gespült wurden. Jenny bekam beinahe einen Gettoblaster ins Gesicht, den jemand auf der Schulter trug, und aus dem mittlerweile Barbara Tuckers *Beautiful People* schallte.

»Pass doch auf!«, keifte Gethin, doch der Gettoblaster und sein Besitzer befanden sich bereits auf halbem Weg durch den Waggon und wurden von den bereits im Zug befindlichen Fahrgästen verwirrt beäugt.

Jenny hatte keine Ahnung, wie eine Party in einem U-Bahn-Waggon funktionieren sollte. Würden sie mit den Drinks in der Hand rumstehen und sich höflich unterhalten? Doch sobald sich die Türen geschlossen hatten, begannen die anderen Gäste, zu toben und zu tanzen, als stünden sie auf einer riesigen Bühne. Hände wurden hochgerissen, Hüften kreisten, jemand pfiff mit einer Pfeife, und ein anderer schrie *Woo-Woo!* im Takt der Musik.

Abgesehen von George, sah Jenny kein einziges bekanntes Gesicht. Offenbar hatte er sich ebenfalls von der alten Samstagnacht-Truppe verabschiedet. Vielleicht sogar von Nick. Und plötzlich war es so weit. Sie musste lediglich seinen Namen denken, da stellte sie sich bereits unbewusst auf die Zehenspitzen, reckte den Kopf, sah sich um und machte sich auf den Moment gefasst, in dem sie sein Gesicht sah. Nachdem sie ihn nirgendwo entdeckte, ließ sie sich von Gethin zu zwei Sitzplätzen führen, auf denen gerade noch ein entsetztes Paar mittleren Alters gesessen hatte. Sie pressten sich die Tüten aus dem Shop der *National Portrait Gallery* an die Brust, und Jenny entdeckte Programmhefte von *Elvis: Das Musical.* Man hatte ihnen offenbar gerade einen netten Ausflug nach London ruiniert.

»Lass uns etwas trinken«, beschloss Jenny.

»Oder wir steigen an der nächsten Station aus.«

»Ich habe noch nicht einmal mit George gesprochen. Ich brauche einen Drink, bevor ich mich dazu durchringen kann«, erklärte Jenny bestimmt, und Gethin zog eine vertraute kupferfarbene Flasche hervor und reichte sie ihr.

»Halt mal. Ich mache sie dir gleich auf«, meinte er und holte auch noch eine Dose Bier aus der Einkaufstüte.

Kurz nachdem sie angefangen hatten, miteinander auszugehen, hatte Gethin Jenny beiseitegenommen, um ein ernstes Wort mit ihr zu reden. Er hatte ihr behutsam erklärt, dass sie erwachsen und zu alt für in Limo gemischten Wodka war, bloß weil man darin den Alkohol nicht schmeckte. Erschwerend hinzu kam, dass sie damals gerade damit begonnen hatte, Pfirsichschnaps mit Zitronenlimo zu mischen,

was einen so derart süßen Drink ergab, dass ihr mit drei
ßig vermutlich alle Zähne ausgefallen wären. Nach langer
Recherche und unzähligen »willst du mich vergiften, oder
was?«, die manchmal sogar von Würgegeräuschen begleitet
worden waren, hatte Jenny endlich ihren Drink gefunden.
Einen bereits fertig gemixten *Moscow Mule* – eine Mischung
aus Wodka, Gingerbeer und Limettensaft, die ein wenig
nach Hustensaft schmeckte und in einer hübschen kupferfarbenen Flasche verkauft wurde. Gethin holte seinen
Schlüsselbund hervor und öffnete die Flasche mit dem Flaschenöffner, den er immer für Jenny dabeihatte. Er war unheimlich aufmerksam.

Der Zug fuhr in die Station Bayswater ein, und alle erstarrten wie in dem beliebten Kinderspiel zu Salzsäulen,
obwohl die House-Musik weiterwummerte. Die meisten
Nicht-Party-Gäste stiegen zusammen mit dem entsetzten
Paar mittleren Alters aus, und abgesehen von einem müde
aussehenden Mann in Signalkleidung, der seinen Fehler erst
bemerkte, nachdem sich die Türen geschlossen hatten, stieg
niemand ein.

»Ja, wir steigen definitiv am Bahnhof Victoria aus«, erklärte Jenny, als das Tanzen und Kreischen von vorne losging.

»Definitiv«, wiederholte Gethin. »Du solltest die Verabschiedung von deinem alten Freund am besten gleich hinter
dich bringen.«

»Da hast du vermutlich recht.« Jenny stemmte sich wenig
begeistert hoch und machte sich auf den Weg in die Mitte
des Waggons, wo sich George mit ausgestreckten Armen
im Kreis drehte. Genauso verrückt wie immer, dachte Jenny
und zog an seinem Frack.

»George! Hey! Hi!«, brüllte sie, um die Musik zu übertönen. »Wie geht's dir?«

George schien mit einem Mal wie erstarrt, und der verzückte Gesichtsausdruck verschwand.

»Oh, du bist es«, meinte er knapp und beäugte Jenny wie eine letzte Mahnung, die gerade ins Haus geflattert war. »Hi.«

»Ich kann kaum glauben, dass du nach New York willst«, fuhr Jenny unbeirrt fort, obwohl erster Ärger in ihr hochstieg. »Das ist super! Gratuliere! Wie lange wirst du bleiben?«

»Das wüsstest du, wenn du dich nicht aus dem Staub gemacht hättest.« Jennys Hand lag immer noch auf seinem Arm, und er schüttelte sie wütend ab. »Wer hätte gedacht, dass du eine dieser erbärmlichen Frauen bist, die ihre Freunde abservieren, sobald sie einen Kerl gefunden haben«, höhnte George, und Jenny fragte sich, wo der plumpe, süße, schüchterne Junge geblieben war, den sie vor zehn Jahren – mein Gott, war das wirklich schon so lange her? – kennengelernt hatte. Außerdem war der Vorwurf unfair.

»Es tut mir leid, dass ich auch Zeit mit Gethin verbringen wollte ...«

»Weißt du, was, vergiss es!« George wandte Jenny den Rücken zu, und sie hatte das Gefühl, gleich auf dem schmuddeligen Boden des Waggons zusammenzubrechen.

»Das war's also? Du sagst nicht einmal Lebewohl und wünschst mir ein schönes Leben?«, fauchte sie und griff erneut nach seinem Arm. »George!«

Er machte sich los. »Verdammt, Jen, du reißt mich noch um.«

Der Zug wurde langsamer und fuhr schwankend in die Station Notting Hill Gate, sodass Jenny sich panisch an die gelbe Schlaufe über ihrem Kopf klammerte. »Warum hast du mich überhaupt eingeladen?«

»Er hat dich nicht eingeladen. Das war ich«, erklang eine Stimme hinter ihr, und sogar über den Klang von *Ride on Time* von Blackbox und das Knirschen der U-Bahn-Bremsen hinweg war sie so deutlich zu erkennen, dass Jennifers Körper sich versteifte. Sie klammerte sich noch verzweifelter an die Schlaufe und hielt die feuchte Flasche Moscow Mule in der anderen Hand.

Wenn sie sich umdrehte, würde sie zu Stein erstarren, das war ihr vollkommen klar.

Dennoch tat sie es und blickte einen Moment später direkt in Nicks blasses, schweißbedecktes Gesicht.

Samstag, 22. Juli 1995
U-Bahn-Station Victoria

14

»Gegen meinen Willen«, zischte George im Hintergrund, doch Jenny hatte bereits akzeptiert, dass sie auf verlorenem Posten stand, was ihn betraf.

»Nick.« Sie klang ausdruckslos, nachdem sie keine Ahnung hatte, ob er ebenfalls sauer auf sie war. Sie hoffte nicht, denn ihre Freundschaft war tiefer und komplizierter als die Freundschaft zu George. »Du siehst ... gut aus.«

Er sah *nicht* gut aus. Er sah aus, als würde ihm Jarvis Cocker jeden Moment eine Unterlassungsklage aufhalsen, weil er seinen Look gestohlen hatte. Er trug einen braunen Anzug mit breitem Revers – offenbar Secondhand –, der den Aufschlägen seines orangefarbenen Paisley-Hemdes um nichts nachstand. Dazu kamen ein neuer, zotteliger Haarschnitt, Koteletten und eine blaue Sonnenbrille, obwohl es beinahe zehn war und sie sich in einem U-Bahn-Waggon befanden.

Jenny musste unwillig zugeben, dass sie beim Anblick seiner herrlichen Wangenknochen selbst nach all der Zeit immer noch in Verzückung geriet. Im Großen und Ganzen sah er allerdings aus wie ein kompletter Vollidiot, wie sie etwas selbstgefällig, aber auch traurig feststellte, bis sie erkannte, dass Nick sie ebenfalls von oben bis unten musterte. Wobei sie dank der dämlichen Sonnenbrille nicht erkennen konnte, was er von der starken Veränderung hielt, die sie seit ihrem letzten Treffen vor sechs Monaten bei einer Weihnachtsparty im Club in der Regent Street durchlaufen hatte.

Sie hatte damals noch als Kellnerin gearbeitet, und im *Ciccone's* war die Vorweihnachtszeit die Hölle. Gethin hatte ebenfalls den ganzen Tag im Laden gestanden, und so hatten sie sich nur kurz blicken lassen und waren nach ein paar Drinks nach Hause gegangen. Nick hatte Jenny den ganzen Abend über die kalte Schulter gezeigt und kaum mit ihr gesprochen, und als sie mit Gethin den Club verließ, sah sie ihn mit einer spindeldürren Blondine beim Zigarettenautomaten, und es war kein jugendfreier Anblick gewesen. Ihre Blicke hatten sich einen Moment lang getroffen, doch dann hatte sich Jenny abgewandt. Erleichtert, dass sie mit der Szene abgeschlossen hatte. Und mit ihm.

Mittlerweile musste sie die verheerenden Auswirkungen tagelanger, höllisch stressiger Schichten, nächtelanger Partys und des chronischen Schlafmangels nicht mehr verbergen. Sie hatte die Haare zu einem einfachen Pferdeschwanz zusammengefasst und trug – erneut inspiriert von Audrey Hepburn – wieder Stirnfransen. Sie brauchte nicht alle drei Wochen eine neue Tube Foundation und eine neue Mascara, und obwohl ihr der flüssige Eyeliner und der rote Lippenstift erst im Tod aus der Hand gleiten würden, war ihr Look sanfter, wesentlich weniger zeitintensiv und – ihrer Meinung nach – sehr viel schmeichelhafter.

»Du siehst … anders aus«, meinte Nick, als würde ihr Auftreten ihr absolut nicht schmeicheln.

»Du auch«, erwiderte sie, und als sich die U-Bahn-Türen schlossen, deutete Nick auf eine Sitzreihe am anderen Ende des Waggons.

»Sollen wir?«

Jenny sah nicht wirklich den Sinn dahinter, und als sie einen Blick auf den zusammengesunkenen Gethin warf, nahm dieser gerade einen nachdenklichen Schluck aus seiner Bierdose. Andererseits kannte sie Nick – mit Unterbrechungen – seit neun Jahren, also stimmte sie um der alten Zeiten willen zu. »Na gut.«

Sie setzten sich, und Jenny versuchte ihre Gedanken zu ordnen. Ihr fiel kein passender Einstieg in dieses Gespräch ein.

»Siehst du das Mädchen dort?« Er deutete mit dem Finger auf vier junge Frauen, die sich abwechselnd um die Stange in der Mitte des Waggons drehten.

»Welche genau?«

»Die Hübsche in den Jeans-Hotpants ...«

Die »Hübsche« trug knappe Hotpants, ein Tanktop aus Lurex mit silbernen und goldenen Streifen und nichts darunter. Obwohl sie kaum jünger war als Jenny, hatte sie knielange Strümpfe zu ihrem Outfit kombiniert und die Haare zu zwei Zöpfchen gebunden, die rechts und links vom Kopf abstanden. Jenny hielt sich mit Urteilen über das Aussehen anderer Frauen meist zurück, doch in diesem Fall fiel es ihr schwer, nicht missbilligend den Mund zu verziehen. Nachdem die Frau spindeldürr und blond war, überraschte sie Nicks nächster Satz nicht. »Das ist Clara, meine Freundin.«

»Okay ...«

»Sie ist in einer Band. Sie sind ganz in Ordnung, glaube ich. Zumindest, wenn man auf Kaugummi-Pop steht«, räumte er ein. Offensichtlich machte Liebe zwar blind, aber nicht taub. »Sie waren einige Male als Vorgruppe bei *Echobelly*. Und *NME* hat sie gelistet.«

»Na ja, wenn *NME* sie listet ...« Das hatte um einiges bissiger geklungen als beabsichtigt, und sie konnte Nick die bebenden Nasenflügel nicht verübeln. »Also, wie geht es dir? Wie läuft's im Job?«

Nick zuckte mit den Schultern. »Die Arbeit im Musikmagazin hat sich totgelaufen. Es gibt eben nur eine begrenzte Anzahl an Möglichkeiten, den Sound einer Gitarre zu beschreiben, und das Leben als Chefredakteur macht auch nicht so richtig Spaß. Zu viele langweilige Budgetmeetings«, erklärte er, als wäre es unter seiner Würde, Chefredakteur eines beliebten Musikmagazins zu sein, das in jedem Zeitungsladen und jedem Supermarkt im Land auflag. »Ich werde wohl zu einem Style-Magazin wechseln. Es ist noch nicht offiziell, aber ich hatte ein Vorstellungsgespräch als stellvertretender Chefredakteur von *Cravat* und habe gerade erfahren, dass ich die Stelle habe.« Ein weiteres Schulterzucken. »Klar ist es kein Aufstieg, sondern eher ein Abstieg – immerhin war ich Chefredakteur, und jetzt bin ich nur noch sein Stellvertreter –, aber ...«

»Aber nein, es ist großartig!«, beharrte Jenny und stellte erleichtert fest, dass sie sich für ihn freute. In der Vergangenheit hatte sich stets ein wenig Missgunst dazugesellt, wenn Nick von seiner nächsten Reise in die Staaten erzählte, wo er mit einer Band abhängen oder ein Exklusiv-Interview mit einem Weltstar führen würde, das schließlich an mehrere Zeitungen verkauft wurde. Obwohl Jenny niemals Nicks Job hätte haben wollen, waren seine Erfolge immer eine Erinnerung daran gewesen, dass sie keine Erfolge einfuhr. Sie hatte bloß tagein, tagaus geschuftet und war trotzdem nicht weitergekommen. Aber das hatte sich mittlerweile geändert. »Gratuliere. Du wirst unglaublich sein.«

Es folgte kurzes Schweigen, und Nick neigte zustimmend

den Kopf. Natürlich würde er unglaublich sein. Der Zug fuhr in die Station High Street Kensington ein. Bis zum Bahnhof Victoria waren es nur noch fünf Stationen, dann konnte Jenny verschwinden.

Er war so egozentrisch. Das war er immer gewesen. Er kam nicht einmal auf die Idee, sie zu fragen, wie es ihr ging. Wie ihr neuer Job ...

»Also, wie ist das Leben im *Einzelhandel*?« Er betonte das Wort, als wäre es ein widerlicher, schmuddeliger Beruf, und Jenny wünschte, er hätte tatsächlich kein Interesse gezeigt.

»Es läuft gut, danke. Eigentlich sogar besser als gut, ich habe ...«

»Ich kann nicht glauben, dass du dich mit so wenig zufriedengibst«, fuhr Nick fort. Er lehnte sich nach vorne, und Jenny folgte seinem Blick zu Gethin, der immer noch zusammengesunken dasaß und aussah, als wäre er überall lieber als hier. Nick musste gar nicht erst seinen Namen in den Mund nehmen. Was er meinte, war so klar, als hätte er laut gebrüllt.

»Ich gebe mich überhaupt nicht zufrieden«, fauchte Jenny. »Ich *liebe* meinen Job ...«

»Du wolltest immer in einem Verlag anfangen. Stattdessen arbeitest du in einem Bücherladen ...«

»Es ist doch nichts verkehrt an einem Bücherladen!« Jenny trank ihre Flasche mit drei langen Zügen leer. »Cavanagh Morton ist eine Londoner Institution. Virginia Woolf hat dort eingekauft. Cyril Connolly ist einmal betrunken im Schaufenster eingeschlafen. Ich stelle Büchersammlungen zusammen und organisiere Signierstunden ...«

»Du bist eine Verkäuferin mit fixen Arbeitszeiten. Wozu brauchst du deine hochtrabenden Titel?«, fragte Nick und schien nicht zu merken, dass Jenny vor Wut kochte, was sie noch mehr auf die Palme brachte.

»Weißt du, was? Ich scheiß auf dich!«, fauchte sie. »Ich scheiß darauf, dass du denkst, du wärst etwas Besseres, obwohl du keine Ahnung hast, was Kämpfen bedeutet.«

»Du hast nicht das Monopol auf harte Arbeit, Jen«, erwiderte Nick, und nun war auch ihm die Wut anzuhören. »Ich arbeite genauso hart.«

»Bis sechs Uhr wach zu bleiben, um ein Interview abzutippen, für das du nach LA geflogen wurdest, hat nichts mit harter Arbeit zu tun! Arbeite erst mal sechs Monate unentgeltlich für einen wollüstigen Literaturagenten und schiebe nebenbei Doppelschichten in einem Restaurant, um die Miete zu bezahlen, wo dir noch wollüstigere Männer die Hände unter den Rock schieben und ekelhafte Dinge zu dir sagen ...«

Nick rutschte hin und her. Es schien ihm nicht zu gefallen, in welche Richtung sich das Gespräch entwickelte. »Du hast nie gesagt, dass du nichts bezahlt bekommst«, meinte er schließlich.

»Weil es dich nicht interessiert hätte. Und weil ich mich geschämt habe, dass die glitzernde Karriere, von der ich immer geträumt hatte, sich nicht einstellen wollte. Also ja, ich arbeite in einer Buchhandlung, aber ich werde dafür bezahlt, und ich bin glücklich, weshalb du dir deine Überlegenheit in den Arsch stecken kannst!«

Jenny erhob sich wackelig, als der Zug gerade in die Station Gloucester Road einfuhr. Die Party war immer noch im vollen Gange, die Gäste sahen aus, als hätten sie die beste Zeit ihres Lebens, und Jenny war bitter enttäuscht, dass die U-Bahn-Polizei den Waggon nicht schon längst gestürmt und ihnen den Stecker gezogen hatte. Sie winkte Gethin verzweifelt zu, um ihm zu deuten, dass sie sofort aussteigen wollte, aber er unterhielt sich mit einem älteren Herrn in einem Anorak und sah sie nicht.

»Jen! Jen, setz dich«, bat Nick mit eindringlicher Stimme und zog an ihrem Handgelenk. Sie entriss es ihm.

»Fass mich nicht an«, zischte sie.

»Es tut mir leid. Ich war ein Arsch«, murmelte er, und zuerst dachte sie, sie hätte sich verhört, denn Nick entschuldigte sich niemals. »Es tut mir leid, okay?«

Er hatte sich tatsächlich entschuldigt. Zwei Mal! Das war dann wohl der Tag, an dem die Hölle gefror.

Sie ließ sich schnaubend sinken. »Nein, es ist nicht okay.«

Erneutes Schweigen. Vor neun Jahren hatte Nick sie so gut gekannt wie niemand sonst. Sie hatten sich nie angeschwiegen. Aber im Grunde war alles eine Lüge gewesen. Waren sie jemals echte Freunde gewesen? Jen bezweifelte es, und es war lächerlich, einem Ideal hinterher zu hecheln, das nie real gewesen war.

»Also ... wohnst du immer noch in Shepherd's Bush?«, unterbrach Nick Jennys düsteren Gedankengang.

»Wie bitte? Nein.«

»Bist du mit Loverboy zusammengezogen?«

»Er heißt Gethin, wie du sehr wohl weißt, und nein, bin ich nicht.«

Nick legte den Kopf in den Nacken und stieß die Luft aus. »Mein Gott, gib mir etwas, womit ich arbeiten kann, Jen! Ich bemühe mich wirklich.«

Niemand sollte sich hier bemühen müssen, ein zivilisiertes Gespräch aufrechtzuerhalten und Interesse am Leben des anderen zu zeigen. Und zwar, ohne sich über deren Entscheidungen lustig zu machen.

»Maida Vale. Oder besser gesagt, Kilburn. Ich wohne mit

meiner Großmutter zusammen.« Jenny legte herausfordernd den Kopf schief. »Wozu du sicher auch etwas Wichtiges zu sagen hast.«

»Du wohnst bei Dot und Stan?«, fragte Nick ungläubig, und Jen konnte ebenfalls kaum glauben, dass er sich noch an die Namen ihrer Großeltern erinnerte.

»Nur bei Dot.« Sie seufzte. »Stan ist vor fünf Monaten gestorben.«

»Das tut mir leid …«

»Das muss es nicht. Er war beim Buchmacher und hat einen Herzinfarkt erlitten, nachdem sein Pferd gewonnen hatte.« Sie lächelte betrübt, denn es passte zu der Art, wie sie die Geschichte am liebsten erzählte. »Offenbar ist er mit einem Grinsen im Gesicht gestorben.«

»Er war … ich weiß, es klingt abgedroschen, aber solche Typen wie deinen Großvater gibt es nicht mehr.« Er stieß ihr sanft gegen den Arm. »Erinnerst du dich daran, wie er mich fragte, ob ich ein *Er* oder eine *Sie* sei? Dabei waren meine Haare damals gar nicht so lang, und ich trug auch kein Kleid oder so.«

Jen schüttelte den Kopf, und dieses Mal war ihr Lächeln ehrlicher und weniger aufgesetzt. »Ja, ich erinnere mich.«

»Und als wir nach oben gingen, meinte er noch: ›Dann ist er also schwul, oder was‹?« Nick sah zu Gethin, der sich immer noch mit seinem neuen besten Freund unterhielt. »Was hat er von Lov– … Gethin gehalten?«

»Du meinst, weil er schwarz ist?«, fragte Jenny abwehrend, denn es war oft genug vorgekommen, dass sie mit Gethin die Straße entlanggegangen war und die Leute ihm ekelhafte Dinge entgegengeschleudert hatten, weil er es wagte, mit einer Weißen Händchen zu halten. Jenny hatte immer gedacht, dass sie in einer toleranten, liberalen Gesellschaft lebte, aber Stan war alles andere als tolerant und liberal gewesen … dennoch … »Er hat Geth geliebt. Er brauchte zwar einige Zeit, um zu begreifen, wie ein waschechter Waliser schwarz sein kann, aber als er herausfand, dass Gethin zeichnen kann, war er hin und weg.«

Sie hatten den einundzwanzigsten Geburtstag der Zwillinge mit einem gemeinsamen Restaurantbesuch gefeiert. Es war erst das zweite Mal gewesen, dass Gethin die ganze Familie auf einmal traf, und beim ersten Mal war Stan nicht wirklich nett gewesen. Es war schmerzhaft und unglaublich peinlich gewesen, und Jenny hatte sich bereits vorgenommen, ein ernstes Wort mit ihrem Großvater zu reden, sobald sie ihn allein zu fassen bekam, doch dann hatten sie Martin eine Geburtstagskarte überreicht, die Gethin nach Jennys Entwurf gezeichnet hatte.

Unter den Worten »Happy Birthday (vorbehaltlich eines bindenden Vertragsabschlusses)!« befand sich eine comichafte Zeichnung von Martin mit seinem größten Stolz, einem Mini Cooper mit dem Logo des Immobilienmaklers, für den er arbeitete, seit er mit siebzehn das College verlassen hatte. Er hielt ein Mobiltelefon in der Größe einer Müslipackung in der Hand und reckte die Faust in die Luft wie immer, wenn er erfolgreich ein Haus verkauft hatte.

»Der sieht ja aus wie Martin!«, hatte Stan mit kindlicher Verwunderung gerufen. »Das ist sogar besser als dieser Rolf Harris.«

Das restliche Essen über musste Gethin andere Familienmitglieder zeichnen, und seit diesem Tag war Stan ein verliebtes Teenagermädchen und Gethin sein Lieblingsstar gewesen.

»Er ist ein guter Junge«, hatte er erklärt, sobald die Sprache auf Gethin gekommen war. »Sie hätte es schlimmer treffen können. Mit einem solchen Talent muss er sich nie Sorgen ums Geld machen.«

Stan war mit der Vorstellung ins Grab gegangen, dass Leute mit einem Talent für bildliche Darstellung das große Geld verdienten. Gethin hatte zwar vor Kurzem die Stunden im Laden für Künstlerbedarf erhöht, doch er konzentrierte sich nebenbei immer noch auf seine Kunst. »Gethin schlägt sich wirklich gut. Er hat im November eine Ausstellung«, erklärte Jenny Nick, der zwar nickte, aber nichts sagte – und da erwartete er, dass Jenny beeindruckt war, dass er mit einer Frau mit Lolita-Komplex ausging, die in einer unbedeutenden Indie-Band spielte? Okay, die Ausstellung fand zwar nicht in einer schicken Galerie in Mayfair statt, sondern in seinem Café in Camberwell, aber es war trotzdem großartig.

»Vermisst du Stan?«, wollte Nick wissen, und Jenny fragte sich, warum er unbedingt über ihren toten Großvater reden wollte, während um sie herum eine Party tobte.

Andererseits hatte ihr bisher noch niemand diese Frage gestellt. »Wenn man bedenkt, wie oft wir aneinandergeraten sind – vor allem in den letzten Jahren –, vermisse ich ihn tatsächlich. Er machte einen großen Teil meines Lebens aus.« Wenn sie durch die Tür der Wohnung – *ihrer* Wohnung – trat, erwartete sie immer noch, dass Stan in seinem Lehnstuhl saß, eine Kippe und ein Pferderennmagazin in der Hand und eine Tasse Tee auf dem Tisch neben sich.

»Na, sieh mal einer an, was die Katze da wieder angeschleppt hat«, war seine übliche fröhliche Begrüßung gewesen, gefolgt von harscher Kritik über ihr Outfit (»Der Rock ist so kurz, dass ich deine Nieren sehen kann«) und ihr Leben (»Wie viel Geld bringen dir deine schicken Titel eigentlich? Was für eine verdammte Zeitverschwendung«).

Es hatte nie eine Annäherung zwischen ihnen gegeben.

Kein Weichwerden im Alter. Kein geflüstertes »Ich bin stolz auf dich«, wenn ihm Jennifer zum Abschied einen Kuss auf die Wange gehaucht hatte.

Sie fragte sich immer wieder, warum sie ihn trotzdem so vermisste und das Gefühl hatte, als hätte sich ein riesiges Loch in ihrem Leben aufgetan.

»Nan vermisst ihn überhaupt nicht«, erzählte sie Nick. »Am Anfang schon, weil sie keine Ahnung vom Leben hatte. Sie hatte noch nie einen Scheck ausgestellt oder die Gasrechnung bezahlt. Außerdem hat sie noch nie in ihrem Leben eine Nacht allein verbracht, deshalb war es mehr oder weniger ihre Rettung, dass ich bei ihr einzog. Wobei ich mich natürlich auch nicht beschweren kann.«

»Billige Miete? Verpflegung inklusive?« Nick stieß ihr in die Seite. »Ich wette, sie wäscht auch für dich, oder?«

Jenny nickte. »Sie bügelt sogar meine Hosen und meint, sie wäre froh, sich um jemanden kümmern zu dürfen. Wobei ich weniger oft jammere als Stan und nicht ausfällig werde, wenn Arsenal verliert. Von dem Gewinn seiner letzten Pferdewette hat sie sich einen Gefrierschrank gekauft. Er meinte immer, sie würden so etwas nicht brauchen. Jetzt ist der Gefrierschrank voller Eiscreme.«

»Eiscreme?«

»Sie liebt Eiscreme, und sie schläft schlecht. Wenn ich also mitten in der Nacht aufwache und Geräusche höre, sitzt Nan mit einer Packung Rum-Rosine in der Küche.«

Nick verzog das Gesicht. »Dann ist es nicht mal leckere Eiscreme?«

»Nein, die allerschlimmste.«

Sie grinsten einander an, und Jenny legte eine Hand auf Nicks Hand, die auf der Armlehne lag. Es lief zwar nicht rund, und sie hatten kaum etwas gemeinsam, aber die Verbindung war noch da. Und sie würde es vermutlich für immer bleiben.

»Dann war bei dir also einiges los in letzter Zeit? Du hast deine Freunde nicht einfach fallen gelassen, weil du einen Mann gefunden hast?« Der aggressive Unterton war wieder zurück.

»Die Welt dreht sich nicht nur um dich, Nick«, erwiderte Jenny trocken. »Es ist erst Juli, und bis jetzt habe ich einen neuen Job angetreten und meinen Großvater verloren. Ich bin zu Dot gezogen, die sehr viel Zuwendung brauchte, und ja, ab und zu möchte ich auch Zeit mit meinem Freund verbringen. Tut mir echt leid.«

Jenny klang überzeugter von der moralischen Unantastbarkeit ihres Verhaltens, als sie es war. Ja, sie feierte so gut wie gar nicht mehr oder traf sich mit ihren alten Freunden. Aber Gethin war lieber mit ihr allein. Sie waren gerne ein Paar, und es war kein Verbrechen, wenn man ein Teil eines Ganzen sein wollte, nachdem man so lange allein gewesen war.

Außerdem hätte sie nicht mehr so weitermachen können. Die wilden Partys, nach denen sie sich doch nur mies gefühlt hatte. Die Pillen und der Alkohol, die es nicht geschafft hatten, die schmerzhafte Leere in ihr zu füllen. Genauso wenig wie Georges und Nicks Gesellschaft. Vor allem nicht Nicks – denn auch wenn sie die Gleichgültige mimte, hatte sie sich immer noch wie ein unbeholfenes sechzehnjähriges Mädchen gefühlt, wenn sie mit ihm zusammen gewesen war. Sie war sein Beiwagen gewesen. Eine Nebendarstellerin, die keine eigene Persönlichkeit hatte.

»Ich muss dir etwas erzählen«, meinte Nick und klang ungewohnt zögernd.

Jenny hob die Augenbrauen, wobei es weder auffordernd

noch abwehrend wirkte. Sie war nicht einmal neugierig, denn es würde doch nur wieder eine weitere Hymne auf seine brillante Karriere oder die Freundin sein, die sich anzog wie eine Puppe aus dem Secondhand-Laden. »Schieß los.« Sie hob auffordernd die Hand wie damals, als sie im *Ciccone's* die Gäste an ihre Tische geführt hatte.

»Ich bin ... ich war ... als wir zusammen waren, bevor du ihn getroffen hast ...« Er deutete mit dem Kopf auf Gethin, der sich immer noch angeregt mit dem alten Mann unterhielt.

»Was warst du?«, fragte Jenny. Sie wusste mit Sicherheit, dass ihr Nicks Offenbarung nicht gefallen würde. Wahrscheinlich war er mit einer ihrer Freundinnen im Bett gewesen.

»Ich wollte dich damals unbedingt«, erklärte er, und *das* hatte sie am allerwenigsten erwartet.

Ihr Mund klappte auf, und sie starrte ihn ungläubig an. »Was? Nein, wolltest du nicht!«

»Doch«, beharrte Nick und versuchte, nach ihrer Hand zu greifen, doch Jenny verschränkte die Arme vor der Brust und warf ihm einen wütenden, verletzten Blick zu. »Erinnerst du dich an die unzähligen Nächte, die wir zusammen in einem Bett geschlafen haben – bloß, dass ich nicht schlafen konnte, weil ich dich unbedingt ficken wollte.«

»Du wolltest mich nie wirklich ficken«, erwiderte Jenny ein wenig bitter, denn schon vor Gethin hatte sie stets verzweifelt versucht, ihre Gefühle für Nick zu unterdrücken. Sie hatte akzeptiert, dass sie Freunde waren. Nur Freunde. »Du hast nie etwas gesagt oder getan, um mir zu zeigen, dass du auf mich scharf warst.«

»Doch, das habe ich«, zischte Nick. »Ich hatte damals kaum Augen für irgendeine andere Frau.«

Jenny schnaubte. »Das stimmt doch gar nicht. Da waren ständig neue spindeldürre Blondinen. Jede Woche eine andere.«

»Aber ich war nicht mit ihnen im Bett, obwohl es kein Problem gewesen wäre«, merkte Nick an, aber wenn er Jenny wirklich seine Zuneigung beweisen wollte, musste er sich mehr einfallen lassen. »Und ich habe dich mindestens ein halbes Dutzend Mal davon abgehalten, mit irgendeinem Kerl nach Hause zu gehen, weil ich den Gedanken nicht ertrug, dass du mit einem anderen zusammen bist. Und nicht mit mir.«

Seine Stimme stockte, wie Jenny es noch nie gehört hatte, und als sie einen Blick riskierte, hatte er seine dämliche Brille abgenommen und sah sie mit ehrlichen Augen an.

»Und warum hast du nie etwas gesagt?«, wollte sie wissen, auch wenn sie keine Ahnung hatte, was sie in einem solchen Fall getan hätte.

Nick zuckte mit den Schultern, aber nicht auf unnahbare Art, sondern so, als hätte er sich diese Frage ebenfalls oft gestellt und nie die passende Antwort gefunden. »Ich weiß nicht. Ich habe auf ein Zeichen gewartet, dass es dir genauso ging«, gab er zu. »Es war einfacher, als du noch jedes Mal rot wurdest, wenn ich dich ansah. Mittlerweile bist du schwer zu durchschauen.«

»Nein, gar nicht«, erwiderte Jenny überrascht. Auch wenn sie immer mysteriös und rätselhaft wirken wollte, sah sie die Sache in letzter Zeit eher realistisch. »Ich bin wie ein offenes Buch. Und nicht einmal ein sehr langes.«

»Vielleicht habe ich nichts gesagt, weil ich wusste, dass es dir nicht gut ging«, meinte er sanft. »Ich hatte keine Ahnung, dass du umsonst arbeitest und so, aber du hast so zerbrechlich gewirkt, und ich wollte nicht derjenige sein, der dir den Rest gab.«

Er war das komplette Gegenteil von Gethin, der dasselbe erkannt hatte und derjenige sein wollte, der Jenny rettete – obwohl ihr die Vorstellung, dass sie sich selbst gerettet hatte, besser gefiel. Sie war diejenige, die den Job bei Cavanagh Morton ergattert hatte. Und der Entschluss, mit Dot zusammenzuziehen, hatte ihr die Sicherheit und Stabilität – und regelmäßige, selbst gekochte Mahlzeiten – eingebracht, nach denen sie sich heimlich gesehnt hatte, und war damit ein wesentlicher Schritt in Richtung Zufriedenheit gewesen. Aber ganz zu Beginn war da trotzdem Gethin gewesen, der Jenny angesehen hatte, als hätte sie es verdient, glücklich zu sein, und als wollte er alles in seiner Macht Stehende tun, dass sie es wurde.

»Siehst du, die alte Jen hätte jetzt höhnisch gegrinst und gemeint: ›Ha! Als könntest du mir den Rest geben! Sei nicht so selbstgefällig!‹«, meinte Nick ein wenig traurig.

»Ich bin nicht mehr die alte Jen. Mittlerweile nennen mich alle Jenny, selbst Kirsty«, erklärte Jenny. Obwohl sie sich in der Vergangenheit gegen Jenny gewehrt hatte, hatte sie mittlerweile nichts mehr gegen die frechere, flottere Version ihres Namens.

»Für mich wirst du immer Jen bleiben. Du warst von Anfang an Jen.« Nick legte die Hand auf ihren Ellbogen, obwohl sie die Arme immer noch fest verschränkt hatte. »Ich hätte nichts sagen sollen.«

»Ich habe nichts geahnt ...« Jenny spürte nicht die erwartete Genugtuung. Und die Bestätigung. Sie war vor allem damit beschäftigt, ihr Herz zu ignorieren, das bei Nicks Geständnis, dass er sie gerne gefickt hätte, vor Verlangen zu rasen begonnen hatte. Er hatte nicht von Liebe machen gesprochen. Und auch nicht von Sex. Er wollte sie *ficken*. Es klang grob, doch es hatte ein Feuer in ihr entfacht, das sie nun verzweifelt versuchte auszutreten. Allerdings gab es noch einige Dinge, die sie wissen musste, bevor sie nie wieder über diese Angelegenheit sprechen würden.

»Hast du mich deshalb ... an dem Morgen, als wir ... Du hast mich abgewiesen, und ich dachte ...« Sie konnte keine ganzen Sätze bilden, aber sie spürte immer noch die brennende Scham von damals. »Ich dachte, du willst es nicht.«

»Natürlich wollte ich.« Nicks Wangen wurden ebenfalls rot, als wäre das Gespräch für ihn genauso demütigend wie für Jenny. »Ich wollte es mehr als alles andere. Aber ich wollte deinen Zustand nicht ausnützen. Nicht nur, weil wir immer noch mehr als genug Drogen im Blut hatten, sondern weil du ... du warst so zerbrechlich, Jen, und ich wusste, es wäre ein Fehler. Ich wusste, dass du mich danach hassen würdest.« Er zuckte erneut mit den Schultern. »Aber das tust du jetzt auch.«

»Ich hasse dich nicht«, erklärte Jenny, und Verbitterung vertrieb die Scham. »Weißt du, Freundschaften basieren auf Gegenseitigkeit. Du hast auch nicht gerade darauf Wert gelegt, in Kontakt zu bleiben.«

»Du hast kein einziges Mal angerufen, seit du mit ihm zusammen bist, Jen. Kein einziges Mal. Und es tut mir echt leid, aber ich war wütend auf dich. Immerhin bist du auf direktem Weg von meinem Bett in *seines* ...«

Jenny verdrehte die Augen. »Das stimmt doch gar nicht!« Wobei sie jetzt, da sie es aus seinem Mund hörte, zugeben musste, dass es genau so gewesen war. Auch wenn es ihr damals nicht so vorgekommen war. Und nun war die Scham wieder da. »Du hättest mir damals sagen sollen, was du fühlst, anstatt mich in dem Glauben zu lassen, wir wären bloß Freunde.«

»Wenn ich es getan hätte, wärst du trotzdem mit ihm zusammengekommen?«

Jenny schüttelte den Kopf. »Mein Gott, frag doch so etwas nicht.«

Sie hatte keine Ahnung, was sie sagen sollte, und als sie auf der Suche nach einer göttlichen Eingebung den Kopf hob ... stand Gethin vor ihr.

»Nächster Halt Bahnhof Victoria«, sagte er mit ausdruckslosem Gesicht und ausdrucksloser Stimme, und Jenny wurde klar, dass sie unbemerkt einige Stationen hinter sich gebracht hatten und es Zeit wurde, sich zu verabschieden.

»Genau.« Sie erhob sich. »Dann Auf Wiedersehen.«

»Du bleibst nicht?« Nick überkreuzte die Beine und setzte die Sonnenbrille wieder auf, sodass es unmöglich war, die Wahrheit in seinen blutunterlaufenen Augen zu lesen.

»Nein.« Gethin stand bereits an der Tür. »Ich bin nur gekommen, um mich von George zu verabschieden, und er ist stinkwütend auf mich, also ...«

»Er ist total zugedröhnt. Ich rede morgen mit ihm«, bot Nick an, als der Zug langsamer wurde. »Andererseits habe ich vor, mir ebenfalls in Kürze die Kante zu geben, also werde ich mich vielleicht nicht mehr daran erinnern.«

»Falls ja, dann rede mit ihm.«

Der Zug fuhr in die Station ein, und es gab nichts mehr zu sagen.

»Es hat gutgetan, dich wiederzusehen, Jen«, sagte Nick. »Bis zum nächsten Mal sollte es nicht so lange dauern.«

»Nein, sollte es nicht«, stimmte sie ihm zu. »Wohnst du noch in Camden?«

»Ich ziehe aus, sobald George abgereist ist, aber du erreichst mich im Büro ...«

»Okay, mach ich«, erwiderte Jenny schnell. Die Türen hatten sich geöffnet, und sie verabschiedete sich mit einem flüchtigen Lächeln und einem schnellen Winken und sprang aus dem Zug, um zu Gethin aufzuschließen, der bereits den halben Bahnsteig hinter sich gebracht hatte. »Geth! Warte!«

Er hielt an. Sein Gesicht war noch immer ausdruckslos, was normalerweise bedeutete, dass er im Stillen vor Wut kochte und es eine Ewigkeit dauern würde, bis er mit der Sprache herausrückte. Wobei Jenny dieses Mal ganz genau wusste, was los war.

»Es ist erledigt«, erklärte sie und klatschte in die Hände, wie um sie von altem Staub zu befreien. »Und es wird nicht wieder vorkommen.«

»Was wird nicht wieder vorkommen?«, fragte Gethin, während sie sich bei ihm unterhakte. Sie gingen gemeinsam den Bahnsteig entlang.

»Dass ich mich mit diesen Leuten treffe. Mit Nick«, fügte sie hinzu, falls Gethin irgendwelche Zweifel hegte. Sie hatte sich an jenem Sonntag am Leicester Square gegen Nick und für Gethin entschieden und es kein einziges Mal bereut. Das, was sie mit Nick verband, war von Anfang an substanzlos gewesen. Vielleicht wollte er sie *ficken*, aber das, was sie mit Gethin hatte, war von größerer Bedeutung. »Es hat keinen Zweck. Wir waren als Teenager befreundet, aber das heißt nicht, dass wir noch immer etwas gemeinsam haben – außer Erinnerungen. Und ein Großteil davon ist nicht einmal schön.«

»Wenn du dich trotzdem mit ihnen – mit ihm – treffen willst, ist das okay für mich ...«

Das war es ganz sicher nicht, und die Tatsache, dass er es

trotzdem behauptete, zeigte, wie liebevoll er war. »Ich will aber nicht«, erklärte Jenny. »Ich meine, ich arbeite und kümmere mich um Nan – und der Himmel stehe mir bei, wenn ich an einem Wochentag nicht um zehn zu Hause bin ...«

Sie näherten sich den Bahnsteigen der Victoria Line, und es grenzte an ein Wunder, aber Gethin lächelte. »Sie macht sich Sorgen um dich ...«

»Und ich will den Rest meiner Zeit mit dir verbringen und mit niemandem sonst.« Jenny griff nach seiner Hand, verschränkte die Finger mit seinen und hob sie an den Mund, um sie zu küssen. »Okay?«

Gethin nickte. »Okay.«

»Weil ich dich wirklich liebe«, meinte Jenny und wünschte sich zum ersten Mal, sie hätte nichts gesagt.

Sie drängten sich durch Fahrgäste, die aus dem Zug ausstiegen, mit dem sie fahren wollten. »Wir verpassen noch den Zug«, trieb Gethin Jenny an. Sie eilten weiter und sprangen hinein, kurz bevor sich die Türen schlossen. »Also, weißt du, was, ich habe vorhin mit einem alten Mann gesprochen ...«

»Ja, ich habe dich gesehen.«

»Er war gemeinsam mit Eric Ravilious und Eric Bawden auf dem *Royal College of Art*.« Gethin stieß einen leisen Pfiff aus. »Er hat unter Paul Nash studiert. Unglaublich, oder?«

Jenny nickte, obwohl sie die Namen dieser Leute noch nie gehört hatte. Was auch kein Problem war, denn Gethin erklärte es ihr. Während er sprach, machten sich eine Niedergeschlagenheit und eine Dunkelheit in ihr breit. Sie dachte an den überhasteten, schuldbeladenen, unbefriedigenden Abschied von Nick. Und an das »Ich liebe dich« an einen Mann, der keinerlei Willen gezeigt hatte, es zu erwidern.

TEIL 6
1996–1997

Freitag, 18. Oktober 1996
U-Bahn-Station Heathrow, Terminals 1, 2 und 3

15 »So modern ziehen sich die besten Lektorinnen der Stadt heutzutage also an?«, fragte Kirsty, während Jenny einen ihrer Koffer auf die Rolltreppe wuchtete. »Ich dachte, du würdest ... belesener aussehen.«

Nachdem Jenny sichergestellt hatte, dass der Koffer nicht das Gleichgewicht verlor, wackelte sie aufreizend mit dem Oberkörper. »Das ist die inoffizielle Bürouniform.«

Das waren ein schwarzes Trägertop, eine hellblaue Feinstrickweste, eine graue Hüfthose und Jennys treue Dunlop-Green-Flash-Sportschuhe.

»Natürlich geht es auch eleganter, wenn ich nicht gerade meiner Freundin helfe, ihre weltlichen Besitztümer quer durch London zu karren. Wenn ich zum Beispiel mit einem Autor oder Agenten zum Mittagessen verabredet bin.«

Kirsty wagte es, eine Hand von ihrem Koffer zu nehmen, der auf der Stufe unter ihr stand, und klopfte Jenny auf die Schulter. »Angeberin! Trifft sich zum Mittagessen mit schicken Schreiberlingen ... hast du eine eigene Firmenkreditkarte?«

»Ja! Kaum zu glauben, dass sie mir eine anvertraut haben.«

Jenny konnte nicht so tun, als wäre es ihr gleichgültig.

Außerdem war sie mit Kirsty unterwegs, die so etwas ohnehin nicht von ihr erwartet hätte. »Und es kommt noch besser: Ich habe sogar eigene Visitenkarten. Ich gebe dir eine, sobald wir in der U-Bahn sind.«

»Ich bin so stolz auf dich. *Jennifer Richards, Lektorin.* Das klingt gut.«

»*Lektorin*, ich kann es immer noch nicht glauben«, stimmte Jenny ihr zu. Sie hatte im Januar als Lektoratsassistentin bei Lyttons begonnen, aber erstens war sie für die Stelle überqualifiziert gewesen, zweitens hatten mehrere Lektoren den Verlag verlassen, und drittens hatte sie ausnahmsweise das Glück gehabt, zur richtigen Zeit am richtigen Ort zu sein, und so war sie bereits zu Ostern zur Lektorin befördert worden.

Sie musste noch viel lernen, aber die drei Autoren, die sie übernommen hatte, und der eine, den sie selbst akquiriert hatte, hatten sich noch nie beschwert und gemeint: »Entschuldigung, aber wir möchten eine *echte* Lektorin und nicht diese ... Hochstaplerin!«

Heute ging es allerdings ausschließlich um Kirsty. Jenny hatte sich eigens den Nachmittag freigenommen, um sich mit ihrer besten Freundin, deren beiden Koffern und einer Vielzahl blauer IKEA-Taschen zu treffen. Kirsty war zurück in London. Und dieses Mal für immer. Auch ihr Freund Erik, der stattliche Wikinger (der im echten Leben ein führender Experte der Urbanistik war und den sie in Stockholm kennengelernt hatte), würde bald nachkommen. »Aber vergessen wir die Firmenkreditkarte. Meine beste Freundin wird die neue Kuratorin in einem erstklassigen Londoner Museum.«

»Assistenzkuratorin in einem Museum im hintersten Winkel der Stadt, von dem noch nie jemand etwas gehört hat«, beharrte Kirsty, doch sie nahm erneut die Hand vom Koffer und tätschelte Jennys Rücken. »Wir schlagen uns nicht schlecht, was?«

»Nein, wirklich nicht«, bestätigte Jenny und wollte gerade ihre Pläne für Kirstys erstes Wochenende in der Stadt darlegen – ein Besuch in Jennys Wohnung in Notting Hill, um Kristys Sachen abzuladen, und danach Dinner im *Seashell* in der Lisson Grove, dem besten Fish-&-Chips-Restaurant in ganz London, bevor es morgen zum Markt in der Portobello Road und anschließend nach Covent Garden ging, wo sie Gethin von der Arbeit abholen, und dann nach Brixton zu einer Party fahren würden –, doch in diesem Moment fiel ihr Blick auf die nach unten fahrende Rolltreppe, und die Worte blieben ihr im Hals stecken.

Er hatte den Kopf abgewandt, weshalb Jenny sich nicht ganz sicher sein konnte, ob er es tatsächlich war. Sie sah bloß einen großen, schlanken, dunkelhaarigen Mann, der sich mit seinen beiden Begleitern unterhielt. Eine kleine Frau mittleren Alters in einem Leinenensemble in verschiedenen Brauntönen, die so heftig gestikulierte, dass sie beinahe von der Rolltreppe und in den Tod stürzte, und ein ganz in Schwarz gekleideter Mann mit einer Kameratasche und einem Stativ.

Doch allein der Verdacht, dass er es sein könnte, ließ ihr Herz so laut schlagen, dass sie es vermutlich über das Rumpeln der Rolltreppe hinweg hören konnte.

Er wandte sich ein wenig zur Seite und rückte die große Reisetasche auf seiner Schulter zurecht, und er war es tatsächlich.

Nick.

Seine Haare sahen ähnlich aus wie damals, als sie ihn kennengelernt hatte, und er wischte sich die langen Stirnfransen ungeduldig aus dem Gesicht. Er trug Jeans, ein T-Shirt und eine Lederjacke und war so normal gekleidet wie schon seit Ewigkeiten nicht mehr.

Aber in einem Jahr konnte viel passieren.

Ein Jahr war lange genug, um den Job zu wechseln und befördert zu werden. Obwohl Jenny samstags immer noch bei Cavanagh Morton arbeitete, während Gethin im Laden für Künstlerbedarf war, weil sie das Bücherverkaufen vermisste. Das Gefühl, Leuten ein Buch mit auf den Weg zu geben, das auf die ein oder andere Weise deren Leben verändern würde.

Außerdem hatte sie in einem Jahr zehn weitere kurze Artikel für die *London Review of Books* geschrieben, drei Artikel für die Literaturbeigabe der *Times* verfasst und eine Doppelseite über ihre geliebte Jilly Cooper im *Guardian* veröffentlicht.

Ein Jahr war lange genug, um zu Gethin in das große, staubige Haus in Brixton zu ziehen und es einen Monat später wieder zu verlassen, weil ihr der Staub, die Mäuse, die Silberfische und die überheblichen Mitbewohner zu viel wurden, die derart in ihrer Kunst aufgingen, dass sie keine Zeit zum Staubsaugen hatten.

Ein Jahr war lange genug, um über den Schmerz hinwegzukommen, dass es Gethin scheinbar nichts ausmachte, dass sie bei ihm ausgezogen war, um sich eine Wohnung mit ihren Arbeitskolleginnen Charlotte D und Charlotte W in Notting Hill zu teilen (die sich auf der anderen Seite von London, aber dafür viel näher zu ihrem Büro in Kensington befand).

Ein Jahr war lange genug, um sich ordentliche Kissen, zwei Garnituren Bettwäsche und eine Bettdecke zu kaufen – und zwar nicht bei *Marks & Spencer*, was für ihre Mutter und

Großmutter bereits das Einkaufserlebnis schlechthin darstellte, sondern bei *John Lewis* (wo die Richards-Frauen nur hingingen, wenn sie sich einen BH anpassen ließen). Und es war nicht nur *eine* Bettdecke, sondern ZWEI. »Eine dünne für den Sommer und eine mittelstarke für die Übergangszeit, die zusammen eine dicke Winterdecke ergeben«, hatte Jenny erklärt, als sie zu dritt in der Heimtextilienabteilung von *John Lewis* in der Oxford Street gestanden hatten.

»Wer hätte gedacht, dass so etwas möglich ist?«, hatte Dot sich gewundert, denn für sie hatte das Bettzeug immer nur aus einem Laken, Decken und einer gehäkelten Tagesdecke bestanden.

»Es ist total praktisch und nicht viel teurer als eine normale Bettdecke«, hatte Jackie ihr zugestimmt und ihre Tochter mit neu entdecktem Respekt angesehen. »Kaufst du denn oft bei *John Lewis* ein?«

Jenny hatte mit den Schultern gezuckt. »Etwas Besseres bekommt man zu dem Preis nirgendwo.«

Ein Jahr war also auch lange genug, um von ihren Eltern und ihrer Großmutter endlich wie eine richtige Erwachsene behandelt zu werden.

Ein Jahr war lange genug, um sich die Stirnfransen auswachsen zu lassen und sie wenige Wochen später wieder abzuschneiden. Und lange genug, um sich beim Zuschlagen einer Taxitür den kleinen Finger und den Ringfinger der linken Hand zu brechen.

Außerdem hatte Jenny einen neuen alkoholischen Drink gefunden, der sozialverträglich war (und die Suche danach hatte nur am Rande mit den gebrochenen Fingern zu tun). Jenny trank nun Wodka mit Erdbeersaft und nannte es »Gesundheitsdrink«, denn seit sie damit begonnen hatte, hatte sie bloß eine einzige Blasenentzündung gehabt.

Ein Jahr war lange genug, um ein weiteres Mal mit Gethin nach Paris zu fahren. Sie hatten gehofft, dass es wieder so sein würde wie früher, doch nichts war vergleichbar mit dem ersten Mal. Außerdem hatte Jenny drei lange Wochenenden bei Kirsty in Stockholm verbracht und war mit ihren Brüdern nach Frankreich gefahren, um sich dort mit billigem Alkohol für die Überraschungsparty zu Jackies und Alans dreißigstem Hochzeitstag einzudecken. Und sie war mit Kirsty eine Woche auf Ibiza gewesen, wo die beiden schnell bemerkt hatten, dass sie für einen solchen Urlaub nicht geschaffen waren.

Ein Jahr war lang genug, um mehrere Male in Panik zu geraten, weil sie vermutete, schwanger zu sein. Und um das eine Mal zu bereuen, als sie Gethin in ihre Befürchtungen eingeweiht hatte. Ihre Periode hatte ein paar Tage später eingesetzt, aber seine stille, in sich kochende Wut hatte mehrere Wochen angedauert. Weshalb sie ein paar Wochen darauf beschlossen hatte, ihm nichts von dem positiven Schwangerschaftstest zu sagen. Stattdessen hatte sie sich zwei Tage freigenommen und sich von ihrem Arzt eine Abtreibungspille verschreiben lassen.

Ein Jahr war lange genug, um zu erkennen, dass sie nicht mehr verloren war. Sie hatte sich nicht nur selbst gefunden, sie wurde auch langsam zu der Person, die sie sein wollte.

Ein Jahr war lange genug für Gethin, um sich selbst zu verlieren – aber im Gegensatz zu Jenny wollte er nicht wiedergefunden werden. Er malte und zeichnete nicht mehr, und es war lange her, dass er Jenny den Kohlestift vom Körper gewaschen hatte. Er arbeitete fünf oder manchmal sogar sechs Tage die Woche als stellvertretender Geschäftsführer im Laden für Künstlerbedarf, sorgte sich um Lagerbestände und die Produktivität seiner Angestellten, und jeder Kunde, der zu ihm kam, um Papier, Farbe oder andere Materialien zu kaufen, war eine schmerzliche Erinnerung an den Menschen, der er einmal gewesen war.

Ein Jahr war lange genug, um die vielen Enttäuschungen in Gethins Leben in bitteren Groll zu verwandeln.

Ein Jahr war lange genug, um zu erkennen, wie das Licht in seinen Augen jedes Mal schwächer leuchtete, wenn er Jenny ansah.

Ein Jahr wäre lange genug gewesen, um Jenny zumindest einmal zu sagen, dass er sie liebte. Selbst, wenn er es nicht ernst meinte.

Ein Jahr war eine lange Zeit. Lange genug für Jenny, um ihr ganzes Leben zu verändern. Aber trotz der Veränderungen, dem inneren Wachstum und viel zu viel Wodka mit Erdbeersaft hatte es keinen einzigen Tag in diesem Jahr gegeben, an dem sie nicht an Nick gedacht hatte. Daran, was sie gehabt hatten. Daran, was sie nicht gehabt hatten. Daran, was passiert wäre, wenn die Lage anders gewesen wäre.

Und jetzt fuhr er mit der Rolltreppe nach unten, während Jenny nach oben fuhr. Sie überlegte einen Moment lang, nach ihm zu rufen, doch er war zu weit weg. Er fuhr in eine vollkommen andere Richtung. Nick bemerkte sie nicht, obwohl Jenny den Kopf so weit verdrehte, wie es möglich war, ohne den Koffer loszulassen. Schließlich verschwand er aus ihrem Blickfeld, und sie kehrte zurück in die Realität. Ins Hier und Jetzt. Dieser Moment gehörte nur ihr allein.

»Ist alles okay?«, fragte Kirsty. »Du hast gar nicht zugehört, was ich gesagt habe. Und ich hatte einiges zu sagen!«

»Tut mir leid, alles okay. Ich dachte nur, ich hätte jemanden gesehen, den ich kenne.«

Sie waren am oberen Ende der Rolltreppe angekommen

und wuchteten das schwere Gepäck herunter. Als sie schließlich in einem Waggon der Picadilly Line saßen und auf die Abfahrt warteten, hatte Jenny ein Lächeln gefunden, das überzeugend genug war, um Kirsty damit hinters Licht zu führen.

»Also, was hast du vorhin auf der Rolltreppe gesagt?«, fragte sie.

»Ich wollte nur wissen, wie es zwischen Geth und dir läuft«, erwiderte Kirsty vorsichtig. »Du meintest beim letzten Mal, dass die Situation etwas heikel wäre.«

Es war mehr als *etwas heikel*. Aber keiner von ihnen wollte zugeben, dass sie sich nach zwei Jahren auseinandergelebt hatten, anstatt zusammenzuwachsen. Jenny hatte beschlossen, es bald zu wagen. Wenn nicht nächste Woche, dann übernächste. Kirsty hatte gerade ihr ganzes Leben umgekrempelt, und es war ihr erstes Wochenende zurück in London, außerdem hatte sie vorhin bereits über Hunger und daraus resultierende Kopfschmerzen geklagt.

Also setzte Jenny ein weiteres, hoffentlich überzeugendes Lächeln auf. »Es ist nichts, worüber du dir deinen hübschen kleinen Kopf zerbrechen müsstest. Also, was hältst du davon, wenn ich dich gleich zu den besten *Fish & Chips* deines Lebens einlade?«

»Du meinst protzige Londoner *Fish & Chips*, wo der Fisch nicht in Bierteig frittiert wird, das Erbsenpüree unter aller Würde ist und man zehn Pfund für eine Portion auf den Tisch legen muss?« Kirsty schnaubte, dabei hatte sie ewig in Schweden gelebt und regelmäßig Elchfleisch gegessen, sodass sie kaum noch die zähe Tochter aus dem Norden Englands heraushängen lassen konnte.

»Ganz genau.«

»Das klingt himmlisch«, rief Kirsty hingerissen. »Wuss-

test du, dass es in Schweden zu praktisch jeder Mahlzeit gekochte Kartoffeln gibt? Sogar zum Frühstück?«

»Ja, das hast du ein oder zwei Mal erwähnt«, erwiderte
Jenny. Die Türen schlossen sich, und der Zug setzte sich in
Bewegung, um Jenny zurück in die Stadt zu bringen. Nicht
ahnend, dass die folgenden zwei Wochen ihr das Herz brechen, sie aber auch noch mehr zu der Person formen würden, die sie sein wollte.

Freitag, 5. September 1997
U-Bahn-Station High Street Kensington

16

Es war ein aufreibender Vormittag gewesen.

Ein frisch unter Vertrag genommener Autor hatte sich zu der Überarbeitung seines Buches gemeldet und keinen einzigen von Jennys Vorschlägen angenommen. Er schien nicht zu verstehen, dass es in Jennys Interesse lag, das Buch so gut wie möglich zu machen, und nicht, »meiner Kreativität die Luft abzuschneiden«.

Außerdem hatte die letzte Angebotsabgabe für ein Buch stattgefunden, das Jenny unbedingt kaufen wollte, für das ihre Vorgesetzte Valerie allerdings eine Obergrenze bestimmt hatte, weshalb Jenny das Buch an ihre Gegenspielerin bei Penguin verloren hatte. Und sie *hasste* ihre Gegenspielerin bei Penguin!

Danach hatte ein sehr langes abteilungsübergreifendes Meeting stattgefunden, in dem das neue E-Mail-System besprochen worden war, das schon bald auf ihren iMacs installiert werden sollte. Es musste ein eigenes Firmenregelwerk zur Internetnutzung erstellt werden, weil Sinclair, der Geschäftsführer, Angst hatte, dass niemand mehr seine Arbeit machte, weil alle »im Internet unterwegs« waren.

Jenny hatte zwar einen Internetanschluss zu Hause, aber sie hatte es nicht über sich gebracht, Sinclair zu erklären, dass man das ganze Internet in einer Stunde durchhatte.

Natürlich hatte das Meeting länger gedauert, und nun war sie zu spät dran und musste sich den Weg durch die Mittags-Rushhour bahnen. Die Kensington Arcade war so voll wie noch nie. Aber so war es schon die ganze Woche. Hunderte Leute standen mit grimmigen, trostlosen Gesichtern und riesigen Blumensträußen vor den Ausgängen Schlange.

Genau wie Jackie und Dot, die vor einer Drogerie auf Jenny warteten. Trotz des sonnigen Spätsommertages trugen beide gedeckte Farben. Dot ließ sich freitags immer die Haare machen, und ihre weißen Locken schienen genauso starr wie ihr Mund. Sie trug ein marineblaues Kleid, das Jenny bereits seit ihrer Kindheit kannte. Es wurde für Beerdigungen, wichtige Termine und Krankenhausbesuche aus dem Schrank geholt, und Dot hatte es in den Wochen nach Stans Tod häufig getragen. Außerdem hatte sie ihre beste schwarze Handtasche dabei.

Jackie war weniger formell gekleidet, hatte sich aber zumindest für ihre gute schwarze Anzughose, eine makellose weiße Bluse, einen grau karierten Blazer und Pumps entschieden. Denselben Look hatte sie Jenny immer wieder als Businessoutfit erfolgreicher Frauen vorgeschlagen, was wohl der Grund für ihr Stirnrunzeln war, als Jenny in ihrem alten blauen Vintage-Kleid mit den weißen Punkten und ihren omnipräsenten Sportschuhen auftauchte.

»Ach, Jenny, du hättest dir ruhig mehr Mühe geben können«, murrte sie, während Jenny Dot einen Kuss auf die Wange drückte. »Wir sind hier, um unseren Respekt zu erweisen, und du siehst so ... fröhlich aus.«

»Ich habe dir doch gesagt, dass ich heute Abend zum Essen eingeladen bin. Und in meinem Inneren sieht es sehr düster aus, glaub mir.«

Das war bereits seit letzten Sonntagmorgen der Fall. Jenny hatte wie immer ausgeschlafen und die Zeit in ihrer hoch qualitativen Bettwäsche genossen, als Jackie angerufen hatte. Charlotte D war bei ihrem Freund, und Charlotte W besuchte ihre Eltern, weshalb das Telefon geklingelt und geklingelt hatte, bis schließlich der Anrufbeantworter angesprungen war.

Nachdem das andauernde Klingeln auch den letzten Schlaf vertrieben hatte, hatte sich Jenny zu diesem Zeitpunkt bereits widerwillig hochgestemmt und erkannt, dass sie pinkeln musste. Sie war also gerade auf dem Weg durch die Zimmertür gewesen, als sie Jackies aufgeregte Stimme durch den Flur hallen hörte.

»Jenny? Bist du etwa noch im Bett? Ruf mich sofort zurück!«

Jenny rief *nicht* sofort zurück. Sie ging auf die Toilette, putzte sich die Zähne, kochte Kaffee und nahm einige Züge von der ersten Zigarette des Tages, bevor sie Jackies Nummer wählte, die sich gar nicht erst mit einem »Hallo, wie geht's?« aufhielt. »Ich kann nicht glauben, was passiert ist«, erklärte ihre Mutter heiser. »Es ist so schrecklich. Ich glaube andauernd, es wäre nur ein Traum und ich würde bald aufwachen. Die arme Frau. Die armen Jungen.«

»Welche Frau? Welche Jungen?«, fragte Jenny und nahm an, dass es sich um eine von Jackies Freundinnen oder eine Nachbarin handelte.

»Diana!«

»Wir kennen keine Diana.«

»Prinzessin Diana! Sie starb bei einem Autounfall in Paris mit diesem Dodi Fayed. Er ist auch tot.«

Es war, als hätte jemand die Welt aus den Angeln gerissen, obwohl Jenny eine leidenschaftliche Republikanerin war und offen zu ihrer Meinung stand, dass es sich bei der königlichen Familie um Parasiten handelte, denn »Menschen sollten nicht mit solchen Privilegien geboren werden. Sie sollten verdammt noch mal dafür arbeiten.« Trotzdem machte sich eine Kälte in ihr breit, und ihr wäre beinahe das Telefon aus der Hand gefallen. Sie war so schockiert, dass sie bloß, »Ich kann jetzt nicht reden«, hervorpresste und auflegte. Dann war sie in Tränen ausgebrochen.

Dianas Tod hatte die ganze Woche überschattet und der nationalen Psyche schweren Schaden zugefügt. Deshalb kamen die Leute in Scharen nach Kensington. Sie wollten Diana Respekt zollen und Blumen vor dem Kensington-Palast ablegen, wohin Dianas Leichnam, der sich derzeit im St-James'-Palast befand, vor der morgigen Verabschiedung zurückgebracht werden würde. Dabei war es allein schon unbegreiflich, dass Diana nur noch ein *Leichnam* war und keine strahlende, einzigartige Frau, die seit ihrer Verlobung mit Charles in Jennys Leben allgegenwärtig gewesen war.

Normalerweise bog Jenny nach links in die Kensington High Street, um zu ihrem Büro zu gelangen, doch heute wandte sie sich zusammen mit Jackie und Dot nach rechts in Richtung Palast und der dazugehörigen Parkanlagen.

Sie überquerten die Kensington Church Street, und der Geruch der Blumen traf sie vollkommen unerwartet. Er wurde stärker und stärker, während sie sich der langen Schlange an Trauernden anschlossen, von denen die meisten Blumen, Stofftiere oder große Umschläge dabeihatten.

Jenny hatte es bereits in den Nachrichten gesehen, doch nichts konnte sie auf den Anblick der Abertausenden Blumen und Beileidsbekundungen vorbereiten, die vor dem

Eingang des Palastes und den ganzen Broad Walk entlang abgelegt worden waren.

Jackie und Dot waren ungewöhnlich still, als sie ihre weißen Nelken und Chrysanthemen zu den anderen legten. Sie vergossen ungern Tränen in der Öffentlichkeit, wie es viele, leise schluchzende Menschen um sie herum taten (und nicht nur Frauen, sondern auch Männer). Eine von Kopf bis Fuß in Schwarz gekleidete Frau mit einer schwarzen Spitzenmantilla heulte laut auf, und Dot warf ihr einen kalten Blick zu. »Manche Leute kommen mit dem Leben einfach nicht klar«, murmelte sie und schob energisch ihre große schwarze Tasche die Schulter hoch.

Danach machten sie sich immer noch niedergeschlagen auf den Rückweg zur High Street. »Ich lade euch bei *Barkers* zu Tee und Kuchen ein«, erklärte Jenny. Sie genoss es, genug Geld zur Verfügung zu haben, um ihren Eltern und ihrer Großmutter eine Freude zu bereiten. Und es gab wenig, was Dot so sehr liebte wie Tee und Kuchen in einem Kaufhaus.

Seit Stans Tod waren Jackie und Dot noch enger zusammengewachsen. »Sie ist meine beste Freundin«, sagte Jackie oft und warf Jenny dabei einen spitzen Blick zu. »Und so sollte es auch sein. Deine Mum sollte immer deine beste Freundin sein.«

Wenn Jackie gewusst hätte, wie oft Jenny und Kristy die One-Night-Stands der anderen aus der Wohnung befördert oder sich beim Kotzen die Haare aus dem Gesicht gehalten hatten, hätte sie nicht so viel Wert darauf gelegt, die beste Freundin ihrer Tochter zu sein, und sich damit begnügt, nur das Notwendigste zu erfahren.

Wenn Jenny zu dritt mit Jackie und Dot unterwegs war, fühlte sie sich trotzdem nicht als fünftes Rad am Wagen, wie es bei gleichaltrigen Freundinnen immer wieder vorkam.

Offenbar galten innerhalb einer Familie andere Gesetze. Jenny wurde von den beiden stets mit offenen Armen und großer Freude empfangen. Da sie mittlerweile eine echte Erwachsene mit einer für alle Jahreszeiten passenden Bettdecke war, fragten Jackie und Dot sie oft nach ihrer Meinung und staunten über die neuen Errungenschaften und Sichtweisen, die Jenny ihnen näherbrachte.

Nach der Trennung von Gethin hatte Jenny mit den beiden sogar ein heiteres Wochenende in Brighton verbracht. Anstatt das billigste B & B zu buchen, das sie finden konnte, hatte sie auf einer neuen Last-Minute-Website eine Suite mit Meerblick im Hotel *The Grand* ergattert, und der langsam aufkeimende Respekt der beiden war noch einmal um mindestens das Dreifache gewachsen, als bei ihrer Ankunft in der Suite eine Flasche Champagner und ein Teller mit in Schokolade getauchten Erdbeeren auf sie gewartet hatten.

Heute genossen die drei Frauen den verbotenen Kitzel, am Freitagnachmittag zum Tee auszugehen. »Dabei hat heute gar niemand Geburtstag«, staunte Dot. »Ich kann immer noch nicht glauben, dass du jeden Freitagnachmittag freihast.«

»Jeden *zweiten* Freitagnachmittag«, erklärte Jenny zum hundertsten Mal.

Die Arbeit bei Lyttons hatte Vor- und Nachteile. Sie gehörten zwar nicht zu den Top-Fünf-Verlagshäusern, doch sie waren ein erfolgreiches, unabhängiges Unternehmen, das stolz darauf war, literarisch bewanderte Kunden anzusprechen – bei ihnen gab es keine glamourösen Bestseller und keine grellen Kriminalromane. Lyttons war immer noch ein Familienunternehmen, und die im Vorstand sitzenden Familienmitglieder gingen davon aus, dass die meisten Angestellten ebenfalls Häuser auf dem Land besaßen, in denen sie gerne das Wochenende verbrachten. Und wenn jemand kein eigenes Haus hatte, dann hatte er zumindest Freunde, die über einen eigenen Landsitz verfügten. Aus diesem Grund bekamen alle Mitarbeiter jeden zweiten Freitagnachmittag frei.

Jenny hatte erst ein einziges Mal das Wochenende auf dem Land verbracht, und damals war sie vom Geschäftsführer Sinclair Lytton höchstselbst eingeladen worden. Sinclair war der Urenkel des Verlagsgründers, und nachdem sie im März ihre zweite Beförderung erhalten hatte, durfte sie den Landsitz der Familie etwas außerhalb von Chipping Norton kennenlernen. Es war ein riesiges, honiggelbes Haus, und Jenny war froh gewesen, dass sie in ihrer Jugend die Bücher von Jilly Cooper verschlungen hatte, denn so hatte sie zumindest eine Ahnung, was sie erwartete. Mittlerweile wusste sie, dass sie viel lieber mit Jackie und Dot Scones mit Schlagsahne und Konfitüre aß, als sich auf das soziale Minenfeld zu begeben, ob nun die Konfitüre oder die Schlagsahne zuerst an die Reihe kam. (Wobei nur Verrückte zuerst nach der Konfitüre griffen.)

Die drei setzten sich, und das Gespräch drehte sich um die altbekannten Themen. Obwohl die ständigen Wiederholungen, die langsam zu Familienmythen wurden (»Wer hätte gedacht, dass aus Martin noch einmal etwas werden würde? Wenn ich an die schlaflosen Nächte denke, die er uns beschert hat ...«), frustrierend schienen, fand Jenny sie in ihrer Vertrautheit tröstlich.

Im Vergleich dazu veränderte sich ihr eigenes Leben rasend schnell. Sie holte gerade die Zeit auf, die sie nach ihrem Uni-Abschluss vergeudet hatte, und war so fokussiert darauf, sämtliche Ziele ihres Erwachsenenlebens zu erreichen, dass Dots Geschichte, wie sie am Tag der Befreiung vor dem

Buckingham-Palast gestanden hatte, sie entspannte – auch wenn sie sie schon Hunderte Male gehört hatte.

Viel zu früh wurde es Zeit, sich zu verabschieden. Sie verließen das Kaufhaus durch den Seiteneingang und diskutierten darüber, wie Dot und Jackie am besten nach Kilburn zurückgelangten, wo Alan sie später abholen würde.

»Nehmt den Bus«, meinte Jenny bestimmt. »Die Linie 328 bringt euch von hier mehr oder weniger direkt vor die Haustür.«

»Aber es ist schrecklich viel Verkehr, und ich bin mir nicht sicher, ob meine Blase so lange durchhält«, meinte Dot.

»Du warst doch gerade erst auf der Toilette, Nan!«

Jackie schüttelte den Kopf. »Ich sagte doch, dass du die zweite Kanne Tee nicht bestellen sollst.«

Dieses altbekannte Hin und Her war nun doch eher frustrierend als tröstlich.

»Wenn ihr die U-Bahn nehmt, müsst ihr in Paddington umsteigen. Und es ist bereits nach vier, das heißt, dort ist die Hölle los«, gab Jennifer zu bedenken. Die Diskussion schien bereits Stunden zu dauern, und sie sehnte sich nach einer Zigarette – obwohl sie Jackie und Dot vorhin erklärt hatte, dass sie aufgehört hatte. Dieses Mal für immer.

Trotzdem brauchte sie unbedingt eine Ladung Nikotin, bevor sie sich in einen vollgestopften Zug der Circle Line in Richtung Embankment drängte, wo sie in die Bakerloo oder Northern Line umsteigen musste, um eine Station bis nach Charing Cross zu fahren. Dort würde sie sich durch die Pendlermassen schlagen, um in die Hauptabfahrtshalle zu gelangen, wo sie in den Zug nach New Cross steigen würde. In einen richtigen *Zug*, nicht in die U-Bahn. Die kleine U-Bahn-Linie, die früher in Richtung New Cross geführt hatte, war seit zwei Jahren geschlossen.

Jenny verzog das Gesicht beim bloßen Gedanken an New Cross. Sie liebte Kirsty, aber sie hatte bereits ernsthaft überlegt, die Freundschaft zu beenden, so nervtötend war es, jedes Mal die beschwerliche Reise quer durch London auf sich zu nehmen, wenn Kirsty sie zum Essen einlud. Und um alles noch schlimmer zu machen, wohnte Kirsty auch noch gute fünfzehn Minuten vom Bahnhof entfernt.

Während Jackie und Dot weiter über die Vorteile von Bus und U-Bahn diskutierten, nahm Jenny ihre schwere Baumwolltasche mit den Manuskripten, Korrekturabzügen und Büchern von der Schulter, die sie trotz des gewaltigen Gewichts ständig mit sich herumschleppte.

Sie kramte in ihrer Handtasche nach ihren Zigaretten, doch bevor sie die Hand um das silberne Zippo-Feuerzeug, das sie zu ihrem achtzehnten Geburtstag bekommen hatte, und um die Packung Mentholzigaretten schließen konnte (zu denen sie zurückgekehrt war, weil sie die vergebliche Hoffnung hegte, dass sie gesünder waren als normale Zigaretten), rief jemand nach ihr.

Besser gesagt, rief die Stimme einen Namen, mit dem sie mittlerweile niemand mehr ansprach. »Jennifer Richards?« Eine schick gekleidete, am Ende ihrer mittleren Jahre angekommene Frau winkte ihr zu.

Jackie warf einen Blick über die Schulter. »Wer ist das?«

Jenny zuckte mit den Schultern. »Keine Ahnung.«

»Jennifer!«, rief die Frau erneut, überquerte die Straße und eilte auf sie zu. Ihr violett-blaues Kleid im Blumenmuster bauschte sich im Wind, und ihre dunklen, ergrauenden präraffaelitischen Locken waren zu einem Knoten hochgesteckt. Ihr nörglerisches Gesicht kam Jenny tatsächlich irgendwie bekannt vor.

Jenny hob die Hand zum Gruß und fragte sich, ob es reichen würde. Das tat es offenbar nicht, denn die Frau streckte ihr die Arme entgegen, als wollte sie sie umarmen. Als würden sie einander gut genug kennen, um sich auf diese Weise zu begrüßen.

»Jennifer Richards«, sagte die Frau erneut. »Du hast dich kein bisschen verändert.«

Jenny ließ zu, dass die Frau sie in eine schnelle, gekünstelte Umarmung schloss und ihr danach auch noch einen Kuss auf die Wangen hauchte.

»Hallo«, sagte sie und fragte sich, ob sie es durchziehen oder rundheraus zugeben sollte, dass sie keine Ahnung hatte, wer die Frau war, die sie gerade von oben bis unten musterte, sodass Jenny sich mit einem Mal wieder wie ein siebzehnjähriges Mädchen fühlte, das vor der Tür des großen Hauses in Mill Hill stand und nicht wusste, ob ihr Einlass gewährt werden würde oder nicht.

»*Susan.* Mrs Levene«, stammelte sie, und plötzlich war sie kein Teenager mehr, sondern eine erwachsene Frau, die nun noch viel dringender eine Zigarette brauchte. Wobei im Grunde nichts dagegen sprach. Es war immerhin nicht so, als würde Susan im nächsten Moment eine Dose Raumspray herausziehen, wie sie es immer getan hatte, wenn sie plötzlich mit den immer selben Worten Nicks Zimmertür aufgerissen hatte: »Ich wusste, dass ihr hier drin raucht! Wie oft muss ich dir noch sagen, dass ich es im ganzen Haus riechen kann?« Trotzdem ließ Jenny ihre Zigaretten in der Tasche und schenkte Nicks Mutter ein dünnes Lächeln. »Das muss schon zehn Jahre her sein, oder?«

»*Susie.* Ich habe doch immer gesagt, dass du mich Susie nennen sollst«, erklärte Nicks Mum, denn für Jenny war sie immer bloß *Nicks Mum* gewesen. Kein richtiger Mensch, sondern die personifizierte Missbilligung. Es war schwer,

277

die Frau von damals mit der lächelnden Frau in Verbindung zu bringen, die sich zu freuen schien, Jenny zu sehen. »Es ist unglaublich. Du hast dich wirklich nicht verändert. Ich glaube, ich kenne sogar dieses Kleid.«

Jenny sah auf das blaue Kleid mit den weißen Punkten hinunter, als wüsste sie nicht mehr, was sie am Morgen angezogen hatte. Es war eines der Vintage-Kleider, die sie als Teenager für fünf Pfund gekauft und nach ihrem Auszug im Dachboden ihrer Eltern gelagert hatte. Als sie in die Wohnung in Notting Hill gezogen war, wo es große Einbauschränke und keinen Schimmelbefall gab, hatten Jackie und Alan darauf bestanden, dass sie ihre Sachen abholte, und nun war sie endlich wieder mit ihren alten Lieblingskleidern vereint, die ihr wie durch ein Wunder noch passten. Obwohl sie nicht mehr mit dem Fahrrad fuhr und viel zu viel Wein trank – was automatisch zu einem höheren Chips-Konsum führte. Nachdem Jennys Babyspeck verschwunden war, kehrte er nie mehr wieder.

»Sie haben sich auch nicht verändert«, erwiderte Jenny, obwohl es nicht wirklich stimmte. Susan – sie würde niemals Susie sein – war grauer und rundlicher geworden, wirkte aber um einiges glücklicher. »Wohnen Sie noch in Mill Hill?«

»O ja. Haben Nick und du denn keinen Kontakt mehr?« Susan hob überrascht die Augenbrauen. »Obwohl ... wenn ihr noch Kontakt hättet, gäbe es sicher interessantere Dinge zu besprechen als über eure Eltern. So war es doch immer, nicht wahr?«

Jenny nickte, obwohl sie zugeben musste, dass sie damals sehr oft über ihre Eltern gesprochen hatten. Besser gesagt, hatten sie sich über deren faschistische, engstirnige und äußerst unfaire Regeln und Verbote beschwert. Und darüber, welches Pech sie beide hatten, mit einem Zwillingspärchen als Geschwister gestraft zu sein, und wie schwer es war, dass ihre Geschwister immer alle Aufmerksamkeit bekamen, bloß, weil sie zu zweit waren.

Die Erinnerungen waren so stark, dass sie Jenny beinahe zu Boden rissen, vielleicht war es aber auch Jackie, die Jenny nicht sehr subtil die Hand auf den Rücken klatschte. Jenny zeigte sich gehorsam und stellte die Frauen einander vor.

»... und das ist Susan ... Susie. Nicks Mutter. Nick, mit dem ich am College befreundet war«, erklärte sie, als Dot und Jackie sie fragend ansahen. Jenny hatte die beiden in den sogenannten »verlorenen Jahren« kaum über ihre beruflichen Stationen und ihre Freunde auf dem Laufenden gehalten, sodass sie nicht wussten, dass Jenny und Nick nach Jennys Uniabschluss eine Zeit lang eng befreundet gewesen waren. Doch nun nickte Jackie.

»Oh! Nick. Ja, genau. Ihr beide wart unzertrennlich«, meinte sie, was leicht übertrieben war. »Wie schade, dass ihr euch aus den Augen verloren habt.«

»Nick erzählt immer noch von dir. Er meinte, du wärst mittlerweile Lektorin und schreibst für den *Guardian*. Bei welchem Verlag bist du?«, fragte Susan ohne die Schärfe in der Stimme und die kaum verhohlene Verachtung, die früher mitgeschwungen hatte. Vielleicht, weil Jenny sie eines Besseren belehrt hatte. Oder weil Jenny ihre eigenen pubertären Unsicherheiten, ihr Misstrauen gegenüber Autoritätspersonen und ihre komplizierten Gefühle für Nick auf dessen Mutter projiziert hatte. Aber darüber konnte sie sich ein anderes Mal Gedanken machen. Jenny deutete auf die ausgebeulte Tasche vor ihren Füßen.

»Lyttons.« Sie konnte die Frage nicht beantworten, ohne Dankbarkeit dafür zu empfinden, dass sie es auf die andere

Seite des Vorhanges geschafft hatte. Obwohl sie nicht den richtigen Akzent und keinen Oxbridge-Abschluss hatte, arbeitete sie für einen der ältesten und angesehensten Verlage des Landes. Und sie hatte *beinahe* das Gefühl, dorthin zu gehören.

»Jackie, Sie müssen unheimlich stolz sein«, meinte Susan warmherzig, und Jackie stimmte ihr genauso warmherzig zu. Sie hatte ihre Verwirrung und ihre Wut darüber, dass Jenny trotz ihrer Abschlüsse als Kellnerin arbeitete, längst überwunden.

Jenny gab ihrer Mutter ein Exemplar jeden Buches, an dem sie gearbeitet hatte. Jackie las sie zwar nicht alle, aber sie blätterte bis zur Danksagung und sah nach, was der Autor oder die Autorin über ihre Tochter zu sagen hatte – was meistens überaus schmeichelhaft war. Dann lächelte sie anerkennend und stellte das Buch in ein Regal, das eigens für diesen Zweck vorgesehen war. »Jennys Bücher«, sagte Jackie immer, als hätte Jenny die Bücher nicht nur lektoriert und in Auftrag gegeben, sondern selbst geschrieben, gesetzt und gedruckt.

»Sie sind sicher auch sehr stolz auf Nick«, sagte Jenny, denn es war einfacher, als zuzugeben, dass sie ihn absichtlich aus ihrem Leben verbannt hatte. Wobei er zwar »von ihr gesprochen«, aber darüber hinaus keine Bemühungen unternommen hatte, mit ihr in Kontakt zu treten.

»Nun, er ist zwar Chefredakteur eines sehr beliebten Männermagazins«, erwiderte Susan widerwillig, und ihr Mund verzog sich. »Aber er konnte mir immer noch nicht erklären, warum auf jedem Cover eine halb nackte Frau abgebildet sein muss.«

Offenbar arbeitete er für eines jener Magazine, auf deren Titelblättern Frauen in winzigen Höschen ihre Brüste mit den Händen umfassten, als könnten sie sich keinen BH leisten. »*Sex sells*«, erwiderte Jenny schulterzuckend, fühlte sich aber sofort schuldig, denn es schien, als hätte Nick nur nette Dinge über sie erzählt. »Trotzdem hat er sich sehr gut geschlagen. Und dabei ist er noch nicht einmal dreißig. Eine glanzvolle Karriere.«

Susan nickte, und Jackie und Dot traten ungeduldig von einem Fuß auf den anderen, während Jennys Rauchpause nun endgültig hinüber war. Wenn sie weiter so trödelte, kam sie viel später als geplant zu Kirsty. Doch Susan kramte in ihrer Tasche und hielt dabei eine Hand in die Höhe, womit sie Jenny den unmissverständlichen Befehl gab, sich nicht von der Stelle zu rühren.

»Wo wir gerade von Stolz reden ... ich bin mittlerweile dreifache Großmutter!«, verkündete sie fröhlich, und weitere fünf Minuten vergingen, während sie ihnen Fotos ihrer drei Enkelkinder präsentierte. Der älteste Enkelsohn gehörte zu Nicks Bruder Daniel (»Er wurde gerade zum Kronanwalt ernannt«) und seiner Frau (»Eine absolut umwerfende junge Frau. Sie ist ebenfalls Anwältin. Am Obergericht«), war etwa ein Jahr alt, hatte dichte dunkle Locken und reizende Grübchen. Die anderen beiden (»In Jeffs Familie gab es schon mehrmals Zwillinge«) waren sechs Monate alt, und obwohl es Mädchen waren, sahen sie aus wie betrunkene alte Männer. Nicks Schwester hatte sich für die Geburt eine Auszeit genommen und war im Brotberuf eine sehr erfolgreiche Hals-Nasen-Ohren-Ärztin (»Es war immer unser Wunsch, dass eines der Kinder Jeffs Nachfolge antritt«).

»Und Nick lässt sich noch Zeit damit, die Schar der Enkelkinder zu vergrößern?«, fragte Jenny leichthin, obwohl sich ihr Magen vor Aufregung zusammenzog. In ihrer Geldbörse steckten noch immer die Fotos aus der Fotobox in Mill

Hill East, die an ihrem achtzehnten Geburtstag entstanden waren. Jedes Mal, wenn sie sich eine neue Geldbörse zulegte, fragte sie sich, warum sie sie so lange aufbewahrt hatte, wollte aber lieber nicht zu ausführlich darüber nachdenken.

»Dafür müsste er zuerst einmal eine Frau finden, die es mit ihm aushält«, erwiderte Susan mit vernichtender Stimme.

Jenny lächelte schwach, auch wenn sich alles in ihr zusammenzog. »Er ist ja erst achtundzwanzig. Er hat noch mehr als genug Zeit.«

»Bist du derzeit mit jemandem zusammen?«, fragte Susan und steckte die Fotos vorsichtig wieder zurück in die schützende Geldbörse. »Ein hübsches Ding kann doch unmöglich alleine sein.«

»Ich gehe ab und zu aus, aber es war noch nicht der Richtige dabei«, antwortete Jenny. Seit Gethin fehlte ihr die Motivation, eine neue Beziehung einzugehen. Sie hatte ihm nicht nur das Herz gebrochen – wie seine Mitbewohner in dem großen staubigen Haus in Brixton ihr unmissverständlich klargemacht hatten –, sondern ihn auch dazu getrieben, London zu verlassen und nach Barry zurückzukehren, wo er derzeit ein Lehramtsstudium absolvierte, um später Kunst unterrichten zu können. Es entsprach seinen Fähigkeiten zwar sehr viel mehr, als Künstlerbedarf zu verkaufen, trotzdem hatte Jenny ein schlechtes Gewissen, das sie auch zu allen Dates begleitet hatte, die sie seit der Trennung gehabt hatte, und die nicht annähernd so unterhaltsam gewesen waren wie ein Abend zu Hause mit einem guten Buch.

»Unsere Jenny ist eine echte Karrierefrau«, meldete sich Dot zu Wort, die sehr empfindlich auf Kritik an ihrer Enkeltochter reagierte, auch wenn sie Jennys Leben nicht verstand. Dot war mit siebenundzwanzig bereits seit sieben

Jahren verheiratet gewesen und hatte – mitten im Zweiten Weltkrieg – zwei Kinder auf die Welt gebracht, und nach Stans Tod hatte sich herausgestellt, dass sie nicht einmal ein eigenes Bankkonto hatte. »Sie will sich eine Wohnung kaufen.«

»In Kentish Town«, fügte Jackie hinzu.

»Wie nett«, erklärte Susan wertfrei, dann hellte sich ihr Gesicht auf. »Daniel und seine Frau – ich habe doch erwähnt, dass sie beide Anwälte sind – haben sich eine hübsche Bleibe in Finchley gekauft. Direkt neben dem Golfplatz. Und Francesca und Seth wohnen gleich um die Ecke von uns in Edgware.«

Jenny merkte, wie Jackies Kiefer wutentbrannt mahlte, während ihre Mutter fieberhaft überlegte, wie sie diese mütterliche Prahlerei übertrumpfen konnte, doch es hatte keinen Zweck. Die Errungenschaften ihrer Kinder konnten weder mit zwei Anwälten mithalten, die neben dem Golfplatz in Finchley wohnten, noch mit drei pausbäckigen Enkelkindern.

»Nun, Martin, unser Jüngster ...«, begann Jackie dennoch, doch Jenny trat beherzt vor ihre Mutter und meinte schnell: »Das klingt alles ganz wunderbar, Susan. Sie sind sicher unheimlich stolz. Aber jetzt wollen wir Sie nicht länger aufhalten, bevor wir alle in die Rushhour geraten.«

Jackie klopfte ihrer Tochter erneut auf den Rücken, doch Jenny ignorierte ihre Mutter.

Susan nickte zustimmend. »Schade, dass du keine Jüdin bist. Ich kenne einige tolle junge Männer, mit denen ich dich verkuppeln könnte«, meinte sie. »Ärzte! Hat schon mal jemand von einem armen Arzt gehört?«

Damals in seinem Zimmer hatte Nick oft eine sehr schonungslose Parodie von Susan zum Besten gegeben, wie sie gegen seine journalistischen Ambitionen wetterte. »Wieso wirst du nicht Zahnarzt!«, rief er und klang wie Jente, die Heiratsvermittlerin aus *Anatevka*. »Hat schon mal jemand von einem armen Zahnarzt gehört? Die Leute haben ständig Probleme mit den Zähnen. Es wird dir an nichts fehlen!«

Jenny presste die Lippen aufeinander, um bei der Erinnerung daran nicht zu grinsen. Allein der Gedanke, bei einem Arzt zu landen. Wie langweilig. Wie bieder. Obwohl Dot murmelte: »Also, mir wäre es egal, wenn du konvertieren möchtest ...«

Dabei war Susan nicht die Einzige, die Jenny verkuppeln wollte. Sie musste heute vor allem deshalb zu Kirstys Dinnerparty, damit diese ihr einen Mann namens Michael vorstellen konnte, der »irgendwie Eriks Boss ist, wobei es am Goldsmiths keine linearen hierarchischen Strukturen gibt. Er ist jedenfalls wirklich fit und gut aussehend für sein Alter.« Kirsty war der festen Überzeugung, dass Jenny endlich über Gethin hinwegkommen und sich Männern zuwenden sollte, die ihrem Intellekt und ihrer Gehaltsklasse besser entsprachen.

»Ich würde mich gerne noch weiter unterhalten, aber ich muss jetzt wirklich los. Ich werde in einer Stunde in New Cross erwartet.« Jenny hob den Einkaufsbeutel von *Marks & Spencer*, in dem sich Wein und Pralinen befanden – Blumen bekam man in ganz Kensington keine mehr. »Dinnerparty.«

»Wer, um alles in der Welt, wohnt in New Cross? Das ist meilenweit entfernt von jeglicher Zivilisation«, meinte Susan entrüstet, und die anderen drei Frauen stimmten ihr zu.

»Wir haben Jenny gerade eingeschärft, dass sie früh genug gehen muss, um öffentlich nach Hause zu fahren«, erklärte Jackie.

»Weil man so spät südlich des Flusses sicher kein Taxi mehr bekommt«, fiel Dot mit ein.

Jenny zuckte mit den Schultern. »Meine Freundin. Ihr Freund unterrichtet an der Goldsmiths ...«

Susan schüttelte den Kopf. »Dann will ich dich nicht länger aufhalten.« Sie hob einen Strauß Lilien. »Jeff und ich besuchen später noch ein Konzert in der Albert Hall, aber ich wollte vorher hierher und meinen Respekt erweisen. Diese arme Frau ...«

»Und die armen Jungen«, fügte Jackie hinzu.

Jenny stemmte ihre Tasche hoch, doch Susan legte ihr eine Hand auf den Arm, sodass sie innehalten musste. »Hast du eine Visitenkarte? Ich könnte sie Nick geben. Es wäre doch nett, wenn ihr euch mal wieder seht.«

Nein, das wäre absolut nicht nett gewesen. Sie waren wie zwei Eisschollen auseinandergedriftet, und ihre gemeinsame Vergangenheit war voller Konflikte und Komplikationen. Was Jennifer Susan allerdings nicht erklären konnte und wollte. Genauso wenig wie Jackie und Dot. Also holte sie eine Visitenkarte aus ihrer Tasche und reichte sie Susan mit einem schwachen Lächeln. »Das wäre wirklich nett«, sagte sie mit so viel Ehrlichkeit in der Stimme, dass Susan strahlte und auf eine weitere Umarmung bestand, bevor sich ihre Wege trennten. Susan folgte den anderen Trauernden zum Kensington-Palast, Jackie und Dot schlüpften noch einmal zu *Barkers*, nachdem Dot unbedingt ein weiteres Mal auf die Toilette musste, und Jenny machte sich auf den Weg zu Kirsty und hoffte, dass sie zwar später als geplant, aber immer noch früh genug eintreffen würde, um eine Katastrophe zu verhindern.

Freitag, 5. September 1997
U-Bahn-Station Charing Cross

17

Erik umarmte sie lächelnd und führte sie in das winzige, durchaus bezaubernde, wenn auch meilenweit von der U-Bahn-Station (und jeglicher Zivilisation) entfernte viktorianische Reihenhaus. Er war stramme eins neunzig groß, weshalb Jenny sich auf die Zehenspitzen stellen und über seine Schulter spähen musste, um ihre Befürchtung zu bestätigen. Tatsächlich. Kirsty stand gerade mit einem geöffneten Konservenglas vor einem rohen Hähnchen.

»Ich habe Wein und Pralinen mitgebracht«, rief Jenny, um das, was als Nächstes kam, ein wenig abzumildern. »Was ist in dem Glas? Willst du es auf das Hähnchen geben? Und warum?«

»Das nennt sich Harissa und ist ein Eckpfeiler der nordafrikanischen und persischen Küche«, erklärte Kirsty mit zusammengebissenen Zähnen. »Es verleiht dem Gericht eine angenehme Schärfe. Du wirst es kaum bemerken.«

»Ich werde mir den Mund daran verbrennen«, jammerte Jenny und eilte in die kleine Küche, in der gerade mal zwei Leute Platz hatten. »Ich haben den ganzen Weg nach New Cross auf mich genommen – ihr seid ja nicht mal mit der *U-Bahn* zu erreichen –, und jetzt willst du mich mit deiner scharfen Paste hier foltern?«

»Genau deshalb haben wir dir ein Stück weggelegt und werden es ohne Harissa zubereiten«, erklärte Erik ruhig von der Tür aus. Er war der besonnenste, unerschütterlichste Mensch, den Jenny je kennengelernt hatte – es sei denn, man spielte Monopoly oder ging zum Quizabend ins Pub, dann wurde er zum Berserker. »Hast du vielleicht noch zusätzliches Gemüse in dein Repertoire aufgenommen, seit wir uns zum letzten Mal gesehen haben?«

Jenny schüttelte den Kopf. »Nein. Ich esse nach wie vor nur Gurken und Tomaten – aber keine getrockneten! Und grüne Bohnen, aber nur in Verbindung mit einem Bissen Fleisch.«

»Ich frage mich echt, weshalb du noch immer nicht unter ernsthaftem Vitaminmangel leidest.« Kirsty nahm ein Konditormesser und begann das arme Hähnchen mit der Paste zu bestreichen. »Jedenfalls gibt es Orzo als Beilage.«

»Was ist Orzo?« Jennys Augen wurden schmal, wobei sie sich gleichzeitig wünschte, sie hätte mit zunehmendem Alter einen exquisiteren Geschmack entwickelt. Es hatte gute zwei Jahre gedauert, bis sie sich mit dem Geschmack von Weißwein angefreundet hatte. Wobei *angefreundet* zu viel gesagt war. Sie tolerierte ihn vielmehr. Und Rotwein war immer noch eine absolute Unmöglichkeit.

»Das sind winzige Nudeln, die aussehen wie Reis«, erklärte Erik, der immer noch in der Tür der sonnigen, gelben Küche stand, wo sich auf jeder verfügbaren Fläche Küchenutensilien und Zutaten drängten. Es gab Gläser und Flaschen mit schicken, exotischen Lebensmitteln (mit denen Jenny nichts zu tun haben wollte), Kupferpfannen und Töpfe in allen Formen und Größen, und Küchengeräte, die zum Großteil wie Folterinstrumente aussahen. Erik und Kirsty hielten sich für Feinschmecker, und Jenny war klar, dass sie ihnen die persönliche Note vermasselte, aber sie konnte nicht anders.

»Okay, ich mag Reis, und ich mag Nudeln. Aber ich bin mir nicht sicher, ob ich eine Mischung aus beidem mag«, meinte sie und hoffte, angemessen entschuldigend zu klingen.

»Es SIND Nudeln!«, zischte Kirsty. »Nudeln in der Größe und Form von Reis, verdammt noch mal!«

»Und dann meinte ich: ›Gut, dass wenigstens meine charmante Persönlichkeit für mich spricht‹«, erzählte Jenny der versammelten Gästeschar ein paar Stunden später, nachdem ein Soziologielektor namens Manssor wissen wollte, warum Jenny »eine überaus spartanische Version dessen isst, was wir essen«, und Kirsty in eine zum Großteil gut gelaunte Wutrede darüber ausgebrochen war, dass Jenny »die wählerischste und pingeligste Person« war, die sie kannte, und dass ihr Geschmack wesentlich breiter gefächert gewesen wäre, wenn sie »ab und an wenigstens etwas Neues *versuchen* würde«.

Zumindest lachten jetzt alle, und Erik erzählte eine lustige Geschichte darüber, wie er einmal zum Zweck der Erforschung alternativer, nachhaltiger Proteinquellen in Schokolade getauchte Ameisen essen musste.

Die muntere Truppe bestand hauptsächlich aus jungen Akademikern, und die Gespräche reichten von Prinzessin Dianas Tod, über Eriks neues Mobiltelefon mit Farbdisplay und das neue Oasis-Album bis hin zu den Erwartungen an die Labour-Regierung, die nun seit ein paar Monaten im Amt war.

Jenny beteiligte sich ab und zu, lächelte und nickte oft, dachte aber hauptsächlich an Nick. In letzter Zeit hatte sie sich kaum einen Gedanken an ihn erlaubt, doch nun genoss sie es, über seine Beweggründe und Gedanken zu sinnieren, wie sie es schon seit ihrer Teenagerzeit nicht mehr getan hatte.

Hatten ihn die Gedanken an Jenny seit ihrem letzten Treffen in der Circle Line nicht mehr losgelassen? Es musste so sein, warum hätte er seine Mutter sonst über die Eckpunkte ihres Werdegangs auf dem Laufenden halten sollen? Würde Susan ihm vorschwärmen, wie gut Jenny sich entwickelt hatte? Würde sie ihm sagen, dass Jenny Single war? War Nick Single?

Es gab so viele Fragen – und vielleicht würde Susan Nick Jennys Visitenkarte geben, und Nick würde sie anrufen, um ein paar davon zu beantworten. Vielleicht würde er aber auch nichts dergleichen tun, und sie ließ die Vergangenheit besser ruhen.

»... ebenfalls nicht in Südlondon?«

Jemand von der anderen Seite des Tisches hatte mit ihr gesprochen. Michael, Eriks Mehr-oder-weniger-Vorgesetzter.

Jenny lächelte. »Tut mir leid, ich war gerade mit den Gedanken woanders.«

Michael lächelte ebenfalls. Er war etwa zehn Jahre älter als Jenny und genau so, wie Kirsty ihn beschrieben hatte: witzig, charmant, gut aussehend. Er hatte ein erlesenes Gesicht – *patrizisch*, wie einer von Jennys Autoren es vielleicht genannt hätte. Die dunklen Haare aus der breiten Stirn gekämmt, kräftige Augenbrauen, durchdringende blaue Augen, die verschmitzt funkelten, und Lippen, die immer entweder zu einem Lächeln verzogen waren oder kurz davor standen. Er erinnerte Jenny an Christopher Plummer in *Meine Lieder – meine Träume.* Kapitän von Trapp war ihr erster großer Schwarm gewesen, der sie fürs Leben geprägt hatte. Was im Nachhinein wohl einiges erklärte.

»Ich wollte wissen, ob Sie ebenfalls nicht in Südlondon wohnen«, erklärte Michael, und Jenny verzog das Gesicht wie vorhin, als ihr jemand eine Schüssel Salat mit einem würzigen, mit Pfefferkörnern gespickten Dressing in die Hand gedrückt hatte.

»O Gott, nein!«, rief sie, ohne einen Gedanken daran zu verschwenden, wie taktlos das womöglich klang. Aber sie hatte tatsächlich eine Toleranz für Weißwein entwickelt und war nun bereits bei ihrem dritten Glas. »Ich meine, es ist sicher nett ...«

»Ja, das ist es«, mischte Kirsty sich ein.

»Und einige meiner liebsten Freunde wohnen hier«, ruderte Jenny verzweifelt zurück. »Aber ich wurde im Norden geboren und bin dort aufgewachsen. Wenn ich in den Süden ziehe, enterbt mich meine Familie. Wohnen Sie denn hier in der Nähe?«

»O Gott, nein!«, erwiderte Michael und grinste spitzbübisch. »Für mich endet die Zivilisation südlich von Pimlico. Wenn Sie also Gesellschaft auf der Heimfahrt brauchen ... Oder fahren Sie mit dem Taxi?«

»Ein Taxi von New Cross nach Notting Hill würde mich das letzte Hemd kosten«, gab Jenny zu, und die Worte ihrer Mutter klangen ihr in den Ohren. »Außerdem bekommt man südlich der Themse um diese Uhrzeit ...«

»... kein Taxi mehr«, beendete Michael den Satz für sie, und sie grinsten beide.

»Das ist vollkommener Schwachsinn«, erklärte Kirsty, doch da war ein Leuchten in ihren Augen, als sie zuerst Jenny und dann Michael ansah.

Und das Leuchten war immer noch da, als sie den beiden

um zehn Uhr zum Abschied nachwinkte – »eine überaus angemessene Uhrzeit, wenn man bedenkt, dass man von hier aus schneller in Edinburgh ist als auf der anderen Seite der Stadt«, wie Jenny meinte. Sie war froh, dass Michael sie auf dem Weg durch die schmalen Straßen mit den schmalen viktorianischen Häusern begleitete. Es war spät, und die Straßen lagen im Dunkeln, was ihnen allerdings auch die Möglichkeit gab, den Joint zwischen sich hin- und herwandern zu lassen, den Erik ihnen als Abschiedsgeschenk mitgegeben hatte, nachdem die anderen, in Südlondon ansässigen Gäste noch auf einen Kaffee und etwas Gras bei ihm und Kirsty bleiben konnten.

»Wie lange wohnst du schon in Notting Hill?«, fragte Michael, als der Bahnhof in Sichtweite kam.

»Etwas mehr als ein Jahr, aber ich werde eine Wohnung in Kentish Town kaufen.« Selbst, wenn sie die Worte laut aussprach, konnte Jenny es immer noch nicht glauben. Sie verdiente kein Vermögen, aber die fünfundzwanzigtausend Pfund reichten, um eine Hypothek über achtundsechzigtausend Pfund aufzunehmen und damit eine Zweizimmerwohnung im Souterrain zu kaufen. Sie hatte das Geld aus ihren kurzen Ausflügen in den Journalismus für die Anzahlung gespart und war sehr stolz darauf, denn immerhin arbeitete sie mit Leuten zusammen, die zum Uniabschluss eine eigene Wohnung in einem der Nobelbezirke bekommen hatten, während Jenny keinen Penny von Jackie und Alan angenommen hatte. »Einer meiner jüngeren Brüder ist Immobilienmakler, und er hat zufällig von dieser Wohnung gehört. Es war eine Zwangsenteignung. Ich hatte ein schlechtes Gewissen, weil ich damit vom Unglück anderer profitierte – bis ich die Wohnung sah und erkannte, dass sie alles mitgenommen hatten, was nicht niet- und nagelfest war.«

Michael sah sie mit hochgezogener Augenbraue an, während sie die Treppe zum Bahnsteig nach unten stiegen. »So schlimm?«

»Schlimmer. Sie haben sogar die Bodenleisten abmontiert.«

In den zwanzig Minuten, die sie auf den Zug zurück in die Stadt warteten, unterhielten sie sich über Hausrenovierungen.

Einmal im Zug, musste Michael lediglich eine Station bis London Bridge fahren, wo er in die U-Bahn umsteigen und mit der Northern Line bis Angel fahren konnte. Jenny hingegen musste zurück nach Charing Cross und mit der Bakerloo Line in die Oxford Street, wo sie schließlich in die Central Line umsteigen würde. Danach waren es immer noch vier oder fünf Stationen, bis sie endlich in Notting Hill angekommen war und sich aufs Sofa werfen konnte.

Sie war ein wenig traurig, dass sie nur noch etwa zehn Minuten mit Michael verbringen konnte. Die Gespräche mit ihm waren mühelos und faszinierend zugleich. Als Experte für Architekturgeschichte hatte er beruflich weit entlegene, exotische Orte wie Buenos Aires oder Kyoto besucht, aber er gab nicht mit seinem Wissen an oder verbesserte Jenny andauernd, wenn sie etwas sagte.

Sie mochte das Funkeln in seinen Augen und das omnipräsente Lächeln, und es hätte ihr nichts ausgemacht, wenn Kirsty sie auch in Zukunft zu denselben Zusammenkünften eingeladen hätte – die hoffentlich nicht wieder in den Untiefen Südlondons stattfanden. Bis dahin hatte sie Nick vermutlich wieder in den verstecktesten, staubigsten Winkel ihrer Gedanken verbannt, aber heute Abend war er an vorderster Front und hatte sich außerdem den Weg in ihr Herz gebahnt.

»Weißt du, Islington und Kentish Town sind gar nicht so weit voneinander entfernt«, meinte Michael, sobald sie im Zug saßen. Jennys Füße schmerzten höllisch, obwohl sie Sportschuhe trug, aber nachdem Michael nur eine Station im Zug blieb, schien es unhöflich, sich zu setzen.

»Mhm«, stimmte Jenny ihm zu und sah zu ihm empor, weil er nun mal wirklich groß war. Vielleicht würde er sein Angebot einlösen und ihr dabei helfen, einige der ursprünglichen Details wiederherzustellen, die die Vorbesitzer der Wohnung zerstört hatten.

»Wir sind gleich in der Station London Bridge, du Glücklicher.«

»Ich fahre mit dir bis Charing Cross«, erklärte Michael leichthin. »Von dort komme ich genauso schnell zur Northern Line.«

Das stimmte auf keinen Fall, denn er musste bis nach Euston, um dort in die richtige U-Bahn umzusteigen.

Als Jenny es ihm sagte, zuckte er nur mit den Schultern. »Das macht mir nichts aus.«

Die restliche Fahrt nach Charing Cross redete Michael über Bücher. Oder besser gesagt, fragte er Jenny nach ihren Aufgaben im Verlag und nach ihren Autoren und hörte ihr tatsächlich zu. Die Stationen rauschten vorbei, und schon bald mussten beide aussteigen.

Auf dem Weg durch die Bahnhofshalle, griff Michael nach Jennys Ellbogen und schob sich schützend zwischen sie und eine torkelnde, laute Truppe betrunkener Männer, und sie war froh, dass er seine Pläne geändert und sie begleitet hatte. Jetzt, da sie darüber nachdachte, hatte er sich vielleicht bewusst dafür entschieden, damit sie nicht alleine umsteigen musste. Es war sehr aufmerksam von ihm.

»Danke, dass du mich bis nach Charing Cross begleitet

hast«, sagte sie, sobald sie es in einem Stück zur U-Bahn geschafft hatten und mit der Rolltreppe nach unten zu den Bahnsteigen fuhren. »Mir war nicht klar gewesen, wie viele Betrunkene hier auf ihre Züge warten. Das war echt nett von dir.«

Michael zuckte erneut mit den Schultern. »Keine Ursache. Außerdem muss ich gestehen, dass ich einen Hintergedanken hatte.«

Er stand hinter ihr auf der Rolltreppe, und Jenny konnte nicht ständig den Hals recken, um zu ihm aufzusehen, also wartete sie, bis sie unten angekommen waren, und hob erst dann eine Augenbraue. »Einen Hintergedanken?« Hoffentlich war er nicht auf der Suche nach Arbeit, denn sie konnte sich auf keinen Fall einen Architekten leisten.

»Ja. Ich würde dich wirklich sehr gerne wiedersehen«, sagte er ohne viel Aufhebens. Ohne Hektik, ohne Gestammel, ohne Ausflüchte, es war ... erfrischend.

»Oh ...« Jenny hielt inne.

»Ich stelle mir schon den ganzen Abend vor, wie es wäre, dich zu küssen«, fuhr Michael fort, und seine Stimme klang rauer, obwohl das vielleicht die Nachwirkungen des Joints waren. »Meinst du, das ginge in Ordnung?«

Jenny dachte über die Frage nach. Die Trennung von Gethin war beinahe ein Jahr her. Eine angemessene Zeit war vergangen. Es war zwei Jahre her, seit sie Nick zum letzten Mal gesehen hatte, und ihr Leben war besser, glücklicher und ruhiger ohne ihn. Ihr Kopf würde ohne die Gedanken an ihn ebenfalls glücklicher und ruhiger, und das hier war genau die Ablenkung, die sie brauchte. Außerdem war Michael auf sündhafte, düstere Weise gut aussehend und erinnerte sie an die Antihelden der leidenschaftlichen viktorianischen Romane, die sie für ihre Masterarbeit gelesen hatte.

Jenny stellte die ausgebeulte Büchertasche ab, die sie schon den ganzen Tag mit sich herumschleppte. Dann spitzte sie die Lippen und steckte sich die Haare hinter die Ohren. »Ja. Ich denke, das geht in Ordnung. Ich denke, das würde mir sehr gefallen.«

TEIL 7
1999–2000

Mittwoch, 17. März 1999
U-Bahn-Station Old Street

18 Das Londoner U-Bahn-Netz umfasste über zweihundertfünfzig Stationen, doch die Station Old Street mochte Jenny am allerwenigsten.

Leider war es die beste Station, um nach Hoxton zu gelangen, und Hoxton war derzeit der Mittelpunkt des Universums. Die alten Fabriken und Lagerhallen wurden – scheinbar über Nacht – in Wohnungen und Büros mit riesigen Fenstern, Stahlträgern und Holzböden verwandelt, in denen hippe Fotografen und Grafikdesigner lebten und arbeiteten und knochige junge Leute mit ausgefallenen Brillen, hippen Frisuren und Vintage-Levi's New Media Start-ups gründeten. *New Media*. So wurde das Internet mittlerweile überall genannt.

Selbst die Verlagsbranche, die sich normalerweise nicht zu weit von Soho und Bloomsbury fortbewegte, zog es in den Osten, und so fanden Bücherpräsentationen neuerdings in Bars statt, in deren Räumlichkeiten seinerzeit die neuesten elektrischen Errungenschaften präsentiert worden waren. Oder man traf sich zu einem traditionellen ehemaligen Hafenarbeiteressen mit den New-Media-Leuten, die einem voller Inbrunst weismachen wollten, dass der Roman tot sei und die Verlage auf Diversifizierung und Synergien bauen und die Macht der neuen Informationsarchitektur nutzen sollten.

»Der Roman ist angeblich schon seit Sophokles tot, und trotzdem hat er es bis heute geschafft, zu überleben«, hatte Jenny bei dem letzten Meeting angemerkt, an dem sie teilgenommen hatte.

Hätte sich die Gegend nicht in einen Hipster-Spielplatz verwandelt, hätte Jenny durchaus Gefallen an Hoxton, Shoreditch und den umliegenden Stadtteilen gefunden. Immerhin stammte sie aus dem East End. Obwohl ihr Vater als waschechter Cockney nichts davon hören wollte.

»In Hoxton endet jeder, der sich nach Einbruch der Dunkelheit auf die Straße traut, ausgeraubt und mit aufgeschlitzter Kehle im Straßengraben«, erklärte er kurz und prägnant. »Sei ja vorsichtig, Jenny, sonst kaufe ich dir noch diesen Schlüsselalarm, den ich neulich im Katalog entdeckt habe.«

Jenny hatte durchaus ihre Gründe, der Gegend lieber fernzubleiben – und das hatte nur bedingt etwas damit zu tun, dass sie einmal gesehen hatte, wie jemand aus einem fahrenden Auto angeschossen wurde, während sie mit einer Autorin in einem Pub saß. Es störte sie vor allem, dass die U-Bahn-Station Old Street acht Ausgänge hatte und sie nie wusste, welchen sie nehmen musste.

An diesem nassen Märztag stapfte sie um die Mittagszeit wieder einmal die Treppe hoch, bloß, um oben angekommen zu erkennen, dass sie sich auf der falschen Seite des gewaltigen Kreisverkehrs direkt über der U-Bahn-Station befand. Also stapfte sie wieder nach unten, warf einen Blick in ihr zerfleddertes Straßenkartenbuch und versuchte es noch einmal. Vielleicht war es Ausgang Nummer acht und nicht drei? Laut der einigermaßen nutzlosen Hinweistafel

300

über Ausgang Nummer acht führte dieser zum Moorfields Eye Hospital.

Aber lag das Moorfields Eye Hospital in der Nähe der Adresse, die ihre Assistentin ausgedruckt hatte? Jenny warf einen neuerlichen Blick auf den Stadtplan, doch die Straßennamen waren viel zu klein. Sie beschloss, die große Umgebungslandkarte bei den Ticketautomaten um Rat zu fragen, doch davor standen bereits ein Mann und eine Frau, die so nervtötend groß waren, dass Jenny nicht an ihnen vorbeisah.

»Jedes Mal, wenn ich hierherkomme, sind die Ausgänge woanders – das schwöre ich bei Gott«, meinte die Frau in jenem piekfeinen Akzent, den Jenny sich nach wie vor nicht angeeignet hatte.

»Und es werden immer mehr«, meinte der Mann, und auch er sprach mit demselben Akzent, obwohl er nicht in einem der Nobelbezirke aufgewachsen war. Er stammte aus Mill Hill, genau wie Jenny.

Sie wich vorsichtig zurück, doch es war zu spät. Die Frau warf einen Blick über die Schulter. »Tut mir leid, stehen wir im Weg?«

Jenny machte instinktiv ein paar weitere Schritte nach hinten, bevor sie sich wieder unter Kontrolle hatte. Adrenalin schoss durch ihre Adern, doch sie rang sich ein Lächeln ab. »Schon okay. Ich kann warten.«

»Jen? Wow!«

Sie war sich nicht sicher, ob ihr überraschtes Gesicht allzu überzeugend wirkte. »Nick! Mein Gott, das gibt's ja nicht.«

»Ja, es ist eine Ewigkeit her! Wie geht es dir?«, fragte Nick, und nach dem ersten Blick in sein Gesicht, bei dem sie gespielt schockiert die Augen aufgerissen hatte, schaffte sie

301

es nun nicht mehr, ihn anzusehen. Stattdessen musterte sie eingehend seine Adidas Superstars.

»Super. Echt gut. Aber ziemlich verloren.« Sie brachte bloß Satzbruchstücke über die Lippen.

»Ja, wir haben auch die Orientierung verloren«, sagte die Frau. »Was ist bloß mit dieser U-Bahn-Station los?«

»Honey, das ist Jen, eine sehr alte Freundin – obwohl wir uns irgendwie aus den Augen verloren haben. Was war noch mal schuld daran?«

Jen zuckte mit den Schultern und starrte immer noch zu Boden. Sie zwang sich, den Blick zu heben, und schaffte es immerhin bis zu Nicks Brust. Sie war breiter als früher. »Keine Ahnung. Das Leben?«

»Und Jen, das ist Honey. Sie ist meine ... was sind wir noch mal genau, Hon?«

»Wir? Also *ich* bin ein vollkommen unabhängiges Wesen, soweit ich weiß«, erwiderte Honey und streckte herausfordernd das Kinn vor. Sie war bildhübsch. Ihre Haare glänzten in einem dunklen Honigblond, waren allerdings zum Großteil unter einer schwarzen Ballonmütze versteckt, die Honeys dicke, stumpf geschnittene Stirnfransen nicht im Geringsten durcheinanderbrachte, wohingegen Jennys Stirnfransen sich an den Spitzen immer leicht eindrehten. Ihr Gesicht war genauso perfekt wie ihre Haare: weit auseinanderliegende, kornblumenblaue Augen, eine gebieterische Stupsnase und volle, zu einem Schmollmund geformte Lippen.

Sie wirkte unangestrengt schick und unbestreitbar cool. Wie Marianne Faithful in *Nackt unter Leder*, bloß, dass Honey nicht mit dem Motorrad, sondern mit der U-Bahn-Monatskarte unterwegs war. Oder wie Françoise Hardy, hätte diese nicht von Paris, sondern von Dalston aus die Welt erobert. Wobei weder Marianne Faithful noch Françoise Hardy diese unbekümmerte, träge Arroganz gegenüber ihrer eigenen Schönheit zur Schau stellten.

Nick mochte sich von spindeldürren, jungen Blondinen zu dieser atemberaubenden blonden Riesin (Honey war selbst in flachen Schuhen beinahe einen Meter achtzig) gesteigert haben, aber er hatte immer vor schwierigen Frauen zurückgeschreckt, und ja, Jen zählte sich selbst ebenfalls zu dieser Kategorie. Im Moment lächelte er allerdings nachsichtig und beinahe zärtlich.

»Natürlich ist Honey ein vollkommen unabhängiges Wesen, aber sie war auch die Sex- und Beziehungskolumnistin unseres Magazins, bis sie uns für den *Observer* sitzen gelassen hat.«

»Weil sie mir dort ein Jahresfixum zahlen und nicht bloß ein paar Pfund pro Zeile. Außerdem prangt dort kein Bild neben meinem Artikel, auf dem ich bloß Unterwäsche trage«, erklärte Honey an Jenny gewandt, denn es war klar, dass Honey und Nick diese Dinge schon bis in alle Einzelheiten diskutiert hatten.

Jenny konnte es nicht leiden, wenn Paare hilflose, zufällig Vorbeikommende als Requisiten für ihre privaten Dramen missbrauchten. Gethins Mitbewohnerin Paloma hatte sich mit Vorliebe laut und ausgiebig mit ihrem Freund Danus im Wohnzimmer gestritten, damit sie danach lauten und ausgiebigen Versöhnungssex in ihrem Zimmer haben konnten. Sie beschloss also, das Thema gleich im Ansatz zu ersticken.

»Ich bin ein großer Fan deiner Kolumne im *Observer*«, sagte sie, und das stimmte tatsächlich. Außerdem hätte Jenny, nachdem sie den ersten Schock überwunden hatte, Honey auch ohne Nicks Vorstellung erkannt. »Die Kolumne, warum Frauen mit Vaterkomplex keine Männer mit Mutterkomplex daten sollten, hat mir besonders gefallen.«

Selbst anmaßend schöne Frauen wirkten plötzlich nicht mehr so anmaßend, wenn man sie für etwas anderes lobte als für ihre Schönheit. Honey strahlte. »Ich danke dir! Meine Mutter und mein Vater fanden die Kolumne allerdings weniger gut.«

»Das gehört wohl zum Berufsrisiko, wenn man über Sex schreibt«, vermutete Jenny, und Honey lächelte erneut.

»Ganz genau. Ich bin immer verzweifelt auf der Suche nach neuen Themen, vor allem, nachdem Nick mir verboten hat, über unser Sexleben zu schreiben«, gestand Honey und räumte damit jeglichen Zweifel daran aus der Welt, dass Nick und sie bloß ehemalige Kollegen waren. »Sogar meine Freunde erzählen mir schmutzige Details nur, wenn ich ihnen schriftlich versichere, dass sie nichts darüber im *Observer* lesen.« Sie verzog die Lippen zu einem Schmollmund. »Hast du vielleicht ein paar schmutzige Geschichten auf Lager?«

»Du meine Güte, Hon...«, stöhnte Nick. Er hatte bis jetzt geschwiegen, auch wenn Jenny sich seiner Blicke schmerzhaft bewusst gewesen war, während sie sich selbst immer noch standhaft weigerte, ihm in die Augen zu sehen. Ihr war ebenso schmerzhaft bewusst, wie sie im Vergleich zu Honeys mühelosem Schick wirkte.

Sie war aufgelöst, und ihr Gesicht war hochrot, weil sie sich verlaufen hatte und vielleicht zu spät zu ihrem Termin kam. Sie ließ sich gerade die Stirnfransen auswachsen, und sie trug einen langen roten Princess-Mantel aus Wolle, eine schwarze Strumpfhose und schwarze, geschnürte Brogues. Sie sah aus wie eine gestrenge alte Jungfer, die für die Kirchengemeinde die mobile Bibliothek betreute und deren größte Sorge war, wer mit dem Blumenschmuck für die nächste Messe an der Reihe war.

Doch dann fiel Jenny ein, dass sie *keine* alte Jungfer war, in deren Leben bloß die Kirchengemeinde zählte. Sie war ein vollkommen unabhängiges Wesen, dessen Leben sich nicht mehr darum drehte, was Nick Levene von ihrem Lifestyle und ihrem Kleidungsstil hielt. Außerdem war sie nicht alleinstehend, und Michael gefiel die Art, wie sie sich anzog.

»Einen schönen guten Morgen, Jane, aus dem nazibesetzten europäischen Festland«, meinte er, wenn Jenny morgens mal wieder einmal in einem Vintage-Kleid, einer Strickweste und klobigen Schuhen die Treppe nach unten stapfte. »Was steht heute auf dem Plan? Triffst du dich mit den Agenten der Spezialeinsatztruppe, die letzte Nacht mit ihren Fallschirmen gelandet sind?«

»Keine Ahnung, was du meinst«, erwiderte Jenny dann. »Ich bin doch nur ein einfaches französisches Mädchen vom Land.«

Es war die schönste Art, den Tag zu beginnen. Und auch der heutige Tag hatte so begonnen. Obwohl *Jane aus dem nazibesetzten europäischen Festland* hoffentlich besser Karten lesen konnte. Jenny warf einen weiteren verzweifelten Blick auf ihre Straßenkarte und den zerknitterten Zettel ihrer Assistentin.

»Reden wir nicht über mein Sexleben, sondern lieber darüber, ob ihr mir vielleicht sagen könnt, welchen Ausgang ich nehmen muss, wenn ich in die ...« – ein weiterer Blick auf den Zettel – »... Juniper Street will?«

»Da wollen wir auch hin!«, rief Honey, streckte die Hüfte hinaus und legte sich übertrieben fragend einen Finger ans Kinn. »Gehörst du etwa auch zu den *Dreißig kreativsten Köpfen Londons*, die der *Evening Standard* porträtieren will?« Sie deutete auf sich selbst. »Ich bin die Kolumnistin. Nick ist der Chefredakteur, und du bist ...?«

Jenny zuckte mit den Schultern. »Die Herausgeberin, schätze ich. Wobei ich, technisch gesehen, Programmleiterin bin.« Es war ein kometenhafter Aufstieg gewesen, wenn man bedachte, dass sie bei der letzten (bewussten) Begegnung mit Nick in einer Buchhandlung gearbeitet hatte. (Wo sie immer noch den einen oder anderen Samstag verbrachte, denn woher sollte sie wissen, was die Leute lesen wollten, wenn sie sie nicht danach fragte?) Aber sie hatte nun mal verdammt hart gearbeitet, ab und an Glück gehabt und sieben *Sunday-Times*-Bestseller veröffentlicht.

»Jen hat Aarons Roman herausgebracht«, erklärte Nick. »Und damit alle Sünden abgebüßt.«

»Du bist offenbar ein sehr geduldiger Mensch.« Honey richtete den Blick nach oben. »Fünf Minuten mit Aaron, und ich würde ihn am liebsten umbringen.«

Das verstand Jenny nur zu gut, trotzdem stieß sie lediglich ein nichtssagendes Schnauben aus, als wäre Aaron gar nicht *so* schwierig und als hätte er sie noch nie um drei Uhr morgens angerufen und damit gedroht, sich und seine Manuskripte abzufackeln.

»Aaron hat nie erzählt, dass er dich kennt«, sagte sie stattdessen und riskierte einen schnellen Blick in Nicks Gesicht. Er musterte sie immer noch eingehend und hob eine Augenbraue, als hätten er und Aaron Besseres zu tun, als über Jenny zu sprechen. Allerdings mussten sie zumindest *einmal* über sie gesprochen haben, denn wie hätte Nick sonst wissen sollen, dass sie die Lektorin seines Freundes war? Und wenn sie schon analysierte, was Nick getan oder nicht getan hatte, dann war klar, dass er auch mit seiner Mutter über sie gesprochen hatte. Susan hatte ihm sicher erzählt, dass sie Jenny über den Weg gelaufen war, und sie hatte ihm auch Jennys Visitenkarte gegeben. Woraufhin Nick ... *nichts* getan hatte. »Was seltsam ist, denn er erzählt mir viele Dinge, die ich lieber nicht hören würde.«

»Wer weiß schon, was in Aarons Kopf vor sich geht?«, fragte Nick, und Honey erschauderte übertrieben.

»Ich will es gar nicht wissen.« Jenny wandte sich wieder ihrer Straßenkarte zu. »Kommt schon, wir sind drei verhältnismäßig intelligente Leute, es sollte uns doch möglich sein, den richtigen Ausgang zu finden ...«

Nach einem weiteren Fehlversuch schafften sie es schließlich, die Station auf der richtigen Seite des Kreisverkehrs zu verlassen, was allerdings nicht bedeutete, dass sich ihre Wege trennten. Immerhin waren sie in dieselbe Richtung unterwegs. Glücklicherweise schien Honey die seltsame Konstellation nichts auszumachen. Sie war klug, amüsant und frech (»Dann wart ihr beide also nie im Bett? Ich will es nur wissen. Es gab da nämlich einmal einen peinlichen Vorfall mit einer Kellnerin in einer Cocktailbar ...«), weil es ihr einfach Spaß machte, frech zu sein. Was sie sagte, schien weder böse noch wirklich ernst gemeint. Vielmehr sah sie sich als *Enfant terrible* oder *Agent provocateur*. Als Frau, die gerne Grenzen auslotete.

Neben Honey, die das Fotostudio betrat, als wäre es eine Luxusjacht, wirkte Nick verhalten und weniger strahlend als früher. Er sah sogar anders aus. Er hatte etwas Gewicht zugelegt, und sein Gesicht und seine Bewegungen hatten das Katzenhafte verloren. Seine Haare waren so kurz wie nie, und er trug den in Hoxton für alle Männer vorgeschriebenen dezenten Irokesenschnitt. Dazu kamen ein enger schwarzer Wollanzug, dem man das Designerlabel von Weitem ansah, obwohl er das T-Shirt eines unbekannten Plattenlabels dazu kombiniert hatte, und die Sportschuhe von Adidas. Er war ein Mann. Ein Erwachsener. Ein *richtiger* Erwachsener.

Wobei die Außenwelt Jenny wohl ebenfalls als richtige Erwachsene wahrnahm. Sie war ernst zu nehmende Geschäftsfrau, die Bücher verlegte. Sie wusste, was sie wollte, und hatte den Mumm, es auch zu sagen. Weshalb die Stylistin trotz des umfassenden Vorbereitungsgesprächs sofort beleidigt war, als Jenny ihr höflich, aber überaus bestimmt erklärte, dass sie auf keinen Fall eines der hautengen Kleider von Azzedine Alaïa anziehen würde, die im Ankleidezimmer hingen. Und auch der Bildredakteur, der Artdirector und der Feuilletonist erwarteten, dass Jenny sich in ein Kleid zwängen ließ, das für Frauen erschaffen wurde, die mindestens fünfzehn Kilo leichter und fünfzehn Zentimeter größer waren. Für Frauen wie Honey, die sich allerdings auch nicht zu einem der hautengen Kleider überreden ließ, sondern in eine aufreizende Version von Nicks Anzug geschlüpft war, wobei die offene Jacke ihre straffen Brüste zur Geltung brachte.

Jenny hatte nicht vor, ihre zumindest einigermaßen straffen Brüste zur Geltung zu bringen. Am Ende einigte man sich auf ein Kleid, das dem Vintage-Kleid, das Jenny am Morgen ausgesucht hatte, sehr ähnlich war: hochgeschlossen mit langen Ärmeln und riesigen Rüschen am Saum. Es war von Miu Miu und im Tarnmuster gehalten, das offenbar gerade im Trend lag.

Jenny war davon ausgegangen, dass ein professionelles Fotoshooting nicht länger als ein paar Stunden dauern würde, doch sie wurde eines Besseren belehrt. Das Fotoatelier befand sich im obersten Stockwerk einer ehemaligen Schuhfabrik und bestand aus einem riesigen, höhlenartigen

Hauptraum mit einer Gewölbedecke, freigelegten Stahlträgern und riesigen Fenstern, die so viel düsteres Tageslicht wie möglich hereinließen.

An einem Ende des Raumes hantierten der Fotograf und seine riesige Gefolgschaft mit Scheinwerfern und Hintergründen, am anderen Ende befanden sich eine Küchenzeile und ein großer Tisch mit Salaten, Quiches, frisch gebackenem Brot mit Unmengen an Körnern, süßen Köstlichkeiten wie Brownies, Zitronenkuchen und einer riesigen Schüssel Maisflips mit Käsegeschmack. Vier weiche Ledersofas waren zu einem Viereck angeordnet, und auf ihnen saßen zwei weitere Vertreterinnen der *Dreißig kreativsten Köpfe Londons* (die Hutmacherin und die Floristin), die offenbar bereits den ganzen Vormittag auf ihre Fotosession warteten.

Durch einen kleineren Torbogen ging es in die Garderobe mit zahllosen Kleiderständern und mehreren Make-up-Spiegeln, wo Jenny sich kurz darauf neben Honey wiederfand und ihr eine junge Frau Unmengen an Foundation ins Gesicht klatschte. Die Make-up-Spezialistin selbst war eine derart natürliche Schönheit, dass sie nichts dergleichen benötigte. Kurz darauf trat ein Mann mit einem Föhn und zahllosen Haarbürsten in einem Schulterholster hinter Jenny, griff nach ihren Haaren und verzog das Gesicht.

»Also ... die Stirnfransen.« Er ließ den Zeigefinger kreisen. »Was ist da los?«

»Ich lasse sie auswachsen«, antwortete Jenny, denn das war ihr Normalzustand. Dazwischen gab es lediglich kurze Phasen, in denen sie einen Augenblick lang die mühevollen Stunden vergaß, die es dauerte, Stirnfransen zu stylen, wenn man keine so dicken und schnurgeraden Haare wie Honey besaß, und irgendwann nachgab.

»Das können Sie nach dem Fotoshooting machen, im

Moment bleibt uns nichts anderes übrig, als sie zu schneiden. Sonst kann ich hier nicht arbeiten.«

Honey warf ihr über den Spiegel hinweg einen mitfühlenden Blick zu. Es waren typische, gnadenlos ehrliche Garderobenspiegel mit Glühbirnen um den Rand. »Stirnfransen sind anstrengender als kleine Kinder.«

Das waren sie natürlich nicht, aber sie kamen sicher gleich danach an zweiter Stelle. Sie saßen eine Weile schweigend nebeneinander, bis Jenny beschloss, dass es albern war, es noch länger hinauszuzögern. Sie stellte sicher, dass Honey ihr über den Spiegel in die Augen sah. »Also ... hast du schon mal darüber nachgedacht, Bücher zu veröffentlichen? Eine Sammlung deiner besten Kolumnen vielleicht und danach einen Roman?«

Honey klimperte mit den mittlerweile tiefschwarzen Wimpern. »Einen Roman? Du meinst, wie eine echte Autorin?«

»Du *bist* eine echte Autorin«, erwiderte Jenny, denn sie wusste, dass Honey sich gut ausdrücken konnte. Wichtiger war jedoch, dass sie das ganze Paket lieferte: Sie sah gut aus, hatte bereits einen hohen Bekanntheitsgrad und brachte eine gute Quote. Ein Roman über Sex und Beziehungen – vielleicht sogar als kaum verhohlene Autofiktion – würde ihr die Aufmerksamkeit der Presse und gute Verkaufszahlen garantieren. Und vielleicht wurde am Ende sogar ein hervorragendes Buch einer hervorragenden Schriftstellerin daraus. Wobei Jenny in dieser Hinsicht realistisch war, oder vielleicht sogar resigniert hatte. Nicht jedes Buch war ein wunderbares, mühevoll erschaffenes Werk hochtrabender Prosa, das die tiefsten Wahrheiten des Lebens und des Universums vermittelte. Abgesehen davon, wollte sie solche Bücher ohnehin nicht verlegen – oder lesen. Es gab einen guten

Grund, warum sie immer noch lieber Jilly Cooper anstatt Iris Murdoch las.

»Wenn du Interesse hast …« – Honey formte die Hände zu Pfötchen und hechelte, was Jenny als Zustimmung deutete –, »… dann schick mir ein zweiseitiges Exposé des Romans, den du gerne schreiben würdest. Wenn du es gleich mit ein oder zwei Kapiteln versuchen willst, umso besser. Und du wirst einen Agenten brauchen …«

»Oh, mich kontaktieren ständig irgendwelche Agenten …«, erklärte Honey munter und schien nicht zu ahnen, dass es Hunderte, wenn nicht Tausende Schriftsteller und Schriftstellerinnen gab, die in Dachkammern und Kellern davon träumten, einmal etwas anderes von den zahllosen Agenten zurückzubekommen als eine standardisierte Absage und ihr Manuskript in einem andressierten und frankierten Rücksendeumschlag. »Brauche ich wirklich einen?«

»Ja, auf alle Fälle«, erklärte Jenny bestimmt. Sie lehnte sich vor, um nach ihrer Handtasche zu greifen, und verzog entschuldigend das Gesicht, als die Visagistin, die gerade mehrere Schichten braunen Lidschatten auftrug, eine Pause einlegen musste. Sie holte eine Visitenkarte aus der Innentasche. »Schick mir eine E-Mail mit einer Liste der Agenten, die dich kontaktiert haben, und ich suche die besten drei heraus. Es gibt oft große Unterschiede.«

»Das ist echt nett von dir.« Honey steckte die Karte in ihre Tasche, und sie verfielen erneut in Schweigen, bis Honey beschloss, zum nächsten Punkt der Tagesordnung überzugehen: »Also … Nick und du?«

Jenny wäre ein ahnungsvoller kalter Schauer über den Rücken gelaufen, hätte der Mann hinter ihr nicht gerade mit vollem Einsatz ihre Haare glatt geföhnt. »Nick und ich?«

»Wir beide haben uns gerade erst kennengelernt, aber

Nick kenne ich sehr gut, und es scheint mir, als gäbe es zwischen euch einiges, was unausgesprochen geblieben ist.« Es war ziemlich unbedacht von Honey, ein solches Thema gegenüber einer Frau anzuschneiden, die ihr gerade vorgeschlagen hatte, ihren ersten Roman zu veröffentlichen.

»*Unausgesprochen* ist übertrieben«, erklärte Jenny verkniffen. »Wir waren Freunde, aber das Leben rauscht vorüber, und manchmal gehen Leute in dem Sog verloren.«

»Okay, schon klar.« Honey nickte eifrig, was ihre Visagistin entnervt innehalten ließ, obwohl sie doch ohnehin kaum etwas zu tun hatte. »Aber du kennst Nick auch sehr gut.«

»Wir haben uns jahrelang nicht gesehen …«

»Ich wüsste zu gerne, wie er als Teenager war. Hatte er Pickel? Ist es ihm schwergefallen, mit Mädchen zu sprechen?«

»Ja, Jen, wie war ich als Teenager?«, fragte Nick, der in dem Torbogen zur Garderobe stand. Wie lange hörte er ihnen schon zu?

Und wie sollte sie die Frage am besten beantworten?

Witzig, haha.

Witzig und schräg.

Wunderschön.

Herzzerreißend.

Grausam.

»Überheblich«, meinte Jen schließlich grinsend. »O mein Gott, du warst so schrecklich überheblich.«

»Ha!« Honey klatschte begeistert in die Hände. »Das ist er noch immer.«

Nick zuckte mit den Schultern und lächelte kaum merklich. »Ihr nennt es überheblich, ich nenne es *anspruchsvoll*.«

»Genau das würde eine überhebliche Person von sich behaupten«, gab Jen zurück, und Nick hob die Hände, um den Doppelangriff abzuwehren.

»Ich habe keine Ahnung, wovon ihr redet«, beharrte er und verschränkte die Arme. Dann deutete er mit dem Kopf nach hinten. »Hon, der Fotograf wartet.«

Die Frau, die mit Honeys Haaren hantierte, gab ihrem Werk hektisch den letzten Schliff, und die Visagistin legte noch eine letzte Schicht beinahe durchsichtigen Lippenstift auf, dann verschwand Honey mit einem unbekümmerten: »Seid artig! Ich will euch nachher nicht voneinander trennen müssen«, durch den Torbogen.

Honey hatte sich in kürzester Zeit in ein zerzaustes Sex-Kätzchen verwandelt, während Jennys Metamorphose von einer erschöpften Achtundzwanzigjährigen in eine Frau, die es wert war, professionell fotografiert zu werden, wesentlich länger dauerte. Die Visagistin hatte ihr in der letzten halben Stunde derart viel Zeugs ins Gesicht geschmiert, dass sie aussah wie eine nichtssagende Version ihrer selbst – wenn auch mit unglaublich ebenmäßiger Haut. Als Nächstes griff sie nach dem Rouge und einem großen Pinsel.

»O Gott, bitte. Ich hätte gerne meine Wangenknochen zurück«, murmelte Jenny, während Nick sich vom Torbogen löste und sich in Honeys Stuhl setzte.

Jenny war nicht in der Verfassung, ein Gespräch zu beginnen, denn zuerst wurden ihre Wangenknochen wieder hervorgezaubert, und dann geriet sie in ein Wortgefecht mit der Visagistin, die der Meinung war, Jenny bräuchte ebenfalls eine Schicht beinahe durchsichtigen Lippenstift.

»Ich will *rote* Lippen«, beharrte Jenny und presste besagte Lippen zu einer schmalen Linie zusammen. Zuerst das Kleid und jetzt das – sie war ein echtes Miststück. »Mir ist klar, dass Models sich stylen lassen, wie es ihnen vorgegeben wird, aber ich bin kein Model. Ich bin eine normale Frau, die immer roten Lippenstift trägt. Das ist mein Ding.«

»Das ist es«, bestätigte Nick, obwohl Jenny weder ihn noch irgendjemanden sonst zur Unterstützung benötigte. »Sie ist in ganz London für ihre roten Lippen bekannt.«

Jenny warf ihm über den Spiegel hinweg einen warnenden Blick zu, so gut es mit von mehreren Schichten Mascara verklebten Wimpern ging.

»Gut, aber wenn es dem Artdirector nicht gefällt, reden Sie mit ihm.«

»Klar«, versicherte Jenny der Stylistin, griff nach ihrer Handtasche und zog ihren treuen Lippenstift *Clinique 100 % Red* hervor.

Dann verharrte sie regungslos und mit leicht geöffneten Lippen, während die Visagistin zuerst den Konturstift und anschließend den Lippenstift auftrug und Nick sie ungeniert musterte, als müsste er später jemandem über die Details ihres Gesichts Rede und Antwort stehen.

»Gut, ich bin fertig«, verkündete die Visagistin kurz darauf, als gäbe es unter diesen Umständen tatsächlich nichts, was sie noch tun konnte. »Ich gönne mir eine Zigarette.«

Jenny hätte alles für eine Zigarette getan. Aber sie hatte es nun schon vier Wochen und drei Tage ohne geschafft. Außerdem konnte sie sich jetzt, da die Frau die Garderobe verlassen hatte, näher an den Spiegel heranlehnen und den Schaden begutachten.

»Du meine Güte, sie hat die Hälfte meiner Lippen überschminkt«, murrte sie mit Blick auf den unnatürlich kleinen Schmollmund in ihrem Gesicht. »Pass auf, dass niemand reinkommt«, befahl sie Nick und griff nach ihrem eigenen Make-up-Täschchen.

»Das erinnert mich an die Zeit, als ich in der Drogerie Wache stehen musste, während du Nagellacke eingesackt hast«, meinte Nick und drehte den Stuhl, sodass er Jenny direkt ansah und nicht bloß ihr Spiegelbild.

»Das muss eine andere gewesen sein. Ich habe noch nie irgendetwas eingesackt«, erwiderte Jenny, während sie die ursprünglichen Umrisse ihrer Lippen mit einem roten Konturstift wiederherstellte.

»Jedes Mal, wenn wir in einem Woolworth waren, hast du eine Handvoll von der Fruchtgummi-Theke mitgehen lassen. Du hast immer gesagt, dass du nur deshalb so gerne Kleider mit Taschen trägst.«

»Die Fruchtgummi-Theke zählt doch nicht! Sie rechnen bei der Kalkulation bereits ein, dass die Leute sich selbst bedienen. Zeig mir jemanden, der sich keine Handvoll schnappt, wenn er bei Woolworth ist.«

»Ich, zum Beispiel.«

Das stimmte. Nick hatte sich nie selbst bedient. Nicht aus Prinzip, sondern aus Angst, erwischt zu werden. Das war eines der wenigen Dinge gewesen, die Jenny ihm vorausgehabt hatte.

»Aber ich habe dir immer welche von meinen abgegeben«, erinnerte sich Jenny, während sie den Lippenstift auftrug. »Mein Gott, sie hat nicht einmal den Eyeliner nach oben gezogen!«

Jenny schnaubte empört und kramte in ihrem Make-up-Täschchen. Ihr Look funktionierte mittlerweile seit zehn Jahren. Wenn schon ein Foto von ihr in einer Zeitung abgedruckt werden sollte, dann wollte sie darauf aussehen wie sie selbst und nicht wie eine nicht wiederzuerkennende, trendigere Version.

In letzter Zeit hatte Jenny sich mit ihrem Gesicht ausgesöhnt, und sie hatte das Gefühl, dass die Teile, über die sie sich früher so viele Gedanken gemacht hatte, plötzlich perfekt zueinanderpassten. Die zu große Nase, die zu kleinen Augen, die Augenbrauen, die nie mehr richtig nachgewachsen waren, nachdem sie sie zu Beginn des Jahrzehnts bis zur beinahe völligen Vernichtung ausgezupft hatte (obwohl ihre Augenbrauen nie dicht und markant sein würden).

Sie fand sich selbst nicht mehr hässlich. Tatsächlich fand sie sich objektiv betrachtet sogar schön. Vor allem, wenn sie Make-up trug, denn mittlerweile wusste sie, wie sie das Beste aus ihrem Gesicht herausholen konnte, anstatt sich ein fremdes Antlitz aufzumalen. Ihr gefiel sogar ihr verschlafenes, verschmiertes Gesicht am Morgen.

Aber heute war irgendwie alles anders.

»Also, Jen, wie ist es dir ergangen?«, fragte Nick, nachdem sie ihr Make-up-Täschchen fortgesteckt hatte, ihre Hände ruhig in ihrem Schoß lagen und sie nicht mehr empört vor sich hin murmelte.

»Weißt du das nicht ohnehin?« Sie hob die frisch fassonierten Augenbrauen. »Ich bin vor einiger Zeit Susan in die Arme gelaufen, und sie war begeistert von meinem Aufstieg von der Buchhändlerin zur Verlagsmitarbeiterin. Sie meinte, du hättest ihr davon erzählt.«

»Es ist nichts Ungewöhnliches, dass man die Entwicklung alter Freunde im Auge behält«, erwiderte Nick.

Aus der Nähe sah sie die Schatten in seinen Augen, die gut zu den dunklen Ringen darunter passten. Die Fältchen um seinen Mund waren tiefer geworden und erlaubten einen vagen Ausblick darauf, wie er in zehn, zwanzig oder dreißig Jahren aussehen würde. »Ich sehe oft dein Bild im *Guardian*. Und dann ist da auch noch Aaron. Unser gemeinsamer Bekannter. Dein Name wurde einige Male erwähnt.«

Jenny wurde weicher. »Okay. Obwohl ich jemanden, den

ich jahrelang nicht sehe und mit dem ich kein Wort rede, nicht als Freund bezeichnen würde.«

Wie immer hatte Jenny das Gefühl, dass das, was sie einander wirklich sagen wollten, zwischen und unter den Wörtern verborgen lag, die tatsächlich aus ihren Mündern kamen.

»Aber ich rede jetzt mit dir, nicht wahr? Ich will wissen, wie das Leben zu dir war – oder darf ich das nicht mehr?« Er klang angespannt, was Jenny noch weicher werden ließ.

»Natürlich darfst du«, erwiderte sie leise. »Und mein Leben ist ... gut. Ja, es ist gut.«

Das war es wirklich. Ihre Karriere war endlich auf Schiene. Sie tat, was sie liebte, und wurde dafür bezahlt.

Und sie besaß tatsächlich ein eigenes Zuhause. Eine Zweizimmerwohnung in Kentish Town. Wobei Nick nicht zu wissen brauchte, dass sie zwar an Buchauktionen teilnahm, bei denen es um sechsstellige Beträge ging, dass sie aber im Büro des Hypothekenmaklers einen Zusammenbruch erlitten hatte, der in einem schluchzenden: »Aber was, wenn ich irgendwann nicht mehr so viel verdiene wie jetzt?«, geendet hatte.

Während der Umbauarbeiten in der Wohnung war sie – mit einem flauen Gefühl im Magen – bei Michael eingezogen. Sie waren damals erst seit einigen Monaten zusammen gewesen, doch sie hatte schnell erkannt, dass das Zusammenleben mit Michael genauso einfach war wie ihre gemeinsame Zeit bisher, und so war sie nach Ende der Arbeiten bei ihm geblieben. Sie hatte die Wohnung, auf die sie so stolz war, weitervermietet und wohnte mit Michael in seinem Loft in der obersten Etage eines ehemaligen Getreidespeichers mit Blick auf den Regent's Canal.

Was bedeutete, dass auch ihr Liebesleben auf Schiene war.

Sie war sich nicht sicher, warum sie Nick die Einzelheiten lieber vorenthielt. Vielleicht wollte sie nicht, dass er ihr Leben zu einem späteren Zeitpunkt sezierte, ein Urteil über ihre Entscheidungen fällte und Mängel in ihren Errungenschaften fand. Aber das war nicht fair. Nick hatte viel eher das Recht, abwehrend zu sein.

»Das freut mich«, sagte er, doch Jenny legte eine Hand auf seinen Arm, damit er verstummte. Sie spürte die feine Wolle und die Spannung in seinen Muskeln.

»Ich schäme mich dafür, wie ich mich in den letzten Monaten unserer Freundschaft verhalten habe«, sagte sie ohne große Einleitung, denn sie hatte oft darüber nachgedacht, was sie zu Nick sagen würde, wenn sich ihre Wege wieder kreuzten, und ihr war mit der Zeit klar geworden, dass es wohl eine Entschuldigung sein würde.

»Das musst du nicht«, erklärte er wie aus der Pistole geschossen, doch der wachsame Blick in seinen Augen erzählte eine andere Geschichte.

»Doch. Ich war eine dieser schrecklichen Frauen, die einen Mann finden und nichts mehr mit ihren Freunden zu tun haben wollen. Dabei war es eher so, dass ich nichts mehr mit mir selbst zu tun haben wollte.« Jenny seufzte. »Ich konnte mich damals selbst nicht leiden.«

»Aber du warst toll. Wir hatten eine echt geile Zeit«, erwiderte Nick. »Wobei ... na ja, das war wohl zum Großteil auf die Pillen zurückzuführen, die wir eingeworfen haben.«

»Du hast mich beim letzten Mal als gebrochen beschrieben, aber ich glaube, das waren wir damals alle irgendwie, oder?«, fragte Jenny, denn der Nick, der hier neben ihr saß, war zwar älter und sah müder aus, aber er schien sich selbst gefunden zu haben.

»Ich habe bei unserer letzten Begegnung jede Menge gesagt, Jen.« Er sah ihr direkt in die Augen, was unheimlich mutig war, denn Jenny sah überall anders lieber hin als in sein offenes Gesicht und die Augen, die sie wortlos daran erinnerten, dass er sie damals ficken wollte. Allein bei der Erinnerung daran, legte sich eine Schwere über sie, und eine Hitze breitete sich aus, obwohl sie nie danach gestrebt hatte, eine Frau zu sein, die Männer *ficken* wollten – nicht einmal Nick. Was sie mit Gethin gehabt hatte und nun mit Michael hatte, war sehr viel mehr als bloß Sex. »Aber das ist vier Jahre her. In vier Jahren kann viel passieren, nicht wahr?«

Jenny nickte langsam. »Ich wollte dir einfach sagen, dass es mir leidtut. Ich hoffe, du verzeihst mir.«

»Es gibt nichts zu verzeihen. Wir waren damals beide Idioten, wobei ich ein noch größerer Idiot war als du«, meinte er grinsend, als wollte er sie in ruhigere Gewässer lotsen. »Und sag jetzt ja nicht, dass du die größere Idiotin warst, denn wir wissen beide, dass das nicht stimmt.«

»Das wollte ich auch nicht«, protestierte Jen und grinste ebenfalls. »Es stimmt nämlich. Du warst ein viel größerer Idiot als ich. Jedenfalls tut es mir wirklich leid.« Sie brach ab, denn sie ertrug es nicht, noch länger über die Vergangenheit zu sprechen. »Honey ist super.«

»Aber sie ist eine Liga über mir?«

»Das habe ich nicht gesagt.«

Nicks Grinsen war so schief wie eh und je. »Aber gedacht. Und ja, sie ist toll. Sie lässt sich meinen Schwachsinn nicht gefallen.«

»Schön zu hören«, erwiderte Jenny, während Nick eine Packung Gauloises aus der Innentasche seiner Jacke holte. Mein Gott, sie brauchte wirklich dringend eine Zigarette. Und mein Gott, er war nach all den Jahren immer noch genauso überheblich. Was irgendwie tröstlich war. »Wo wohnst du jetzt? Immer noch in Camden?«

Nick machte schweigend die Zigarette an, nahm einen langen Zug und antwortete, während er den Rauch ausstieß, sodass Jenny wenigstens indirekt ein wenig Nikotin abbekam. »Ich bin vor ein paar Jahren nach Stoke Newington gezogen.«

Jenny dachte, sie hätte sich verhört. »*Stoke Newington?*«

»Komm schon, Jen, du wohnst schon dein ganzes Leben in London. Du weißt, wo Stoke Newington ist.«

»Ich weiß, wo es ist, aber ich kann nicht glauben, dass du in eine Gegend ohne U-Bahn-Station gezogen bist. Dein achtzehnjähriges Ich ist entsetzt.« Jenny legte sich eine Hand aufs Herz. »*Ich* bin entsetzt.«

»Ich kann mir mittlerweile ein Taxi leisten«, murrte Nick, und seinem düsteren Blick nach war er tatsächlich beleidigt. »Ich nehme an, *du* wohnst direkt neben einer U-Bahn-Station?«

Die Wohnung in Kentish Town war laut Immobilienmakler 0,2 Kilometer von der nächsten U-Bahn-Station entfernt, und von Michaels herrlichem Loft mit Blick auf den Kanal brauchte man etwa fünf Minuten zur U-Bahn-Station Angel.

»Nicht direkt daneben, aber ziemlich nahe dran«, antwortete Jenny und ging erneut nicht näher auf Details ein. »Ich werde nie wieder die Zugabe nach einem Gig verpassen, weil ich meilenweit von der U-Bahn-Station entfernt wohne.«

»Okay, okay, du musst es mir ja nicht gleich derart unter die Nase reiben.« Nick schwenkte die Hand mit der Zigarette, und Jennys Nasenflügel bebten. »Wann warst du überhaupt das letzte Mal bei einem Gig?«

»Ich besuche keine Gigs in dem Hinterzimmer einer Bar in Camden mehr, und ich habe keine Lust mehr, mich mit Bier übergießen zu lassen«, gab Jenny zu. »Außerdem habe ich am liebsten einen Sitzplatz.«

Nick schüttelte traurig den Kopf, aber das neckische Funkeln war in seine Augen zurückgekehrt. »Du hast dich verändert.«

»Das habe ich. Und dabei habe ich dir noch nicht einmal von meiner Käse-Offenbarung erzählt«, erwiderte Jenny und rutschte zur Seite, sodass sie noch mehr von dem Gauloises-Rauch einatmen konnte.

»Bevor zu loslegst, hättest du gerne eine Zigarette? Du siehst aus wie ein viktorianisches Gassenkind, das sich die Nase am Fenster des Süßigkeitenladens platt drückt.« Nick schob die Packung, die unter dem Spiegel lag, in Jennys Richtung.

Sie schob sie mit einem Seufzen von sich. »Ich versuche aufzuhören.«

Nick schob sie wieder zu ihr hin. »Bist du dir sicher?«

Jenny schob sie erneut von sich. »Ziemlich sicher. Also, willst du jetzt von meiner Offenbarung hören oder nicht?«

»Klar, schieß los.« Er steckte die Zigaretten zurück in die Tasche und stellte sogar die Coladose, die er als Aschenbecher verwendete, auf die andere Seite. »Magst du mittlerweile Käse, der auch tatsächlich nach Käse schmeckt?«

»Ja, wirklich! Und es überrascht mich selbst am allermeisten«, fügte sie hinzu, als Nick gekünstelt hustete. »Wir waren in Paris und zum Abendessen mit Freunden unterwegs, die ich mit meinem eingeschränkten Geschmackssinn bereits in den Wahnsinn getrieben hatte, bevor die Käseplatte serviert wurde.«

»Also hast du dich dem Gruppenzwang ergeben.«

»Ich wurde *gezwungen*, einen Cracker mit etwas Comté zu probieren, und es war ganz okay«, erzählte Jenny mit leiser, eindringlicher Stimme. »Danach haben sie mich derart eingeschüchtert, dass ich freiwillig ein Häppchen Brie mit einem Löffel Aprikosenkompott versuchte. Es schmeckte mir, und mir wurde klar, dass ich vielleicht gar nichts mehr gegen Käse einzuwenden hatte, der wie Käse schmeckt. Zurück in London, experimentierte ich mit gekochtem Käse ...«

»Den du immer als Teufelswerk bezeichnet hast ...«

»Na ja, da war ich noch jung und dumm. Aber jetzt bin ich älter und weiser. Ich habe mich mutig an ein Stück Lasagne herangewagt und festgestellt, dass ich Lasagne *liebe*. Also fragte ich mich, ob ich nicht noch etwas mit gekochtem Käse versuchen sollte, denn vielleicht war die Lasagne nur ein Glückstreffer gewesen. Am Ende stellte sich heraus, dass ich Pizza liebe«, beendete sie die Erzählung stolz. »Allerdings nur Pizza Margherita.«

»Das hast du gut hinbekommen.« Nick klatschte spöttisch Beifall. »Als Nächstes kommen dann wohl Blue Stilton und Èpoisses, was?«

Jenny verzog das Gesicht und spürte beinahe, wie ihr Make-up Risse bekam. »Kein blauer Käse, kein schleimiger Käse, kein in Asche getauchter Käse.«

»Und wie steht es mit Fisch?«, fragte Nick. Die Schatten waren aus seinem Gesicht verschwunden, und seine Augen leuchteten. »Isst du mittlerweile vielleicht auch würzige Sachen? Wenn du mir jetzt erzählst, dass du Curry liebst, gerät mein gesamtes Weltbild ins Wanken.«

Jenny schwieg einen Moment lang, um das Gefühl auszukosten. »Willst du mich verarschen?« Schließlich wurde sie doch weich. »Ich mag Cheddar, aber ich esse immer noch keinen nach Fisch schmeckenden Fisch. Und Gewürze sind das Allerschlimmste. Es gibt sogar einige Sorten Essigchips, die mir den Gaumen versengen.«

»Jetzt kann ich heute Nacht ruhig schlafen«, sagte Nick, und mit einem Mal machte Jenny die Art, wie er sie ansah, nichts mehr aus. Vielleicht hatte sie sich inzwischen aber auch daran gewöhnt, dass er sie keine Sekunde aus den Augen ließ.

Und Nick war nicht der Einzige. Jedes Mal, wenn sie einen Blick auf ihn warf, katalogisierte sie die Veränderungen. Sowohl die großen als auch die winzig kleinen. Von den Haaren über seine breitere Statur, durch die er scheinbar mehr Raum einnahm, bis zu den zarten Fältchen um seine Augenwinkel, wenn er lächelte. Sie spürte einen Argwohn, den sie nicht an ihm kannte. Als sei er sich seines Platzes in dieser Welt weniger sicher, obwohl er nach außen sämtliche Insignien des Erfolges zur Schau stellte.

»Bist du glücklich, Nick?«, fragte sie plötzlich, und ihr Magen zog sich in Erwartung seiner Antwort zusammen. »Du bist immer noch Chefredakteur, nicht wahr?«

»Jap. Ich bin Chefredakteur«, bestätigte er, als machte ihm der Titel und der darin enthaltene Status wenig Freude. »Chefredakteur des meistverkauften Männermagazins in Großbritannien. Ich repräsentiere alles, was in dieser modernen Welt falschläuft. Zumindest, wenn es nach deinen Freunden beim *Guardian* geht.« Er nahm einen letzten langen Zug von seiner Zigarette, bevor er sie auf dem Deckel der Coladose ausmachte. »Bin ich glücklich? Vielleicht. Ja. Warum nicht? Ich bin glücklich.«

»Das freut mich.« Es war das Ehrlichste, was sie seit ihrem Wiedersehen vor ein paar Stunden zu ihm gesagt hatte.

»Was ist mit dir, Jen? Warst du mit einem Mann unter-

323

wegs, als du in Paris die Freuden einer Käseplatte erkundet hast?«

Jenny nickte, hatte aber bereits beschlossen, sich nicht auf dieses Thema einzulassen. Die Probleme mit Gethin und die Tatsache, dass sie sich derart auseinandergelebt hatten, gingen allein auf ihr Konto, allerdings hatte Nick von Anfang an – seit dem Treffen am Leicester Square – einen langen Schatten auf ihre Beziehung geworfen.

»Ist er ein guter Kerl? Macht er dich glücklich?« Seine Stimme war leise, sein Blick eindringlich.

»Ja, beides. Aber mein Glück wird nicht von dem Mann an meiner Seite definiert. Ich kann für mich alleine glücklich sein. Und ich bin es auch.«

»Das ist gut«, meinte Nick. »Dann muss ich mir keine Sorgen um dich machen.«

Eine prickelnde Spannung baute sich zwischen ihnen auf. Jenny war glücklich, und Michael war ein großer Teil dieses Glücks, weshalb sie dem sofort ein Ende setzen musste.

»Natürlich musst du dir keine Sorgen um mich machen«, sagte sie mit der Zuversicht einer Frau, die ihre turbulenten Zwanziger in achtzehn Monaten hinter sich lassen würde und es kaum erwarten konnte. »Mir geht es gut. Dir geht es gut. Es hat sich alles zum Guten gewendet.«

Nach dem heutigen Tag würde sie mit leichterem Herzen und leichterem Gewissen aus Nicks Leben verschwinden. Und wer wusste schon, wann sie einander wiedersehen würden? Es konnten Jahre oder vielleicht sogar Jahrzehnte vergehen.

31. Dezember 1999
U-Bahn-Station Angel

19

»Vor einer Stunde hielt ich es noch für eine gute Idee, aber jetzt bin ich mir da nicht mehr so sicher«, gestand Jenny auf der klappernden Rolltreppe, die nach unten zu den Bahnsteigen führte. Es war die längste Rolltreppe des gesamten U-Bahn-Netzes. Einundsechzig Meter. *Einundsechzig verdammte Meter.* Michael und Erik hatten beschlossen, nach unten zu laufen, also mussten die anderen hinterher. Jenny war eigentlich ganz zufrieden damit gewesen, auf der rechten Seite der Rolltreppe zu stehen und zu warten, doch dann hatte Kirsty sie als Trödlerin beschimpft und war an ihr vorbeigelaufen.

Lediglich Honey leistete ihr noch Gesellschaft und stützte sie am Ellbogen wie eine sehr alte, sehr gebrechliche Verwandte.

»Es war trotzdem die beste Idee seit Langem«, erwiderte Honey. »Aber vielleicht gibst du mir doch die Flasche? Dann kannst du dich am Handlauf festhalten.«

»Du würdest alles austrinken, ich kenne dich!« Jenny umklammerte den Hals der Champagnerflasche noch fester und setzte den halsbrecherischen Abstieg fort. Sie trug silberne Spangenpumps mit den acht Zentimeter hohen Absätzen, die sie sonst eigentlich nur zu Hause bei Dinnerpar-

tys trug. Oder – wenn es nicht anders ging – den kurzen Weg
vom Auto in eine Bar, wo sie dann den ganzen Abend von
einem Fuß auf den anderen stieg, weil ihre Fußballen brannten wie Feuer.

»Das Problem ist, dass du das für Stöckelschuhe essenzielle Zeitfenster verpasst hast«, hatte Honey ihr an einem
dieser schmerzhaften Abende erklärt, an dem sie bei einem
Dinner im *Soho House* Honeys »bedeutsamen« Vertragsab-
schluss über zwei Bücher bei Jennys Verlag gefeiert hatten.
»Während wir unsere Jugendjahre damit verbracht haben,
das Gehen mit High Heels zu perfektionieren, bist du mit
deinen klobigen Stiefeln herumgelatscht und hast uns
müde belächelt. Nick hat mir die Fotos gezeigt. Und wer
lacht jetzt?«

»Ich lache sicher nicht, weil ich gerade Tausende qualvolle Tode sterbe, aber ich werde mir in weit entfernter
Zukunft ein Lächeln gönnen, wenn sich die ersten entzündeten Fußballen, Sehnenzerrungen und Nervenschäden
bemerkbar machen«, hatte Jenny gemurrt, was eigentlich
keine Art war, mit dem neuen Star in ihrem Team zu sprechen. Doch nach einer seltsamen Wende des Schicksals, die
sie immer noch nicht wirklich verstand und die einer ex-
zessiven Kneipentour nach dem Fotoshooting in Hoxton
entsprungen war, hatte sie ihre Freundschaft mit Nick wiederaufleben lassen, was bedeutete, dass nun auch Honey
zu ihren Freunden zählte. Kurz darauf hatten sich Nick und
Honey Hals über Kopf in Michael verliebt, dessen coole,
ruhige Art im starken Kontrast zu ihrem hektischen, fieberhaften Lebensstil stand. Natürlich waren am Ende auch noch
Kirsty und Erik dazugestoßen, und aus den sechs Freunden
war eine eingeschworene kleine Truppe geworden. So ein-
geschworen, dass sie auch das neue Jahr miteinander feiern

wollten. Dabei war es nicht nur ein gewöhnliches neues Jahr, sondern *das* neue Jahr, das vielleicht allem ein Ende setzen würde.

Michael hatte zwar gemeint, dass die Wahrscheinlichkeit eines Totalzusammenbruches mit weltweiten Computerschäden und Flugzeugabstürzen sehr gering war – »aber *sehr gering* bedeutet nicht, dass es nicht doch vorkommen kann«, hatte Jenny erwidert und genug in Flaschen abgefülltes Wasser und Teelichter von Ikea besorgt, um zumindest einige Tage im neuen Jahrtausend zu überleben.

Allerdings waren die Wasserflaschen, die Teelichter, die AA-Batterien und ein großer Vorrat an Tomatensuppe in der Dose zu Hause in ihrer Wohnung, während Jenny und die anderen einer verrückten, von Champagner umnebelten Eingebung gefolgt waren und nun nach Primrose Hill fuhren, um dort aus erster Reihe die Feuerwerke zu bestaunen, die bald den dunklen Himmel über der Stadt erhellen würden.

»Jetzt macht schon, Ladys!«, rief Kirsty vom unteren Ende der Rolltreppe. »Wir haben nur noch eine halbe Stunde!«

»Du musst über dem Schmerz stehen«, zischte Honey, hakte sich bei Jenny unter und zog sie den Rest der Rolltreppe nach unten. »Er gehört zum Frau-Sein dazu.«

Mit jedem Schritt starben ihre armen, zerquetschten, wund gelaufenen Füße einen weiteren qualvollen Tod. Jennys Champagner-Schwips war längst verflogen, und ihr Lächeln war auf den letzten hundert Metern zu einer Grimasse verkommen. Als sie unten bei ihren ungeduldig auf sie wartenden Freunden und ihrem Lebensgefährten ankam, sah sie vermutlich aus wie der lebendig gewordene Schrei von Edvard Munch.

»Ich habe vergessen, dass du deine Zuhause-Schuhe

trägst«, meinte Michael mit besorgtem Gesicht, klang aber dennoch gut gelaunt, denn sosehr Jenny seine Einfühlsamkeit und sein Mitgefühl schätzte, war er doch nur ein Mann und hatte keine verdammte Ahnung, wie sehr sie litt. »Und von Chalk Farm zum Primrose Hill ist es auch nicht allzu weit.«

»Ja, aber laut meiner Berechnung haben wir nur noch zwanzig Minuten, um nach Chalk Farm zu gelangen, und weitere zehn Minuten, um den Primrose Hill zu besteigen«, sagte Erik und checkte zum hundertsten Mal seine Uhr.

»Darling, der Primrose Hill ist kein Berg, bloß ein Hügel«, erklärte Kirsty und nahm Jennys anderen Arm, sodass sie zwischen ihren beiden Freundinnen zum Bahnsteig in Richtung Norden humpeln könnte. »Wenn es nicht funktioniert, besorgen wir ihr eine Sänfte.«

Nick war der Einzige gewesen, der gegen die Expedition zum Primrose Hill Einspruch erhoben hatte, weil es kalt war und, »ich sage es euch nur ungern, aber wir werden niemals ein Taxi bekommen«. Ein Taxi war der ursprüngliche Plan gewesen, aber nachdem sie eine halbe Stunde zitternd an der Upper Street gewartet hatten, hatten sie es aufgegeben. Nun seufzte er und warf Jenny einen derart mitfühlenden Blick zu, wie ihn noch keiner der anderen zustande gebracht hatte. »Wir könnten auch jeder einen Arm oder ein Bein schnappen und sie tragen.«

»Aufgrund der mildernden Umstände würde ich das auf jeden Fall zulassen«, stimmte Jenny ihm zu, während sie sich durch die zahlreichen Nachtschwärmer schoben, die diese verheißungsvolle Nacht an einem noch aufregenderen Ort verbringen wollten.

Als sie auf den Bahnsteig traten, fuhr ihnen gerade ein Zug vor der Nase davon. Und es gab noch mehr schlechte

Neuigkeiten. Sämtliche Züge fuhren über High Barnet, dabei brauchten sie dringend einen Zug nach Edgware, und zwar »in den nächsten zwei Minuten«, wie Erik mit einem entschlossenen Funkeln in den Augen verkündete. Es fehlte nur noch, dass er sie zu einem Uhrenvergleich aufforderte, um anschließend zu Fuß durch London zu sprinten.

Jenny ließ sich auf die nächstbeste Sitzreihe fallen. »Ich erlebe gerade ein grauenhaftes Déjà-vu. Erinnerst du dich an all die Abende, an denen wir unbedingt einen Zug nach Edgware brauchten?«

Nick nickte. »Das fasst unsere Jugend gut zusammen. Also, sollen wir einfach den nächsten Zug nehmen und in Camden umsteigen?«

»Oder wir gehen wieder zurück in die Wohnung?«, schlug Jenny vor, auch wenn sie wusste, dass es vergebens war. Die anderen hatten ihren Champagner-Schwips nicht an ihre schmerzenden Füße verloren und schienen relativ unbeeindruckt von der Aussicht, in Camden umsteigen zu müssen.

Der nächste Zug kam in einer Minute. Jenny griff nach unten, um die Schnalle eines Schuhs zu öffnen. Vielleicht konnte sie den Fuß ein paar herrliche Sekunden lang herausziehen …

»Wag es ja nicht!«, knurrte Honey. »Du kommst nie wieder rein.«

Michael setzte sich neben Jenny, griff nach ihrer Hand und drückte sie sanft. »Willst du wirklich nach Hause?«, fragte er leise, und sie wusste, dass er sie begleitet hätte, wenn sie darauf bestanden hätte. Obwohl ihm die von immer größerem Pech verfolgte Exkursion zum Primrose Hill offenbar ein großes Bedürfnis war.

»Ja, das will ich«, flüsterte sie so leise, dass nur er es hörte. »Aber ich werde gute Miene zum bösen Spiel machen und so tun, als wäre mir nichts auf der Welt wichtiger, als alle geltenden Geschwindigkeitsrekorde zu brechen, um das neue Jahr inmitten des gefrorenen Ödlands am Primrose Hill willkommen zu heißen.«

»Das ist mein Mädchen.« Michael drückte ihr einen Kuss auf die Stirn. »Wir können uns ja Wärme suchend aneinanderkuscheln.«

Er erhob sich und streckte ihr eine Hand entgegen, als der Zug nach High Barnet mit kreischenden Bremsen einfuhr. Jenny versuchte, nicht zusammenzuzucken, als sie das Gewicht auf die Fußballen verlagerte. Sie gab sich gerne dem Glauben hin, über ein Pokerface zu verfügen, vor allem bei nervenaufreibenden Besprechungen mit dem Finanzverantwortlichen oder während diverser Mittagessen mit schwierigen Autoren und Agenten, aber jetzt war sie sich nicht mehr so sicher.

Sie humpelte zur Tür und stieg in den Waggon, der nicht so voll war wie sonst am Freitagabend kurz vor Mitternacht. Kirsty setzte sich neben Jenny und tätschelte ihren Arm, Nick und Honey ließen sich gegenüber nieder, und Erik warf erneut einen Blick auf die Uhr. »Wir hätten den letzten Waggon nehmen sollen«, ärgerte er sich. »Jetzt müssen wir durch den geschäftigsten Teil der Station, und es ist unerlässlich, dass wir zusammenbleiben und niemand verloren geht.«

»Ich fand ihn noch nie so heiß wie heute«, knurrte Kirsty. Erik war sonst immer tief entspannt und umgänglich, aber heute ging er Jenny schrecklich auf die Nerven. Und Kirsty offenbar auch.

Es waren drei Stationen bis Camden, und die Strecke zwischen King's Cross und Euston war lang, weshalb Jenny das Beste aus jedem wertvollen Moment herausholen wollte.

»Machen wir doch eine Flasche auf! Wir können genauso gut hier weiterfeiern.«

»Oh, ja. Das machen wir!«, stimmte Honey ihr zu. Sie hatte sich auf eine Art an Nick gelehnt, die Jenny jedes Mal an Bob Dylan und Suze Rotolo auf dem Cover von *The Freewheelin' Bob Dylan* erinnerte, doch nun beugte sie sich eifrig nach vorne. »Sollen wir nicht gleich zwei aufmachen?«

Sie hatten drei Flaschen Champagner und Einwegbecher dabei, damit sie um Mitternacht anstoßen konnten. Aber es konnte nicht schaden, wenn sie eine der Flaschen jetzt schon köpften.

»Wenn ihr jetzt mit dem Trinken beginnt, schaffen wir das Umsteigen nie in der vorgegebenen Zeit«, machte sich Erik unnötig wichtig, doch Jenny hatte bereits die Folie von ihrer Flasche abgelöst und drehte an dem feinen Draht. »Jenny, ich sagte Nein!«

Jenny ignorierte ihn und schob den Korken mit dem Daumen nach oben. Ein triumphierendes Ploppen erklang, und kein Tropfen ging daneben. Sie hob die Flasche an die Lippen, achtete darauf, dass ihr die Kohlensäure nicht in die Nase stieg, und nahm mehrere große Schlucke.

Dann streckte sie die Flasche von sich. »Honey?«

Honey griff danach, während Jenny sich eine Hand vor den Mund hielt und eindeutig, aber hoffentlich zumindest einigermaßen taktvoll rülpste. Offenbar nicht taktvoll genug, denn Nick schüttelte lächelnd den Kopf. »Mit dir kann man echt nirgendwohin gehen.«

Die Flasche wanderte zu Kirsty, die den Hals betont sorgfältig mit dem Mantel sauber wischte. »Ich hoffe, es hat niemand hineingeschlabbert.«

»Ich schlabbere nie«, erklärte Honey herrschaftlich und wischte sich die Stirnfransen aus den Augen.

»Außerdem tötet der Alkohol die Keime«, fügte Jenny hinzu, nahm die Flasche wieder entgegen und streckte sie in Michaels Richtung, der an der Tür stand.

»Na gut, von mir aus«, sagte er, und Jenny wusste, dass er es ihr zuliebe tat und nicht, weil er unbedingt etwas trinken wollte.

Kurz darauf landete die Flasche wieder bei ihr, und sie fuhren in die Station Euston ein, die beinahe menschenleer war. Sobald sich die Türen wieder geschlossen hatten, sah Eric erneut auf die Uhr. »Wir schaffen das, Leute, aber nur, wenn wir beim Umsteigen nicht mehr als eine Minute vergeuden.«

»Aber du weißt doch gar nicht, ob ein Zug da sein wird«, gab Nick zu bedenken und schien erneut der Einzige, der nicht Eriks Meinung war. Wobei Jenny im Inneren ebenfalls rebellierte.

»Laut dem *Evening Standard* fahren sie alle zwei Minuten«, erklärte Michael.

»Eine Minute beim London Transport ist aber nicht gleichbedeutend mit einer Minute im echten Leben«, wandte Nick ein.

Jenny war an diesem Abend eine sehr gewissenhafte Gastgeberin gewesen. Sie hatte drei Gerichte aus Nigella Lawsons bekanntem Kochbuch nachgekocht und Michael um acht Uhr morgens aus dem Haus geschickt, um frische Himbeeren für die Bakewell Tarte und eine Flasche Noilly Prat für die Spaghetti Carbonara zu besorgen. Sie hatte dafür gesorgt, dass alle satt wurden und sich niemand auf den wackeligen Eames-Stuhl setzte, den Michael schon seit Ewigkeiten reparieren lassen wollte. Danach hatten ihre Schuhe sie in den Wahnsinn getrieben, und so erkannte sie erst jetzt, dass Nick in einer seltsamen Stimmung war.

Nicht seltsam genug, dass es irgendjemand merkte – außer Honey, vielleicht, doch falls sie es bemerkt hatte, ließ sie sich nichts anmerken, sondern sprang auf Eriks Befehl hin auf, schlug die Haken zusammen und salutierte.

Jenny fiel es auf, weil es immer einen kleinen Teil in ihrem Herzen geben würde, der allein für Nick reserviert war. Natürlich liebte sie Michael. Er war gutmütig und witzig, sprach mit ihr über Bücher, Filme und Kunst, ohne sie jemals herabzusetzen, und hatte eine besondere Art, ihr zuzulächeln, die sie immer noch um den Verstand brachte. Er hatte ihr im Bett noch nie das Gefühl gegeben, kompromittiert oder ausgenutzt zu werden, und er konnte eine Waschmaschine anschließen. Er war schlichtweg der perfekte Mann.

Nick hingegen war alles andere als perfekt, aber er war ihre erste große Liebe, und diese Liebe hallte immer noch in ihr nach, weshalb ihr im Gegensatz zu den anderen auffiel, wie schweigsam er schon den ganzen Abend über war. Und als Honey sich vorhin an ihn gelehnt hatte, hatte er sich nicht an sie gelehnt, sondern war regungslos mit verschränkten Armen dagesessen, die Lippen zu einer schmalen Linie zusammengepresst.

»Okay, Leute. Auf eure Positionen!« Eriks Befehl riss Jenny aus ihren Gedanken. Der Zug wurde kaum merklich langsamer, und jeder Londoner – egal, ob in der Stadt geboren oder zugezogen – spürte diese Veränderung, die kurz vor einer Station vonstattenging.

Jenny stieß ein unglückliches Seufzen aus und stemmte sich hoch, um sich zusammen mit Kirsty, Honey und Nick zu Erik und Michael zu gesellen, die bereits vor der Tür Aufstellung bezogen hatten.

Der Zug fuhr in die Station Camden Town ein, die für

einen Freitagabend geradezu ausgestorben war. Erik blähte die Brust. »Je weniger Leute uns im Weg sind, umso besser«, erklärte er und legte die Hände auf die Tür, als wollte er sie noch im Fahren aufreißen.

Der Zug hielt, die Türen öffneten sich, und Erik sprintete los wie ein Hundert-Meter-Läufer. »Kommt schon«, schrie er nach hinten. »Schneller!«

Die anderen sprangen aus dem Zug wie Hunde auf Hasenjagd, doch Jenny wurde nicht nur von ihren Stöckelschuhen, sondern auch von der Handtasche und der Flasche in der Hand behindert, weshalb sie sich etwas mehr Zeit ließ und auch wesentlich weniger elegant wirkte.

»Jetzt mach schon, Jenny!«

Um guten Willen zu zeigen, joggte sie gemächlich los – und wurde dabei unbarmherzig an die Geländeläufe an der Schule erinnert. Sie versuchte einem Mann auszuweichen, der unbedingt in den Zug wollte, aus dem sie gerade gekommen war, und einige qualvolle Sekunden lang wankten sie voreinander hin und her und duckten sich in die gleiche Richtung, bis der Mann sie beiseitestieß und mit einem wütenden »dämliche Kuh!« an ihr vorbeirauschte.

Jenny wurde an die Wand geschleudert, prallte von einem weiteren verzweifelten Nachtschwärmer ab und konnte sich noch einige Schritte auf den Beinen halten, bevor sie nach vorne stolperte und sich der Schuh, dessen Riemen sie vorhin geöffnet hatte, endgültig von ihrem Fuß löste. Sie schaffte es gerade noch, sich und – viel wichtiger noch – die Champagnerflasche zu retten, dann sah sie den anderen hinterher.

Sie waren verschwunden, was wohl bedeutete, dass sie die beiden kurzen Treppenabsätze nach oben gelaufen waren, die zu dem Niemandsland zwischen dem Ende der Rolltreppe und dem Bahnsteig führten, auf dem vermutlich gerade der Edgware-Zug einfuhr. Jenny humpelte zu ihrem Schuh und stand schwankend auf einem Bein, während sie einhändig versuchte, den Schuh anzuziehen. In der anderen Hand hielt sie immer noch die Champagnerflasche, ihre Finger schienen sich in nutzlose Würstchen verwandelt zu haben, und sie hatte keine Zeit ...

»Jen! Zieh einfach den anderen auch aus!« Sie sah auf und sah Nick, der die Treppe wieder nach unten kam und auf sie zurannte. »Schnell. Der Zug kommt gerade!«

»Scheiß auf die verdammten Schuhe!«, murmelte Jenny und riss sich den anderen Schuh vom Fuß. Nick nahm ihr die Flasche ab und schnaubte ungeduldig, als sie nach ihren Schuhen griff, dann packte er ihre freie Hand.

»Lauf, so schnell du kannst«, befahl er.

Jenny fand die Zeit für ein entnervtes, von Herzen kommendes Seufzen, dann rannte sie los/ließ sich von Nick mitzerren. Ein paar verlorene Seelen kamen ihnen entgegen, doch sie dachte nicht daran, auszuweichen, sondern pflügte direkt durch sie hindurch.

Als sie den Tunnel betraten, der zum Bahnsteig führte, fuhr der Zug gerade ein. Jenny versuchte, an Tempo zuzulegen, doch im nächsten Moment waren sie von einer Schar Leute umgeben, die aus dem Zug strömten und fest entschlossen waren, ihr Ziel noch vor Mitternacht zu erreichen.

Über die Unterhaltungen der Fahrgäste und den Gesang einiger Mädchen hinweg, die Shania Twains *That Don't Impress Me Much* zum Besten geben, hörte sie Erik brüllen. »Schneller! Schneller!«

»Verdammt noch mal!«, presste Nick zwischen zusammengebissenen Zähnen hervor, während sie sich durch die Menge schoben, und *Ja!*, der Zug war noch da, und ihre Freunde standen in der offenen Tür.

Kirsty winkte hektisch. »Sie gehen gleich zu!«

»Kommt schon! Ihr schafft das!«, kreischte Honey. »Kommt sch...«

Die Türen schlossen sich in dem Moment, als sie auf den Bahnsteig traten, und Jenny starrte in vier schockierte Gesichter. Dann waren sie verschwunden.

Sie riss sich von Nick los und beugte sich keuchend vornüber. Obwohl sie seit einem Jahr nicht mehr rauchte, hatte sie sich an diesem Abend drei »Freundschaftszigaretten« am Balkon gegönnt, und nun büßte sie für jeden einzelnen Zug.

»Die nächste U-Bahn kommt erst in sieben Minuten«, informierte Nick sie.

»So viel dazu, dass sie alle paar Minuten fahren!«

Sobald Jenny nicht mehr das unmittelbare Gefühl hatte, gleich die Spaghetti Carbonara auszukotzen, setzte sie sich auf die nächste Bank. Der Bahnsteig war nun menschenleer.

»Wie spät ist es?«, fragte sie Nick, der auf und ab marschierte. »Komm und setz dich. Spar dir die Energie für den Sprint, wenn wir erst mal in Chalk Farm sind.«

»Es ist bereits zehn vor zwölf. Wir schaffen es nicht mehr.« Er setzte sich neben Jenny und reichte ihr die Champagnerflasche.

»Die anderen könnten es noch schaffen.« Jenny runzelte die Stirn. »Wenn sie vor Mitternacht auf den Primrose Hill kommen, bin ich nicht einmal wütend, dass sie nicht auf uns gewartet haben.«

Nick schüttelte den Kopf. »Sie schaffen es genauso wenig. Es war von Anfang an eine beschissene Idee.«

Jenny nahm einen nachdenklichen Schluck Champagner,

dem der wilde, wackelige Sprint offenbar nicht geschadet hatte. »Vielleicht schaffen sie es doch.«

»Nein, auf keinen Fall«, erklärte Nick mit einer schrecklichen Endgültigkeit.

»Also, was machen wir jetzt? Fahren wir bis Chalk Farm und rufen sie von dort aus an?«

Nick zuckte mit den Schultern. »Mir fällt auch nichts Besseres ein. Aber es ist unwahrscheinlich, dass du durchkommst, wenn das ganze Land um Mitternacht Freunde und Verwandte anruft, um ihnen alles Gute zu wünschen.«

Seine schlechte Laune war ansteckend, vielleicht war es aber auch die Erkenntnis, dass sie das neue Jahr nicht gebührend empfangen würden. Und es war nicht nur ein neues Jahr. Es war ein verdammtes neues Jahrtausend. Ein prägender Augenblick. Genauso, wie jeder wusste, was er in dem Moment getan hatte, als er von Prinzessin Dianas Autounfall gehört hatte. Oder – in ihrem Fall vielleicht sogar wichtiger – als *The Smiths* sich getrennt hatten.

»Also, Jenny ...«, würde vielleicht in zwanzig Jahren jemand zu ihr sagen. »Was hast du zu Beginn des neuen Jahrtausends gemacht?«

»Ich war tief in den Eingeweiden der U-Bahn-Station Chalk Farm gefangen, nachdem ich nicht nur meinen Lebenspartner, sondern auch meine besten Freunde verloren hatte«, würde sie darauf antworten. Aber wenigstens gab es noch einen Silberstreifen am Horizont. Ihre Eltern waren mit Martin und seiner Verlobten Bethany beim Millenium Dome, schwenkten ihre Union Jacks und taten, was immer man um Mitternacht vor dem Millenium Dome tat – denn das schien niemand so genau zu wissen. Trotzdem ...

»So hatte ich mir den entscheidendsten aller entscheidenden Momente nicht vorgestellt«, sinnierte sie und beschloss, dass es Zeit für einen weiteren Schluck Champagner war.

»Theoretisch beginnt das neue Jahrtausend erst 2001«, erklärte Nick derart verächtlich, wie sie es schon seit Jahren – seit ihrer Teenagerzeit – nicht mehr gehört hatte.

Erneut traf sie ein Déjà-vu mit voller Wucht. Sie saßen nebeneinander am Bahnsteig, sahen unruhig auf die Uhr und warteten auf den nächsten Zug, und Nick war der übliche verächtliche, absolut überhebliche Mistkerl, der er immer gewesen war. Es war schmerzhaft, aber auch auf liebevolle Art vertraut.

Jenny tat, was sie als Siebzehnjährige getan hätte, und stieß ihm so fest in die Seite, dass er beinahe von der Bank rutschte.

»Hör auf mit dem Scheiß!«, fauchte er.

»Dann hör du auf mit diesem dämlichen ›bääh, die Jahrtausendwende ist doch erst in einem Jahr‹-Scheiß!«, säuselte Jenny und hielt ihm die Flasche entgegen. »Trink. Und sei nicht so verdammt nervtötend!«

Eine gute Freundin hätte ihn gefragt, was mit ihm los war, aber sie war sich nicht sicher, ob sie die Antwort hören wollte.

Sie saßen in angespanntes Schweigen gehüllt da und reichten die Flasche hin und her, bis die Anzeigetafel schließlich verkündete, dass der Zug bald eintreffen würde. »Na endlich!« Jenny stieß Nick sanft in die Seite. »Wie spät ist es jetzt?«

»Zeit für eine Uhr.« Nick zog mit einem erschöpften Seufzen den Jackenärmel zurück. »Drei Minuten vor zwölf, würde ich sagen.«

»Das ist das beste Neujahr überhaupt!« Jenny klatschte übertrieben fröhlich in die Hände, als sie das geisterhafte Leuchten im Tunnel entdeckte.

»Also, ich weiß nicht. Aber irgendwie passt es, dass du und ich um Mitternacht in einem Zug nach Edgware sitzen«, erklärte Nick mit dem ersten ungekünstelten Lächeln seit Stunden. »Um der alten Zeiten willen und so.«

»Wie unglaublich einzigartig«, schnaubte Jenny, doch dann beschloss sie, es gut sein zu lassen. Nick hatte recht. Zumindest saß sie im Warmen und Trockenen und war ihre schmerzenden Schuhe losgeworden, anstatt durch die Kälte den Primrose Hill hochzulaufen, obwohl es ohnehin keinen Sinn mehr hatte.

Der beinahe menschenleere Zug hielt in der beinahe menschenleeren Station, und nachdem die Türen sich geöffnet hatten, bat Nick sie mit formvollendeter Eleganz in den Waggon. »Nach Ihnen, Madam.«

Es hatte keinen Sinn, sich zu setzen, also lehnte sich Jenny gegen die Stange in der Mitte und betrachtete ihr Spiegelbild in der geschlossenen Tür. Sie wirkte blass. Das Gesicht kalkweiß im Vergleich zu ihren roten Lippen und dem glitzernden schwarzen Kleid. Nick trat hinter sie und musterte ebenfalls die Jenny und den Nick in dem spiegelnden Glas, als hätten die beiden absolut nichts mit der echten Jenny und dem echten Nick gemein.

1. Januar 2000
U-Bahn-Station Chalk Farm

20 Kurz darauf hatten sie die Station Chalk Farm erreicht und stiegen als einzige Fahrgäste aus. Jenny wollte gerade fragen, wie spät es war, doch Nick sah bereits auf die Uhr und hielt die Hand hoch. »Noch fünf Sekunden bis Mitternacht.«

Das war's also.

»Vier ... drei ... zwei ... eins ...«

»Happy New Year!«, rief Jenny und zeigte sich mehr begeistert, als sie sich fühlte. »Das war das Beste bisher, was?«

»Wenn du meinst«, erwiderte Nick, doch er grinste, und als er seine Arme ausstreckte, trat Jenny näher, um ihn zu umarmen, stellte sich auf die Zehenspitzen und wollte ihm einen Kuss auf die Wange drücken. Allerdings drehte er in diesem Moment gerade den Kopf, und so berührten ihre Lippen seinen Mundwinkel, und die Nasen krachten aneinander.

Jenny lachte. »Wie peinlich war das denn?«

Sie wollte einen Schritt zurücktreten, doch seine Hände lagen auf ihren Armen und hielten sie sanft, aber bestimmt fest.

»Das sollten wir unbedingt wiederholen«, meinte er. »Es bringt Unglück, wenn ein Neujahrskuss danebengeht.«

»Das kann ich mir nicht vorstellen«, erwiderte Jenny und hätte gerne noch etwas hinzugefügt, doch Nick senkte den Kopf und brachte sie mit einem Kuss zum Schweigen.

Mit einem Kuss auf den Mund. Nicht auf die Wange.

Es war ein zärtlicher, aber nachdrücklicher Kuss. Selbstsicher, aber vorsichtig, als wollte Nick seine Grenzen ausloten und gleichzeitig ihre Lippen in sein Gedächtnis einprägen.

Und Jenny?

Jenny küsste ihn zurück, denn dieser eine kurze Moment zwischen den Jahren, Jahrzehnten und Jahrtausenden geschah außerhalb der Wirklichkeit. Hier war der Junge, den sie beinahe ihr halbes Leben lang kannte, den sie geliebt und anschließend gehasst hatte. Ihre Gefühle für ihn existierten ebenfalls außerhalb der Wirklichkeit. Genau wie dieser Kuss.

Ein Kuss. Ein Kuss, um die Erinnerung an ihren schrecklichen ersten Kuss und auch an den zweiten zu vertreiben. Aller guten Dinge sind drei. Ein Kuss – ein letzter Kuss – würde niemandem wehtun.

Sie neigte den Kopf und ließ zu, dass Nick den Kuss vertiefte, doch als seine Hände von ihren Armen auf ihre Hüften glitten und seine Zunge in ihren Mund drang, trat sie zurück.

»Happy New Year«, wiederholte sie zaghaft und bereute bereits, was passiert war. Unfähig, Nick anzusehen, wandte sie sich ab und machte sich auf den Weg in Richtung Aufzug.

Nick erwischte sie kurz davor, legte eine Hand auf ihre Schulter und drehte sie herum. Er drückte sie gegen die Wand, und die Schuhe fielen zu Boden, denn dieses Mal war der Kuss weder zärtlich noch vorsichtig, sondern hart und fordernd. Seine Zunge drang in ihren Mund, und seine

Hände schoben sich in ihre Haare, während sich sein Körper an sie drückte.

Ihr erster Instinkt war, sich ihm hinzugeben. Die Arme um ihn zu schlingen, sich an ihn zu drücken und ihn mit kehligen, leisen Seufzern zum Weitermachen anzutreiben. Denn bei Gott – sie liebte die schandhaften Dinge, die sein Mund und seine Hände anstellten.

Doch Jenny zwang sich, still zu halten und sämtliche Muskeln anzuspannen, bis Nick es schließlich verstand und aufhörte, sie zu küssen. Er hielt sie allerdings immer noch fest, und seine Augen bohrten sich in ihre, während seine Brust sich ruckartig hob und senkte.

»Nein«, sagte Jenny und schüttelte den Kopf.

»Aber ich liebe dich. Ich liebe dich noch immer. Ich habe dich immer geliebt. Und du hast mich immer geliebt.«

»Nein, das tust du nicht. Und ich tue es auch nicht.« Sie wollte auf die Champagnerflasche deuten, doch die hatten sie in Camden Town zurückgelassen – zusammen mit ihrem Verstand. »Du bist betrunken.«

»Ich bin *nicht* betrunken.«

»Du bist betrunken«, wiederholte Jenny und klang dabei ein wenig verzweifelt.

Nick näherte sich ihr erneut, doch dieses Mal wich sie zurück. Der Moment war vorbei. Die bittere Realität und die Konsequenzen, die sie mit sich brachte, hatten sie eingeholt. »Ich war noch nie so nüchtern. Ich liebe dich, Jen.«

Sie hatte sich so oft gewünscht, dass er diese Worte zu ihr sagte. In all den Nächten in all den U-Bahn-Stationen. Aber nicht hier. Nicht jetzt.

»Ich liebe Michael«, beharrte sie. »Und du liebst Honey. Und wenn nicht, dann ist das hier eine beschissene Art, sich aus einer Beziehung zu verabschieden.«

Einen Moment lang empfand sie Mitgefühl für Honey, doch Honey war eine kluge Frau. Sie ließ sich nicht hinters Licht führen.

Nick drängte sie immer noch an die Wand und sah ihr tief in die Augen, während sie überall lieber hingesehen hätte als in sein Gesicht. »Du liebst ihn nicht.« Seine Stimme war eindringlich und leise.

»Doch, ich liebe ihn«, beharrte Jenny, denn es war die Wahrheit. Obwohl es sich wie ein Verrat anfühlte, jetzt von Michael zu sprechen, nachdem sie gerade Nick geküsst hatte. Ein weiterer Verrat.

»Er ist nicht dein Mann fürs Leben.«

Das war mehr, als sie ertragen konnte. Jenny stieß ihn von sich, und er trat endlich einen Schritt zurück, sodass sie wieder Luft bekam und klar denken konnte.

Sie duckte sich an ihm vorbei, sprang durch die offene Tür in den Aufzug und drückte den Knopf, um die Tür zu schließen, doch sie war zu langsam, und im nächsten Moment stand Nick neben ihr.

»Jen ...«

»Nein!«, fauchte sie. »Ich habe dir eine Ausrede auf dem Silbertablett serviert, also nimm sie gefälligst an. Du bist betrunken, und wenn du morgen nüchtern aufwachst, wirst du mir eine Nachricht mit einer kurzen Entschuldigung schicken, und dann werden wir nie wieder ein Wort darüber verlieren.«

»Oder du hörst endlich auf, dich selbst zu belügen, und schreibst *mir* eine Nachricht. Sag mir, dass du mich auch liebst, und ich lasse alles liegen und stehen. Ich lasse sie stehen ...« Seine Stimme klang erneut eindringlich. »Ich komme zu dir und hole dich ...«

Jenny schüttelte den Kopf, um seine Worte abzuschütteln. Und das Bild in ihrem Kopf, wie er an der Tür klingelte und sie bereits mit gepackten Koffern im Flur auf ihn wartete. »Nein! Aufhören. Bitte, Nick, hör auf damit, ja? Ich werde so etwas nicht tun. Ich habe keine Ahnung, wie du jetzt auf solche Ideen kommst.«

»Du weißt, warum.« Seine Augen brannten sich in ihre.

Jenny wandte ihm den Rücken zu, und er seufzte, als sich die Türen piepend schlossen und der Lift seine ruckelige Reise nach oben antrat.

Es dauerte eine Ewigkeit, und Jenny war wie zur Salzsäule erstarrt und konnte sich nicht umdrehen. Sie hatte Angst und hoffte zugleich, seine Hand erneut auf ihrer Schulter zu spüren.

Die Aufzugtür öffnete sich, und Jenny stolperte hinaus auf die Straße, wo ihre Freunde auf sie warteten, doch sie hatte nur Augen für Michael, der erleichtert schien, sie zu sehen. Seine Augen begannen zu leuchten, und er lächelte, doch dann runzelte er die Stirn.

»Es tut mir so leid«, stammelte sie. »Ich habe alles kaputt gemacht.«

»Wo wart ihr die ganze Zeit?«, fragte er, anstatt ihr zu versichern, dass sie absolut nichts kaputt gemacht hatte.

»Die nächste U-Bahn sollte in sieben Minuten fahren, aber wir haben volle fünfzehn Minuten auf euch gewartet«, erklärte Erik, der zuverlässige Hüter der Zeit.

»Wir sind hiergeblieben, damit wir wenigstens gemeinsam das neue Jahr empfangen können – selbst, wenn es direkt vor der U-Bahn-Station ist«, meinte Honey, und sah genauso skeptisch aus wie Michael. »Aber ihr seid nicht gekommen. Ganze acht Minuten lang nicht.«

Hatten sie sich wirklich acht Minuten lang geküsst? Das war ... sehr lange. Und sehr falsch.

»Na ja ... Wir haben doch vorhin erst darüber gesprochen, dass eine U-Bahn-Minute nicht mit einer normalen Minute vergleichbar ist.«

Der Kuss und alles, was danach gekommen war, war nicht Jennys Idee gewesen, trotzdem musste sie jetzt lügen, damit nicht ans Licht kam, was sie getan hatte.

»Wo sind eigentlich deine Schuhe?«, fragte Kirsty.

»Die habe ich«, erklärte Nick, der hinter Jenny stand. »Deshalb hat es länger gedauert. Wir haben sie in Camden liegen gelassen und mussten noch mal zurück.«

Michaels Skepsis wuchs. »Warum hast du das nicht gleich gesagt?«

Jenny warf die Hände hoch. »Du hast mir keine Gelegenheit gegeben.«

Es war schrecklich. Sie wollte nicht, dass das neue Jahr auf diese Weise begann. Und sie wollte auch nicht, dass die Nacht auf diese Weise endete. Denn das hier war definitiv das Ende. Alle waren erschöpft und enttäuscht, obwohl gerade unzählige Raketen den Nachthimmel erhellten.

Sie hatte um Mitternacht den Falschen geküsst. Und nun hatte sie auch noch gelogen.

»Hört mal, es tut mir wirklich leid«, sagte sie erneut, und es hätte kein Problem sein sollen, sich an Michael zu schmiegen, die Arme um ihn zu schlingen und ihm einen nachträglichen Neujahrskuss zu geben, wie Nick es mit Honey tat (die ihm alles andere als leise »ich bin echt sauer auf dich«, zuflüsterte, ehe sie ihm die Wange entgegenstreckte).

Doch Jenny brachte es nicht über sich, Michael zu umarmen und zu küssen, während sie noch immer Nicks Hände auf sich spürte und ihre Lippen prickelten. Mein Gott! Sie hatte nicht einmal nachgesehen, ob ihr Lippenstift das Intermezzo überlebt hatte, doch ein schneller Blick auf Nick –

der Honey etwas ins Ohr flüsterte, woraufhin sie kichernd nach ihm schlug wie nach einer lästigen Fliege – zeigte, dass er keinen verräterisch roten Mund hatte.

»Ich will nach Hause«, erklärte Jenny und war sich im Klaren, dass sie sich wie eine verwöhnte, trotzige Siebzehnjährige benahm, doch sie konnte nicht anders. Sie wandte sich ab und betrat erneut die U-Bahn-Station, ohne überhaupt abzuwarten, ob die anderen ebenfalls nach Hause wollten.

Stunden später fühlte sich Jenny furchtbar. Es war drei Uhr am darauffolgenden Nachmittag. Michael war schon den ganzen Tag über mürrisch. Er schrie nicht herum oder schlug mit der Faust auf den Tisch, wenn er wütend war, aber an diesem Tag war sein Schweigen die stärkere Waffe. Vielleicht ging es ihr aber auch nur so nahe, weil sie derart große Schuldgefühle plagten.

Michael hatte nur mit den Schultern gezuckt, als sie ihn vorhin bemüht fröhlich gefragt hatte, was er zu Mittag essen wollte, und so hatte sie sich mit einem großzügigen Stück Bakewell Tarte, zwei Paracetamol und einer Cola wieder ins Bett verzogen. Kater waren ihr früher fremd gewesen, aber mittlerweile war das anders, und es war schrecklich.

Aber nicht so schrecklich, wie Nick sich gestern Nacht verhalten hatte. Jenny verkroch sich in ihren Kissenstapel und unter die dicke Decke, und Wut stieg in ihr hoch. Er war den ganzen Abend über unhöflich und desinteressiert gewesen. Beinahe so wie der sarkastische, höhnische Nick ihrer Collegezeit.

Und er hatte sie geküsst. Es war ganz allein von ihm ausgegangen. Es war ganz allein seine Schuld.

Abgesehen davon, dass sie ihn zurückgeküsst hatte. Allerdings nur, weil sie sich ihr halbes Leben lang – und auch während ihrer vergangenen Beziehungen – vorgestellt hatte, wie es wäre, ihn zu küssen. Nicht in jeder wachen Sekunde, aber immer wieder, wie ein Tagtraum, zu dem man ab und an zurückfindet. Und nun würde sie den Kuss letzte Nacht – und vor allem den zweiten, fordernden, dominanten Kuss – in Endlosschleife in ihren Gedanken abspielen, bis er nur noch eine Erinnerung war.

Er hatte gesagt, dass er sie liebte. Dass er sie schon immer geliebt hatte. Und sie wusste nicht, was sie mit diesem Wissen anfangen sollte, denn sie liebte ihn ebenfalls von Anfang an. Das war die unerfreuliche Wahrheit, die sie sogar sich selbst gegenüber nur an Tagen zugab, an denen sie sich ohnehin verwundbar und nackt fühlte.

Sie liebte Nick, wenn auch nicht auf dieselbe Art, wie sie Michael liebte – und sie liebte Michael wirklich. Er war ihr Leitstern. Ihre bessere Hälfte in so vielerlei Hinsicht. Bei ihm fühlte sie sich behütet, geschätzt und verehrt, und Nick konnte ihr nichts davon geben.

Trotzdem ließen sie seine Küsse und das verzweifelte »Ich liebe dich. Ich habe dich immer geliebt« das Undenkbare in Erwägung ziehen.

Was würde passieren, wenn sie Nick eine Nachricht schrieb und ihm gestand, dass sie ihn liebte?

Es war, wie eine Handgranate in das glückliche, sichere Leben zu werfen, das sie sich aufgebaut hatte. Und wozu? Was konnte Nick ihr bieten?

Die Erfüllung einer Teenagerfantasie. Aufregende, gefährliche Küsse, bei denen sie vergaß, wer sie war. Der Blick in seinen Augen hatte ihr das alles versprochen. Aber diese Dinge waren vergänglich und nicht zu vergleichen mit dem überaus realen, konkreten und sicheren Leben an Michaels

Seite. Außerdem kannte Jenny Nick lange genug, um ganz genau zu wissen, dass sie trotz aller Versprechungen am Ende höchstwahrscheinlich mit einem gebrochenen Herzen dastehen würde.

Jenny kroch tiefer unter die Decke, doch dieser eine, sture Gedanke ließ sie nicht los. Er drehte seine Runden in ihrem Kopf wie ein Hamster in seinem Rad.

Was wäre, wenn?

Was wäre, wenn ich ihm meine Liebe gestehe?

Was wäre, wenn er herkommen und mich mitnehmen würde?

In diesem Moment drang das gebieterische Piepen ihres Nokia-Handys durch die Decke und sagte ihr, dass sie eine Nachricht erhalten hatte. Vermutlich Kirsty, die wissen wollte, ob sie schon bereit für eine Nachbesprechung des vergangenen Abends war. Dabei konnte sie nicht einmal Kirsty gestehen, was wirklich passiert war.

Jenny tastete nach ihrem Telefon, und als sie sah, dass die Nachricht von Nick stammte, spürte sie erneut seine Lippen auf ihren. Sie spürte seine Zunge, die sich in ihren Mund schob, und seine Hände auf ihren Hüften. Ihr Gesicht begann zu glühen, und ihr Magen zog sich auf wohlige Art zusammen.

Und dann …

Tut mir leid wegen gestern. Ich war sturzbetrunken. N

TEIL 8

2001

Sonntag, 9. September 2001
Bahnhof Howard Beach, New York City

21 Jenny war nun seit über zwei Monaten in New York, und es war genauso, wie sie es sich vorgestellt hatte. Und gleichzeitig vollkommen anders.

Als sie an einem Freitagnachmittag Ende Juni angekommen und aus dem Flughafen JFK getreten war, hatte sie die versiffte, trübe Hitze des New Yorker Sommers beinahe umgeworfen. Es hatte sich angefühlt wie in einem feuchten, heißen Nebel, der genauso brutal war wie der Lärm und die Hektik der Stadt.

Die Taxifahrt durch Queens und Brooklyn war verblüffend und verwirrend gewesen. Die niedrigen Gebäude neben den Wolkenkratzern, die Einkaufszentren, selbst die Autos und Lastwagen auf der Straße waren fremd. Doch dann hatten sie die Brooklyn Bridge nach Manhattan überquert, und mit einem Mal war New York Jenny so vertraut gewesen wie der Mill Hill Broadway.

Die breiten Straßen, die sich bis zum Horizont erstreckten. Der Dampf, der aus den Kanaldeckeln hochstieg. Die gelben Taxis. Die fahrenden Brezel-Buden. Die geschäftigen Gehsteige.

Es war *Frühstück bei Tiffany*. Es war *Harry und Sally*. Es war *Der Stadtneurotiker*. Es war sogar *Friends*. Es waren jeder

Film und jede Fernsehserie, die in New York spielten und die Jenny bereits gesehen hatte. Sie hatte kein einziges Mal geblinzelt, und ihr Mund hatte voller Ehrfurcht und Benommenheit weit offen gestanden. Und als sie am Ziel angekommen war, hatte sie sich unsterblich in New York verliebt.

Sie war nach New York gekommen, nachdem sie beschlossen hatte, drei Monate den Job mit Heather zu tauschen, Jennys Gegenstück in einem ehrwürdigen US-Verlag, der sich wie Lytton mit seiner Unabhängigkeit und den zahlreichen preisgekrönten Autoren und Autorinnen brüstete. Jenny und Heather hatten so viele Bücher voneinander gekauft, dass Jenny vor einigen Jahren eine First-Look-Vereinbarung vorgeschlagen hatte. Es hatte sich als derart erfolgreich erwiesen – eine »besondere Beziehung«, wie die Zeitschrift *The Bookseller* es bezeichnet hatte –, dass die beiden Verlagshäuser eine formellere Zusammenarbeit beschlossen, und das hatte wiederum dazu geführt, dass Jenny und Heather drei Monate die Jobs tauschten.

Obwohl Jenny ihren Job liebte, lebte sie nicht für die Arbeit, sondern arbeitete, um zu leben. Und derzeit arbeitete und lebte sie in New York, genoss Drinks in überspannten Hotelbars an der Upper West Side und in kleinen Spelunken im Greenwich Village, und erkundete Buchhandlungen und Vintage-Läden.

Am Unabhängigkeitswochenende war sie der Einladung des Geschäftsführers des Verlages in die Hamptons gefolgt, hatte sich mit seiner Frau (die früher als Stipendiatin an der Universität von Oxford studiert hatte und jetzt als Innenarchitektin arbeitete) über Bücher unterhalten und bei einer Grillparty am Strand das Feuerwerk bestaunt. Dort hatte sie unter anderem einen Nachfahren der Kennedys kennengelernt und einen Mann getroffen, der angeblich die Inspiration zu Carly Simons Song *You're So Vain* geliefert hatte, aber nicht darüber sprechen wollte.

An den wenigen Wochenenden, die sie alleine verbrachte, weil keine Freunde oder Verwandten aus London zu Besuch kamen und das kostenlose Schlafsofa und das starke Pfund ausnutzten, fuhr Jenny mit der U-Bahn-Linie F vom Washington Square bis hinaus nach Coney Island, um im Atlantik zu baden oder über den Boardwalk zu schlendern und dabei Lou Reed auf ihrem vorsintflutlichen Walkman zu hören.

Sie kaufte sich Donuts und sah sich vielleicht eine Sideshow an, bevor sie erneut ins Wasser ging und anschließend mit der U-Bahn zurück ins West Village fuhr. Zusammen mit unzähligen Familien mit schmutzigen, von der Sonne gebräunten Kindern und Essen in Plastiktüten. Mit Leuten, die keine Sommerhäuser in den Hamptons oder Berkshires besaßen, sich aber an einem arbeitsfreien Sonntagnachmittag zumindest eineinhalb Dollar für die U-Bahn leisten konnten, um an den Strand zu fahren.

Diesen Sonntag befand sich Jenny allerdings nicht auf der Heimfahrt von Coney Island, sondern vom Flughafen, wo sie sich vor Kurzem von Michael verabschiedet hatte.

Es war ein ... seltsames Wochenende gewesen. Michael hatte sie zum dritten Mal in New York besucht, und obwohl er die Stadt gut kannte, hatten sie die letzten beiden Male Sehenswürdigkeiten abgeklappert – die Circle-Line-Tour, die Met, das Whitney Museum of American Art, das Guggenheim Museum und natürlich das Museum of Modern Art –, im *Sarabeth's* gebruncht und ein Abendessen im *Rainbow Room* genossen, das mit Drinks im *21 Club* abgerundet wurde.

Doch als Michael dieses Mal am Freitagabend nur fünf

Minuten nach Jenny in Jennys Apartment im West Village eintraf und sie ihm erzählte, dass jemand im Büro jemanden kannte, der jemanden kannte, der ihnen zwei Sitzplätze am Parkett für eine Neuinszenierung von *42nd Street* besorgen konnte, unterbrach er sie mitten im Satz.

»Können wir das bitte bleiben lassen?«, fragte er müde. »Ich bin wegen dir hier, nicht wegen der Sehenswürdigkeiten. Außerdem weißt du, dass ich Musicals hasse. Lass uns lieber einfach nur spazieren gehen.«

Und so verbrachten sie das Wochenende mit langen Spaziergängen durch das West Village.

Michael genoss es, Hand in Hand am Ufer des Hudson River entlang zu schlendern. Sie verbrachten den Sonntagvormittag faul im Bett und schafften es nicht einmal zum Brunch, sodass sie am Ende in Stress gerieten, bis sie alles zusammengepackt hatten und sie sich auf den Weg zum Flughafen machen konnten, von wo aus er mit dem Nachtflug nach London zurückkehren würde.

»Ich habe das Gefühl, als hätte ich meine Jenny endlich wieder«, erklärte er, als sie Händchen haltend nebeneinander in der U-Bahn saßen. Michael hielt nichts von Taxis, weil der Verkehr unberechenbar war und es mit der U-Bahn einfacher ging. Jenny begleitete ihn jedes Mal zum Flughafen. Sie konnte ihn nicht in eine Blechbüchse mit Flügeln steigen lassen, mit der er weiß Gott wie viele Tausend Kilometer zurücklegen würde, ohne ihn am Gate zu umarmen und ihn mit einem Kuss und einem »Ich liebe dich« zu verabschieden. Vielleicht hatte sie einfach zu viele Filme gesehen.

»Ich war doch die ganze Zeit da«, erwiderte Jenny. »Klar, technisch gesehen liegt der weite Atlantik zwischen uns, aber emotional bin ich immer noch bei dir.«

»Gut zu wissen.« Michael hob ihre Hand und hauchte ihr einen Kuss auf die Fingerknöchel.

Es war wunderschön und romantisch, doch es machte das, was Jenny zu sagen hatte, noch schwieriger.

»Trotzdem hast du etwas auf dem Herzen, und ich wünschte, du würdest einfach damit rausrücken«, fuhr er fort – und ein einziges Mal wäre es schön gewesen, wenn Michael nicht so scharfsinnig und verständnisvoll gewesen wäre. »Du kannst mir alles sagen. Du hast dich doch nicht in einen Wall Street Banker namens Trip verliebt, oder?«

»Und ich wollte es dir schonend beibringen …«, erwiderte Jenny mit einem schiefen Grinsen und lehnte sich so fest an ihn, dass es eher wie ein Schubs wirkte. »Aber im Ernst. Es gibt wirklich etwas, worüber ich mit dir reden wollte.«

Michael warf ihr einen kurzen, misstrauischen Blick zu. »Das klingt ominös.«

»Mir wurde ein Job angeboten. Hier. In New York.«

»Okay«, erwiderte Michael derart neutral, dass sie absolut nichts aus seiner Antwort herauslesen konnte. Dann schwieg er einige Zeit, denn er tat ungern seine Meinung kund, bevor er nicht sämtliche Fakten kannte.

Jenny wartete eine gefühlte Ewigkeit – die wohl nur ein paar Minuten dauerte –, bis Michael die Neuigkeiten verarbeitet hatte. »Ich dachte, es wäre nur für drei Monate.«

»Das ist es auch. Aber es wird eine Stelle frei, und sie haben mich gefragt, ob ich daran Interesse hätte. Es wäre ein riesiger Schritt nach oben.« Jenny versuchte, sich die Leidenschaft und den Eifer nicht anhören zu lassen. »Es wäre auch nicht für immer. Ich will nicht dauerhaft in New York leben. Mum würde einen Anfall bekommen, und Gran ist nicht mehr die Jüngste. Aber ich dachte, drei Jahre wären erträglich. Also, das wollte ich dir sagen …«

»Du *sagst* es mir. Du fragst mich nicht nach meiner Meinung«, stellte Michael mit derselben ausdruckslosen Stimme klar, und Jenny wünschte mal wieder, er würde richtig wütend werden. Sie wünschte, er würde ausflippen. Doch sein Gesichtsausdruck verriet nichts, und seine Stimme blieb emotionslos, sodass Jenny keine Ahnung hatte, woran sie war, und sofort in die Defensive geriet.

»Ich rede doch mit dir darüber, oder nicht? Ich will wissen, was du von dieser … Entwicklung hältst. Ich werde keine Entscheidung treffen, bevor *wir* nicht alle Möglichkeiten besprochen haben.« Jenny zwang sich, die Wut und auch das schlechte Gewissen hinunterzuschlucken und so ruhig und vernünftig zu sein, wie Michael zumindest nach außen wirkte. »Ich meine, wir könnten natürlich eine Fernbeziehung führen. Aber ich dachte, dass du vielleicht auch hierher ziehen würdest.«

»Wirklich?«, fragte Michael, und seine Augenbrauen wanderten einen kaum sichtbaren Millimeter nach oben. »Das dachtest du? Du meine Güte.«

»Ich weiß ja noch nicht einmal, ob ich das Angebot annehme.« Jenny spürte, wie langsam die Luft aus ihrem Körper entwich, sodass sie am Ende nur noch ein Sack Knochen und Organe in einem hübschen Sommerkleid war. Das Angebot hatte sie in ihrer Arbeit bestätigt, und sie war schrecklich aufgeregt gewesen, aber es gab vieles zu bedenken, und mittlerweile wirkte es auch ein wenig beängstigend. Vielleicht hatten sie ihr das Angebot nur gemacht, weil sie nett sein wollten …

»Ein dreimonatiger Job-Tausch inklusive Unterbringung in einer Wohnung im West Village ist etwas vollkommen anderes, als permanent hier zu leben und zu arbeiten«, erklärte Michael geduldig, obwohl Jenny diese Dinge sehr genau wusste. »Der Großteil deines Gehalts wird für die Miete draufgehen, und du musst dich erkundigen, wie es mit der Steuer aussieht. Außerdem hast du keine Krankenversicherung, falls du von einem Auto angefahren wirst oder dein Blinddarm entfernt werden muss ...«

»Wow«, murmelte Jenny, denn Michael hatte es gerade geschafft, dass das Jobangebot eines renommierten New Yorker Verlages und die damit verbundene Beförderung wie die allerschlimmste Sache auf dieser Welt klangen. »Was höre ich denn da?« Sie hielt sich eine Hand ans Ohr, obwohl sie nur das Rumpeln des Zuges auf den Gleisen hörte. »Das sind meine Träume, die du gerade zerschlagen hast.«

»Kein Grund, theatralisch zu werden, Jenny«, sagte er, und dann sagte er nichts mehr, und auch Jenny schwieg. Sie saßen bloß nebeneinander.

Nach zwanzig Minuten stiegen sie an der Station Howard Beach in einen Shuttlebus, und Michael ergriff erneut das Wort. »Es ist nur ... wo siehst du dich in fünf Jahren?«

»In fünf Jahren will ich Herausgeberin sein. Oder Verlagsleiterin«, erwiderte Jenny wie aus der Pistole geschossen, denn der berufliche Teil der Frage war leicht zu beantworten. Was die anderen Bereiche ihres Lebens betraf, war sie sich nicht ganz so sicher. Selbst Michael, der immer ein Fels in der Brandung gewesen war, war in den letzten drei Monaten zu einer unbekannten Größe geworden. »Ich nehme an, dass ich in London sein werde. Hoffentlich mit dir. In einem Haus. Einem richtigen, wunderschönen, alten Haus. Idealerweise direkt neben einer U-Bahn-Station.« Sie lächelte zaghaft, doch Michael lächelte nicht zurück.

»Du hast bei unserer ersten Begegnung gesagt, dass du keine Kinder möchtest«, erinnerte er Jenny, warf sich seine große schwarze Reisetasche über die Schulter und stieg nach Jenny aus dem Bus. Sie waren beim Flughafen angekommen.

»Aber damals warst du siebenundzwanzig, und es ist mittlerweile vier Jahre her. Vielleicht denkst du in den Dreißigern anders darüber?«

»Ich bin doch gerade erst einunddreißig geworden.« Aber das war nicht der Punkt. »Ich will nach wie vor keine Kinder. Noch nicht. Ich will meine Karriere auf Schiene bringen, bevor ich mir eine Auszeit nehme, um ein Kind zu gebären. Oder mehrere.« Es würden wohl mehrere werden. Was bedeutete, dass sie sich sechs Monate oder vermutlich eher ein Jahr aus dem Berufsleben zurückziehen würde, und sobald sie wieder da war, um ihre Karriere voranzutreiben, verschwand sie erneut, um ein weiteres menschliches Wesen aus ihrer Vagina zu pressen. Eigentlich sollte sich die Situation der Frauen in der Arbeitswelt in den letzten Jahren verbessert haben, aber leider hatte Sinclair Lytton davon nichts mitbekommen. Als sich kurz vor Jennys Abreise eine Mitarbeiterin der Öffentlichkeitsabteilung verabschiedet hatte, um ihr drittes Kind zu bekommen, hatte er lediglich gemeint: »Mein Gott, hat sie denn noch immer nicht gelernt, die Beine zusammenzupressen?«

Es war das 21. Jahrhundert, und es waren Männer (immer bloß Männer) auf dem Mond gewesen. Masern, Kinderlähmung und andere Krankheiten waren praktisch ausgerottet. Die Welt hatte sich von Grund auf verändert, aber als Frau musste man immer noch zwischen einer glanzvollen, erfüllenden Karriere oder der Rolle als hingebungsvolle Mutter wählen, die im Leben ihrer Kinder präsent war. Es war alles ein verdammter Schwindel.

»Dann kannst du dir vorstellen, in fünf Jahren Kinder zu bekommen?«, hakte Michael nach. Sie betraten den Flughafen, und Jenny überlegte, sich bei ihm unterzuhaken, entschied sich aber dagegen.

Sie konnte nicht mit einem Ja antworten. Aber im Gegensatz zum Beginn ihrer Beziehung war es auch kein klares Nein mehr. »Möglicherweise. In fünf Jahren kann sich vieles ändern«, sagte sie schließlich und hoffte, dass das Thema damit erledigt war, denn es machte sie nervös.

»Ich bin einundvierzig«, erklärte Michael ruhig, denn er hatte tatsächlich Nerven aus Stahl. »In fünf Jahren bin ich sechsundvierzig. Was bedeutet, dass ich am achtzehnten Geburtstag dieses ersten hypothetischen Kindes vierundsechzig oder fünfundsechzig sein werde. Bereit für die Rente.«

»Sag das nicht«, flehte Jenny. »Sieh dir die Rolling Stones an. Die schwängern immer noch ihre Frauen und *sind* bereits in Rente.«

»Bitte vergleiche mich nie wieder mit Mick Jagger«, erwiderte Michael, und ein kaum merkliches Lächeln umspielte seine Lippen. Gleich darauf war es aber auch schon wieder verschwunden. »Und wenn wir schon die Karten auf den Tisch legen ...«

»O Gott, was kommt denn jetzt noch?«

Michael hob die Tasche auf die andere Schulter. »Nun, in fünf Jahren möchte ich London auf alle Fälle hinter mir gelassen haben.«

Jenny konnte ihre Überraschung und ihr Entsetzen nicht verbergen. Sie verzog das Gesicht, als hätte sie etwas Schlechtes gegessen. »Warum? Wozu soll das gut sein?«

»Ich lebe jetzt seit zwanzig Jahren in London, und ich will nicht in der Stadt alt werden und schon gar keine Kinder großziehen. Würdest du nicht auch lieber in einem Häuschen mit schöner Aussicht leben, wo dir vielleicht eine frische Meeresbrise um die Nase weht?«

»Ehrlich gesagt, würde ich lieber sterben«, erwiderte Jenny. Auf dem Land war es langweilig, und am Meer war es kalt, und sie liebte das Leben in der Stadt. »Im Schwingen, Wandern und Trotten; im Gebrüll und im Tumult; in den Kutschen, Automobilen, Omnibussen, Lieferwagen, den schlurfenden und schwankenden Sandwichmännern; Blaskapellen; Drehorgeln; im Triumph und dem Klingeln und dem merkwürdig hohen Gesang irgendeines Flugzeugs da oben war, was sie liebte; das Leben; London.«

»Zitierst du jetzt tatsächlich Virginia Woolf und glaubst, den Streit damit für dich zu gewinnen?« Michael grinste nun endgültig, und sie reihten sich in die lange Schlange vor dem Check-in ein. Er beugte sich hinunter, um Jenny einen Kuss auf die schweißbedeckte Stirn zu drücken.

»Das ist kein Streit, sondern eine Diskussion«, erwiderte Jenny bestimmt. »Und sie ist noch nicht beendet.«

»Gut, dann führen wir sie fort, wenn ... ich wollte jetzt eigentlich sagen: Wenn du aus New York zurückkehrst, was eigentlich Ende des Monats sein sollte. Aber das ist mittlerweile fraglich, nicht wahr?«

»Ich habe mich noch nicht endgültig entschieden, ob ich den Job annehme ...«

»Wenn du ihn willst, werde ich dir nicht im Weg stehen. Wir finden eine Lösung«, erklärte Michael und zog Jenny in eine Umarmung. »Solange es nicht für immer ist.«

Aber was, wenn es für immer war? Vielleicht liebte sie den Job und die Arbeit in New York, obwohl die Mieten astronomisch waren und es keine Krankenversicherung gab. Vielleicht wurde ihr nach zwei Jahren eine noch bessere Stelle angeboten? Musste sie sich irgendwann zwischen ihrer Karriere und Michael entscheiden, der für sie der Mann fürs Leben war?

Wie würde ein Leben ohne Michael aussehen?

Diese großen, lebensverändernden Fragen drehten sich in Jennys Kopf im Kreis, als sie schließlich in die Stadt zurückfuhr.

Sonntag, 9. September 2001
U-Bahn-Station Delancey Street

22

Nach ihrer Rückkehr in die Stadt war Jenny noch zum Abendessen verabredet, und das war das Letzte, wonach ihr gerade der Sinn stand. Wobei, wenn sie so darüber nachdachte, wollte sie noch weniger zurück in ihre geliehene Wohnung, die im Moment sämtlichen Charme verloren hatte, und sich weiter mit ihrer existenziellen Krise beschäftigen.

Es blieb keine Zeit, sich frisch zu machen und umzuziehen, weshalb sie lediglich ihr Make-up nachbesserte. Es war eine Konstante in ihrem Leben, die sie niemals missen wollte: Jenny, die in einem ruckelnden U-Bahn-Waggon flüssigen Eyeliner auftrug.

Sie bemühte sich um ein freundliches Gesicht und rang sich ein Lächeln ab, als sie schließlich die Tür von *Katz Delicatessen* in der East Houston Street öffnete. Sobald sie den ersten Schritt in das helle Diner gesetzt hatte, wurde ihr Lächeln breiter und strahlender.

Ihr Blick glitt über die einfachen Resopaltische und Nischen mit den gepolsterten Bänken, die altmodische Theke und die von hinten beleuchtete Speisekarte darüber, das Pepsi-Logo und die Wand mit den Fotos aller Berühmtheiten, die hier bereits gegessen hatten. Es herrschte ein emsiges, fröhliches Treiben, und der verlockende Geruch nach Frittiertem erinnerte Jenny daran, dass sie den ganzen Tag noch nichts gegessen hatte.

Das Beste war allerdings der Mann, der ihr von einem in einer Ecke versteckten Tisch zuwinkte. Jenny winkte zurück, und ihr Lächeln war nicht mehr erzwungen.

Sie hatte ihren Begrüßungssatz bereits parat, als sie ihm gegenüber in die Nische rutschte. »Ich will genau das, was sie hatte!«

»Verdammte Touristin«, erwiderte George und drückte über den Tisch hinweg Jennys Hand. »Ich dachte mir, dass du das hier vielleicht noch nicht von deiner Liste mit den wichtigsten Sehenswürdigkeiten in New York abgehakt hast?«

»Ich muss leider gestehen, dass es gar nicht auf der Liste war.« Jenny sah sich in dem Restaurant um, das durch *Harry und Sally* Unsterblichkeit erlangt hatte. »Mein Gott, ich sterbe vor Hunger.«

»Wir warten noch auf Nick – und auf den Überraschungsgast.« George lächelte kaum merklich. »Falls Nick überhaupt kommt. Immerhin ist er eigentlich wegen der Fashion Week hergeflogen, wo er Unmengen an Prominenten interviewen wird.«

»Da wäre es geradezu ein Wunder, wenn er sich unter das Fußvolk mischt.«

Wobei Jenny Nick nicht wirklich böse sein konnte, denn immerhin hatte er sie und George wieder zusammengebracht. George hatte sie an ihrem ersten Tag im New Yorker Büro angerufen und darauf bestanden, dass sie sich auf ein paar Drinks im *Algonquin Hotel* trafen. »Damit du die Dorothy-Parker-Fantasien ausleben kannst, die du früher hattest.«

Jenny war gerührt gewesen, dass George sich noch an den Schwachsinn erinnern konnte, den sie als Teenager von sich gegeben hatte, und hatte einem Treffen am folgenden Abend zugestimmt.

George war nicht mehr der eifrige Junge, der allen gefallen wollte, und er war auch nicht mehr die verrückte LSD-Queen wie mit Anfang zwanzig. Er war vielmehr eine wunderbare Mischung aus beidem, und außerdem ein erfahrener New Yorker, der in einem schicken Eckbüro seiner Werbeagentur in SoHo residierte und zusammen mit seinem Freund Luca, einem Medienfachmann bei Condé Nast, in einem Loft in der Bleecker Street wohnte.

George half Jenny mit den praktischen Dingen wie der Eröffnung eines Bankkontos und dem Kauf eines Handys, und er war da, wenn sie unerträgliches Heimweh plagte. Trotz der bitteren letzten Begegnung in London, hatten George und Jenny in New York sofort wieder zu ihrer ungezwungenen Vertrautheit zurückgefunden.

Nun verdrehten sie gleichzeitig die Augen bei dem Gedanken an Nick, der unerträglich war, wenn er sich im Arbeitsmodus befand, ständig damit angab, welche Promis er kannte, und Leute mitten im Satz unterbrach, um einen Anruf entgegenzunehmen.

»Fashion Week? Wie sollen wir jemals mit dem Charme eines neunzehnjährigen osteuropäischen Models mithalten?«, fragte Jenny.

»Das können wir nicht«, erklärte George rundheraus und reichte ihr die Speisekarte. »Ich habe mir einen Tisch geschnappt, an dem bedient wird. Sonst muss man das Essen an verschiedenen Theken bestellen, und ich habe das System leider immer noch nicht durchschaut. Trinkst du?«

»Und ob ich trinke«, murmelte Jenny düster.

»Dann war das Wochenende mit dem Liebsten also nicht erfolgreich?« George hatte Michael einige Male getroffen, aber sie kannten sich nicht wirklich gut, und auch wenn Jenny und George sich wieder blendend verstanden und ihre Freundschaft aufleben hatten lassen, hatte Jenny nicht vor, sich bei ihm über ihre Beziehung auszulassen. »Wein gibt es hier nicht. Bloß Bier und Limo mit Schuss.«

»Dann eine Zitronenlimo mit Schuss. Du hast vorhin etwas von einem Überraschungsgast gesagt. Kommt Luca auch?«

George schüttelte den Kopf. »Es ist eine Überraschung, mehr sage ich nicht«, antwortete er lächelnd und fuhr sich mit der Hand durch die perfekt gestylten Haare: am Hinterkopf und an den Seiten kurz, teure Strähnen in der Mitte.

George hatte Jenny mit einem neuen Kosmetikstandard bekannt gemacht, den sie nie für möglich gehalten hätte. Sie hatte sich zwar geweigert, zu dem Kosmetiker zu gehen, bei dem sich George alle sechs Monate eine Botox-Behandlung gönnte, aber sie hatte sich zu einer Mani-/Pediküre überreden lassen, die sie mittlerweile alle vierzehn Tage genoss. Sie hatte sich vor Michaels Besuch sogar einer Wachsbehandlung unterzogen, doch er hatte nur fassungslos die Augenbrauen gehoben, als er gesehen hatte, dass sie neunzig Prozent ihrer Körperbehaarung verloren hatte. Und vor einer wichtigen Besprechung oder einem Mittagessen stand sie besonders früh auf, um sich beim Friseur gegenüber dem Bürogebäude eine ausladende Föhnfrisur verpassen zu lassen. Gott sei Dank trug sie zurzeit keine Stirnfransen.

»Je höher die Haare, desto näher an Gott«, sagte ihre Assistentin Cindy aus Texas immer.

»Ich glaube, ich mag keine Überraschungen«, sagte Jenny.

George zuckte mit den Schultern. »Zu spät«, meinte er,

und sein Blick huschte an Jenny vorbei zur Tür. Sie fuhr herum und sah eine große, hübsche Frau in einem frischen weißen Sommerkleid, die grüßend die Hand hob. Ihre glänzend schwarzen Haare wippten, wie es Jennys Haare nicht einmal unmittelbar nach dem Friseur zustande brachten.

»Ist das …? Das kann nicht sein!« Sie wandte sich wieder George zu. »Das ist nicht cool.«

»Doch es *ist* cool. Wir sind alle cool«, versicherte er ihr. Die Frau trat an ihren Tisch, und ihr strahlendes Lächeln verblasste etwas, als sie Jenny ansah. »Hallo, Schätzchen! Du erinnerst dich an Jen?«

»Natürlich.« Priya leckte sich nervös die Lippen, und Jenny fragte sich, was mit ihr los war. Früher hatte sie absolut keine Hemmungen besessen. »Hi, Jen, wie geht es dir?«

»Gut«, erwiderte Jenny langsam. »Und dir?«

»Ich habe das Gefühl, als müsste ich dir erlauben, mir eine zu knallen, damit wir quitt sind«, antwortete Priya mit einem scheuen Lächeln. Dann straffte sie die Schultern. »Obwohl ich zu meiner Verteidigung sagen muss, dass ich damals siebzehn war. Ich habe nicht mehr als fünfhundert Kalorien am Tag zu mir genommen, hielt mich aber trotzdem für einen hässlichen Elch, und meine einzige Bestätigung waren die Jungen, die auf mich abfuhren.«

»Du hast nicht ausgesehen wie ein Elch. Du warst das hübscheste Mädchen, das ich kannte. Und weißt du, was? Wir waren alle jung und unglücklich, und wir haben es aneinander ausgelassen.« Jen hatte gerade beschlossen, es gut sein zu lassen. Natürlich hatte sie viele Stunden damit verbracht, Priya für alles zu hassen, was sie ihr angetan hatte. Aber das war eine Ewigkeit her, und sie hatte in den letzten zehn Jahren kaum an Priya gedacht. Bis jetzt. »Ich finde, eine Umarmung wäre jetzt genau das Richtige.«

Jetzt, da sie nicht mehr jeden Moment damit rechnete, dass Jenny ihr eine Ohrfeige verpassen würde, war Priya sogar noch hübscher als zuvor.

Es war eine überraschend aufrichtige Umarmung, obwohl sich Priya immer noch sehr zerbrechlich und substanzlos anfühlte, als würde sie jeden Moment vom Wind verweht oder von Jennys alles andere als substanzlosen Oberarmen zerquetscht werden.

Priya setzte sich neben George, der unerträglich selbstgefällig grinste, nachdem sein Überraschungsgast ein voller Erfolg gewesen war, und nahm Jennys Hände in ihre.

»Mein Gott, Jen, du bist wirklich unglaublich hübsch«, erklärte sie und musterte Jenny begeistert.

»Ach, hör schon auf!« Jenny winkte ab, freute sich aber heimlich darüber, dass Priya aufgefallen war, dass sie nicht mehr von Pickeln übersät und mit klumpiger Foundation zugekleistert war, die den grünen Korrekturstift dennoch nicht überdecken konnte. »Und du hast dich absolut nicht verändert! Hast du etwa ein Porträt auf dem Dachboden wie Dorian Gray?«

Es stimmte tatsächlich. Wie George hatte Priya vom Alter, ihrer Erfahrung, einem ansehnlichen Gehalt und den besten Kosmetikerinnen New Yorks profitiert, die sie vermutlich auf Kurzwahl hatte. Trotzdem hatte sie sich die zarten Gesichtszüge und die riesigen Rehaugen erhalten, die noch heller zu strahlen schienen als vor all den Jahren in der Collegekantine.

»Die Immobilienpreise in dieser Stadt sind so hoch, dass sich niemand einen Dachboden leisten kann, es sei denn, er arbeitet bei Goldman Sachs«, erwiderte Priya.

»Wo arbeitest du denn?«, fragte Jenny. »Es ist unglaublich, dass George und du beide in New York gelandet seid.«

Sie mussten den Kellner drei Mal unverrichteter Dinge und mit einer Entschuldigung im Gepäck fortschicken, während Priya Jenny eine Zusammenfassung der letzten dreizehn Jahre ihres Lebens gab.

Nach dem College hatte sie Schauspiel studiert, am Ende sogar einen Agenten gefunden und für drei Folgen eine Gastrolle in der Polizeiserie *The Bill* ergattert. Hauptsächlich hatte sie sich ihre Brötchen allerdings mit Aushilfsjobs verdient und war beim Vorsprechen gegen Mädchen angetreten, die noch um einiges hübscher gewesen waren als sie. »Und die – um ehrlich zu sein – weniger indisch aussahen. Also beschloss ich, mir als Alternative einen spannenden Aushilfsjob zu besorgen. Eine meiner Tanten ist mit einem Kerl verheiratet, der für eine der großen Investmentbanken in den Staaten arbeitet, und er hat mir ein Visum besorgt.«

Mittlerweile hatte Priya sämtliche Schauspielambitionen aufgegeben und verdiente stattdessen eine sechsstellige Summe als Vizepräsidentin der Kundenabteilung eines Finanzdienstleisters. Wenn sie sich nicht gerade im Südturm des World Trade Centers abmühte, genoss sie das Leben an der Upper East Side mit ihrem frisch angetrauten Ehemann Sanjay, Softwareentwickler und Neffe der besten Freundin ihrer Mutter, die sie schon seit Jahren verkuppeln wollte.

»Ich habe so viele Jahre an Blind Dates und Zeitungsanzeigen verschwendet, dabei hätte ich viel früher klein beigeben und meine Mutter mit dem Fall betrauen sollen«, sagte Priya, als Jenny ihr das Foto zurückgab, das Priya vorhin aus ihrer Gucci-Handtasche gezogen hatte und das den überaus gut aussehenden Sanjay während der Flitterwochen beim Sonnen auf den Bahamas zeigte. »Ehrlich, Jen, falls du jemals Single sein solltest, hör auf deine Eltern. Sie sind besser als jede Singlebörse.«

»Gut, dass ich nicht Single bin«, erwiderte Jen, obwohl sich die Beziehung mit Michael nach diesem Wochenende nicht mehr wie der gewohnte Fels in der Brandung anfühlte. Sie kramte in ihrer Vintage-Handtasche aus pinkfarbenem Leder nach einem Foto von Michael, das vor einigen Monaten auf Kirstys und Eriks Hochzeit entstanden war. Der schwedische See im Hintergrund machte ihn besonders attraktiv, und er erinnerte tatsächlich stark an Kapitän von Trapp. »Ich will mir gar nicht vorstellen, wen Jackie und Alan für mich aussuchen würden.«

»Auf jeden Fall einen Langweiler«, stimmte ihr Nick zu, der gerade hinter sie getreten war. Er rutschte neben ihr in die Nische, und Jenny musste an die Wand rücken, dennoch berührten sich ihre Oberschenkel. Sie ließ ihre Handtasche eilig sinken, denn obwohl sie Schwierigkeiten hatte, das Foto von Michael zu finden, das sie sicher irgendwo verstaut hatte, wusste sie genau, wo der Streifen mit den Fotos war, der vor dreizehn Jahren in der U-Bahn-Station Mill Hill East entstanden war. Er steckte im selben Fach wie ihr Vorrat an ausländischem Bargeld – jenen Francs, Gulden und Mark, die sie immer dabeihatte, obwohl Michael ihr geraten hatte, sie rechtzeitig umzutauschen, bevor der Euro eingeführt wurde. »Nur, damit ihr Bescheid wisst: Ich hatte bis gerade eben einen herrlichen Nachmittag mit zahllosen Models und Filmstars, aber ich habe trotzdem beschlossen, mit euch Losern zu Abend zu essen. Hi, Pri. Umwerfend wie eh und je.«

»Nick. Überheblich wie eh und je«, erwiderte Priya schnippisch, aber mit einem Grinsen im Gesicht, und damit war die Gangart für den Rest des Abends festgelegt.

Nick bestellte haufenweise »die Gerichte meines Volkes«, obwohl George auf Kohlenhydrate verzichtete und Jenny vermutete, dass Priya immer noch nicht mehr als fünfhundert Kalorien am Tag aß, nachdem sie lediglich in dem gemischten Salat herumstocherte, der so ziemlich das einzige Grün am Tisch war.

Es gab Pastrami-Sandwiches und Sandwiches mit Corned Beef, das nichts anderes war als das Dosenfleisch in Jackies Sandwiches, wenn sie zum Picknicken an den Strand von Southend gefahren waren. Nick, der sich plötzlich unheimlich jüdisch verhielt und sogar »O weh!« rief, als Jenny ihn daran erinnerte, dass sie kein in Essig eingelegtes Gemüse, keinen Senf und keinerlei Gewürze mochte, erklärte ihr, dass seine »jüdischen Freunde« es als Salzfleisch bezeichneten. Auf jeden Fall schmeckte es köstlich. Genau wie die Latkes, obwohl Jenny gedacht hatte, dass sie bereits alle köstlichen Kartoffelgerichte kannte. Ihr wäre allerdings nie in den Sinn gekommen, sie zu reiben, mit etwas Zwiebel zu vermischen und sie zu frittieren.

Es war schwer, sich aufs Essen zu konzentrieren, während sie zu viert ihre glorreichen Jugendjahre wiederaufleben ließen. Sie erinnerten sich an die endlosen Freistunden, die sie in den Secondhand-Läden und beim Stöbern in der Single-Schallplatten-Kiste bei *Harum Records* verbracht hatten. Und an die Leute, die sie gekannt hatten. Jenny rann die Limo mit Schuss aus der Nase, als Priya eine bösartige Imitation von Miguel zum Besten gab, der im Englischkurs neben Jenny gesessen und mit ton- und emotionsloser Stimme aus *Der Widerspenstigen Zähmung* vorgetragen hatte. »Tranio, ich brenne, ich verschmacht, ich sterbe ...«, intonierte Priya, als würde sie eine Einkaufsliste herunterbeten.

»Erinnert ihr euch an Linzi und Lucy?«, fragte George, obwohl es unwahrscheinlich war, dass Jenny die beiden jemals vergessen würde.

»Ich frage mich, was aus den beiden geworden ist«, murmelte sie, und George, der zögerlich seine Schälerbsensuppe löffelte, warf Nick einen wissenden Blick zu.

»Und *ich* frage mich, ob Lucy jemals herausgefunden hat, dass du Linzi auf der Geburtstagsparty in Hadley Wood gevögelt hast.«

»Du hast Linzi gevögelt?« Jenny konnte nicht verbergen, wie verletzt sie war. Ihre Kehle schnürte sich zusammen.

»Ja, ich weiß – das wäre nicht nötig gewesen«, murmelte Nick und machte keine Anstalten, es abzustreiten. Und warum auch? Das alles war vor dreizehn Jahren passiert. Zu einer Zeit, als sie sich heimlich und mit einer Leidenschaft nach ihm verzehrt hatte, die sie später nie wieder erlebt hatte.

Aber wenn Nick Freundinnen gevögelt hatte, von denen er besser die Finger gelassen hätte, hätte es ihn doch auch nicht umgebracht, Jennys Teenagerfantasien zu erfüllen, oder nicht? Doch dann erinnerte sie sich an ihren feuchten, schlabberigen ersten Kuss in der U-Bahn-Station Camden Town und daran, wie schmerzhaft es gewesen war, als sie einige Jahre später ihre Jungfräulichkeit an Bob, den Deo verachtenden Mathe-Studenten, verloren hatte. Mit Nick wäre es noch viel demütigender gewesen. Außerdem hätte sie sich in die lange Schlange der Mädchen eingereiht, die er damals gevögelt hatte, und sie wären danach wohl keine Freunde mehr gewesen. Und jetzt vermutlich auch nicht.

Trotzdem warf sie ihm unwillkürlich einen Blick zu. Ihre Augen wurden schmal, und sie spitzte die Lippen. Er sollte ruhig wissen, dass sie wütend, aber vor allem enttäuscht von ihm war.

»Du dreckiges kleines Flittchen«, zischte sie, woraufhin Georg begeistert in die Hände klatschte und Priya so heftig lachte, dass sie sich am Tisch festhalten musste.

Und damit war die Sache erledigt. Nick bestellte die Nachspeise, obwohl George und Priya mit Sicherheit keinen New York Cheesecake und keine Babka essen würden und Jenny das Gefühl hatte, ihr schwarz-weiß kariertes Etuikleid aus den Sechzigern würde gleich aus allen Nähten platzen.

»Also, Jenny, wie lange bleibst du in New York?«, fragte Priya, denn nach der Linzi-Geschichte wurde es Zeit für unverfänglichere Themen.

»Noch zwei Wochen«, sagte Jenny, obwohl sie sich nicht vorstellen konnte, zum Herbstbeginn wieder in London zu sein, die Blätter unter ihren Füßen knistern zu hören und sich vorzunehmen, die Zentralheizung erst nach der Zeitumstellung anzumachen, um Ende September schließlich doch klein beizugeben. »Aber ...«

»Du hast dich mit dem New-York-Virus infiziert.« George nickte. »Entweder man liebt es, oder man hasst es.«

»Ich wollte der Stadt ein Jahr lang eine Chance geben, und das war vor fünf Jahren«, fügte Priya hinzu.

»Mir wurde eine Stelle angeboten, und wenn ich sie annehme, würde ich noch etwa zwei oder drei Jahre bleiben«, erklärte Jenny, obwohl es ihr immer noch unwirklich vorkam. Nicht nur, weil Michael alles andere als begeistert von der Vorstellung war, sondern auch, weil sie sich manchmal immer noch wie der plumpe Teenager fühlte, den die drei Leute am Tisch so gut gekannt hatten.

Ab und zu kamen ihr ihre Karriere, ihre Autoren und Autorinnen, ihre Erfolge und ihre Verkaufszahlen wie ein Trick vor, mit dem sie immer durchgekommen war. Andere Programmleiterinnen ließen sich doch sicher nicht vor wichtigen Meetings minutenlang kaltes Wasser über die Handgelenke fließen, um die Nerven zu beruhigen und beim Sprechen nicht zu piepsen, nicht wahr? Und es wurde ihnen auch nicht übel, wenn sie vor einer wichtigen Auktion standen?

Jenny hätte es jedenfalls nicht überrascht, wenn sie morgens ins Büro gekommen wäre und ihr ein Sicherheitsbeamter (kein leitender Angestellter, denn die hatten Besseres zu tun) auf die Schulter getippt und gemeint hätte: »Sie wissen genau, dass Sie hier nichts verloren haben. Räumen Sie Ihren Schreibtisch, ich begleite Sie nach draußen.« Sie erwartete es vielmehr.

Aber jetzt gerade tippte ihr niemand auf die Schulter. Da war nur Nick, der ihr nun seinerseits einen wütenden, aber vor allem enttäuschten Blick zuwarf. »Gratulation«, meinte er ausdruckslos. Dann seufzte er. »Und wie soll ich ohne dich klarkommen?«

»Das schaffst du sicher«, erwiderte Jenny, denn es war ja nicht so, dass sie einen wesentlichen Teil seines Alltags darstellte. Honey war die maßgebliche Frau in seinem Leben, so maßgeblich, dass sie gerade dabei waren, ein Haus zu kaufen. Keine Wohnung, sondern ein richtiges Haus mit vielen Schlafzimmern, die alle mit Kindern gefüllt werden wollten.

Zwischendurch hatte es so ausgesehen, als würden Nick und Honey sich trennen. Es war in etwa um die Zeit des Neujahrskusses gewesen. Nicht, dass sie jemals über diesen Kuss gesprochen hatten. Manchmal fragte sich Jenny, ob er tatsächlich passiert war oder ob sie ihn sich nur eingebildet hatte. Vor allem dann, wenn Michael nicht da war und sie sich selbst befriedigte, während sie sich vorstellte, wie Nick sie an die harte, unnachgiebige Wand in der U-Bahn-Station Chalk Farm drückte und sein Körper sich genauso hart und unnachgiebig an sie presste. Die herrliche Kombination aus Schuldgefühlen und Unrecht brachte sie jedes Mal zum Höhepunkt.

»Vielleicht sollte ich mir auch einen Job in New York suchen«, meinte Nick, als sie sich einige Zeit später vor dem Diner verabschiedeten. »Das wäre kein Problem, weißt du? Wir werden bald eine US-Ausgabe des Magazins auf den Markt bringen.«

»Dann wäre mein Plan, nach New York zu ziehen, um dich endlich loszuwerden, ja umsonst«, meinte Jenny und stieß ihn mit der schweren Plastiktüte voller Essensreste an. »Das würde alles versauen.«

»Du bist so gemein.« Nick zog einen Schmollmund und wischte sich eine imaginäre Träne von der Wange.

»Ich checke nie, ob ihr euch gerade umbringen oder euch gegenseitig um den Verstand vögeln wollt.« George neigte nachdenklich den Kopf.

Jenny beschloss, ihn am besten zu ignorieren, obwohl sich ihr Magen bei dem Gedanken, dass Nick sie um den Verstand vögelte, zusammenzog. Aber das war nur, weil das Wiedersehen mit ihren alten Freunden sie daran erinnert hatte, wie sie als Teenager gewesen war. Damals, als sie so schrecklich in Nick verliebt gewesen war, dass selbst die flüchtige Berührung seiner Hand, wenn sie nebeneinander gingen, sie wochenlang am Leben erhalten hatte. Es hatte nichts mit dem routinemäßigen Sex zu tun, den sie in der Nacht zuvor mit Michael gehabt hatte, und der weniger der Leidenschaft, sondern einem Bedürfnis nach Bindung geschuldet gewesen war. Vielleicht hatte sie aber auch nur eine Magenverstimmung.

Nick neigte ebenfalls den Kopf und musterte Jenny eingehend. »Vielleicht ein bisschen von beidem, meinst du nicht auch, Jen?«

»Nein, das meine ich nicht.« Sie wandte sich ab, um ihre glühenden Wangen zu verbergen.

»Euer Problem ist, dass das Timing nie passt«, murmelte George, aber nicht auf die übliche, neckische Art, sondern sehr viel ernster. »Ihr schafft es nie, zur selben Zeit ineinander verliebt zu sein.«

»Das war keine Liebe, bloß eine Teenagerschwärmerei.« Wenn sie es bestimmt genug sagte, wurde es vielleicht wahr. Sie schaffte es nicht, Nick anzusehen.

»Und jetzt lieben wir andere Leute«, erklärte Nick leichthin, und schaffte es genauso wenig, Jen anzusehen. »Dieser Dampfer ist längst abgefahren, nicht wahr, Jen?«

»Er ist einmal um die ganze Welt geschippert, und nun ist er reif zum Verschrotten.«

»Dann wart ihr also nie im Bett, als wir noch auf dem College waren?«, wollte Priya wissen. Offenbar konnten es die beiden einfach nicht gut sein lassen.

»Schluss jetzt!«, meinte Jenny. »Der einzige Mann, mit dem ich damals ins Bett wollte, war Morrissey. Und Nick war dem Vernehmen nach zu beschäftigt damit, sich durch Nordlondon und Hertfordshire zu vögeln.«

»Kein Wunder, dass du beim Abi so schlechte Noten hattest, Nick.« Priya kramte in ihrer Handtasche und zog eine Visitenkarte heraus, die sie Jen überreichte. »Wenn du wirklich nur noch zwei Wochen bleibst, würde ich dich gerne noch mal sehen.«

»Ja, das wäre schön«, erwiderte Jenny und meinte es auch so.

»Du musst mich unbedingt im Büro abholen und dir den Ausblick ansehen. Wir sind im achtundsiebzigsten Stockwerk.« Priya breitete die Hände aus. »Und dann gehen wir zu Century 21 gegenüber, die haben oft Marc-Jacobs-Klamotten zum halben Preis.«

»Wo wir gerade von Mode reden, ich muss gleich zur Eröffnungsfeier der New York Fashion Week«, meinte Nick und zog eine zerknitterte Einladungskarte aus der Tasche seiner Jeans, die er mit einem Bettie-Page-T-Shirt und einer Smokingjacke kombiniert hatte. »Will jemand mitkommen?«

»Aber doch nicht, wenn am nächsten Tag die Arbeit ruft«, erwiderte Jenny, obwohl ihr auch am Wochenende nie in den Sinn gekommen wäre, sich unter eine Horde Models zu mischen.

»Ein paar von uns müssen um acht am Schreibtisch sitzen«, fügte George hinzu.

»Sieben Uhr dreißig«, korrigierte Priya.

Sie verabschiedeten sich mit Umarmungen und Küsschen, und George und Priya machten sich auf den Weg zur U-Bahn, während Jenny einen Blick auf ihre Straßenkarte warf, um zu Fuß ins West Village zurückzukehren.

»Ich bin nur für ein paar Tage hier«, erklärte Nick nebenbei, als sie nur noch zu zweit waren. »Ich wohne im Pantheon House.«

»Schick.« Das Pantheon House mit Blick auf den Central Park repräsentierte typische New Yorker Eleganz der alten Schule.

»Ich bin nun mal ein schicker Junge.« Nick trat näher an Jenny heran, die stirnrunzelnd die Karte beäugte und sie schließlich zusammenfaltete.

»Du bist vor allem ein riesiger Arsch«, erwiderte sie, denn die Sache mit Linzi lag ihr immer noch im Magen.

»Ja, schon klar«, stimmte Nick ihr zu und machte immer noch keine Anstalten, sich mit seinen Models ins Vergnügen zu stürzen. »Soll ich dich ein Stück begleiten? Ich brauche eine Zigarette. O mein Gott, was ist *das* denn? Und warum befindet es sich nicht in einem Museum?«

Jenny sah auf den Gegenstand hinunter, der Nicks Spott geerntet hatte.

»Das ist mein alter Walkman.« Sie hielt ihn Nick entgegen, damit er ihn sich ansehen konnte. Es war kein echter Sony Walkman, sondern ein billiges Kassettenabspielgerät, das sie hervorgekramt hatte, bevor sie nach New York gekommen war. »Ich wollte nicht eine ganze Ladung CDs mitschleppen, und, ehrlich gesagt, höre ich mir die alten Kassetten sehr oft an. Erinnerst du dich an die hier?«

Sie öffnete den Walkman und holte vorsichtig die Kassette hervor, um Nick zu zeigen, dass sie das Band mit Lou Reeds Alben *Coney Island Baby* und *Street Hassle* immer noch besaß, das er ihr vor Ewigkeiten aufgenommen hatte.

»Ich habe mir beides schon seit Jahren nicht mehr angehört«, erklärte Nick und ging neben Jenny her, die nach links auf die East First Street bog.

»Lou Reed ist mein New-York-Soundtrack. Zusammen mit Patti Smith und ein bisschen von Stephen Sondheim.«

Nick stieß sie verschlagen mit dem Ellbogen. »Du hattest immer schon ein Faible für klingende Musicaltöne.«

»Das geht nur Gott und mich etwas an.« Nick hatte sie einmal ertappt, wie sie unter der Dusche in seiner Wohnung in Camden Town *I Could Have Danced All Night* aus *My Fair Lady* gesungen hatte, und er hatte sie wochenlang damit aufgezogen.

»Bei mir ist dein Geheimnis sicher.«

Und Nick kannte wirklich viele ihrer Geheimnisse.

Sie betrachtete ihn von der Seite. Die Haut leuchtete im Neonlicht einer Apotheke, an der sie gerade vorbeigingen, und die Wangen stülpten sich nach innen, als er an der Zigarette zog. »Vermisst du es, über Musik zu schreiben?«

Er sah sie mit einem bedauernden Lächeln an. »Jeden

Tag. Aber alle Musikmagazine, für die ich geschrieben habe, wurden eingestellt. Ich bin die Typhus Mary der Magazinwelt.«

»Wohl kaum. Immerhin bist du der Chefredakteur einer hochgelobten, viel gelesenen Sonntagsbeilage.« Sie hatte keinen Grund, Nick Honig um den Bart zu schmieren, das erledigten schon andere, aber seine typische Arroganz war plötzlich verschwunden, und jetzt, da sie nur noch zu zweit waren und er nicht mehr aufschneiden musste, wirkte er geknickt. »Der jüngste Chefredakteur der Geschichte, wie man hört.«

»Ja, angeblich.« Nick nahm Jennys Ellbogen, als sie die Seitenstraße überquerten, und seine Finger lagen kühl auf ihrer nackten Haut. Dann ließ er sie wieder los. »Ich schreibe überhaupt nicht mehr, Jen. Es geht nur noch darum, Brände zu löschen und über das Budget zu streiten. Ich werde auf der Fashion-Week-Eröffnung nicht den Models schöne Augen machen, sondern unseren Werbekunden.«

Er klang so betrübt, dass Jenny am liebsten gelacht hätte, doch stattdessen sagte sie etwas Beruhigendes und erzählte von ihren eigenen unerträglichen Finanzmeetings, und schon bald waren sie an der Hudson Street angekommen.

»Du solltest dir ein Taxi nehmen«, meinte Jenny, und Nick nickte und streckte die Hand aus.

In der Londoner Innenstadt hätte es an einem Sonntagabend eine Ewigkeit gedauert, bis ein freies Taxi vorbeikam, doch hier ging es verhältnismäßig schnell.

»Ich schätze mal, du darfst zwischendurch zumindest einem Model schöne Augen machen«, meinte sie scherzhaft, doch Nick lächelte nicht.

»Ich vermisse uns«, sagte er und trat zurück auf den Bürgersteig, damit das Taxi vor ihnen anhalten konnte. »Ich vermisse es, ein Teenager zu sein und Ewigkeiten mit der Person abzuhängen, die ich von allen am liebsten mochte. Wir haben Stunden damit verbracht, Musik zu hören und uns zu unterhalten, Jen.«

Seine zuckersüßen Worte drangen bis in Jennys Herz, und etwas Warmes, Tröstliches breitete sich in ihrem ganzen Körper aus. Sie dachte an die kostbaren Stunden, wenn sie nachmittags das College geschwänzt hatten und stattdessen in Nicks Zimmer die neuesten Platten angehört hatten. Es war Realität gewesen, und keiner von ihnen konnte solche Gefühle jemals mit einer anderen Person an einem anderen Ort wiederauferstehen lassen. Es waren sie beide gewesen. Damals. Trotzdem sagte sie: »Jetzt verbringst du solche Stunden mit Honey.«

»Das ist nicht dasselbe. Es geht viel zu oft um tilgungsfreie Hypotheken oder darum, wer den Müll rausbringt.«

Michael brachte immer den Müll hinaus. Das war einer der Gründe, warum Jenny ihn liebte. »Wir sehen uns, sobald ich wieder in London bin«, sagte Jenny, denn die Richtung, in die sich das Gespräch entwickelt hatte, gefiel ihr nicht. Oder vielleicht gefiel sie ihr auch zu sehr.

»Falls du zurückkommst.« Nick stieg ins Taxi. »Bleib nicht zu lange weg, Jen. Ich wäre todunglücklich ohne dich.«

Er schlug die Tür zu, und das Taxi reihte sich in den Verkehr ein, bevor Jen eine passende Antwort darauf einfiel.

Dienstag, 11. September 2001
Cortland Street, U-Bahn-Station World Trade Center

23 Montagabend hatte ein Gewitter die Stadt überzogen, und der Donner hatte geklungen, als wäre New Yorks Herz gebrochen. Doch als Jenny Dienstagmorgen aus ihrer Haustür auf die Horatio Street trat, war der Himmel von einem unglaublichen Blau, und die Sonne spiegelte sich im Hudson River, an dem ihr fünfundvierzigminütiger Spaziergang in ihr Büro am West Broadway begann.

Wenn sie es schaffte, eine halbe Stunde früher aufzustehen und wie Melanie Griffith in *Die Waffen der Frauen* in ihre Sportschuhe – oder besser gesagt, in ihre treuen Dunlop Green Flashes – zu schlüpfen, ging sie lieber zu Fuß zur Arbeit, als sich in einen vollgestopften U-Bahn-Waggon zu drängen, wo sie in die Armbeuge eines Mitfahrenden gepresst wurde, der noch nie etwas von Deodorant gehört hatte. Egal, ob New York oder London: *Plus ça change, plus c'est la même chose.*

Aber sie war definitiv in New York und hielt einen blauen Coffee-to-go-Becher des Delis um die Ecke in der Hand, obwohl sie es kaum schaffte, zeitgleich zu gehen und zu trinken. Jenny bahnte sich den Weg durch Lower Manhattan, den Fluss immer im Blick, bis es Zeit wurde, auf die Chambers Street und anschließend auf den Broadway zu biegen, wo sich das sechzigstöckige Bürogebäude nur wenige Blocks entfernt vom City Hall Park befand. Sechzig Stockwerke waren wenig im Vergleich zu anderen Gebäuden, trotzdem rebellierte Jennys Magen jedes Mal, wenn sich der Aufzug mit einem Zischen in Bewegung setzte. Sie fuhr bis in den siebenundfünfzigsten Stock, wo ihre Kolleginnen und Kollegen wie Hamster in ihren kleinen Nischen hockten.

Auf dem Weg in ihr Büro kam Jenny nicht zum ersten Mal der Gedanke, dass Menschen schlichtweg nicht dafür geschaffen waren, ihrer Arbeit mehrere Hundert Meter über der Erde nachzugehen. Sie war noch nicht lange genug dabei, um ein Büro mit Fenster verdient zu haben, sondern sah nur hinaus auf viele weitere Nischen und viele weitere Hamster.

Um Punkt 8:30 Uhr loggte sich Jenny in den Computer ein und öffnete das E-Mail-Programm. Sie begann jeden Tag mit einer kurzen E-Mail an Jackie. Sie versuchte, zumindest einmal pro Woche mit ihr zu telefonieren, doch nach einer Minute rief Jackie immer entsetzt: »Mein Gott, das muss dich ein Vermögen kosten! Ich lege jetzt auf, Jenny. Ich liebe dich!«

Nun schrieb Jenny über ihr Lieblingsthema – das Wetter. »Es hat gestern so laut gedonnert, dass ich zwischendurch dachte, eine Bombe ...«

In diesem Moment hallte ein ohrenbetäubender Knall durch ihr Büro. Es klang wie der Überschallknall eines Flugzeugs. Jenny hätte schwören können, dass das ganze Gebäude wackelte, aber das hier war New York. Es war immer irgendetwas los.

»Gott sei Dank ist heute wieder alles vorbei, und es ist ein herrlicher, sonniger Morgen. Leider muss ich mittags zu einem Geschäftsessen, es wäre schöner, wenn ich mich mit einem Sandwich in den Park setzen könnte ...«

»Sonst gibt es nichts zu berichten. Hören wir uns morgen? Ich rufe dich um die Mittagszeit an. Ich muss jetzt los, sonst komme ich zu spät zur Montagmorgenbesprechung.«

»Ich bin gleich so weit, Cindy«, meinte Jenny zu ihrer Assistentin, ohne vom Computer aufzusehen. Cindy kam verlässlich fünf Minuten vor jeder Besprechung in Jennys Büro, um sie abzuholen, und jedes Mal wehte eine Wolke *CKOne*, gemischt mit Haarspray, in ihre Richtung. »Warte, ich ziehe nur schnell die Sportschuhe um.«

Das war normalerweise Cindys Stichwort. »*Du meinst Sneakers. Du bist hier in Amerika*«, sagte sie sonst immer in ihrem schleppenden texanischen Akzent, doch an diesem Morgen kam nichts dergleichen. Stattdessen räusperte sich Cindy und stieß ein seltsames Schluchzen aus, und als Jenny aufsah, erkannte sie, dass die junge Frau weinte und ihr bereits schwarze Rinnsale über die Wangen liefen.

Jenny sprang auf. »Was ist los? Was ist passiert?«

Cindy schüttelte den Kopf und versuchte hektisch, sich die Tränen abzuwischen. »Ein Flugzeug«, schluchzte sie. »Ein Flugzeug ist ins World Trade Center geflogen.«

»Wovon redest du?«

Cindy antwortete nicht, sondern stürzte aus Jennys Büro und knallte dabei gegen den Türrahmen. Jenny folgte ihr, und sie eilten gemeinsam in das Sitzungszimmer, wo die Besprechung hätte stattfinden sollen. Stattdessen war der Raum voller Leute, die mit weit aufgerissenen Augen und den Händen vor dem Mund auf einen Fernsehbildschirm starrten – und hinter den Fernsehbildschirm, wo die riesigen, deckenhohen Fenster den Blick auf die New Yorker Skyline freigaben und die beiden Twin Towers in den blauen

Himmel ragten, die Glasfassaden funkelnd im Licht der Sonne. Doch damit endete die Normalität, denn in einem der Türme klaffte ein riesiges Loch. Rauch quoll daraus hervor und stieg hoch in die Staubwolke, die sich um die Spitze des Gebäudes bauschte.

»Es ist acht Uhr zweiundfünfzig, und bisher unbestätigten Meldungen zufolge hat ein Flugzeug das World Trade Center gerammt. Weitere Einzelheiten sind noch nicht bekannt.«

Alle redeten durcheinander, und überall erklangen entsetzte Stimmen: »O mein Gott!« und »Ich kann es nicht glauben«, als Jenny fragte: »Welcher Turm ist es? Meine Freundin arbeitet im Südturm!« Ihre Stimme war dröhnend laut, doch niemand antwortete. Cindys Körper bebte unter Tränen, und sie war nicht die Einzige, die weinte. Gerry, der Geschäftsführer, war normalerweise ein Mann weniger, dafür aber umso sarkastischerer Worte, doch auch er war kalkweiß und klammerte sich mit der Hand an die Tischkante.

Jenny versuchte sich zu erinnern, in welchem Stockwerk Priya arbeitete. Wie viele Stockwerke gab es eigentlich? Zu viele, jedenfalls. O Gott, und sie standen hier und sahen beim Fenster hinaus, während ein paar Straßen weiter Leute in diesem Turm eingeschlossen waren. Verletzt. *Tot.*

Sie wandte sich ab, und in diesem Moment erklang ein weiteres, gewaltiges Donnern. Es war so laut, dass einen Moment lang alles vor ihren Augen verschwamm. Das Donnern ließ die Luft im Raum erzittern, und der Boden bebte unter ihren Füßen. Ohne sich bewusst dafür entschieden zu haben, kniete Jenny im nächsten Augenblick unter einem Tisch und hielt sich die Hände über den Kopf, doch sie hörte dennoch die panischen Stimmen aus dem Fernseher:

»O mein Gott, ein weiteres Flugzeug hat den zweiten Turm getroffen! Es ist direkt in ihn hineingeflogen!«

»O mein Gott!«

»O mein Gott!«

»Da war ein zweites Flugzeug. Es ist einfach explodiert.«

»O mein Gott! Da war noch eines.«

»Es scheint mit Absicht zu passieren.«

»Es muss sich um einen terroristischen Angriff handeln.«

Jenny rollte sich zusammen und machte sich auf den Einschlag gefasst. Sie wartete auf das Schlimmste, bis jemand unter den Tisch griff und ihren Arm packte.

Es war Graham, einer der Lektoren, die vor ihrem Büro saßen. Ein Mann, der selbst an den heißesten Tagen Hemd, Krawatte und Pullunder trug. So wie jetzt auch. »Wir müssen aus dem Gebäude raus«, sagte er und zog Jenny unter dem Tisch hervor.

»Meine Tasche. Meine Sachen ...«

»Raus! Alle raus hier!« Marcus, der Gebäudetechniker, der nie ohne seinen riesigen Schlüsselbund und einen Schraubenzieher zu sehen war, trat in die Tür. »Nehmt die Nottreppe. Ihr müsst jetzt raus aus dem Gebäude. SOFORT, Leute!«

»Aber meine Tasche ...« In diesem Moment erkannte Jenny, dass ihr die Tasche vollkommen egal war. Ihr war alles egal, sie musste nur so schnell wie möglich raus hier. Sie musste hinunter auf die Straße, wo sich nicht Dutzende Stockwerke aus Glas und Stahl unter ihr befanden.

Am Boden war es sicherer.

Sie ließ sich von den anderen zum Notausgang und in das Treppenhaus schieben, das bereits voller Menschen war, die aus den oberen Stockwerken flohen und die Betontreppe nach unten hasteten.

»Ich habe solche Angst, Jennifer«, sagte Cindy, die noch immer vom Schluckauf geplagt und von Schluchzern erschüttert wurde. Ihr hübsches Gesicht war tränenverschmiert. Jenny hatte ihr schon hundert Mal gesagt, dass sie nicht *Jennifer* zu ihr sagen sollte. »Was, wenn wir auch von einem Flugzeug getroffen werden?«

»Nein, auf keinen Fall«, erwiderte Jenny bestimmt, obwohl sie sich gerade dasselbe gefragt hatte. Sie griff nach Cindys feuchtkalter Hand. »Wir gehen jetzt die Treppe runter, und dann sind wir bald aus dem Gebäude raus. Es wird alles gut.«

Sie machten sich auf den Weg nach unten. Jenny kämpfte gegen den Drang an, panisch loszulaufen, und hörte ihre eigene Stimme, die versuchte, Cindy zu beruhigen. »Es ist alles okay. Dir ist nichts passiert. Uns wird nichts passieren.«

Im vierzigsten Stock dachte Jenny, sie würden es niemals nach unten schaffen.

Im dreißigsten Stock war der Rücken ihres Baumwollkleides schweißnass, und ihre Finger glitten beinahe aus Cindys Hand.

Im zwanzigsten Stock hatte sie das Gefühl, sie könnte keinen einzigen Schritt weitergehen, doch die Leute hinter ihnen schoben sie weiter.

Im zehnten Stock drohten ihre Beine, unter ihr nachzugeben, doch: »Wir sind fast da, Cindy. Ich sagte ja, dass wir es schaffen. Und das haben wir bald.«

Im fünften Stock stellte sich Jenny vor, bereits das Tageslicht zu sehen und den typischen, merkwürdigen Geruch New Yorks zu riechen. Fade und schwefelhaltig wie faule Eier, sodass sie sich sofort nach den Abgasen und dem Eisengeruch Londons sehnte.

Vierter Stock.

Dritter Stock.

Zweiter Stock. Jenny hatte vergessen, dass in dieser auf den Kopf gestellten Welt, in der Flugzeuge in Gebäude krachten, der erste Stock das Erdgeschoss war.

»Wir haben es geschafft, Cindy«, sagte sie und ließ die Hand ihrer Assistentin los, um die letzten Stufen nach unten zu stolpern und ins Tageslicht zu treten. Hinaus in die Freiheit. Weg von dem Gebäude, das sich plötzlich in einen Feuerball – in einen Sarg – verwandeln konnte, wenn man es am wenigsten erwartete.

Die Leute, die hinter ihr ins Freie drängten, schoben sie über die Straße, nach Rauch und Asche schmeckende Luft drang in ihre Lunge, und sie begann zu husten. Der Lärm war ohrenbetäubend. Das Kreischen der Einsatzfahrzeuge, das Heulen der Sirenen, das Weinen der Menschen. So viele Menschen, die dastanden, wie gebannt in eine Richtung starrten und mit den Fingern deuteten.

Jenny konnte nicht hinsehen. Sie würde nicht hinsehen.

Am Ende drehte sie sich doch um und sah die beiden schrecklich zugerichteten Türme, die sehr viel näher schienen als zuvor. Ihre Spitzen waren von einer Rauchwolke umgeben, und sie sah ... sie konnte nicht glauben, was sie sah.

Menschen sprangen aus den obersten Stockwerken. Sie schienen einen Moment lang wie Schwalben durch die Luft zu gleiten, ehe sie an Geschwindigkeit gewannen und wie Steine nach unten fielen.

Jenny hatte keine Ahnung, wie lange sie wie erstarrt dort stand, doch irgendwann wurde der Rauch dichter, bis sie die aus den Fenstern springenden Menschen nicht mehr sehen konnte und alles von einer Wolke aus Asche, Ruß und Rauch verschluckt wurde.

Sie presste sich die Hand auf den Mund und sah zu, wie einer der Türme anmutig und wie in Zeitlupe in sich zusammenfiel. Die Rauchwolke breitete sich aus und kam näher ...

»Heilige Scheiße! Weg hier!«

Jemand packte ihren Arm und zog sie mit sich, und Jenny begann zu laufen. Fort von der Staubwolke, die sie wie ein mythisches Ungeheuer verfolgte. Sie spürte die Hitze und die Druckwelle in ihrem Rücken. Sie lief und lief, wurde von der Hand auf ihrem Arm weitergezogen, bis die Wolke sie schließlich einholte. Sie raubte ihr den Atem, drang in ihren Hals, legte sich auf Zähne und Zunge. Asche und Ruß und weiß Gott was noch landeten in ihren Haaren, legte sich über ihre Haut, drang unter ihre Nägel. Sie spürte es sogar in ihrem Blut und wusste, dass sie es nie wieder loswerden würde. Trotzdem lief sie weiter.

Irgendwann, als ihre Lungen beinahe platzten und sie keine Luft mehr bekam, wurde sie langsamer und blieb schließlich stehen. Der Mann, der sie mit sich gezogen hatte, war eigentlich noch ein Junge, nicht viel älter als achtzehn, neunzehn, wobei es schwer zu beurteilen war, weil er von derselben dicken grauen Staubschicht bedeckt war wie sie. Er blieb ebenfalls stehen.

Jenny sah erneut nach hinten. Die endlos langen Straßen der Stadt, die sich beinahe bis zum Horizont erstreckten, waren verschwunden. Da waren nur dichter Rauch, Mauerwerk und Abertausende Papierfetzen, die wie Konfetti durch die Luft schwebten.

»Sie haben mich gerettet«, sagte sie, brachte die Worte aber kaum über die Lippen. »Ich danke Ihnen. Danke.«

»Ich kann's nicht glauben. Was für eine Scheiße!«, sagte der junge Mann und betrachtete kopfschüttelnd die Zerstörung, die sie hinter sich gelassen hatten. Er war schlank und nicht viel größer als Jenny, aber er hatte übermenschliche Kraft entwickelt, als er sie Block für Block weitergezerrt hatte. »Ich glaub's echt nicht! Scheiße, verdammt.«

Sie lehnten sich an das nächstgelegene Gebäude – eine Bank –, das hoffentlich stabil genug war, um nicht in sich zusammenzufallen. Jenny legte sich die Hände auf die Knie und versuchte, wieder zu Atem zu kommen. Ihr Retter spuckte schwarzen Schleim auf die Straße.

Irgendwann richtete er sich auf. »Ich muss los«, rief er, dann lief er in die entgegengesetzte Richtung davon und hob dabei eine Hand zum Gruß.

Jenny blieb noch einige Minuten, wo sie war. Ihre Gedanken drehten sich im Kreis. Sie dachte an Cindy. An ihre Handtasche, die sie im Büro gelassen hatte. Ob ihr Bürogebäude überhaupt noch stand?

Und dann dachte sie an Priya. Die wunderschöne, wieder in ihr Leben getretene Priya mit ihrem attraktiven, liebenden Ehemann und dem hoch dotierten Job, für den sie sich jeden Morgen um sieben Uhr dreißig im achtundsiebzigsten Stockwerk des Südturms einfand. Vielleicht – nur vielleicht – hatte sie es hinaus geschafft.

Ein Rumpeln erklang. Die Wolke war immer noch zu dicht, um durch sie hindurchzusehen, doch der Boden unter ihren Füßen begann zu beben, und Jenny rannte erneut los, während einen Kilometer hinter ihr der Nordturm in sich zusammenbrach.

Dienstag, 11. September 2001
59th Street, U-Bahn-Station Columbus Circle

24

Jenny wusste nicht, wie lange sie gerannt war. Oder wann sie schließlich das Tempo gedrosselt hatte und nur noch gegangen war. Sie hatte keine Ahnung, wohin sie unterwegs war. Im Grunde wollte sie bloß nach Hause. Nicht in die kleine Wohnung in der Horatio Street. Und auch nicht in das Loft mit Blick auf den Regent's Canal, das sie sich mit Michael teilte.

Wenn sie an zu Hause dachte, sah sie ganz klar das winzig kleine Zimmer in Mill Hill mit der grün-gelb geblümten Tapete und dem schmalen Bett vor sich, in dem sie ihre Kindheit und Jugend verbracht hatte. Sie wollte dorthin zurück, noch einmal sechzehn sein, *The Smiths* hören und miese Gedichte schreiben. Zusammen mit Nick, der es sich auf ihrem Bett gemütlich machte, während sie am anderen Ende saß, die Ellbogen auf der Fensterbank abgestützt. Die Tür stand offen, und sie hörte Jackies Schritte auf der Treppe, die ihnen Johannisbeerlimo und Plätzchen brachte, aber eigentlich nur nachsehen wollte, ob auch nichts Unerlaubtes geschah. Was natürlich nie der Fall gewesen war. Kein einziges Mal.

Das war ihr Zuhause. Tausende Kilometer entfernt und fünfzehn Jahre in der Vergangenheit, und ganz egal, wie sehr sie sich dorthin zurückwünschte, sie würde den Weg nicht finden. Also ging sie weiter den Broadway entlang in Richtung Norden. Sie bemerkte nicht, wie die Leute sie anstarrten und sie fragten, ob alles in Ordnung wäre. Sie bemerkte nicht einmal die Frau, die ihr eine Flasche Wasser in die Hand drücken wollte.

Jenny wusste, dass sie irgendwann am Central Park ankommen würde. Sie sah die Wipfel der Bäume in weiter Ferne in den strahlend blauen Himmel ragen. Vor den Takeaways warteten die Leute in Schlangen auf ihr Mittagessen, und vor den Restaurants waren alle Tische besetzt, als wäre es ein normaler Tag.

Die Bäume kamen näher und näher, bis sie sich direkt auf der gegenüberliegenden Straßenseite befanden. Jenny ging davon aus, dass sie noch weiter um den Park herum musste, doch als sie auf die Central Park South bog, lag es direkt vor ihr.

Das Pantheon House.

Ein großes Art-déco-Gebäude, das aussah wie eine weiße Hochzeitstorte.

Der Ort, der ihrem Zuhause am nächsten kam.

Jenny trat an dem livrierten Türsteher vorbei, der etwas zu ihr sagte, das mit einem besorgten »Ma'am?« endete, und drückte die schwere Glastür ganz alleine auf.

Ihre Füße brannten und schmerzten nach dem Abstieg aus dem siebenundfünfzigsten Stock und dem zweistündigen Dauerlauf durch die Stadt, als sie über den Terrazzoboden zu dem Empfangstresen aus glänzendem Mahagoni schlurfte, hinter dem ein Mann und eine Frau in schwarzen Uniformen mit zurückgegelten Haaren und sauberen Gesichtern saßen, deren professionelles Lächeln verblasste, als Jenny näher trat.

»Nick«, krächzte sie, und ihre Stimme versagte beinahe. Sie schmeckte Staub, als hätte sie hundert Jahre mit offenem Mund geschlafen. Sie erinnerte sich nicht mehr an Nicks Nachnamen, obwohl sie es instinktiv geschafft hatte, durch halb Manhattan zu seinem Hotel zu laufen. »Nick aus London.«

Ihre Beine zitterten so stark, dass sie jeden Moment unter ihr nachgeben würden, und Jenny lehnte sich mit den Ellbogen auf den Tresen und legte den Kopf auf die Hände.

»Ma'am, ist alles in Ordnung?«

»Ich brauche Nick«, murmelte Jenny. »Könnten Sie ihn bitte holen?«

Sie hatte keine Ahnung, wie lange sie mit dem Empfangstresen als Kissen dastand, aber irgendwann hörte sie eine vertraute Stimme.

»Jen, da bist du ja! Um Himmels willen!« Er klang, als hätte er überall nach ihr gesucht, und nicht umgekehrt. »Oh, Jen ...«

Sie spürte eine Hand auf ihrer Schulter, die sie vom Tresen löste und sie herumdrehte, sodass sie in Nicks vertrautes, vor Sorge verzerrtes Gesicht sah.

»Halt mich«, sagte Jenny, und im nächsten Augenblick lag sie in seinen Armen, und sein Kinn ruhte auf ihrem Scheitel.

Zum ersten Mal, seit Cindy in der Bürotür aufgetaucht war, stieg keine Panik wie bittere Galle in ihr hoch. Die Geräusche in ihrem Kopf und die Gedanken, von denen einer schlimmer war als der andere, verstummten, und eine Ruhe legte sich über sie.

Nick schwankte leicht und wiegte sie in seinen Armen. »Es ist alles gut. Ich halte dich«, murmelte er immer wieder, bis er schließlich einen Schritt zurücktrat, sie aber immer noch fest umschlungen hielt.

»Bist du verletzt?«, fragte er.

»Ich glaube nicht.« Jenny runzelte die Stirn. Ihre Füße waren wund gelaufen, ihre Beine, die Schultern und der Rücken schmerzten, und der Kopf pochte. »Ich meine, es tut alles weh.« Aber das war jetzt nicht wichtig. »Das ganze Gebäude ... es war einfach weg. Es war da, und dann war es fort. Dann brach der zweite Turm zusammen. Einfach so. Gebäude sollten nicht einfach zusammenbrechen.«

Ihre Stimme war so heiser und kratzig, dass sie sich selbst kaum verstand, doch Nick nickte, und seine Augen fixierten sie.

»Aber dir geht es gut, und das ist das Wichtigste«, sagte er und zog sie erneut an sich. »Du bist jetzt hier. Ich passe auf dich auf.«

»Ich war heute zum Mittagessen verabredet«, erinnerte sich Jenny plötzlich. »Mit einem Literaturagenten. Ich muss den Termin absagen, aber mein Kalender ist ... meine Tasche ist im Büro.«

»Das Mittagessen ist abgesagt«, erklärte Nick bestimmt und schob sie in Richtung des Aufzuges mit den eleganten, gravierten Goldtüren. »Heute ist alles abgesagt.«

Die Aufzugtüren öffneten sich, und Jenny trat hindurch. Sie schnappte nach Luft, als ihr Blick auf die verspiegelten Wände und ihr eigenes Spiegelbild fiel.

Jeder Zentimeter ihres Körpers war mit einer dicken, schlammartigen Rußschicht bedeckt. Es war kein einfacher Staub, den man abklopfen konnte, sondern schmutziger, beständiger. Ihre Haare waren zerzaust, ihre Augen wirkten gehetzt. Sie erkannte sich selbst kaum wieder.

»Das lässt sich alles abwaschen«, erklärte Nick und starrte ebenfalls auf ihr Spiegelbild. Seine Jeans und das T-Shirt waren dort, wo sie sich an ihn gepresst hatte, schmutzig.

Jenny betrachtete das weiße Kleid mit den darauf verteilten geometrischen Figuren, das sie heute Morgen angezogen hatte. »Das glaube ich nicht.«

»Doch«, erwiderte Nick überzeugt und legte seine Hand auf ihre Hüfte, als hätte er gespürt, dass ihre Beine bald unter ihr nachgeben würden. Nachdem der Aufzug im fünfzehnten Stock gehalten hatte, legte er die andere Hand auf ihren Arm und führte sie aus dem Aufzug in einen mit glänzendem Holz vertäfelten und mit einem exquisiten Teppich ausgelegten Flur entlang bis zu seinem Zimmer am anderen Ende.

»Ich wohne in einer Suite mit Blick auf den Park. Ich meine, das ist der Moment, wenn dir klar wird, dass du es echt geschafft hast, was?« Nick streckte die Hand an ihr vorbei und zog die Schlüsselkarte durchs Schloss. Er klang nicht so selbstgefällig wie sonst, es wirkte eher, als wüsste er nicht, was er sonst sagen sollte, und als sie schließlich in der Suite standen, starrte er Jenny hilflos an, die genauso hilflos zurückstarrte.

»Wie kann ich dir helfen?«

»Ich weiß es nicht.« Sie deutete mit einer kaum sichtbaren Handbewegung auf sich selbst. »Ich will keinen Dreck machen und alles versauen.«

Nick nickte. »Du solltest duschen. Die Haare waschen. Das Badezimmer ist dort rechts. Du kannst die Tür offen lassen … falls du … ich bin gleich hier, falls du mich brauchst.«

Im Badezimmer gab es noch mehr Spiegel. Zu viele Spiegel. Und eine Dusche, die mit ihren unzähligen Knöpfen aussah wie ein Kontrollpult der NASA.

»Ich kann das nicht«, rief Jenny und ließ sich schwer auf den Rand der Badewanne sinken. »Hilfst du mir?«

Nick machte die Dusche an und ging vor ihr in die Knie,

um ihr die Schuhe und die Socken von den Füßen zu ziehen, und weil er ein mutiger Mann war, zuckte er nicht einmal zusammen, als er das rote, wund gescheuerte Fleisch sah, das aussah wie Fleischklumpen in der Metzgereiauslage.

Nick zog Jenny hoch, drehte sie herum und öffnete den Reißverschluss ihres Kleides und anschließend mit professioneller, höchst erfahrener Präzision auch noch den BH. Dann schob er sie sanft in Richtung Duschkabine, wo das Wasser niederprasselte wie bei einem tropischen Regenschauer.

»Den Rest schaffst du allein«, erklärte er mit unsicherer Stimme und schob Jenny noch ein Stück weiter. »Es gibt Duschgel, Shampoo und was weiß ich was noch alles.«

Jenny trat mitsamt den Klamotten in die Dusche und ließ das Wasser mit geschlossenen Augen auf sich herabregnen, sodass sie nicht sehen musste, wie es sich schwarz am Boden sammelte und in den Abfluss rann. Als sie schließlich die Augen öffnete, war das Wasser klar. Sie schälte sich aus ihrem patschnassen Kleid und der Unterwäsche und hätte beinahe das Gleichgewicht verloren, als sie alles auf die andere Seite der Duschkabine kickte.

Sie wusch sich drei Mal die Haare und verbrauchte eine ganze Flasche Duschgel, bis sie sich endlich sauber fühlte. Sie schlüpfte in einen weichen Hotelbademantel, wickelte sich ein Handtuch um den Kopf und tappte zurück ins Wohnzimmer.

Nick saß auf einem der drei Sofas und sah durch die zweiflügeligen Fenster hinaus auf den Park. Jenny war froh, dass sie sich bloß im fünfzehnten Stockwerk befanden. Es fühlte sich immer noch zu hoch an.

»Ich gehe nicht mehr zurück«, erklärte sie, und Nick wandte sich um, als er ihre Stimme hörte. »Selbst, wenn das

Büro noch da ist. Ich will nie wieder siebenundfünfzig Stockwerke über der Erde arbeiten. Aber vielleicht ist es gar nicht mehr da? Meine Tasche. Mein Reisepass ist dort drin. Und mein Geld. Deshalb bin ich zu Fuß hierher. Ich habe kein Geld. Andererseits wäre es mir gar nicht eingefallen, mit der U-Bahn zu fahren. Fährt die U-Bahn eigentlich noch? Ich bin einfach immer weitergegangen. Und es tut mir leid, aber ich musste deine Zahnbürste benutzen. Glaubst du, ich stehe unter Schock?«

Darüber musste Nick gar nicht erst nachdenken. »Ja. Komm her. Komm her und setz dich.« Er klopfte auf das Sofa und wartete, bis Jenny sich neben ihn fallen ließ. Er nahm ihre Hand. »Du hättest nicht mit der U-Bahn fahren können, selbst wenn du Geld dabeigehabt hättest. Sie haben alles dichtgemacht. Mein Handy funktioniert nicht. Es fliegen keine Flugzeuge.«

Bei dem Wort Flugzeug erschauderte Jenny. »Da war ein Donnern, als das erste Flugzeug in den Turm gekracht ist, aber ich wusste nicht, was es war. Ich habe eine E-Mail geschrieben und an die Montagmorgenbesprechung gedacht. Als das zweite Flugzeug kam, waren wir im Besprechungszimmer. Wir sahen es im Fernsehen und gleichzeitig draußen vor dem Fenster ...«

Ihre Stimme war heiser, doch sie sprach ohne Unterbrechung, denn es schien ihr plötzlich wichtig, sich ganz genau daran zu erinnern, was sie an diesem Tag erlebt hatte, und als sie an den Punkt kam, an dem sie Nick endlich gefunden hatte, versagte ihr beinahe die Stimme.

»Ich hole Wasser.« Nick versuchte, seine Hand aus Jennys Umklammerung zu lösen. »Obwohl Tee mit Zucker gut gegen Schock sein soll.«

»Bloß, weil ich unter Schock stehe, kannst du mich noch

lange nicht übertölpeln. Ich trinke auf keinen Fall Tee«, sagte Jenny, und das sah ihr bereits viel ähnlicher. Nick grinste, was wiederum ihm viel ähnlicher sah. »Obwohl mir schrecklich kalt ist. Und sieh mal!«

Sie hob die Hand, die er gerade noch gehalten hatte, damit er sah, wie sie zitterte.

»Brandy soll auch gut gegen einen Schock sein?«, schlug er vor.

»Brandy mag ich auch nicht.«

»Brandy mit Cola oder heißen, gezuckerten Tee – such es dir aus.« Nick warf einen Blick auf die Heizungsregulierung neben dem Schreibtisch, der mit steifen weißen Umschlägen bedeckt war. »Keine Ahnung, wie man die Klimaanlage ausmacht. Aber ich hole dir eine Decke.«

Er verschwand durch eine Tür, die offenbar ins Schlafzimmer führte, denn er kam mit einer milchkaffeebraunen Waffel-Piqué-Decke zurück, die er um sie feststeckte, als wäre sie seine altersschwache Tante. Sie hatte das Gefühl, als müsste sie protestieren, aber es war einfacher, die Beine anzuziehen und sich in die dicke Decke zu kuscheln.

»Danke. Es tut mir leid, Nick. Dieses ganze Theater …«

»Hör auf!« Er hob abwehrend die Hände. Während Jenny in der Dusche gewesen war, hatte er ein altes Pixies-T-Shirt angezogen, das sie schon seit Jahren nicht mehr gesehen hatte. Es war ausgebleicht, aber sie hatte trotzdem das Gefühl, einem alten Freund gegenüberzustehen. »Ich bin froh, dass du hier bist. Ich habe mir Sorgen um dich gemacht. Ich wusste, dass dein Büro ganz in der Nähe ist …«

»Priya.« Der Name klang wie ein Seufzen.

Nick schluckte schwer. »Ich weiß.«

Beim Gedanken an Priya hätte Jenny am liebsten geweint, doch ihre Augen blieben trocken, und keine einzige

Träne floss, obwohl ihr Herz im Laufe des Vormittages (war es tatsächlich bloß ein Vormittag gewesen?) mehrere Male gebrochen war und sie es hastig wieder zusammengeflickt hatte.

Nick öffnete die Minibar unter dem Schreibtisch und holte eine Dose Cola und eine kleine Flasche Brandy heraus.

»In zwei Gläsern, bitte«, sagte Jenny, denn sie wollte auf keinen Fall, dass der Brandy den Geschmack der Cola ruinierte. Nick zischte entnervt, und es klang vertraut und tröstlich.

»Du bist eine solche Diva.« Er stellte die Cola und den Brandy ab und holte unter einigem Gemurre zwei Gläser, die er übertrieben behutsam vor Jenny auf den Couchtisch stellte. »Also, wirst du auch etwas essen?«

Jenny schüttelte den Kopf. »Ich kann nicht.«

»Irgendetwas Einfaches?«, schlug Nick vor, der normalerweise nicht so nachsichtig war, wenn Jenny ihm mal wieder »mit ihrer verdammten Pingeligkeit auf den Wecker ging«. »Toast, vielleicht?«

Jenny wurde allein beim Gedanken daran übel, und sie verkroch sich noch tiefer in der Decke. »Nein, nichts zu essen. Noch nicht.« Ihr kam ein weiterer zusammenhangloser Gedanke. »Was ist mit den Resten von gestern Abend? Soll ich zurück in meine Wohnung?« Sie sah zum Tisch. Nick lehnte an der Tischplatte und ging einen Stapel weißer Umschläge durch. »Musst du nicht zu einer Modenschau und irgendeinen Star interviewen? Ich stehle dir hier wertvolle Zeit. Es tut mir leid, aber ich wusste wirklich nicht, wo ich sonst hinsoll.«

»Das hast du bereits gesagt, und ich habe bereits gesagt, dass es gut war, dass du hergekommen bist«, erwiderte er. »Die Modenschauen wurden abgesagt, genauso wie die Partys und das Schöne-Augen-Machen. Die Promis bleiben in LA, weil es keine Flüge nach New York gibt. Es ist alles zu.«

Jenny nickte. Dann streckte sie eine kalte Hand unter der Decke hervor, um nach dem Brandy zu greifen, doch sie zitterte immer noch so stark, dass sie die Flasche nicht öffnen konnte und sicher alles verschüttet hätte.

»Ich mache das.« Er ragte vor ihr auf, goss den Brandy in eines der Gläser und hielt inne. »Willst du Eis?«

Normalerweise hätte Jenny Eis genommen, aber ihr war schon kalt genug. »Nein danke.« Sie versuchte ihm das Glas abzunehmen, doch er hielt es fest.

»Du solltest unter der Decke hervorkriechen, damit ich dein Gesicht sehe, wenn du einen Schluck davon nimmst«, meinte er. »Ich bräuchte dringend etwas zu lachen.«

Jenny steckte den Kopf weiter unter der Decke hervor, aber sie schaffte es nicht, ihn böse anzustarren. Nicht einmal ihre Augen wurden schmal. Doch als sie endlich einen Schluck Brandy trank und er Kontakt mit ihren Geschmacksknospen aufnahm, konnte sie ihre Abscheu nicht verbergen. Er schmeckte scharf und ätzend, obwohl so viele den Geschmack als sanft und weich beschrieben, und er brannte ihre Kehle hinunter. Soweit Jenny es beurteilen konnte, half er kein bisschen gegen den Schock.

Nick setzte sich auf das andere Ende des Sofas, wandte sich ihr zu und hielt den Blick auf ihr Gesicht gerichtet, während sie die Cola hinunterstürzte, um den Geschmack des Brandys zu vertreiben. »Weißt du, Georges Büro wäre näher gewesen.«

Jenny hatte gar nicht an George gedacht, oder daran, dass sie nur ein paar Straßen von seinem Büro entfernt gewesen war, als sie durch SoHo gerannt war. »Du kommst zu Hause am nächsten«, sagte sie, obwohl sie für gewöhnlich nicht so offen und unbedacht mit ihm sprach. Nicht, seit er sie zur Jahrtausendwende geküsst hatte. »Ich meine, mein wirkliches Zuhause. Mill Hill. Mein kleines Zimmerchen.«

»Wir haben einige unserer glücklichsten Stunden in deinem kleinen Zimmerchen verbracht.« Nick legte den Kopf zurück und lächelte. »Jackie, die immer wieder hereinplatzte, um sicherzugehen, dass ich dir nicht die Unschuld raubte.«

»Wenn's doch nur so gewesen wäre«, seufzte Jenny, und auch das war viel zu unbedacht, selbst unter diesen mildernden, außergewöhnlichen Umständen an diesem seltsamen, schrecklichen Tag. »Ich sollte nach Hause gehen. Ins West Village, meine ich. Ich rufe mir einfach ein Taxi. Vielleicht leihst du mir dreißig Dollar? Ich zahle es auch zurück.«

»Sei kein Frosch, Jen«, erwiderte Nick sanft. »Du bleibst natürlich hier. Diese Situation beruht auf Gegenseitigkeit, weißt du? Du bist auch für mich diejenige, die zu Hause am nächsten kommt.«

Und in diesem Moment verstand sie es. Sie verstand die Monstrosität dessen, was passiert war. Nick war vielleicht nicht dort gewesen und hatte mit eigenen Augen gesehen, wie die Türme in sich zusammenfielen, und er war nicht von Kopf bis Fuß in den Staub des Todes gehüllt gewesen, aber dieser Tag hatte alles und jeden verändert.

Sie saßen schweigend nebeneinander. Zwei Menschen, vereint durch die Jahre, die sie einander kannten, und die guten und schlechten Erlebnisse, die sie miteinander geteilt hatten, aber dennoch getrennt. Beide verloren in ihrer eigenen kleinen Welt.

Dienstag, 11. September 2001
59th Street, U-Bahn-Station Columbus Circle

25 Jenny musste eingeschlafen sein, denn als sie die Augen aufschlug, war der Himmel vor den Fenstern rosa vom Licht der untergehenden Sonne. Nick war fort, doch er hatte eine Nachricht auf dem Couchtisch hinterlassen.

> Bin mal kurz raus.
> Du solltest deine Mum und Michael anrufen.
> Wenn du Hunger oder Durst hast, bestell dir etwas beim Zimmerservice.
> N

Zuerst rief sie Michael an. Er hob nach dem ersten Klingeln ab und hauchte ihren Namen wie ein Gebet.

»Ja, ich bin's.«

»Gott sei Dank. Wie geht es dir?«

»Es ist alles okay.«

»Das sagst du immer, wenn es dir nicht gut geht. *Vor allem*, wenn es dir nicht gut geht«, merkte Michael an, obwohl Jenny nicht daran erinnert werden musste, wie oft sie »es ist alles *okay*« gefaucht hatte, wenn sie gerade einen Streit gehabt hatten.

»Nun, ich bin am Leben und sehr glücklich darüber.« Ihre Stimme brach. »Es war einfach … irreal und gleichzeitig viel zu real, es ist schwer zu erklären.«

Es hatte keinen Zweck, ihm die ganze schreckliche Geschichte am Telefon zu erzählen, und jetzt, da er festgestellt hatte, dass Jenny am Leben und alles okay war, gab es nicht mehr viel zu sagen.

»Gut, dann sehen wir uns, wenn du zurück bist«, seufzte Michael, und Jenny war sich sicher, dass sie überreagierte, nachdem ihre Nerven im Moment mehr als blank lagen, aber es klang in ihren Ohren, als hätte Michael Angst vor ihrer Rückkehr. So, als würde er eine unangenehme Situation erwarten. »Du kommst doch zurück?«

»Ja. Auf alle Fälle. Ich werde den Job nicht annehmen.« Jenny musste nicht einmal mehr darüber nachdenken. Die Entscheidung war in dem Moment gefallen, als das erste Flugzeug in den ersten Turm gekracht war. »Wenn ich könnte, würde ich heute Abend ins Flugzeug steigen.«

»Ich wünschte, das würdest du.« Michael klang nun nicht mehr so, als wäre ihm Jennys Rückkehr unangenehm. »Ich wünschte, ich wäre bei dir und könnte dich in den Arm nehmen.«

»Das wünschte ich auch«, sagte Jenny, denn natürlich tat sie das. Sie liebte Michael. Er sorgte für Behaglichkeit und Freude, auch wenn sie nicht mehr wussten, ob sie immer noch dasselbe vom Leben wollten. »Aber wenn ich zurückkomme, werde ich sicher noch nicht bereit für Kinder und ein Leben auf dem Land sein. Vielleicht werde ich nie dafür bereit sein.«

»Wie kommst du jetzt darauf?« Jenny konnte ihm seine Ungläubigkeit nicht verübeln. »Das ist doch im Moment alles nicht wichtig. Wichtig ist, dass es dir gut geht, obwohl es klingt, als stündest du unter Schock. Wo bist du überhaupt? In deiner Wohnung? Ist es dort sicher?«

Körperlich gesehen, stand Jenny noch immer unter Schock. Ihr war eiskalt, und die Hand, in der sie das Handy hielt, zitterte unablässig, aber ihre Gedanken waren glasklar, als sie Michael erklärte, dass sie bei Freunden untergekommen war, weil sie nicht alleine sein wollte. Was ja auch stimmte. Kein Wort war gelogen, auch wenn sie wusste, dass es keinen guten Grund gab, warum sie ihm nicht sagte, dass mit »bei Freunden« Nick gemeint war. Sie wusste es, hatte aber dennoch nicht das Bedürfnis, dieses Detail mit Michael zu teilen.

Sie legten auf, nachdem sie versprochen hatte, sich am nächsten Tag wieder zu melden, »wenn du dich wieder wie du selbst fühlst«. Dann verzog sie das Gesicht, stürzte den restlichen Brandy hinunter und rief ihre Mutter an.

Das Telefon wurde noch während des ersten Klingelns abgenommen, und ein zitterndes, tränennasses »Ja?« erklang.

Jackie war auch noch eine halbe Stunde später in der Leitung und weinte, als Jenny hörte, wie das Türschloss aufschnappte. Kurz darauf stand Nick in der Tür, doch er trat erst ein, als Jenny ihn hereinwinkte.

»Hör mal, Mum, ich muss jetzt auflegen ...«

Es dauerte weitere fünf Minuten, bis Jenny das Gespräch beenden konnte, denn jedes Mal, wenn sie es versuchte, sagte Jackie: »Natürlich, ich will dich nicht aufhalten«, bevor sie weiter Fragen abschoss und Jenny ihre mütterliche Liebe schwor.

Nick war ins Schlafzimmer gegangen, um ihr etwas Privatsphäre zu geben, doch er kam heraus, sobald Jenny aufgelegt hatte. Er hatte eine große Einkaufstasche von GAP und einen schwarzen Beutel mit Reißverschluss dabei, den er auf dem Couchtisch ablegte.

»Der hier ist vom Hotel«, erklärte er, setzte sich neben sie und streckte die langen Beine von sich. »Toilettenartikel und so. Sie haben das für Leute vorrätig, die ihr Gepäck verloren haben.«

»Ich hoffe, es ist eine Zahnbürste dabei, ich schulde dir nämlich noch eine«, meinte Jenny. Die kleine Gefälligkeit des Hotels trieb ihr beinahe die Tränen in die Augen. Sie fragte sich, welche Liebenswürdigkeit letzten Endes ihre Dämme brechen und sie zum Weinen bringen würde.

»Ich hab dir etwas zum Anziehen besorgt«, fuhr Nick unsicher fort, obwohl normalerweise auf seine Selbstsicherheit Verlass war. »Das Kleid im Badezimmer ... du solltest es nicht mehr anziehen, Jen. Das willst du bestimmt nicht.«

Das stimmte. Der Schmutz würde nie wieder herausgehen, und das Oberteil war zerrissen, obwohl sich Jenny nicht erinnern konnte, wann es dazu gekommen war.

»Danke. Ich gebe dir das Geld, sobald ich ...«

»Ehrlich, wenn du weiter solchen Blödsinn redest, dass du mir etwas schuldest oder mir das Geld wieder geben wirst, muss ich dir eine knallen.«

»Versuch es ruhig«, murmelte Jenny. Sie stemmte sich unsicher hoch, und das Zimmer verschwamm. Sie blinzelte, und alles sah wieder normal aus.

»Geht es dir gut?« Nick brach ab. »Ich meine, natürlich geht es dir nicht gut, aber geht es dir zumindest besser als vorhin?«

»Ich glaube schon. Aber ich brauche etwas zu trinken. Etwas Anständiges.« Jenny ging es besser, das stimmte, aber ihre Nerven lagen blank, und sie brauchte etwas, um den Schmerz ein wenig zu betäuben.

»Du bekommst erst wieder etwas zu trinken, wenn du etwas gegessen hast und ... was, zum Teufel, tust du da?« Nick zuckte erschrocken zurück, als Jenny ihm die Hand auf die Stirn legte.

»Ich sehe nach, ob du Fieber hast. So viel Vernunft passt nicht zu dir.« Seine Stirn war tatsächlich heiß, aber nicht so heiß, als hätte er Fieber gehabt. Jenny strich ihm auf eine Art die Haare aus dem Gesicht, wie sie es im Laufe ihrer langen gemeinsamen Geschichte noch nie gewagt hatte, und Nick ließ es geschehen, bis er schließlich die Finger um ihr Handgelenk legte und die Hand fortzog.

»Einer muss hier vernünftig sein«, erklärte er, und seine dunklen Augen fixierten sie. »Also, was soll ich bestellen?«

Der Gedanke, etwas zu essen, zu kauen, zu schlucken ... Es erschien ihr viel zu anstrengend. »Toast mit Butter, vielleicht«, antwortete Jenny, denn das würde als Unterlage für mehr Alkohol reichen. »Aber ich esse nur etwas, wenn du deine Mum anrufst.«

Nick senkte den Blick. »Ich glaube, sie weiß nicht mal, dass ich in New York bin.«

»Doch, das weiß sie. Ruf sie an.« Er hielt sie immer noch am Handgelenk, doch Jenny zog die Hand zurück, sodass sie die Arme verschränken und ihn anstarren konnte. Nick war wieder einmal ein Arsch, und Jennys Aufgabe war, ihn darauf hinzuweisen – wie in alten Zeiten. »Ich ziehe mich in der Zwischenzeit um. Und dann bestellen wir Toast und etwas Anständiges zu trinken, okay?«

Jenny ging ins Badezimmer, damit Nick in Ruhe telefonieren konnte, und warf einen Blick auf die Klamotten, die er gekauft hatte. Einige schwarze T-Shirts und Leggings. Ein Hemdblusenkleid aus Jeansstoff. Außerdem hatte er offensichtlich an ihren ruinierten – mittlerweile verschwundenen – Kleidern nachgesehen, welche Größe sie brauchte, denn er hatte auch zwei schwarze BHs und eine Multipackung schwarze Unterhosen gekauft, die etwas zarter waren als die Modelle, die sie sonst trug. Es war verstörend, sich vorzustellen, wie Nick seine Auswahl getroffen und überlegt hatte, was ihr gefallen könnte. Und wie sie darin aussehen würde.

Noch viel verstörender war allerdings, dass es gar nicht *so* verstörend war. Seit dem Kuss zur Jahrtausendwende – über den sie nie wieder gesprochen hatten und den sie beide standhaft negierten – hatte sich etwas zwischen ihnen verändert. Ihr Verhalten einander gegenüber hatte einen leicht koketten Unterton, der besser zu zwei Teenagern als zu zwei Erwachsenen in den frühen Dreißigern passte.

Jenny kehrte in einem schwarzen T-Shirt und schwarzen Leggings ins Wohnzimmer zurück und hatte außerdem den Bademantel dabei, nachdem ihr immer noch kalt war. Nick telefonierte nach wie vor mit Susan.

»Ich muss jetzt auflegen«, sagte er und verdrehte die Augen. Offensichtlich war Susan genauso unfähig, das Gespräch zu beenden, wie vorhin Jackie. »Ich muss weiter.«

Nachdem sie nicht stören oder den Anschein erwecken wollte, als würde sie lauschen, setzte sich Jenny an den Schreibtisch, blätterte in den Hotelinfos und blieb an den »Dingen, die Sie während des Aufenthaltes am Big Apple unbedingt sehen sollten« hängen.

Sie fragte sich gerade, wie lange sie noch hierbleiben musste, ob es vielleicht möglich war, vor Ablauf der letzten zwei Wochen nach Hause zu fliegen, und ob sie bis dahin Lust haben würde, »das historische Harlem zu erkunden«, als Nick mit einem geplagten Seufzer auflegte.

»Wenn ich bis jetzt noch nicht an emotionaler Erschöpfung gelitten habe, dann ist es jetzt so weit«, sagte er, streckte die Arme über den Kopf, verschränkte die Finger und stöhnte.

»Sie hat sich sicher gefreut, von dir zu hören.«

Nick wollte ihr in diesem Punkt nicht zustimmen und bat sie stattdessen, nach der Karte für den Zimmerservice zu suchen, die sich unter den Fashionshow-Einladungen auf seinem Schreibtisch versteckte.

Er blieb unnachgiebig, was das Abendessen betraf, und erklärte ihr, dass Toast mit Butter »als Beilage oder bestenfalls als Vorspeise« durchging und sie etwas Gehaltvolleres essen musste.

Trotz zahlloser beherzter Widerworte bestellte er eine Mischung der schnörkellosesten Hauptspeisen, die er finden konnte – eine Pizza mit Tomaten und Käse, paniertes Hühnerfilet, einen Burger ohne Garnierung und ohne Soßen –, und versprach, alles aufzuessen, was sie nicht hinunterbrachte.

Jenny schaffte ein Stück Pizza, die ihr allerdings zu pampig war, und bereitete anschließend ein Sandwich aus zwei Toastscheiben und mehreren Fritten zu, das sie als Hauptmahlzeit deklarierte. »Dreifach Kohlenhydrate – George würde ausrasten. Und wenn das meinen Magen nicht füllt, dann weiß ich auch nicht.«

Nick hatte außerdem alle Zutaten zum Mixen von *Moscow Mules* bestellt, einschließlich einer verboten teuren Flasche *Grey Goose Wodka*. Die Rechnung für den Zimmerservice würde astronomisch ausfallen, doch das schien ihn nicht zu kümmern. Seine einzige Sorge galt Jenny. Er achtete darauf, dass sie genug aß und nicht zu viel trank, und als sie durch die Fernsehsender zappte und keine einzige Sendung ohne die beiden in sich zusammenfallenden Türme fand, nahm er ihr behutsam die Fernbedienung aus der Hand und wählte einen Kanal, auf dem Wiederholungen von *I Love Lucy* liefen.

Nach drei *Moscow Mules* und vier Folgen von *I Love Lucy* war Jenny angenehm beschwipst, doch die Schrecken des Tages waren immer noch da und liefen in Farbe und Surroundsound in Dauerschleife in ihrem Kopf. Vielleicht war es der Wodka, vielleicht war es der Schock, aber Jenny war sich sicher, dass es irgendwo in ihr einen Knopf gab, um den ganzen Tag zurückzuspulen und noch einmal in ihrem Bett in der Horatio Street aufzuwachen.

»Jen?« Nick legte eine Hand auf ihren Arm, und sie bekam sofort eine Gänsehaut und erschauderte. »Dir ist kalt, und du bist sicher müde. Es ist schon spät. Leg dich ins Bett, ich nehme die Couch.«

Jen nahm an, dass es spät war. Der Himmel war pechschwarz, aber sie wollte nicht ins Bett, alleine mit ihren Gedanken und ohne die Ablenkung von Lucille Ball und Alkohol.

Vielleicht wollte sie aber einfach nur nicht alleine sein.

»Sei nicht albern«, sagte sie mit einer Stimme, die plötzlich so glutheiß klang wie ein schwüler Augusttag in Savannah. »Wir können uns ein Bett teilen. Das haben wir früher auch immer gemacht.«

Nick seufzte. Als er dieses Mal ihren Arm berührte, geschah es sanft und bewusst, und als Jenny sich zu ihm drehte, sah sie denselben sanften, bewussten Ausdruck in seinen Augen.

»Wir wissen beide, dass wir nicht viel Schlaf abbekommen werden, wenn wir uns heute Nacht ein Bett teilen«, sagte er, und seine Stimme klang so tief, dass sich Jennys Unterbauch zusammenzog.

Sie sah ihm weiter in die Augen. »Das ist kein Problem für

mich«, erklärte Jenny, und als sie sich erhob, streifte ihr Bein seines.

Als sie kurz darauf aus dem Badezimmer kam, ging sie davon aus, dass Nick im Schlafzimmer auf sie warten würde, doch er saß noch immer auf dem Sofa, die Arme auf den Oberschenkeln und den Kopf in den Händen. Er hatte das Licht gedimmt, sodass sie sein Gesicht nicht erkennen und unmöglich sagen konnte, was er dachte. Jenny eilte ins Schlafzimmer und versuchte sich selbst einzureden, dass der Schmerz der Zurückweisung besser war als das taube Gefühl, das sich in ihrem Körper breitgemacht hatte.

Das Bett war riesig und stand auf einem kleinen Podest, sodass es wie ein Bühnenbild wirkte. Jenny hatte keine Ahnung, wie man die Gardinen schloss, und auch nicht die Energie, es zu versuchen, also setzte sie sich auf die Bettkante und starrte in die Nacht hinaus. In New York wurde es normalerweise nie wirklich dunkel, die Gebäude waren hell erleuchtet, der Verkehr brummte, und die Leute eilten durch die Straßen, doch heute herrschte eine Grabesstille.

Nick trat in die Tür, hielt sich aber im Schatten. »Ich will dich nicht ausnutzen.«

»Aber ich *will*, dass du mich ausnutzt.« Das waren die magischen Worte, die Nick dazu brachten, ins Zimmer zu treten und auf sie zuzukommen. »Ich will etwas fühlen. Irgendetwas anderes als das, was ich gerade fühle. Und wir sollten nicht vergessen, dass du derjenige warst, der mich zur Jahrtausendwende geküsst hat. Du warst derjenige, der gesagt hat, dass …«

Und dann brachte sie Nick Gott sei Dank mit einem Kuss zum Schweigen und vertrieb die Worte mit seiner Zunge, bis er das Einzige war, was zählte.

Jenny stemmte sich hoch, um ihm auf halbem Weg entgegenzukommen, und zerrte an seinem T-Shirt, damit sie seine warme Haut unter ihren Fingern spüren konnte. Sie hatte sich das hier verdient. Sie brauchte es. Und er ebenfalls. Sie waren zwei verlorene Seelen, die in einem Wirrwarr aus ineinander verschlungenen Armen und Beinen und zerwühlten Laken zueinanderfinden würden.

Jenny stieß ein unverständliches Geräusch aus und zerrte erneut an seinem T-Shirt. »Runter. Zieh es aus.« Doch als Nick sich von ihr lösen wollte, um aus dem Shirt zu schlüpfen, zog sie ihn wieder an sich.

Lass mich nicht los.

Nicks Mund wanderte über ihren Hals, und sie spürte seine kühle, feuchte Zunge an ihrem Ohr. Sie ergab sich dem kitzelnden Gefühl, während sich ein harter Oberschenkel zwischen ihre Beine schob. Sogar durch die Hose hindurch spürte sie, wie sie anschwoll und sich eine Feuchte ausbreitete.

»Wenn du wüsstest, was ich im Laufe der Zeit alles mit dir tun wollte«, flüsterte er ihr ins Ohr. »Und was ich mir immer gewünscht habe, dass du mit mir tust. Ich verspreche dir, ich werde dafür sorgen, dass du etwas fühlst.«

Er zog sich das T-Shirt über den Kopf, und seine fiebrig glänzenden Augen leuchteten heller als die Lichter der Stadt. Das Geräusch, als er seine Gürtelschnalle öffnete, und das anschließende leise Zischen, als er den Ledergürtel aus den Schlaufen seiner Jeans zog, hallten ohrenbetäubend laut durch das stille Zimmer.

Ein weiterer Kuss, lang und verträumt mit genau dem richtigen Maß an Hitze, um die Leidenschaft auf die nächste Ebene zu heben. Jenny schob die Hände in die seidigen, vom Gel verklebten Haare.

»Zeig dich mir, Jen«, murmelte er mit den Lippen an

ihren, und sie zog sich ohne Aufhebens das T-Shirt über den Kopf, schlüpfte wenig graziös aus ihren Leggings und dem Höschen und kämpfte sich aus dem restlichen schwarzen Baumwollstoff, während Nick vor ihr auf die Knie sank. Seine Lippen pressten fieberhafte, hungrige Küsse auf ihre Haut, und als seine Zunge ihren Nabel umkreiste, drückte sie ihm die Hüften entgegen.

Die fünfzehn Jahre, die sie einander nun kannten, erreichten ihren Höhepunkt. Hier und jetzt in dieser warmen Septembernacht, in der an Schlaf nicht zu denken war und Trauer und Schmerz an die Tür klopften. Fünfzehn Jahre lang hatte Jenny sich gefragt, wie es wäre, mit Nick Liebe zu machen. Doch die Wirklichkeit, in der er sie auf das Bett drückte, ihre zitternden Schenkel teilte und sie mit solcher Zielstrebigkeit genau dort berührte, wo das feuchte Verlangen am größten war, war mehr, als sie sich in ihren kühnsten Träumen vorgestellt hatte. Sie hatte sich nie vorgestellt, dass sein Mund seinen Fingern folgen würde und seine Zunge besessen davon war, auch den letzten Tropfen Lust an die Oberfläche zu befördern.

Wie lange hatte sie sich das gewünscht? Zu lange. O Gott, so lange.

»Lass einfach los«, murmelte Nick mit den Lippen an ihrem Fleisch, und Jenny spürte, wie eine riesige Welle auf sie zuraste. Sie startete in ihrem Bauch und erhob sich immer höher, bis sie sich gedankenlos an sein Gesicht drückte und sämtliche Muskeln anspannte. Sie kam, als seine Finger schließlich die empfindlichste, unerträglichste Stelle in ihr fanden und seine Zunge über ihre Klitoris glitt.

Ihr Inneres zerfloss, und es hörte nicht mehr auf. Sie würde sterben, während Nick vor ihr kniete, und ihre Finger in seinen dunklen Haaren waren das Letzte, was sie sah, be-

410

vor alles verschwamm. Nur der feste Griff seiner Hände auf ihren zuckenden Hüften verhinderte, dass sie nach vorne fiel, während sie sich weiter an seinen wundervollen, geschickten Mund presste.

Sie hörte ein Klingeln in ihren Ohren, als sie langsam und gemächlich wieder zu Sinnen kam. Seine Zunge strich träge über ihre Klitoris, und er schien jedes Schaudern zu genießen, das er ihr entlockte.

Schließlich schaffte es Jenny, sich aufzusetzen. »Genau das musste ich fühlen«, murmelte sie und lehnte sich vor, um Nicks Gesicht mit winzigen Küssen zu bedecken.

»Nein, nicht ...«, stöhnte Nick, doch er stemmte sich hoch und setzte sich neben sie, und als Jenny eine Hand über seine Brust gleiten ließ, hielt er sie nicht zurück. Sie hielt kurz inne, um die Fingerspitze auf die harten Brustwarzen zu drücken, dann ließ sie die Hand weiter nach unten zu der Beule in seiner Jeans wandern.

»All die Dinge, die du dir vorgestellt hast, können wahr werden«, flüsterte Jenny und leckte über seine Lippen, um sich selbst zu schmecken.

Sie stemmte sich auf die Knie und schwang ein Bein über ihn. »Ist schon gut. Das musst du nicht«, sagte er zwischen weiteren feuchten, anrüchigen Küssen, die das Pochen zwischen ihren Beinen wieder zum Leben erweckten.

»Aber ich will es.« Und bevor er protestieren oder ihr sagen konnte, wie er es am liebsten hatte, öffnete sie seinen Reißverschluss und nahm seine harte Erektion in ihre heißen Hände. »Also, was machen wir jetzt damit?«

»Lass mich bloß nicht stehen«, stöhnte Nick und legte den Kopf in den Nacken, als Jenny träge die Hand auf und ab gleiten ließ und den Daumen auf seine Spitze drückte. Sie wollte ihn gerade in den Mund nehmen, als Nick sie auf den

Rücken rollte und sie eine Hand zwischen ihren Beinen spürte, die seiner Erektion den Weg wies.

Er war wohl der erste Mann seit Menschengedenken, der einen Blowjob ausschlug. »Willst du denn nicht, dass ich ...?«

Er schüttelte den Kopf, und seine Augen funkelten, als er nach unten blickte. »Das hier will ich mehr.«

»Ich will es auch. Schon seit so langer Zeit«, murmelte Jenny abgehackt, während Nick kaum merklich immer weiter nach vorne drängte, bis er vollkommen in ihr war. Sie spannte die Muskeln und schlang die Beine um seine Hüften. »Bleib einen Augenblick so, ja? Ich will dich einfach nur in mir spüren.«

Lass mich nie wieder los.

Sie konzentrierte sich auf sein Gewicht und wie stark und sicher er sich in ihren Armen anfühlte. Sein Ohr an ihrer Wange, während er die Zunge über die schweißbedeckte Haut an ihrem Schlüsselbein gleiten ließ. Und zum ersten Mal an diesem Tag fühlte sie sich wahrhaft lebendig.

»Jen ...«, drängte er. »Lass mich ... oh, du fühlst dich so gut an.«

Er regte sich ruhelos, und ihre Muskeln zuckten.

»Dann leg los«, sagte sie und sah ihm tief in die Augen. »Bitte.«

Nick drang tief in sie und zog sich dann so weit zurück, dass Jenny Angst hatte, es wäre bereits vorbei, bis er erneut in sie stieß, und sein Schambein drückte bei jedem weiteren Stoß gegen ihre Klitoris und rieb sich an ihr.

»Das hätten wir schon vor Jahren tun sollen«, erklärte er ihr und legte seine Stirn auf ihre. »So viel Zeit, die wir vergeudet haben.«

»Ich will keine Zeit mehr vergeuden«, erwiderte sie und

hob die Hüften, um ihn noch besser zu spüren. »Ich träume davon, seit du mich zur Jahrtausendwende geküsst hat.«

»Ich wollte damals sehr viel mehr, als dich küssen«, sagte Nick, und sie konnte kaum glauben, dass das hier wirklich passierte. Es war alles so schockierend neu und dennoch vertraut, denn immerhin war das hier Nick. Er kannte sie von ihrer besten und von ihrer schlimmsten Seite. Sie hatte ihn geliebt. Sie hatte ihn gehasst, und nun griff er zwischen sie, um ihre Klitoris zu massieren, und sie konnte sich nicht vorstellen, jemals wieder ohne ihn zu leben. »Mein Gott, du fühlst dich unglaublich an.«

»Ich habe so etwas noch nie empfunden«, keuchte Jenny, und ihre Hände umklammerten Nick, als sie spürte, wie sich die gewaltige Welle erneut aufbaute und sie zu verschlucken drohte. »Mit niemandem.«

Nick hielt sich nicht mehr zurück, sondern drang tief und fest in sie. »Ich habe dich immer geliebt. Ich wünschte, es wäre nicht so, aber das ist es nun mal. Ich liebe dich.«

Sie wollte ihn davon abhalten, solche Dinge zu sagen, doch er kam in wilden Stößen und drang noch tiefer, während Jennys Muskeln sich erneut um ihn spannten. Im nächsten Moment brach Nick auf ihr zusammen und raubte ihr den Atem. Ihre Beine glitten von ihm, und sie hob eine schlaffe Hand, um ihm die nassen Strähnen aus der Stirn zu wischen.

Sie lagen regungslos da, bis Nick sich aus ihr zurückzog und ihrem leisen, protestierenden Aufschrei ein Ende setzte, indem er sanft mit dem Finger über ihre Lippen strich.

Sie hatte sich noch nie so zufrieden gefühlt wie in diesem Moment.

14. September 2001
U-Bahn-Station West 4th Street/ Washington Square

26 Sie verbrachten die nächsten drei Tage im Bett, wo sie Liebe machten und schliefen. Wobei »Liebe machen« sanfter und romantischer klang, als es tatsächlich war, wenn sie hektisch und verzweifelt übereinander herfielen. Wenn Nick in sie stieß oder Jenny ihn unter sich aufs Bett presste und Dinge mit ihren Hüften anstellte, von denen sie bisher nicht einmal gewusst hatte, dass sie möglich waren, war es viel mehr animalischer, ungezähmter Sex.

Aber alle guten Zeiten – sogar gute Zeiten, die aus etwas Schrecklichem entstanden waren – fanden irgendwann ein Ende. Und als Jenny am vierten Tag mit Knutschflecken übersät und wund aufwachte, wusste sie, dass sie wie alle anderen Einwohner New Yorks zu einem Anflug von Normalität zurückkehren musste.

»Was ist so toll an Normalität?«, fragte Nick und zog sie an sich, als sie die Überlegung laut aussprach. »Warum können wir nicht für immer hier im Bett bleiben?«

»Wir liegen uns wund, wenn wir für immer hierbleiben«, gab Jenny zu bedenken und schälte sich aus seiner Umarmung. Sie mussten aufstehen und das Zimmermädchen

414

seinen Job erledigen lassen. Der scharfe, penetrante Geruch nach Sex durchzog sämtliche Fasern der Kissen und Laken, und sie konnten nicht einmal ein Fenster öffnen, weil sich die meisten Fenster in dieser Stadt nicht öffnen ließen.

Trotzdem hatten es so viele mutige Menschen – und genau das waren sie Jennys Meinung nach – geschafft, die Fenster des World Trade Center zu öffnen. Sie hatten nicht auf den Tod gewartet, sondern waren ihm zu ihren eigenen Bedingungen entgegengetreten. Das war, was Jenny immer wieder einholte. Die Leute, die aus den Fenstern gesprungen waren.

»Tu das nicht, Jen«, bat Nick und griff erneut nach ihr, um ihr einen süßen, wenn auch unnötigen Kuss auf die Schulter zu drücken. »Hör auf, daran zu denken.«

»Das ist schwer.«

»Noch ein Grund, hierzubleiben.« Seine Hand glitt über ihr zartes Fleisch, das sich so sehr an seine Berührung gewöhnt hatte, dass sofort sämtliche Nervenenden zu summen begannen.

Es kostete sie ihre ganze Kraft, doch sie schob ihn von sich. »Genug. Ich brauche mindestens vierundzwanzig Stunden zur Erholung.«

»Ja, ich auch. Ich war nicht mehr so drauf, seit ich mit vierzehn ein Electric-Blue-Video unter dem Bett meines Bruders gefunden habe und ...«

»Bitte beende diesen Satz nicht«, flehte Jenny und presste sich die Hände auf die Ohren.

Nick machte sich lachend auf den Weg ins Badezimmer und ließ Jenny allein, damit sie mit flauem Gefühl im Magen im Büro anrufen konnte. Der Anruf wurde zum Handy des Gebäudetechnikers weitergeleitet. Marcus erklärte ihr, dass das Gebäude gesperrt blieb, bis die Statiker alles begutachtet hatten, doch er durfte zumindest hinein, um die persönlichen Gegenstände der Mitarbeiter zu holen.

Eine Stunde später brachte ein Kurier Jennys Handtasche ins Hotel, und eine weitere Stunde später trug sie zum ersten Mal seit Tagen wieder frisch gewaschene Wäsche, und Nick und sie fuhren mit der U-Bahn-Linie E ins West Village, nachdem die Linie C seit dem 11. September gesperrt war.

Jenny hatte beschlossen, nie wieder einen Fuß in einen Wolkenkratzer zu setzen, und genauso wenig Lust hatte sie auf eine Fahrt mit der U-Bahn, denn in der Zwischenzeit hatte sie erfahren, dass die Station unter dem World Trade Center ebenfalls eingestürzt war. Nick hatte vorgeschlagen, ein Taxi zu rufen, doch sie hatte abgelehnt. Wenn sie erst zurück in London war, konnte sie zwar Wolkenkratzern aus dem Weg gehen, aber ohne U-Bahn ging es nun mal nicht.

»Wenn du beim ersten Mal bei mir bist, wird es nicht so schlimm werden«, erklärte sie, als sie die Station an der 7th Avenue betraten und sich auf den Weg zum Bahnsteig machten. Es fühlte sich normal an. Sie war bisher praktisch jeden Tag in New York mit der U-Bahn gefahren, wenn sie nicht gerade den Kampf mit ihrer riesigen Straßenkarte aufgenommen und versucht hatte, zu Fuß zu gehen.

In der U-Bahn war es so ruhig, wie Jenny es noch nie erlebt hatte. Nick und sie setzten sich nebeneinander auf die harten Plastiksitze, und eine nostalgische Sehnsucht nach den weichen Mokettsitzen in London stieg in ihr hoch. Nick hielt schweigend ihre Hand.

Je näher sie ihrem Ziel kamen, desto mehr Gedanken stürzten auf Jenny ein und prallten chaotisch aneinander.

Die Reste vom Abendessen am Sonntag lagen immer noch im Kühlschrank, und sie sollte am Dienstag nach der Arbeit ihre Kleider von der Reinigung holen. Der alte mürrische

416

Fiesling, der dort arbeitete, würde nicht erfreut sein. Außerdem musste sie Jackie anrufen. Sie hatte seit Dienstag nicht mehr mit ihr gesprochen. Und danach Michael.

O Gott, Michael.

Bei dem bloßen Gedanken an ihn brach sie in kalten Schweiß aus. Nick hatte die Finger mit ihren verschränkt, sein Daumen strich gedankenverloren über ihre Fingerknöchel, und er zuckte zusammen, als Jenny ihm plötzlich ihre Hand entzog. Als hätte er keinen Gedanken daran verschwendet, was sie den beiden Menschen, die sie liebten, angetan hatten.

»Wir haben Scheiße gebaut, Nick. Furchtbare Scheiße«, murmelte Jenny, und Nick wandte sich überrascht zu ihr um. »Ich wollte bloß nach London zurück – und nun habe ich Angst davor, zurückzukehren.«

»Ich dachte, du hättest ein Jobangebot«, sagte Nick.

»Das hatte ich. Ich meine, das habe ich, aber ich werde es nicht annehmen. Nicht jetzt.« Jenny sah Nick an. Er biss die Zähne zusammen und schluckte krampfhaft. »Ich kann nicht hierbleiben.«

»Und dir ist nicht in den Sinn gekommen, das in den letzten paar Tagen einmal zu erwähnen?«, fragte er leise.

Sie hatten in den letzten drei Tagen über nichts Wichtiges gesprochen, und vor allem nicht in den letzten drei Nächten. Nick hatte mit den Lippen auf ihrer Haut versaute Dinge geflüstert, und Jenny hatte sich der Herausforderung gestellt. Sie hatten in Erinnerungen geschwelgt. Hatten beschlossen, im Hier und Jetzt zu leben. Und sich absolut keine Gedanken über die Zukunft gemacht.

»Ich erwähne es jetzt.«

»Ich dachte, wir wären beide der gleichen Meinung«, murmelte er, ohne sie anzusehen.

»Ach, und welche Meinung wäre das?« Jenny zuckte zusammen, als sie merkte, wie schrill ihre Stimme klang.

»Dass du nach New York ziehst und dass ich ... ich habe ja schon gesagt, dass ich keine Schwierigkeiten hätte, hier zu arbeiten. Wir könnten alle Probleme hinter uns lassen. Honey. Michael. Sie wären in London, und wir wären hier.« Er rückte ein wenig beiseite, sodass sein Knie ihres berührte, doch als er nach Jennys Hand greifen wollte, verschränkte sie die Arme vor der Brust. »Warum siehst du mich so an?«

»Du weißt, dass aus dem hier nichts werden kann, oder?«, fragte Jenny.

»*Aus dem hier?*«, wiederholte Nick. »Was genau meinst du damit?«

Jenny deutete auf sich und dann auf Nick, der sie entsetzt ansah. »Das hier. Wir.« Ihre Stimme wurde immer lauter, sodass die Frau, die ihnen gegenübersaß und eingedöst war, ruckartig hochfuhr. »Mein Gott, Nick. Honey und du wollt nächste Woche den Vertrag für euer gemeinsames Haus unterschreiben.«

»Wow! Ich wusste nicht, dass meine Immobilienkäufe so wichtig für dich sind. Natürlich sind Honey und ich ... ich meine, das Timing ist beschissen, klar, und ich glaube schon, dass ich sie liebe – aber nicht auf dieselbe Art, wie ich dich liebe.« Nick berührte sanft ihren Arm, und selbst diese zarte Berührung weckte in ihr den Wunsch, ihn zu packen und zu küssen, bis sie nicht mehr klar denken konnte. Was die Sache nicht einfacher, sondern eher schwieriger gemacht hätte. »Ich habe versucht, das ganze Beziehungsding mit ihr durchzuziehen. Wir haben Lebensversicherungen für den anderen abgeschlossen und fünfzigtausend mehr bezahlt, weil das Haus im Einzugskreis der besten Schule der Gegend liegt. Aber das bin nicht ich. Ich bin nicht für solche Dinge geschaffen, und du auch nicht. Was wir haben, ist leidenschaftlich und elementar. Wie Scott und Zelda oder Sid und Nancy.«

»Was, zum Teufel, redest du da? F. Scott Fitzgerald war ein Alkoholiker, Zelda war geisteskrank, und Sid und Nancy waren Heroinsüchtige, die am Ende beide starben. Das sind ja tolle Vorbilder.«

»Aber ich rede von Beziehungen, bei denen es nicht um die geeignete Aussteuer oder die energieeffizienteste Waschmaschine geht. Ich will so nicht leben.« Nick fixierte sie mit einem unerschütterlichen Blick, der ihre Haut wie immer prickeln ließ. »Und du hast keine Gedanken an Honey – und Michael – verschwendet, als du mich angefleht hast, dich zu ficken.«

Jenny wusste, dass sie wütend auf ihn sein sollte, denn die Beziehung, die er sich zu ihr vorstellte, hatte nicht im Entferntesten etwas mit der Realität zu tun. Doch allein bei der Erinnerung daran, wie sie sich an ihn geklammert hatte und wie verzweifelt sie ihn wieder in sich spüren wollte, zog sich ihr Unterleib lustvoll zusammen.

Sie bemühte sich um ein sanfteres Gesicht. »Was wir in den letzten Tagen erlebt haben, war nicht real ...«

»Es hat sich aber verdammt real angefühlt, Jen.«

»Es war schön, aber es war ein Moment außerhalb der Wirklichkeit.« Sie versuchte es ihm zu erklären, doch in Wahrheit fehlten ihr die Worte für das, was in den letzten drei Tagen geschehen war. Und sie war sich nicht sicher, ob sie sie jemals finden würde. »Eine Pause vom Alltag.«

Nun verschränkte auch Nick die Arme. »Willst du damit sagen, dass es verlorene Zeit war? Ein Mitleidsfick? Dass ich es nur getan habe, weil du mir leidgetan hast?«

Jenny zuckte bei jeder Frage aufs Neue zusammen. »Es

war ein Verlangen, das sich fünfzehn Jahre lang aufgebaut hat und das wir beide verzweifelt stillen wollten.«

»Okay, klar, du hast mich von meinen Qualen erlöst«, erwiderte Nick bissig, dann ließ er die Schultern sinken. »Du überlegst nicht einmal, ihn zu verlassen, nicht wahr? Michael, meine ich.«

»Ich liebe Michael. Aber darum geht es nicht einmal.« Jenny liebte Michael tatsächlich. Wirklich. Obwohl die Vorstellung, nach London zurückzukehren, die Haustür zu öffnen, ihm in die Augen zu sehen und ihm zu sagen, dass ... was? Sie erschauderte. Ihr war nur eines klar: Sie musste das mit Nick hier und jetzt beenden. Ihn zur Vernunft kommen lassen. Wer weiß, was er sonst vielleicht tun würde ...

»Ich will damit nur sagen, dass wir beide anderen Partnern verpflichtet sind«, erklärte Jenny in versöhnlicherem Tonfall. »Es waren ein paar seltsame Tage. Die Nerven lagen blank. Sehr blank. Und ...«

»Dann willst du also sagen, dass ich nicht damit anfangen hätte sollen ...«

»Sei nicht albern! Ich bin kein leicht zu beeindruckendes Teenagermädchen mehr, das noch nie mit einem Mann im Bett war ...«

»Aber du bist in mich verliebt, seit du sechzehn warst«, meinte Nick, als wollte er seinen Trumpf ausspielen. Die Frau gegenüber hatte sich mittlerweile vorgebeugt und gab sich keinerlei Mühe, ihre Neugierde und Begeisterung zu verbergen. »Und auf meine eigene Art war ich damals genauso in dich verliebt. Ich habe nie aufgehört, dich zu lieben, Jen, und jetzt ... genug ist genug. Wagen wir den Sprung und machen uns keine Sorgen darüber, wo wir landen.«

Sie hatte sich so lange gewünscht, dass Nick genau das sagte. Damals, mit sechzehn, und auch jetzt, da sie eigentlich alt genug war, um es besser zu wissen. Aber Nick Levene zu lieben bedeutete, eine Erinnerung zu lieben. Einen Traum. Eine Vorstellung, und nicht den nutzlosen, unbekümmerten, verantwortungslosen Mann, der neben ihr saß.

»Deine Freundschaft ist mir wirklich sehr wichtig«, erklärte Jenny behutsam.

»Willst du damit sagen, dass du mich nicht liebst?« Nick klang bitter. »Denn auch wenn es mir leidtut, schon wieder darauf herumzuhacken, aber als wir jede einzelne deiner Teenagerfantasien erfüllt haben, hast du zu mir gesagt, dass du noch nie so gefühlt hast. Dass ich der Beste sei, den du ...«

»Nicht, Nick. Bitte nicht.« Jenny versuchte verzweifelt, zu verhindern, dass er irgendetwas sagte, wovon sie sich nie wieder erholen würden. Wobei sie das vielleicht gar nicht mehr konnten. Nicht mehr sollten. Und nicht mehr würden. »George hatte neulich vollkommen recht. Es ist einfach nie der richtige Zeitpunkt für uns. Aber wir haben eine wundervolle Freundschaft, und ich will sie nicht kaputt machen.«

Sie fuhren in die Station 34th Street, und die Frau gegenüber stieg mit einem kopfschüttelnden Blick auf Jenny und Nick aus. Ihr Platz wurde von einem jungen Schwarzen eingenommen, der Kopfhörer in den Ohren hatte und auf den Boden starrte. Der Streit, der ihm gegenüber stattfand, interessierte ihn nicht. Und mittlerweile war es tatsächlich ein Streit.

»Du mochtest mich also nur als Freund, als du zugelassen hast, dass ich dich ...«

»Das reicht!«, fauchte Jenny und hielt ihm die Hand vors Gesicht, um ihm Einhalt zu gebieten. »Darf ich dich an das letzte Mal erinnern, als du mir deine ewig während Liebe geschworen hast? Ich war so nahe dran ...« – sie schnippte

421

wütend mit den Fingern vor seinem Gesicht, sodass er erschrocken blinzelte –, »... alles für dich aufzugeben. Aber am Ende hast du erst kalte Füße bekommen.«

»Du warst *was?* Sag das noch mal.« Nick sah aus wie eine Zeichentrickfigur, der gleich ein Amboss auf den Kopf fallen würde. »Du hast nie etwas gesagt! Du hast mir damals eine Ausrede auf dem Silbertablett serviert, und ich dachte, dass du genau das wolltest. Ich habe mich zur Abwechslung ehrenhaft verhalten, und jetzt sagst du mir, dass wir das, womit wir die letzten drei Tage verbracht haben, damals schon hätten tun können?«

»Dir geht es bloß um den Sex, oder?« Jenny seufzte resigniert, denn genau so war Nick nun mal, und sie kannte ihn besser als irgendjemanden sonst. »Ich hätte Michael und das Leben, das wir uns aufgebaut haben, hinter mir gelassen – für etwas, das seit jeher nur in meinem Kopf existiert.«

Nick griff erneut nach ihrer Hand, und dieses Mal ließ Jenny es zu. »Aber ich liebe dich. Du bist unglaublich. Du bist witzig, klug und wunderschön. Du verstehst mich wie sonst niemand, und ja, der Sex war irre ...« Nick versuchte ein Lächeln, doch es verblasste sofort wieder. »Ich weiß, ich bin keine Leuchte, was Beziehungen angeht, aber lass uns doch einfach im Moment leben und sehen, wo es uns hinführt.«

Aber Jenny war mittlerweile einunddreißig, und auch wenn ihre biologische Uhr noch nicht tickte, war sie zu alt, um im Moment zu leben, Wochenenden im Bett zu verbringen und mit einem Mann befreundet zu sein, mit dem sie ab und zu Sex hatte. Nick mochte glauben, er würde sie lieben, aber er würde ihr nie mehr geben können als das. Er ging davon aus, dass er bloß seine Unzuverlässigkeit ins Spiel bringen musste, und schon war er von sämtlicher Ver-

422

antwortung befreit, wenn er zwangsläufig wieder einmal Scheiße baute.

»Weißt du, was? Ich wünschte, wir hätten als Teenager miesen, unbeholfenen Sex miteinander gehabt und beschlossen, uns für den Rest unseres Lebens aus dem Weg zu gehen, anstatt uns vorzumachen, dass uns ein besonderes kosmisches Band verbindet und wir nur zueinanderfinden werden, wenn das Schicksal es zulässt.«

Ein kleiner, tief in Jenny vergrabener Teil hatte sich immer vorgestellt, dass Nick und sie eines Tages zusammen sein würden. Selbst, als sie mit Gethin glücklich gewesen war und sich in Michaels Armen sicher und angekommen fühlte, war Nick immer ihr »was wäre, wenn« gewesen, und nun verstand Jenny, dass die drei Tage, die sie gerade nackt und verwundbar auf eine Art miteinander verbracht hatten, die nicht nur etwas mit Sex zu tun gehabt hatte, das Totengeläut für ihre Freundschaft gewesen waren.

Sie konnten nie wieder bloß Freunde sein.

»Michael ist ein toller Kerl, aber er erstickt dich, Jen.«

»Nein, tut er nicht«, beharrte Jenny, obwohl Michael und sie sich ebenfalls in einer Sackgasse befanden. Und Michael beschäftigte sich tatsächlich damit, die energieeffizienteste Waschmaschine und Ähnliches zu finden. Allein beim Gedanken an Michael stieg Übelkeit in ihr hoch, gefolgt von Trauer, weil sie so fühlte, und den obligatorischen Schuldgefühlen. »Ich will nicht über Michael reden.«

»Jen, wir gehören zusammen«, sagte Nick, und Jenny wandte sich ein wenig zur Seite, damit sie den flehenden Ausdruck auf seinem verdammten, wunderschönen Gesicht nicht mehr sehen musste. »Wir haben schon immer zusammengehört. Es tut mir leid, dass wir unsere Partner betrogen haben, aber ich werde die letzten Tage niemals bereuen.«

Vielleicht war es, weil sie dem Tod derart nahe gekommen war, jedenfalls sah Jenny die Dinge mit einem Mal so klar wie noch nie. Sie würde niemals mit Nick glücklich werden. Die letzten gestohlenen Tage hatten sie nicht glücklich gemacht, und die langen Jahre ihrer Freundschaft ebenso wenig. Und das Leben war auf brutale, schmerzhafte Weise zu kurz, um nicht glücklich zu sein.

Die U-Bahn fuhr endlich in die Station West 4th Street/ Washington Square ein, und Jenny erhob sich. Nick folgte ihr, doch sie zischte: »Nein, bleib sitzen.«

Er ignorierte sie und stieg nach ihr aus.

Er ignorierte sie, wie er alles ignorierte, was seine begrenzte Sichtweise auf sich selbst infrage stellte, die sich nicht wirklich geändert hatte, seit er siebzehn war. In seinen Augen war er ein Rebell. Ein Einzelgänger. Jemand, den man nicht in Ketten legen durfte.

Jenny blieb auf dem Bahnsteig stehen. Sie konnte nicht weitergehen, solange er ihr folgte.

Ihre gemeinsame Geschichte endete hier.

Das war die Endstation.

»Es ist vorbei«, sagte sie, und Trauer und Erleichterung überkamen sie, sodass sie nicht wusste, ob sie weinen oder die Schultern ausschütteln sollte, weil ihr endlich die Last genommen worden war, die sie seit all den Jahren mit sich herumschleppte. »Ich bin nicht mehr das Mädchen, das ich einmal war. Ich habe mich verändert.«

»Das weiß ich, Jen«, erwiderte Nick, und die Verwirrung in seinem Gesicht war in den Falten auf seiner Stirn und den Fältchen um seinen Mund deutlich zu erkennen. »Komm, lass uns irgendwo etwas essen. Nehmen wir einen Drink und reden.«

»Das kannst du nicht wissen, weil du dich nämlich absolut nicht verändert hast. Du wirst *niemals* erwachsen werden, und du musst endlich einsehen, dass ich nicht mehr das liebeskranke Mädchen bin, das du früher kanntest. So bin ich nicht mehr. Es ist zu hart, Nick. Ich will jemanden, der mir alles gibt. Nicht nur Leidenschaft, sondern auch eine Zukunft. Wir sind keine Teenager mehr, und das hier ... du und ich. Das ist nicht real. Das war es nie.«

»Wir waren schon oft an diesem Punkt«, sagte Nick, steckte die Hände in die Jeans und sah ihr tief in die Augen, als wollte er nie wieder etwas anderes sehen. »Wir haben immer einen Weg zurück zueinander gefunden.«

»Dieses Mal nicht«, schwor Jenny. »Wenn du mich irgendwann in einer Bar siehst, vor einem Coffeeshop oder vor den Fahrkartenautomaten am Leicester Square, dann tu so, als würdest du mich nicht kennen. Wir müssen aufhören, uns vorzumachen, wir wären mehr als zwei vollkommen unterschiedliche Menschen, die vollkommen unterschiedliche Dinge wollen.«

»Dann liebst du mich also doch nicht. Kein bisschen.« Es klang wie eine Feststellung. Trotz Gethin und Michael hatte sie Nick immer geliebt, und das wusste er genau. Aber Jenny war es leid, Nick zu lieben. Es machte ihr bloß falsche Hoffnungen.

»Dich zu lieben macht mich nicht glücklich«, sagte Jenny und bemühte sich, jedes Wort so deutlich zu betonen, sodass es zu ihm durchdrang. Und auch zu ihr selbst. »Dabei will ich einfach nur glücklich sein.«

Mehr gab es nicht zu sagen, und so wandte sie sich ab, stieg die Treppe hoch und trat aus der U-Bahn-Station in eine Welt, in der die Luft immer noch voller Staub und Rauch war.

TEIL 9
2003

24. Dezember 2003
U-Bahn-Station Mill Hill East

27 Jenny war eine erfahrene Verhandlerin. Allein in diesem Jahr hatte sie in vier heiß umkämpften Auktionen neue Romane eingekauft.

Doch Jenny war eine Anfängerin im Vergleich zu ihrer Mutter und ihrer Schwägerin Bethany. Sie hatte gute Argumente geliefert, warum es am besten war, wenn man sie am ersten Weihnachtstag zu einer halbwegs vernünftigen Uhrzeit direkt vor der Haustür ihrer Wohnung in Kentish Town abholen würde, doch die beiden hatten sie in den Wind geschlagen.

»Glaubst du, wir haben am ersten Weihnachtstag nichts Besseres zu tun, als dich abzuholen? Wir müssen die Brotsauce kochen, den Tisch decken ...«, hatte Jackie gemeint.

»Und du willst doch sicher den Weihnachtsabend mit deiner Lieblingsnichte verbringen und ihr helfen, Mince Pies für Santa Claus vor die Tür zu stellen?«, hatte Bethany mit eingestimmt, und ihre Stimme war beinahe vor Kummer darüber gebrochen, was für eine schlechte Tante Jenny doch war.

Also hatte Jenny kapituliert. Aber nur, weil es ohnehin von Vorteil war, Jackie und Dot (die ein Jahr zuvor bei Jennys Eltern eingezogen war, nachdem diese im Erdgeschoss eine

Toilette installiert und einen Treppenlift eingebaut hatten) im Auge zu behalten. Letztes Jahr hatten sie tatsächlich die Füllung *in* den Truthahn gestopft, anstatt sie als Beilage zu servieren, und dabei völlig vergessen, dass es Leute gab, die keine Füllung mochten und auch nicht wollten, dass das Fleisch des Truthahns danach schmeckte.

Außerdem war Jenny eine vorbildliche Tante. Amelie – oder Milly, wie sie von allen genannt wurde – war achtzehn Monate alt, und mehr oder weniger die ganze Familie Richards war vernarrt in sie. Sie war immerhin das erste Enkelkind, hatte süßen Babyspeck, rosige Wangen, goldene Locken und ein sonniges Gemüt. Viel wichtiger war jedoch, dass sie Jenny vergötterte, die im Gegenzug jeden Meilenstein von Millys Entwicklung genoss – angefangen bei dem Moment, als sie zum ersten Mal mit ihren moppeligen Händchen nach einem Stofftier gegriffen hatte, bis zu dem Tag, an dem sie zahnlos an einem Stück Gurke herumgelutscht hatte. Nachdem Tim immer noch kinderlos und nicht im Geringsten an Milly interessiert war, war Jenny natürlich die klare Nummer eins.

Obwohl Milly noch viel zu jung war, um das Konzept von Weihnachten oder Santa Claus zu verstehen, machte es Jenny nichts aus, die Nacht vor Weihnachten auf dem unbequemen Sofa in Martins und Bethanys Gästezimmer zu verbringen, denn immerhin bekam sie dafür ein paar schöne Stunden mit ihrem ganz persönlichen Christkind geschenkt.

Das war also der Grund, warum Jenny am Weihnachtsabend kurz nach fünf die Leighton Road entlanghastete, schwer beladen mit ihrer Reisetasche, ihrer treuen Umhängetasche, ihrer Handtasche und zwei riesigen Einkaufstüten von *John Lewis*, die bis zum Rand mit Geschenken gefüllt waren.

Der Himmel war seit Tagen grau und farblos geblieben, und Jenny hatte langsam das Gefühl, als würde die Sonne niemals wiederkehren. Mittlerweile war es ein dunkler, kalter, feuchter Abend geworden. Die Feuchtigkeit drang durch ihre Kleider und sickerte bis in ihre Knochen. Ihre Haare kräuselten sich, und die Spitzen ihrer Stirnfransen – die sie nach mehreren Jahren wieder hatte schneiden lassen – rollten sich ein. Jenny wünschte, sie hätte die Knöpfe ihres fröhlichen roten Wintermantels geschlossen, als sie noch freie Hände gehabt hatte, doch sie wollte jetzt nicht stehen bleiben und womöglich die U-Bahn nach Mill Hill East verpassen.

Martin würde sie um halb sechs bei der U-Bahn-Station abholen und sie zu dem Haus bringen, das Bethany und er gleich die Straße hoch in Mill Hill Village gekauft hatten, sodass Jenny Milly baden und ihr anschließend noch eine Gutenachtgeschichte vorlesen konnte.

Es war paradox, dass Martin, der jugendliche Delinquent und Schulabbrecher, nun der Einzige der drei Geschwister war, der alle Anforderungen erfüllte. Er war Gebietsleiter der Immobiliengesellschaft, für die er mit siebzehn zu arbeiten begonnen hatte, und hatte gerade mit einem Freund ein Unternehmen für Grundstückserschließungen gegründet. Er hatte, was Bethany betraf, in einer viel zu hohen Liga gespielt, sie am Ende aber doch überredet, ihn zu heiraten und auch gleich für das erste Enkelkind gesorgt. Und er hatte Jackies und Alans Traum erfüllt und war mit seiner Familie nach Mill Hill Village gezogen.

Somit kämpfte Jenny mit Tim um Platz zwei. Tim war Lebensmittelwissenschaftler bei der Supermarktkette Waitrose und verschaffte Jackie Rabatte bei *John Lewis*, doch er lebte in einer Mietwohnung in Walthamstow, zusammen mit seiner Freundin Gretchen, einer humorlosen Veganerin. Gretchen hatte Jenny einmal erklärt, dass sie keine wirkliche Feministin sein konnte, solange sie roten Lippenstift trug. Es war wie damals an der Uni, und Gretchen erinnerte Jenny tatsächlich ein wenig an *Demonic* Dominic. Jedenfalls kostete Gretchen Tim einige Beliebtheitspunkte, und Jenny war sich ziemlich sicher, dass sie im Augenblick das zweitliebste Kind ihrer Eltern war.

Die U-Bahn-Station Kentish Town glich einem Windkanal, und als Jenny mit der Rolltreppe nach unten fuhr, flatterte ihr Mantel im Wind, und ihre Haare peitschten ihr ins Gesicht. Bald würde sie aussehen, als hätten Vögel in ihren Haaren Nester gebaut. Wenigstens war kein weit entferntes Rumpeln eines herannahenden Zuges zu hören, sodass sie nicht nach unten hetzen musste.

Als Jenny den Bahnsteig betrat, zeigte die Anzeigetafel zwei Züge nach High Barnet, bevor in acht Minuten eine U-Bahn nach Mill Hill East fuhr. Sie setzte sich auf eine Bank und versuchte, ihre Haare wieder in Ordnung zu bringen. Sie hätte einen Hut aufsetzen sollen. Dann zog sie ihren roten Lippenstift nach, denn die kleine Milly war immer ganz fasziniert von dem Kontrast zwischen Jennys blasser Haut und den leuchtenden Lippen, und holte ihren iPod aus der Manteltasche, um sich das neue Album *Dear Catastrophe Waitress* von *Belle and Sebastian* anzuhören. Die Band erinnerte sie an ihre Teenagerzeit und an das Schild »Indie Pop ist kein Krach«, das sie auf ihre Tür geklebt hatte, nachdem Jackie sich wieder einmal darüber beschwert hatte, wie laut ihre Musik war.

Die beiden Züge nach High Barnet fuhren in die Station ein und wieder ab, und spuckten dabei Unmengen an Menschen mit müden Gesichtern aus, die allesamt mit Einkaufstüten beladen waren, aus denen Geschenkpapierbögen ragten. Dann waren da noch die Passagiere, die mit Papierkronen auf dem Kopf unsicher über den Bahnsteig schwankten, nachdem ihr Weihnachtslunch offensichtlich bis in den Nachmittag gedauert hatte. Es war Mittwochabend, und Jennys Büro hatte bereits seit letztem Freitag bis 5. Januar geschlossen, sodass Jenny mehr als genug Zeit für ihre Weihnachtseinkäufe gehabt hatte. Tatsächlich musterte sie gerade einigermaßen selbstzufrieden ihre Tasche mit den hübsch eingepackten Geschenken, als der Zug nach Mill Hill East einfuhr.

Jenny ließ zuerst die anderen Passagiere aussteigen, aber der Waggon war trotzdem einigermaßen voll, und das würde sich bis Highgate auch nicht ändern. Sie schaffte es dennoch, einen Sitzplatz zu ergattern, stellte eine Tüte zwischen ihre Beine und die andere zusammen mit ihrer Reisetasche, der Umhängetasche und der Handtasche auf ihren Schoß.

Die Türen schlossen sich, der Zug fuhr an, *Belle und Sebastian* klangen in ihren Ohren, und Jenny schloss die Augen und ließ sich von dem vertrauten Rhythmus des Zuges und den Gedanken an die nächsten Tage einlullen. Sie würde Zeit mit ihrer Familie verbringen, mehr essen als sonst die ganze Woche, nach zahlreichen Gläsern Bailey angenehm beschwipst sein, am zweiten Weihnachtstag mit ihren Leuten Monopoly spielen und dabei wie immer in Streit geraten ...

Den Großteil ihrer Teenagerjahre und die erste Hälfte ihrer Zwanziger hatte Jenny damit verbracht, sich von ihrer Familie und den Fesseln zu lösen, die sie davon abhielten, ein eigenständiger Mensch mit einem eigenen, fabelhaften Leben werden zu können. Jetzt, in den Dreißigern, schienen diese Fesseln nicht mehr so einschneidend. Sie hatte in letzter Zeit immer mehr das Bedürfnis nach einer stärkeren familiären Bindung. Nach einem Partner und Kindern, denn mittlerweile wollte sie auf jeden Fall Kinder, und – mein Gott – Kinder brauchten ein Haus in einer Gegend mit guten Schulen, obwohl sie auf keinen Fall nach Mill Hill zurückkehren würde, ganz egal, wie viele Anspielungen Jackie und Dot machten.

Verabredungen waren nicht mehr das, was sie einmal gewesen waren. Es war beinahe unmöglich geworden, jemanden auf freier Wildbahn kennenzulernen, abgesehen von den verschrobenen Akademikern, die Kirsty und Erik ihr ab und zu vor die Nase setzten. Obwohl die beiden nach der katastrophalen Trennung von Michael – der danach die Stadt verlassen und eine Wassermühle in Shropshire gekauft hatte, die er restaurieren wollte – nicht mehr so begeistert davon waren, Jenny zu verkuppeln. »Warum verlassen alle deine Ex-Freunde die Stadt? Was machst du mit ihnen?«, hatte Kirsty sie einmal nur halb im Scherz gefragt, denn Jenny hatte ihr nichts Näheres zu den Umständen erzählt.

Der allgemeinen Meinung nach hatten die Ereignisse am 11. September in New York etwas in Jenny zerbrochen, und sie war als neuer Mensch nach Hause gekommen. Was tatsächlich der Wahrheit entsprach – aber es war genauso die Wahrheit, dass sie Michael betrogen hatte und ihn danach kaum ansehen konnte. Nachdem sie mehrere Male schon bei der kleinsten, zufälligsten Berührung zusammengezuckt war, hatten sie sich schließlich getrennt, doch erst, als sie gerade dabei waren, ihren gemeinsamen Haushalt aufzulösen, hatte sie ihm die Wahrheit gesagt und ihm erzählt, dass sie in New York mit einem anderen geschlafen hatte, ohne Namen zu nennen. Michael hatte mit eiskalter Wut reagiert, und seit dem Moment, als sie ihre Wohnungsschlüssel auf dem Tisch im Flur seines Lofts mit Blick auf den Regent's Canal abgelegt hatte, kein Wort mit ihr gesprochen. Jenny war klar, dass sie seinen Zorn verdient hatte, aber selbst jetzt – beinahe zwei Jahre später – vermisste sie Michael, seine Stabilität, seinen trockenen Humor und die Tatsache, dass sie sich immer sicher bei ihm gefühlt hatte.

Jenny hatte sich anfangs voller Enthusiasmus ins Online-Dating gestürzt, aber es war brutal dort draußen. Sie dachte immer noch mit Schrecken an ihr letztes Date mit einem Grafikdesigner aus Fulham zurück, der auf Tapas bestanden und zwei volle Stunden nur von sich geredet hatte. Der Kerl hatte Hunderte kleine Häppchen bestellt, die Jenny nicht mochte, und am Ende trotzdem darauf bestanden, dass sie sich die Rechnung teilten.

Als der Zug in die Station Tufnell Park einfuhr, geriet Jenny einen Augenblick in Panik, weil sie befürchtete, dass sie den Stollen und die Schachtel Petit Fours von *Fortnum & Mason* vergessen hatte. Dot meinte zwar, dass die Petit Fours von *Marks & Spencer* genauso lecker schmeckten, aber sie freute sich jedes Mal, wenn Jenny vor Weihnachten eigens zu *Fortnum & Mason* fuhr, um die grässlichen Marzipan-törtchen zu kaufen. »Die Queen höchstpersönlich kauft dort ein!«, rief sie jedes Mal. »Vielleicht isst sie genau in die-sem Moment dieselben Petit Fours wie ich!«

Die *Fortnum-&-Mason*-Tüte steckte ganz unten in der *John-Lewis*-Tasche auf ihrem Schoß. Jenny ließ sich mit ei-nem erleichterten Seufzen zurückfallen, während noch mehr Leute ausstiegen und langsam etwas mehr Platz wurde. Ihr Blick wanderte den Waggon entlang, und ... und ... ihr Herz setzte aus.

Es war ein vertrautes Gefühl. Es gab Tausende – wirklich Tausende – dunkelhaarige Männer in London. Große Männer mit langen Beinen und dunklen Haaren. Männer mit einer gewissen Körperhaltung. Und einer davon trug ab und zu sogar eine marineblaue Manhattan-Portage-Tasche über der Schulter. Sie war einmal hinter einem Mann mit der richtigen Größe, der richtigen Statur und der richtigen Haarfarbe hergegangen, der eine Carhartt Jeans trug, und sämtliche Muskeln in ihrem Körper hatten sich angespannt, aber er war es nicht gewesen. Es war noch kein einziges Mal Nick gewesen.

An einem Montagmorgen vor einiger Zeit hatte Jenny die Medienrubrik des *Guardian* aufgeschlagen, und sein Gesicht hatte ihr entgegengelacht. Offenbar hatte er seinen Job als Chefredakteur aufgegeben, um zu seinen journalistischen Wurzeln zurückzukehren und ein neues Musikmagazin samt eigener Website zu lancieren.

Und an einem Sonntag vor ein paar Monaten hatte Jenny gerade ihr Schlafzimmer neu gestrichen und dabei *Radio Four* gehört – weil sie mittlerweile ebenfalls zu den Menschen gehörte, die *Radio Four* hörten –, als plötzlich seine Stimme aus ihrem Roberts-Radio drang. Er sprach über den Tod von Johnny Cash und das Erbe, das er hinterließ, und Jenny musste die ganze Bodenleiste noch einmal streichen, nachdem sie graue Farbe darauf verschüttet hatte.

Es hatte in den letzten beiden Jahren viele solcher Momente gegeben, in denen Jennys Herz Amok gelaufen war. Doch irgendwann hatte es wieder zur Ruhe gefunden, und so war es auch jetzt.

Sie stellte die Lautstärke ihres iPods neu ein und sah in ihrer Manteltasche nach der U-Bahn-Fahrkarte, doch als sie schließlich in der Station Archway hielten und sie hinter den aussteigenden Passagieren sicher verborgen war, wagte sie einen neuerlichen Blick.

O Gott. Er war es tatsächlich. Nick. Er saß einige Meter entfernt mit seinen eigenen Einkaufstüten und einer Reisetasche aus Leder auf dem Schoß. Offenbar wollte er Weihnachten ebenfalls zu Hause verbringen. Jennys Herz setzte nicht nur aus, sondern vollführte einen seltsamen Tanz in ihrer Brust, während sie tiefer in ihren Sitz sank.

Sie hatte sich damit abgefunden, dass es zwar das Beste war, ihn nicht zu sehen und sich nie wieder mit ihm einzulassen, dass sie aber dennoch für den Rest ihres Lebens ein klein wenig in Nick Levene verliebt sein würde. Wobei sie nicht damit gerechnet hatte, mit ihm zusammen in einer U-Bahn zu sitzen und dasselbe Ziel anzufahren.

Einen Moment lang gab Jenny sich der Hoffnung hin, dass Nick nicht nach Mill Hill East unterwegs war, um zu Hause Weihnachten zu verbringen. Immerhin waren die Levenes Juden, und vielleicht war er von Stoke Newington fortgezogen, nachdem er sich von Honey getrennt hatte. Es war sechs Monate nach ihrem Einzug in das große Haus passiert. Jenny kannte kaum Details, denn zu diesem Zeitpunkt hatte sie Lyttons bereits verlassen und war nicht mehr länger Honeys Lektorin (eine Tatsache, die vielleicht bei der Entscheidung eine Rolle gespielt hatte, doch zu einem der Top-Fünf-Verlage zu wechseln, obwohl sie Freunden und Familie immer glaubhaft versichert hatte, dass der einzige Weg, es bei Lyttons noch weiter nach oben zu schaffen, eine Heirat in die Familie Lytton war – »und der einzige geeignete Kandidat dafür wäre der noch nicht einmal siebzehnjährige Charlie Lytton!«). Es war nicht allzu weit hergeholt, dass Nick im schicken Crouch End oder in Muswell Hill wohnte, die zwar keine U-Bahn-Anbindung hatten, aber von Highgate aus erreichbar waren.

Jenny zwang sich, nicht noch einmal nach links zu

schauen, doch als der Zug in die Station Highgate einfuhr, zog sich ihr Magen vor Erwartung schmerzhaft zusammen.

Sie wagte einen kurzen Blick, aber Nick rührte sich nicht, obwohl die cremefarbenen und mintgrünen Fliesen der Station bereits vor den Fenstern auftauchten.

Nick war nicht der Typ für das spießige East Finchley, und auch das noch viel spießigere Finchley Central kam nicht infrage. Also war er wohl tatsächlich nach Mill Hill East unterwegs, zu jener winzigen Station an einem Seitenarm der Northern Line, wo es nur einen Bahnsteig, eine kurze Treppe und eine kleine Fahrkartenhalle gab und wo es unmöglich war, jemandem aus dem Weg zu gehen.

Die meisten Passagiere stiegen in Highgate aus, und der Waggon war beinahe leer. Jenny hielt den Blick nach vorne gerichtet und betrachtete starr ihr angespanntes Gesicht in der spiegelnden Scheibe, als der Zug sich wieder in Bewegung setzte. Sie hoffte und fürchtete zugleich, dass Nick sie sah und dass er, trotz der Anweisung, die sie ihm beim letzten Mal gegeben hatte (nämlich einfach an ihr vorbeizugehen, wie in dem Song von Dionne Warwick), plötzlich ihr gegenüber Platz nehmen und sie ansprechen würde.

Doch er tat nichts dergleichen, und als sie East Finchley erreichten, wanderte ihr Blick wie von selbst erneut in seine Richtung. Vielleicht stieg er doch hier aus, denn in zwei Jahren konnte sich viel ändern. Vielleicht war er verheiratet, hatte eine eigene Familie und war in einen gefragten Vorort Nordlondons gezogen, der sein eigenes Independent-Kino besaß.

Nick sah ihr direkt in die Augen, und während ihr Herz zuerst aussetzte und dann erneut zu einem chaotischen Tanz ansetzte, und ihre Wangen glühten, nickte er knapp.

Ich sehe dich.

Dann wandte er den Blick ab.

Der Zug fuhr kurz vor Finchley Central aus dem Tunnel, und obwohl es draußen dunkel war, blinzelte Jenny, als wären sie ins helle Licht gefahren. Sie überlegte, ob sie aussteigen und auf den nächsten Zug warten sollte, aber der kam erst in fünfzehn Minuten, und außerdem war sie eine erwachsene Frau und würde eine kurze Begegnung mit Nick sicher überstehen.

Der Rest war unvermeidlich. Kurz darauf hielt der Zug in Mill Hill East, und Jenny wusste nicht, ob sie sich besser Zeit lassen oder den Waggon so schnell wie möglich verlassen sollte. Sie packte ihre Sachen, versuchte, sich selbst ebenfalls in den Griff zu bekommen, und trat zur gleichen Zeit aus dem Waggon wie Nick, der die Tür am anderen Ende genommen hatte.

Sie war ein ganzes Stück vom Ausgang entfernt und beschleunigte ihre Schritte, bis sie in der Schlange der ausgestiegenen Passagiere stecken blieb, die sich vor der Treppe gebildet hatte. Jenny sah nicht zurück, doch der Moment, in dem Nick schließlich zu ihr aufschloss, war ihr mehr als bewusst. Sie spürte es in jedem einzelnen Atom und Molekül in ihrem Körper, und sie glaubte, seinen Atem in ihrem Nacken zu spüren.

Sie nahm die Treppe in Angriff und wurde von den Menschen durch die Fahrkartenhalle und nach draußen zur Bushaltestelle geschoben, wo gerade zwei Busse hielten. Es gab ein kurzes, aber harmloses Gedränge, als sich die Menge teilte und zum jeweils richtigen Bus ging, doch Nick war in keiner der beiden Gruppen zu sehen, obwohl ihn sowohl die Linie 221 als auch die Linie 240 inklusive eines dreiminütigen Fußmarsches bis zu dem großen Arts-&-Crafts-Haus

geführt hätte, in dem seine Eltern vermutlich immer noch wohnten.

Nein, Nick stand neben ihr vor dem Eingang der Station, während sie vergeblich nach Martins Auto Ausschau hielt.

Er folgte ihr ins Bushäuschen und setzte sich neben sie. Jenny fühlte sich winzig klein neben ihm, sehnte sich aber gleichzeitig danach, dass er sich zu ihr umwandte und die magischen Worte sagte, die alles verändern würden, auch wenn sie immer noch ihre Kopfhörer in den Ohren hatte und *Belle and Sebastian* hörte, die genauso gut Walgesänge von sich geben hätten können, nachdem sie absolut nichts von ihrer Musik mitbekam.

Aber sie sprachen nicht mehr miteinander. Sie hatten eine Vereinbarung getroffen. Wobei die Hand, die Nick plötzlich auf ihr Knie legte, definitiv gegen diese Vereinbarung verstieß.

Jenny sah auf seine langen Finger hinunter, die sich durch ihren dicken Wollmantel und ihre Jeans brannten. Sie hätte seine Hand von sich stoßen können, doch stattdessen legte sie ihre Hand auf seine, und ihre Haut berührte sich, denn die Zeit, die Entfernung, die bösen Worte und die Tatsache, dass sie nie zur richtigen Zeit am richtigen Ort waren, änderten nichts daran, dass sie ihn liebte.

Jenny hatte keine Ahnung, wie lange sie so dasaßen. Genauso, wie sie wusste, dass ihre Liebe für Nick nie verschwinden würde, war ihr auch klar, dass sie ihr Glück im Leben immer daran gemessen hatte, ob sie es ertrug, ihn wiederzusehen. Würde es sie endgültig zugrunde richten? Oder würde sie es beiseiteschieben, als hätte es keinerlei Bedeutung?

Die Wahrheit lag wie immer irgendwo dazwischen, aber sie war froh, wieder bei ihm zu sein und ihn zu berühren, bis sie schließlich das fröhliche Hupen eines Autos hörte und ein silberner Wagen auf den Vorplatz der U-Bahn-Station bog.

Sie drückte für einen Sekundenbruchteil seine Hand, dann nahm sie ihre Hand von seiner und stand auf, als Martin vor ihr hielt. Er beugte sich zur Beifahrertür und öffnete sie, und ein Schwall warmer Luft schlug ihr entgegen. Jenny öffnete die hintere Tür, legte ihre Taschen ins Auto, zog ihre Kopfhörer aus den Ohren und stieg ein. Martin ermahnte sie, sich zu beeilen, und sie war sich sicher, dass Nick etwas sagte, das beinahe in dem scharfen Wind verloren ging, der sie zwang, die Autotür, so schnell es ging, zu schließen.

Etwas, das geklungen hatte, wie: »Ich vermisse dich.«

TEIL 10
2005

7. Juli 2005
U-Bahn-Station Kentish Town

28

Als Jenny an diesem Morgen zur U-Bahn-Station Kentish Town kam, war die Northern Line außer Betrieb. Das war ärgerlich – sogar mehr als ärgerlich –, aber nichts Neues. Später fand Jenny heraus, dass es keinen unheilvollen Grund gab, warum die Northern Line an diesem Dienstagmorgen außer Betrieb war. Sie war bloß eine alte, störrische und fehleranfällige U-Bahn-Linie, die aus gutem Grund von vielen Londonern *Misery Line* genannt wurde.

Jenny überlegte, mit dem Thameslink nach King's Cross zu fahren und dort in die U-Bahn umzusteigen, doch dabei ging so viel Zeit verloren, dass sie sich dagegen entschied. Nachdem einige Busse voll besetzt an ihr vorbeigefahren waren, schaffte sie es, sich in einen Bus der Linie 134 zu quetschen, der sie bis in die New Oxford Street bringen würde. Von dort waren es zu Fuß nur fünf Minuten zu ihrem Büro am Rande von Covent Garden.

Sie hatte erneut den Job gewechselt. Dadurch war sie von der Programmleiterin zur Verlagsleiterin aufgestiegen und hatte inzwischen die volle editorische Kontrolle über ein neues Verlagsimprint, das auf Wiederveröffentlichungen spezialisiert war und das Jenny nach der Göttin der

Weisheit *Athena* getauft hatte. Athena war auf der Suche nach Büchern von Autorinnen, die unverschuldet aus den Verlagsprogrammen gefallen waren, und legte diese neu auf. Jennys erste Titel waren die erotischen Memoiren einer viktorianischen Kurtisane, der eine Liebelei mit dem Prinzen von Wales nachgesagt worden war, und ein Roman über das Leben in einem kleinen englischen Dorf aus Sicht der Pfarrersfrau gewesen. Jenny lebte einen Traum, und auch wenn sie die glücklichste Zeit ihrer Karriere bei Cavanagh Morton verbracht hatte, kam diese Arbeit gleich danach an zweiter Stelle. Außerdem hatte sich Jenny mittlerweile an einen gewissen Lebensstandard gewöhnt, den sie mit dem Gehalt einer Buchhändlerin niemals aufrechterhalten hätte können.

Während der Bus die Kentish Town Road entlangkroch, versuchte Jenny sich in das vergilbte Buch zu vertiefen, das Hetty Cavanagh ihr vor ein paar Wochen nach einem gemeinsamen Mittagessen geliehen hatte und das vielleicht in das Programm von *Athena* passte. Sie stand eingeklemmt zwischen einem Kinderwagen und der Treppe ins obere Deck und hoffte inständig, dass die meisten Passagiere in Camden Town aussteigen würden. Das taten sie, und Jenny ergatterte einen Sitzplatz.

Der Verkehr kam immer wieder zum Erliegen, und sie seufzte und teilte ein gequältes Lächeln mit der Frau neben ihr, bevor sie sich wieder dem Buch zuwandte. Es war ein im Selbstverlag erschienenes Tagebuch einer Debütantin, die während des Zweiten Weltkrieges in Chelsea als Krankenwagenfahrerin gearbeitet hatte. Es war fesselnd, aber nicht fesselnd genug, um Jenny von der Tatsache abzulenken, dass sie in einem Bus festsaß, während um sie herum Autos hupten, Sirenen heulten und die Minuten verrannen. Sie hatte um zehn ein wichtiges Meeting, und es war bereits neun Uhr dreißig. Normalerweise war sie um neun im Büro.

Sie krochen am University College Hospital vorbei, wo unzählige Krankenwagen vor der Einfahrt zur Notaufnahme warteten.

»Glauben Sie, dass es einen Unfall gab?«, fragte die Frau neben Jenny und brach damit die oberste Pendlerregel, die besagte, dass man einander nicht ansprach.

»Vielleicht. Das würde den Verkehr erklären. Und die Sirenen.« Jenny seufzte erneut. »Das ist doch lächerlich. Da bin ich ja zu Fuß schneller.«

Als der Bus an der nächsten Haltestelle hielt, stieg sie aus und machte sich auf den Weg die Gower Street entlang. Die Gower Street war eine ihrer Lieblingsstraßen in ganz London, denn hier gab es mehr blaue Denkmalschutzplaketten als irgendwo sonst. Die präraffaelitische Bruderschaft, Charles Darwin, Dame Millicent Garrett Fawcett (Jenny verbeugte sich jedes Mal in Gedanken vor der Heldin der Frauenrechtsbewegung, wenn sie an ihrem Haus vorbeiging) und Lady Ottoline Merril, literarische Gastgeberin, waren nur einige der bedeutendsten Bewohner und Bewohnerinnen dieser Straße gewesen. Jenny stellte sich gerne vor, wie sie einander auf der Straße begegnet waren, Höflichkeiten über das Wetter ausgetauscht und sich vielleicht sogar über die Vorkommnisse im Haus der Bruderschaft beschwert hatten, doch heute blieb keine Zeit für derartige Tagträume. Sie eilte die Straße hinunter und versuchte, nicht zu viele Abgase einzuatmen, während um sie herum Motoren brummten und Hupen dröhnten.

Obwohl sie mittlerweile wirklich spät dran war, schaute Jenny kurz in dem *New Era Café* an der Ecke vorbei und kaufte sich wie üblich einen Cappuccino und Vollkorntoast mit Erdnussbutter. Dann eilte sie zur Verladerampe an der Rückseite des Verlagsgebäudes, vorbei an den Kollegen, die bereits für die erste Zigarette des Tages vor die Tür getreten waren. Jenny war seit etwas mehr als fünf Jahren rauchfrei und warf den Rauchern im Vorbeigehen unwillkürlich einen vorwurfsvollen Blick zu.

Sie betrat den Aufzug um Viertel nach zehn zusammen mit zwei Praktikantinnen aus der Werbeabteilung, die ihr erzählten, dass es auf der Piccadilly Line zu einer Stromabschaltung gekommen war und sie von Green Park aus zu Fuß gehen mussten.

»Seltsam«, meinte Jenny stirnrunzelnd. »Die Northern Line war ebenfalls außer Betrieb, und ich glaube, in Euston gab es einen Verkehrsunfall. Die Busfahrt hierher war ein Albtraum.«

Die beiden nickten respektvoll, denn Jenny war nicht nur eine echte Erwachsene, sondern gehörte auch zum Führungsteam des Verlages.

»Dann bekommen wir also keine Schwierigkeiten, weil wir zu spät sind?«

Nachdem Rosie, die Leiterin der Werbeabteilung, die gerne Party machte und jeden unter den Tisch trank, nie vor zehn Uhr dreißig auftauchte, würden die beiden ungeschoren davonkommen.

»Ach, und Cara, die Idee für die Leseproben des Krimibestsellers im Herbstprogramm war echt gut! Ich hoffe, die Marketingabteilung kann personalisierte Ketchup-Tüten organisieren«, meinte Jenny, als sie im vierten Stock angekommen waren. »Und jetzt sehen wir mal, wie viele fehlen.«

Die beiden Praktikantinnen machten sich nach links auf den Weg in ihre Abteilung, während Jenny nach rechts ins Lektorat abbog, das beinahe menschenleer war. Sie eilte ins

Besprechungszimmer, aber auch hier war niemand zu sehen. Was hoffentlich bedeutete, dass das Meeting nach hinten verschoben worden war, und nicht, dass die anderen in zwanzig Minuten alles besprochen hatten. So etwas war allerdings noch nie vorgekommen und hätte ihnen wohl einen Eintrag ins *Guinnessbuch der Rekorde* eingebracht.

Am Ende setzte sie sich auf eines der Sofas im Aufenthaltsbereich des Großraumbüros, wo sie mit Ekow, ihrem Assistenten, und Gauri, einer Einkäuferin, über die nervenaufreibende Anfahrt sprach.

»... also beschloss ich, dass ich zu Fuß am schnellsten bin«, erinnerte sich Jenny gerade, als Alison, die persönliche Assistentin des Geschäftsführers, durch das leere Büro auf sie zukam.

»Daniel verspätet sich«, erklärte sie ihnen. »Er hat gerade angerufen. Es gab eine Explosion in der Station Liverpool Street, und alles wurde evakuiert. Sie glauben, dass es an der Gasleitung liegt.«

»Was ist heute bloß los?«, fragte Jenny. Die anderen zuckten mit den Schultern, doch Jenny überkam eine Art Déjà-vu, und sie schob ihren Toast mit Erdnussbutter beiseite. Ihr Mund war plötzlich so trocken, dass der letzte Bissen zu einem Klumpen geworden war. »Wir sollten die Nachrichten einschalten.«

Sie führte die anderen zu dem Fernseher an der Wand des Besprechungszimmers. Am Vortag hatte sich die gesamte Belegschaft hier versammelt, um die Entscheidung über den Austragungsort der Olympischen Spiele 2012 anzusehen, und als London den Zuschlag erhalten hatte, hatten sie gejubelt und mit lauwarmem Prosecco angestoßen.

Nur waren sie in wesentlich geringerer Anzahl zurückgekehrt, und Ekow kämpfte mit der Fernbedienung, bis der

Fernseher endlich zum Leben erwachte und eine Eilmeldung der BBC das Chaos auf einer offenbar englischen Straße einfing. Benommene Pendler, Krankenwagen, Polizisten und unzählige Leute in Signalwesten.

»Die Polizei gibt an, dass eine plötzliche elektrische Leistungsspitze zu weiteren Zwischenfällen führte, die wiederum mehrere Explosionen zur Folge hatten«, erklärte die Nachrichtensprecherin forsch.

»*Zwischenfälle? Es gab also mehrere davon?*«, fragte Gupta. »Ich hoffe, meinem Mann geht es gut. Die Liverpool Street liegt auf seinem Weg.«

»Es geht ihm sicher gut, aber du solltest ihn vielleicht anrufen«, meinte Jenny und schlang die Arme um die Mitte. Ihr war plötzlich eiskalt. Sie wusste nicht, was passiert war, aber sie war überzeugt, dass es sich nicht um eine elektrische Leistungsspitze handelte. Sie hatte das alles schon einmal erlebt.

Die Kamera schwenkte zu zwei Männern, die mit einer leeren Krankentrage eine Straße hinuntereilten, dicht gefolgt von Krankenhausmitarbeitern mit Rollkästen voller medizinischer Gerätschaften. Die gedämpfte Stimme des Außenreporters erklang. »Es gab einen sehr lauten Knall. Der Zug ist entgleist. Überall war Rauch. Es sind jede Menge Verletzte dort unten. Sehr viele Kopfverletzungen.«

»Zwei Züge stecken in der Nähe der Edgware Road im Tunnel fest. Es ist noch nicht bekannt, ob sie kollidiert sind und ob sich noch Passagiere in ihnen befinden.«

Jenny erinnerte sich, wie es damals war, auch wenn sie mit aller Macht versuchte, nicht daran zu denken. Sie hörte dasselbe Luftschnappen, dasselbe gedämpfte Schluchzen, und sie wollte unter den Tisch kriechen und nie wieder herauskommen, aber das ging nicht.

Nachdem der Geschäftsführer nicht anwesend war und auch alle anderen Abteilungsleiter fehlten, war sie die Verantwortliche.

Jenny klatschte in die Hände, um die anderen aus ihren düsteren Gedanken zu reißen. »Wir sollten alle erst einmal zu Hause anrufen. Sagt euren Partnern und Eltern, dass es euch gut geht. Alison, mach doch bitte eine Liste, wer noch nicht hier ist, dann teilen wir sie nachher unter uns auf und klemmen uns hinter die Telefone.«

Die anderen murmelten zustimmend, aber es sollte noch schlimmer kommen.

»Gerade haben wir die Meldung erhalten, dass ein Bus in der Innenstadt bei einer Explosion auseinandergerissen wurde.«

Jenny hatte das Gefühl, als wäre etwas in ihr ebenfalls auseinandergerissen, als sie die Bilder des großen roten Busses sahen, der genauso ein Symbol für London war wie die roten Telefonzellen, die schwarzen Taxis und die Wachablöse. Das Dach und beide Seitenteile waren fortgerissen.

Jenny ging in ihr Büro, und einen Moment lang raubten ihr die Tränen jede Sicht. Sie sehnte sich danach, die Tür hinter sich zu schließen, doch sie ließ sie geöffnet. Ihr Telefon blinkte. Unzählige Sprachnachrichten waren eingegangen. Gott sei Dank gab es Rückmeldungen von zahllosen Kollegen, die es irgendwann aufgegeben hatten, ins Büro zu kommen, und wieder nach Hause zurückgekehrt waren. Außerdem gab es unzählige panische Nachrichten von Freunden und der Familie, die wissen wollten, ob Jenny in der Nähe der Explosionen gewesen war.

»Mum, es geht mir gut. Wirklich«, versicherte Jenny, sobald sie das schrille »Jenny? Bist du das?« ihrer Mutter hörte.

»Sind bei dir alle okay? Ja? Gut. Ich muss mich jetzt um die Leute im Büro kümmern. Aber mir geht es gut.«

»Das hast du beim letzten Mal auch gesagt, dabei ist es dir absolut nicht gut gegangen«, erinnerte Jackie sie. Jenny hatte sich vorgenommen, ihren Eltern nie zu erzählen, was sie an jenem Tag gesehen hatte. Doch schon fünf Minuten nach ihrer Rückkehr aus New York war sie in Tränen ausgebrochen und hatte ihnen alles gesagt. Nun ja, *fast* alles.

»Ich bin heute nicht mit der U-Bahn gefahren. Ich musste zuerst den Bus nehmen, und dann bin ich zu Fuß gegangen. Ich bin unversehrt«, versicherte ihr Jenny, und nachdem sie keine Zeit für weitere zehn Minuten voller »Ich will dich nicht aufhalten, aber …« hatte, fügte sie hinzu: »Kannst du die anderen anrufen und ihnen sagen, dass alles okay ist? Dad, Gran, Bethany und … o Gott, ich kann es kaum fassen, aber sogar Gretchen hat mir eine Nachricht hinterlassen.«

»Das sieht ihr gar nicht ähnlich«, murmelte Jackie düster, doch bevor sie sich darüber auslassen konnte, was Gretchen sehr wohl ähnlich sah, hatte Jenny bereits aufgelegt.

Es war ein schrecklicher, chaotischer Tag. Glücklicherweise hatten sie irgendwann alle nicht erschienenen Kolleginnen und Kollegen erreicht. Diejenigen, die es ins Büro geschafft hatten, wanderten herum und schienen nicht fähig, sich auf etwas zu konzentrieren. Jenny bekam E-Mails und Anrufe von Leuten, mit denen sie schon seit Monaten nicht mehr gesprochen hatte, und die alle sicherstellen wollten, dass es ihr gut ging. Es kam sogar eine kurze, aufrichtige Nachricht von Michael, von dem sie schon seit Jahren nichts mehr gehört hatte, und auch Gethin schrieb eine E-Mail aus Swansea, wo er den Kunstzweig der Gesamtschule leitete.

Das war das Besondere an einer derartigen Tragödie, die wie aus dem Nichts kam und die etwas so Nüchternes, Gewöhnliches, wie den Weg zur Arbeit, den tagtäglich Millionen Menschen in London auf sich nahmen, in etwas Grauenerregendes und Todbringendes verwandelte. Es rückte das, was wirklich zählte, in den Fokus. Die Streitigkeiten, die Trennungen, die Beziehungen und Freundschaften, die im Sand verlaufen waren – all das war nicht mehr wichtig. Wichtig war, dass die Leute, mit denen man einmal zusammengearbeitet oder zusammengewohnt hatte, die man mochte oder vielleicht sogar liebte, okay waren. Nein, nicht okay. Am Leben reichte bereits.

Und als Jenny das Gespräch mit Phil Gill beendete – ja, selbst ihr ehemaliger Boss hatte sie angerufen und den Nerv besessen zu sagen: »Ich wusste schon immer, dass Sie es schaffen, Jennifer. Und ich stelle mir gerne vor, dass Sie einen kleinen Teil davon auch meiner professionellen Anleitung zu verdanken haben« –, dachte sie vor allem an Nick.

Natürlich tat sie das. Wohnte er immer noch in Stoke Newington? Arbeitete er in der Stadt? War er heute mit der U-Bahn gefahren? Ging es ihm gut? Bitte, es musste ihm gut gehen. Jennifer konnte sich eine Welt ohne Nick nicht vorstellen. Sie konnte sich nicht vorstellen, dass nie wieder die Möglichkeit bestehen könnte, ihn in einem vollgestopften U-Bahn-Waggon oder auf der anderen Seite des Bahnsteiges zu entdecken. Es war zu schrecklich und herzzerreißend, um darüber nachzudenken.

Sie überlegte, noch eine E-Mail an George zu schreiben, dem sie erst vor einer halben Stunde auf seine E-Mail geantwortet hatte. Sie konnte ihn fragen, ob Nick sich bei ihm gemeldet hatte, doch dann entschied sie, dass alles, was zwischen ihnen passiert war, und die Distanz, die sich zwischen ihnen gebildet hatte, heute keine Rolle spielte.

Jenny hatte zwar seine Telefonnummer und die E-Mail-

Adresse aus ihren Kontakten gelöscht, aber sie kannte beides auswendig. Es war ein Leichtes, ihm eine E-Mail und eine gleichlautende Nachricht zu schreiben:

Ich hoffe, es geht dir gut. Jx

Als er sich bis drei Uhr nachmittags nicht gemeldet hatte, spürte sie, wie langsam Panik in ihr hochstieg. Natürlich schwieg ihr Telefon ausgerechnet jetzt, als wollte es sie verhöhnen, und es spielte keine Rolle, wie oft sie ihren E-Mail-Account aktualisierte, es fand sich keine E-Mail von Nick mit den Worten »Klar, geht es mir gut, sei kein Frosch, Jen« in ihrer Inbox. Jenny schrieb nun doch eine E-Mail an George und fragte ihn nach Nick, und als er nach zehn Minuten noch nicht geantwortet hatte, rief sie ihn an und erfuhr von seiner Sekretärin, dass er den halben Nachmittag in einem Meeting war.

Mittlerweile war offensichtlich, dass Jenny und der Rest der Belegschaft an diesem Tag nichts mehr erledigen würden. Nach einer kurzen Diskussion mit Daniel, der zumindest abhob, schickte Jenny die Leute nach Hause und gab ihnen bis zum darauffolgenden Montag frei.

Der gesamte öffentliche Verkehr in London stand still, es fuhren weder U-Bahnen noch Busse, was bedeutete, dass sämtliche Arbeitskräfte aus der Innenstadt zu Fuß nach Hause mussten, und das war eine beängstigende Vorstellung, vor allem, wenn man in einem der äußersten Bezirke wohnte. Ein großer Teil der jüngeren Kolleginnen und Kollegen machte sich zusammen auf den Weg zu Ekows Wohngemeinschaft in der Great Titchfield Street und würde sich auf dem Weg wohl noch mit billigem Alkohol eindecken.

Jenny verließ das Büro als Letzte. Sie brauchte zehn Sekunden, um auf Yahoo die richtige Adresse herauszusuchen, dann trat sie durch die Drehtür auf die Shaftesbury Avenue.

Es war ein fünfminütiger Spaziergang. Sie arbeiteten nur fünf Minuten voneinander entfernt, und doch war sie ihm nie über den Weg gelaufen oder hatte ihn aus der Ferne gesehen, wenn sie auf der Charing Cross Road in der Buchhandlung stöberte oder in der Tottenham Court Road einkaufte. Und sie hatte ihn auch nie auf dem Weg zur U-Bahn, auf der Rolltreppe oder im selben Waggon gesehen, obwohl sie sich über die Jahre immer wieder dort begegnet waren.

Dieses Mal war nichts dergleichen geschehen.

Jenny eilte zur Hanway Street, einer kleinen Straße, die die Oxford Street mit der Tottenham Court Road verband, und einer ihrer alten Schlupfwinkel. Als Teenager waren sie in die Hanway Street gekommen, um die winzigen, vollgestopften Plattenläden zu durchstöbern, und in den wilden Zwanzigern hatten sie sich in *Brandley's Spanish Bar* bis zur Besinnungslosigkeit betrunken, weil dort länger als sonst wo Alkohol ausgeschenkt wurde. Jenny konnte sich sogar noch unscharf daran erinnern, nach der Sperrstunde an eine der nichtssagenden Türen entlang der Straße geklopft zu haben, um in einem zu einem illegalen Treffpunkt umgewandelten Vorzimmer weiterzufeiern.

Ihre Leber verkrampfte sich bei der Erinnerung daran, aber je weiter sie kam und je mehr Hausnummern sie las, desto stärker zogen sich auch ihre anderen inneren Organe zusammen. Sie hatte Angst, dass er nicht da sein würde. Und Angst, dass er da war und es zu schwierig und schmerzhaft werden würde – wobei sie damit zurechtkäme, solange es ihm nur gut ging.

Ein Stück die Straße hinunter öffnete sich eine Tür, und eine kunterbunte Truppe von etwa zehn Personen trat heraus. Nick bildete das Schlusslicht.

Jenny seufzte tatsächlich erleichtert auf, als sie ihn sah, obwohl ihr Herz warnend zu klopfen begann.

Er war okay. Nick war immer noch da, und ihre Welt war immer noch in Ordnung. Sie konnte wieder gehen. Hier gab es nichts mehr zu sehen. Es bestand kein Grund, noch länger hier herumzustehen.

Doch Jenny rührte sich nicht, sondern sah zu, wie Nick die Leute vor sich weitertrieb.

Die meisten sahen aus wie Teenager, und er sprach auf besonnene, onkelhafte Art mit ihnen, die ihn in einem neuen Licht erscheinen ließ. »Gut, ihr wisst also, wo ihr hinmüsst, ja? Charlie, hast du die Straßenkarte?«

»Ja, Dad«, rief ein besonders jung aussehender Kerl, der nicht viel älter als zwölf sein konnte.

»Ich schätze, wenn ihr es bis Vauxhall schafft, könnt ihr dort in den Bus umsteigen.« Nick zuckte mit den Schultern und grinste. »Oder ins Pub gehen.«

»Kommst du denn nicht mit?«, fragte eines der Mädchen, und Jennys Herz setzte aus. Hatte Nick etwa etwas mit diesen lächerlich jungen *Kindern?*

Nick schüttelte den Kopf. »Südlich der Themse?«, fragte er ungläubig, dann reckte er die Faust in die Luft. »Nordlondon, bis in den Tod!«

Die Freunde, Kollegen oder Kinder auf Schulausflug machten sich fröhlich murrend auf den Weg und ließen Nick alleine zurück. Er warf einen Blick auf sein Telefon, dann sah er auf und entdeckte Jenny, die sich noch immer nicht vom Fleck gerührt hatte.

7. Juli 2005
U-Bahn-Station Tottenham Court Road

29 Jenny hatte oft darüber nachgedacht, was passieren würde, wenn sie sich wiedersahen, vor allem nach ihrer Begegnung in Mill Hill East. Sie hatte sich vorgestellt, dass es einigermaßen grässlich werden würde, aber heute war kein normaler Tag. Heute konnte Jenny direkt in Nicks weit geöffnete Arme treten, die sich eine Sekunde später um sie schlossen. Und sie konnte ihn ebenfalls umarmen – sogar etwas fester als unbedingt nötig – und ihr Gesicht an seine Schulter drücken. Er roch anders. Offenbar hatte er das Rauchen aufgegeben und das Aftershave gewechselt. Aber er fühlte sich immer noch an wie früher: ein wenig knochig und so, als wollte er sich jeden Moment aus ihrer Umarmung lösen.

Doch er tat nichts dergleichen. Stattdessen drückte er ihr einen Kuss auf den Scheitel und sagte: »Da bist du ja.«

»Und da bist du.« Jenny umarmte ihn noch fester. »O Nick, ich habe mir solche Sorgen um dich gemacht. Ich bin so froh, dass es dir gut geht.«

»Mir geht es gut, aber wenn du mich weiter so fest drückst, brichst du mir die Rippen«, erwiderte Nick amüsiert, als Jenny ihn widerstrebend losließ.

»Ich dachte, du wärst tot, du Arsch!«, fauchte sie und verpasste ihm einen Schlag auf den Arm. »Warum hast du nicht zurückgeschrieben?«

»Hey! Aua!« Nick rieb sich übertrieben schmerzerfüllt den Arm. »Schon seltsam, dass wir uns gerade hier und heute über den Weg laufen.«

»Ich bin auf dem Nachhauseweg. Ich nehme immer die Abkürzung über die Hanway Street. Da sind weniger Leute«, log Jenny.

»Okay – und ich habe deine Nachricht gerade erst gesehen.« Nick hielt sein Handy hoch. Seine Haare waren gnadenlos kurz geschoren, und sein Gesicht wirkte dadurch dünner und verhungerter. Er trug seine übliche, in Medienkreisen offenbar vorgeschriebene Uniform: Adidas Superstars, Carhartt-Jeans und ein Retro-Shirt, dieses Mal mit dem *Trojan-Records*-Logo. »Es war ein harter Tag. Wir haben ewig nach einem unserer Leute gesucht. Haben stundenlang alle seine Freunde und Bekannten durchtelefoniert und anschließend die Krankenhäuser.«

»O mein Gott«, murmelte Jen, denn sie hatte Nicks Schweigen auf sich bezogen, obwohl er etwas wirklich Grässliches erlebt hatte. »Ich hoffe, er ist okay?«

»Ja, es geht ihm gut. Der dumme Arsch hat es nicht ins Büro geschafft, also ist er nach Hause, hat sein Telefon ausgemacht und sich wieder im Bett verkrochen.« Nick verdrehte die Augen. »Warum sträuben sich die Kids heutzutage derart, ans Telefon zu gehen?«

»Ja, wirklich«, stimmte Jenny ihm eifrig nickend zu. »Ich schaffe es noch immer nicht, das Telefon *nicht* abzuheben, wenn es klingelt.«

»Außerdem waren wir in den Zwanzigern sicher nicht derart hilflos. Mein Team ist super und mit vollem Einsatz dabei, aber es fehlen ihnen einfach die grundlegenden Alltagsfähigkeiten. Es ist, als müsste man eine Horde Katzen bändigen.«

Jenny nickte. »Meine Leute sind absolut nicht belastbar. Ich habe meinem Assistenten neulich erklärt, dass ich in seinem Alter drei Jobs hatte und einer mieser als der andere war, während er nach der Probezeit sofort eine Gehaltserhöhung wollte, und er meinte bloß: ›Ja, schon klar, Oma.‹«

Sie lächelten beide nervös. Jenny deutete auf die Tür, aus der Nick gekommen war. »Ich habe von deinem Start-up gelesen. Ich habe mir dein Büro protziger vorgestellt. Ein Loft in Shoreditch, oder so.«

Nick betrachtete die Tür ebenfalls. Vor langer Zeit war sie wohl einmal weiß gewesen, doch nun war sie schäbig grau und mit ein paar halbherzigen Graffitischriftzügen verziert. »Ich habe das Geld der Investoren lieber in talentierte Mitarbeiter gesteckt, denen ich ein angemessenes Gehalt zahle, anstatt in Büros in einem Office-Center mit Tischtennistischen und hochmodernem Equipment, das die Ideenfindung fördern soll.«

»Bei uns gibt es ein sogenanntes Vogelnest, das man nur über eine Leiter erreicht und die Mitarbeiter dem endlosen Himmel der Ideen näherbringen soll«, erzählte Jenny. »Ich bin diese Leiter noch kein einziges Mal hochgestiegen.«

Nick musterte Jenny nun ebenfalls von oben bis unten. Angefangen bei ihren Haaren, an denen sie den ganzen Tag herumgezupft hatte, und den Stirnfransen, die sie mal wieder wachsen ließ und zurückgesteckt hatte. Sie hatte das Haus sorgfältig geschminkt verlassen, doch davon war nichts mehr zu sehen. Selbst ihr unzerstörbarer *MAC-Ruby-Woo*-Lippenstift (ihr geliebter *Clinique 100 % Red* war an einem sehr schwarzen Tag vor mehreren Jahren eingestellt worden) war verschwunden, nachdem sie stundenlang darauf herumgekaut hatte. Ihre Vintage-Bluse mit Puffärmeln und roten Kirschen und der knielange, A-Linien-Jeansrock mit den roten Knöpfen und rot umrandeten Taschen waren zerknittert. Dazu trug sie, wie jede andere Frau in ihrem Bürogebäude, weiße Einriemer von Birkenstock aus dem Shop in der nahe gelegenen Neal Street.

»Vollbepackt wie immer«, meinte Nick und nahm Jenny ihre vollgestopfte Umhängetasche mit den Korrekturfahnen und Manuskripten ab. »Gehst du zu Fuß nach Hause? Nach Kentish Town?«

»Ja. Und ja.«

»Darf ich dir Gesellschaft leisten?«, fragte er vorsichtig, als wäre er sich ihrer Antwort nicht sicher und sie wäre nicht mehr die vorhersagbarste Person, die er kannte.

Jenny hatte Nick gesagt, dass er an ihr vorbeigehen sollte, wenn er sie jemals wiedersah. Aber nun war sie zu ihm gekommen, weil dieser Tag genauso außergewöhnlich war wie der Tag vor ein paar Jahren, der sie für kurze Zeit zusammengebracht hatte. Die Erinnerungen an den Tag, die darauffolgenden Nächte und den Streit am Ende, hätten ihr eine Warnung sein sollen ...

Jenny zuckte mit den Schultern. »Warum nicht? Ich gehe ab der Tottenham Court Road mehr oder weniger geradeaus nach Hause, aber wohnst du noch immer in Stoke Newington? Dann musst du die Theobalds Road entlang in Richtung Islington.«

Nick zuckte nun ebenfalls mit den Schultern. »Ich weiß, wie ich nach Hause komme, Jen. Lass uns einfach ein Stück zusammen gehen.« Er hob ihre Umhängetasche. »Mein Gott, dieses Ding wiegt eine Tonne. Es ist ein Wunder, dass du noch keine Furche in der Schulter hast.«

Er war bereits einige Schritte vor ihr und hatte zwei exklusive Probemanuskripte als Geiseln. Sie schloss eilig zu ihm auf. »Jetzt, wo du es sagst: Ich war tatsächlich bei einem Osteopathen, und er hat mir geraten, auf einen Rucksack umzusteigen.«

»Du bist auf keinen Fall ein Rucksack-Typ«, erwiderte Nick, während sie die Hanway Street entlanggingen.

»Nein, wirklich nicht«, stimmte Jenny ihm zu, und wenn es so weiterging und sie wieder in ihr altes Geplänkel früherer, glücklicherer Zeiten zurückfanden, dann war das in Ordnung. Es war sogar genau das, was sie jetzt brauchte.

Jenny hatte gedacht, sie würde London kennen. Ihr London. Sie kannte die vielen Gesichter der Stadt. Am frühen Morgen, wenn die Sonne langsam über die Gasometer in Mill Hill East stieg und sie das Gefühl hatte, als einziger Mensch wach zu sein. Spätnachts am Piccadilly Circus, wenn sie auf den Nachtbus gewartet hatte, der sich wieder einmal verspätete, und in ihren albernen, knappen Kleidern zitternd die Strichjungen, die sich früher dort versammelt hatten, um Zigaretten anschnorrte. Sie war mit Plakaten gegen die Diskriminierung von Homosexuellen, die Kopfsteuer und die Apartheid in Südafrika die Whitehall entlangmarschiert. Sie hatte an warmen Sommerabenden vor zahllosen Pubs in SoHo gestanden, ein Glas Weißwein in der schweißnassen Hand. Sie hatte in Finsbury Park zu *Madness*, der wohl typischsten Londoner Band getanzt. Sie hatte an unzähligen Straßenecken der Stadt geweint, gelacht und geküsst. Sie kannte die Straßen genauso gut wie die Adern an ihrem Handgelenk, aber sie hatte London noch nie so erlebt wie an diesem Nachmittag Anfang Juli.

Es waren keine Busse zu sehen und kaum Autos unterwegs. Nur Menschen. Hunderte Londoner, die auf den Bürgersteigen und Straßen mit resignierten Gesichtern den langen Nachhauseweg antraten, denen aber auch die Entschlossenheit anzusehen war, dass die Ereignisse des Tages London, ihr Zuhause und ihre Geschichte niemals definieren würden.

Das, was einen Menschen ins Schwanken und schließlich zu Fall brachte, definierte ihn nicht. Wichtig war die Art, wie er sich wieder aufrichtete, einen Fuß vor den anderen setzte und weitermachte.

Und so reihten sich Jenny und Nick in die Menge ein, die die Tottenham Court Road entlangging, und berichteten einander von den letzten Jahren, wobei sie persönlichere Themen als Beruf und Wohnungsangelegenheiten außen vor ließen. Nick fand größere Erfüllung als Leiter des Musikmagazins und der Website, die er gegründet hatte, als in der Welt der großformatigen Zeitungen, in der zwar großer Luxus, aber auch großer Stress herrschten. »Ich verbrachte die Hälfte meiner Zeit damit, mich vom Besitzer des Blattes anschreien zu lassen, weil ich den Häusern und Gärten seiner reichen Freunde zu wenig Platz einräumte, und die andere Hälfte, mich bei den Werbekunden einzuschleimen.«

»Und bei den Models«, erinnerte ihn Jenny trocken, denn die unausgesprochenen Regeln dieser seltsamen *Entente cordiale* besagten, dass sie ihn immer noch aus der Reserve locken durfte.

»Nicht in dem Ausmaß, wie ich es gerne gehabt hätte«, erwiderte er mit einem verzagten Lächeln, woraufhin sie ihn mit dem Ellbogen anstieß. »Weißt du, ich erinnere mich noch genau, wie du nach dem 11. September zu mir gesagt hast, dass dein Glück für dich nun an erster Stelle stehen muss, und ich habe mir das zu Herzen genommen ...«

So viel zur *Entente cordiale.* Es gab so viel Vergangenheit und böses Blut zwischen ihnen. Und Schuldgefühle. »Ich habe damals eine Menge Dinge gesagt. Ich hätte netter sein sollen, und es ging nicht nur um dich und mich ...«

»Nein, Jen, ich bin dir nicht böse«, erklärte Nick ernst und ohne das übliche Funkeln in den Augen, das ihr zeigte, dass er es nicht ganz ehrlich meinte. »Du hattest recht. In jeder Hinsicht.«

»Aber ich war nicht nur wütend auf dich. Mittlerweile ist mir klar, dass ich bis zu diesem Tag ein sehr egoistisches Leben geführt habe. Voller schlechter Entscheidungen und falscher Abzweigungen.« Jenny schüttelte den Kopf.

»War ich eine dieser schlechten Entscheidungen?«, fragte Nick und hielt vor einer roten Ampel an, um die Euston Road zu überqueren. Vor dem University College Hospital herrschte Chaos, die Krankenwagen standen immer noch Schlange, die Polizeipräsenz war hoch, und überall blickte man in grimmige, kalkweiße Gesichter.

Die Ampel wurde grün, und Jenny richtete ihre Aufmerksamkeit wieder auf Nick. Sie zwang sich, nicht nach rechts zu schauen, wo gleich um die Ecke wahrscheinlich immer noch der zerstörte Bus mit den herausgequollenen Innereien stand und die persönlichen Habseligkeiten der Fahrgäste – und vielleicht sogar ihre Kleider – auf der Straße und dem Bürgersteig ...

»O Gott«, hauchte sie, und Nick griff nach ihrem Ellbogen. Sie war durchaus fähig, alleine die Straße zu überqueren, und stand auch nicht vor einem hysterischen Anfall, aber seine Hand beruhigte und erdete sie, und sie war froh darüber. Dann fiel ihr ein, was er vorhin gefragt hatte. »Du warst keine schlechte Entscheidung, Nick. Ich wusste nur nie, was wir genau waren, wie man unsere Beziehung definierte, obwohl wir eine so große Rolle im Leben des anderen gespielt haben. Das war das Problem.«

»Ich weiß«, erwiderte er sanft und passte sich Jennys langsameren Schritten an. »Aber jetzt kommen wir mal zu dir. Ich lese immer noch deine Artikel im *Guardian*, und Aaron hat mir von deinem protzigen neuen Job erzählt. Bist du trunken vor Macht?«

»Es ist sehr kommerziell mit unglaublich vielen Meetings, aber ich habe mein eigenes Imprint, mit dem ich Neuauflagen verlege ...« Sie sprachen über ihren neuen Job, die langsame Umgestaltung ihrer Wohnung, Nicks stressigen Kauf einer eigenen Wohnung in Stoke Newington und über das Dach, das dringend repariert werden musste, und waren am Ende in Camden Town angelangt. Anstatt die High Street entlangzugehen, wo sie in ihrer Jugend so viele Bacchusfeste gefeiert hatten, nahmen sie die Bayham Street, die parallel dazu verlief.

»Ich weiß jetzt, wie wichtig eine Kaminabdeckung ist«, erklärte Nick, der immer noch von seinem undichten Dach erzählte, was – ehrlich gesagt – nur mäßig interessant war. »Und eigentlich wollte ich so etwas nie wissen. Ich verachte mich sogar dafür.«

Jenny wollte gerade guten Willen zeigen und ihn fragen, warum eine Kaminabdeckung wichtig war, als sie von einer älteren Frau angehalten wurden, die vor der Eingangstür eines der einstöckigen Sozialhäuser stand, die die Straße säumten.

»Hallo, meine Lieben!«, rief sie und winkte sie mit der von Arthritis gezeichneten Hand zu sich. »Könnt ihr mir helfen?«

»Was ist denn los?«, fragte Jenny und trat näher. Die Haut der Frau hatte einen Gelbstich wie ein altes Buch, auf ihrem Kinn sprossen weiße Härchen, und ihre grauen Haare klebten ungewaschen an ihrem Kopf. Sie trug ein dünnes Hauskleid, das schon bessere Tage gesehen hatte und aus dem von Geschwüren überzogene Beine ragten. »Ist alles in Ordnung?«

»Ihr seht mir nach zwei netten Leuten aus. Könnt ihr vielleicht mal schnell über die Straße in den Laden laufen?«

»Was brauchen Sie denn?«, fragte Nick, und die Frau streckte die Hand aus, sodass Jennys Blick auf eine Fünf-Pfund-Note fiel.

»Könnt ihr eine Packung Rothmans und eine Packung Bourbon-Plätzchen für mich kaufen?«, fragte die Frau, und als leidenschaftliche Ex-Raucherin – »vom Wilderer zum Jagdaufseher«, wie Kirsty immer behauptete – hatte Jenny Bedenken, die Nikotinsucht eines anderen Menschen zu unterstützen, aber andererseits konnten sie nicht ablehnen und die Frau dazu zwingen, sich ihre Zigaretten trotz der schmerzenden Beine selbst zu holen.

»Ich mache das«, erklärte Nick, stellte Jennys Umhängetasche sichtbar erleichtert auf den Boden und winkte ab, als die Frau ihm den Fünfer entgegenstreckte. »Nein, ich mache das schon. Sie sind eingeladen.«

»Was für ein netter junger Mann«, sagte die Frau zu Jenny, während sie Nick beim Überqueren der Straße beobachteten. »Seid ihr verheiratet?«

»Alte Freunde«, erwiderte Jenny automatisch.

Wenn Nick gleich zurückkommen würde, würde sie ihm erklären, dass es albern war, sie den ganzen Weg nach Kentish Town zu begleiten, obwohl er selbst auch noch einen langen Nachhauseweg vor sich hatte. Es war schön gewesen, ihn wiederzusehen, aber sie hatten sich beim letzten Mal gestritten, und ...

»Also, was war da heute eigentlich los? Ich habe noch nie so viele Sirenen gehört. Es ist etwas passiert, oder?«

Jenny wandte sich ungläubig an die Frau. Sie wohnte nicht einmal einen Kilometer von der Stelle entfernt, an der ein Selbstmordattentäter einen Bus und sämtliche Passagiere in die Luft gesprengt hatte. »Haben Sie die Nachrichten nicht gesehen?«

»Ich gucke nur meine Seifenopern.« Die Frau starrte Jenny mit kleinen, leicht violetten, kurzsichtigen Augen an. »Und was war jetzt?«

Als Nick mit den Zigaretten und den Plätzchen zurückkehrte, war Jenny gerade am Ende des düsteren Berichts angelangt, den die Frau in einem fort mit »Nein, auf keinen Fall!« und »Verdammte Scheiße« untermalt hatte. »Und deshalb gehen wir jetzt zu Fuß nach Hause«, meinte Jenny noch, während die Frau eine Zigarette aus der Packung holte und in der Tasche ihres Kleides nach dem Feuerzeug suchte. »Es ist schrecklich. Einfach schrecklich.«

Sie hatte sich den ganzen Tag unter Kontrolle gehabt. Es war ihr keine andere Wahl geblieben. Doch jetzt schniefte sie und riss die Augen auf, um das Unaufhaltsame aufzuhalten.

»O mein Gott«, sagte die Frau und stieß den Rauch aus wie ein Drache. »Dieser al-Qaida will also Streit, was? Den kann er haben!«

Jenny entkam ein entsetztes Kichern, gefolgt von einem weiteren und noch einem, bis sie sich nach vorne beugen musste und lauthals loslachte.

»Es war ein sehr emotionaler Tag«, hörte sie Nick sagen. »Ich würde auch am liebsten heulen.«

»Ich heule nicht, ich lache«, wollte Jenny erwidern, doch dann wurde ihr klar, dass sie sehr wohl weinte. Sie weinte und weinte und schlang die Arme um die schmerzenden Rippen, während Tränen über ihr Gesicht liefen.

»Wie konnten sie nur? Hier? In London. In unserer Stadt. All diese Menschen. Diese armen, armen Menschen ...«

Die alte Frau schloss sie in eine von Nikotin umwölkte Umarmung. »Ach, Schätzchen, es wird alles gut. Wir sind zäh. Wir haben das alles schon mal erlebt, aber damals waren es noch andere Kaliber als die jetzt.«

Jenny weinte noch immer, als Nick ihre Hand nahm und sie langsam weiterzog. »Sie hat recht, weißt du«, sagte er. »Wir haben Schlimmeres überstanden.«

»Ich hätte nicht gedacht, dass mein Herz noch einmal auf diese Weise brechen kann.« Sie blieb wie angewurzelt stehen. Es war schön gewesen, Nick wiederzusehen. Mit ihm zusammen zu sein. Aber es war nicht real. Es war nie real gewesen. »Ich hätte nie gedacht ...«

»Was hattest du dort verloren, Jen? Vor meinem Büro? War es wirklich ein Zufall?«

»Es war insofern ein Zufall, als dass ich deine Adresse herausgesucht habe, weil ich nachsehen musste, ob du noch am Leben bist. Danach wollte ich sofort weiter«, gab Jenny mit einem schwachen Lächeln und feuchten Augen zu. »Du hast nicht auf meine Nachrichten reagiert. Ich musste wissen, ob es dir gut geht.«

Nicks Gesicht war ... abweisend. Er sah sie skeptisch an, als könnte er nicht glauben, was sie sagte. Dann schüttelte er den Kopf, als müsste er die Schatten vertreiben. »Komm, setzen wir uns.«

7. Juli 2005
U-Bahn-Station Camden Town

30 Nick griff erneut nach Jennys Ellbogen und führte sie über die Camden Road zur U-Bahn-Station. Die Metallgitter waren verschlossen, und so konnte sich Jenny auf die Treppe sinken lassen, auf der es normalerweise von Fahrgästen wimmelte.

»Ich weiß, dass ich beim letzten Mal sehr klar und deutlich gesagt habe, dass wir nie wieder etwas miteinander zu tun haben sollten ...« Ihre Nase war vom Weinen verstopft, und ihr gebrochenes Herz schaffte es trotz allem, wie verrückt zu schlagen. »Aber ich habe mir den ganzen Tag Sorgen um dich gemacht.«

»Heute Morgen, bevor der Kerl von der IT unauffindbar war, bin ich beinahe ausgerastet, weil ich nicht wusste, was mit dir passiert ist«, erklärte Nick und setzte sich neben Jenny. Er nahm ihre Hand, drehte sie herum und zeichnete mit dem Finger ihre Lebenslinie nach. »Dein Handy war ständig besetzt oder nicht erreichbar, und ich kenne deine Büro-E-Mail nicht. Ich habe sogar überlegt, deine Eltern anzurufen.«

»Als wüsstest du die Nummer noch«, schniefte Jenny.

»Neun, fünf, neun, sechs, drei, eins, vier«, ratterte Nick herunter. »Ich kenne nur vier Nummern auswendig: die

Nummer meiner Eltern, meine Nummer im Büro, die Nummer des Chinesen um die Ecke und die Nummer deiner Eltern, weil ich sie Tausende Male gewählt habe, als wir noch am College waren. Jen, ich weiß nicht einmal meine eigene Handynummer.«

»Aber dann habe ich dir eine Nachricht geschrieben«, sagte Jenny langsam.

»Und eine E-Mail. So, als würde ich dir wirklich etwas bedeuten.«

»Natürlich bedeutest du mir etwas! Ich wollte wissen, ob du nicht vielleicht ... tot bist. Ich bin kein Monster ...«

»Und vorhin, vor meinem Büro, hast du gelächelt, bist auf mich zu und hast zugelassen, dass ich dich umarme. So, als würde es dich freuen, mich zu sehen, und nicht, als hättest du vor, mir erneut das Herz zu brechen.«

»Was meinst du mit *erneut?*«

»Kaum zu glauben, dass du vergessen hast, wie du es damals auf dem Bahnsteig in New York zerschmettert hast«, antwortete Nick, und Jenny schnappte nach Luft, denn eigentlich war es ihr Herz gewesen, das gebrochen war. Doch Nick war noch nicht fertig. »Ich habe vorhin gelogen, als ich meinte, ich wäre nicht wütend auf dich. Eigentlich bin ich stinksauer. Und das schon seit einigen Jahren.«

Er senkte den Kopf und drückte ihr einen Kuss aufs Handgelenk, wo ihr Puls wie ein Presslufthammer wummerte. Es war eine sanfte, zärtliche Geste, die ganz und gar nicht zu dem passte, was er gerade gesagt hatte.

»Warum bist du wütend auf mich?«, fragte Jenny. Die Angst, die in ihr hochstieg, ließ sie beinahe den egoistischen Wunsch vergessen, so viele Minuten wie möglich mit ihm zu verbringen, bevor sich ihre Wege wieder trennten. »Ich habe doch nichts getan!«

»Genau. Du hast *nichts* getan. An dem Weihnachtsabend in Mill Hill East hast du die Tür einen Spaltbreit geöffnet. Gerade genug, um mir Hoffnung zu machen«, fuhr Nick sanft fort. »Dich an diesem Tag zu sehen, neben dir zu sitzen ... aber dann hast du nichts getan. Du hast bloß die Tür vor meiner Nase zugeschleudert.«

»Ich hielt es für das Beste«, murmelte Jenny. Vor vier Jahren in New York war sie überzeugt gewesen, dass sie sich in einen anderen Menschen verwandeln konnte. In einen Menschen, der irgendwann aufhören würde, ihn zu lieben. »Ich dachte, wir müssten mit unseren Leben weitermachen, ohne einander ständig im Weg zu stehen. Es war nie der richtige Zeitpunkt. Dinge und Leute waren uns im Weg – und manchmal auch wir selbst.«

»Weshalb ich die letzten vier Jahre damit verbracht habe, mein Leben in Ordnung zu bringen – und nicht nur mein Haus. Ich habe doch die Kaminabdeckung erwähnt, oder?«

Jen nickte, doch sie wagte nicht, etwas zu erwidern. Zu groß war der Wunsch, dass er weitersprach.

»Ich habe mit dem Rauchen aufgehört. Ich habe sogar eine Pensionsvorsorge abgeschlossen, die ich auch wirklich verstehe.«

»Du hast eine Pensionsvorsorge?«

»Ganz genau«, bestätigte Nick, schien aber nicht allzu glücklich darüber. »Ich habe das alles getan, weil mich deine Aufforderung, erwachsen zu werden, endlich zur Vernunft gebracht hat.«

»Ich wollte, dass du glücklich bist, Nick«, sagte Jenny, und ihre Finger überkreuzten sich mit seinen, weil es sich einfach gut anfühlte, ihn noch einmal zu berühren. »Ich werde immer wollen, dass du glücklich bist und dass es dir gut geht ...«

»Ich habe das alles getan, weil ich deiner würdig sein wollte, aber dann kam dieser Weihnachtsabend, und du hast einfach fröhlich ohne mich weitergemacht«, erklärte er bitter und versuchte ihr die Hand zu entziehen, doch Jenny hielt sie fest umklammert.

»Ich wollte nicht grausam sein. Ich dachte wirklich, wir wären ohne einander besser dran.« Sie versuchte sich zu rechtfertigen, doch als sie es laut aussprach – und dazu noch an diesem besonderen Tag –, erkannte sie, wie engstirnig und vielleicht sogar kindisch sie damals vielleicht geklungen hatte.

»Ich habe erkannt, dass ich einem Phantom nachjage. Ich habe mein Glück und meine Zukunft von einer Frau abhängig gemacht, die ich mein halbes Leben lang kenne, die mir aber kein einziges Mal gesagt hat, dass sie mich liebt«, fuhr Nick leise fort, und Jenny starrte ihn bestürzt an. Neue Tränen fanden den Weg über ihre Wangen.

»Sei nicht albern«, sagte sie, denn sie liebte ihn wider besseres Wissen seit beinahe zwanzig Jahren. »Natürlich habe ich das.«

»Nein, kein einziges Mal«, wiederholte Nick.

»Doch. Zur Jahrtausendwende in der Station Chalk Farm!«

»Nein, ich habe dir damals gesagt, dass ich dich liebe, und du hast darauf bestanden, dass ich betrunken wäre.«

Jenny hatte den Abend anders in Erinnerung. »Was ist mit New York? In New York habe ich es doch sicher einmal gesagt.«

»Du hast nur gemeint, dass du es liebst, wenn ich dich auf Händen und Knien vor mir ...«

»Nein, damals habe ich es sicher gesagt«, beharrte Jenny, und ihr Gesicht brannte nicht nur unter Nicks unnachgiebigem Blick, sondern auch, weil die Erinnerung an all die Momente, in denen sie ihm ganz sicher ihre Liebe gestanden hatte, plötzlich von dem einen besonderen Moment überschattet wurde, den Nick gerade angesprochen hatte.

»Was war damals in der Circle Line ...?«, fragte Jenny hoffnungsvoll, auch wenn sie ziemlich sicher war, dass sie damals nichts gesagt hatte. Und jetzt, da sie darüber nachdachte, fragte sie sich, ob sie dem Mann, den sie ihr ganzes Leben lang nicht nur als ihre große unerfüllte Liebe angesehen hatte, sondern tatsächlich als »die Liebe ihres Lebens«, jemals gesagt hatte, dass er genau das war?

»Nein, damals auch nicht«, bestätigte Nick, dann wandte er den Blick ab. »Du bringst es immer noch nicht über die Lippen, oder?«

Plötzlich war es das Einfachste auf der Welt, und sie platzte mit tränenerstickter Stimme damit heraus: »Aber natürlich liebe ich dich! Ich habe dich immer geliebt. Ich bin heute zu dir gekommen, weil ...«

»Das reicht nicht, Jen. Es ist zu wenig. Und zu spät«, erklärte Nick traurig. »Das bringt das Erwachsenwerden mit sich. Man erkennt, wenn etwas – oder jemand – ein hoffnungsloser Fall ist.«

Jennys Worte gingen in Tränen unter, und ihr Blick verschwamm. Sie hörte Nick schniefen und fragte sich, ob er ebenfalls weinte.

Es durfte nicht zu spät sein. Sie hatte es ihm sicher irgendwann einmal gesagt. Jenny sah hinauf zu dem vertrauten Eingang der U-Bahn-Station und fragte sich, warum sie ihre größten Demütigungen jedes Mal hier in Camden Town erfuhr. Wie damals an ihrem achtzehnten Geburtstag, als sie sich nur ein paar Meter von dieser Treppe entfernt in die Haare geraten waren.

Hatte sie es damals gesagt? Nein, sie hatte ihm erzwungenermaßen gestanden, dass sie in ihn verliebt war – was mit achtzehn tatsächlich einer Liebeserklärung gleichkam. Sie fragte sich, ob es zählte, doch dann erinnerte sie sich an noch etwas, das an diesem Abend passiert war.

Jenny griff in ihre Tasche und zog die Geldbörse heraus.

Nick seufzte. »Hör mal, es tut mir leid, Jen, aber ...«

»Nein ... sag jetzt nichts. Warte kurz.« Da waren sie, zwischen den Dollar- und Euro-Noten, die sie immer noch dabeihatte. Jenny zog den Fotostreifen heraus, den sie damals in der Station Mill Hill East gemacht hatten. »Ich habe es vielleicht nie gesagt, aber ich trage die hier seit siebzehn Jahren mit mir herum. Einmal wurde mir in einem Pub die Handtasche geklaut, und ich bin zurück und habe sämtliche Mülleimer durchwühlt, bis ich meine Geldbörse wiederfand. Die Kreditkarten waren fort, aber die Fotos waren noch da, und sie sind das Wertvollste, das ich besitze ...« Ihre Stimme brach erneut.

Nick nahm sie ihr ab und stieß die Luft aus. »Wow! Die hatte ich ganz vergessen. Ich glaube, du hast mir die fertigen Fotos nie gezeigt.«

Jenny legte einen zitternden Finger auf das letzte Foto. Der neunzehnjährige Nick küsste die achtzehnjährige Jenny auf die Wange, und sie richtete entzückt den Blick in den Himmel. Es war ihr anzusehen, wie glücklich sie war. »Schau dir dieses Foto an und sag mir noch einmal, dass ich dich nicht liebe. Dass ich dich nie geliebt habe. Siehst du es mir denn nicht an? Ich habe dich damals geliebt, ich habe dich in all den Jahren dazwischen geliebt, und ich liebe dich noch immer.«

Er betrachtete die Fotos mit ausdruckslosem Gesicht. Jenny wartete darauf, dass er etwas sagte, doch er schwieg so lange, dass er am Ende alle ihre Hoffnung und Träume zerschlug. Sie brachte die nächste Frage kaum über die Lippen. »Liebst du mich denn auch noch immer?«

Einen Moment lang rührte er sich nicht, doch dann lehnte er sich zu ihr und küsste sie. Es war anders als die üblichen forschen, fieberhaften Küsse. Nicks Lippen bewegten sich langsam und sanft, und Jenny küsste ihn zurück, auch wenn es sich wie ein Abschiedskuss anfühlte. *Ich kann ohne Nick Levene leben*, beschloss sie, denn sie belog sich jedes Mal selbst, wenn er sie küsste. Sie wollte noch einen letzten Kuss, um ihn für immer in ihrer Erinnerung zu bewahren. Ein Kuss, den sie an dunklen Tagen sorgsam hervorholen konnte, wenn sie gelähmt war von der Vergangenheit und die Wärme besserer Zeiten wieder erleben wollte.

Als Nick sich von ihr löste – er musste sie sogar von sich schieben, weil sie das Gefühl seiner Lippen auf ihren noch nicht verlieren wollte –, stöhnte Jenny protestierend. Es war ein leises Wimmern, das sie später vor Scham im Boden versinken lassen würde, wenn sie daran zurückdachte.

»Dann liebst du mich also nicht mehr?« Sie hätte die Worte am liebsten sofort zurückgenommen, denn eigentlich wollte sie die Antwort nicht wissen.

Nick sagte noch immer kein Wort, doch er hob ihre Hand an seinen Mund und bedeckte ihre zur Faust geballten Knöchel mit Küssen, während er den Blick auf ihr tränenüberströmtes Gesicht gerichtet hielt.

»Sag einfach, dass du mich nicht liebst«, flehte sie und wandte den Kopf ab, damit sie das Mitleid in seinen Augen nicht sehen musste.

»Siehst du mich bitte an? Jen!«

Sie konnte dem dunklen, befehlenden Tonfall, den er

manchmal gebrauchte, noch nie widerstehen. Sie sah ihn an, und er hatte sie noch nie auf diese Weise angesehen. Er hatte sämtliche Masken abgelegt, und sein Gesicht war offen und verwundbar. Die Augen voller Sehnsucht, aber auch Unsicherheit.

»Warum musst du mich so quälen? Sag es einfach!« Sie hatte nicht die Kraft hierfür. Selbst, wenn er sagte, dass er sie noch immer liebte, was machte es für einen Unterschied? Sie würden ein paar Wochen, vielleicht Monate wie verrückt übereinander herfallen, doch dann würde alles erneut in sich zusammenbrechen, und sie schaffte es nicht mehr, sich immer wieder selbst zusammenzuflicken.

»Natürlich liebe ich dich immer noch. Ich habe keine Ahnung, wie ich es abstellen kann«, sagte Nick und klang nicht gerade glücklich. »Ich liebe deine guten Seiten und die absolut nicht jugendfreien, ich liebe das Chaos in dir und den Teil, der so lächerlich und unnötig pingelig ist, dass ich jedes Mal schreckliche Angst hatte, wenn wir zusammen essen gingen.« Nick hielt ihr die geöffneten Hände entgegen, damit Jenny sah, dass er nicht mit gezinkten Karten spielte. Er versteckte nichts und überkreuzte auch nicht die Finger hinter dem Rücken. »Erst, nachdem ich dich plötzlich endgültig verloren hatte, habe ich erkannt, dass ich dich in deiner Gesamtheit will.«

»Dann können wir also endlich die Affäre haben, in die wir schon seit fast zwanzig Jahren immer wieder beinahe schlittern?«, fragte Jenny, denn sie hätte so gerne ihren dämlichen Verstand ausgeschaltet und eine Affäre mit ihm begonnen. Selbst, wenn es der Anfang vom Ende war. Selbst, wenn es ihr noch einmal das Herz brach.

»Ich will keine Affäre«, erwiderte Nick schroff.

»Was dann? Eine Freundschaft? Mit gewissen Extras?«

»Du kapierst es einfach nicht, Jen. Mein Gott, du hast zwei Uni-Abschlüsse, aber du kapierst es einfach nicht.«

»Was kapiere ich nicht?«, fragte Jenny entnervt.

Nick starrte sie an. »Ich will nicht dein Freund sein.« Sein Gesicht wurde weicher. »Ich will dein Ein und Alles sein.«

Und mit einem Mal war die Verzweiflung wie weggewischt, und ihr größter Wunsch lag in Reichweite. »Du willst alles?«, fragte sie, und wer konnte ihr ihre Zweifel verübeln? So etwas passierte, wenn ein Mädchen neunzehn Jahre lang heimlich in einen Jungen verliebt war.

Nick nickte. »Alles. Ich bin an Bord. Bei allem. Soll ich es mir auf die Brust tätowieren lassen?«

»Ich glaube, das wird nicht nötig sein … o Nick …« Sie war kurz davor, erneut in Tränen auszubrechen, und ihr fehlten die Worte. Nick ging es offenbar ähnlich, denn sie saßen lange Zeit einfach nur da, die Finger ineinander verschränkt, die Stirnen aneinandergepresst. Es schien Jenny, dass selbst ihr abgehakter Atem denselben Rhythmus fand.

Am Ende wurden sie von dem plötzlichen Klimpern eines Schlüssels aufgeschreckt und fuhren auseinander. Ein Mitarbeiter von London Transport sah durch das verschlossene Gitter zu ihnen heraus. »Wir machen heute nicht mehr auf«, sagte er. »Ganz egal, wie lange ihr hier noch rumsitzt.«

»Entschuldigung, wir ruhen uns nur etwas aus«, sagte Jenny. »Wir sind gleich wieder weg.«

»Ehrlich gesagt, gestehen wir uns gerade unsere ewig währende Liebe, also dauert es vielleicht doch noch ein wenig länger«, entgegnete Nick, und Jenny beugte sich zu ihm und küsste ihn erneut.

»Na, dann macht mal schön weiter«, sagte der Mann, klimperte noch einmal mit den Schlüsseln und verschwand.

Jenny strich mit dem Handrücken über Nicks Wange. Einfach, weil sie es nun endlich konnte.

»Du bist wirklich bei allem an Bord?«, fragte sie noch einmal. »Wir ziehen es durch?«

»Wir *müssen* es durchziehen«, bestätigte Nick und drückte einen Kuss auf ihre Handfläche.

»Ich habe mir das so oft vorgestellt«, gab Jenny zu. »Selbst in Zeiten, in denen es unmöglich erschien, dass wir je wieder zusammen in einem Raum sein würden. Wir sind so weit gekommen, haben so viel erlebt und uns so oft wie zwei Vollidioten benommen, dass wir einander schwören müssen, nicht sofort das Handtuch zu werfen, wenn wir uns einmal in die Haare geraten.«

»Wir werden uns ganz sicher in die Haare geraten«, stimmte Nick ihr zu. »Wir lieben den gepflegten Streit, nicht wahr?«

»Unbedingt, aber wenn wir das durchziehen wollen, müssen wir uns schwören, uns nicht jedes Mal weiter voneinander zu entfernen, wenn wir ... ich weiß auch nicht ... über Pizzabeläge streiten oder so.«

»Oder darüber, dass du ein Buch gekauft hast, das du bereits besitzt ...«

»Oder, dass du Lou Reeds *Metal Machine Music* in Dauerschleife spielst, wie in diesem einen Sommer ...«

»Oder, auf welche Schule wir die Kinder schicken ...«

»Kinder?« Jenny verschluckte sich beinahe, denn sie war mittlerweile zwar überzeugt, dass sie Kinder haben wollte, aber sie hätte sich nie gedacht, dass der Wunsch mit Nick in Erfüllung gehen könnte. »Du willst eine Familie mit mir gründen?«

Er nickte. »Ich habe dir ja gesagt, dass ich alles will, Jen. Alles. Wie steht's mit dir?«

Sie spürte, wie die Hoffnung den letzten Rest der Mauer einriss, die sie um ihr Herz gebaut hatte. »Ich bin dabei. Absolut und ohne jeden Zweifel.«

Nick lächelte. »Okay.«

Jenny verschränkte die Arme und lächelte ebenfalls. »Okay.« Sie beugte sich vor, um ihn erneut zu küssen, und dieses Mal war es kein Abschiedskuss. Es würden unzählige weitere Küsse folgen. »Dann lass es uns durchziehen.«

Ein Samstag im Sommer 2021
Northern Line (Richtung Edgware)

Sie war seit über einem Jahr nicht mehr mit der U-Bahn gefahren. Es schien unbegreiflich, aber in den letzten achtzehn Monaten waren so viele unbegreifliche Dinge passiert, dass sie sich irgendwann an sie gewöhnt hatte. Sie versuchte es, so gut es ging, hinter sich zu bringen.

Es war am 21. März des letzten Jahres gewesen, einem Samstagabend. Am darauffolgenden Montag musste sich das ganze Land in einen Lockdown begeben, und so hatten Kirsty und sie beschlossen, noch ein letztes Mal auszugehen. Sie hatten sich bei ihrem Lieblingsitaliener in Clapham getroffen, der von ihnen beiden etwa gleich weit entfernt war, nachdem Kirsty und Erik noch immer nicht zur Vernunft gekommen waren und nach wie vor in New Cross wohnten.

Sie hatten nahe beieinander gesessen, und die Tröpfchen waren geflogen, denn damals hatte noch niemand gewusst, dass das Virus auch durch die Luft übertragen wurde. Sie hatten geschwatzt und gelacht, sich zum Abschied aber nicht umarmt, sondern nur die Ellbogen aneinandergestoßen.

»Vergiss nicht, dir die Hände zu waschen, wenn du nach Hause kommst!«, hatte Kirsty gerufen, als sich ihre Wege am unteren Ende der Rolltreppe getrennt hatten. Mittlerweile hatte Kirsty ihre jahrelange Drohung wahr gemacht und war zurück in den Norden gezogen. Kirsty, Erik und ihre wundervolle, heiß geliebte elfjährige Tochter Freja hatten das winzige Reihenhaus in New Cross gegen ein riesiges, frei stehendes Haus aus den 1920ern in Lytham St Annes getauscht, ohne dafür eine Hypothek aufnehmen zu müssen. Nun genossen sie den Meerblick, zweitausend Quadratmeter Garten und eine Speisekammer. Es gab wenige Dinge, die sie sich sehnlicher wünschte als eine Speisekammer.

Trotzdem liebte sie ihr großes, schmales, von einer erheblichen Hypothek belastetes Backsteinhaus in der denkmalgeschützten Reihenhaussiedlung am südlichsten Ende der Caledonian Road in King's Cross. »Direkt an der Cally«, wie Nachbarn es gerne beschrieben, wobei sie immer ein wenig stolz erklärte, dass sie »im Prinzip neben dem Bahnhof King's Cross« lebten. Sie hatten es um ein Butterbrot gekauft, weil es von Grund auf renoviert werden musste, und wer, zum Teufel, wollte 2007 schon in King's Cross wohnen?

»Die Prostituierten werden auf eurer Türschwelle herumlungern«, hatte Jackie sie immer wieder gewarnt. »Prostituierte, Zuhälter und Drogendealer.«

Doch die Rehabilitierung von King's Cross hatte bereits mit der Eröffnung des Eurostar-Terminals begonnen, und in den darauffolgenden Jahren hatte es seinen Weg gemacht. Mittlerweile war es schick, hier zu leben, und vor der Pandemie hatten sich immer wieder Freunde eingeladen, die einen Nachmittag in den Läden in St Pancras stöbern wollten, und von dort war es nicht weit bis zum Granary Square und dem *Coal Drops Yard* mit seinen trendigen Restaurants und minimalistischen Läden. Die Büros des *Guardian* befanden sich ganz in der Nähe, die Kunstuniversität war von SoHo hierhergezogen, aber das Beste war der riesige Waitrose-Supermarkt. Es lag alles vor ihrer Haustür.

Sie sah auf die ausgebeulte Umhängetasche hinunter, die sie immer noch ständig mit sich herumschleppte, die mittlerweile allerdings das Logo ihrer eigenen Buchhandlung in Bloomsbury trug. Zu Fuß gelangte sie in zwanzig Minuten von zu Hause zur Eingangstür von *Austen & Company* (benannt nach der berühmten englischsprachigen Buchhandlung *Shakespeare and Company* in Paris), wo sie Neuerscheinungen verkaufte, gleichzeitig aber ein Hinterzimmer ausschließlich für gebrauchte Penguin-Classics reserviert hatte. Im Büro dahinter befand sich schließlich die Schaltzentrale des Verlages *Austen & Company*, der jeden Monat ein bei anderen Verlagen aus dem Programm gefallenes Buch in einem wunderschön gestalteten Stoffeinband neu auflegte.

Die Buchhandlung in der Lamb's Conduit Street und alles, was dazu gehörte, war eine ihrer stolzesten Errungenschaften.

»Jen, meinst du, wir sollten ihnen sagen, dass sie aufhören sollen, sich wie Affen zu benehmen?«, fragte Nick, der neben ihr in dem beinahe leeren Waggon saß, und stieß sie mit dem Ellbogen an.

Jenny sah an ihm vorbei zu den beiden mit Abstand stolzesten Errungenschaften ihres Lebens, die gerade an der Metallstange vor der Tür Klimmzüge übten. »Tun wir so, als würden sie nicht zu uns gehören«, beschloss sie.

»Klingt gut. Oder wir steigen in Colindale aus und überlassen sie sich selbst?«

»Ich lasse unseren Meisterbäcker doch nicht in der U-Bahn zurück«, erwiderte Jenny und klopfte auf ihre Umhängetasche, die mehrere große Tupperwareboxen voller Brownies, Blechkuchen und Plätzchen enthielt, die Stan gebacken hatte, der genau zwei Minuten vor seinem jüngeren Bruder Louis zur Welt gekommen war. Die beiden waren nach ihren beiden Urgroßvätern benannt, wobei Jenny vermutete, dass auch Lou Reed von *The Velvet Underground* eine Rolle bei der Namensgebung gespielt hatte. Stan hatte zur Bewältigung der Pandemie zu backen begonnen, und Louis hatte seinen Bruder dabei gefilmt und alles auf TikTok hochgeladen. Nick hatte Stan auch beigebracht, einen perfekten Gin Tonic zu mixen, aber Jen hatte Louis verboten, das Video zu veröffentlichen, damit sie nicht womöglich Besuch vom Sozialamt bekamen.

Normalerweise waren sie weniger nachsichtig, was die Mätzchen ihrer Söhne betraf, aber heute war der Tag, an dem alle wieder zur Normalität zurückkehrten. London und die Außenbezirke, die High Streets und die Grünflächen dahinter machten sich bereit und wischten sich den Staub von den Röcken. Die Leute mussten sich nicht mehr zu Hause einsperren und durften mehr als sechs Personen treffen. Sie mussten nicht mehr länger einen Abstand von zwei Metern zu ihren Freunden und der Familie einhalten und durften ihre Gesichter auch in echt und nicht nur am Bildschirm sehen. Außerdem war die U-Bahn praktisch leer, weshalb es niemanden störte, wenn die Jungen etwas zu ausgelassen waren. Hätte sie mehr Kraft im Oberkörper gehabt, hätte sich Jenny selbst an die Stange gehängt.

Sie waren auf dem Weg zu dem kleinen Pseudo-Tudor-Haus, in dem Jenny aufgewachsen war, um sich dort zum ersten Mal seit Langem wieder mit ihren Brüdern, ihren Schwägerinnen und Stans und Louis' geliebten Cousinen und Cousins zu treffen, die sie schon seit Monaten nicht mehr gesehen hatten. Und endlich durften sie auch wieder zu Dot, die bald fünfundneunzig wurde und »ein bisschen wackelig auf den Beinen, aber sonst voll auf der Höhe« war. Nicht einmal die Queen war derart verhätschelt, abgeschirmt und beschützt worden wie Jennys Großmutter. Und nun waren sie alle zwei Mal geimpft, und Jenny hatte sich und ihre Familie in den letzten beiden Wochen jeden Tag zu Hause getestet. Zusammen wollte die Familie Richards nun jeden Geburtstag (einschließlich Jennys Fünfziger, obwohl sie sich manchmal immer noch wie siebzehn und ab und zu wie neunzig fühlte), sämtliche Jahrestage, Weihnachten und die beiden Osterfeste feiern, die sie versäumt hatten.

Allein der Gedanke, ihre Eltern wiederzusehen, sie endlich zu umarmen und Jackies leises, glückliches Seufzen zu hören, wenn sich Jennys Arme um sie schlossen, trieb Jenny die Tränen in die Augen …

»Du weinst doch nicht etwa jetzt schon, oder?«

»Nein, ich weine nicht«, beharrte Jenny. »Ich musste nur an die Tränen denken, die ich *vielleicht* vergießen werde. Ich habe seit über einem Jahr niemanden außer dir umarmt.«

Die Jungen ließen sich nicht mehr von ihr umarmen. Sie waren immerhin schon dreizehn. Ab und zu lehnten sie sich bei ihr an – in etwa so wie Georges mürrischer Mops –, aber das war nicht dasselbe.

»Es werden nicht die Umarmungen sein, die dich zum Weinen bringen, sondern eher Alans Kommentare zu deinem äußerst trendigen Jumpsuit und seine Frage, ob du denn gekommen bist, um den Boiler zu reparieren. *Das* treibt dir mit Sicherheit die Tränen in die Augen«, erklärte Nick, denn er kannte sie nun mal besser als irgendjemand sonst. »Da reichen meine Vater-Scherze nicht mal annähernd heran.«

»Obwohl deine Dad-Scherze auch echt schrecklich sind«, erinnerte ihn Jenny, denn die überraschendste Wendung von allen war wohl, dass Nick Levene, der überhebliche, unzuverlässige, durchtriebene Nick Levene ein vorbildlicher Vater war. Der König aller Väter. Doch bevor die Jungen alles

483

verändert hatten, hatten Jenny und Nick die verlorene Zeit aufgeholt.

Ihr erstes gemeinsames Jahr war das glücklichste in Jennys Leben gewesen. Abgesehen von der Zeit im Büro, verbrachten Nick und sie jede wache Sekunde zusammen. Es war wie damals als Teenager, bloß, dass sie nun genug verdienten, nicht mehr unter der Aufsicht ihrer Eltern standen und so viel Sex haben konnten, wie sie wollten.

Innerhalb eines Jahres verkauften sie ihre beiden Wohnungen und kauften das Haus in King's Cross. Sechs Monate später schlossen sie am Standesamt von Camden den Bund fürs Leben und verbrachten die Flitterwochen in Brighton. Und ein Jahr danach, als sie das Haus, soweit es finanziell möglich war, renoviert und endlich heißes Wasser hatten, beschlossen sie, dass Jenny die Pille absetzen würde.

Innerhalb von zwei Monaten war sie mit Zwillingen schwanger. Es war für beide ein Schock, denn sie hatten nicht daran gedacht, dass es in beiden Familien bereits Zwillinge gab, und es führte zu einem Zerwürfnis mit Kirsty, die gerade ihre fünfte erfolglose IVF hinter sich hatte. Dennoch war es Kirsty gewesen, die hinter Jenny herging, als diese an Nicks Seite langsam die Euston Road entlang ins University College Hospital zu ihrem geplanten Kaiserschnitt watschelte, der als »Erstgebärende fortgeschrittenen Alters« notwendig war. Außerdem hatten die Zwillinge offenbar vergessen, dass sie eher klein geraten sollten.

Das erste gemeinsame Jahr mit den Zwillingen war gezeichnet von Glückseligkeit, Erschöpfung und – wie Jenny Nick erst später gestand – einer solchen Langeweile, dass sie manchmal laut schreien und nie wieder aufhören wollte. Jenny liebte ihre Jungen mit einer Inbrunst, die direkt ihrer Seele entsprang, aber manchmal hatte sie auch das Gefühl, sich selbst zu verlieren. Sie hatte sich ein Jahr Auszeit genommen, doch sie war sich nicht sicher, ob sie jemals zurückkehren würde, denn in diesem Fall mussten sie das Geld für zwei Kitaplätze oder eine Vollzeit-Nanny aufbringen. Am Ende war Nick die Rettung.

»Du warst jetzt ein Jahr bei ihnen, nun bin ich an der Reihe«, erklärte er Jenny, nachdem Susan angeboten hatte, in die Bresche zu springen, obwohl sie sich gerade erst von ihrer ersten Brustkrebserkrankung erholte. »Ich mache mich selbstständig.«

Jenny hatte ihn gewarnt, dass er neben den Zwillingen keine Zeit für die Arbeit finden würde, doch Nick hatte die Vollzeit-Elternschaft viel besser im Griff als Jenny. Er war auch dieses Mal komplett dabei und genoss es, hinter zwei ungestümen kleinen Jungen herzuhecheln, die überall dabei waren, sobald sie laufen konnten. Als sich Nicks Jahr dem Ende neigte, hatte er die Zeit während der Mittagsschläfchen, der Nachmittage mit musikalischer Früherziehung, der Kinderturntreffen und der beiden Tage, an denen die Nanny aushalf, gut genutzt und arbeitete als Freiberufler für mehrere Unternehmen. Und an jedem Mittwochvormittag ging er mit George, der aus New York zurückgekehrt war, zum Babyschwimmen im YMCA in der Great Russell Street, was eine sehr viel gesündere Form der Freizeitgestaltung darstellte als das, was sie während ihrer letzten gemeinsamen Zeit in London getrieben hatten.

Jenny hoffte, eine bessere und glücklichere Mutter zu sein, sobald sie in ihren Beruf zurückgekehrt war. Sie fand ihre berufliche Erfüllung im Büro und konnte präsent und für ihre Jungen da sein, wenn sie nach Hause kam. Erst, als Stan und Louis in die Grundschule kamen, wechselten sie erneut die Rollen. Nick hatte einer Fernsehproduktionsfirma einen Vorschlag für eine Doku-Reihe über Indie-Musik unterbreitet und nicht damit gerechnet, dass er angenommen werden würde. Doch genau das war passiert, und so verbrachte er das nächste Jahr in Glasgow, New York, Manchester, Seattle und zahllosen anderen Städten.

Jenny beschloss, nun ebenfalls den Schritt in die Selbstständigkeit zu wagen, und es gab mehr als genug zu tun, doch eines Tages machte sie in einer kleinen Buchhandlung halt, nachdem sie die Jungen in der Schule in Bloomsbury abgeliefert hatte. Sie geriet in ein Gespräch mit dem Besitzer, der in Rente gehen wollte und einen Nachfolger suchte.

»Es ist eine alberne Idee«, sagte sie abends zu Nick, der gerade in einem Hotelzimmer in Boston über seinen Notizen brütete und am nächsten Tag Black Francis von den *Pixies* interviewen würde. »Aber ich habe die Arbeit in der Buchhandlung geliebt, und ich arbeite schon so lange im Verlagswesen ... es gibt kaum noch neue Herausforderungen. Wir müssten allerdings an unser Erspartes ...«

»Willst du das wirklich, Jen?«, fragte Nick, und nachdem Jenny ihm die nächsten zehn Minuten erklärte, wie schlecht die Buchhandlung derzeit geführt wurde und was sie alles verändern würde, sagte er: »Also, wenn du es willst, dann bin ich dabei.«

Am College hatte Jenny sich vorgestellt, dass sie als Erwachsene jeden Tag von neun bis achtzehn Uhr in einem Büro sitzen würde, so, wie Alan es sein ganzes Leben lang getan hatte. Aber die Arbeitswelt befand sich im Wandel. Nicks Branche war durch das Internet praktisch ausgerottet, es gab keine neuen Magazine mehr, und die alten überlebten nur mit Mühe. Nick musste sich breiter aufstellen, und so bezeichnete er sich in seiner Twitter-Bio nun als »Autor, Moderator, Podcaster und Produzent. Verfechter der überheblichen Meinungsäußerung seit 1986«, während Jenny sich auf der Website von *Austen & Company* als »Buchhändlerin, Verlegerin, Beraterin in Lektoratsangelegenheiten, Kunstjournalistin und Besitzerin von unzähligen Büchern, derzeit etwa 47 Prozent davon ungelesen« beschrieb.

Wenn sie nicht arbeiteten, zogen sie ihre Jungen in dem hohen, schmalen Haus auf, das vollgestopft mit Büchern und Schallplatten war und wo immer wieder interessante Leute vorbeischauten. Jenny wäre liebend gerne in einer derart künstlerischen Umgebung aufgewachsen, doch Stan und Louis blieben beide leidlich unbeeindruckt, wenn Jonny Marr in der Küche mit Nick einen Podcast aufnahm oder Jilly Cooper zum Tee vorbeischaute. »Hoffentlich essen sie nicht wieder alle guten Plätzchen«, sagten sie dann bloß.

Dann kam COVID, und alles kam zum Stillstand. Jenny und Nick hatten das Gefühl, als hätten sie seit dem Tag auf der Treppe vor der U-Bahn-Station Camden Town in einem reißenden Strom getrieben. Doch jetzt mussten sie eine Pause einlegen, waren gezwungen, Bilanz zu ziehen und Tag für Tag, Stunde für Stunde zu viert in dem schmalen Haus in der Londoner Innenstadt zu verbringen, wo es keinen Garten, sondern nur einen kleinen, befestigten Vorgarten gab. Als Jenny einmal mit den Jungs nach Coram Fields, dem nächstgelegenen Park, unterwegs gewesen war, hatte sie ein übereifriger Polizist angehalten und gefragt, ob dieser Ausflug denn unbedingt notwendig sei.

Jenny kannte London von seiner allerbesten und auch von seiner allerschlimmsten Seite, aber im letzten Jahr war ihr die Stadt, in der sie ihr ganzes Leben verbracht hatte, vollkommen fremd erschienen.

Die Euston Road als ständig verstopfte Hauptader zwischen Marylebone und King's Cross war wie leer gefegt und totenstill, die Museen, Kunstgalerien und Theater waren geschlossen – genauso wie die Buchhandlungen und Bibliotheken, in denen sie immer Trost und neue Freunde gefunden hatte. Die Tage wurden nur von dem konstanten Heulen der Sirenen unterbrochen. Der Herzschlag der Stadt war so leise geworden, dass er kaum noch zu hören war.

Es war ein hartes Jahr gewesen. Jenny hatte verzweifelt versucht, den Shop und die Jobs ihrer Angestellten zu retten, die Jungen beim Homeschooling zu unterstützen, und Stunden damit verbracht, ihren Eltern einen wöchentlichen Termin für ihre Supermarktlieferung zu organisieren. Für Nick war es noch schlimmer gewesen. Susan hatte zu Beginn des ersten Lockdowns den Kampf gegen den Krebs verloren, und ein paar Monate später war sein Vater an COVID verstorben. Er hatte immer ein schwieriges, distanziertes Verhältnis zu seinen Eltern gehabt, obwohl sie in ihre Enkelkinder vernarrt gewesen und sehr nachsichtig mit den Jungen umgegangen waren, und so trauerte er im Stillen, beinahe so, als hätte er nicht das Recht dazu.

Ihr Haus war ihnen zu klein erschienen. Unfähig, Jennys Panik, Nicks Traurigkeit und den ständigen Konkurrenzkämpfen der Jungen genug Raum zu geben, die nicht einmal die Gelegenheit hatten, Ball zu spielen oder die gewaltigen, hässlichen Gefühle in ihrem Inneren auf andere Art abzubauen. Und um alles noch schlimmer zu machen, stieg die Furcht jeden Tag, wenn Jenny voller Entsetzen die Nachrichten aus den abgeschotteten Krankenhäusern sah, wo unzählige Menschen um jeden Atemzug rangen.

Anstatt zueinanderzufinden, hatten sie sich in ihre eigene Welt zurückgezogen. Stan in die Küche, wo er Sauerteig ansetzte, der mehr oder weniger rund um die Uhr gepflegt werden musste. Louis in sein Zimmer, wo er den ganzen Tag

Fortnite spielte, sein Gesicht lediglich erhellt von dem Licht des Bildschirms. Nick in sein Büro im Dachgeschoss, und Jenny mit einem großen Gin Tonic in ihr Schlafzimmer. Manchmal hatte sie sich auf den Boden gelegt und leise, hoffnungslose Tränen vergossen, weil ihre geliebte Familie sich in eine verdorbene Version ihrer selbst verwandelte und sie Angst hatte, dass es für immer so bleiben würde.

Das war es nicht, was allerdings nichts mit den Lockerungen oder dem Ende des Lockdowns zu tun gehabt hatte – obwohl Nick und sie sich einen Champagnerbrunch gegönnt hatten, nachdem die Jungs zum ersten Mal wieder in die Schule gegangen waren. Davor war sie allerdings an einem Nachmittag am Ende des zweiten, kürzeren Lockdowns beim Ausräumen ihrer Handtasche – denn was blieb sonst noch zu tun? – auf die Fotos gestoßen, die an ihrem achtzehnten Geburtstag in der Fotobox in der U-Bahn-Station Mill Hill East entstanden waren.

Sie war damit die Treppe zu Nicks Büro hochgestiegen. Wenn die Tür geschlossen war, hieß das, dass er nicht gestört werden wollte, doch sie klopfte dennoch und drückte die Tür auf, ohne auf eine Antwort zu warten.

Er saß über seinen Tisch gebeugt vor seinem Laptop und drehte sich nicht um. Er fauchte sie nicht einmal an, dass sie ihn in Ruhe lassen sollte, wie er es sonst immer tat. Jenny trat hinter ihn und legte die Fotos vor ihn auf den Tisch. Sie versuchte, den Schmerz zu ignorieren, der sie durchfuhr, als sie eine Hand auf seine Schulter legte und er unter der Berührung zusammenzuckte.

»Ich kenne dich jetzt seit dreiunddreißig Jahren, Nick. Das sind zwei Drittel meines Lebens. Ich bin deine Familie, ich liebe dich, und ich weiß, dass du traurig bist. Ich weiß, dass du trauerst, aber bitte schließ mich nicht aus, denn ich vermisse dich wirklich schrecklich«, sagte sie. »Ich bin noch immer dabei. Bist du es auch?«

Sie dachte, sie müsste noch mehr sagen, doch er drehte sich im Stuhl herum, zog sie auf seinen Schoß, vergrub den Kopf an ihrem Hals und bedeckte ihre Haut mit seinen Tränen. »Für immer.«

Danach gab es zwar nach wie vor Streit, weil die Jungen lieber Roblox spielen wollten, als ihre Mathe-Hausaufgaben zu erledigen, doch sie aßen jeden Abend zusammen, und Nick überredete sie, sich danach zu viert eine DVD anzusehen oder Gesellschaftsspiele zu spielen. Er zeigte ihnen den Weg zurück zu der Familie, die sie einmal gewesen waren, denn er war schon immer das Herz ihrer Gemeinschaft gewesen.

Zu Jennys fünfzigstem Geburtstag ließ er die Fotos schließlich restaurieren, vergrößern und rahmen, sodass sie nun im Flur vor ihrem Schlafzimmer hingen.

Die U-Bahn verließ den Tunnel kurz vor der Station Colindale. Das Hendon Police College war komplett renoviert und umgebaut worden. Der Hindernisparcours war verschwunden, und man sah keine mutigen Polizeikadetten mehr, die Wände hochkletterten oder sich durch Netze schlugen. Noch etwas, das Jenny vermisste.

Sie seufzte und sah zu ihren Jungen, die ihre Turnübungen beendet und sich hingesetzt hatten. Irgendwie hatten Nick und sie es – wohl eher durch Zufall als durch Absicht – geschafft, dass aus ihren Söhnen zwei freundliche, herzliche, tolerante Jungen geworden waren, die leidenschaftlich für die Dinge eintraten, die sie liebten, aber auch einen Sinn für Humor und neckische Kabbeleien hatten. Sie hatten einiges von der Levene-DNA mitbekommen, abgesehen von den blauen Augen, der Abscheu vor jeglichem Gemüse und

der Vorliebe, Treppen nach oben zu poltern und Türen zuzuknallen – das war allein Jennys DNA. Sie hatten beide
dunkle Locken und streckten die langen Beine von sich, an
deren riesigen Füßen klobige Turnschuhe steckten, die ihnen vermutlich Ende der Woche zu klein sein würden. Obwohl sie keine eineiigen Zwillinge waren, hatten sie dasselbe
Lächeln, das sie ebenfalls von Nick geerbt hatten. Sie hatten
sich über Stans Handy gebeugt, lächelten und unterhielten
sich leise, und ihre Gesichter gaben eine Ahnung davon, wie
sie einmal aussehen würden.

Als hätten sie bemerkt, dass Jenny sie beobachtete, ho-
ben sie die Köpfe und warfen ihr einen leidenden Blick zu.
»Mum?« Wie schafften sie es, dass ein Wort aus drei Buchstaben klang, als hätte es mehrere Silben? »Können wir uns
an der U-Bahn-Station ein Uber bestellen?«

Jenny starrte Stan in Grund und Boden, denn er war der
offizielle Sprecher ihrer Söhne, während Louis für die Ideen
zuständig war, und auch wenn die Hälfte ihres Gesichts von
der Maske bedeckt war, wusste er, was dieser Blick bedeutete. »Netter Versuch. Aber wir nehmen den Bus.«

»Oder wir laufen«, fügte Nick hinzu. »Wie ihr wollt.«

Wenn sonst noch jemand in dem U-Bahn-Waggon gewesen wäre, den Wortwechsel mit angehört und einen Blick
auf Jenny in ihrem Jeans-Jumpsuit von Boden, ihren grünen
Dunlop-Sportschuhen und ihrer Umhängetasche mit dem
Buchladenlogo und Nick mit den ergrauenden Haaren, seinem Dinosaurier-T-Shirt von Paul Smith und der Umhängetasche geworfen hätte, hätte er sie wohl als selbstgefällige
Mittelklasseeltern mittleren Alters abgetan.

Und vielleicht waren sie das auch. Aber sie waren noch so
viel mehr.

Jenny wandte sich zu Nick herum, um ihn zu mustern.

Obwohl auch sein halbes Gesicht hinter einer Maske versteckt war, sah sie die Falten und Furchen in seinem Gesicht, die früher noch nicht da gewesen waren. Trotzdem würde sie immer die Spuren des siebzehnjährigen Jungen in ihm sehen, der auf dem allerletzten *Smiths*-Konzert mit ihr getanzt hatte.

»Du und ich in einem Zug Richtung Edgware – das lässt alte Erinnerungen aufkommen«, sagte er mit einem Funkeln in den Augen, als hätte er ihre Gedanken gelesen. »Fast so, als würden wir in der Zeit zurückreisen, und wenn wir am Ende angekommen sind, wartet Dad in seinem Volvo Estate auf uns.«

»Liebling ...« Jenny legte eine Hand auf seinen Arm.

»Nein, ich bin nicht traurig. Ich habe nur gerade an diesen Abend gedacht ... das letzte *Smiths*-Konzert in der Brixton Academy.« Sie wusste, dass er grinste. »Es war praktisch unser erstes Date.«

»Deine Rührseligkeit in Ehren, aber es war auf keinen Fall unser erstes Date. Du hast mich nicht einmal auf einen Drink eingeladen!«

»Das hätte ich, wenn ich damals schon gewusst hätte, dass ich das trotzige, melodramatische Mädchen, das ich plötzlich am Hals hatte, am Ende von ganzem Herzen lieben würde«, erwiderte Nick sanft, und auch wenn unglaubliche fünfunddreißig Jahre seit diesem »praktisch« ersten Date vergangen waren, schaffte er es immer noch mit nur einem Satz, ihr Herz zum Schmelzen zu bringen. Ihr wurde schwindelig, und sie fühlte sich wieder wie sechzehn, auch wenn sie irgendwie bereits fünfzig war, eine Schublade für Tupperwareboxen besaß und ihre Lesebrille an einer Kette um den Hals trug, damit sie sie nicht verlor.

»Und hätte ich damals gewusst, dass der überhebliche,

von sich selbst überzeugte Junge, der so tat, als wäre ich die allerschlimmste Nervensäge der Welt, am Ende die Liebe meines Lebens werden würde ...« Sie verstummte, denn in gewisser Weise hatte sie schon damals mit sechzehn tief in ihrem Herzen gewusst, dass sie füreinander bestimmt waren.

»Wünschst du dir manchmal, wie wären damals zusammengekommen und zusammengeblieben?«, fragte Nick, nahm Jennys Hand und ließ den Daumen über den Platinring gleiten, den sie nur einmal während der Schwangerschaft abgenommen hatte, als ihre Finger angeschwollen waren wie einem Michelin-Männchen.

Jenny dachte zurück an ihre Teenagerjahre. An all die Arten, auf die sie einander verletzt hatten. An die anderen Männer, die sie geliebt hatte. An die verschiedenen Versionen ihrer selbst, die sie gewesen war. Dann warf sie erneut einen Blick auf Stan und Louis, die immer noch auf ihre Handys starrten. »Nein«, sagte sie entschieden. »Denn wenn wir damals schon zusammengekommen wären, hätten wir nicht genau das Leben, das wir jetzt haben.«

»Dann liebst du das Leben, das wir jetzt haben, also?« Er verschränkte seine Finger mit ihren.

»Das Leben, das wir haben, ist mehr, als ich mir jemals gewagt habe vorzustellen«, erwiderte Jenny sanft, als der Zug in die Station Burnt Oak einfuhr. Frische Luft drang durch die offenen Türen in den Waggon, und Nick zog für einen Moment ihre Masken von den Gesichtern.

Selbst nach so vielen Jahren wusste er, wie er sie mit nur einem einzigen Kuss zugrunde richten konnte, ohne ihren roten Lippenstift zu zerstören.

»O mein Gott, die beiden sind so peinlich«, hörte sie Louis murmeln, als sich die Türen wieder schlossen.

Jenny schmiegte sich gerade lange genug an Nick, um ihm, »Ich liebe dich«, ins Ohr zu flüstern, und er drückte ihre Hand, bevor sie die Masken wieder aufsetzten.

Sie hielten Händchen bis zur Endstation.

DANKSAGUNG

*D*anke an Rebecca Ritchie, die ermutigendste, unerschütterlichste, diplomatischste Agentin, die sich eine Autorin oder ein Autor nur wünschen kann. Und an Alexandra McNicoll, Vickie Dillon, Prema Raj, Mairi Friesen-Escandell und alle bei AM Heath.

An Kimberly Atkins, die sich noch mehr als ich in meinen Helden verliebt hat und dieses Buch zehn Mal besser gemacht hat, als es zu Beginn war. An Amy Batley, die mir während der traumatisierenden Überarbeitung beigestanden hat, sowie an Katy Blott, Swati Gamble und alle bei Hodder.

An Kirsty Connor, die mich und meine Bücher schon so lange unterstützt, dass ich jedes Mal fast ein wenig Angst vor ihrer Reaktion auf ein neues Buch habe, weil ich sie nicht enttäuschen will. Weshalb ich besonders erfreut war, dass Kirsty das höchste Gebot bei der *Books To Nourish* Auktion abgab und damit die Chance erhielt, einer meiner Hauptfiguren ihren Namen zu leihen. Die Auktion wurde zugunsten von *FareShare* abgehalten, Großbritanniens ältester Wohltätigkeitsorganisation zur Umverteilung von Lebensmitteln. Kirsty, ich hoffe, dass du mit der Kirsty im Buch zufrieden bist.

An meine Freundinnen Sarah Bailey, Cari Rosen und

Eileen Coulter, die oft an meinem Haus vorbeifuhren, um meiner Seele etwas Gutes zu tun und mich mit Kuchen und Schokolade zu versorgen.

An meine Autorinnenfreundinnen, die mir mittels Zoom, Tom-Hiddleston-Gifs und des fortwährenden Eintreffens neuer WhatsApp-Nachrichten durch die Isolation, den übermäßigen Konsum schlechter Nachrichten und sämtliche Lockdowns geholfen haben: Jenny Ashcroft, Kate Reardon, Katherine Webb, Cesca Major, Claire McGlasson, Lucy Foley, Iona Grey, Harriet Evans, Jane Casey und Anna Carey.

Und an Jacqui Johnson und Kate Hodges, mit denen ich mich in unseren wilderen, jüngeren Jahren so richtig danebenbenommen habe.